# Jogando Comigo

# BECKA MACK

# Jogando Comigo

SÉRIE JOGANDO PARA VENCER – 2

São Paulo
2025

Grupo Editorial
UNIVERSO DOS LIVROS

*Play with me - Playing for keeps 2*
Copyright © Streamside Literacy INC. 2022
© 2025 by Universo dos Livros

Todos os direitos reservados e protegidos pela Lei 9.610 de 19/02/1998. Nenhuma parte deste livro, sem autorização prévia por escrito da editora, poderá ser reproduzida ou transmitida sejam quais forem os meios empregados: eletrônicos, mecânicos, fotográficos, gravação ou quaisquer outros.

**Diretor editorial**
Luis Matos

**Gerente editorial**
Marcia Batista

**Produção editorial**
Letícia Nakamura
Raquel F. Abranches

**Tradução**
Cynthia Costa

**Preparação**
Aline Graça

**Revisão**
Paula Craveiro
Nathalia Ferrarezi

**Ilustração de capa**
Bilohh

**Arte e design de capa**
Renato Klisman

**Diagramação**
Renato Klisman

Dados Internacionais de Catalogação na Publicação (CIP)
Angélica Ilacqua CRB-8/7057

---

M141j

    Mack, Becka
        Jogando comigo / Becka Mack ; tradução de Cynthia Costa. -- São Paulo : Universo dos Livros, 2025.
        480 p. (Série Jogando para vencer)

        ISBN 978-65-5609-724-4
        Título original: *Play with me*

        1. Ficção canadense
        I. Título II. Costa, Cynthia III. Série

24-4968                                                                       CDD C813

---

Índices para catálogo sistemático:
1. Ficção canadense

Universo dos Livros Editora Ltda.
Avenida Ordem e Progresso, 157 — 8º andar — Conj. 803
CEP 01141-030 — Barra Funda — São Paulo/SP
Telefone: (11) 3392-3336
www.universodoslivros.com.br
e-mail: editor@universodoslivros.com.br

Para todos que já se desdobraram para se adequar à ideia
de outra pessoa sobre quem você deveria ser...
Não apaguem seu brilho por ninguém.
As pessoas certas vão querer aproveitar o seu sol,
não o roubar de você.
Até lá, aproveite tudo.
Você, exatamente do jeito que é, é o suficiente.

# 1
## SOLDADO, SENTIDO!

GARRETT

— Eu avisei, não avisei?

Estendendo a mão, dobro os dedos em direção à palma três vezes, o símbolo universal de "pode passar minha grana".

Adam Lockwood, um dos meus melhores amigos e companheiros de time, joga a cabeça para trás com um gemido, como se não conseguisse acreditar no que está acontecendo.

*Eu* não consigo acreditar no que está acontecendo.

Para deixar claro, a parte inacreditável é Adam ter botado fé no noivo.

Ele fica em pé e busca a carteira no bolso, depois despenca na cadeira, resmungando enquanto tira duas notas de cem. Mal-humorado, ele coloca uma na minha palma e outra na palma de Emmett.

Adam então olha para Carter, o capitão do nosso time, o noivo em questão, e o homem que agora está gaguejando em frente a duzentas pessoas.

Ele apenas acabou de revelar que sua noiva, vestida de branco ao seu lado, está grávida.

— Botei fé em você, Carter — Adam resmunga, depois atira os braços por cima da cabeça quando Kara e Jennie começam a gesticular, exigindo seu pagamento da aposta. — Ah, fala sério!

Veja, Adam é muito legal. O melhor cara que conheço, aliás. Ele bota fé em todo mundo. Às vezes, sua fé só é... um pouco mal canalizada. Como agora.

Porque Carter Beckett serve para duas coisas: jogar hóquei e amar sua nova esposa, Olivia. Sabe para que ele não serve? Guardar segredos.

— Eu também estou devendo essa para Olivia — Adam murmura.

— Até ela apostou que Carter ia dar com a língua nos dentes. Será que fui o único a acreditar nele?

Um "sim" coletivo soa pela mesa, o que faz com que Adam passe as mãos pelo rosto. Mas é quando Holly, a mãe de Carter e Jennie, coloca a mão sobre o ombro dele que acho que ele vai começar a chorar.

— Perdi seiscentos dólares em dois minutos porque aquele cara não consegue ficar de boca fechada por uma única noite.

Holly guarda seu dinheiro.

— Amo meu filho, mas Carter gosta de atenção e não tem filtro. Herdou isso do pai. Eu não culparia Olivia se ela o fizesse dormir no sofá esta noite.

Como se pegasse a deixa da sogra, a noiva miúda aparece, com Carter logo atrás dela.

— Você não vai tocar em *nada* esta noite — Olivia está falando ao se aproximar da gente, fazendo um gesto circular na região do quadril. — *Nadinha*.

Carter suspira, boquiaberto, e corre atrás dela.

— *Ollie!* Foi um acidente! Você não pode cortar o acesso! Não pode!

— Eu sabia que este seria o casamento mais divertido da minha vida. — Pego um pedaço do bolo de chocolate que Adam não terminou ainda, enfiando-o na boca. O recheio cremoso tem pedaços de Oreo. Está maravilhoso. — *O Car-ter e a O-bie podiam ber um pogama de tebê.*

— Sabe o que ajudaria? — sugere Jennie, erguendo as sobrancelhas perfeitas e encarando a minha boca. — Engolir antes de falar.

Paro de mastigar e nossos olhares se cruzam. Minhas orelhas ardem. Jennie é uma Beckett, claro. Espertinha e sem filtro como o irmão mais velho, com as mesmas covinhas e o mesmo sorriso irritante. Mas Carter tem olhos bem verdes, e os dela são azul-claros, com um leve toque de violeta.

Bonita.

Ou sei lá.

Engulo, largando o garfo e limpando a garganta enquanto o álcool que consumi me faz responder algo que, em geral, teria medo de dizer.

— Se você quer um pouco, é só pedir, Bebê Beckett.

— Não sou bebê — ela retruca, cruzando os braços.

O gesto faz com que seus seios perfeitos se aproximem, realçando ainda mais todo o visual sexy que ela está exibindo em seu vestido rubi brilhante.

Apago o pensamento assim que ele surge. Às vezes me preocupo que Carter possa ter tipo uma escuta supersônica no que se refere à irmã e que possa... ouvir meus pensamentos ou algo assim. Eu já o vi brigar o suficiente no rinque para saber que não quero ser objeto de sua fúria. Gosto do meu rosto do jeito que ele é, não quero que seja destruído.

Adam puxa o pratinho quando tento pegar mais um pedaço.

— Este bolo é *meu*. — Ele ignora o meu bico e passa o bolo para Jennie. — Quer?

Bufo.

— Garrett, querido. — Holly aperta os meus ombros. — Que moça você trouxe hoje?

O calor sobe pelo meu pescoço.

— Não trouxe ninguém — murmuro.

Eu até que tinha algumas opções, mas achei melhor não passar a ideia errada para ninguém. Acho casamentos meio especiais.

— Por que não? Você é tão bonitão, meu bem.

Coço a cabeça, baixando o olhar para o meu pratinho vazio.

— Obrigado, sra. Beckett. — E meus olhos se estreitam para Jennie, que dá uma risadinha. — E onde está o *seu* par, Bebê Beckett?

— Não estou saindo com ninguém nem quero.

Holly suspira, sentando-se ao meu lado.

— Jennie, acabei de resolver o problema que eu chamo carinhosamente de *meu filho*. Por favor, não seja igual a ele. — Ela se vira para mim, com olhos brilhantes. — Ora, se você não está saindo com ninguém... e ela também não está...

Kara e Emmett inclinam-se sobre a mesa, gargalhando.

— Não — Kara cospe, limpando as lágrimas que correm de seus olhos. — Puta merda. Dá para imaginar? Holly, nós *gostamos* do Garrett. Não queremos que ele morra. E Carter o *mataria*.

— E você, Adam? — Holly sorri para ele. — Você é tão fofo. Carter não ia querer matá-lo.

Jennie ergue os braços no ar.

— Mãe! Dá pra parar de me vender? Não quero sair com nenhum desses tontos. — Ela coloca a mão sobre a de Adam. — Desculpe, Adam. Você não é tonto.

Há um sorrisinho no canto de sua boca quando ela olha para mim, demorando-se um pouco no meu pescoço, onde minha gravata está um pouco solta e os botões da camisa estão abertos. Ela ergue os olhos até os meus, exibindo um brilho maroto — *cruel*, na verdade.

Quero fazer uma careta, mas, em vez disso, acabo encarando Jennie longamente, meus olhos tracejando o tom rosado de suas maçãs do rosto acentuadas, o cabelo castanho cacheado caindo sobre seus ombros esbeltos. Ela é tão gostosa que nem parece real. Sempre que ela está por perto, só consigo pensar em como seria puxá-la para dentro de um quarto ou debruçá-la sobre uma mesa e...

Inclino-me para a frente com um grunhido, segurando meu joelho latejante sob a mesa e olhando para Adam.

— Que porra foi essa? Pra que isso?

A voz dele soa grave e assustadora.

— Você sabe muito bem. Por que não tira uma foto? Vai durar mais.

*Merda.* Para que ter olhos se não posso usá-los para apreciar uma mulher gostosa? É isso que quero saber.

Só que Adam está certo (em geral ele está). Tenho zero intenção de me meter com a irmã caçula de um dos meus melhores amigos, então mantenho meu olhar longe pelo resto da noite.

Bem, não exatamente, mas pelo menos tento *muito*. Juro.

Do bar, vejo Jennie dançando na pista. Seus cachos volumosos descem em cascata por suas costas, e sigo as linhas de seu vestido, que deixam suas costas nuas, até sua bunda redondinha, que balança de um lado para o outro com a música. Ela tem uma cinturinha fina e quadris largos, nos quais eu gostaria de enterrar os meus dedos e...

— Por que não a chama para dançar?

— O quê? — Olho para Emmett, depois para Jennie, e repito: — O quê?

— Parece que você quer dançar com ela.

— O quê? Não.

*Estou gritando?*

— Por que está gritando?

— Não estou gritando.

*Estou gritando.*

Emmett ergue uma sobrancelha, engole sua cerveja e me empurra em direção às garotas dançando. Sua esposa não perde tempo e me puxa até ela, usando-me para rodopiar pela pista.

— Vamos lá, Ursinho Garrett. — Kara faz bico enquanto Emmett a abraça, puxando-a contra o peito. — Mostre o seu rebolado!

— Eu não... rebolar... não sei...

— Caramba... — Jennie me olha com desdém, balançando os quadris no ritmo da música. — Você não tem molejo nenhum, hein, Andersen?

Ela revira os olhos enquanto pisco sem falar nada, depois me puxa pela mão em sua direção. Nossos corpos colidem com um *paff* que parece me aquecer de dentro para fora, e, quando Jennie se vira e posiciona a bunda a dois centímetros do meu pau, acho que vou desmaiar.

Suas mãos quentes deslizam sobre as minhas, guiando-as até a sua cintura, que se move ao ritmo da música. Emmett pisca para mim, como se eu já não estivesse em curto-circuito.

— Mexa esse quadril — Jennie resmunga.

— Eu não... sei como.

Jennie estreita os olhos por sobre o ombro, mas os suaviza quando me vê corar. Ela suspira baixinho.

— Só tente me acompanhar, Garrett. Não é tão difícil assim. Como você consegue conquistar tantas mulheres, hein?

— Ultimamente, não são tantas assim... — Retruco sem pensar, depois tranco a mandíbula. Aí abro de novo, por alguma razão idiota. — Não conquisto tantas mulheres assim... Quero dizer, teve aquela menina na semana passada, em Pittsburgh, que quase... — O corpo de Jennie fica imóvel sob as minhas mãos. Limpo a garganta. — Vou parar de falar da minha vida sexual agora.

— Parece a falta de uma vida sexual, amigão.

Nem me diga. Emmett e Kara casaram-se no verão e, na cabeça dele, Carter está casado com Olivia desde que se conheceram, no ano passado, embora ela tenha dado trabalho para ele por um tempo. Adam ainda está mal após descobrir que a namorada de anos o traía, mas a verdade é que ele está muito melhor sem ela.

Isso significa que, no primeiro um mês e meio da nossa temporada de hóquei, eu bebia com os caras do time depois dos jogos, ia com eles para o hotel comer porcarias, jogar Xbox e ouvir todos eles, que já são tão bem tratados no quesito sexual, quase fazerem sexo por telefone com suas respectivas esposas. A seca instalou-se na minha vida.

Essa deve ser a única razão pela qual estou considerando levar a irmã caçula do meu capitão para o banheiro, colocá-la sobre a bancada e ver a cor da sua calcinha.

Além de estar total e completamente fora do meu alcance, Jennie também me assusta pra cacete. Ela é direta, confiante e atrevida *pra caralho*.

Meus olhos raramente se desviam dela quando estamos no mesmo ambiente. Exceto quando ela olha para mim. Ou quando Carter está observando.

Como agora, neste exato momento, em que as minhas mãos estão deslizando do quadril para a cintura de sua irmã, que agarro com força. E agarro com *ainda mais força* quando os olhos dele recaem sobre os meus.

— Garrett — Jennie reclama. — Tá doendo.

— Garrett. — A voz seca de Carter faz subir um arrepio pelas minhas costas, e ele dirige um olhar significativo para as minhas mãos.

— *Ah!* — exclamo, afastando Jennie. — Eu nem a estava tocando — digo por sobre o ombro ao deixar a pista de dança, largando Jennie ali sozinha, indiferente e, ao mesmo tempo, quase tão assustadora quanto Carter, que, enquanto isso, não para de rodopiar sua noiva e seu golden retriever pela pista.

Sigo pelo corredor e me recosto na parede. Passo as mãos sobre o rosto cansado.

— Preciso transar.

— Posso ajudá-lo com isso.

Uma ruiva bonita aparece à minha frente, tirando um guardanapo e um batom de dentro da bolsa. Ela pressiona o guardanapo contra o meu peito e escreve algo sobre ele.

Fico impressionado com tamanha facilidade... Ou será que só quero ir para casa comer uma caixa de biscoitos Pop-Tarts? Não tenho certeza, mas, quando Jennie chega ao corredor, minha pressão sanguínea vai às alturas.

A ruiva enfia o guardanapo com seu número de telefone no bolso do meu paletó e sussurra "Me ligue" ao pé do ouvido.

A careta enojada de Jennie é tão apavorante que não consigo desviar o olhar. Com um revirar de olhos, ela vira de costas e segue até o banheiro, mas meus pés vão atrás dela.

— Espere, Jennie! Eu não ia... não... não estava...

— Não é problema meu, Garrett. Pode ir atrás de todos os rabos de saia que quiser. Mas talvez não de um que veio como acompanhante de um dos defensores do seu time.

— O quê? — Olho para a ruiva, que pisca para mim antes de desaparecer. — Não, e-eu... — Inclino a cabeça, esfregando a nuca e sentindo minhas orelhas arderem. — Eu não ia fazer nada.

— Mesmo estando nessa seca toda? — Jennie murmura, zombando. Ela tira um lenço da bolsinha dourada e o atira para mim antes de abrir a porta do banheiro com o quadril. — Tem batom na sua bochecha, amigão.

Acabo não achando a marca de batom, e é Adam que a limpa para mim, o que provoca zoação e risinhos entre as mulheres do grupo. Quando Carter e Olivia partem em sua limusine, ao final da noite, o efeito da bebida já passou e estou de braços cruzados, mal-humorado. Nem o cachorro arfando aos meus pés agora consegue me alegrar.

Não quero saber o que Carter teve de fazer para que Dublin participasse da recepção, mas não estou surpreso. O cara consegue de tudo com sua lábia. Além disso, golden retrievers ficam elegantes pra caralho de smoking.

— Vem cá, Dubs! — Jennie o chama, batendo as palmas nas coxas. — Você vai dormir na casa da sua titia favorita! Sim, você vai, bonitão!

— Você é a única tia dele.

Ela cruza os braços, o que atrai meu olhar para o seu decote espetacular pela milionésima vez esta noite, depois para o seu quadril erguido do lado esquerdo, com a fenda do vestido aberta até a coxa, exibindo pernas fenomenalmente bem torneadas.

— Cale a boca, seu ranzinza.

— Ah, porque você é um raio de sol, né? — resmungo entre os dentes. — Uma flor. Sempre tão legal e feliz.

*Porra, a coragem está me fodendo esta noite.*

Os olhos azuis estreitam-se.

— Entre logo no carro, *Ursinho*.

— Sim, senhora.

Entro no banco de trás da limusine que está aguardando, sentando-me ao lado de Hank, e todos os outros se acomodam logo depois de mim.

Hank é um mocinho de oitenta e quatro anos, um dos melhores amigos de Carter e Jennie e quase como um avô para eles, além de ser um cara muito bacana. Ele era o tutor de Dublin, e deve ser por isso que o cachorro passa por cima de mim, unhando meu saco, e se aninha sobre o colo dele.

— Filho da puta — xingo, arrumando as coisas no lugar.

Hank ri.

— Você não está no melhor dos seus dias. — Ele observa, suspirando feliz. — Que casamento lindo. Olivia estava deslumbrante.

Kara, que está no colo do marido, Emmett, abafa o riso ao passar os dedos pelo cabelo dele. Suspeito que seja porque Hank é cego desde os quinze anos, mas ele nunca deixa de elogiar uma mulher.

Respirando fundo, eu me aconchego no assento e fecho os olhos, desligando-me da conversa sobre o fora colossal de Carter sobre a gravidez. Adam ainda está chateado por ter perdido tanto dinheiro e Holly está listando possíveis nomes para o netinho ou a netinha. Carter e Olivia decidiram não descobrir o sexo do bebê. Olivia diz que não quer passar a gravidez toda dizendo a Carter que não chamarão o bebê de Carter Jr. caso seja menino, e acho que Carter fica apavorado com a possibilidade de ser uma menina. Para ele, a negação às vezes é o melhor remédio.

Quando paramos em frente à casa de Holly e Jennie, Dublin está dormindo no meu colo, com o nariz enterrado dentro do meu paletó, e a língua de Kara está enfiada na garganta de Emmett. Ouço apenas os roncos baixinhos de Dublin e — acho — saliva sendo trocada, entremeados com os murmúrios ocasionais de Emmett descrevendo o que fará com a esposa esta noite.

Pulo para fora do carro assim que a porta abre.

— Vou ajudar Hank a entrar.

Adam também sai na calçada.

— Eu também.

Com Hank já estabelecido no quarto de hóspedes, Holly começa a distribuir guloseimas entre nós assim que passamos pela porta da cozinha.

— Já comecei a fazer os quitutes de Natal. — Ela coloca um saco de alguma delícia de manteiga de amendoim e chocolate no freezer. — Como ainda estamos em novembro, preciso me controlar. — Ela beija nossos rostos antes de sair pelo corredor. — Esta mamãe aqui precisa ir para a cama antes que acorde e se dê conta de que tudo não passou de um sonho, que ela não conseguiu casar seu filho com uma mulher maravilhosa que está disposta a aturá-lo para o resto da vida.

Adam cutuca meu ombro e enche a mão, apertando a virilha.

— Preciso mijar. — Ele para assim que pronuncia estas palavras, dando de cara com Jennie. Limpando a garganta, desvia devagar, corando. — Quer dizer, humm... Preciso usar... o banheiro.

Com um olhar que mais parece um aviso, ele me deixa com Jennie na cozinha.

A mulher me ignora ostensivamente e pega um copo d'água.

— Humm... — Coço a cabeça, procurando uma forma de atenuar a tensão. — Então... até que o tempo está bom, né? — Ela bufa na água, depois pega outro copo no armário, enche de água e me entrega. — Obrigado?

— Humm — Jennie murmura, e observo sua bunda balançando de um lado para o outro quando ela sai andando pelo corredor, com uma mão nas costas tentando puxar o zíper do vestido, que começa logo acima daquele grande pêssego suculento.

*Tentando*, mas falhando.

Com um suspiro pesado, ela para e bate os dedos no batente da porta. Então vira e me encontra exatamente onde eu não deveria estar: parado, ali, encarando-a.

— Será que você pode me ajudar com o zíper? Está preso.

Ela se vira, mostrando-me suas costas, e paraliso no lugar.

— Ah, claro. Lógico. Sou bom com zíperes. — *Sou bom com zíperes? Mas que merda, seu idiota. Cale a boca.*

— Talvez seja melhor sem o copo d'água na mão.

— O quê? — Olho para o copo que estou segurando e rio. *Por que pareço meio nervoso? Quantos anos eu tenho? Vinte e seis, doze?* — Ah, verdade.

Viro o copo, bebendo rapidamente, depois o coloco sobre a bancada e esfrego as palmas das mãos suadas nas coxas.

Puta merda, que vestido. Que costas. *Que bunda maravilhosa.* Devia ser ilegal. *Com certeza* é ilegal para mim chegar tão perto dela, sem dúvidas. Se Carter me visse agora, eu nunca jogaria hóquei profissional de novo. Ficaria sem um dos membros necessários para isso.

Não sei como abordar a situação. O zíper está bem ali, no topo daquela curva e... devo... abri-lo?! Sim. Seguro o zíper, depois hesito.

— Hum, só vou... — Inclinando a cabeça para o lado, examino o delicado fecho dourado. — Só vou...

— Porra, Garrett, não é nada de mais. Deve estar emperrado. É só puxar.

— Certo. Sim. É.

Pegando o zíper entre os dedos grandes demais, agarro seu quadril com a outra mão, o polegar pressionando sua pele quente. Suas costas arqueiam um pouco e minha respiração fica presa em algum lugar do meu peito ao som baixo e rouco que ela emite da garganta. Então ela se aproxima ainda mais, como se *quisesse* que sua bunda se familiarizasse com meu pau.

*Merda, o que é que ela está fazendo? Não, não, não, não. Ela vai acordá-lo.*

Jennie segura o cabelo, passando-o devagar sobre o ombro esguio. Olhos azuis nebulosos me observam por baixo dos cílios grossos e escuros, e meu olhar rastreia sua língua enquanto ela a desliza sobre seu lábio inferior.

Ah, merda. Sim. Ele está acordado.

*Agora não, Tenente Johnson. Soldado, sentido!*

— Garrett.

Eu me volto para o olhar penetrante de Adam. Olho de volta para a bunda de Jennie — para o *zíper* — e dou um puxão rápido, abrindo o tecido, e, em seguida, saio correndo da casa, batendo a porta atrás de mim, o corpo relaxando com um suspiro pesado enquanto me inclino para a frente, segurando os joelhos.

*Ufa.* Foi por pouco.

Adam balança a cabeça, falando baixo.

— Encontre outra pessoa. Literalmente *qualquer* outra pessoa.

Certo. Sim. É bem isso o que preciso fazer. Jennie não é uma opção. Além do mais, mal a conheço. Não preciso sacrificar nenhuma amizade nem minha temporada de hóquei — ou qualquer membro precioso do meu corpo — só para transar. Tenho muitas opções.

É o que repito para mim mesmo, meia hora mais tarde, enquanto suspiro e aperto sem parar o botão do elevador do meu prédio.

— Sr. Andersen — diz uma voz sedutora atrás de mim. Emily, uma das minhas vizinhas, aparece ao meu lado. Ela joga seu cabelo loiro-escuro sobre o ombro, o que realça o leve brilho sobre suas maçãs do rosto ao sorrir para mim com os lábios cor de cereja que devoro de tempos em tempos. — Não é que você está elegante hoje...

Eu a deixo entrar no elevador, observando seu vestido cintilando, as pernas longas e os saltos pretos.

— Casamento do melhor amigo — explico. — E você? Está fantástica hoje.

— Sempre estou linda e você sabe disso. — Ela se inclina sobre o painel, com os olhos sobre mim enquanto aperto o botão do seu andar, depois do meu. — Despedida de solteira.

— Então todo mundo está se casando?

Ela bufa.

— Eu não.

Rindo, passo uma mão pelo cabelo.

— Nem eu.

O elevador para e Emily salta no corredor, virando-se para mim enquanto impede as portas de se fecharem.

— Quer vir?

Percebo que ela deixa o *comigo* subentendido, fazendo o ar pesar com a insinuação.

Segurando a porta, vejo meu sapato dar um passo sobre o piso de mármore. Meu olhar se ergue do inchaço entre as minhas pernas, ainda resultado da abertura do zíper na bunda que esteve quase em minhas mãos há menos de uma hora, e me lembro pela centésima vez de que aquela bunda é proibida.

Emily sorri conforme me endireito. *Que se dane.*

— Sim, quero.

# 2
# TACOS DE ANIVERSÁRIO & CANALHAS

## JENNIE

Sabe aquela sensação incômoda de tirar a roupa íntima da secadora e descobrir que ainda está úmida? Ou de não ter tempo de esquentar as sobras de macarrão com queijo, então você tem de comer tudo frio e duro? Ambas as situações são desagradáveis, e é exatamente essa a minha sensação quando percebo meu parceiro de dança me observando como se eu fosse ser sua próxima refeição.

O coitado ainda não descobriu que sou caviar; não importa o quanto tente, ele não tem como me bancar.

Simon se inclina no supino, levanta a cabeça e arqueia as sobrancelhas.

— Gostou do que viu?

— Engraçado, eu estava prestes a te perguntar a mesma coisa.

Passo por ele, rumo ao vestiário. Ele me segue, porque é insistente pra cacete.

Não me entenda mal: até que gosto de Simon. Dançamos juntos há quatro anos. Mas, além de insistente, ele é arrogante pra caralho e parece acreditar que estou me fazendo de *difícil*.

Não é um conceito tão complicado de entender. Não tenho nenhuma intenção de deixá-lo brincar na minha Disneylândia. Quanto antes ele aceitar esse fato, melhor.

— Este é o vestiário feminino, Simon. Você não pode entrar aqui, mesmo se tentar esconder sua coisa entre as pernas.

— Eu não conseguiria disfarçar isso aqui nem se tentasse. — Seu hálito cheira a carne-seca quando roça a minha orelha. — Não dá para esconder um pacote deste tamanho.

Eu o empurro para trás, mantendo a porta do vestiário aberta.

— Você precisa baixar esse ego, tipo, baixar de uns vinte metros de altura, seu canalha.

Simon ri.

— Vou tomar um banho e te encontro lá na frente.

Uma das minhas falhas de caráter é marcar compromissos com antecedência. Quando o dia enfim chega, eu preferiria tirar o sutiã e não ter de colocá-lo de volta.

Limpo o suor escorrendo pelo meu pescoço.

— Tenho planos para esta noite e estou muito cansada, então...

— Mas é seu aniversário.

— Sim, e eu...

— Cinco minutos! Me dê cinco minutos! Tenho que me arrumar para a minha aniversariante favorita!

Ele beija a minha bochecha, pisca e desaparece antes que possa me ver revirar os olhos.

Claro, somos amigos e, sim, gastamos setenta e cinco por cento do nosso tempo juntos, em posições íntimas, com suas mãos sobre mim. Ainda assim, um almoço com Simon não é o programa ideal para celebrar o meu vigésimo quarto aniversário. Na verdade, consigo pensar em pelo menos dez opções melhores de comemorar, como uma soneca de duas horas no sofá, relaxando no meu quarto ou levando meu gato para passear.

*Não tenho gato.*

Mas gosto de ganhar comida de graça, e acabamos no Taco Cantina, o que é bom — porque tacos são tudo nessa vida —, mas não estou impressionada com a insistência de Simon em dividir batatinhas e guacamole. Ele devora tudo, restando para mim apenas as duas chips que consigo agarrar.

— *Ooops.* — Seus dedos percorrem o fundo cheio de farelos da travessa. — Meio que comi tudo, né?

— Comeu, sim.

Ele faz um gesto de quem não liga.

— Tudo bem. Assim você não precisa se preocupar com as calorias extras.

Minhas sobrancelhas sobem tão rápido que acho que podem sair voando.

— Como?

— Sabe, as calorias extras...

— Certo, ouvi. Estava te dando uma chance de reformular o que disse. — Bebo meu mojito sem álcool, saboreando o gosto doce. — Quando é que se tornou apropriado comentar sobre o que uma mulher deve ou não comer?

Ele me olha com cautela.

— Calma, Jennie. Eu estava brincando. E você já está acostumada com isso.

Estou mesmo acostumada, e esse é o problema. Passei minha vida toda lutando contra o desejo de me encolher sob os olhares minuciosos dos treinadores de dança que criticam qualquer curva em meu corpo, que vasculham meus registros alimentares em busca de qualquer indicação de que não fui rigorosa na dieta. Já abracei muitos vasos sanitários e chorei, com medo das palavras duras de repreensão, mas com mais medo ainda de dar início a um transtorno que pode se tornar letal.

Que eu possa me sentar aqui, agora, e pedir três tacos bem recheados e uma bebida açucarada sem qualquer preocupação nem um pingo de remorso é um milagre, algo pelo qual venho batalhando desde o ensino médio, com muita terapia. Não deixarei que as palavras descuidadas de Simon roubem anos de progresso.

E ele ainda acrescenta:

— Além disso, o espetáculo de inverno é no mês que vem. Você não quer ganhar quilinhos desnecessários.

Evito quebrar meu copo simplesmente porque a bebida está muito boa.

— Você está cavando a própria cova. Continue assim e vou enterrá-lo nela. — Mantenho o *imbecil* só na minha cabeça.

Ele cobre minha mão com a dele.

— Você sabe que a acho a garota mais linda do mundo, Jennie. Tenho sorte de tê-la como parceira.

Sorrio para o garçom, murmurando um "obrigada" silencioso enquanto ele desliza a travessa de tacos na minha frente. Para Simon, falo:

— Certamente, você tem.

Ele devora meio taco com uma só mordida.

— Seu irmão ainda está casado?

— Só faz duas semanas que se casou, então, sim.

Além disso, Carter é obcecado por Olivia. Ainda bem que ele é jogador profissional de hóquei e precisa viajar com frequência. Se ficasse em casa todos os dias, Olivia acabaria o estrangulando. Ainda não sei como passei vinte e quatro anos sem fazer isso. Meu irmão é ótimo, só é um pouco... Agitado? Exibido? Autoconfiante demais? Exagerado pra caralho? Tudo isso?

— Duas semanas parecem um compromisso mais longo do que ele suportaria — Simon consegue dizer, mostrando um bocado de carne moída, alface e queijo na boca.

Como ele consegue dormir com todas as garotas da escola de dança é algo que não consigo compreender.

— Você é pior do que Carter era antes de Olivia.

Ele revira os olhos.

— Se o seu irmão teve a chance de mudar sua reputação, por que não eu? Talvez eu queira sossegar também.

As pessoas merecem o benefício da dúvida? Em geral, sim. Mas conheço este homem. Eu o vi seduzir inúmeras garotas, apenas para dormir com cada uma por duas semanas antes de substituí-la por outra, exibindo a atual para a anterior. Ele joga as mulheres fora sem pensar duas vezes e nunca perde a oportunidade de dar em cima de mim.

Como agora: engancha o tornozelo no meu, puxando minhas pernas entre as suas debaixo da mesa. Dá aquele sorrisinho e aí me lembro exatamente de por que o chamo afetuosamente de Simon Sífilis.

— Vamos, Jennie... Vamos para a minha casa. Deixe que eu te dê um *verdadeiro* presente de aniversário.

Chamo a atenção do garçom.

— Pode embrulhar para viagem, por favor? — Apoio o queixo sobre os dedos entrelaçados e sorrio. — Sabe, Simon, eu bem que adoraria. Aliás, adoraria ficar e terminar este almoço também. — Pego a caixa da mão do garçom com um sorriso agradecido. — Mas, infelizmente, não estou com vontade de cometer nenhum grande erro hoje.

Eu me levanto e dou um beijo casto em sua bochecha, catalogando em meu cérebro uma foto de seu rosto surpreso no meu arquivo mental *Para nunca esquecer.*

— Obrigada pelos tacos de aniversário. Vou adorar saboreá-los sozinha e em silêncio.

O PROBLEMA DO SORRISO DOS Beckett é que ele é irresistível, até mesmo para outros Beckett. Meu irmão não consegue me negar nada, e sou conhecida por tirar proveito disso de tempos em tempos.

Então, não só peço filé e lagosta em um dos restaurantes mais chiques de Vancouver no meu jantar de aniversário, como devoro uma banana split com crocante de Oreo na minha confeitaria favorita, depois de nada mais do que um simples pedido e um sorriso para marcar bem as covinhas. Mas, agora que o estou seguindo pela rua depois do jantar, sinto-me cheia demais e desconfortável. Além disso, está bem frio, e meu casaco é bonito, mas não é quente.

Estremeço, ajustando meu cachecol conforme caminhamos pelo centro da cidade.

— Estou com frio. Para onde estamos indo? Como é que Hank pôde voltar direitinho para casa depois do jantar, enquanto a gente tem de caminhar pela neve? Você não nos ama?

Carter me ignora, mas Olivia geme, as mãos envoltas em luvas sobre sua barriga.

— Comi demais.

Dou um tapinha em sua adorável barriga.

— A mamãe estava com fome. É normal.

— A mamãe está *sempre* com fome.

— E o papaizinho aqui também está sempre com fome — Carter murmura, dando tapinhas ao longo do torso.

Faço uma cara de *eca*.

— Por favor, não comece.

Ele murcha, franzindo a testa.

— O quê? Por quê?

— Porque é muito nojento.

— Você é dramática. — Ele passa um braço em volta da esposa, pressionando a boca na orelha dela, mas sem abaixar a voz. — Eu poderia comer mais, mas não em público, se você sabe o que...

— Carter! — Ela dá um tapa na boca dele antes de puxá-lo para a altura dos olhos. — Pelo amor de Deus... — sussurra com sua voz ameaçadora de professora. — Uma vez na vida, cale a boca.

Seu sorriso é lento quando paramos em frente a um prédio alto.

— Eu só quero te amar em voz alta. Por que você não me deixa te amar em voz alta?

Desta vez, Olivia dá um tapinha tranquilizador nele, enquanto minha mãe suspira e eu me engasgo.

— Confie em mim, amor. Ninguém ama tão alto quanto você.

Carter sorri com orgulho e abre as portas de vidro. Ele nos conduz a um elevador antes que eu tenha tempo de admirar o lobby requintado e, enquanto subimos até o vigésimo primeiro andar, enfim responde à pergunta que fiz há dois minutos.

— Eu amo você. Você é a melhor irmã de todas. — Ele me empurra para o corredor. — É por isso que compramos para você o melhor presente de todos.

— Presente? Aqui? — Minha cabeça gira, observando os números nas portas ao longo do corredor. — Carter, este é um prédio residencial.

— Ã-hã. — Ele enfia uma chave em uma porta marcada com o número 2104 e gesticula. — Bem-vinda à sua casa, Jennie.

Minha mandíbula se desequilibra, os pés enraizados no lugar.

— Casa? Para... para mim?

Devagarzinho, entro no espaço iluminado, que é deslumbrante e parece já vir mobiliado, se a sala de estar servir de indicação. Viro-me para a minha família e meus olhos estúpidos se enchem de lágrimas estúpidas. Odeio chorar, mas esta é uma época do ano emocionante para mim.

— Isto é para mim? Você me deu um apartamento?

— Acho que poderiam me chamar de melhor irmão do mundo.

Ele é irritante e me deixa louca, mas Carter sempre foi o melhor irmão e meu melhor amigo. Eu me atiro nele e grito:

— *Eu te amo tanto!*

Minha mãe não parece tão feliz.

— Mas você pode ficar comigo, se quiser. Não precisa se mudar. Não é tarde demais para sair de casa. Carter pode desistir do contrato. Você pode...

Carter a silencia com uma mão gigante sobre o seu rosto.

— Shhh.

Ele passa o braço no meu.

— Vamos lá. Vamos fazer um tour.

Ele me guia pelo apartamento, mostrando-me o tamanho da suíte principal; o banheiro tem um box de vidro reluzente. Há um segundo quarto e outro banheiro no corredor, que são muito mais do que preciso.

Nada disso é surpreendente, nem ele me dizer que sua vontade mesmo era me dar a cobertura. Carter adora mimar quem ama, e ele me pegou procurando apartamentos para alugar no mês passado. Não tenho muita renda e Vancouver é uma cidade cara, então meu orçamento só dava para locais com uma *vibe* meio *Mentes criminosas*, mas sem o bonitão do Derek Morgan. Carter fez uma careta antes de eu fechar meu computador e emitiu um grunhido — algo como "porra, nem pensar" — enquanto se afastava. Foi ao mesmo tempo divertido e preocupante.

Depois do tour, saio dançando por todos os cômodos mais três vezes, porque estou tão apaixonada que não consigo parar de sorrir.

— Este apartamento é incrível e tão, *tão* perfeito. — Rodopio pela sala de estar e esmago meu irmão com um abraço antes de me jogar sobre Olivia, que fez do sofá sua nova casa. — Obrigada até o infinito!

— Você pode se mudar assim que quiser — Carter me diz enquanto nos preparamos para ir embora. — Posso ajudá-la quando voltar do campeonato na semana que vem. — Ele me entrega um chaveiro de metal *rosé* com um J de acrílico, cercado por florezinhas. — E um dos caras mora no último andar, o que é legal, porque você não estará totalmente sozinha. Ainda não pedi, mas sei que ele cuidará de você.

— Ótimo...

É típico dele me colocar sob vigilância.

Ele me conduz até o corredor conforme a porta à minha frente se abre. Uma risada suave perfura o ar e Carter sorri.

— Falando do diabo... o que você está fazendo aqui embaixo? Bem, quero dizer, eu sei o que você estava fazendo aqui... — Ele arqueia as sobrancelhas. — Seu cabelo está... E sua camisa... — Ele sacode a cabeça, ainda sorrindo, então aponta para mim. — A Jennie vai se mudar pra cá. Falei que você vai cuidar dela. — Sua expressão fica sóbria. — Tem de ficar de olho nela, hein?

— Não preciso de babá — resmungo para ninguém em particular, abotoando meu casaco antes de espiar para ver qual pobre alma insuspeita está sendo encarregada do trabalho.

Meus dedos interrompem seu trabalho quando meu olhar pousa em um par de grandes olhos azul-esverdeados, as ondas loiras bagunçadas em sua cabeça, a calça de moletom cinza pendurada ao acaso, muito baixa em seus quadris.

Carter está certo: Garrett parece ter acabado de fazer sexo.

E a loira meio vestida e com unhas vermelho-hidrante-de-bombeiro, pendurada em seu cotovelo, parece que acabou de ser fodida no chão. Sinto uma estranha inveja.

Garrett Andersen está no nível de Chris Hemsworth na escala de fodabilidade: ele tem a pele brilhante, músculos firmes, olhos azul-turquesa, da cor do oceano no dia mais claro, e sua calça de moletom não disfarça que ele está acumulando muita pressão entre as pernas. Então, não me condene por me perguntar como seria uma rapidinha com ele. Já faz muito tempo e estou com algumas... Ok, muitas... teias de aranha na masmorra.

*Merda, eu já não a tinha chamado de Disneylândia?*

Um calor vermelho brilhante mancha as bochechas de Garrett à medida que ele me encara, e não tenho ideia do que está acontecendo quando ele se afasta da garota ao seu lado, praticamente a empurrando para longe.

— Certo, bem, como eu estava dizendo... — Limpando a garganta, envolvo meu cachecol em volta do pescoço. — Não preciso de babá, muito menos que seja o Pegador do Ano aqui.

Passo meu braço pelo de Olivia e sigo para o elevador, lançando um último olhar por cima do ombro. A julgar pela risada dela, eu diria que Olivia gosta tanto quanto eu da maneira como Garrett fica boquiaberto. Tenho certeza de que ele quer ser minha babá tanto quanto gosto de ouvir meu irmão se autodenominar "papaizinho".

— *Jennifer Beckett* — mamãe me repreende, correndo atrás de nós. — Aquilo foi maldoso. Desculpe, Garrett! Nós te amamos!

— Já chamei Carter de coisas muito piores — ressalta Olivia. — Mas Garrett é um amorzinho.

Meu nariz enruga.

— Um amorzinho que estava transando com a minha nova vizinha. — Não me importo, mas pode ser um pouco estranho vê-los juntos no corredor. E se as paredes forem finas? Quero saber que barulho ele faz quando goza? Não particularmente. — Mas talvez eles estejam namorando — argumento, sem muita convicção.

— Não. — O braço de Carter empurra as portas do elevador, fazendo-as abrir de novo. Ele entra. — Só sexo.

Cruzo meus braços sobre o peito.

— Eu não preciso de uma babá, Carter.

Ele puxa Olivia para perto, ajeitando o cachecol dela até quase cobrir seu rosto todo, apesar de ela tentar afastá-lo.

— Não pense em Garrett como uma babá. Pense nele mais como um par extra de olhos.

— *Carter!* — Esperneio um pouco. Sempre fui um pouco dramática. Tal irmão, tal irmã. — É ainda pior! Parece que você está me espionando!

— Não estou espionando! — ele grita de volta, agitando os braços. — Só quero me certificar de que você está segura!

As portas se abrem e saio no saguão imaculado.

— Você é tão irritante.

— Não, *você* é irritante!

— Eu sei que você é, mas o que eu sou?

*Jogando Comigo*  25

— Ai, meu Deus. — Olivia esconde o rosto atrás da mão.
— Crianças — diz a minha mãe. — Comportem-se.
— Você tem sorte de eu te amar — Carter murmura ao abrir a porta do carro.
— Você tem sorte de eu não te dar um chute na canela.
Um largo sorriso surge em seu rosto.
— Entre na merda do carro.

Meu dedo desliza pela borda da página antiga à minha frente, o plástico protegendo as fotos que ali vivem há anos. As beiradas das folhas são afiadas, e me arrepio ao deslizar o dedo rápido demais por uma pequena lasca no papel. Uma gota de sangue se acumula na ponta do meu dedo, e o estou levando à boca para estancar a dor e o sangramento quando um rosto bonito sorri para mim.

Ele está usando um chapeuzinho de aniversário cor-de-rosa e está comigo, com seis anos recém-feitos, sobre seus ombros. Eu seguro um coelhinho rosa-claro que ele me deu de surpresa naquele dia.

A porta do meu quarto se abre e minha mãe enfia a cabeça para dentro, toda sorridente. Ela entra, mas para na beira da cama, e consigo ver os anos de luto e saudade cruzarem os seus olhos ao verem o álbum de fotos sobre o meu colo. Queria poder mudar a situação, mas não tenho como.

— Sinto falta dele — sussurro, traçando o formato do rosto do meu pai. — Tanta falta.

— Eu também, querida. — Mamãe afunda-se ao meu lado, plantando um beijo prolongado em meu cabelo. — Sei que ele está olhando você hoje lá de cima, chorando porque sua filha não é mais um bebê. Ele está tão orgulhoso de você e da mulher que está se tornando, Jennie. Tenho certeza disso.

Ela toca a coelhinha de pelúcia que estou segurando na foto, esmagada sobre o cabelo do meu pai. Depois, olha para ela agora, aconchegada no meu colo.

— Sempre foi seu bichinho favorito.

Observo a coelhinha. Está desbotada e um dos olhos de botão está pendurado por um fio solto. Anos de abraços, carregando-a para todos os lugares, recusando-me a deixar minha mãe lavá-la por meses... Ela acabou ficando áspera e sem brilho.

— Eu sempre quis um coelho de verdade, mas vocês não me deixavam ter um. Aí papai me deu esta coelhinha rosa. — Eu acaricio as orelhas compridas. — Ele é que deu um nome para ela, sabe. Princesa Jujuba.

— Ele teria dado o mundo inteiro para você se pudesse. Insistiu por anos para que lhe déssemos um coelho de verdade. Você era a princesinha e ele era um grande chato que não aceitava não como resposta.

— Como Carter.

Ela ri.

— Carter e seu pai são muito parecidos. Uma dupla travessa e perigosa! — Ela passa os dedos pelo meu cabelo com um sorriso terno. — Lamento que ele não esteja aqui para comemorar seu aniversário com você.

— Não lamente. — Limpo uma lágrima, depois pego uma rolando por seu rosto. — Tenho sorte de ter tido dezesseis anos para construir memórias com ele.

Há uma tristeza silenciosa gravada em seus olhos quando ela observa ao redor, como se estivesse avaliando o quarto mal iluminado.

— Vou sentir falta de ter você aqui. Se pudesse, eu a manteria por perto para sempre, mas você merece ter a própria vida. Precisa de espaço para crescer.

Ela pega o meu rosto com as mãos e o beija.

— Feliz aniversário, querida. Eu a amo e estou muito orgulhosa de você.

# DESAPARECIDAS: PRINCESA JUJUBA & SUA VONTADE DE VIVER

JENNIE

Você já teve a sensação incômoda de não pertencer?

Não é a minha roupa. Quando não tenho de estar em lugar nenhum às sextas-feiras, prefiro usar pouca coisa e deixar os seios livres, leves e soltos. Assim, a falta do sutiã e da calça parece perfeitamente aceitável. Também não estou incomodada com meus olhos avermelhados e com o coque desarrumado no alto da cabeça.

É este apartamento, tão imaculado, tão organizado. Não é nada parecido com a minha vida nem com a minha cabeça.

O sol da manhã está forte, banhando meu novo espaço com um brilho suave, aquecendo o piso de madeira sob meus pés descalços. Por um momento, fecho os olhos e aproveito a sensação, absorvendo o calor. Imagino que seja a sensação de ser amada por alguém, como se os braços dele estivessem em volta de mim, iluminando-me de dentro para fora. Por um momento, a luz do sol parece-se com o amor, e me demoro dentro dela. Por um momento, anseio por essa sensação.

Estou triste hoje, e a culpa é do álbum de fotos sobre a ilha da minha cozinha nova, do qual mal desviei o olhar desde o meu aniversário, na semana passada.

Meus olhos recaem sobre aquele seu sorriso largo e brilhante. Quanto mais olho para ele, para o pai que perdi há oito anos, para o adeus que nunca consegui dizer, mais difícil fica respirar. Minha garganta queima e meus dentes afundam no lábio inferior para acalmar o tremor.

Minhas mãos tremulam quando me afasto do único rosto que quero ver, mas para o qual não suporto olhar. Então vejo as caixas — são muitas — empilhadas em torres e enfileiradas pela sala de estar. Tudo o que quero fazer é me dedicar a abrir caixas e me instalar, para que eu possa me sentir em casa.

Mas as tarefas mundanas e as ondas complexas do luto se misturam em um arco-íris feio e confuso. Não quero ver o conteúdo das caixas. Não quero olhar fotos e ansiar por mais lembranças que nunca teremos. Quero voltar para a cama, puxar as cobertas sobre a cabeça e acordar amanhã, quando tudo isso já tiver acabado.

Para falar a verdade, eu também me contentaria com um sorriso. Algo leve e genuíno para me lembrar de que há coisas boas neste mundo.

O café pode ser a segunda melhor opção, e a única coisa que posso acessar com facilidade neste momento. Então visto um dos moletons de hóquei do meu irmão, enfio os pés nas botas de lã de carneiro e caminho pelo corredor até o elevador.

— Segure o elevador! — Uma voz chama e aperto o botão "fechar portas" logo antes de uma bota de salto alto pisar entre elas. — Oi, vizinha! — cumprimenta a loira bonita que mora do outro lado do corredor, com um sorriso largo e brilhante estampado no rosto. — Obrigada por esperar.

— Sem problemas.

Eu a meço, observando seu luxuoso casaco e a sola vermelha de suas botas. *Louboutins? Só pode ser brincadeira.* Ela tira uma luva de couro vermelha e estende a mão para mim, revelando unhas impecavelmente polidas e brilhantes.

— Emily.

Deslizo minha mão na dela, tentando esconder as unhas que eu mesma fiz três semanas atrás.

— Jennie.

— Você é amiga do Garrett.

*Não.*

— E você transa com ele.

Ela pisca.

— Só durante a semana. — O elevador para e Emily aperta meu antebraço com ternura. — Vou para a garagem, então acho que é aqui que nos despedimos. Foi um prazer te conhecer, Jennie. Nos vemos por aí.

— Tchau, Emma.

Ela me encara, ainda com um sorriso açucarado.

— Emily. Caso você se esqueça de novo, é provável que se lembre ouvindo Garrett gritar meu nome no meio da noite.

Mostro a língua assim que ela começa a desaparecer atrás das portas que se fecham, e ela mostra a dela de volta.

*Jogando Comigo*

*Eca.* Já não disse que não quero saber o que aquele homem fala quando goza? Planejo agir como se não o conhecesse quando o vir por aí.

Como agora mesmo. *Merda.*

— Jennie?

Meus olhos se fixam nos de Garrett e meu corpo se move mais rápido do que nunca, escondendo-se por trás de uma parede. De tanto não querer vê-lo saindo da casa da vizinha, esqueci-me de que não quero que *ele* me veja com *esta* aparência nunca. Falei com Carter ao telefone esta manhã e disse que estava ótima. Ele não acreditou, mas concordou, de modo relutante, em me buscar mais tarde para jantar, em vez de vir de imediato. Não preciso que o meu vigia tagarele no ouvido do meu irmão mais velho sobre como sua irmã caçula está acabada.

— Jennie? — Garrett chama mais uma vez, de mais perto. — Você está se escondendo? Sabe que já vi você, certo?

Fecho os olhos com força, colando-me à parede. Quando o ouço limpando a garganta, abro uma pálpebra.

O loiro gigante está na minha frente, usando exatamente o mesmo moletom que eu, com o cabelo bagunçado enfiado sob um boné e uma bandejinha de papel com bebidas quentes nas mãos, do mesmo café para o qual estou indo. À medida que seu olhar passa por mim, sua expressão preocupada se amplifica.

— Ah, ei, Garrett. Não vi você aí. — Eu me endireito, puxando a barra do meu moletom, e seus olhos recaem sobre a minha calça de pijama. Faço um gesto para as bebidas e forço uma risada. — Você comprou um café para mim?

Seu olhar se prende ao meu, com as sobrancelhas franzidas, e posso ouvir a pergunta na ponta da sua língua: *Você está bem?* Mas ele repensa suas palavras, provavelmente porque está sempre com medo de mim.

— Hã... Sim, na verdade. — Ele prende um copo no braço e estende os dois restantes. — Estes são para você.

Olho para os copos e depois para ele.

— O quê?

— Para você.

— Eu não... não entendi.

Garrett limpa a garganta.

— Eu sei que foi a sua primeira noite aqui e sei que hoje... — Seus olhos piscam e eu engulo em seco. — Sei que hoje pode ser um dia difícil, então pensei... que talvez você quisesse um pouco de cafeína. Mas eu não sabia se você gostava de café, então comprei um chocolate quente também, só para garantir. — Ele coloca a bandeja em minhas mãos e passa a mão na nuca. — Com chantili.

— Isto é... Hum...

— Não é nada de mais. Eu estava lá e pensei na ideia de... café.

— Eu gosto de café. E de chocolate quente. — Droga, estou com um nó na garganta. — Obrigada, Garrett.

Suas bochechas se abrem em um sorrisinho explosivo, que ilumina todo o seu rosto. É tão contagiante que quase sorrio também.

— Legal. Sim, legal. — Ele gesticula no ar. — Sim, sem problemas.

Garrett volta para o saguão do prédio. Sem ter para onde ir, sigo ao lado dele.

— Então, hum... Para onde você estava indo?

Ergo as bebidas.

— Buscar café.

— De pijama?

— Sim, de pijama. Algum problema com isso, amigão?

Com os olhos arregalados, ele balança a cabeça, depois hesita na frente do elevador.

— Então, agora que você tomou seu café, você vai...?

— Voltar pra casa.

— Ah. Eu também.

Seus olhos saltam entre mim e o elevador, e o silêncio se estende entre nós por um momento longo demais.

— Vou pelas escadas — nós dois dizemos ao mesmo tempo, esbarrando um no outro conforme nos viramos em direção à escada.

— Você vai subir vinte e um andares?

— Isso se chama exercício. E você, que tem de subir vinte e *cinco*? Qual é a sua desculpa, grandão? — digo, apoiando o punho no quadril.

— Tenho medo de elevador — ele deixa escapar, depois cora.

Arqueio uma sobrancelha.

— Jura?

— Sim. Pavor. — Ele engole em seco, olhando para o corredor que leva às escadas, e então faz a coisa mais estranha. — Mas, na verdade... Ahhh. — Agarra o joelho e geme. — Machuquei meu joelho. Bati quando fui buscar o café.

— Poxa. Talvez você devesse pegar o elevador, então.

— Pode ser melhor. — Ele esfrega o joelho e finge cambalear. — Acho que consigo deixar meu medo de lado desta vez.

*Isso está mesmo acontecendo? Ele sabe que é um péssimo ator?*

O elevador se abre quando pressiono o botão e empurro-o para dentro.

— Obrigada pelo café. E, Garrett?

— Sim?

— Você se sai melhor como jogador de hóquei do que como ator, grandão.

O PACOTE NA MINHA MÃO parece insignificante perto do café da manhã farto e cheiroso servido na mesinha de centro, um sinal de que Carter já esteve aqui. Sei que Hank vai gostar do gesto, de qualquer maneira.

— É a minha garota favorita?

Sigo sua voz cansada, encontrando-o em sua cadeira de balanço perto da janela.

— Não, sou eu.

Dou um beijo em seu rosto sorridente antes de me sentar ao seu lado. Ele tem uma bela vista da varanda, com árvores imponentes nos tons mais exuberantes e montanhas ao longe, delineando o horizonte ao norte de Vancouver.

— Mas você é a minha garota favorita. E a sua mãe. E Olivia. E pode me dar um pouco de Kara também.

— Odeio te dizer, Hank, mas *favorita* exige que você coloque uma acima das outras.

Ele franze a testa.

— Você sabe que não consigo. Amo todas vocês.

— E todas nós amamos você também. — Coloco a caixinha sobre a mesa e ergo a tampa. O aroma de açúcar e canela se espalha pelo ar. — Trouxe uma rosquinha de canela para você.

Seus olhos brilham enquanto corto a rosquinha pegajosa, depois lhe dou o prato em uma mão e o garfo na outra.

— Você é *mesmo* a minha favorita. — Ele gesticula para trás de nós. — Carter fez um cappuccino para você antes de sair.

Encontro a caneca quente e envolvo-a com as mãos, inalando o aroma de café. Sorrio para o coração de canela desenhado sobre a espuma. Carter gosta de se expressar por meio de grandes gestos, mas às vezes são esses pequenos que mais aquecem o meu coração.

Conversas à toa preenchem os próximos minutos e, quando deixamos o silêncio perdurar, Hank murmura:

— Oito anos hoje.

Bebo meu cappuccino, tentando afogar o nó na garganta.

— Quinze para você.

Ele gira algo entre os dedos e meu coração dá um pulo quando vejo a delicada aliança de ouro, o diamante solitário incrustado no meio.

— Sinto falta da minha doce Ireland todos os dias.

Hank entrou em nossas vidas no pior dia que já vivemos, que também era o aniversário do pior dia que ele já viveu. Sua esposa, Ireland, falecera sete anos antes do dia em que meu pai morreu, e temos de agradecer a Hank — e a Ireland — por salvar a vida de Carter.

Meu irmão incumbiu-se da tarefa onerosa de cuidar de mim e da nossa mãe naquele dia. Por mais impossível que parecesse, ele fez isso sem esforço. Minhas únicas lembranças giram em torno da comida que ele nos forçou a comer, da maneira como nos abraçou por horas a fio enquanto nosso mundo estava acabando, como carregou mamãe para a cama quando ela estava exausta e, enfim, em como ficou deitado comigo até meus olhos fecharem.

Na manhã seguinte, eu o encontrei desmaiado no sofá da sala, e Hank e Dublin — que não conhecíamos — estavam sentados no outro canto da sala. Hank nos contou como sonhara com sua falecida esposa, que ela o estimulara a sair de casa, e horas depois ele encontrara Carter em um bar, bêbado e incoerente. Hank o impedira de dirigir para casa. Foi um motorista alcoolizado que tirara nosso pai de nós.

Ao impedir que perdêssemos outro membro da família, Hank tornou-se parte dela.

— Faz muito tempo. — É o sussurro que enfim sai dos meus lábios.

— Cada dia sem eles é longo demais, não é?

Meu peito se aperta quando imagino minha mãe agora. Sei o que ela está fazendo: o mesmo que faz todos os anos neste dia. Vestindo o suéter favorito do papai por causa do cheiro de sua colônia que ainda perdura nele, agarrando o ursinho de pelúcia que ele ganhou para ela no parque de diversões, em seu primeiro encontro. Chorando e sozinha, até que seu coração permita que ela abra um espaço grande o suficiente para nos deixar entrar. Ela vai rir e sorrir mais tarde hoje, quando assistirmos a filmes antigos e compartilharmos histórias, mas precisa de espaço para sofrer primeiro.

— Ninguém deveria viver sem sua alma gêmea — murmura Hank. Ele dá um tapinha na minha mão. — Sei que há algo de muito especial esperando por você, Jennie. Um amor que esteja acima de todo o resto. Isso é que é uma alma gêmea. Alguém com bordas lisas para suavizar as nossas pontas afiadas. Alguém que se adapta perfeitamente a nós, vibra na mesma frequência, faz todas as nossas melhores partes brilharem. E, juntos? Juntos, é exatamente como deveria ser.

Forço um revirar de olhos.

— Não estou com pressa. Gosto de ser independente.

— Você pode ser independente mesmo compartilhando a vida com alguém. Seu irmão não achou que queria compartilhar a vida com ninguém, e agora veja como ele está. Tem uma esposa com uma alma linda, um bebê a caminho... Ele não poderia estar mais feliz.

— Sei que está tentando me convencer, meu velho, mas não preciso de um namorado para me fazer feliz.

— Não acho que precise. Você mesma consegue se fazer feliz. Mas acho que encontrar aquela pessoa que ilumine um pouco a escuridão pode abrir você para um lado deste mundo que você ainda não viu... — Ele dá de ombros. — Talvez. Acho que você é muito mais parecida com o seu irmão do que deixa transparecer e está com medo de se aproximar de alguém porque o amor pode machucar... — Ele abre um largo sorriso. — Com certeza é isso.

— Pare com isso. Não tenho medo.

Tenho *pavor*.

Não é que eu não anseie por intimidade, por uma pessoa que esteja sempre ao meu lado, para quem eu possa baixar a guarda, que me veja como sou e, ainda assim, goste de mim. Deus, como eu não adoraria encontrar alguém que visse tudo, aceitasse tudo. Alguém só meu, com quem eu pudesse compartilhar as coisas difíceis. Talvez, então, todas elas parecessem mais administráveis.

O problema é que, sendo meu irmão mais velho capitão de um time de hóquei da Liga Nacional e com todos querendo se aproximar dele, fica impossível separar o genuíno do falso. Você acaba se fechando, ficando sozinha quando descobre que não passa de um trampolim, que nada jamais foi real. E aqueles que você achava que se importavam de fato? Quando tudo vai por água abaixo, eles nem sequer olham para trás, para os escombros e o caos deixados após a explosão.

É mais seguro manter um pequeno círculo, com algumas pessoas em quem você possa confiar de todo o coração, do que deixar entrar de modo imprudente qualquer um que se aproxime, mesmo que, às vezes, isso seja um pouco solitário.

Além disso, quem precisa de namorado quando se tem uma gaveta cheia de namorados movidos a bateria? Os homens não vibram, vibram?

Quando volto para casa depois do almoço, estou exausta. Recebi mensagens de Carter, Olivia, Kara e Simon durante toda a manhã, todos constantemente me monitorando. É bom, mas é excessivo.

Tranco a porta atrás de mim, o som da fechadura ecoando pelo apartamento antes que eu me depare com o silêncio.

Um silêncio que faz minha pele arrepiar. Há espaço demais para pensamentos errantes, para dúvidas.

Meus olhos se fixam no álbum de fotos e deixo que ele me atraia até que tudo que consigo ver é seu rosto sorridente, até que tudo flua em mim por meio daquele sorriso, em minha tentativa desesperada de sentir o calor do seu amor, em vez dessa súbita e avassaladora falta de controle.

Cubro a foto com a mão e fecho os olhos enquanto meu peito arfa. Por alguma razão, o rosto de Garrett vem à minha mente. Eu o vejo ali parado, com o café, o chocolate quente e um sorriso só para mim; um sorriso verdadeiro, que me aqueceu. E, agora, sinto frio de novo, sozinha, e estou cansada de ficar sozinha nos momentos mais difíceis.

Abro os dedos devagar, revelando a imagem um pouco de cada vez. A coelhinha rosa da foto olha para mim, e sei de que preciso. Sei como encontrar algum conforto.

Com uma tesoura, corto intermináveis pedaços de fita adesiva, caixa após caixa, rasgando as abas, espalhando o conteúdo no chão ao procurar a Princesa Jujuba, um pedacinho do meu pai que ainda posso abraçar. Quanto mais procuro, mais minhas mãos tremem. A tesoura quebra e meu queixo tremula. Caixa após caixa produz o mesmo terrível resultado: nada de coelhinha.

Fecho os olhos com força e balanço a cabeça, afastando a fraqueza que surge na forma que mais odeio.

Raramente perco o controle. Do meu corpo, das minhas emoções. Evito situações que tragam dor ou incertezas. Eu deveria ter ficado em casa; na casa onde eu estava rodeada pelas memórias. Agora estou aqui, sozinha.

Viro uma caixa diante de mim, aquela que diz *quarto*, e, quando nada cor-de-rosa despenca de dentro dela, caio de joelhos e largo a caixa, deixando as lágrimas brotarem.

# 4
## CHUVA DE VIBRADORES

GARRETT

*Zuuummm.*
  *Zuuummm!*
  *Zzzzuuummm!*
  — Fala sério! — O corpo sólido de Adam tromba com o meu, atirando-me contra Carter e colocando nós dois entre ele e a mureta. — Vocês dois podem calar a boca? Chega de efeitos sonoros. Vocês não são carros de corrida.

Coloco minha luva debaixo do braço e pego a garrafa de água de Adam. Ao esguichá-la na boca, a água escorre pelo meu pescoço e por baixo do protetor de peito.

— Você só está com inveja porque não consegue patinar tão rápido quanto nós.

Adam ergue a máscara e rouba a água de volta.

— Quando estou usando esses cinquenta quilos de equipamento de goleiro? Não, não consigo mesmo, e duvido muito que algum de vocês conseguiria.

O peito de Carter incha.
— Eu conseguiria.
Adam bufa.
— Ok, amigão. Qualquer coisa, é só manter a gente informado.
— Como assim? Passe aí o equipamento. Vamos apostar uma corrida!
Eu rio.
— "Passe aí o equipamento". Deve ser o que a Ollie diz.
*Boom!* Emmett bate o punho enluvado contra o meu e ri.
— Só não diga a ela que eu ri disso. Ela ficou mil vezes mais assustadora agora que está grávida.

Carter não parece achar engraçado. Com um grito de guerra que ecoa pelo rinque, ele me joga no gelo e sufoca meu rosto com a luva.

— Sai de cima de mim! — grito, agitando meus braços. — *Adam!* Socorro!

— Jesus — murmura o treinador, borrifando-nos com uma chuva de gelo quando freia ao nosso lado. — Às vezes penso que estou treinando a liga infantil, não hóquei *profissional* masculino. Minha filha é mais adulta que vocês dois, e ela é uma criança. — Ele estala os dedos e gesticula. — Beckett, Andersen, parem já com isso e me deem cinco voltas. Agora!

Carter fica de pé e me puxa para cima.

— Aposto que sou mais rápido.

Sacudo a neve da minha camisa.

— Você é tão desnecessariamente competitivo.

— Sim, eu...

— *Quem perder paga o almoço!*

O ar gelado atinge meu rosto conforme corto o gelo, com Carter logo atrás de mim, gritando. E é exatamente assim que, duas horas depois, acabo com uma pilha de asas de frango e pizza pelas quais não preciso pagar, com Carter resmungando sobre eu ter trapaceado.

— Você não sabe perder — Emmett diz a ele, enfiando uma fatia de pizza na boca. — E essa não é uma boa característica.

— Eu não perdi! Ele passou a perna! — Carter pega a fatia da minha mão. — Me dê isso aqui.

Adam coloca outra fatia no meu prato.

— Jennie se mudou para o apartamento?

Carter assente.

— Mudou ontem. — Seu olhar encontra o meu. — Você a viu hoje de manhã?

Não minto com frequência — exceto por esta manhã, quando posso ou não ter dito que tinha medo de elevador e que machuquei o joelho — e sou péssimo com mentiras. Mas havia algo vulnerável nos olhos de Jennie hoje, algo triste e incerto escondido atrás daquele seu atrevimento habitual. Algo que dizia que ela não queria que ninguém a visse daquele jeito.

Então, minto. De novo.

— Não a vi.

— Achei que a veria quando fugisse da casa da sua amiguinha de novo.

O calor sobe pelo meu pescoço.

— Eu não estava fugindo e não estive lá desde então.

— Finalmente transou, hein, amigo? — Emmett bate seu copo no meu.

— Mas dormir com alguém que mora no mesmo prédio é uma boa ideia? — A pergunta de Adam tem um tom bem-humorado e, ao mesmo tempo, preocupado. — Ou é algo sério?

— Não é sério. E não estamos dormimos juntos, exatamente. — Com os olhares que recebo, acabo cedendo. — Tudo bem, foram apenas algumas vezes. É difícil conhecer garotas. Vocês só querem ver fotos de suas esposas e falar sobre como o cabelo delas cheira a bolo de banana e merdas desse tipo. Estão todos malucos por elas.

— Adam não está — retruca Carter. — Está livre, graças a Deus.

Adam ri e suas bochechas ficam rosadas.

— Gostaria de poder apoiar você nessa busca. Só não estou pronto para um relacionamento.

Carter enfia um picles frito na boca.

— Você poderia só transar, como Garrett.

— Eu não... — Enterro o rosto nas mãos. — *Argh*.

Ele aponta para mim com seu picles meio comido.

— Jennie não ficou com uma boa impressão de você, aliás.

— O quê? Por quê?

*Pergunta estúpida*. Depois do casamento e do encontro surpresa no prédio, com certeza não deve ter ficado com a melhor das impressões. Espero que isso tenha se resolvido hoje, mesmo que meu plano original fosse deixar as bebidas na porta dela de maneira anônima.

— Algo sobre não querer ouvir você trepando com a vizinha dela.

A culpa é de Carter, como quase sempre é. Se ele tivesse me dito que estariam lá, eu não teria ido para a casa de Emily. Aliás, ele nem tinha me contado que sua irmã se mudaria! Aquela mulher que, ao mesmo tempo, me excita e me assusta pra caralho apenas com um olhar, e agora tenho de mentir para não acabarmos juntos no elevador.

Carter tira do bolso o celular que está tocando.

— Falando no diabo... Oi, Jennie. Estávamos falando... — Seu sorriso desaparece. — Espere... por que você está chorando? Respire fundo. — Ele passa uma mão nervosa pelo cabelo, puxando os fios. — Não sei como... Eu não... Como posso... *Não sei como ajudar você daqui* — ele enfim diz, os olhos se arregalando quanto mais ele ouve as divagações frenéticas de Jennie.

*Jogando Comigo*

Minha experiência em lidar com mulheres tristes é limitada às minhas três irmãs mais novas. E, por mais complicadas que elas sejam, acho que não chegam perto disso. Ainda assim, eu me pego murmurando:

— Lembre-a de respirar.

Ele concorda.

— Tudo bem, Jennie. Respire fundo.

Ele inspira profunda e repetidamente, fazendo círculos com a mão, como se Jennie pudesse vê-lo.

— Ótimo. Agora fale de novo. — Suas sobrancelhas se unem. — Princesa Jujuba?

Minha cerveja desce pelo lugar errado e tusso, cuspindo na minha mão.

— Não sei onde está a Princesa Jujuba... — Carter suspira. — Mas vamos encontrá-la, ok? Prometo. Deve estar por perto, em algum lugar.

Estou na minha quarta fatia de pizza quando Carter desliga, explicando sobre o desaparecimento do bicho de pelúcia de Jennie, aquele que o pai comprou para ela, e sei, no segundo em que ele vira aqueles olhos de cachorrinho perdido para mim, que estou fodido.

Balanço a cabeça antes mesmo que ele abra a boca.

— Por favor — ele implora.

— Poxa, cara... — Eu me inclino sobre a mesa. — Sério?

— Apenas passe para dar uma olhada nela a caminho do seu apartamento. Ela não para de chorar.

— Jennie nem gosta de mim! Ela me odeia!

— Ela ama você!

— Você nem tentou parecer convincente! — Eu me jogo de volta na cadeira. — Jennie não vai querer me ver. Vai atirar uma almofada na minha cabeça ou algo assim.

— Não. — Carter sorri. — É com os saltos altos que você precisa tomar cuidado.

Não vou fazer nada. Não vou. Eu me recuso.

Carter não pode me obrigar. E Jennie nunca ficará sabendo se eu não for. Carter não vai lhe dizer que me mandou ver como ela estava.

Está decidido. Não irei. Pressiono o botão para a cobertura e afundo contra a parede do elevador com um suspiro de alívio.

Observo a luz acima das portas saltar de um andar para o outro. Conforme sobe em direção ao 21, gemo.

Aperto o botão de parada de emergência assim que passo pelo andar de Jennie, apoiando-me no corrimão quando o elevador para de repente. Ele ganha vida de novo quando aperto 21 apenas uma vez, com força e determinação, e então passo as mãos pelo rosto.

Um minuto depois, estou com minha bolsa de hóquei no ombro, tacos na mão e uma orelha encostada na porta dela. O silêncio que encontro me convence de que está tudo bem. Talvez Jennie tenha encontrado a Princesa Jujuba.

Um gemido me faz parar quando me viro para sair. O soluço mal engolido que se segue aperta meu coração. Com um suspiro, eu bato.

— Vá embora! — Jennie grita lá de dentro.

— Ah, eu... Hmm... — As palavras falham, então bato de novo, mais de leve, porque tenho medo de irritá-la.

— *Falei pra ir...*

A porta se abre. O queixo de Jennie está tremendo quando ela olha para mim. Seus olhos azul-violeta parecem ainda mais claros, mas o círculo ao redor deles está escurecido, criando um contraste impressionante. Seu nariz está rosado e os lábios, inchados e altamente beijáveis.

*Não. Não! Não, eles não estão, Garrett.*

— Ah, oi.

*Estou acenando? Merda. Um início estranho de conversa, que maravilha.*

Jennie soluça, passando a parte de trás do punho sobre os olhos.

— O que você está fazendo aqui?

— Ah, Carter disse...

— Ai, meu Deus! Meu irmão mandou você ver como estou? Inacreditável!

Ela bate o quadril contra a porta, mantendo-a aberta, mas os braços cruzados sobre o peito é que são o problema. Ela está usando legging verde-floresta e um top esportivo combinando, bem diferente do moletom com pijama de hoje de manhã.

Meu olhar salta entre seu decote e sua barriga tonificada. Por que ela não está de camiseta? Deveria vestir uma camiseta.

— Você devia... uma camiseta. Por favor?

*Por que isto está acontecendo comigo?*

As sobrancelhas escuras sobem em sua testa.

— Ah, você gostaria que eu colocasse uma camiseta? Isso lhe agradaria? Bem, e eu gostaria que você sumisse! — ela grita ainda chorando, enxugando as lágrimas que caem pelo rosto, então fica mais engraçado do que assustador.

Até que ela me fixa com um olhar tão feroz que o sorriso se formando em meu rosto desaparece.

— Certo. Sua casa. Sem camiseta. — *Estou apontando para ela?! Sim, estou apontando para ela.* Agarro meu taco com as mãos para evitar qualquer outra ação embaraçosa. — Carter não me mandou ver como você estava — minto. — Almoçamos depois do treino, e ele disse que você perdeu a Princesa Confeito, e pensei...

— Princesa *Confeito*? É Princesa *Jujuba*! *Argh!*

Atirando os braços no ar, ela se afasta.

*Nossa,* essa legging. Essa *bunda.* Só quando elas desaparecem de vista que percebo que Jennie está batendo a porta na minha cara.

Dando um passo à frente, eu a impeço de fechar a porta. Jennie geme quando, por acidente, eu a pressiono contra a parede.

— Sai de cima de mim — ela exige, empurrando meu peito. — Está no apartamento errado, pegador. Sua maria-patins mora do outro lado do corredor.

Meu rosto queima.

— Ela não é minha... Não sou um...

Jennie funga, o peito arfando ao me olhar. Ela me empurra mais uma vez, de leve, mas meus pés permanecem enraizados. Esse corpo de dançarina pelo qual ela batalhou tão duro é esculpido à perfeição, mas peso mais que o dobro dela.

Minha mão desliza até sua cintura à mostra, para estabilizá-la conforme me endireito.

— Não vim atrás de Emily e não tenho nada... — Limpo a garganta. — Ela não é minha maria-patins.

Jennie limpa os seios. Belos seios. Mas não há nada para limpar.

— Não foi o que ela disse. — Agora enxuga as lágrimas que restam em seu rosto. — O que você está fazendo aqui, Andersen?

— Carter disse que você estava triste por causa da Princesa Jujuba. Eu estava passando e decidi ver se você estava bem. — Então percebo a bagunça da sala de estar, lotada de caixas rasgadas, os conteúdos espalhados pelo chão. — Como está indo a procura?

Jennie brinca com a trança em seu cabelo e traceja o chão com os dedos dos pés.

— Não consigo encontrar. Só faltam algumas caixas, e mais algumas que estão no quarto.

— Hum. — Enfio os dedos sob o boné e coço a cabeça, fingindo não notar que Jennie está me observando. Sempre fui fascinado por ela. Ela é linda e sabe disso. Tem um lindo cabelo ondulado castanho-claro, quase sempre preso em uma trança atada com uma fita. Ela é um tanto alta; um metro e setenta e pouco, talvez, mas ainda assim bem mais baixa que eu. Tem pernas longas que eu não me importaria de colocar em volta do meu pescoço nem da minha cintura. Um sorriso largo e brilhante, e covinhas de fazer parar o coração, além de uma personalidade forte, atrevida e confiante. Mas, quando seus olhos encontram os meus, é a faísca de esperança que vejo neles que instiga as minhas próximas palavras. — Vou ajudar você a procurar.

— O quê? — O nariz dela se enruga quando coloco meu equipamento no chão, fazendo subir o fedor de umidade típico dos acessórios de hóquei. — Você não precisa fazer isso.

— Claro, mas não me importo. — Passo por ela, escolhendo uma pilha de caixas antes que ela possa protestar. Pegando a faca que está em cima, giro-a entre os dedos e olho para Jennie enquanto ela me observa com cautela, a mão pressionada contra a barriga. — A pobre da Princesa Jujuba pode precisar levar pontos se era isto aqui que você estava usando para abrir as caixas.

Juro que vejo, bem ali no canto, o menor indício de um sorriso. Antes que possa florescer, porém, os lábios de Jennie se achatam e ela anda devagar em minha direção.

— Quebrei a tesoura porque estava espetando as caixas com muita força. — Ela enrola a trança no dedo. — Ah, e obrigada. Por ajudar, ou sei lá.

— De nada.

Rapidamente corto a fita em todas as caixas para poder guardar a faca, e examinamos cada uma delas em silêncio, a música baixa que está tocando no sistema de som flutuando pela sala de Jennie.

— Que tipo de bichinho é a Princesa Jujuba, afinal? — pergunto, mexendo em uma caixa de porta-retratos, que é a última da minha pilha.

Jennie não responde. Eu a encontro encarando a sua caixa, com os nós dos dedos brancos ao segurá-la.

— Ei. Você está bem?

*Jogando Comigo*        **43**

— É uma coelhinha rosa — ela sussurra. — Meu pai a comprou para mim no meu sexto aniversário. Ela tem uma fita em cada orelha e um... um... — Ela estende os braços, os polegares e os indicadores unidos como se estivesse segurando a barra de uma saia. — *Um tutu rosa!*

Ela se engasga com as palavras, soluçando em suas mãos, e atravesso a sala com os braços estendidos.

Paro à sua frente, resistindo à vontade de tocá-la.

— Você está chorando de novo.

*Idiota*. Claro que está chorando. Ela não precisa que você aponte o óbvio.

— Eu *não* estou chorando — ela chora, enfiando um dedo no meu peito. — *Você* está chorando!

Ceeerto...

— Humm, você precisa de um... abraço?

Com cautela, eu me aproximo, abrindo meus braços em câmera lenta. Ela pode, tipo, morder. Não sei como essa merda toda funciona. Minhas irmãs são muito mais novas que Jennie; seus problemas são facilmente resolvidos com abraços.

Jennie é uma Beckett. Se ela for parecida com o irmão mais velho, há uma boa chance de seus problemas serem resolvidos com Oreo e orgasmos. Não trouxe biscoitos e, idealmente, gostaria de manter minhas bolas exatamente onde estão: presas ao meu corpo.

Seu queixo treme.

— Eu não... Eu... — Ela geme, pisa forte e cerra os punhos enquanto seu peito arfa. — Garrett.

— Vamos, Jennie...

Tomando suas mãos nas minhas, eu a puxo com gentileza para mim. Ela vem de boa vontade, devagar, e eu a abraço. Ela tem um cheiro agradável, inebriante, como uma mistura de baunilha, canela e café. Quando ela desliza com cuidado os braços em volta da minha cintura e encosta o rosto sobre o meu coração, descubro que é gostoso tocar nela também. Sua pele é quente e macia, como quando minha mãe colocava minha cueca no micro-ondas naquelas manhãs extremamente frias de inverno na costa leste.

— Boa menina — murmuro, a palma da mão deslizando por suas costas.

Era para ser reconfortante, mas esqueci que ela está só de top, então meus dedos dançam sobre sua pele nua, e nós dois de repente ficamos rígidos. Jennie se afasta ao mesmo tempo em que disparo para trás e arranco o boné, enterrando a mão no cabelo.

— Eu vou, hum... — Faço um gesto para o corredor. — Vou olhar as caixas do quarto de hóspedes.

— Sim. — Ela assente. — Sim, legal. Boa ideia. Faça isso, enquanto eu... fico aqui.

Meu andar casual se transforma em uma corrida louca assim que viro no corredor. Dentro do quarto, encosto as costas na parede e respiro fundo. Que desastre. Quanto antes eu sair daqui, melhor.

Há apenas quatro caixas, e logo revisto as duas primeiras. Quando chego à terceira, com a etiqueta "brinquedos", sorrio de maneira triunfante, rasgando a fita.

— *Aha!* — Esta é a caixa. Se isso não me deixar bem com Jennie, nada o fará. — Aí vou eu, Princesa Jujuba...

*Ah! Puta merda!* Fecho a aba e solto um grito.

— *Socorro!*

— O que foi? — Jennie entra no quarto, sem fôlego, com os olhos selvagens. — Você encontrou a Princesa Juju... *Garrett!* — Suas mãos cobrem o rosto. Ela grita. Acho que estou gritando também. — *O que você está fazendo?!*

— *Procurando a Princesa Jujuba!* — grito.

A caixa que estou esmagando contra o meu peito, cheia de dildos e vibradores, ronca e treme, como se estivesse ganhando vida.

— *Ela não está aí!*

— Alerta de spoiler, Jennie: *já percebi!*

— Essa caixa é particular! — Jennie investe contra mim, apertando a caixa entre nós. Algo começa a vibrar, tentando saltar lá de dentro, e acho que vou passar mal. — Você não deveria ter tocado nisso!

— Por que você etiquetaria uma caixa de brinquedos sexuais com *brinquedos*? — grito de volta.

Minhas costas doem e meu rosto está muito quente. Não gosto da sensação.

— Que outro nome você daria? — Ela tenta arrancar a caixa das minhas mãos, que, por algum motivo, demonstram relutância. Um cabo de guerra se inicia, a caixa ricocheteando entre nós. — Dê... isto... aqui!

Puxo a caixa para mais perto — *por quê?* —, e Jennie tropeça para a frente, empurrando nós três — eu, ela e a caixa — contra a parede. Ela bufa e puxa. *Com força.*

A caixa se rasga nas costuras, e o mais lindo arco-íris de dildos e vibradores voa pelos ares entre nós em — *juro por Deus* — câmera lenta. Os olhos de Jennie se fixam nos meus, arregalados e horrorizados, quando um dos objetos mais robustos, com uma ventosa grudada na base, bate em meu rosto. A caixa cai no chão — *por que diabos está levando tanto tempo?* — e sai girando pelo piso de madeira como um péssimo dançarino de *break*.

O grito de Jennie não é nada menos que horripilante. Com as mãos, ela me empurra para fora do quarto, pelo corredor.

— Fora! — Seus pequenos punhos batem em meu peito. — *Fora daqui!*

— *Já estou indo, porra!* — Tropeço na minha bolsa de hóquei e bato contra a parede. Ficando de pé, abro a porta, jogo minhas coisas no corredor e quase me atiro para fora do apartamento de Jennie. — Puta merda — murmuro, tirando o cabelo úmido da minha testa.

Não tenho ideia de onde foi parar meu boné, mas tenho certeza de que não voltarei para buscá-lo. Estou quase no elevador quando uma porta range e meu coração dispara ao ouvir o sussurro tímido de Jennie.

— Garrett?

Olho por cima do ombro e encontro aquele leve brilho azul-violeta espreitando pela fresta da porta.

— Sim?

Ela lambe os lábios, baixa o olhar e mal consigo entender suas palavras antes que bata a porta.

— Obrigada pelo abraço.

Esfrego as mãos no rosto.

— Bem... morri.

# 5
## PAU DE OURO

JENNIE

Estou perdendo a conta de quantos dias passo devaneando, perguntando-me o que estou fazendo da minha vida.

Aqui estou eu, na minha última aula do dia, em uma tarde de quinta-feira, pronta para o fim de semana. Estou no último ano da universidade, à beira de me formar bacharel em Artes, com especialização em Dança e a qualificação necessária para ensiná-la. Tenho vinte e quatro anos e o sonho pelo qual lutei a vida toda, enfim, está ao meu alcance.

E, ainda assim, esta não parece ser a minha vida. Um futuro nos palcos? Não tenho tanta certeza de que quero isso.

Só sei, no momento, que quero pizza. E talvez o corgi fofo do vídeo a que estou assistindo. Muitos dos meus problemas também seriam resolvidos se eu encontrasse a Princesa Jujuba.

— É isso, pessoal. Tenham um ótimo fim de semana.

O vídeo do YouTube dos *cãezinhos mais engraçados* desaparece quando fecho o notebook e o coloco na bolsa, ouvindo a despedida da professora.

— Senhorita Beckett. — Leah, minha professora, sorri e aponta para a porta. — Posso acompanhar você?

— Claro. O que foi?

— Meu amigo de Toronto veio me visitar no fim de semana passado.

Eu pisco.

— E vocês... se divertiram?

Leah revira os olhos. Ela é apenas quatro anos mais velha que eu, e, certa vez, eu a vi em um bar depois de um jogo de hóquei do meu irmão. Ela estava praticamente montada em um jogador. Seus olhos brilhantes ficaram mortificados quando cruzaram com os meus, e todo o seu rosto corou. Talvez minhas palavras de encorajamento não tenham sido as melhores para a situação, embora isso seja debatível. Ver sua professora ficar de cara no chão enquanto luta para descer de um enorme jogador de hóquei é engraçado pra caramba. Ela ainda estava usando óculos escuros quando foi para a aula na segunda-feira seguinte e, quando abri a boca para dizer algo totalmente desnecessário, ela cobriu os óculos com a mão.

Ela é minha professora favorita e seria a sua também.

— Certo, tudo bem. Nós nos divertimos um pouco. — Ela desliza a mão sobre a boca, aproximando-se. — Uma só palavra: *quarterback*.

— Mostrou a ele o quão flexível você é?

— Que comentário mais inapropriado, srta. Beckett.

Ela me para assim que faço menção de entrar no estúdio de dança, com os olhos arregalados e brincalhões, e faz um gesto com as mãos e a boca, sugerindo o tamanho do... *enorme*.

Respondo com um gritinho baixo. Leah e eu pegamos no braço uma da outra, animadas, sem sair do lugar. Uma dupla de professores dirige olhares curiosos em nossa direção, e Leah prontamente me solta e limpa a garganta antes de entrarmos no estúdio.

Está tranquilo, do jeito que gosto.

Tiro os sapatos e o suéter antes de afundar em um banco.

— Sobre o que você queria falar comigo, Professora Safadinha?

— Então, a Monica veio para cá na semana passada...

— Monica? Monica, do Balé Nacional de Toronto?

— Sim, essa Monica. Eles estão em busca de outro professor.

— Uau. Que incrível. — Passei os primeiros três anos da minha graduação no campus de Toronto, seguindo os passos dos meus professores como se estivesse vivendo na terra dos meus sonhos, atordoada e apaixonada por todos os momentos. Eu nunca quis vir embora, mas é assim que o programa funciona: três anos lá e dois aqui. Além disso, minha família está aqui. Eu adorava Toronto, mas odiava a saudade. — Simon vai ficar muito empolgado.

— Claro, mas Simon não foi a minha recomendação.

Faço uma pausa, encontrando o olhar animado de Leah.

— Você não fez isso.

— Fiz.

— Jura? Eu? — Minha mochila cai no chão quando dou um saltinho. — Por quê?

— Como assim, "por quê"? Você é a dançarina mais linda que vejo em anos, Jennie.

Faço um gesto preguiçoso, apontando para o meu rosto.

— São as covinhas dos Beckett e nosso sorriso charmoso. Somos irresistíveis.

Leah dá um tapa em meu ombro.

— Você sabe o que quero dizer. Você dança perfeitamente, como se tivesse nascido para isso. Também é dedicada, determinada, gentil e sempre disposta a ajudar os outros a aprender. Será uma excelente professora, e as oportunidades para você como dançarina profissional são infinitas.

*Dançarina profissional? Em Toronto?* Meu coração bate de entusiasmo e orgulho, mas o pavor revira meu estômago.

— Não sei...

Afastando-me, tiro minhas coisas do chão, colocando-as na bolsa.

— Jennie. — Leah arranca a bolsa das minhas mãos. — Como assim você não sabe?

Com um suspiro, encontro seu olhar. Pela primeira vez na vida, conto a verdade para alguém.

— Não tenho certeza se é o que quero. Minha família está aqui.

— Às vezes as famílias vivem separadas. Seu irmão nem passa metade do ano no país. Eles não vão usar isso contra você caso aceite o emprego.

É claro que eles querem que eu siga os meus sonhos. Mas não tenho certeza se meus sonhos envolvem me afastar das únicas pessoas com as quais me senti segura durante toda a minha vida, as únicas que sei que me amarão pelo que sou. Vancouver faz parte de mim, é um lugar incrível que moldou minha vida. Não importa o quanto eu goste de Toronto, não tenho certeza se é lá que eu deveria estar.

— Eu sou grata por você pensar em mim, Leah. Até quando posso decidir?

— Você teria de ir até lá na primavera para conversar com o corpo docente. Eles querem alguém lá durante as férias de verão. Você começaria logo após a formatura.

— Então, ainda tenho tempo para pensar a respeito?

— Claro. — Ela inclina a cabeça e sorri, curiosa. — Você está mesmo em dúvida?

— Só um pouco ansiosa, acho. Com relação a tudo, sabe? Graduação, amadurecimento, mudança... Parece uma nova vida.

— Às vezes, um recomeço é exatamente aquilo de que precisamos. — Leah aperta meu ombro. — Prometa que vai pensar com carinho.

Prometo que vou, mas não é um lugar seguro para a minha mente neste momento. Então, quando Leah vai embora, coloco meus fones de ouvido com a música alta o suficiente para abafar minha voz interna incessante, bombardeando-me com pensamentos sobre um futuro do qual não estou certa.

Há certa liberdade em dançar quando estou sozinha. Todas as preocupações desaparecem à medida que a batida me conduz pelo estúdio, com o meu corpo se movendo ao ritmo da música. Um peso sai dos meus ombros quando meus olhos se fecham, e o ritmo me permite perseguir a liberdade do meu jeito.

Mãos grandes envolvem a minha cintura e levo um susto. Meu coração se acalma no peito quando os olhos de Simon se travam com os meus e ele retira meus fones de ouvido com gentileza.

— Relaxe — ele murmura. — Sou só eu.

— Achei que todos já tivessem ido embora. — Eu me afasto. — Vou dar um espaço para você.

Ele puxa minhas costas rente ao seu peito.

— Dance comigo. — Antes que eu possa recusar, Simon coloca minha música favorita. — Vamos, Jennie. Dance comigo mais uma vez antes do fim de semana.

— Você não está jogando limpo com a escolha da música — murmuro conforme suas mãos guiam meus quadris, a batida de nossos corpos se alinhando ao som da voz suave de James Arthur, que canta sobre como ele e sua amada estão se apaixonando rapidamente.

— Não pense que sei jogar limpo com você.

Ele puxa a minha trança por cima do ombro, os dedos roçando na minha pele, fazendo-a se arrepiar.

Olha, posso ser imune aos encantos dele, mas não vou negar o seguinte: apesar do nível épico de babaquice que o cara exala, ele não deixa de ser atraente. Simon é alto e esguio, com um corpo impecavelmente tonificado por uma vida de dança e treinos intensos, de alimentação disciplinada e sem folgas. Seu cabelo castanho-claro é mais longo no topo da cabeça e sempre está penteado à perfeição, acompanhado dos olhos azuis sorrindo do jeito travesso que faz você se perguntar o que será que está passando pela cabeça dele.

Se não tivéssemos sido parceiros de dança nos últimos quatro anos e eu estivesse emocionalmente disponível, poderia ter cometido um erro de proporções épicas, deixando-o me seduzir. Houve vezes em que estive com tesão suficiente para considerar a possibilidade.

Mas consegui vencer a estupidez momentânea, carregar meu estoque favorito de brinquedinhos e me lembrar de que conseguiria me foder melhor do que qualquer homem.

Acredite, *eu consigo*.

— Estou pensando no espetáculo do Dia dos Namorados — Simon começa.

— Dia dos Namorados? Estamos em novembro, amigo.

— Acho que deveríamos usar essa música.

— Você odeia essa música.

— Não é verdade. Gosto dela porque você gosta.

Eu me afasto de Simon, meus dedos percorrendo seu braço até onde ele está me segurando. Posso sentir seus olhos em mim conforme rodopio, até ele me puxar de volta. Com facilidade, ele me levanta acima da cabeça, fluido como sempre. Somos um na pista de dança, Simon e eu.

Salto pelo estúdio, ele me seguindo conforme canto baixinho junto com James Arthur. Amo a imagem que essa música retrata de um amor tão irresistível que os parceiros se apaixonam forte e rapidamente como estrelas cadentes, como indica o nome da música: "Falling Like the Stars". Mas, ainda assim, ambos ficam seguros. Sei que esse tipo de amor existe, eu o vi com os próprios olhos.

Só não tenho certeza se existe para todos nós.

Simon me puxa contra ele, lábios em meu ouvido sussurrando palavras da música que parecem íntimas demais. Então ele me gira, os dedos amparando meus quadris ao me forçar para trás. O sangue tamborila em meus ouvidos com o seu olhar feroz e, quando tropeço, ele me pressiona contra a parede fria.

— Simon, o que está fazendo?

Ele segura meu queixo.

— O que você acha?

— Não acho que seja uma boa ideia. — Pouso minhas mãos em seu peito para mantê-lo afastado. — Vamos nos despedir.

— Você pensa demais, Jennie. Esse é o seu problema. Uma vez na vida, permita-se sentir.

Estou sentindo, e exatamente por isso sei que não está certo. Quando seus lábios descem, roçando os meus, levanto meu joelho, enfiando-o por acidente em seu saco. *Ooops.*

Simon grita, agarrando a virilha.

— Que merda, Jennie?

— Eu disse não — resmungo, empurrando-o.

Ele agarra minha cintura e caio com ele, tropeçando em suas pernas. Grito com a dor aguda que irradia pelo meu tornozelo, apertando-o e xingando ao mesmo tempo.

— Por que você fez isso, inferno? — Simon está deitado de costas, ainda agarrando o saco, rolando como uma tartaruga que não consegue se levantar. — Achei que estivéssemos compartilhando um momento!

— Você achou isso depois que falei que não era uma boa ideia? Que deveríamos nos despedir? — Eu me levanto, juntando minhas coisas à medida que um calor furioso percorre meu corpo. — Nem todo mundo quer foder com você Simon! Somos amigos. *Apenas* amigos. Aceite isso, ou é melhor nos separarmos.

Meu tornozelo dobra sob meu peso, e lágrimas de fúria pinicam meus olhos quando saio do estúdio.

Se esse idiota tiver fodido com o meu tornozelo, vou gritar.

— Puta... que... *pariu*! — Bato a porta do carro antes de me inclinar pela janela aberta, sorrindo para o meu motorista do Uber. — Muito obrigada, Matthew. Tenha uma boa noite.

Seu sorriso é vacilante, os olhos arregalados de medo.

— Boa noite, senhora.

Inspirando, viro-me em direção à pequena mansão diante de mim. Com algo em torno de sete lareiras, não é pouca coisa. Quem precisa de tantas lareiras? Meu irmão, que é exibido pra caralho.

A porta da frente se abre, revelando Olivia, com as mãos na barriga e reprimindo um sorriso.

— Pensei ter ouvido minha maravilhosa cunhada e sua boquinha de anjo. — Ela aponta para o meu pé enquanto eu manco em direção a ela. — Lesão de dança?

— Atacada por Simon Sífilis.

Ela faz uma careta.

— Você precisa de um repelente.

*E não é que preciso mesmo?!*

Lá dentro, dou-lhe um abraço.

— Ei, Pitica.

Olivia franze a testa, cruzando os braços sobre o peito quando a solto. Ela é tão pequena. Grávida, é impossível para ela parecer intimidante. Está mais adorável do que qualquer outra coisa.

— Não sei se gosto desse novo apelido.

— Mas é perfeito. Você é a pitiquinha favorita de todos.

Vejo uma loira alta sentada na bancada da cozinha, com uma longa perna cruzada sobre a outra. Kara desce com um sorriso, dando-me um abraço.

— Eu a chamei de camarãozinho hoje e ela tentou puxar meu cabelo. Ela está se mostrando uma mamãe agressiva, com todos os hormônios da gravidez. Teve um ataque de raiva, e tive de mantê-la afastada com uma mão em sua testa.

— Será que você mesma vai experimentar esses hormônios em breve? Porque já tenho medo de você em seu estado normal. Preciso me preparar psicologicamente.

Kara ri, depois franze a testa, mordiscando a unha do polegar.

— Ainda não, acho. Emmett diz que, se eu me sentar nele mais uma vez sem respeitar um intervalo de pelo menos doze horas, o pau dele vai cair. Pelo jeito, "vou dar um beijinho para passar" não foi a melhor resposta.

— Ainda é cedo — Olivia lembra gentilmente. — Dê um tempo.

Kara faz um desenho invisível na bancada de mármore.

— Eu sei. Acho que está mexendo com a minha cabeça o fato de Carter tê-la engravidado por acidente e isso ainda não ter acontecido com a gente, apesar do sexo interminável e dos cálculos no calendário. Não que eu não goste de todas as tentativas. Eu montaria naquele homem até ele entrar em coma. Ele tem um pau de ouro.

— Obrigada pela imagem mental — murmuro, servindo-me de um copo d'água.

Ela sorri.

— Quando é que você vai conseguir seu próprio pau de ouro? É uma coisa mágica, juro. Basta perguntar a Ollie.

— Nenhuma parte de mim quer saber sobre a experiência de Ollie com o que quer que esteja entre as pernas do meu irmão.

— De acordo. — Olivia me segue até o sofá e começa a passar as pontas dos cabelos nos lábios, com uma expressão distante nos olhos. — Mas, se pudéssemos conversar sobre isso por um minuto... — Ela me encara com olhos de cachorrinha perdida e, antes que eu possa protestar, continua: — É só que Carter tem sido tão *gen*...

— *Amor!* — A porta da frente se abre, vozes entrando na casa. Três segundos depois, Carter entra na sala, com o peito arfando em seu terno de três peças. — Adivinha o que comprei! — Ele abre uma caixinha de sapatos, joga-a no chão e segura o menor par de patins de hóquei que já vi. — *Olhem que fofos!* — Seu sorriso é tão largo que ele está quase vibrando. — Os patins mais fofinhos para o bebê mais fofinho!

— Não tenho certeza se o Bebê Beckett será capaz de ficar de pé, muito menos de patinar com isso.

— Foi o que falei, Ollie — Emmett fala ao entrar. Ele beija a bochecha de Kara e dá um tapa em sua bunda. — Falei para ele não gastar dinheiro com isso. Aí ele respondeu que é rico e comprou mesmo assim.

Adam dá um tapinha no ombro de Carter.

— Deixe-o em paz. Ele é um futuro papai muito orgulhoso. — Ele sorri para mim. — Ei, Jennie, como está de apartamento novo? Pena que você tenha Garrett como vizinho, hein?

Antes que eu possa responder, o homem em questão vem avançando pelo corredor no ritmo de um caramujo. Embora eu esteja desconfortável em vê-lo depois do fiasco dos vibradores, ele parece ainda mais aterrorizado, com as orelhas já vermelhas e os olhos arregalados percorrendo a sala, pousando em todos os lugares, menos em mim.

Ele limpa a garganta, puxando o paletó.

— Estamos conversando sobre os patins de bebê?

— Na verdade, estávamos conversando sobre o pau de ouro de que Jennie precisa.

Os patins caem das mãos de Carter com as palavras de Kara, assim como o copo escorrega das minhas. Consigo pegá-lo antes que atinja o chão, mas não antes de a água encharcar a minha blusa.

— Não estávamos, não!

Grito ao mesmo tempo em que Carter grita:

— Jennie não precisa de um pau!

Kara e Emmett caem na gargalhada, e Adam está ocupado dando tapinhas nas costas de Garrett.

Porque o homem está tombado para a frente, engasgado com a própria saliva, e estou prestes a dar um soco no saco dele se ele não se controlar melhor.

Eu o odeio. Eu o odeio tanto. Ele e seu sorriso torto e feliz, e seu cabelo loiro, sempre bagunçado e lindo.

Quando Garrett enfim se lembra de como respirar, seus olhos assustados pousam sobre mim.

Eu gostaria que não tivessem feito isso. Por quê, você pergunta? Alguma vez sua caixa cheia de paus de borracha explodiu na frente de um jogador de hóquei supergostoso? Algum desses objetos já bateu bem na cara dele?

Não? Só eu? Ótimo. Bem, de qualquer forma, *esse* é o motivo.

— Jennie precisa de alguém com quem se divertir — Kara continua. — Para aproveitar enquanto é jovem e solteira.

— Nada de diversão! — Carter ainda está gritando. — Jennie não precisa se divertir!

— E seu parceiro de dança?

Carter engasga-se.

— O *Steve*, não.

— Simon — Olivia o lembra.

— Vou quebrá-lo ao meio, Jennie. Arrancar a alma dele. Esmagar suas bolas. — Carter aperta o ar, ou melhor, as bolas imaginárias de Simon.

Olho para as minhas unhas enquanto Carter termina seu gesto superprotetor de irmão mais velho.

— Já terminou?

Ele se aproxima.

— O palhaço nunca mais vai dançar.

— Ótimo. — De pé, aponto para minha blusa encharcada. — Posso pegar uma camiseta emprestada, Ollie? Não posso ir ao jogo com uma camisa transparente e sutiã preto.

— Não pode mesmo — Carter concorda agressivamente, ainda preocupado com a diversão que nem estou tendo.

Revirando os olhos, sigo Olivia para fora da sala.

— Meu rosto está aqui em cima, Andersen — murmuro enquanto passo por Garrett, notando a forma como seu olhar está colado em meu peito.

Por dentro, sorrio ao ver seu rosto corar antes de ele desviar o olhar para os seus sapatos chiques. Ele é tão tímido; provocá-lo é muito fácil.

A maioria das camisetas da Olivia vira *cropped* em mim, graças aos vários centímetros de altura que tenho a mais, então a camiseta dos Vipers que escolho incita um olhar furioso em meu irmão quando o encontro no andar de baixo.

— Quer um suéter emprestado também? — ele pergunta. — Você pode usar um dos meus.

— Não, obrigada.

— Você pode ficar com frio.

— É quente na arena.

— Posso ver seu umbigo.

— Posso ver que seus olhos funcionam.

— Irmã ridícula — Carter resmunga, acrescentando algo sobre olhos errantes e companheiros de equipe mortos conforme abre a porta da garagem.

Acho que sua superproteção tem o objetivo de substituir o lugar do meu pai, garantindo que eu nunca me machuque. Ele não tem muito com que se preocupar. Nunca deixo ninguém se aproximar demais.

Carter me observa de maneira mais terna quando Garrett aparece.

— Garrett me contou que ajudou você a procurar a Princesa Jujuba. — Ele beija minha bochecha. — Vamos continuar procurando.

Ele entra na garagem, deixando Garrett ali imóvel, como um animal parado no meio da rodovia.

— Ah, é? — murmuro, erguendo o queixo. — O que mais Garrett falou?

— Nada — Garrett logo me assegura, com as mãos levantadas entre nós, como se precisasse de proteção. — Nada, Jennie, juro. Eu não iria... Eu nunca contaria a ele...

— Contar a ele o quê?

— Nada? Porque não há nada para contar. Então eu não teria nada para contar...

Eu sorrio. Garrett olha, abrindo e fechando a boca várias vezes, como se não conseguisse encontrar as palavras. Tudo bem, porque estou tentando fingir que não reparei no terno justo, cor de vinho, com o paletó cobrindo seus ombros largos. Suas pernas longas e grossas levam até um par de sapatos de couro conhaque, e meu olhar permanece por bastante tempo naquele cabelo bagunçado, despertando em mim o fator *quero dar para esse homem*. Tenho um desejo de enterrar meus dedos nesse cabelo, segurar firme enquanto levo seu lindo rosto para um passeio.

Aponto para sua gravata azul-marinho, frouxa e torta.

— Sua gravata está fora do lugar.

— O quê? — Seus olhos abaixam. — Ah. Verdade. — Ele mexe no nó, e minhas sobrancelhas saltam com a maneira desajeitada que ele, de alguma forma, consegue piorar as coisas. — Melhorou?

Balanço a cabeça, pegando a gravata na mão, puxando-a um pouco. Ele vem cambaleando para a frente e suas mãos grandes se apoiam em minha cintura.

— Desculpe! — Ele solta o aperto, olhando para as mãos. — Foi mal.

— Desamarro a gravata antes de refazer o nó no tecido. — Obrigado — ele murmura. — Como você aprendeu a fazer isso?

Memórias me inundam. Lembro-me de mim aconchegada na cama dos meus pais, observando meu pai dar o nó em sua gravata, vestir o paletó, ajeitar as mangas.

— Via meu pai se arrumar para o trabalho todas as manhãs.

Os olhos de Garrett piscam antes de me encarar.

— Sinto muito por não termos encontrado a Princesa Jujuba.

— E tem um pingente também...

As palavras saem da minha boca antes de conseguir controlá-las, e depois baixo meu olhar para o espaço entre nós.

— O quê?

As pontas dos meus dedos flutuam sobre minha clavícula, onde eu costumava usar o pingente.

— Um pingente. Em formato de coração, com uma foto de mim com o meu pai. Agora está na Princesa Jujuba.

Engulo a memória, abanando a mão no ar.

Garrett se esquiva antes que eu acabe dando um tapa na cara dele sem querer, assim como aconteceu com o meu vibrador.

— Não tem problema. — Tem *todo* o problema. — Vou ficar bem. — *Eu não estou bem.*

— Talvez ainda esteja na casa da sua mãe — ele sugere, com gentileza.

Não está, já procurei.

Correção: coloquei a casa abaixo várias vezes, e *não* estava soluçando ao fazer isso. Minha mãe prometeu que ficaria de olho, mas sei que a coelhinha se foi para sempre. Perdida em algum lugar entre a casa e o novo prédio. A constatação de que talvez nunca mais veja algo tão especial para mim provoca uma dor profunda no meu estômago.

Alguém limpa a garganta, atraindo nossos olhos para onde Kara e Olivia esperam, observando-nos. É nesse momento que percebo que terminei o nó há muito tempo e estou aqui com a gravata de Garrett nas mãos, o rosto dele a poucos centímetros do meu.

Soltando a gravata, dou um passo para trás.

— Humm, acho que vou... — Garrett aponta em direção à garagem, onde Carter grita para ele se apressar. — Vejo vocês no jogo.

Seu olhar gentil me encara mais uma vez.

— Sinto muito pelo pingente.

Dedos quentes roçam os meus, um aperto tão suave que não consigo saber se é real, e então ele se foi.

— Isso foi interessante. — Kara reflete ao vê-lo indo embora.

Olivia lambe um Oreo.

— Superinteressante.

Vou até a geladeira, escondendo meu rosto.

— O que foi interessante?

Kara sorri.

— Ah, veja só, Liv. Jennie está dando uma de desentendida.

— Imagine todas as possibilidades.

— Possibilidades perigosas.

— Carter ficaria furioso.

— Devíamos filmar a reação dele.

Fecho a geladeira e vou até o corredor.

— Aonde você vai? — Kara pergunta.

— Ao banheiro.

Ouço o sorriso em sua resposta logo antes de me trancar.

— Se você acha que o banheiro vai te salvar de mim, doce e ingênua Jennie, você é mais delirante do que eu pensava.

# 6
# PASSEIO DE OURO E CONCUSSÕES

JENNIE

— Não vamos falar sobre o assunto? — Kara enfia outro punhado de Skittles e M&Ms de uma vez na boca.

Nunca fiquei tão enojada em toda a minha vida.

— Não vamos.

— O quê? — diz ela, desaforada. — Não vamos falar sobre Garrett potencialmente levando você para um passeio de ouro?

Meu nariz enruga.

— Você disse mesmo "passeio de ouro"?

— Disse! Aposto que Garrett está com o tesão nas alturas. Aliás, garanto. Conheço bem todos os passeios ali. — Ela aponta para onde a equipe está se aquecendo, passando de um lado para outro ou, no caso de Carter, sorrindo para Olivia ao mascar um chiclete rosa. — O de Emme é enorme, obviamente. Tão grande que não consigo andar direito por dias quando o irrito de propósito só para que ele me foda com vontade. — Ela aponta então para Carter. — Aquele ali, medíocre na melhor das hipóteses.

— *Ah, por favor.* — Olivia bufa.

— Adam é nosso gigante bonzinho, mas ele carrega em segredo uma arma de destruição em massa. Certeza de que vai colocar a futura esposa em uma cadeira de rodas.

— Kara!

Olivia mergulha um grão de pipoca em um recipiente com molho de queijo nacho, engole-o e cantarola alegremente. Desejo de grávida, imagino.

— E Garrett… Quero dizer, basta olhar para ele. — Kara gesticula na direção dele e Garrett percebe o movimento, desviando o olhar e depois nos encarando de volta. Mesmo daqui, posso ver suas bochechas pegando fogo. — Um fofo. Ele era a coisa mais tímida quando o conheci.

— Ele ainda é tímido — pontuo.

É enervante. Cresci com um irmão que nunca filtrava suas palavras. Agora aqui estou, falando em voz alta a maioria dos meus pensamentos, a censura perdida. Precisar adivinhar o que se passa na cabeça de alguém é exaustivo.

— Ele fica tímido perto de você porque a acha gostosa. Sua tática mais segura é interagir com você o mínimo possível para que Carter não perceba. Aposto que aquele homem é uma verdadeira loucura entre os lençóis. — Ela faz um gesto sugestivo e arqueia a sobrancelha. — Você tem de descobrir.

— De jeito nenhum. — Planto meus sapatos no vidro à minha frente, sibilando com a dor que irradia em meu tornozelo. — Ele não faz meu tipo.

Sem falar que Carter nunca aceitaria que eu namorasse um de seus amigos ou companheiros de equipe. Já seria difícil trazer qualquer homem que fosse para casa. Se algum dia eu encontrar um, é claro.

Verdade seja dita, não me importo muito. Estive solteira praticamente toda a minha vida adulta, e os brinquedinhos movidos a bateria têm sido um excelente substituto. Substituí-los por um homem quase soa como um rebaixamento desnecessário.

— Vamos fazer o seguinte. Se você puder garantir que Garrett tem, de fato, um pau de ouro, considerarei dar um passeio com ele.

O sorriso de Kara se alarga.

— Jura?

— Não.

*Talvez.*

Olivia dá um suspiro e esfrega a barriga.

— Eu bem que poderia dar um bom passeio. — Ela coloca a mão no meu braço assim que começo a me queixar. — Não me entenda mal. É bom. Ótimo. Sempre é.

— Fantástico. Eu queria mesmo saber — retruco com ironia.

— Mas ele tem sido tão *gentil* ultimamente…

Kara bate com o punho no peito, engasgando-se com uma guloseima.

— Por favor, não me diga que ele acha que vai cutucar o bebê se não tomar cuidado.

— Ele costuma avisar o bebê toda vez que estamos prestes a transar. — Olivia esfrega a mão sobre sua expressão exausta. — *Ok, amiguinho. Papai está chegando. Fique bem no fundo.* — Seus grandes olhos castanhos estão cheios de descrença. — É a preocupação que de fato me incomoda… Toda vez que me movo, ele para e pergunta se estou bem. Eu só… só quero que ele me foda, sabe? Me foda de *verdade*. Este bebê está me deixando com tanto tesão.

Kara cutuca minha bochecha.

— Pare de agir como se fosse vomitar.

— Estou quase.

Olivia ri antes de sorrir com gentileza.

— Carter falou que Garrett ajudou você a procurar seu bichinho de pelúcia. Foi legal da parte dele.

— Sim, acho que ele deve estar arrependido disso agora.

— Por quê?

— Porque ele levou um tapa na cara do Indiana Bones[*]... — murmuro ao mastigar dois pedaços de alcaçuz.

— Quem é Indiana Bo... — A pergunta de Kara morre, as palavras pairam no ar, antes que ela exploda com um uivo tão alto que os meninos desviam os olhos lá de baixo, do rinque. — Pelo amor de Deus, me diga que você deu um tapa na cara de Garrett com um vibrador chamado Indiana Bones, *por favor*, Jennie.

— Não dei um tapa na cara dele. Nós brigamos pela caixa, o vibrador estava dentro dela, aí ela arrebentou e o Indiana Bones saiu voando pelo ar... Entendeu? — Abano minha mão no ar antes de bater com a parte de trás da mão no meu rosto. — Foi culpa dele. Ele não deveria ter mexido ali.

Olivia ri.

— Que merda o levou a olhar naquela caixa?

— Talvez estivesse etiquetada como *brinquedos*.

— Ah. — Ela sorri. — E ele estava procurando um bicho de pelúcia, então tomou uma decisão lógica.

— Vejam! Hora do hino. — Salto do meu assento. — Conversa encerrada.

Falar sobre vibradores, paus e passeios passa para segundo plano quando o jogo começa. Estamos jogando contra nosso maior rival. Jogos como este exigem toda a minha atenção para que eu possa gritar obscenidades para o árbitro sempre que ele fizer alguma merda.

— Ah, fala sério, juiz! — Pulo quando o central do Washington desliza o taco entre as pernas de Garrett, fazendo-o voar para a frente.

— Sua esposa sabe que você está nos fodendo? — Kara grita.

Bato no vidro enquanto Garrett se levanta.

— Ei, juiz! Você quer um mapa para encontrar as faltas?

---

[*] Em inglês, uma das gírias para ereção masculina é *boner*. Aqui, há um jogo de palavras com *boner* e Jones, o sobrenome do famoso personagem fictício. (N.E.)

A jogada só para quando a campainha toca, sinalizando o fim do segundo período, e Carter fica cara a cara com o jogador atrevido que até agora não demonstrou nenhuma habilidade real. Carter certamente o provoca, porque o central o empurra, fazendo-o deslizar para longe com um sorriso no rosto.

O problema é que Kara e eu ainda estamos aborrecidas. Inúmeros pênaltis e faltas foram ignorados. Estamos perdendo por um, mas não deveríamos estar.

— Ei, juiz! — Kara grita. — Quer um travesseiro? Está dormindo?!

— Pare de se arrastar! — grito quando ele passa patinando. — Você está estragando o jogo!

Olivia enterra o rosto nas mãos, em parte para esconder a risada, em parte porque fica com vergonha. Toda vez que o rosto dela aparece na TV, seus alunos do ensino médio tiram proveito da situação.

Chegamos aos últimos cinco minutos de jogo e o cenário não melhorou. O Washington está jogando sujo, o árbitro ignora as jogadas e Kara já mostrou para ele o dedo do meio duas vezes, mandando-o enfiar naquele lugar. A única coisa positiva é que Emmett conseguiu empatar o jogo.

Um defensor lança o disco contra o gelo, e Garrett dispara como um raio à medida que Emmett e Carter correm pelas laterais, limpando o caminho para ele.

Todo mundo está gritando, torcendo por ele, e o central idiota logo salta do banco para substituir outro jogador. Carter vai direto até Garrett, gritando um aviso a ele, que finaliza enviando o disco zunindo bem perto da cabeça do goleiro, direto para a rede.

O som da campainha se perde em meio ao suspiro coletivo que arranca o fôlego de todos os fãs na Rogers Arena quando o corpo do central colide com o de Garrett, atirando-o de cabeça no gelo. Garrett fica zonzo, com seus mais de noventa quilos de peso morto caídos no rinque.

O silêncio na arena é ensurdecedor, com jogadores circulando ao seu redor e médicos chegando para atendê-lo.

— Ele não está se levantando... — Kara sussurra. — Por que ele não se levanta?

— Vamos, Garrett — murmuro. — *Levante-se.*

Mas ele não se levanta. Não move um músculo, esparramado no gelo, e o medo em meu peito se transforma em adrenalina.

— Expulsem esse idiota! — grito, sacudindo o vidro conforme o corpo inerte de Garrett é erguido até uma maca. O central em questão encontra meu olhar, sem remorso aparente por ter enviado alguém para o hospital.

— Jogamos hóquei de verdade no Canadá, seu ridículo!

Ele sorri, balançando os dedos enluvados para mim, e é aí que Carter arranca as luvas, joga o capacete no gelo e ataca.

A arena explode quando os jogadores correm para o gelo, deixando seus bancos vazios, e voam socos por toda parte. O ambiente vira uma gritaria, e Olivia está tentando impedir fisicamente que Kara e eu participemos do caos.

Pelo menos ela não precisa se preocupar com seu rosto na TV.

É QUASE MEIA-NOITE QUANDO A porta da frente se abre. Olivia termina de espalhar manteiga de amendoim em seu Oreo antes de colocá-lo na boca e pular do sofá.

Carter, Emmett e Adam entram na sala um por um, todos sorrindo de orelha a orelha. Carter está com um corte feio no centro do lábio e Emmett apresenta um início de olho roxo. Até Adam está com a maçã do rosto inchada. Ele parece o mais feliz de todos.

— Nunca entro em brigas! Meu pai está tão orgulhoso de mim por parar aquele goleiro no gelo! — Ele passa a palma da mão pelo peito estufado. — Ele disse que gravou para mostrar aos amigos.

Olivia lhe entrega um saco de gelo.

— Não faça disso um hábito, sr. Lockwood. Seu rosto é muito bonito.

Garrett aparece com um sorriso tímido, com sombras fracas tingindo a pele ao redor dos olhos, que estão exaustos, mas brilhantes.

Kara o abraça.

— Como você está se sentindo, Ursinho Garrett?

Ele enfia as mãos nos bolsos, encolhendo os ombros.

— Bem. Só cansado e com um pouco de dor de cabeça. Foi apenas uma concussão leve. Ficarei de fora dos jogos pelo menos por uma semana.

Kara agarra seu rosto, virando-o para a esquerda e para a direita.

— Por que você está com os olhos pretos? Alguém o socou depois que você já estava ferido? Quem faria isso? — Ela joga a bolsa no ombro e começa a se afastar. — Emme, vamos. Vou arrancar as bolas inúteis daquele idiota e pendurá-las no retrovisor do meu carro, como um troféu.

— Controle-se, sra. Brodie. — Emmett segura seu cotovelo, parando-a. — Isso pode acontecer quando a gente bate a nuca. E o Gare bateu a dele com força.

— Ah. Certo. Tudo bem, então. — Ela afunda no sofá, cruzando as pernas e os braços. — Ainda assim quero castrá-los.

Ele afaga o cabelo dela.

— Sei que você quer, tigresa.

Carter olha para mim.

— Falei a Garrett que você o levaria para casa.

— Como? Não tenho...

— No carro dele. Ele dirigiu até aqui mais cedo.

Abro a boca para protestar, porque nada de bom pode resultar de ficar sozinha com esse homem, mas Carter me silencia com um olhar determinado.

— Ele não pode dirigir, e vocês moram no mesmo prédio.

*Certo. Sim.* A careta de Garrett diante da minha reação nada animada aperta meu coração.

— Quando você quer ir embora?

Ele passa a mão na nuca.

— Humm, agora? Se estiver tudo bem para você, quero dizer.

Assentindo, eu me levanto e olho para Kara enquanto ela sussurra *Pegue esse pau* para mim. Mostro o dedo do meio a ela ao abraçar Olivia, depois me arrasto em direção a Garrett.

— Você precisa de ajuda? — perguntamos um ao outro ao mesmo tempo.

Torço o nariz.

— Por que eu precisaria de ajuda?

Ele aponta para o meu pé.

— Você mancou a noite toda.

Cruzo os braços.

— Você teve uma concussão.

— Estou bem.

— Eu também.

Vejo, bem ali no canto da boca, uma pequena sugestão de um sorriso, e me comprometo a ser o mais agradável possível pelo trajeto de vinte minutos.

Até eu ver o carro dele.

— Que porra é essa?

— Um Audi RS 5 Sportback. — Sorrindo, ele esfrega o peito, como se o carro fosse motivo de orgulho e alegria. — Com todos os adicionais.

— Isso custa, tipo, sessenta mil dólares. — Estou quase gritando.

— Noventa e quatro — ele murmura.

— Garrett! — Definitivamente, estou gritando. — Não posso dirigir isso!

Ele abre a porta para mim.

— Vai dar tudo certo.

— *Tudo certo* — eu o imito com uma risada sufocada. — *Tudo certo*, ele diz. Haha.

Com a mão pressionada na parte inferior das minhas costas, ele me guia para a frente.

— Entre no carro, Jennie.

Entro, mas com um gemido. Meu assento balança para a frente e para trás com solavancos quando mexo nos botões para ajustar a posição.

— Não sei o que estou fazendo. Por que não está funcionando? — Faço um gesto de impaciência. — Está vendo? Nem seu carro quer que eu o dirija.

Garrett ri, agachando-se para arrumar o assento, olhando para mim sob seus cílios espessos.

— Está bom assim?

Agarro o volante, desviando o olhar.

— Ahã.

— Tudo certo. — Ele se senta ao meu lado. — Vamos.

E eu vou, com o carro avançando conforme grito. Enfio o pé no freio assim que chegamos à rua e Garrett se segura no painel.

— Mas que porra! — Seus olhos arregalados encontram os meus, e o medo neles é tão, *tão* real. — Que merda foi essa?

— Faz um tempo que não dirijo! Fico ansiosa de conduzir na neve!

— Mas ainda nem pegamos a rodovia!

— Eu sei!

Ele me estuda por um longo momento antes de conter uma risada.

— Apenas vá com calma e devagar. Nós sobreviveremos. — Relaxando em seu assento, ele fecha os olhos e suspira. — E não bata meu carro, ou você vai ter de pagar do jeito que eu julgar adequado.

Meu queixo trava.

Ele abre um olho e dá um sorriso sonolento.

— Estou brincando.

A volta para casa é calma e tranquila. Acho que Garrett adormeceu cinco minutos depois. Suas pernas estão bem abertas, a cabeça jogada para trás no encosto do assento, e ele não emite um único som. *Péssima ideia. Será que não preciso de supervisão?*

Minha música favorita está tocando e, embora eu tenha fodido meu tornozelo apenas algumas horas atrás ao som desse mesmo ritmo, cantarolo junto. Olho por cima do ombro antes de mudar de faixa, aproximando-se da garagem do prédio. Minha mandíbula se fecha no meio do refrão quando vejo os olhos de Garrett em mim.

— Desculpe.

Ele não diz nada, apenas estende a mão em minha direção. Minha pele arrepia-se, os batimentos cardíacos caindo entre as minhas coxas, porque ele está quente pra cacete e cheira bem. Mas tudo que ele faz é apertar o botão acima da minha cabeça, fazendo o portão da garagem se abrir.

— Ali — ele murmura, apontando. — Noventa e sete.

Estaciono no lugar, e Garrett abre minha porta e me oferece a mão antes que eu possa descobrir como sair da engenhoca.

Deslizo minha mão na dele, que é grande e quente, e engole a minha por apenas um momento.

Ele segue atrás de mim e manco em agonia ao subir o único degrau que leva ao elevador. Sua mão toca a parte inferior das minhas costas para me guiar, e algo quente se desenrola dentro de mim quando ele fica em pé à minha frente, estudando-me.

— O que aconteceu com o seu tornozelo?

— Ah, eu… — Movo meu pé em um círculo lento, cerrando os dentes com a dor à procura de uma desculpa. — Tropecei na minha mochila na faculdade hoje.

Ele suspira baixinho, uma indicação clara de que acha que é mentira, mas não me pressiona.

O elevador para no meu andar e dou um pequeno aceno para Garrett. Ele me segue.

— Aonde você está indo? — Olho para a porta do outro lado do corredor e sinto um arrepio de aborrecimento. Ele teve uma concussão, pelo amor de Deus. Mas, ei: — Talvez ela se fantasie e banque a enfermeira.

Suas sobrancelhas arqueiam-se com a acidez do meu tom.

— Apenas acompanhando você até a sua porta, flor.

— Ah. Ops.

— Sim. Ops. — O silêncio se estende. — Obrigado por me trazer para casa.

— Claro. Se precisar de alguma coisa, ajuda ou algo assim… você sabe onde estou.

— Obrigado, Jennie. Só vou dar um mergulho e ir para a cama. Vou ficar bem.

— Você vai nadar? O médico não disse para você ir com calma, não fazer exercícios?

— Não é um treino.

— A natação é uma atividade física que acelera os batimentos cardíacos. É um treino, *sim*, seu tonto.

Seus lábios se curvam.

— Você acabou de me chamar de tonto?

— Bem, essa não foi das suas ideias mais brilhantes. — Meu quadril se projeta para o lado; sempre tive essa mania. — E se algo acontecer enquanto você estiver na água?

Ele suspira, deslizando a mão sob o gorro para coçar a cabeça.

— Olha, Jennie, estou me sentindo bem. Não vou nadar vigorosamente. Só quero relaxar, soltar os músculos. — Ele sorri para os meus braços cruzados e lábios franzidos. — Se está tão preocupada, por que não vem comigo?

— Você bem que gostaria disso, né? — cutuco.

Não entendo a resposta dele, que murmura por trás da mão que esfrega na boca, mas *seminu*, *duro* e *vai me matar* com certeza ouvi.

— Veja da seguinte forma: Carter queria que eu fosse sua babá, agora você pode ser a minha. Não precisamos conversar. Vamos, Jennie. Não vai demorar.

Bufo, destrancando minha porta, então giro de volta para ele.

— Espere um segundo. Nós temos uma piscina?

— Em frente à academia.

— Temos uma academia?

— Para as unidades de cobertura — ele admite, timidamente. — Posso te dar meu código para que você frequente sempre que quiser.

— Pode ter certeza de que você vai me dar esse código, sim. — Apoio a porta aberta com o quadril. — Vou me trocar. Quer esperar aqui?

A forma como seu rosto se ilumina me faz pensar se ele anseia por companhia da mesma forma que eu.

— Você vem?

Para ser honesta, é claro que quero vê-lo quase nu e encharcado. Uma escolha mental que posso arquivar no meu cérebro para uso futuro.

Como esta noite.

Sim, é certeza de que vou usar a imagem de Garrett Andersen como inspiração. Pode me processar.

— Bem, Garrett... Não quero que você se afogue.

# 7
## ENTENDI: VOCÊ É GOSTOSO

### JENNIE

Há um letreiro néon bem na minha cabeça, piscando *MÁ IDEIA*. Idealmente, eu o ouviria, mas estou ocupada demais absorvendo a reação de Garrett quando saio do meu quarto.

— Mas que merda você está vestindo?

— Como assim? — Pego a bainha do meu roupão fofo de microfibra entre os dedos e dou uma voltinha. — Roupão e pantufas.

Não tenho certeza do que eu esperava, mas não era ele caído para a frente, batendo no joelho, uivando de tanto rir.

— Você está parecida com a minha mãe. — Ele se engasga, apontando para o meu roupão coberto de cachorrinhos bailarinos e minhas pantufas de cachorro com orelhas caídas. Ele abre a boca, depois balança a cabeça e ri de novo, alto, desagradável e irritante. — Que merda.

— Bem, sua mãe deve ser uma grande gostosa. — Passo por ele, jogando o boné que deixou aqui após o desastre do vibrador em sua cabeça. — Seu chapeuzinho, Ursinho Garrett.

Ele gargalha um pouco mais, seguindo-me enquanto caminho até o elevador. Se achei meu apartamento incrível, não é nada comparado ao de Garrett. Sua cobertura é aberta e ampla, uma mistura deslumbrante de estilo industrial antigo e moderno, com tetos altos e expostos, paredes de tijolos e balcões de ardósia. A parede voltada para o leste é feita inteiramente de vidro, então ele deve receber uma luz natural incrível e ver um nascer do sol maravilhoso.

— Preparada?

Giro, parando ao vê-lo.

— Ai, meu Deus — gargalho. — Que merda *você* está vestindo?

Seu sorriso é elétrico, cheio de alegria e arrogância, um forte contraste com o sorriso tímido que em geral recebo dele.

— Roupão e pantufas — ele repete, com um tom presunçoso.

— Meu roupão de fato cobre meu corpo. O seu... — Faço um gesto para seu roupão de seda, a maneira como ele mostra boa parte (e ainda assim não o suficiente) de suas coxas musculosas. — Não dá. Você está ridículo.

— Estou gostoso pra caralho. — Ele me conduz para o corredor. — Carter nos deu esses robes como uma piada no casamento dele. Fizemos até uma sessão de fotos.

— Preciso ver essas fotos. — Puxo o cotovelo dele. — *Por favor.*

— De jeito nenhum, minha flor. Nunca vou deixar ninguém ver.

— Mas agora já vi você vestido assim — argumento, ignorando o apelido conforme ele me conduz até um lance de escadas. O cheiro de cloro enche o ar quando damos de cara com uma bela piscina, a cidade abaixo de nós iluminando o horizonte escuro de Vancouver através das infinitas janelas.

— E, com alguma sorte, você vai se esquecer disso.

— Não, não vai acontecer. Está gravado na minha memória, onde permanecerá para sempre.

Junto com outra imagem, de Garrett tirando a roupa ao me olhar com um sorriso bobo e torto. Engulo meu gemido quando ele revela o corpo masculino mais imaculado que já vi.

Ele é inteiramente perfeito, com braços fortes e músculos esculpidos, que levam até uma cintura afilada e uma sunga que não faz nada para disfarçar o fato de que Kara estava, infelizmente, muito correta: a arma que esse homem carrega é grande o suficiente para destruir um pequeno país. Já se passaram alguns longos anos desde que tive intimidade com alguém, e há uma parte de mim — uma parte bem minúscula — que não se importaria de ser esse pequeno país. Tiro o roupão e as pantufas, colocando-os ao lado das coisas de Garrett no banco. Quando me viro para ele, encontro seus olhos fixos em mim.

Sua garganta faz um movimento e seu olhar quente cai um pouco, depois demora para voltar. Em um momento de fraqueza, pego de novo meu roupão, desesperada para me cobrir.

— Retiro o que disse — ele sussurra, interrompendo minhas ações. — Você definitivamente *não* se parece com a minha mãe. — Seus olhos se arregalam, como se não quisesse dizer isso em voz alta. Ele gesticula para mim com uma mão, a outra no cabelo. — Quero dizer, você tem um piercing no umbigo. — Ele aperta os lábios. — Não. Não, não é isso que... Eu não estava... — Ele arrasta as mãos pelo rosto em câmera lenta. — Aaahhh...

Que interessante tudo isso. Assim não me sinto insegura. Obrigada, sr. Andersen.

Para a maioria das pessoas, sou simplesmente a irmã caçula de Carter Beckett. Vejo a luta interna dele ali, na expressão de seu rosto. Sou dona de mim, mas ele lembrou que sou intocável por causa do meu *irmão*. Há uma atração física contra a qual ele está lutando.

Ainda assim, quando entro na banheira de hidromassagem, os olhos de Garrett se movem entre mim e a piscina, como se ele não conseguisse decidir o quão perto pode ficar de mim. Descanso a cabeça e fecho os olhos para que ele possa tomar a decisão sem tanta pressão, e um minuto depois ouço o barulho suave da água.

Abrindo um olho, vejo Garrett nadar ao longo da piscina e resisto à vontade de bufar. *Até parece que não é um treino.*

Contente em saber que ele não vai morrer, ligo os jatos de massagem no máximo, curtindo a forma como a dor no meu tornozelo se dissipa, então relaxo com um suspiro feliz.

Uma mão fria e úmida pousa no meu ombro, acordando-me, e meus olhos colidem com os olhos turquesa de Garrett.

— Desculpe. Não quis te assustar. Você pegou no sono.

Meu cérebro me implora para formular uma resposta. Mas, em vez disso, estudo o formato de seus lábios, o inferior um pouco mais carnudo que o superior, o arco perfeito do de cima, a barba por fazer que os rodeia e deixa sua mandíbula muito mais sexy do que deveria ser permitido.

Ele se eleva acima de mim em toda a sua glória, músculos flexionados, encharcados até os ossos, com gotas de água acumulando-se como gotas de mel nas pontas de seus cabelos dourados. Uma delas pinga em seu lábio superior antes que sua língua saia para pegá-la. Meus olhos se fixam em outra, traçando um caminho ao longo de seu abdômen esculpido, e desço, até desaparecer no cós da sunga.

*Senhoras e senhores, encontrei o Santo Graal em material de masturbação.*

O olhar de Garrett cai até o meu peito, depois ricocheteia de volta para o meu rosto.

— Você está bem?

— Tudo bem — resmungo.

Seus olhos saltam para baixo e depois para cima. *Porra, de novo? É sério isso?* Eu sei que os meus seios ficam ali, mas o cara já não viu seios perfeitos suficientes? O que há de tão interessante nestes daqui?

Sigo seu olhar e gemo internamente. Meus mamilos estão duros, saudando-o através do biquíni, que não faz nadinha para disfarçar o quão excitada estou agora. Mamilos idiotas. *Relaxem, soldados.*

Reviro os olhos e jogo água nele.

— Já entendemos, Garrett; você é gostoso. Não precisa ficar aí seminu e esfregar sua gostosura na nossa cara.

Ele sorri com orgulho antes de franzir a testa.

— Nós?

— Sim, *nós*. — Gesticulo para os meus mamilos. — Não aja como se você não tivesse notado. Seus olhos não conseguem ficar no meu rosto por mais de dois segundos.

— Bem, eu não... Sabe, eles estão... duros — ele enfim termina com um suspiro, seguido por um *é foda* quase inaudível.

Esse cara flerta muito mal e é pra lá de esquisito, e parte de mim quer gritar. A outra parte de mim acha isso inebriante e adoravelmente charmoso, aumentando o fator *quero dar pra você* para dez.

Altamente irritante. Não gosto disso.

Garrett bate palmas, ficando em pé.

— Humm, devíamos... Você devia... Vamos... — Ele aponta para a porta. — Cama? — Seu queixo trava ao tentar voltar atrás, balançando as mãos na frente do rosto. — Eu não quis dizer juntos! Não, tipo, você e eu, na cama, juntos. Não foi o que eu quis dizer.

— Certo.

— Eu quis dizer você na sua cama e eu na minha. Droga. Que nojo.

Minhas sobrancelhas sobem lentamente.

— Nojo?

— O quê? Não. Nada de nojo.

— Você disse "que nojo".

— Mas eu não quis dizer... Não seria nojento. Seria ótimo. Não! Isso também soa errado. — Ele fecha os olhos com força e diz: — Estou com uma concussão. — Depois, estende a mão. — Posso te ajudar?

— Tem certeza de que quer me tocar? Pode pegar piolho. Imagine o quão *nojento* isso seria.

Garrett abre um sorriso, a tensão em seus ombros diminui.

— Mereci isso. Estou pronto para ir, mas, se você quiser ficar mais tempo, não me importo de esperar...

— Não, estou pronta para dormir. — Pego sua mão, deixando-o me ajudar para fora da banheira de hidromassagem.

Sento-me no banco, calço as pantufas e encosto na parede enquanto Garrett vai buscar toalhas para nós. O deque está úmido e cheio de vapor, as paredes de ripas de bambu lembram uma sauna, e o sono implora para me invadir.

Quando Garrett retorna, levanto e bocejo, esticando os braços acima da cabeça.

— Que merda...

Giro, tentando alcançar as costas, onde sinto minha alça do biquíni puxando, como se estivesse presa em alguma coisa. Meu tornozelo fraco cede sob a pressão do movimento repentino, fazendo-me escorregar. Minha vida passa diante dos meus olhos quando caio de cara em direção à banheira de hidromassagem. Garrett voa para a frente, braços me segurando e me pressionando entre seu glorioso corpo e a parede.

— Essa passou perto. — Sua risada morre tão rapidamente quanto começa. — Puta merda!

A respiração quente e difícil sopra contra meu rosto conforme ele me segura com força. Meu peito se agita com o enésimo lembrete de que este homem é lindo pra cacete e de que namorados movidos a bateria têm suas limitações.

Ele é tão atraente, sua pele quente na minha, a sensação de seu peito nu pressionado contra o meu...

— Não — sussurro e suspiro, balançando a cabeça, as unhas cravando-se em seus ombros.

Seus olhos expressam pena e tanto, *tanto* pavor.

— Sim.

Meu olhar encontra a parte de cima do meu biquíni caída no chão, a meio caminho entre nós e a banheira de hidromassagem. Meu corpo reage antes que meu cérebro tenha tempo de se atualizar.

Com um grito que ecoa pelos ladrilhos, empurro Garrett para longe de mim. Não é meu momento mais inteligente. Agora estou de topless e meus mamilos estão tão duros que poderiam cortar gelo.

Mas talvez a pior parte de tudo isso seja o que Garrett ostenta: um tesão enorme, esticando a sunga até o cós. Não estou exagerando.

Então continuo gritando e apontando, um braço sobre os meus seios, o outro se debatendo descontroladamente na direção de seu pau, e agora

Garrett também está gritando, os olhos ricocheteando entre a tenda em sua sunga e os meus seios.

— Guarde isso! — grito para ele.

— *Você que guarde!* — ele grita de volta.

— Pare de olhar!

— *Você pare de olhar!*

— Garrett!

— *Jennie!*

Devemos ter coberto os olhos ao mesmo tempo, porque em um segundo estou olhando para sua ereção e no outro estou correndo sem rumo. Trombo com seu peito sólido e algo duro cutuca meu umbigo.

— Desculpe! — Garrett grita. — Desculpe mesmo, Jennie! — Sua mão encontra meu pescoço, e ele me vira e me empurra contra a parede. — Apenas fique aí, *por favor*!

Ele me solta e fico paralisada, o rosto esmagado contra as ripas de bambu que criaram toda essa bagunça quando capturaram a ponta do meu biquíni.

Espio por cima do ombro. Garrett enfia a mão na sunga e se ajusta com um suspiro. Ele pega a parte de cima do meu biquíni do chão, e rapidamente me viro de volta para a parede.

— Aqui. — Ele enfia o biquíni na minha mão. Eu o coloco logo, cobrindo meus seios e meus mamilos traidores.

— Não aconteceu... Não aconteceu nada, ok? Nem vi nada.

— Jura?

*A ereção apareceu do nada?*

— Sim — ele mente de forma nada convincente. — Nada mesmo.

— Ei, você está vendo meu piercing de mamilo em algum lugar? — Giro em direção a Garrett. Ele está com o robe de volta, embora a seda fina não disfarce em nada o fato de ele ainda estar duro. — Não consigo encontrar.

— Piercing de mamilo? Não notei nenhum... — Seu rosto empalidece. — Ah, merda.

Estreito meus olhos.

— Sim, ah, merda, sr. Eu-nem-vi-nada.

Ele esfrega a nuca, as bochechas rosadas.

— Bem, eu... — Com um sorriso resignado, ele ergue um ombro. — Sou um homem fraco, e são seios bonitos...

Ergo o nariz.

— Sim, eu sei que são.

Seu sorriso tímido se transforma em um sorriso brilhante.

— Sinto muito, Jennie.

— Você parece sentir mesmo.

— Se ao menos você tivesse visto algo igualmente embaraçoso. — Ele pontua sua frase com um exagerado revirar de olhos. — Aí estaríamos empatados.

— Ah, confie em mim, amigo. Eu vi e ainda estou vendo.

Ele coloca as mãos nos quadris, chamando minha atenção.

— Não consegue não olhar, hein?

Eu vou até o meu roupão.

— Volte a ser tímido. Sua arrogância não é bem-vinda aqui. Já tenho egos inflados suficientes em minha vida.

Garrett ri baixinho.

— Estamos bem? Me desculpe, de verdade.

— Estamos bem. Este dia precisa acabar.

— Concordo. Só vou lavar as mãos e pegar uma água. Quer uma?

— Não, obrigada.

Garrett me encontra na porta um minuto depois, bebendo água.

— Vou com você — ele me diz com um sorriso fácil, chamando para o elevador.

— Não precisa.

— Está tarde. Tenho de ter certeza de que você chegou bem à sua porta.

— Obrigada. — Eu o observo com cuidado do outro lado do elevador. Os hematomas ao redor dos olhos ficaram mais proeminentes nas últimas duas horas, e ele parece prestes a desmaiar. — Como você está se sentindo?

— Bem — ele responde rápido demais, depois sorri para minha sobrancelha arqueada. — Estou com dor de cabeça e bem cansado.

— Precisa de ajuda? Posso... — Enrolo minha trança úmida em volta do punho. — Precisa que eu confira se você está bem no meio da noite?

— Não precisa. — Com a palma da mão pressionada na parte inferior das minhas costas, ele me guia pelo corredor. — Adam está me ligando a cada duas horas e os caras vêm me ver de manhã.

Concordo com a cabeça, parando na minha porta. Meu olhar vai para o apartamento de Emily, do outro lado do corredor, e os olhos de Garrett o seguem.

— Olha, Jennie. Não vou dormir com ela de novo.

— Por quê?

— Sua amizade é mais importante para mim.
— Nós somos amigos?
Há constrangimento em seu rosto.
— Bem, eu não quis dizer... Quero dizer, pensei que poderíamos ser... Amigos? Ou não precisamos ser. Se você não quiser ser. Sei lá.
Sorrio quando ele olha para o chão. Não sei por que acho sua falta de jeito tão cativante, sobretudo quando, minutos atrás, ele corajosamente me perguntou se era difícil não encarar sua ereção GG.
— Garrett?
Ele ergue um olhar cauteloso.
— Sim?
— Você devia se esforçar para dizer exatamente o que está pensando. É bom quando as pessoas são honestas, você não acha? Não vira um jogo de adivinhação.
— Tenho dificuldade com isso às vezes, quando estou conhecendo alguém.
— Bem, eu sou uma Beckett. Não censuramos nossos pensamentos.
Ele ri, com um som sincero e caloroso.
— Vocês de fato não censuram, né?
Dou um beijo em sua bochecha, sorrindo enquanto ele se aquece sob meus lábios.
— Obrigada pela segunda noite mais estranha da minha vida.
— Qual foi a mais estranha?
— Aquela em que você encontrou minha caixa de brinquedos.
*Uau*, acho que nunca vi o rosto dele tão vermelho. Ele se enterra atrás de sua garrafa de água conforme abro a porta. Eu me volto para ele mais uma vez.
— Garrett?
— Sim?
— Sinto muito que você tenha levado um tapa na cara do Indiana Bones...
— Indiana Bones?
Suas sobrancelhas se juntam à medida que ele leva a garrafa de volta à boca, as bochechas como as de um esquilo bebendo água.
Vejo o momento exato em que a compreensão surge, quando a ruga em sua testa se suaviza, seguida por uma fonte de água jorrando de seus lábios enquanto ele se inclina para a frente, engasgado.

Sorrindo, entro no meu apartamento.

— Durma bem, grandão.

Enfim sozinha, tiro toda a roupa e vou para o quarto. Abrindo minha gaveta favorita, cantarolo enquanto meus dedos flutuam sobre minha extensa coleção de borracha e silicone.

Envolvo os dedos em torno do mais célebre entre eles e carrego Indiana Bones para o chuveiro. Instalando a base de sucção contra o azulejo, abro a torneira com um suspiro feliz.

— Vamos lá, garotão. Vamos invadir uns templos esta noite.

# 8
# OOOPS

## GARRETT

Quatro jogadores da Liga Nacional de Hóquei no seu hall de entrada fazem com que duzentos metros quadrados de espaço aberto pareçam um armário apertado.

Pelo menos Adam trouxe presentes.

Ele empurra a enorme caixa em meus braços. Fico com um pouco de medo de abrir. Será que um monte de pau de borracha vai pular para fora? Já não consigo olhar Carter nos olhos. Sei o que a irmã caçula dele faz à noite e quero ajudá-la a fazer melhor.

Sobretudo agora que vi os seios dela.

São bonitos. *Muito* bonitos. Redondos e firmes, com mamilos rosados; montinhos de diversão do tamanho perfeito para caber na palma da minha mão.

Eu *acho*. Teria de testar a teoria para ter certeza.

— Você vai abrir a caixa ou ficar olhando como se quisesse fazer amor com ela? — Adam ri sozinho. — É da minha mãe. Ela enviou assim que o viu na tv.

*Da mãe dele?*

— Ahhh, claro, tinha de ser da Bev.

Os pais de Adam moram no Colorado. Ambos são incríveis, mas Bev ganha, pois é minha revendedora estrangeira extraoficial de guloseimas. Mal posso esperar para ver o que tem na sua caixa de brindes pós-concussão.

Abre-se a entrada para o céu: edição especial de Pop-Tarts, biscoitos Dunkaroos descontinuados, novos e maravilhosos sabores de cereais de café da manhã. É o melhor presente que já recebi, logo depois daquele que ganhei duas noites atrás.

... Os seios de Jennie, caso não tenha ficado claro.

— Quando é que a Mamãe Lockwood vai me mandar quitutes? — Carter abre uma Pop-Tart de torta de banana, devorando-a rapidamente.

— *Eles abora têm uba edibão limitaba de Oreo nos Estabos Unibos.* — Ele se esforça para engolir, migalhas espalhadas pela camisa. — O nome é...

— Você não se machucou — pontua Adam.

— Mas ela sempre manda coisas para ele!

— Talvez ela goste mais de Gare do que de você — Emmett sugere enquanto ele e Adam desempacotam minhas guloseimas e alguns outros itens de cuidados pessoais que trouxeram.

Cada vez que guardam um pacote, Carter o puxa de volta, investigando-o. Os caras são irritantes e autoritários às vezes, mas são minha família. Não estou feliz de ficar para trás e reclamo disso.

— É só pegar o carro e ir nos ver — Adam me lembra.

— O médico me liberou para dirigir esta manhã. Posso assistir da cabine de imprensa.

Carter bate os nós dos dedos na minha têmpora.

— Não encha a cabeça de caraminholas.

— Eu sei que é frustrante, mas você precisa se cuidar. — Emmett aponta para o sofá. — Relaxe, fique de pernas para cima, veja a gente arrasar no rinque e você estará de volta na próxima semana.

— Odeio ver hóquei sozinho.

Carter não tira os olhos do saco de salgadinhos Flamin' Hot Funyuns que está estudando.

— Vá assistir com a minha irmã. Acabamos de deixar Dublin lá. Ela vai ver o jogo e não tem amigos.

— Carter — Adam diz, dando risada —, isso não foi legal.

— Mas é verdade. Ela não faz amigos com facilidade. Tem problemas de confiança.

Isso não me surpreende. Jennie parece ser uma pessoa cética em geral — seu olhar de suspeita é assustador — e não tenho certeza se ela acreditou que eu não dormiria com Emily novamente.

Carter verifica o celular.

— Temos de ir. O voo é daqui a uma hora e preciso entrar em contato com Riley.

Jaxon Riley é o jogador que irá me substituir esta noite e que agora é parte do nosso time, vindo direto do Nashville. Odeio não estar lá. Ele me parece um idiota arrogante e não fui com a cara dele. Carter sabe disso, então, quando resmungo, ele sorri.

— Vou mantê-lo na linha — promete. Ele pode não conseguir manter ninguém na linha em sua vida pessoal, mas consegue lidar com toda a equipe sem pestanejar. É um líder nato no hóquei. — Não se preocupe, Gare. Sentiremos sua falta tanto quanto você sentirá a nossa.

E é verdade. Minha família está do outro lado do país. Ter esses caras e suas esposas por perto me faz lidar melhor com a distância. Agora, sendo forçado a ficar de fora por causa de uma lesão, e com Kara e Olivia os acompanhando na viagem, estou me sentindo mais sozinho do que nunca.

Talvez seja por isso que, depois do almoço, aqui me encontro, na porta de Jennie, com o punho erguido para bater. Mas, em vez de bater, enfio os dedos no cabelo.

— O que estou fazendo? Ela é apenas uma garota. Não vai morder.

Eu me forço a bater, esticando e flexionando os dedos enquanto aguardo. Uma porta se abre, mas não aquela que eu estava esperando.

Olhando por cima do ombro, dou de cara com Emily inclinada em sua porta, com um meio-sorriso no rosto.

— Sr. Andersen. Faz tempo que não nos vemos. Sua amiguinha atrevida não está em casa. Ela saiu com aquele cachorro fofo.

— Atrevida?

*Como Emily sabe...*

— Sim, ela continua me chamando de Emma e ainda me mostrou o dedo do meio quando a lembrei de como ela poderia ouvir meu nome. Acho que gosto dela e não devo ser a única a gostar.

— O quê?

Entendi cerca de cinco por cento do que ela falou.

Seu sorriso é suspeito.

— Quer entrar? Vou vestir minha roupa de líder de torcida e praticar a coreografia.

— Eu... Eu... — Fecho os olhos e respiro. Estou me sentindo sozinho, sim, mas não a ponto de voltar atrás na promessa que fiz a Jennie. — Não posso.

— Mais tarde?

Balanço a cabeça.

Ela sorri.

— Imaginei.

Antes que eu possa pedir esclarecimentos, ela pisca e desaparece. Suspiro, resignado com a solidão desta noite.

Até receber uma mensagem cinco minutos depois.

> **Carter:** Jennie foi passar o fds na minha casa, pra não ter q pegar o elevador pra levar o Dublin 2x pra fazer xixi, por causa do tornozelo machucado dela. Vc pode ficar com ela lá. Não coma meu Oreo, eu te mato.

Ótimo. Mas não é o Oreo que quero comer.

Existe uma palavra para ficar excitado com a raiva de alguém?
Porque estou de pé na varanda e os olhos azul-nublado de Jennie me encaram, semicerrados e violentos. Seus braços estão cruzados sobre os seus seios, e aperto meus lábios para não sugerir que aproveitemos toda essa tensão entre nós para foder.
— O que está fazendo aqui, Andersen?
Ergo as sacolas na mão e Dublin pula nelas.
— Trouxe comida.
Seus olhos me percorrem, ignorando as sacolas, mas permanecendo no resto de mim, sobretudo na minha metade inferior.
— Maldita calça de moletom cinza — ela murmura. — Sempre com ela. — Ela me olha de novo. — Desculpe, o que você disse?
— Humm, eu trouxe… comida tailandesa e outras guloseimas. Carter disse que você estava aqui sozinha, e eu estava sozinho, então pensei que talvez pudéssemos assistir ao jogo juntos e não…
— Sozinha? — Aquele ceticismo aparece em seus olhos. — Não preciso de uma babá só porque meu irmão está fora da cidade.
— Não, eu… posso entrar, por favor? Está muito frio aqui fora.
— Talvez você devesse ter se vestido de acordo com o clima. — Ela dá um passo para o lado, vestindo um suéter *tie-dye* enorme, que deixa um ombro à mostra, e shorts justos que não parecem cobrir direito sua bunda, mas espero que ela se vire antes de dar meu veredito final. — Você precisa que eu suba até seu apartamento e o vista todas as manhãs?
Eu sorrio, porque, honestamente, não é uma má ideia.
— Olhe, eu queria vir. Meus amigos estão fora neste fim de semana e, para dizer a verdade, eu estava me sentindo sozinho.

— Estava? — Algo mais suave e vulnerável surge em seus olhos. — E você pensou em mim?

— Pensei em você.

— Ah. Bem, isso é... — Ela mexe na trança bagunçada que fica sobre seu ombro, puxando a fita azul brilhante. Acho que é a primeira vez que a vejo corar. — Legal. — Seu nariz enruga e ela reprime o sorriso. — Me desculpe por ter te atacado. É um mau hábito.

Estou ciente, daí o apelido *flor*, que está se consolidando dentro de mim. Então apenas sorrio, mas então Jennie se vira e o veredito é dado.

Os shorts *não* cobrem a bunda dela. E, porra, que bunda redonda.

— Garrett?

— Hã?

*Ah, merda. Olhos assustadores.*

— Perguntei se queria entrar, mas você estava ocupado demais olhando para minha bunda, seu idiota. — Ela aponta para as pernas nuas. — Isso vai ser um problema ou você precisa que eu coloque a calça?

Sinceramente, não sei como responder a isso. *Sim, vai ser um problema. Não, por favor, não coloque a calça.*

Minha expressão deve dizer tudo, porque Jennie revira os olhos e arranca as sacolas das minhas mãos.

— *Homens*. Se tiver peitos e bunda, é bom o suficiente para foder.

— Isso não é verdade. — *Por que estou falando?* — Sou mais exigente do que isso em relação a peitos e bundas. — *Eu deveria calar minha boca.*

— Ah? Então a minha está aprovada ou você é mais exigente do que isso?

Meu cérebro enfim recebeu o memorando para eu calar a boca. Infelizmente, Jennie está esperando uma resposta. Gostaria de conseguir formular uma.

— Garrett? Estou esperando.

— Por favor, não me machuque — por fim, sussurro.

Com um assobio presunçoso, Jennie coloca a louça sobre a ilha da cozinha. Ela me entrega uma cerveja e, quando estou com o prato cheio, eu me jogo no sofá e pego o controle remoto.

— A que você estava assistindo?

Jennie joga-se no meu colo, quase derrubando meu *pad thai*, procurando o controle remoto.

— Nada, Garrett, me dê o controle remoto. — Eu o seguro sobre minha cabeça.

— A que você estava assistindo?

— Eu não estava... — Ela pressiona os lábios quando aperto o play. Simba, Nala e Zazu preenchem a tela, cantando sobre como Simba quer ser rei. Jennie puxa a gola do suéter até o nariz. — Pare!

— Jesus, a obsessão pela Disney é real entre vocês, Beckett.

— Eu canto melhor que Carter — ela resmunga.

— Então você estava cantando?

Suas bochechas queimam.

— Não.

— Parece que você estava cantando, flor.

— Cale a boca, Ursinho Garrett.

Ela rouba um rolinho primavera do meu prato, jogando-se de volta no sofá, com os pés apoiados na mesa de centro. Seu tornozelo esquerdo está com um inchaço vermelho, e vejo um saco de gelo derretendo ao lado.

Jennie soluça tanto quando Simba tenta acordar Mufasa que ela começa a tossir, usando a gola da camisa para enxugar os olhos.

— Hmm, você precisa de um...

— Não, não preciso de um abraço! — Jennie bate no meu peito. — Pare de olhar para mim! — Ela se levanta, dando tapinhas nas bochechas encharcadas. — Eu te odeio! — ela grita, depois corre para o banheiro.

Ela está mancando por causa do tornozelo, e aperto a boca para que não ouça a minha risada.

Quando volta, já estou com o canal Sportsnet ligado, pronto para o jogo, e lavei a louça.

Jennie enfia a mão na tigela de balas de cereja que lhe ofereço.

— Me desculpe por ter dito que te odiava. Foi no calor do momento.

— Tudo bem. Scar é um idiota.

— A escória do mundo Disney.

Eu rio enquanto vou à geladeira.

— Você quer outra cerveja?

— Nem bebi a primeira, mas não, obrigada. Não bebo.

— Ah.

Jennie leva a mão até a clavícula, como se fosse mexer em um colar. Em vez disso, seus dedos flutuam sobre a pele nua. Percebo a elevação rápida de seu peito e, em vez da cerveja, pego um Gatorade.

Jennie franze a testa.

— Pode beber a cerveja, Garrett. Não me incomoda. É apenas minha escolha pessoal.

E é uma escolha que apoiarei sempre que estivermos juntos. Se um motorista bêbado tivesse tirado um ente querido de mim, não sei se conseguiria olhar para um copo de bebida alcoólica novamente.

Às vezes, nem sei por que bebo. Uma infância inteira vendo o álcool se apossar do meu pai mal foi uma infância. No fim das contas, acho que decidi que não iria deixá-lo tirar outra coisa de mim, que eu assumiria o controle e faria escolhas melhores.

Vou para o sofá com meu Gatorade e um saco de gelo novo, e, diante da expressão confusa de Jennie, explico:

— Para o seu tornozelo.

— Ah. — Ela hesitantemente apoia o pé no travesseiro que coloquei na mesinha de centro e suspira quando cubro seu tornozelo com gelo. — Obrigada.

Mantenho meus olhos na TV quando o jogo começa.

— O que aconteceu, afinal?

A resposta que ela me deu no elevador há dois dias não me convenceu nem um pouco.

Ela mordisca a unha do polegar.

— Torci durante o treino de dança.

— Pensei que você tinha tropeçado na sua mochila.

Sua cabeça chicoteia em minha direção.

— Por que está perguntando se já te dei uma resposta?

— Por que está mentindo?

— Você é tão chato. — Ela enfia a mão na tigela de pipoca. — Tropecei no meu parceiro de dança. Pronto, está feliz?

— Steve?

Ela ri e bufa.

— Simon. Carter só o chama de Steve para irritá-lo.

— Carter o odeia. — Ele insiste que Jennie devia seguir carreira solo. — Diz que ele quer algo mais com você.

Jennie age com desdém e vira-se para o jogo.

— *Impedido!* Estava impedido! Você nunca vai virar árbitro principal errando lances como esse, amigo!

Levo um minuto observando-a gritar com os árbitros para deixar de lado o fato de que ela não quer falar comigo sobre seu parceiro de dança e outros quatro minutos para perceber que ela pode ser minha companhia favorita para assistir a jogos de hóquei.

Quando chega o terceiro período, Jennie está rouca de tanto gritar, meu estômago dói de tanto rir e não estou mais preocupado por ter ficado de fora da viagem.

— Se você queria ver o jogo, devia ter comprado um ingresso como todo mundo! Você é péssimo, juiz! — Ela joga uma pipoca na tv e depois um punhado inteiro em mim. — Pare de rir de mim.

— Não consigo. Assistir com você é divertido. Minhas irmãs ou odeiam hóquei, ou se acham populares demais para assistir. Só vão a um ou dois jogos por ano e passam a maior parte do tempo enterradas em seus tablets ou com os olhos arregalados para os caras.

Jennie dá uma risadinha.

— Quantas irmãs você tem?

— Três.

— Que idade?

Passando a mão pelo queixo, alinho as datas na minha cabeça.

— Humm... Doze, dez e nove.

Jennie vira-se em minha direção.

— Ah, uau. Que diferença grande de idade.

— Meus pais se separaram por alguns anos, mas, quando voltaram, não perderam mais tempo. Eu tinha treze anos. Nove meses depois, a Alexa nasceu. Ouvi mais do que gostaria de admitir e aprendi a sair de casa quando eles trocavam olhares.

Jennie ri, esticando as pernas, os dedos com unhas pintadas de rosa pressionando minha coxa.

— Que bom que eles resolveram as coisas. Você deve ter ficado feliz.

— Muito. — Em especial por ver meu pai sóbrio pela primeira vez em que me lembro. — Que tipo de dança você pratica?

— Contemporânea, principalmente. É a minha favorita. Cresci fazendo balé, mas me apaixonei quando descobri a contemporaneidade. — Seu nariz enruga. — O balé clássico tem regras demais.

— E você não gosta de seguir regras?

Ela sorri e depois dá de ombros.

— Na contemporânea, posso ser mais eu mesma. É libertadora de uma forma que o balé não era. Eu me sentia muito restrita... Só queria me deixar levar.

— Isso é bem legal. Deve ser bom encontrar o seu nicho.

Jennie fica com uma expressão superempolgada no rosto, como minha irmã mais nova, Gabby, quando atendo às suas ligações do FaceTime. Ela agarra meu antebraço.

— Meu espetáculo de Natal está chegando. Você poderia ver com Carter e Olivia. Emmett e Kara também irão.

Hesito, e o sorriso dela se dissolve em um instante. Ela solta meu braço, desviando o olhar e recuando. Observo como se fecha, rastejando para trás do muro que construiu para manter as pessoas afastadas.

Mas quero me apegar à Jennie que vi esta noite, a mulher que fala abertamente, com riso fácil.

— Vou passar uns dias em casa no Natal, mas, se as datas coincidirem, com certeza irei ver você arrasar no palco.

Ela me olha com cautela por um momento, antes de relaxar ao meu lado de novo.

— Não quero me gabar, mas sou a melhor lá em cima.

Bato em seu pé.

— A arrogância dos Beckett é uma marca registrada.

Ela ri, chutando meus dedos para longe. Quando seus pés pousam no meu colo, minha mão pousa sobre seus tornozelos.

— Verdade, mas trabalhei duro para me tornar confiante de mim e do meu talento, então serei dona desse título.

— Gosto disso. Você deve mesmo ser confiante e orgulhosa de si.

Nossos olhos travam-se quando sorrimos um para o outro. Observo suas covinhas profundas, seus lábios em formato de coração, a maneira como eles se curvam nos cantos, como se ela tivesse um segredo.

Tenho uma puta vontade de me deixar levar, o que deveria me dizer que é hora de sair dali, sobretudo porque, durante o tempo em que estivemos conversando, o jogo acabou.

Em vez disso, pergunto:

— Quer terminar de ver o filme?

*Merda.* Que erro! Porque, vinte minutos depois, Jennie está meio enterrada em um cobertor, abraçando uma almofada contra o peito, tremendo enquanto soluça. "Nesta noite o amor chegou" inunda a sala, e canto junto, caçoando de modo incontrolável.

— Cale a boca! — Ela atira uma almofada na minha cara.

— Não é nem uma parte triste!

— É emocionante! Eles se encontraram depois de todo esse tempo separados e eram melhores amigos, e... Cale a boca! Pare de rir de mim!

Não paro e consigo desviar da segunda almofada que ela joga. Dublin está desmaiado perto da lareira, completamente imperturbável.

— Você parece durona, mas já a vi chorar três vezes esta semana, e duas delas foram durante um filme da Disney.

Ela nem está mais jogando almofadas, apenas segurando uma contra o meu rosto, seu corpo pressionado contra o meu. Minha risada só parece estimulá-la.

Jennie me faz cair de lado, depois tombo de costas, e ela cai entre as minhas pernas.

— Cale... sua... boca... Ursinho... Garrett!

— Tenho três irmãs mais novas. Você não vai vencer, flor.

— Cresci com Carter — ela grunhe, ao segurar as minhas mãos tentando me prender no sofá. — Ele me provocava todo santo dia.

— Claro. — Enrolo um braço em volta de sua cintura e a viro, prendendo-a abaixo de mim, meus dedos em torno dos seus punhos. — Mas não sou seu irmão.

E sou grato por isso.

Jennie olha para mim, com o rosto rosado, os lábios entreabertos. Nossos peitos sobem e descem juntos, rápidos e pesados, como o zunido em meus ouvidos. Estou bem consciente do lugar quente onde estou instalado entre suas coxas, e meu peito ruge de desejo.

Há uma voz no fundo da minha mente me dizendo para me soltar dela e ir para casa antes que cometa um erro que não possa corrigir.

Por causa disso daqui? Eu e ela, emaranhados? É um erro do qual não dá para fugir.

Mas, então, os olhos azul-enevoados de Jennie caem em meus lábios e seus quadris se movem levemente, um convite que acho que não posso recusar.

— Ganhei — sussurro e abaixo meu rosto ao mesmo tempo em que ela levanta o queixo.

Minha boca cobre a dela sem hesitação, saboreando, tomando-a. Porra, e quero tomar tudo. Ela é macia e doce, ansiosa e hesitante ao mesmo tempo, e meu pulso acelera à medida que a exploro. Passo minha língua em seus lábios, pedindo permissão. Quero entrar e não sei se vou querer sair.

Ela se abre para mim, as pernas enroladas em volta da minha cintura, deixando-me mais perto do que jamais pensei que estaria. Minha língua encontra a dela com um movimento lento e, quando seus quadris se levantam, roçando contra mim, um gemido irregular escapa de sua boca.

E, depois, um suspiro.

Jennie fica rígida embaixo de mim, e sei. Está acabado. Estraguei tudo.

Recuo no segundo em que ela se desvencilha. Ela começa a recuar de costas, até cair da beirada do sofá com um grito, com a bunda para cima.

— Desculpe. — Eu me levanto e estendo a mão para ela, tentando ajudá-la a se levantar, mas ela continua se arrastando como caranguejo pelo corredor, com os olhos arregalados ao me encarar, boquiaberta. — Sinto muito, Jennie. Eu não quis... Eu não... Não sei o que deu em mim.

Ela esbarra na parede e agarra a nuca.

— Ai!

— Pelo amor de Deus, deixe eu ajudar você. — Eu a levanto antes que ela possa dar um tapa em minhas mãos, e ela prontamente sobe as escadas, com o tornozelo fraco e tudo. — Jennie!

— Estou cansada! Muito cansada! Hora de dormir! — Ela aponta para a porta. — Você pode... ir embora. Tranque quando sair! Boa noite, Garrett Andersen!

Ela tropeça, caindo de joelhos no topo da escada, resmungando sobre como acabou de me chamar pelo meu nome completo. Então desaparece, seguida pelo som de uma porta batendo.

*Porra. Estou tão fodido. Que merda estava pensando?*

Eu não estava pensando, esse é o problema. Não com a cabeça que fica sobre os ombros, com certeza.

Olho para o meu pau. Estou completamente decepcionado com ele e estou prestes a lhe dizer isso.

— Não consegue ficar dentro da calça por uma maldita noite, Tenente Johnson? Vamos, cara. É a irmã de Carter! — murmuro, esfregando o rosto andando pelo corredor.

Dublin boceja e se espreguiça antes de trotar e lamber minha mão. Ele se deita sobre uma almofada na cozinha enquanto eu limpo a bagunça que fizemos antes de sair pela porta da frente. Preciso mergulhar minhas bolas azuladas na neve.

— Droga — repito, batendo suavemente a cabeça contra a porta. — Droga, droga, droga.

Não posso ir embora assim. Preciso me desculpar e precisamos conversar sobre o que fazer a partir de agora. Não acho que deveríamos contar a Carter, mas, se ela quiser, eu conto. Ele cortará pelo menos uma parte integrante do meu corpo, mas farei isso se ela me pedir.

Em silêncio, volto para dentro, tirando os sapatos enquanto meu pescoço fica úmido. Gostei da companhia dela, mas tenho noventa e nove por cento de certeza de que arruinei qualquer chance de estarmos no mesmo ambiente de novo.

— Jennie? — chamo timidamente, subindo a escada. Aproximo-me do único quarto fechado e agarro o batente da porta. — Eu queria me desculpar. Será que podemos falar?

Metade de mim espera que ela já esteja dormindo.

— Jennie, eu... — Balanço a cabeça. Sou péssimo nisso. — Olha... — Tento com cuidado. — Posso entrar?

Nenhuma resposta. Suspiro, virando-me em direção às escadas. Mas então eu a ouço, chamando meu nome baixinho, e cerro meu punho em sinal de triunfo.

— Sim — murmuro antes de abrir a porta e passar para dentro. — Escute, eu estava...

Minhas palavras se dissolvem na língua, o queixo caído enquanto meus olhos assimilam a visão mais gloriosa que já testemunhei.

Uma vibração suave ressoa no ar, e parece vir do objeto rosa que Jennie segura entre suas pernas longas e bronzeadas, sobre a cama.

E Jennie? Sem calça. E *sem calcinha*. E com a cabeça jogada para trás.

Minha mão cai sobre o meu pau quando meu nome sai da boca dela mais uma vez.

— Puta merda.

A cabeça de Jennie rola para o lado, os olhos atordoados flutuam sobre o quarto antes de enfim pousarem em mim. Estou parado na porta, com a mão no meu pau, que, a propósito, está bem duro agora.

Seus lábios se abrem, e devo ser o idiota mais burro do planeta de pensar que ela poderia dizer meu nome novamente ou, melhor ainda, convidar-me para participar.

Em vez disso, ela grita.

Puta merda, ela *grita*. Um grito horripilante e perfurante. Mas o Tenente Johnson não dá a mínima.

Não, ele fica de guarda em toda a sua glória, implorando-me para deixá-lo fazer a velha saudação, perguntar se ela quer brincar.

E, porra, quero brincar mais do que nunca.

# 9
## NÓS (NUNCA) DEVERÍAMOS REPETIR ISSO

### JENNIE

Eu tenho perguntas.

O que foi que fiz para merecer essa semana caótica?

Por que o melhor amigo do meu irmão me viu seminua em várias ocasiões? Por que minha coleção de brinquedinhos explodiu nas mãos dele? Por que Indiana Bones deu um tapa em sua cara? Por que eu o beijei?

*Por que Garrett me pegou brincando com um maldito vibrador enquanto talvez sim ou talvez não — a ser determinado — eu estava gemendo o nome dele?*

— O que você está fazendo aqui? — grito, saltando da cama. — Eu não disse que poderia entrar! Você foi embora! Eu o ouvi fechar a porta!

— E-e-eu... — Seus olhos ricocheteiam entre minha metade inferior e minha mão. — Puta merda.

Puxo minha camisa sobre os quadris, escondendo minha estúpida e traidora vulva. Minha mão ocupada está tremendo violentamente — o aparelhinho chegou ao nível dez —, então o jogo para o outro lado do quarto.

Erro número um. Agora a geringonça está vibrando muito alto contra o piso de madeira, saltitando pelo chão, e Garrett não consegue desviar o olhar.

Corro até ele, empurrando seu peito. Ele não se move, exceto a cabeça balançando para a frente e para trás entre mim e meu brinquedo.

— Fora! Saia! E você não deveria ter me beijado!

— Pensei que você queria que eu a beijasse! — ele grita de volta, com o rosto vermelho. — Eu interpretei mal os sinais!

— Então invista em óculos de leitura, seu mala!

— Desculpe! — Ele agarra meus punhos, puxando-me para ele. — Pare de me empurrar!

— Pare de gritar comigo!

— Você gritou primeiro!

— Você viu minha vulva!

— Eu vi seus seios duas noites atrás! — Seus olhos se arregalam. — Ok, foi errado dizer isso. Me desculpe por ter visto seus seios. E sua vulva. Eu já te disse que eles são lindos. — Ele aponta para minha metade inferior e limpa a garganta. — E é bonita também... sua vulva.

Com um gemido, eu me solto, enterrando meu rosto escaldante nas mãos.

— Pare de dizer vulva, *por favor*.

Ele dá de ombros.

— Tudo bem, você tem uma bela boceta.

Bato no ombro dele.

— Garrett!

— Ai! Caramba, você é violenta.

— Não foi isso o que eu quis dizer!

Ele joga os braços para o alto.

— Mas é claro, minha flor! Quase nunca sei que merda você quer dizer!

— Mulheres não são tão confusas assim!

— Não, mas você é! — Ele fecha os olhos, inspirando forte. — Olha, queria me desculpar por ter te beijado. Eu estava me divertindo e fui pego pelo momento.

Tudo bem, talvez eu também. Garrett é gentil, fácil de conviver, apesar de sua estranheza, e faz com que todos os meus pontos quentes se iluminem como um raio. O homem de alguma forma conseguiu inundar meu porão com apenas um beijo.

Estou atribuindo isso à falta de intimidade e conexão física em minha vida.

— Desculpas aceitas — respondo. — Agora, boa noite, Garrett.

— Tudo bem. Mas não tenha vergonha, tá? Todo mundo se masturba.

— Certo, mas nem todo mundo é pego no ato por um jogador de hóquei famoso e sexy, que por acaso é um dos melhores amigos de seu irmão.

Seus olhos brilham.

— Você acha que eu... — Ele se interrompe, o que é melhor. Ele acha que sou violenta, mas ainda não *viu* violência de verdade. — Vou embora.

— Ótimo. — Puxo minha blusa ainda mais para baixo, esfregando as coxas, espalhando minha umidade enquanto ele vira as costas para mim.

Deus, ele tem a bunda de hóquei mais fenomenal, do tipo que você quer segurar para sempre enquanto ele te fode contra a parede.

Ou algo assim.

— Espere um segundo — sussurra Garrett, fazendo uma pausa. Meu coração bate forte conforme ele gira lentamente, com um dedo para cima.

Seu olhar se concentra em mim, aquecido, brincalhão e muito perigoso, dando um passo em minha direção, depois outro, e o batimento cardíaco cai na boca do meu estômago. — Você disse meu nome.

— Não disse.

*Disse.*

— Disse, sim.

— Não disse.

Ele revira os olhos.

— *Garrett* — ele pronuncia seu nome em um gemido, e recuo a cada passo calculado que ele dá em minha direção.

Parece que ele está prestes a me transformar em refeição, e não tenho certeza se vou resistir.

Encontro um travesseiro e jogo em seu rosto quente e irritante.

— Você deveria ser tímido, seu idiota!

Ele desvia o travesseiro com o antebraço e, quando o atira de volta no meu rosto, eu me engasgo.

— Não sou tímido, Jennie! Só tenho muito medo de você!

— Mas você parece tímido!

Estou ficando sem espaço conforme ele se aproxima e, quando tropeço na minha mochila no chão, Garrett agarra a barra da minha blusa, mantendo-me em pé. Não tenho ideia de para onde foi o garoto tímido e desajeitado; ele foi substituído por um macho alfa, exalando sexo e confiança, pronto para assumir o controle.

Ele lança um olhar penetrante para o vibrador em forma de coelho rosa-choque que ainda está saltitando pelo chão, embora esteja perdendo a força. É o único brinquedo que eu trouxe, e agora vou ter que usar meus dedos, e eles com certeza não vibram.

— Você não tem alguém para fazer isso por você?

Jogo meus ombros para trás e dou um golpe de judô em seus punhos para me soltar. Não funciona.

— Não preciso que alguém faça isso por mim. Eu me viro bem sozinha.

— Sem namorado?

— Se eu tivesse namorado, teria beijado você?

Um sorriso lento se espalha por seu rosto. Deus, a arrogância parece tão atraente nele.

— Então você admite que participou igualmente daquele beijo.

— Eu... — Aponto o nariz para o teto. — Não admito nada.

— Que pena. Lembra quando você me disse que eu deveria me esforçar para dizer o que estou pensando? — Seu aperto em minha blusa aumenta à medida que ele caminha para a frente, empurrando-me para trás. — Estou pensando que queria beijá-la e estou pensando que você queria que eu a beijasse. Estou pensando que você gostou muito, antes de dizer a si mesma que não deveria gostar, mas depois ficou com medo.

Suspiro quando minhas costas batem na parede. Os olhos turquesa de Garrett caem em meus lábios.

— Qual é o problema, Jennie? Para onde foi toda aquela autoconfiança? Não tem como fugir?

Mordo meu lábio inferior quando Garrett desliza uma mão grande ao longo da borda da minha mandíbula, inclinando meu rosto em sua direção. Sua outra mão pousa na minha coxa, as pontas dos dedos acendendo um fogo florestal ao longo da minha pele enquanto sobem, sobem, brincando com a barra da blusa.

— Acho que você veio aqui para se tocar enquanto pensava em tudo o que poderia ter acontecido se não tivesse saído correndo e acho... — Sua respiração irregular dança em meus lábios, seu olhar abrasador. — Acho que eu gostaria de ajudá-la. Acho que você *quer* que eu a ajude.

— Garrett — choramingo, tremendo enquanto seus lábios passam pelos meus.

— Sim — ele sussurra. — Bem desse jeito. Foi exatamente assim que você gemeu meu nome.

Levanto o queixo e umedeço os lábios, as pálpebras fechadas conforme espero.

E espero.

O calor de seu corpo é substituído pelo frio da rejeição quando ele me solta. Seu sorriso exibe nada menos que orgulho quando o observo, com horror, recuando.

— Mas com certeza eu odiaria interpretar mal os sinais. Então, se eu estiver certo, se você quiser minha ajuda... — Ele raspa o polegar por seu queixo áspero, na barba por fazer. — Terá de ser explícita.

Um gemido ressoa na minha garganta e, antes que eu possa compreender minhas ações, eu me jogo em seu peito e enterro os dedos em seus cabelos. Ele agarra minha bunda, levantando-me até ele, minhas pernas abraçando sua cintura enquanto minhas costas colidem contra a parede.

A maneira como sua boca toma a minha é nada menos que possessiva, como se fosse sua propriedade, em sua forma mais pura e faminta. Ele pode ter minha boca e praticamente qualquer outra parte de mim, e nem sei por que estou disposta a lhe dar isso. Tudo que sei é que nunca quis nada do jeito que quero Garrett agora.

Pressionando-me contra a parede com os quadris, ele arranca minha blusa pela cabeça. Seu olhar abrasador se arrasta sobre mim, incendiando cada terminação nervosa do meu corpo. Puxando um punhado do meu cabelo, ele enterra o rosto no meu pescoço, sua boca quente deixando um rastro molhado ao deslizar pela minha pele.

— Vai me deixar cuidar de você esta noite, flor? Porque é só nisso que consigo pensar.

Caramba, *sim*. Arrasto sua boca de volta para a minha, e sua língua entra, explorando, saboreando, invadindo. Quero mais, e faz *tanto tempo* que não quis nada assim, faz tempo que alguém *me* quis tanto assim.

Deixando-me cair de pé, ele me gira e me pressiona de novo contra a parede. Os dedos dançam sobre meu quadril, minha barriga, até que seu toque delicado passa pelo local que mais dói, e agarro a parede conforme lágrimas de desespero pinicam meus olhos.

Não quero provocações; eu só quero que ele me foda com os dedos até o ano que vem. É pedir demais?

Ele agarra minha nuca, trazendo meu olhar para o dele por cima do ombro.

— Me diz o que você quer, Jennie.

— Quero que você me toque — imploro enquanto ele traça o interior trêmulo das minhas coxas. — Por favor, Garrett.

Ele acaricia meu clitóris lentamente, arrancando uma respiração instável dos meus lábios.

— Aqui?

— Caralho, *sim*...

— Porra, como você está molhada. — Sua língua desliza pelo meu pescoço. — Tão molhada. — Ele afunda dois dedos dentro de mim e sorri sobre meu ombro quando grito. — Você vai me deixar foder essa boceta um dia?

— *Puta merda* — choramingo. A safadeza, combinada com o toque de outra pessoa, está acabando comigo. É a intimidade que anseio há tanto tempo, mesmo que venha negando isso. — Quem é você?

Sua risada baixa causa arrepios na minha espinha. Liberando meu pescoço, ele pressiona dois dedos no meu clitóris.

— Mal posso esperar para sentir você gozar nos meus dedos.

— Porra. — Agarro sua mão, entrelaçando nossos dedos e puxando-o para mais perto. Ele enfia um joelho entre as minhas coxas, abrindo-as ainda mais, e enfia os dedos mais fundo, levando-me mais longe do que já fui capaz de me levar.

— *Garrett.*

Meu corpo estremece quando ele me aproxima daquele limite, daquele do qual quero saltar com tudo.

E ele deixa. Garrett me leva até o pico, arrastando-me até a borda, e, quando me encara e a turbulência chega, ele me observa em queda livre, com os joelhos bambos.

Sem perder o ritmo, passa um braço em volta da minha cintura e me joga na cama. Seus joelhos batem no colchão quando ele puxa a camiseta pela cabeça e me dirige uma piscadela que faz o coração bater forte entre as minhas pernas.

— Quer que eu te prove, Jennie? — Ele toca nos meus joelhos, que se abrem para ele. — Porque eu quero te provar.

Ele enfia os braços abaixo das minhas pernas, agarra meus quadris e me puxa pelo colchão. Quando sua boca desce, esqueço meu próprio nome.

— Ah, *caralho* — choramingo por trás da palma da minha mão.

Ele arranca a minha mão a tempo de seu nome sair voando da minha boca. Seus dedos me perfuram, sua língua se movimenta, sua boca me chupa.

Olhando para mim com um sorriso tão amplo, tão bonito, *tão malvado*, ele lambe os lábios.

— Meu nome soa muito melhor vindo da sua boca quando você o grita por um motivo totalmente diferente.

Ele arrasta os lábios pelo meu torso e depois lambe um caminho dolorosamente lento ao redor de um mamilo rígido.

— Seus seios são perfeitos pra caralho. Seios perfeitos, boceta perfeita.

Ele puxa um mamilo entre os dentes, girando a língua antes de sair, dando um beijo ardente na minha boca e desaparecendo entre as minhas pernas de novo.

A boca de Garrett é exatamente como imagino o paraíso: quente e incrível, como o sol entre as minhas coxas. Cada entrada de sua língua é fluida, as estocadas de seus dedos são profundas e poderosas, e seus olhos encontram os meus enquanto ele suga meu clitóris em sua boca.

Minha cabeça cai no colchão quando seu nome escapa de novo dos meus lábios, e juro que entro em combustão quando gozo em sua língua. Garrett fica enterrado entre as minhas coxas, bebendo tudo de mim como se fosse morrer se não o fizesse.

Ele retira os dedos e me dá três lambidas lânguidas e reverentes, lambendo até que eu desmaie para trás, com os braços sobre a cabeça. A barba por fazer em sua mandíbula faz cócegas na parte interna da minha coxa quando ele limpa o rosto ali, e estremeço, tentando respirar.

— Porra, seu gosto é incrível — Garrett murmura, despencando ao meu lado.

Nossos olhos se encontram e, de repente, eu me sinto nervosa sob a intensidade de seu olhar. Saio da cama, pegando minha blusa e agarrando-a contra o meu peito. Jogo a de Garrett para ele. Ele interpreta isso como um sinal, embora eu veja a confusão e a curiosidade em sua expressão.

Ele não sabe o que isso significa, nem eu. Foi bom. *Maravilhoso*. Mas não pode acontecer de novo.

Pode?

Visto a blusa, subo na cama e puxo os joelhos contra o peito enquanto Garrett se levanta e cobre o abdômen ridiculamente lindo.

— Você devia ir embora — digo.

Não há força por trás das palavras. Eu gostaria que ele ficasse e gostaria de cavalgar em seu rosto até desmaiar de tantos orgasmos. Isso existe? Deveria existir. De qualquer forma, se ele me questionasse sobre ir embora, eu desistiria em um piscar de olhos.

Infelizmente para mim, ele assente.

— Devo mesmo — responde, ajustando o caroço gigante em sua calça, e ele pode não estar pedindo, mas eu gostaria de poder retribuir o favor. Já faz um tempo, porém, e estou meio... insegura. Ele já deve ter experimentado o Santo Graal dos boquetes. Sou muito competitiva, e descobrir que não faço um bom boquete não é algo com o que estou preparada para lidar esta noite. — Mas foi...?

— Ótimo — respondo sem fôlego. — Sim, ótimo.

— Que bom. Ótimo. Estou feliz. E você se sente...?

Com as mãos trêmulas, gesticulo para meu rosto suado, depois para minhas pernas, ainda tremendo com os orgasmos.

— Incrível.

Sua cabeça balança enquanto ele bate o punho na mão oposta.

— Incrível. Ótimo. — Ele recua em direção à porta, apontando para mim com dois dedos. — Devíamos fazer isso de novo algum dia.

— Ah, com certeza.

Seu rosto se ilumina.

— Ótimo.

Fecho os olhos com força, balançando a cabeça.

— Não, não devíamos.

Ele franze a testa.

— Não, não devíamos.

— Carter.

Ele acena com a cabeça, de forma solene.

— Carter.

— Então... boa noite?

Ele assente.

— Boa noite.

Em vez de sair, Garrett continua parado ali. Ainda estou nua da cintura para baixo, sentada sobre uma explosão dos meus próprios fluidos. É desconfortável, mas, olhando para ele, com o cabelo bagunçado, as bochechas coradas, minha senhora vagina começa a formigar novamente.

— Então, ah... boa noite.

Seus olhos se arregalam como se ele tivesse se esquecido de alguma coisa, depois volta correndo.

Meu coração vibra quando sua mão quente desliza pelo meu queixo, seus dedos se enroscando em meu cabelo. Seus lábios cobrem os meus de forma lenta e quente. O beijo acende um fogo no fundo da minha barriga e agarro o colarinho de sua camiseta, segurando-o perto.

— Boa noite. — Garrett se afasta e depois encosta seus lábios nos meus mais uma vez. — Noite... — Ele corre de volta para a porta, acenando para mim por cima do ombro. — Tchau.

Ele abre a porta e olha para mim, examinando-me, com os olhos brilhantes como o sorriso que me dirige.

— Tenha uma boa noite de sono, Jennie — sussurra, e, então, de verdade, desta vez ele sai, com os passos batendo nas escadas, a porta da frente fechando-se e trancando-se atrás dele.

Caio de costas contra a montanha de travesseiros, batendo a mão na testa suada.

Merda. Indiana Bones terá de se superar.

# 10
## USAIN BOLT

### GARRETT

Jennie me ignorou a semana toda.

Quatro dias atrás, eu a chamei no saguão do prédio. Ela me viu e fugiu. Literalmente: saiu correndo pelo saguão e passou pela porta, jogando-se no banco de trás de um táxi que esperava na frente, mesmo com o tornozelo fodido e tudo mais.

Há dois dias, bati em sua porta. Sem abrir, ela gritou em uma mistura horrível de espanhol e inglês, alegando ser alguém chamada Glória, porque Jennie não morava mais lá. Falei que sabia que era ela porque a vi entrar no elevador. Ela ficou em silêncio por trinta segundos inteiros antes de responder: *Me no hablo inglês.*

Estou frustrado pra caralho. Deixando de lado os orgasmos alucinantes, pensei que tinha havido uma mudança em nossa dinâmica, como se, enfim, estivéssemos nos tornando amigos. No mínimo, ela não estava mais tão assustadora a ponto de eu não conseguir completar frases perto dela. Se isso não é amizade, não sei o que é.

Além disso, nós nos despedimos em bons termos — dei um beijo de boa-noite nela —, então, por que está me evitando? Em geral, ela é ótima falando e gritando e tudo mais. Eu é que não consigo juntar as palavras direito.

Devemos repetir os orgasmos? Com certeza não. Eu gostaria? Obviamente. Mas, se ela não consegue nem me olhar nos olhos, como poderemos ficar juntos na mesma sala? Precisamos conversar antes que essa tensão exploda na nossa cara.

A porta perto da qual estou encostado enfim se abre e Jennie sai de seu apartamento, cantando o que tenho certeza de que é uma música de *Frozen*.

Ela está usando legging justa que realça sua bunda de outro mundo, um par daquelas botas quentes e confortáveis, que minhas irmãs amam, e um moletom com capuz folgado por cima. Leva um gorro nas mãos e fones de ouvido em torno do punho. O estilo casual nunca foi tão lindo quanto nela.

— Bom dia, flor do dia! Seu tornozelo parece estar melhor.

Eu me pergunto se ela nunca mais vai gritar comigo, mas sei que hoje não é o dia.

Ela dá um pulo, deixando cair suas coisas, gritando uma série de xingamentos.

— Seu... *idiota*. — Pega os objetos me encarando. — Isso foi necessário?

— Com base na maneira como você me ignorou durante a semana toda? Com certeza.

— Eu estava... — Ela olha em volta, sem conseguir terminar a frase. — Ocupada.

— Pensei que tivesse se mudado. O que aconteceu com Glória?

Um sorriso culpado surge em sua boca.

— Ah, ela é... apenas uma amiga que veio dormir aqui... Noite de meninas, sabe. — Ela abana a mão no ar. — Brigas de travesseiro de calcinha e tudo mais.

— Ahã. Sei. — Dou um passo à frente e ela se encosta na porta, apavorada. Mas tenho certeza de que sou a pessoa menos aterrorizante do mundo, com base no quanto fico vermelho e gaguejo quando ela está por perto. — Devíamos conversar sobre o que aconteceu no fim de semana passado.

— O que aconteceu? — Sua voz sobe uma oitava inteira. — Nada aconteceu. Você aconteceu? — Ela fecha os olhos com força. — Droga.

Gosto desse lado desajeitado dela. Assim sinto que a irrito na mesma medida que ela me irrita.

Talvez seja por isso que dou mais um passo em sua direção, depois outro, até que ela olha com aqueles olhos arregalados que dão lugar à vulnerabilidade que esconde sob toda a sua ousadia.

— Vamos, minha flor. Você não pode pensar que esqueci. A maneira como meu nome soou saindo de seus lábios quando você gozou entre os meus dedos e depois de novo com a minha língua está gravada na minha mente. — Passo um dedo por seu quadril antes de deslizar minha mão por baixo do moletom, envolvendo sua cintura nua com a palma da mão. — Você gostaria de relembrar?

Não tenho ideia do que estou fazendo agora. E Jennie é, sem dúvida, *a última* pessoa com quem eu deveria me arriscar. Acho que decidi — neste momento, pelo menos — que não tenho mais nada para dar. Não com base na maneira como deixo cair meus lábios, pairando-os acima de sua boca e a ponta do meu nariz roçando no seu.

Jennie se agarra a mim, levantando o queixo, lábios rosados e macios alcançando os meus. Eles se separam em uma inspiração irregular, o rosto queimando.

E, então, ela volta à terra, balançando a cabeça e se distanciando. Ela se volta para a porta e enfia a chave na fechadura.

Bem, não consegue, mas tenta. Erra umas vinte vezes, como se estivesse esfaqueando a porta.

— Eu adoraria poder conversar, mas preciso ir! Preciso tomar um banho. — Ela força uma risada quase louca. — Estou fedida.

Meus olhos vão para o cabelo dela, preso no topo da cabeça e...

— Seu cabelo está molhado.

E ela estava *saindo* do apartamento, não voltando para casa. Seu cheiro está limpinho, com notas de baunilha, canela e algo doce, como se tivesse passado a manhã cozinhando bolachinhas de Natal.

Eu gostaria de comer a bolacha *dela*.

*Não. Não, Garrett. Foi justamente isso que colocou vocês em toda essa confusão, para começar.*

As covinhas de Jennie desaparecem quando ela percebe que foi pega em outra mentira e enfim consegue colocar a maldita chave na fechadura. A porta se abre e ela entra.

— Ensebado. Superseboso. Meu cabelo. Sim, não tomo banho... há dias. — Seu nariz se retorce de desgosto por causa da mentira deslavada. — Então parece molhado, mas só está... — Ela circula a mão em volta do coque úmido e suspira, resignada. — Gorduroso.

— Jen...

— *Ok, tchau, Garrett!* — As palavras passam por seus lábios com a mesma velocidade com que ela bate a porta, e o som de uma risada chama minha atenção por cima do ombro.

Emily está recostada em sua porta, de braços cruzados, sorrindo para mim.

— Eu sabia.

Esfrego a mão sobre meus olhos exaustos.

— Sabia o quê?

— Que vocês dois iam trepar. Dá para sentir o cheiro da tensão sexual daqui.

— Nós não... Ah. — Esfrego minha nuca. — Ela parece tensa?

— *Muito* tensa. A garota deseja o seu pau, mas odeia esse desejo.

Eu rio e Emily sorri. Isso deveria ser estranho, mas não é. Nos anos em que saí com Emily, ela teve muitos namorados e namoradas entre nossos encontros casuais. Não estou preocupado com o que ela viu... Seja lá o que tiver visto. Talvez nada.

*Ou talvez algo.* Jennie é impossível de ler.

Exceto no fim de semana passado, quando comi a boceta dela como se fosse a Última Ceia. Seria difícil interpretar mal os sinais quando ela está puxando meu cabelo, esfregando-se na minha boca e gemendo meu nome ao gozar. Duas vezes.

— As coisas com Jennie estão um pouco...

— Desafiadoras, por ser a irmã mais nova do seu melhor amigo e tudo mais? Isso é sério, Andersen! — Emily bate no meu ombro. — Estou orgulhosa de você.

Deslizo os dedos pela parte de trás do meu gorro e coço o couro cabeludo para me distrair do fato de que estou sentindo uma culpa estúpida. Deixei minhas bolas azuis falarem mais alto e agora vou passar o resto da minha vida tentando esconder isso de um dos meus melhores amigos.

— Foi só uma vez. Não vai acontecer de novo.

A verdade é mais decepcionante do que deveria ser. Porque, ao que parece, oferecer-se para cuidar das necessidades de Jennie pode ter sido, tipo, só um errinho, mas um errinho altamente viciante.

O lado positivo é que a torção no tornozelo parece estar cicatrizando bem. A garota consegue fugir mais rápido que Usain Bolt.

A<small>DAM TEM UM ENCONTRO NO CAFÉ</small> da manhã de amanhã, e agora estou fodido.

— Você não está fodido — ele diz pela terceira vez. Por acidente, posso ter dito as palavras em voz alta quando ele nos contou a notícia há dois minutos. — É só um encontro. Pode não dar certo.

Como é que algo não funcionaria com um cara como Adam? Ele é a melhor pessoa que conheço, e é exatamente por isso que estou fodido. Ele vai namorar, e ficarei de fato sozinho.

— Serei o único amigo solteiro — murmuro de modo distraído.

— Jaxon também é solteiro — Carter pontua. — Vocês podem pegar garotas juntos.

— Não quero... Eu odeio... Argh. — Com o rosto erguido, olho para o cardápio do almoço e depois para Adam. — Onde você a conheceu?

— No supermercado. No corredor de cereais. Ela disse que gosta de cachorro. Isso é bom, certo?

— Considerando-se que você tem um cachorro, é bom mesmo.

Adam gira o canudo em seu achocolatado.

— Faz muito tempo que não tenho um encontro.

Emmett levanta os olhos do telefone.

— Kara quer saber se podemos verificar os antecedentes da garota e também se ela pode vesti-lo para o encontro.

Eu me desligo da conversa ao pensar sobre o meu futuro, em como gostaria que ele fosse. Meus amigos estão trocando noites no bar por telefonemas no quarto do hotel com as esposas e ressacas por idas matinais a lojas de móveis, passando todo o seu tempo livre juntos, nada além de um futuro feliz para eles.

Não estou amargurado, estou com inveja. Há um limite para o que um cara pode fazer sozinho em seu sofá enquanto seus amigos estão se dedicando à vida de casal. Todos estão seguindo, e acho que estou… empacado.

Emmett me cutuca.

— Ei, e aquela garota? Ela está olhando para você. Convide-a para sair.

Uma linda morena se aproxima e reviro os olhos. Com o olhar fixo na nuca de Carter, ela coloca o cabelo atrás das orelhas e respira fundo antes de dar um tapinha no ombro dele.

— Com licença. Eu sou a Arianna.

Carter não tira os olhos do cardápio.

— Sou casado.

Levanto meu próprio cardápio para esconder uma bufada. Arianna abre a boca e Carter a interrompe antes que ela possa falar.

— Tenho um casamento feliz. — Ele olha para cima com um sorriso e mostra o rosto sorridente de Olivia na tela do celular. — Ela não é linda? — Ele vai passando as fotos. — Aqui está ela no dia do nosso casamento. Linda demais, certo? E aqui está o bebê que ela vai ter. Meu bebê! O que você acha? Menina ou menino? Não queremos descobrir. Queremos ser surpreendidos. Mas estou tentando me convencer de que vejo um pênis, porque meninas são assustadoras.

Aff. Arianna pode ser até mais rápida que Jennie. Ela está do outro lado da lanchonete antes que eu pisque.

— Mas é exatamente por isso que é difícil conhecer alguém — aponto. — Não tenho ideia de quando uma mulher está interessada de verdade em mim ou no jogador de hóquei rico que ela vê.

— E a sua vizinha? — Carter pergunta. — Vocês ainda transam?

— Não, nada está acontecendo. Ela mora do outro lado do corredor da sua irmã. — Desejando ter pulado essa última parte, enterro meu rosto no cardápio. Sou péssimo em mentir, pior ainda em esconder coisas. Se Carter cutucar um pouco, há uma boa chance de, sem querer, eu gritar que fodi a irmã dele com a língua. — Você disse que Jennie fica desconfortável com as tretas da vizinhança, então imaginei que, como somos amigos por associação, eu não deveria mais fazer isso.

Cautelosamente, ergo o olhar.

Carter nem está olhando para mim, mas soprando bolhas na porra do seu achocolatado.

— Jennie pode ser um pouco assustadora às vezes, mas ela disse que se divertiu quando assistiu ao jogo com você.

Minha boca se abre e minhas sobrancelhas arqueiam. É necessária uma enorme quantidade de esforço para agir normalmente, e não tenho certeza se beber do meu copo é a atitude certa no contexto.

— Ela disse?

— Sim, disse que você comeu bem. Algo sobre a sobremesa que você levou ser, e cito, orgástica. — Ele revira os olhos. — Ela é tão exagerada.

— Me pergunto de onde ela tirou isso — Emmett murmura.

Pelo menos acho que é isso que ele diz. Estou muito ocupado engasgando-me com o achocolatado, que acabou descendo pela via errada.

Carter diverga sobre uma boa refeição ser a única coisa de que os Beckett precisam para mantê-los felizes e, enquanto estou com falta de ar, minha vida toda passa diante dos meus olhos, tudo isso sob o olhar desconfiado de Adam.

Se for a minha hora de morrer, pelo menos a sobremesa foi orgástica.

Os jogos de sábado, na hora do almoço, são os meus favoritos. Começo meu treino bem cedo, depois o hóquei termina antes da hora do jantar, e assim temos uma rara noite de folga no sábado.

Emmett continua chamando a festa de aniversário de vinte e seis anos de Kara esta noite de discreta, mas não tenho certeza se essa palavra combina com qualquer coisa relacionada a Kara. Duvido, porém, que haja garotas dançando nas bancadas da cozinha como no ano passado, então acho que isso é discreto para o padrão dela.

— Como foi seu encontro esta manhã, amigo? — pergunto a Adam, caindo de joelhos ao seu lado e abrindo as coxas para alongar virilha.

Minha patinação matinal correu bem, e voltar ao gelo é muito bom. O treinador me colocou por tempo limitado no rinque, mas pelo menos estou de volta ao jogo. Nove dias sem hóquei me deixaram tenso, entre outras tensões. A arena está movimentada, o frio do gelo é refrescante no meu rosto e não vou olhar para Jennie durante o jogo. Nada pode dar errado.

Adam suspira.

— Ela definitivamente não gosta de cachorros.

— Mas disse que gostava.

— Bem, eu meio que queria ir embora no fim do café da manhã. — Ele ri da minha expressão. — Então falei que precisava ir para casa para passear com Bear antes do jogo. Ela insistiu em ir junto.

— Cara... Você é bonzinho demais.

— Não tive coragem de dizer não! Ela estava fazendo beicinho para mim, com os olhos grandes... — Ele suspira enquanto nos levantamos. — Bear pulou nela para dizer olá antes que eu pudesse impedi-lo. Lambeu seu rosto. Ela, ah... perdeu a cabeça, para dizer o mínimo. Reclamou da baba, do pelo...

— Tá brincando. — Bear pertence a um nível próprio de fofura; gigante, peludo e babão. — Ela está fora de cogitação, certo?

— Se ainda não estivesse, definitivamente estaria quando perguntou se ele ficaria comigo por muito mais tempo.

— Falando em mulheres...

Um jato de neve corta meu rosto e cobre meu visor quando Jaxon Riley, nosso novo defensor, para na minha frente. Ele me lança um olhar ausente.

— Andersen.

— Riley.

Ele está na minha lista de desafetos há anos. É um idiota arrogante que fala sem parar. Isso o coloca em muitos problemas, por isso foi negociado pelo Nashville, após sua segunda suspensão da temporada. O treinador acha que pode endireitá-lo e tirar o máximo proveito. Veremos.

— Falando em mulheres — ele repete. — Quem é aquele avião?

Sigo seu olhar até a arquibancada e respondo no piloto automático.

— Kara e Olivia.

— Eu sei quem elas são. Estou falando daquela com covinhas e um peito delicioso.

Sim, eu esperava que não fosse o caso.

Meus olhos passam por Jennie, que está imprensada entre Kara e Olivia. As três parecem ter comprado a lanchonete inteira.

Jennie está linda hoje, com as grossas tranças castanhas caindo em ondas sobre os ombros, destacando o sorriso largo e as covinhas profundas quando ri. Está vestindo uma camiseta colada que, como Jaxon mencionou, mostra seu peito maravilhoso. Mordo a língua para não me gabar de já ter provado dele.

Desviando o olhar, pego um disco, giro-o na direção da rede e lanço atrás de Adam.

— Ela é proibida.

— É sua?

— Não.

— Então acho que não é proibida.

Seu sorriso é autoconfiante, e mal posso esperar para limpá-lo de seu rosto. Abro um sorrisão de volta para ele.

— Ei, Carter? — chamo enquanto ele passa voando, usando o taco como violão. — Qual é o status do relacionamento de Jennie? Estou perguntando para um amigo.

— Ninguém toca na minha irmãzinha. — É meio grito, meio assobio, e o rosto de Jaxon cai na mesma hora. — Ah, ei. — Carter me segue até o banco, estourando uma bola de chiclete rosa na boca. — Falando em Jennie. Você pode acompanhá-la até em casa esta noite? Não gosto da ideia de ela pegar um Uber sozinha tão tarde.

Meu primeiro pensamento é que o banco de trás de um carro escuro é o último lugar onde eu deveria estar com Jennie. A segunda é que ela é uma mulher adulta que ficaria muito brava se soubesse que Carter a está supervisionando. Meu terceiro pensamento é: *ah, merda.*

— Sua irmã vai à festa hoje à noite?

Carter assente e meu pulso dispara.

— Por que Jennie vai? — Por acidente, pergunto em voz alta quando Emmett se junta a nós.

Ele aponta para onde as meninas estão tagarelando sobre alguma coisa.

Meus olhos se fixam nos de Jennie antes de eu afastá-los rapidamente.

— Porque ela é uma das melhores amigas de Kara?

— Desde quando?

*Claro, eu a acompanho até em casa* deveria ter sido o suficiente.

— Hum, desde que Olivia e Carter começaram a namorar, e agora as três passam o tempo todo juntas?

— Ah. Certo. — *Porra*. Olho para Carter e começo a agitar a mão enluvada. Eu poderia estar segurando um letreiro de néon com os dizeres *Comi a boceta da sua irmã e gostei*. — Hum, acho que vou... dirigir. — Não posso permitir que o álcool impeça qualquer uma das minhas capacidades de tomada de decisão, que já são bem falhas, porque tentarei me convencer a ir para um lugar em que quero estar, mas onde não deveria estar, como entre as coxas dela, localizando seu ponto G com a ponta da minha língua ou com o meu pau. Além disso, Jennie não bebe, e apoiá-la nisso parece ser a atitude certa nessa nossa amizade estranha.

— Perfeito. Você pode levá-la para casa. — Carter coloca as mãos enluvadas em volta da boca. — Ei, Jennie! Garrett vai te dar uma carona hoje à noite!

Dar uma carona? É exatamente o que quero fazer e estou tentando evitar a todo custo.

Pelo menos Jennie parece tão apavorada quanto eu sobre o tipo de carona.

Eu me pergunto qual de nós tem o melhor autocontrole.

# 11
## BRINQUE COMIGO

### GARRETT

Como ela conseguiu vestir isso?

A julgar pela forma como estou tentando traçar um plano de ataque para tirá-la de dentro daquilo, a calça jeans de cintura alta de Jennie parece pintada sobre sua bunda redonda e seus quadris largos. Contudo, não tenho permissão para despi-la.

*Mas que calça jeans...* justa e desbotada, abrindo um pouco abaixo dos joelhos. Juro que essas pernas levam direto para o céu. Ela também está usando uma camiseta curta, que mostra seu piercing no umbigo, e só consigo pensar em alguma desculpa de merda para girar minha língua em torno daquela pedrinha roxa pendurada ali.

Preciso tirar esses pensamentos do meu sistema.

— Você não vai beber?

— Hum? — Afasto meu olhar de Jennie, pouco impressionado quando dou de cara com Jaxon Riley.

Ele aponta para a lata de água com gás na minha mão.

— Você está bebendo água.

— Vou dirigir esta noite.

— Por quê?

Para não cometer nenhum erro com a *irmã caçula do capitão*, que teria o potencial de encerrar prematuramente minha carreira por causa dos ossos quebrados?

— Ah, porque sim? — É a resposta inteligente que dou a ele.

O olhar de Jaxon segue o meu enquanto se volta para a garota em questão. Inclinando-se ao meu lado, ele murmura:

— O problema de ela ser a irmã caçula de Carter é que ele é apenas meu capitão, mas é um de seus melhores amigos. Ela pode ser proibida para você, mas para mim está livre, leve e solta.

Eu bufo.

— Boa sorte com esse tipo de raciocínio por aqui.

— Vou te dizer uma coisa. Vou fazer uma aposta com você.

— Não. — Não vou dar trela para esse idiota. — Qual é a aposta? — Vou dar um pouco.

— Vou levá-la para casa comigo esta noite.

O aperto em torno da lata na minha mão aumenta.

— Não é uma boa ideia.

— Porque você quer ficar com ela?

— Porque você vai transar com ela uma vez e sumir, e nós ficaremos com falta de defensores quando Carter te nocautear. — Esvazio a lata e esmago-a entre as mãos. — Jennie merece coisa melhor.

Jaxon sorri, tirando duas cervejas do gelo na pia da cozinha e piscando para mim.

— Vou tratá-la muito bem, Andersen. Prometo.

## JENNIE

A bexiga de Olivia me decepcionou. Ela me deixou aqui sozinha e vou ter que ser amigável com um canalha.

O novo jogador vem em minha direção, com um sorriso maroto no rosto presunçoso.

— Uma garota bonita como você não deveria ficar sozinha. — Ele estende a mão. — Sou Jaxon.

Levo minha água com gás à boca.

— Sei quem você é.

Respondendo de modo vago, é claro, para ser amigável.

Jaxon Riley, o bad boy da Liga, um extraordinário de um filho da puta e o mais novo defensor do Vancouver, ri.

— Que legal. Também sei quem você é. — Ele me oferece uma das cervejas em suas mãos. — Trouxe uma para você.

— Não bebo.

Ouço uma risada e meu olhar passa por cima do ombro de Jaxon, encontrando os olhos divertidos de Garrett sobre nós. Não tenho orgulho de dizer que, de repente, fiquei muito mais interessada no homem à minha frente. Jaxon é bonito de se ver, então não é uma tarefa tão onerosa. Tem cabelo castanho bagunçado, olhos castanhos, ombros largos e tatuagens decorando seus braços. Material de primeira linha para sessões de masturbação, sem dúvida. Um alívio bem-vindo da imagem mental que tenho exibido todas as noites desde que Garrett me destruiu.

Eu me inclino para o novo defensor, apertando seu antebraço, e diminuo minha voz.

— Mas muito obrigada por pensar em mim. É muito gentil da sua parte.

Seu sorriso é orgulhoso.

— É por isso que me chamam de Docinho.

Reviro os olhos interiormente, passando a ponta do dedo sobre as flores que decoram o punho de Jaxon enquanto Garrett esmaga a lata e pega uma nova.

— Ah, é? Ouvi dizer que era por um motivo bem diferente.

Jaxon morde a isca.

— A sobremesa é a minha refeição favorita.

— Humm... — Pisco e Garrett bebe sua água agressivamente. — A minha também.

Vejo a travessa de cupcakes de chocolate no balcão, bem ao lado do cotovelo de Garrett. Ando em direção a ele, seu rosto esquentando à medida que me aproximo.

— Com licença. — Esbarro nele, pegando um cupcake antes de voltar para Jaxon. — Estou desejando algo doce a noite toda. — Deslizo meu dedo pela cobertura de chocolate e, em seguida, chupo-o devagar, e Garrett destrói outra lata de água com gás.

O olhar semicerrado de Jaxon rastreia meu dedo, a forma como minha língua sai para ter certeza de que não perco um único pedacinho. Ele tira uma mecha de cabelo do meu rosto.

— Venha para casa comigo.

Atrás dele, o punho de Garrett esmaga o que tenho certeza de que é sua terceira lata de água com gás nos últimos cinco minutos.

## GARRETT

Bem, não vai rolar. Não dá. Se eu não puder ficar com ela, ninguém mais nesta equipe pode.

— Ei, Carter — grito do outro lado da cozinha.

O olhar gelado de Jennie se alarga. Ela dá um passo frenético para longe de Jaxon, confirmando minha suspeita de que está fazendo aquilo só para me irritar.

Carter se aproxima.

— E aí?

— É bom ver Jennie e Jaxon se dando bem, né?

A cabeça de Carter gira na mesma hora.

— Que porra é essa? — ele resmunga, jogando a lata de cerveja na pia e caminhando em direção ao casal feliz.

Bem, Jaxon está feliz; Jennie não.

Jaxon está prestes a ficar quebrado, não feliz.

*Eu* estou feliz.

## JENNIE

Espero que Garrett tenha tido uma vida boa, porque estou prestes a acabar com ela. Afasto a mão de Jaxon e dirijo um sorriso vago ao meu irmão.

— Ei, você! Curtindo a festa?

Carter está mal-humorado, inclinando-se em direção a Jaxon, bloqueando-me de sua linha de visão e de qualquer contato físico adicional.

— Riley. Vejo que você conheceu minha irmã caçula. Minha única irmã. *Minha* irmã.

Ai, Jesus. Lá vamos nós. E Garrett nem se preocupa em esconder o sorriso triunfante.

*Foda-se,* pronuncio em silêncio, mostrando-lhe o dedo do meio pelas costas de Carter.

*Você gostaria disso,* ele responde.

— Eu estava apenas me apresentando — diz Jaxon. — Ela tem sido muito simpática. E é linda.

— Eu sei que ela é — Carter responde. — Ela também tem vinte e quatro anos.

Jaxon se inclina para Carter, sorrindo.

— Tenho vinte e seis.

Carter ergue uma barreira humana que não pedi para estar ali.

— Dois anos a mais para ela.

Franzo a testa.

— Você é quase três anos mais velho que Olivia.

Sua cabeça gira em câmera lenta. Aperto meus lábios diante da sua expressão, sobretudo para não rir na cara dele. Ele pode parecer ameaçador, mas tenho plena consciência de que é um ursinho de pelúcia gigante que passa o tempo cantando músicas da Disney, carregando seu cachorro no colo e encostando a orelha na barriga da esposa, para tentar ouvir o bebê.

— Ei, Carter, eu estava pensando, com sua permissão...

— Riley. — Carter abaixa a cabeça, os ombros chacoalhando com sua risada. Ele aperta os ombros de Jaxon. — Olha, gosto de você. Você é um bom jogador de hóquei, um cara legal. — Ele dá mais um passo na direção de Jaxon, que para de sorrir. — Mas se terminar essa frase...

— Carter... — Ele levanta o dedo, interrompendo minhas palavras.

— Eu sei o que você deve estar pensando. *Mas, Carter, ela é uma mulher adulta.*

— Sim — murmuro. — Eu sou.

— *Mas, Carter, ela pode tomar suas próprias decisões.*

— Eu posso.

— *Vou tratá-la bem, blá-blá-blá.* — Ele balança a cabeça. — A resposta é não. Você só toca na minha irmã por cima do meu cadáver.

Dirijo um sorriso fraco para Jaxon. É inútil e não me importo o suficiente para discutir com Carter.

— Prazer em conversar com você.

Quando Jaxon sai rapidinho, Carter se vira para mim com um suspiro e um sorriso estúpido.

— Desculpe aí, sei que Riley estava incomodando. Ainda bem que Garrett me deu a dica.

Meus olhos se concentram no homem em questão, aquele que está observando a cena, balançando os dedos em um aceno.

— Sim — murmuro. — Obrigada.

## GARRETT

Mudei de ideia. Eu a quero e vou tê-la.

Carter se afasta, deixando a irmã olhando para mim e, quando ela me mostra o dedo do meio, sei que só Deus pode me ajudar agora.

Foda-se, vou em frente de qualquer maneira.

## JENNIE

O que ele está fazendo? Por que está me olhando desse jeito? Está vindo para cá? Está caminhando nesta direção.

*Sai pra lá, tentação.*
Mas também chegue um pouco mais perto.
*Não, pare aí.*
Merda. Não consigo me decidir.
Arrasto as palmas das mãos úmidas pelas coxas, desviando o olhar. Ele não deve estar vindo para cá.
Ele definitivamente está vindo para cá.
Meu queixo cai, ele sorri e faço o que sei fazer de melhor.
Saio correndo.
— Se ele falar comigo, vou cometer um erro. Um *grande* erro. — Subo as escadas de dois em dois degraus e corro pelo corredor. — Não vou conseguir me conter. Grande erro, Jennie. *Enorme*. Não. De jeito nenhum.
Abro o armário de roupa de cama e me jogo dentro dele.
*Estou segura.*
A porta se abre um momento depois, e a luz da lua, filtrada pela janela do corredor, ilumina um par de olhos penetrantes enquanto o intruso entra no espaço minúsculo e nos tranca lá dentro.
— Ótima ideia sobre o armário, Jennie. — A voz rouca de Garrett provoca um arrepio na minha espinha. Ele bate na parede, iluminando o espaço com um brilho quente do pequeno lustre pendurado acima de nós, e o homem nunca pareceu tão sinistro. — Acho que os despistamos.
Meu coração salta para a garganta quando ele se aproxima de mim, imponente. Este homem aqui é uma tentação pura ao me cercar, encarando-me ao prender meus quadris na parede.
— Agora me conte sobre esse grande erro que você quer cometer.

## GARRETT

— Deixe-me adivinhar... — As mãos de Jennie percorrem meus bíceps, meus ombros.
Ela enrosca os dedos no meu cabelo, segurando-o devagar. A maneira como ela aumenta sua confiança para dez sem pestanejar me excita de uma forma que não consigo explicar.
— Você ouviu a palavra "enorme" e já imaginou que eu devia estar falando sobre você.
— Ei, se a carapuça servir...

— Ego — ela sussurra, arrastando meu pescoço para baixo até que meus lábios pairem sobre os dela. — A palavra que você está procurando é *ego*.

Sua boca contorna a minha, os lábios roçando no meu queixo, e meu pau começa a se preparar para uma foda rápida no armário.

Exceto que não quero que haja nada rápido com Jennie.

— É notável como seu tornozelo cicatrizou bem na semana passada — murmuro enquanto ela se inclina para trás. — Não dava para perceber que você torceu pela forma como subiu correndo as escadas.

Jennie verifica as unhas.

— Sim, bem... Eles me fizeram ficar em casa e descansar durante a semana, então não agravei a situação. Parece bom agora. — Seu olhar se volta para o meu. — Lamento que sua cabeça não esteja melhor.

— Marquei um gol e consegui uma assistência hoje.

— Ah, não estou me baseando em sua habilidade de jogar hóquei. Você apenas parece estar tomando... decisões *questionáveis*.

Baixo o olhar, observando meu dedo traçar o cós de sua calça jeans, a maneira como sua pele exposta se arrepia ao meu toque.

— Não me lembro de ter tomado nenhuma decisão *questionável*. Na verdade, me disseram que a sobremesa estava... — Mergulhando meus dedos na cintura de sua calça jeans, eu a puxo para a frente. Ela se segura no meu peito com um suspiro. — Orgástica.

Ela tenta esconder o riso.

— A pipoca estava deliciosa. — Seus dedos roçam minha clavícula ao mexer no botão da minha camisa. — Você está se divertindo com essa brincadeira?

— Engraçado você perguntar. É exatamente o que quero fazer. — Capturo suas mãos nas minhas, prendendo-as de cada lado de sua cabeça. — Quero brincar.

O silêncio ecoa entre nós. Jennie ri baixinho.

— Você acha que vou deixá-lo entrar na minha Disneylândia só por diversão? Ah, Garrett, você é tão adorável. O que o faz pensar que eu concordaria com algo assim?

Pressiono meus lábios no ponto pulsante em seu pescoço.

— Além do fato de seu corpo estar mostrando o quanto a ideia te intriga? Há muita química entre nós, não acha? Você mal consegue falar comigo, depois grita e fica irritada, e, enquanto isso, só penso em jogar suas pernas sobre meus ombros e comer minha sobremesa favorita. — Beijo abaixo de sua orelha, deleitando-me com seu arrepio. — É você, minha flor. Você é a minha sobremesa favorita.

Com a mão em seu pescoço, eu a puxo. Sem fôlego, ela se agarra a mim enquanto sussurro minhas próximas palavras.

— Vamos, Jennie. Brinque comigo.

## JENNIE

Esse filho da puta acha que vou ceder.

— Que fofo, mas você não é meu tipo, grandão.

Espero que a mentira não seja tão óbvia quanto parece, mas as chances são grandes. Meu olhar esquenta ao rastejar por seu corpo, de modo lento, e minha língua desliza distraidamente pelo meu lábio inferior ao me lembrar do gosto de sua boca. Quando a diversão brilha nos olhos de Garrett, eu sei. Estou tão envolvida quanto ele, como Garrett quer que eu esteja, e ele sabe disso.

Seu polegar agarra meu lábio inferior, puxando-o suavemente.

— Isso é divertido para você, não é? A indiferença forçada, a provocação. É parte do que torna as coisas tão elétricas entre nós.

A dita eletricidade vibra através de mim como um fio energizado mergulhado na água, mas continuo jogando.

— Deve ser incrivelmente difícil para você entender. Jogador de hóquei rico, bem-sucedido e sexy, mas o fato é que eu não poderia estar menos interessada.

— Rico, bem-sucedido e sexy — ele murmura. — Parece que aluguei um triplex na sua mente, minha flor.

— Você não está permitindo que alguns simples adjetivos subam à sua cabeça, não é, sr. Andersen?

Seu sorriso se torna perverso, e suspiro quando ele segura o cabelo da minha nuca, puxando minha cabeça para cima. Ele me observa com um olhar inebriante e faminto conforme meu lábio inferior desliza entre meus dentes.

— Algo mais?

— Você é muito tímido e gentil — sussurro, provocando-o ao brincar com o seu colarinho. — Não sabe como pegar o que quer.

Meu batimento cardíaco se concentra na fenda das minhas coxas quando ele me vira sem aviso prévio, empurrando-me contra a parede, seu peito rente às minhas costas. Balanço minha bunda um pouco para ver até onde posso empurrá-lo e reprimo um gemido com o peso de seu desejo pressionando mais profundamente contra mim.

Seus lábios permanecem em minha orelha.

— E essa minha confiança repentina? É uma cortesia sua, Jennie. Saber que você me quer tanto quanto a quero me faz sentir como se estivesse no topo do mundo.

E, então, ele me solta.

— Não quero você — suspiro, mesmo com a minha cabeça caindo sobre o seu ombro, nossos dedos entrelaçados enquanto ele puxa a gola da minha camiseta.

Ele passa os dentes pelo meu ombro.

— Ah, não?

— Não.

Os dedos de Garrett dançam pela minha barriga, e cada músculo se contrai quando ele abre o botão da minha calça jeans. Inspiro com força e acabo gemendo sem nenhuma vergonha, arqueando o peito, empurrando-me contra a sua mão, implorando por atenção onde mais preciso dela.

E ele me solta.

— Tudo bem, então.

Eu me viro a tempo de vê-lo ajustando o volume em sua calça jeans.

— Tudo bem? Tudo bem o quê? O que você está fazendo? — Observo com horror quando ele estende a mão para a porta. — Aonde está indo? Você não pode… Você não pode fazer isso, *Garrett!*

Ele dá um beijo leve e lento na minha bochecha.

— Curta sua noite, minha flor.

Eu o odeio.

Eu odeio Garrett, seu rosto estúpido e quente, seu corpo estúpido e delicioso.

## GARRETT

Porra, ela me quer muito! Está escrito em seu rosto, no rubor de suas bochechas salientes, na maneira assassina como me olha toda vez que me pega a encarando. E porque está com raiva de mim por não terminar o que comecei.

Kara dá um tapa na bunda de Jennie quando passa por ela, comentando o quão incrível sua bunda fica naquela calça jeans, e estou pronto para arrancá-la dela.

Devo contar? Eu deveria contar a ela.

## JENNIE

— Você parece estar com raiva.

— Estou com raiva — resmungo para Kara.

Cruzo meus braços sobre o peito e rapidamente os solto ao ver a expressão de aprovação no rosto de Garrett ao empurrar meus próprios seios para cima. *Foda-se,* falo em silêncio para ele.

— Sexo raivoso é o melhor sexo — Kara me diz com sinceridade.

— Eu não saberia dizer.

— Você poderia descobrir. — Ela pisca, um dedo sobre os lábios. — Sou ótima em guardar segredos.

Às vezes, evitar é a melhor política, então procuro o que está mais próximo de mim, que é a porta da geladeira. Abro, olhando para o nada.

O queixo de Kara pousa sobre o meu ombro.

— A proximidade forçada faz maravilhas para dois gatos solteiros e com tesão.

— Não estou... *Aff.*

Outra piscadela da aniversariante antes que ela se afaste, e volto para a geladeira, contente em deixar o ar frio bater no meu rosto quente.

Percebo o segundo em que ele fica atrás de mim. Meu corpo reage antes da minha mente, o que é irritante. Eu gostaria de mandá-lo à merda, mas minha boca não forma as palavras.

Garrett se inclina sobre mim com o pretexto de alcançar a geladeira, os dedos agitando-se sobre as garrafas de cerveja, embora ele não pegue nenhuma. Seus quadris pressionam minha bunda conforme ele sussurra:

— Você tem preferência sobre como devo tirar isso de você mais tarde? Posso tentar ser gentil e tirar bem devagar, mas estou inclinado a adotar a opção dois.

Engulo em seco.

— Qual é a opção dois?

— Rasgar. De uma forma ou de outra, esse jeans estará no chão do meu quarto esta noite, e você estará embaixo de mim, gemendo meu nome.

— Sua boca desce enquanto ele roça minha cintura nua com as pontas dos dedos gelados. — Repetidas vezes.

## GARRETT

— Você PODE NOS LEVAR ao *drive-thru* do McDonald's?

Olho para Carter no banco de trás.

— Coloque o cinto de segurança.

De alguma forma, ele consegue espremer seu corpo gigante entre os bancos dianteiros, bem entre mim e sua irmã.

— Vou colocar se você nos levar ao Méqui.

— Você só pode estar brincando. Tinha muita comida na festa.

— Eu quero um McFlurry de Oreo. — Ele dá tapinhas no ombro de Olivia quinhentas vezes. Ela está a meio caminho de desmaiar ao lado dele. — Quer um, chuchu? Com Oreo extra? O Ursinho Garrett vai nos levar.

Ela abre a pálpebra sonolenta, sorrindo para mim no espelho. Suspirando, mudo de faixa. Você não diz não para uma mulher grávida que quer sorvete.

— Puxa-saco — Jennie murmura baixinho.

Carter balança os braços sobre os dois assentos.

— Fico tão feliz que vocês sejam amigos agora. Isso me deixa muito contente! — Sua testa cai sobre o meu ombro. — Muito feliz!

E *eu* fico feliz quando ele desaparece dentro de casa, Olivia gritando um pedido de desculpas e um agradecimento por cima do ombro com a boca cheia de sorvete.

Jennie fica carrancuda ao meu lado, mas, afinal, esse é o seu normal.

— Não fique tão triste, minha flor. Teremos uma viagem agradável de volta para casa, apenas nós dois.

— Não sou a flor de ninguém — ela late de volta.

Jennie tem agido de forma especialmente arrogante desde que a deixei no armário.

Engulo um riso.

— Claramente.

— Então pare de me chamar assim.

— Mas combina tão bem com você, pela maneira como você alegra e perfuma todo lugar por onde passa.

Juro que aqueles braços dela ficam mais cruzados sobre o peito do que qualquer outra coisa.

— Eu te odeio.

Eu pisco.

— Claro que odeia, minha flor.

Ela estreita os olhos e se inclina em direção à janela.

O ar entre nós chia como uma corrente elétrica toda vez que a pego me espiando por cima do ombro.

No prédio, pegamos o elevador em silêncio, e ela se atrapalha com a chave conforme a observo sobre seu ombro à sua porta.

— Você não está... Você não pode estar...

Ela aponta para mim, depois para a porta, e balança a cabeça. Sorrio, porque acho que talvez tenhamos trocado de papel.

Eu me inclino para a frente e ela se encosta na porta, cada respiração mais pesada que a anterior. Nossos olhos se travam quando me aproximo. Ela levanta o queixo, molha os lábios e vira a chave na fechadura.

Jennie cai para trás, mas eu a puxo pelo casaco. O olhar que ela me dá me faz pensar que meu suporte atlético pode ser útil para mais do que bloquear discos no rinque.

— Boa noite, minha flor.

## JENNIE

— Idiota... Filho da puta... Convencido... Canalha! — Abro minha gaveta da cabeceira, vasculhando o arco-íris de borracha e silicone. — Ele acha que pode brincar comigo assim? — Uma risada amarga me escapa conforme seleciono um dos meus melhores amigos: o sugador de clitóris ou, como o chamo carinhosamente, Fiel Escudeiro. — Não preciso dele. Eu não precisava dele antes e não preciso agora. Não foi tão bom assim!

Puxo meu jeans agressivamente pelas pernas e subo na cama, com os pés apoiados e as pernas abertas ao colocar o Fiel Escudeiro sobre meu clitóris. Eu o ligo no máximo e minhas pálpebras se fecham enquanto afundo nos travesseiros.

— Agora, sim — murmuro, apertando-o no lugar certo.

Tudo parece ultrassensível, formigando, e me acomodo, pronta para dar um passeio. Meus dedos dos pés se curvam ao me arquear cada vez mais, empurrando aquele pedacinho de magia para mais perto, e meus lábios se abrem em um gemido quando...

— Caramba. Que merda? Vamos, meu bem. Você ganhou seu nome por um motivo, não vá falhar agora.

Aperto o botão, desesperada por mais. Mais potência, mais fricção, *mais, mais, mais.* Mas ele não me dá mais nada e o que me dá, francamente, não é suficiente. Sempre foi suficiente.

Frustrada e desesperada, acaricio minha fenda. Estou molhada, o que é bom. Encharcada, aliás. Então pulo um dedo e vou direto para dois.

— Ah, sim — gemo. — Estimulação dupla. É disso que preciso. Tão bom. Tão perfeito. — Meus quadris se levantam à medida que me arqueio contra a palma da mão. — Abdominais, abdominais, abdominais — cantarolo. — Ele tem um ótimo abdômen. E dedos. Ai, e aquela língua. Ele faz coisas maravilhosas com aquela língua... Sim, sim, sim...

A sensação diminui tão rapidamente quanto surgiu, e bombeio com mais força, mais rápido, implorando ao meu corpo para trabalhar comigo, para me dar uma liberação.

Nunca persegui um orgasmo tão desesperadamente. Logo estou apenas me apertando sem esperança olhando para a parede, o rosto de um homem irritantemente atraente e arrogante sorrindo para mim em minha cabeça, lembrando-me pela enésima vez de que o pequeno objeto entre as minhas coxas não tem como superá-lo.

Não é como aqueles dedos que me acariciaram de maneira tão meticulosa, aquela língua que me comeu de maneira tão selvagem.

E, acima de tudo, faltam-lhe o calor, a determinação, a ferocidade com que Garrett prometeu me destruir.

Todas as ondas de prazer morrem e atiro o Fiel Escudeiro — preciso trocar esse nome — no outro lado do quarto antes de me esparramar no colchão, derrotada, irritada e com o tesão nas alturas.

## GARRETT

Arrumo a calça na altura dos quadris, optando por tirar a camiseta. Não vai continuar ali de qualquer maneira.

Indo até a cozinha, eu me sirvo de um copo d'água e espero, olhando para o relógio do fogão.

Sorrio para mim mesmo quando ouço a batida. Alta e agressiva, e, quando espero mais um minuto, transforma-se em um murro.

*Oito minutos.* Humm. Dei a ela quinze. Ela está sempre me surpreendendo.

Destranco a porta e a abro.

Agradeço que ela tenha colocado a camiseta de volta para vir aqui, mesmo que esteja do avesso. Seus jeans também voltaram, desabotoados e meio pendurados nos quadris, e o cardigã longo que ela adicionou não está cobrindo nada direito, na melhor das hipóteses. Mas são as pantufas de cachorrinho que complementam o visual.

A careta de Jennie está particularmente brava, as bochechas rosadas conforme respira com força. Ela tira o cardigã e dá um passo em minha direção.

— Eu quero brincar.

## 12
## REGRAS? PRECISAMOS DELAS?

GARRETT

Minhas costas batem na parede com um baque quando Jennie me empurra, seus dedos quentes e seu olhar ardente percorrendo meu torso, deixando um rastro abrasador em minha pele, que queima.

— Gostoso pra cacete — ela murmura, arrastando a língua lentamente pelos lábios. Seus olhos se voltam para os meus, desafiando-me. — Continue sorrindo como um idiota e vou embora daqui.

Inverto as posições, pressionando os quadris dela contra a parede, meus dedos circulando seus punhos ao segurar suas mãos de cada lado da cabeça. Sua boca se eleva até a minha, à procura, *tão ansiosa*.

— Você não vai a lugar nenhum, minha flor.

— Regras. — Jennie engasga-se quando enterro meu rosto em seu pescoço, as pernas envolvendo-me conforme a levanto contra mim. — Devíamos estabelecer algumas regras.

Minha língua percorre seu pescoço.

— Devíamos?

— Carter nunca aprovaria.

— E não quero morrer aos vinte e seis anos. Será o nosso pequeno segredo. — Passo minha língua sobre o local abaixo de sua orelha. — Alerta de spoiler: não é nada pequeno.

— Sem dormir juntos à noite.

— Excelente. Você tem cara de que ocuparia a cama toda.

Puxo sua blusa por cima da cabeça e morro um pouco com o sutiã nude rendado, os botões de rosa aparecendo por trás do material. Quero-os entre os meus dentes enquanto ela crava as unhas em meus ombros e clama por *mais*.

Os olhos de Jennie estão semicerrados e atordoados ao me observar, faminta, um desespero que nunca vi antes, mas que prometo administrar enquanto eu for o objeto dele.

Enterro meus dedos em seu cabelo e minha língua em sua boca, engolindo seus gemidos ao me esfregar contra ela. Vou precisar transar com ela rápida e intensamente para poder começar de novo e passarmos mais tempo juntos. Temos a noite toda.

Mas, então, ela nomeia sua próxima regra, as duas palavras sobrepostas.

— Sem sexo.

Eu rio.

— Que gracinha.

— Estou falando sério, Garrett. Não vou fazer sexo com você.

Minha boca para em seu queixo e minhas mãos continuam a massageando. Eu a coloco lentamente de pé.

— Você é virgem?

— O quê? Não!

— Então por que não quer fazer sexo comigo?

— Porque... Bem, estou... Estou apenas...

Seus olhos escalam a parede atrás de mim enquanto ela enrola o cabelo nos dedos até formar nós. Quando eu a solto, ela mordisca a unha do polegar.

Pegando sua mão com gentileza, eu a afasto de sua boca.

— Jennie.

— Já faz um tempo — ela admite com calma. — Alguns anos... mais ou menos.

— Ah.

— Sim. Eu só... não estou pronta para isso de novo.

— Ah.

O calor inunda suas bochechas enquanto ela espera que eu diga mais alguma coisa, e estou tentando, juro por Deus.

A luz em seus olhos diminui e ela se afasta, pegando a camiseta. Nunca a vi tão vulnerável antes, e algo dentro de mim dói ao vê-la assim.

— Esqueça — ela sussurra. — Isso foi tão idiota. Eu sabia que você não aceitaria. Por que alguém faria isso?

Agarro seu punho.

— Espere. — *O que eu estou fazendo?* — Está bem. — *Bem?!* O Tenente Johnson grita comigo de onde ele está muito restrito dentro da minha cueca. — Sem sexo. Posso lidar com isso. — *Um cacete que sim*, ele argumenta.

Escute: nem todo sexo é especial, mas alguns deveriam ser, e não tenho certeza se essa foi a experiência de Jennie. Porque algo parece ter acontecido, algo que estragou tudo para ela. Talvez a falta de amigos e a confiança que ela não dá a ninguém também estejam relacionadas a isso, mas, se eu puder lhe dar essas coisas — amizade, confiança, respeito —, farei isso de bom grado. Quero quaisquer partes que ela esteja disposta a me dar.

Jennie me observa com cautela.

— Pode?

— Assumir o controle da sua sexualidade e estabelecer limites é legal, e respeito isso. — Faço um gesto para a camiseta que ela está segurando contra o peito. — Agora largue a porra da camiseta, minha flor. Vou adorar você inteira a noite inteira.

Só quando começo a caminhar em sua direção, com um sorriso sinistro no rosto, é que ela compreende o que está acontecendo e joga a camiseta com força. Solta um gritinho quando a pego e a coloco por cima do ombro. Deixando-a descer no meu quarto, eu a inclino sobre a cama com a palma da mão entre suas omoplatas.

Essa calça jeans é um pecado, abraçando seus quadris perversos, aquela pequena abertura na parte de trás de sua cintura grande o suficiente para eu deslizar dois dedos para baixo e dar uma olhada na bunda em forma de coração escondida ali embaixo. Tem aqueles rasgos estrategicamente posicionados, um na coxa e outro acima do joelho. Mas o meu favorito...

Deslizo o polegar abaixo do rasgo estreito e desgastado que corta a parte de trás da coxa esquerda de Jennie, apenas alguns centímetros abaixo da nádega. A quem desenhou essa calça... meu obrigado.

Meu polegar desliza sobre a pele aquecida de Jennie.

— Essa calça é nova?

— Comprei na semana passada.

— É da coleção atual? Ótimo.

Quando mergulho quatro dedos abaixo da fenda e sorrio, seus lábios se abrem com horror.

— Garrett — ela avisa.

Mas é tarde demais. Já estou puxando, rasgando, transformando a calça em trapos.

Jennie engasga-se, tentando se virar. Pressiono-me contra a parte de trás de suas coxas, segurando seu cabelo para mantê-la no lugar enquanto eu a admiro.

— Porra... — Meu cérebro está em curto-circuito. Traço a borda de sua calcinha. — Essa bunda é de outro mundo. — Dou uma palmada em sua bunda, sorrindo para seu olhar assassino. — Me mande o link. Compro outra calça pra você.

— Eu te odeio — ela rosna.

— Muito longe disso, minha linda. — Deixo cair a minha calça no chão, viro-a de costas, ajoelho-me diante dela e começo a tirar seu jeans. — Alguma outra regra antes de eu começar? Estou morrendo de fome.

Separo suas pernas, pressionando meus lábios na parte interna de seu joelho, mordiscando sua coxa. Ela agarra os lençóis, girando a cabeça ao choramingar meu nome. Mas quero ouvi-la gritar.

— Regras, Jennie.

— Não quero ser uma entre muitas — diz ela, ofegante, enquanto passo por seu clitóris sob a renda úmida. — Sei que é casual, mas quero pelo menos me sentir...

— Especial? — Quando ela acena com a cabeça, rio. — Você já é especial, minha flor. — Trago seus lábios até os meus. — Amizade colorida e comprometida?

Ela suga o lábio inferior em sua boca, os olhos arregalados se movendo entre os meus, e assente com a cabeça.

— Combinado. Ninguém além de você.

— Assim? Mesmo sem sexo?

— Assim. Não preciso usar meu pau para te foder. Meus dedos e minha língua funcionam muito bem.

Jennie ganha vida com um sorriso elétrico, passando os braços em volta do meu pescoço.

— Sim, eles funcionam. — Ela puxa minha cabeça, sua boca reivindicando a minha. — Caso você esteja se perguntando, boquetes fazem parte do pacote.

Meu corpo para e meu pau fica atento.

— Ah, sim? Estou saudável, prometo. Tem certeza? Está tudo bem se...

— Só porque não faremos sexo não significa que não vou fazer a minha parte. Eu vou chupar seu pau.

Se meu pau tivesse braços, ele estaria os balançando no ar, de maneira triunfante. Como ele não tem, eu mesmo faço isso.

— Porra, sim! — Eu a puxo para ficar de pé e me sento na beira da cama. — De joelhos, minha flor.

Ela abre a boca.

— Mas eu...

— Joelhos — repito em um sussurro, apertando sua nuca. Jennie cai de joelhos e passo meus dedos pelos seus cabelos. — Tão sexy quando você está de joelhos e, pela primeira vez na vida, sem palavras. — Passo o polegar sobre seus lábios entreabertos e inchados. — Tudo bem se for um pouco intenso?

Seus olhos arregalam-se para os meus, e sua inocência me deixa confuso e me estimula de uma só vez.

— Intenso?

— Humm. — Meu aperto em seu cabelo fica mais forte e sua respiração fica presa, o calor subindo por seu peito enquanto ela agarra as minhas coxas. — Há algo em sua atitude mandona que grita "me domine na cama".

Engancho seus dedos no cós da minha cueca boxer, e Jennie, hesitantemente, abaixa-a. Seus olhos se arregalam e ela se inclina para trás como se estivesse com medo. O Tenente Johnson se move, feliz e orgulhoso ao cumprimentá-la, deixando-a saber que não há nada a temer. Ele será muito gentil com ela.

— E-e-eu... — Jennie gagueja, o que é uma novidade incrível e supergostosa.

— O que foi? O que aconteceu com toda aquela atitude? — Eu a puxo para a frente, os lábios em sua orelha. — Estou no comando?

Unhas cravadas nas minhas coxas enquanto mergulho minha mão e passo dois dedos sobre a costura de sua calcinha encharcada.

— *Garrett*.

— Diga — insisto.

— Você está no comando.

— Estou mesmo. Abra a boca, Jennie.

Ela o faz, sem hesitação, os dedos envolvendo-me. Há uma gota de esperma na ponta, e o olhar de Jennie se volta para o meu. Ela parece nervosa, talvez insegura. Estou prestes a dizer que ela não precisa fazer nada com que não se sinta confortável, mas as palavras morrem na minha língua quando a dela sai da boca e me saboreia.

— Puta merda.

Meu peito ressoa quando sua boca engole a cabeça do meu pau. Tomo seu rosto em minhas mãos, nossos olhos se travam enquanto seus lábios rosados deslizam pelo meu comprimento, até atingir o fundo de sua garganta. Quando gemo, aqueles olhos claros brilham de excitação e ela sorri sem tirar a boca. É nesse momento que percebo do que ela precisa.

Incentivo. Segurança. Elogio. Ela precisa saber que faz eu me sentir tão bem quanto a faço se sentir. Sua arrogância característica de Beckett não é dona desta parte de sua vida, mas, se eu tiver alguma palavra a dizer, será dita.

Não será difícil; ela com certeza chupa meu pau como se tivesse sido feita para isso. Vou torcer para que acredite.

— Porra, sim... — murmuro. — Assim mesmo, Jennie. — Com o cabelo dela em volta do meu punho, forço seu olhar para o meu. — Olhos em mim, minha flor. Sempre em mim.

Jennie choraminga, esfregando as coxas. Ela está desesperada por carinho, atenção, atrito, e vou dar isso a ela, assim que gozar.

Guio sua cabeça, observando-a tomar o máximo que pode de mim, com as bochechas encovadas conforme desliza para trás. Ela faz uma pausa na ponta, a língua girando, a mão trabalhando na base, antes de me engolir de novo.

— Caralho... Não pare. Jennie, não pare!

Ela se move mais rápido, geme em cada centímetro meu e, quando esqueço como falar, ela sorri. Seus olhos dançam de orgulho quando minhas bolas se apertam, e, assim que aviso que vou gozar, engasgando-me com as palavras, ela mantém o olhar no meu enquanto me esvazio em sua garganta.

— Puta merda.

Ela lambe o canto da boca.

— Como foi?

Eu rio, agarrando-a pela cintura e jogando-a nos travesseiros.

— Você quer saber como foi? — Meus joelhos batem na cama e rastejo em direção a ela. — Que tal te mostrar como foi? — Capturo sua boca com a minha, meu gosto em seus lábios me deixando louco. Jennie se levanta da cama, esfregando a boceta encharcada no meu pau, e me preocupo em tentar convencê-la a me dar algo que não me pertence. — Jennie — aviso.

— Por favor. — Ela desliza contra o meu membro, para cima e para baixo, cobrindo-me com ela. Seu cheiro, sua umidade, seu calor. — É tão gostoso.

E, *caralho*, não posso dizer não para ela.

Meus dedos afundam em sua bunda macia ao apertá-la contra mim com uma mão, a outra correndo ao longo de sua mandíbula, puxando sua boca faminta para a minha. São línguas varrendo-se, dentes mordendo conforme os quadris de Jennie se levantam e meu pau desliza por fora, atravessando sua fenda, repetidas vezes.

Coloco um mamilo rosa na boca, a língua rolando sobre o bico tenso antes de puxá-lo entre os dentes. Um arrepio de prazer percorre minha espinha quando as unhas de Jennie arranham minhas costas, meu nome soando de seus lábios em um gemido.

— Você vai gozar, minha flor?

Jennie revira os olhos e me dirige aquele sorriso malicioso de Beckett.

— Você vai me obrigar, Ursinho Garrett?

Sorrio de volto, e o calor se espalha por mim como um incêndio. No próximo balanço dos meus quadris, mergulho dois dedos dentro dela, substituindo meu pau pelo polegar enquanto esfrego seu clitóris sem piedade. Jennie explode ao meu redor, a boca aberta em um grito, bochechas e seios rosados, e, quando avisto aquela boceta inchada e brilhante, meu pau pulsa.

— Porra. — Rolo para fora da cama enquanto meu pau se esvazia por toda a minha mão, escorrendo pelos meus dedos e caindo no chão, o que definitivamente não foi o que planejei. *Que bagunça.* — Nunca fiz isso antes.

Sem fôlego, Jennie se esparrama no colchão.

— Gozou na sua mão? Ou a seco?

— Não havia nada de seco nisso. Estava como as Cataratas do Niágara aí embaixo.

Ela rola de bruços e lança um sorriso sedutor para mim por cima do ombro, batendo os cílios.

— Eu estava pensando no Chris Hemsworth.

— Não estava, não. — Dou uma palmada em sua bunda. — Banheiro. Banho. Agora.

— Sabe, você está se tornando um pouco mandão.

— Você que é muito mandona. — Agarrando sua nuca, eu a levo até o banheiro e ligo o chuveiro. — Agora entre lá para que eu possa ter certeza de que você está completamente limpa.

Ela entra, e eu também. Nós nos lavamos várias vezes, porque ser minucioso é muito importante, e sou bem detalhista.

São quase quatro da manhã quando descemos do elevador no andar de Jennie, com os cabelos úmidos e ambos os corpos bem limpos.

Ela faz uma pausa na porta, reprimindo aquele sorriso.

— Obrigada pela carona, Andersen. Nota seis de dez.

— Seis de dez, uma ova. Abalei o seu mundo, minha flor.

Ela passa a mão em uma mecha molhada de cabelo que cai na minha testa.

— Só terei de usar Indiana Bones uma vez esta noite.

Meu peito ronca e ela agarra minha camiseta, puxando-me para ela. Sua língua desliza em minha boca enquanto minhas mãos sobem por sua blusa, circulando sua cintura quente. Começo a levá-la para trás, porque agora estou pensando que a quarta rodada parece uma boa ideia, mas Jennie se desvencilha, afastando minhas mãos com um tapa.

— Boa noite, Ursinho Garrett — ela suspira e imediatamente bate a porta na minha cara.

Com as mãos nos quadris, olho para o Tenente Johnson, confortável e satisfeito em minha calça de treino.

— Conseguimos, amigão. Conseguimos.

## 13
## GOL!

### JENNIE

COMO UMA BECKETT, SOU EXCELENTE na maioria das coisas. A lista é muito longa para ser compartilhada, é claro, mas há algo em que me saio particularmente bem? Sim, desligar-me do que as pessoas estão dizendo. Minha mãe está falando sobre os planos para o chá de bebê de Olivia há quarenta minutos. Ela se superou dessa vez, então comecei a olhar pela janela da cafeteria.

Flocos de neve graúdos caem devagar, transformando o centro de Vancouver em um país das maravilhas do inverno. É lindo de assistir, mesmo que eu esteja contando os dias para a primavera. Granizo e neve trazem condições de condução perigosas, junto com ansiedade, e as fugazes horas do dia são deprimentes.

— Jennie? Está me ouvindo? Não quero decepcionar Olivia.

Troco observar a neve pela expressão de olhos arregalados da minha mãe, que está meio irritada, meio preocupada.

— Por favor, mãe. Olivia já atingiu níveis máximos de decepção; ela se casou com o seu filho.

— *Jennifer*. A provocação entre você e seu irmão é ridícula.

Ao meu lado, Hank toma um gole de café.

— Provocação é a linguagem de amor dos irmãos, Holly.

Verdade, mas o amor de Carter pode, às vezes, ser um pouco sufocante. Como agora, quando verifico meu celular.

> **Melhor Irmão do Mundo:** dança concluída às 5? vou te buscar.
> **Melhor Irmão do Mundo:** vc pode jantar cmg e com a Ollie

Um palpite sobre quem nomeou o contato dele no meu celular.

**Eu:** Vou pegar o ônibus para casa.
**Melhor Irmão do Mundo:** não. tá começando a escurecer.
**Melhor Irmão do Mundo:** ou vc pode pegar um dos meus carros. tenho 5.
**Eu:** Obrigada, mas não.
**Melhor Irmão do Mundo:** obrigado, mas sim. pizza? ou indiano?

Suspiro, porque meu irmão raramente aceita um não como resposta, e, quando meu celular toca de novo, estou prestes a mandá-lo enfiar todos os seus cinco carros naquele lugar. Em vez disso, meu rosto esquenta ao ver o emoji de urso iluminando o telefone.

**Ursinho:** Quer brincar hj à noite? Vamos viajar amanhã por alguns dias.

Dizer a ele que não posso me deixa mais triste do que parece razoável. Por anos fiquei feliz com a minha coleção de brinquedos. Em poucos dias, Garrett conseguiu jogar tudo isso pela janela.
Digo algo sobre Carter ser um merda exigente com a intenção de me sequestrar para jantar.

**Ursinho:** Vou te buscar. Fala pra ele que vc pegou carona com um amigo.

Estou prestes a argumentar que não tenho amigos e que Carter sabe disso, mas chega outra mensagem antes que eu possa terminar a minha.

**Ursinho:** Seja teimosa e eu serei tbm. Vc escolhe.
**Eu:** Não me ameace com diversão.
**Ursinho:** Estarei lá na frente às 5, minha flor.

*Argh*, adoro esse botão que ele acionou.
— Puxa, sabe, espero que esse bebê não puxe a Carter em matéria de tamanho — minha mãe está dizendo, fazendo anotações em seu diário

de planejamento enquanto tomo um gole de minha bebida e volto à conversa. — A Ollie, coitada, será dividida ao meio.

Meu cappuccino passa pela via errada, queimando minha traqueia. Coloco a mão na boca para limpar o líquido quente.

— Acho que é exatamente isso que Carter espera que aconteça — Hank opina. — Nada o deixaria mais orgulhoso do que fazer um bebê do tamanho de um monstro para combinar com o seu tamanho de monstro... — Ele se interrompe, seus olhos franzindo ao rir. — Desculpe, desculpe. Aquele garoto me impressiona mesmo. Minha Ireland estaria lavando minha boca com sabão por causa desse tipo de linguajar.

Eu rio, tirando um pedaço do meu muffin de maçã.

— Uau, Jennie, você está almoçando com seus avós?

Minha pele se arrepia com uma voz que conheci bem nos últimos quatro anos. Krissy olha para mim com o mesmo sorriso falso que sempre usa, junto com suas duas lacaias loiras, as Ashleys. Sim, ambas se chamam Ashley. Bem, tecnicamente, uma é Ash*lee*, dois Es.

— Que *fofo* — ela continua. — Meus avós também eram meus melhores amigos quando eu era criança, mas agora sou adulta.

Cruzo as pernas.

— Então, agora que eles a conheceram, perceberam que não gostam tanto assim de você?

Krissy me dá um sorriso tão tenso quanto os coques ridículos de cada lado de sua cabeça.

— Você é tão engraçada, Jennie. Devíamos sair qualquer dia.

Odeio a maneira como meu rosto se ilumina. Não entendo a minha reação — nenhuma parte de mim deseja participar da turminha de meninas malvadas. Cada comentário é uma indireta, cada conversa é um segredo do qual não participo. Mesmo assim, durante todos esses anos, lutei contra a inveja do relacionamento que elas compartilham.

Porque elas têm uma à outra, e eu não tenho ninguém.

Krissy e $A^2$ se afastam, e o olhar de minha mãe as segue, piscando atrás delas. Ela se vira, a confusão se transformando em indignação.

— Ela acabou de me chamar de avó?

— Você está prestes a ser avó — argumento.

— De um *bebê*, Jennie, não de uma mulher de vinte e quatro anos! — Ela gira no assento e escondo o rosto atrás do meu cappuccino. Ela na iminência de demonstrar que pode ser tão constrangedora quanto Carter.

— Ei! Sim, você aí, com os rolinhos de Princesa Leia! Eu sou jovem, ok? Eu ainda menstruo! — Ela se levanta, passando as mãos pelo corpo. — Você gostaria de ter uma aparência dessas quando tiver a minha idade, acredite! — E se senta de novo, carrancuda. — *Aff. Avó.*

— Eles pensaram que Holly e eu éramos casados? — O sorriso de Hank é tão largo que ele tira a poeira do ombro. — Eu sempre soube que era gostoso.

E, veja bem, prefiro ter mil mães e Hanks do que uma Krissy e duas Ashleys.

— Senti sua falta na semana passada, Jennie. Que bom que você voltou.

Meus dedos percorrem o braço de Simon até sua mão, com a qual ele agarra a minha e me puxa de volta.

— Vamos lá. — Ele agarra minha cintura, erguendo-me no ar. A aterrissagem ainda parece errada, mas avancei. Estou desesperada para que isso acabe, assim posso ir para casa e deixar Garrett brincar com o meu corpo. Também estou morrendo de fome. — Você não vai mesmo falar comigo?

Não vou *mesmo* falar com ele.

— *Não, não, não, não.* Parem. Pare a música. — Mikhail, nosso treinador de dança, esconde o rosto atrás do maço de papéis que tem na mão enquanto o silêncio preenche o estúdio. Com os olhos fechados, ele levanta uma mão, esperando, e fico com as minhas nos quadris, tentando recuperar o fôlego. Com um suspiro pesado, ele abre os braços, jogando os papéis no ar. — O que é que está acontecendo? O que é isso? Eu os chamo de meus diamantes deslumbrantes por um motivo. Vocês nasceram para dançar juntos e, quando dançam direito, vocês — *palmas* — dois — *palmas* — deslumbram a todos. Não sei o que foi isso, mas não foi *nada* deslumbrante.

Sim, esse é o Mikhail. Nascido na Rússia há cerca de cinquenta anos, o homem dança no palco em nível profissional há quarenta e dois. Ele é mágico e aterrorizante ao mesmo tempo, como uma criatura mítica, e, quando anda pelo corredor, todas as vozes ficam em silêncio. A maioria das pessoas cai em suas boas graças simplesmente por manter a boca fechada e obedecer. Sou uma das poucas que arriscam usar o charme com ele de vez em quando, mas, se funciona ou não, não sei dizer.

— Jennie, seu tornozelo parece ótimo, mas você está rígida. Está agindo como... — Ele levanta os braços, agitando-os desajeitadamente. — Como uma maldita marionete! Está horrível, horroroso. É como se não se sentisse confortável com Simon. — *Correto*. — Devemos aumentar o horário de treino esta semana? Talvez vocês dois possam reservar o estúdio e marcar depois do expediente.

— Acho uma ótima ideia, Mik — Simon acrescenta ansiosamente.

— Ah, não. — *Ops, eu queria pensar isso, não dizer.* — Apenas não estou me sentindo bem hoje. — Com a mão na barriga, faço uma cara de doente. — Fui a um restaurante de sushi bem modesto ontem à noite e...

Mikhail levanta a mão.

— O Sushi Paradise? Em Mainland? Eu juro, aquele lugar é o *pior*. — Ele bate palmas duas vezes. — Não diga mais nada. Vamos encerrar por hoje. Jennie, vá para casa, hidrate-se e durma cedo. Vá com calma, ouviu? Deixe outra pessoa fazer todo o trabalho esta noite.

— Posso obter essa recomendação por escrito? — brinco, depois afasto minha própria risada com a expressão dele. Hoje não é o dia. Garrett teria rido, porém. Tenho certeza de que ainda posso convencê-lo a fazer todo o trabalho de qualquer maneira. Ele gosta de uma lista de tarefas. Pego minhas coisas antes que Simon tenha a chance de me dizer qualquer coisa que possa deixá-lo com uma joelhada no saco e aceno por cima do meu ombro. — Tchau, boa noite!

Terminamos meia hora mais cedo, então mando uma mensagem para Garrett, avisando-o que vou pegar o ônibus. Recebo uma foto da entrada principal, tirada através de um para-brisa molhado, e as palavras *Já tô aqui*. Vou direto para lá, ignorando Simon me chamando.

A neve está pesada e úmida, do tipo que derrete e vira lama assim que atinge o chão. Meus pés escorregam conforme vou até o carro de Garrett, e reviro os olhos quando Simon aparece.

— Jennie! Peraí! Você não pode me ignorar!

— Sabe, quando as pessoas me dizem que não posso fazer algo, só me dá mais vontade ainda de fazer. — Viro-me, cutucando-o no peito com o dedo. — Vou ignorá-lo, seu idiota.

— Ah, qual é! Seu tornozelo está melhor. Nenhum dano permanente.

— Sim, graças a Deus não machuquei permanentemente meu tornozelo quando estava fugindo de você. Não só consegui evitar qualquer dano duradouro que pudesse comprometer tudo pelo que trabalhei tanto, como também consegui evitar uma doença venérea!

— Não seja tão dramática. Sou saudável, e você não precisava correr.

— Ah, é? O meu *não* parecia estar funcionando. Ou essa palavra simplesmente não está no seu vocabulário?

Viro as costas para ele, continuando minha caminhada pela neve. O chão está escorregadio e molhado, e mal consigo ver.

— Olha, Jennie, me desculpe. Pensei que estivesse interessada. Você está sempre flertando comigo. Talvez seja bom parar de me enviar sinais confusos.

Cada músculo do meu corpo fica tenso, prendendo-me no lugar.

— Como? — pergunto humildemente, dando um passo em direção a ele, depois outro e outro, à medida que ele recua, e, no quarto passo em sua direção, minha bota desliza pela lama cinzenta, com as pernas separadas. Começo a cair para trás depois de uma tentativa inútil de recuperar o equilíbrio agarrando-me ao ar. Estou um pouco brava com a lama na qual estou prestes a cair, mas muito brava por não ter visto o medo dançando nos olhos de Simon.

Um braço forte envolve minha cintura, rapidamente me colocando de pé, e os olhos azul-esverdeados de Garrett me encaram. A confusão e a raiva marcando sua testa são uma expressão que eu nunca tinha visto, que me faz parar de respirar. Com a mão na parte inferior das minhas costas, ele me guia até seu carro, quase me enfiando no banco do passageiro.

— De que porra ele está falando? — Garrett questiona, olhando para mim. — Ele machucou você?

— Estou bem — resmungo.

— Ele. Machucou. Você? — Seu tom rouco e áspero deixa minha boca aberta e um frio na barriga. Ser mandão cai tão, tão bem neste homem.

Faço um gesto ao acaso em direção ao meu tornozelo previamente machucado, e seu olhar endurece antes de ele se afastar.

Garrett não é briguento. É um cara despreocupado e descontraído, e é preciso muito para tirá-lo do sério. Essa parece ser uma dessas ocasiões, se considerar a maneira como ele se aproxima de Simon, forçando-o para trás.

Simon acena repetidamente para o que quer que Garrett esteja dizendo, as mãos aparecendo entre eles como um escudo antes de Simon enfim voltar para dentro do prédio. Quando o homem normalmente tímido e desajeitado se senta no banco do motorista sem dizer uma palavra, fico excitada e irritada em medidas iguais.

— O que você fez, Garrett?

— Nada.

— Mentira. Por que você se envolveu? Consigo lidar com Simon.

Garrett olha por cima do ombro antes de entrar no trânsito.

— Carter me mataria se descobrisse que você machucou o tornozelo depois que aquele idiota tentou beijá-la e eu não fiz nada a respeito.

— Certo. Carter.

Porque sempre voltamos a ele.

O silêncio preenche o ar entre nós como uma névoa pesada. Minha pele se arrepia.

— Não preciso de um namorado — respondo, enfiando um dedo em seu ombro. — E com certeza não preciso de um que pense que não consigo cuidar de mim mesma e que queira cuidar de mim por causa de algum senso de dever ridiculamente equivocado em relação ao meu irmão.

Garrett segura meu dedo, envolvendo sua mão firmemente em torno da minha, em um esforço para controlar a minha raiva. Na maior parte do tempo, eu me esforço para não ser controlada por ninguém. Mas meio que gosto do jeito que ele me controla, sabe, quando estamos nus e sozinhos.

— Não pedi para ser seu namorado. Pedi, *respeitosamente*, para destruir seu corpo de uma forma de que nós dois gostamos *muito*, com base no fato de que não consigo manter minha língua fora de lá e você continua tentando separar meu cabelo do couro cabeludo. Mas isso não significa que vou ficar sentado e deixar alguém desrespeitar você ou seus limites só porque não estamos namorando. Eu ainda vou cuidar de você.

Ok, não é bem a resposta que eu esperava. Ainda assim, cruzo os braços sobre o peito, resmungando:

— Não preciso de proteção.

— Vou manter isso em mente no futuro. Mas se, mais pra frente, eu der um soco, sem querer, na boca espertinha do Simon Sífilis, não pense nisso como proteção. Pense como carma.

O canto da minha boca se contrai.

— *Eu* o chamo de Simon Sífilis.

Garrett me agracia com um sorriso torto.

— Só para constar, não fiz isso por causa do seu irmão. Lamento que tenha me expressado assim. Essa coisa entre você e eu não tem nada a ver com ele. E sei que você pode cuidar de si mesma, Jennie, confie em mim. Já fui vítima da sua ira muitas vezes. Mas, pelo que percebi, já que não vai me contar direito, você o recusou. E ninguém toca em você. Exceto eu. — Acrescenta com uma piscadela. — Com sua permissão, é claro, porque não quero morrer.

Rio baixinho quando a raiva diminui.

Garrett pigarreia, apontando para o copo do Starbucks no console do meio.

— Eu, hum, trouxe uma bebida para você. Porque estava frio e nevando, e você devia estar cansada.

— Ah. Obrigada. — Levo a bebida quente ao nariz. Tem um cheiro delicioso, como o Natal, com notas de canela e noz-moscada.

— Eu não sabia, hum... — Ele enfia os dedos sob o gorro e coça a cabeça. — Eu não sabia do que você gostava, mas você sempre cheira a canela e café, então...

Sorrio olhando a tampa.

— Está perfeito, Garrett. Obrigada.

Paramos em um sinal vermelho e os olhos de Garrett passam entre mim e a rua, os dedos tamborilando no volante. Viro-me em sua direção, preparada para ele caçoar de mim.

Mas ele se inclina sobre o console, dando um beijo rápido em meus lábios.

— Ah, oi — ele diz, como se não estivéssemos juntos há muitos minutos.

— Oi. — Eu rio. — Você não precisa me beijar quando dizemos olá ou tchau. Não estamos namorando.

— Pode ser, mas gosto de beijá-la, então não é grande coisa, contanto que fique bem com isso. A menos que você não fique bem... Se estiver desconfortável, vou... parar.

Ele olha para a frente, com os olhos arregalados, como se não tivesse ideia do que está fazendo. Eu também não sei, para ser sincera. Não tenho um relacionamento desde o último ano do ensino médio, e não foi particularmente saudável. Amizade colorida? Não só não tenho ideia de onde os limites estão traçados, não tenho ideia *nenhuma* de como as pessoas normais em relacionamentos consensuais agem. Acho que posso pensar nisso entre nós como um teste para mim.

— Eu não me importo — digo, enfim, quando Garrett estaciona. — Só não quero que você sinta que precisa fazer coisas de namorado porque ficamos nus juntos.

— Não me importo de fazer coisas de namorado, como buscá-la e comprar um café para você. Se isso a faz se sentir melhor, podemos chamar de coisas de amigos comprometidos. — Garrett pega minha mochila e minha mão, ajudando-me a sair do carro. — Além disso, se você fosse minha namorada, eu diria para carregar as suas próprias coisas.

— Até parece. Você é um idiota.

— Não. — Ele direciona o elevador para a cobertura enquanto seus olhos deslizam sobre mim, aquecendo-me. — Então você gritaria comigo por fazê-la carregar tanta coisa e eu diria para você superar e parar de agir como uma princesinha. — Ele se aproxima de mim, os lábios percorrendo meu queixo, parando em minha orelha conforme desliza a mão por baixo da minha blusa. — Só para deixá-la mais irritadinha. — Ele agarra minha mão e me puxa para fora do elevador, pelo corredor e para dentro de seu apartamento. — Sofá ou quarto?

— Sofá — respondo sem fôlego enquanto ele levanta a camisa pela cabeça.

Ele puxa minha legging para baixo e me atrapalho para tirá-la, agarrando seus antebraços conforme me leva para trás, com aquele sorriso malicioso que amo/odeio.

Garrett me gira e me empurra sobre o braço do sofá, seu peito contra minhas costas nuas ao tirar a minha blusa.

— E, quando você estivesse bem brava, eu te empurraria sobre o sofá, assim. — Afastando minha calcinha de lado, ele passa dois dedos ao longo da minha fenda. Estou tão encharcada só por causa de algumas simples palavras que é até vergonhoso e, caramba, eu o quero. — E te foderia direitinho... aqui.

Eu suspiro, arranhando o couro do móvel à medida que ele enfia os dedos dentro de mim, e Garrett passa a próxima hora me mostrando exatamente o que estou perdendo com a minha regra de proibição de sexo e quão sortuda sua futura namorada será quando estiver recebendo a extremidade de seu corpo e toda a sua atenção.

Garrett sai do banheiro, sacudindo o cabelo desgrenhado em uma toalha enquanto eu coloco minha calcinha.

— Está com fome?

— Eu deveria ir, não?

Estou morrendo de fome, mas farei o pedido quando chegar em casa. Não quero prolongar a minha estada na casa dele agora que a diversão pelada acabou.

— Não. Por quê? Está passando um jogo. — Ele atira para mim uma blusa com capuz e uma calça de moletom. — Vamos pedir pizza e assistir.

Ele sai do quarto, onde acabamos em algum lugar entre o terceiro orgasmo e o banho, direto para a sala de estar, sem ficar por perto demais a ponto de me fazer pensar muito no simples convite.

Vou pensar demais em outra coisa, como as roupas dele em minhas mãos. Será que eu deveria colocá-las? Ele ofereceu, não foi? Então não é estranho, certo?

Seu moletom me engole por inteiro, envolvendo-me em calor. Tem o cheiro dele, um aroma nostálgico e reconfortante, como roupa lavada e cedro. A sensação é boa, e sigo pelo corredor, puxando bem os cordões da cintura.

Garrett ainda está sem camisa, com a calça de moletom pendurada nos quadris, mostrando aquelas covas marcadas logo acima da bunda perfeita de hóquei e vasculhando a despensa.

— A pizza estará aqui em quarenta minutos — murmura com a boca cheia de comida. — Mas eu não podia esperar. — Ele segura uma caixa azul e engole. — Quer um?

— Que merda é essa?

Seu rosto se contorce de confusão e desgosto.

— Pop-Tarts?

— Não, eu sei que são Pop-Tarts, mas... — Pego a caixa dele. — Pretzel de canela e açúcar? Nunca vi esse sabor antes. — Arranco outro pacote de sua outra mão. — E Dunkaroos? Não como isso desde que era criança! Achei que nem produziam mais isso no Canadá.

— Não produzem. Bev compra para mim.

— Bev?

— Sim, Beverly, mãe de Adam. Ela mora em Denver. É minha revendedora oficial de guloseimas.

— Você pediu à mãe do seu amigo que lhe mandasse besteiras dos Estados Unidos?

— Claro! Eles têm as melhores besteiras de comer. — Ele aponta a sua despensa. — Confira meu estoque.

Examino os cereais estrangeiros, os biscoitos de edição especial, os doces dos quais nunca ouvi falar, parando quando chego a um saco amarelo.

— Flamin'Hot Funyuns... — Meu nariz se contorce. — Parece horrível.

Garrett joga a cabeça para trás, gemendo.

— É muito bom! — Quando me engasgo, ele sorri. — Não fale mal antes de experimentar.

Pego um pacote de Pop-Tarts e Dunkaroos, e Garrett me segue até o sofá.

— Nova regra: nada de Funyuns antes de nos beijarmos.

— Tudo bem, mas posso comê-los depois que abalar o seu mundo, minha flor.

Ele se estica no sofá, puxando-me entre suas pernas ao ligar o jogo de hóquei. Retiro a embalagem dos meus Dunkaroos e Garrett rouba um biscoito, mergulhando-o na minha cobertura.

— Ah, ei. Você pode fazer cócegas nas minhas costas? — pergunto.

— Fazer cócegas nas suas costas?

— Por favor. — Coloco os lanches em suas mãos, um travesseiro em seu peito e caio de barriga sobre ele. Erguendo o moletom nas minhas costas, guio sua mão livre até o lugar. — É uma sensação gostosa e me ajuda a relaxar antes de dormir. Minha mãe fazia isso quando eu era pequena.

Garrett coloca uma Pop-Tart entre os dentes, empurra um minibiscoito coberto de glacê entre meus lábios e enrola as pernas em volta das minhas antes de passar as pontas dos dedos para cima e para baixo nas minhas costas, ao redor das minhas omoplatas.

— Assim?

— Sim. — Suspiro, aninhando meu rosto no travesseiro ao envolver meus braços em volta dele.

— Olhe só para nós — ele se vangloria. — Dominando toda essa merda de amizade colorida comprometida.

Levanto meu punho e ele bate o dele contra o meu.

— Arrasamos!

# EI, MÃE. ESTRAGUEI O CARPETE

GARRETT

Garrett Andersen: loiro, bonito, jogador profissional de hóquei e, agora, *gênio*.

Quer dizer, amizade colorida com a garota mais gostosa que conheço, sem compromisso? *Qual é?!* Estou colhendo todos os benefícios de um relacionamento novo e emocionante, sem todo aquele outro lado chato.

Além disso, as coisas do dia a dia ficam mais divertidas com Jennie. Como assistir a tv, comer pizza e fazer cócegas nas costas dela. Nem me importei quando adormeceu no meu colo. E, quando ela acordou, uma hora depois, chupou meu pau como uma rainha e me disse que era hora de ir embora, também não me importei. Levei-a até a porta, dei-lhe um beijo e me esparramei na minha cama, sozinho.

Você sabe o que não pode fazer quando está em um relacionamento? Dormir na diagonal.

Claro, a regra de não fazer sexo foi um pouco desconcertante no começo, mas explorar todas as maneiras aventureiras pelas quais podemos chegar lá é divertido pra caralho.

E o melhor de tudo? Não me sinto mais tão sozinho quando meus amigos pegam o celular para enviar mensagens a suas esposas após o jogo.

Até Adam recebeu uma mensagem de Olivia, que atualmente está cuidando de Bear enquanto estamos fora. Bem orgulhoso, ele nos mostra a foto de Bear e Dublin esparramados juntos em frente à lareira.

Escondendo meu sorriso, abro minha própria mensagem.

> **Minha flor:** Derrota difícil, grandão. Não terá boquete de parabéns, só de consolação.
> **Eu:** Boquete de consolação? O Tenente Johnson tá triste e só vc pode animá-lo *emoji triste*

**Minha flor:** Não tenho certeza se isso está na sua agenda.

**Eu:** Eu confirmei e está. Vou foder sua boca quando voltar no fds, depois vou comer a sobremesa.

Os três pontinhos aparecem e desaparecem várias vezes. Adoro ver esse lado de Jennie florescer. Ela é ousada pra cacete, mas um pouco hesitante no quarto. Quanto mais tempo passamos juntos, mais confiança ganhamos. Ela está pronta para qualquer coisa, ansiosa e disposta a aprender. Observá-la baixando a guarda aos poucos é muito bom.

Ela ainda está se acostumando ao *sexting*. Às vezes, ver aquelas palavras a deixa um pouco sem jeito.

Meu celular vibra assim que o guardo, e morro um pouco ao ver a foto de Jennie: com seus lábios rosados, lambendo um picolé vermelho.

Não tenho tempo para apreciá-la. Carter xinga em voz alta e eu pulo, batendo o aparelho no peito. *É isso. Minha hora chegou.*

Carter franze a testa para seu celular.

— Ollie está sentindo o bebê se mexer muito, mas não posso sentir nada. Parece que ele se mexeu a noite toda.

Meu coração reinicia e me forço a me concentrar nos cadarços dos patins, formulando uma resposta e respirando.

— De quanto ela está agora? Cinco meses? Eu não conseguia sentir bem minhas irmãs até minha mãe chegar ao terceiro trimestre. Em breve você também poderá ver o bebê se mexendo, o que é legal, mas também assustador.

— E vocês continuam falando assim. — Adam aponta. — Bebê Beckett pode ser uma menina.

Carter grunhe, enrolando as meias de hóquei em uma bola.

— Não. Eu vi um pênis.

Emmett suspira.

— Já te disse mil vezes: aquilo era um braço. Seu bebê não tem um pênis gigante.

— O pai dele tem. — É a resposta presunçosa de Carter.

Hesitante, retiro meu celular vibratório do peito, mas é apenas um e-mail da Levi's. Três pares de jeans femininos chegarão em cinco a sete dias úteis.

Digito uma mensagem rápida.

**Eu:** Engraçado, qnd te dei meu cartão de crédito, pensei que vc fosse só substituir o jeans que estraguei.
**Minha flor:** Engraçado, pensei que vc respeitaria minha roupa em vez de rasgar tudo do meu corpo.
**Eu:** Vou desrespeitar tanto seu corpo só por isso.
**Minha flor:** J-1, G-0

*Porra. Droga. Genial.*

Pergunto-me quanto tempo isso vai durar. Jennie é inteligente, forte, atrevida e sexy — tudo que há de bom. É apenas uma questão de tempo até que alguém perceba isso, e serei obrigado a largá-la. Também não tenho certeza até onde podemos abusar da sorte com o homem distraído na minha frente, apoiando o celular em uma das prateleiras.

— Garrett, venha dançar comigo.

Arranco meus patins.

— Não vou fazer outra merda de dancinha para o seu TokTok, Carter.

— *Tik*Tok. Vamos lá. Recebi tantas curtidas na última em que você participou. Todas as garotas acham você fofo quando dança. *Riley!* — Ele pega Jaxon a caminho do chuveiro. — Vou te ensinar uma dança bem rápido.

Jaxon bate com as mãos sobre seu membro.

— Estou pelado!

— Melhor ainda — Carter murmura. Ele apoia os punhos nos quadris e começa a gritar ordens. Com toda a equipe alinhada, vira o olhar para mim, erguendo as sobrancelhas. — Garrett.

— Não. Foda-se. Não vou fazer dancinha nenhuma.

Últimas palavras antes de morrer. Uma hora depois, estou sentado no bar do hotel, observando nosso time dançando uma coreografia ridícula que faz com que um time inteiro de jogadores da Liga gire e balance a bunda para a câmera. A maioria de nós está semivestida. Jaxon tem menos sorte, cobrindo o pau com uma toalha de mão. O vídeo já conta com mais de cem mil visualizações.

Carter só pareceu ainda mais orgulhoso quando Olivia aprovou.

Há um monte de garotas aqui esta noite. Jaxon já deu uns amassos, Adam continua afastando os dedos tentando enrolar seus cachos e, quando uma morena de pernas compridas desliza a mão pelos meus ombros, começo a entrar em pânico, encolhendo os ombros para longe de seu toque.

— Ah, não, obrigado. Não, obrigado. Obrigado mesmo.

Emmett arqueia uma sobrancelha quando ela se afasta.

— Não, obrigado? Há um mês você estava reclamando que nós te impedimos de transar. Ninguém está te impedindo agora.

Enterro minha falta de resposta atrás de um punhado de nachos. Emmett espera eu engolir.

— O que foi?

— Hum... — Coço o queixo ao olhar ao redor da mesa, pousando em Adam conforme ele educadamente rejeita outra garota, explicando que ambos não querem as mesmas coisas. — Netflix e relaxar no sofá — deixo escapar. — Estou saindo desse estilo de vida. Prefiro ficar em casa com alguém que me faça rir. — *Não é mentira.*

— Como quiser...

Adam sorri.

— Então quer namorar alguém.

— Garrett quer uma namorada — Carter canta, mordendo uma asa de frango. — Tenho certeza de que você encontrará alguém.

— Não pode ser tão difícil. Você conseguiu.

Seu osso bate no prato, o olhar revoltado erguendo-se.

— Eu sou um partidaço, idiota.

— Sim, Ollie teve sorte de não ter contraído uma doença.

— Idiota. — Carter estende o braço por cima da mesa e uma troca de tapas começa, com as nossas mãos voando, antes que o papai entre no meio e interrompa a brincadeira.

Papai, no caso, é Adam. Emmett é o tio mau que fica sentado no canto, incentivando-nos. Jaxon é a tia bêbada dando uns amassos aleatórios.

— Devíamos deixar a seleção natural cuidar de vocês — diz Emmett quando nos separamos. — Só o mais forte sobrevive.

Carter flexiona um bíceps antes de beijá-lo.

— Então, eu.

— Até parece. — Estico os braços, as veias saltando ao cerrar os punhos. — Sou forte pra caralho.

— Sei. Até minha irmã poderia deixá-lo de joelhos.

Ela com certeza pode, inclusive já fez isso, e eu ficaria feliz em me ajoelhar mais mil vezes para provar o ponto ideal entre suas coxas conforme ela puxa meu cabelo e grita meu nome, implorando por mais.

Tento centralizar meus pensamentos e me concentrar na conversa em questão, que é o tempo que Adam passa no orfanato.

— Encontrei minha família em uma casa como aquela, mas sei que nem todos têm essa sorte. E pensar que algumas daquelas crianças estão ali sentadas há anos, esperando que alguém lhes dê uma chance... — Ele balança a cabeça, franzindo a testa. — É de partir o coração.

— Acho ótimo que você esteja usando sua própria experiência com o sistema de adoção para ajudar outras crianças — afirmo a ele.

— Você é adotado? — Jaxon pergunta.

Adam assente e Carter acrescenta:

— O pai dele é o Deacon Lockwood.

As sobrancelhas de Jaxon saltam.

— Deacon Lockwood, *quarterback* aposentado do Denver Broncos e pentacampeão do Super Bowl, Deacon Lockwood?

Adam ri.

— Ele ficou bem chateado quando escolhi o hóquei em vez do futebol. Mas, na verdade, eu não poderia ter pedido uma família melhor. Às vezes, você não precisa ter nascido nela, você a encontra.

Jaxon coloca a mão em seu ombro e luto contra a vontade de revirar os olhos. Ainda não gosto dele.

— Que bom que você encontrou sua tripulação, amigo.

— Tenho pensado em adotar, mas é impossível com a minha agenda. Eles já passaram por muita coisa e precisam de consistência, de alguém que possa estar lá todos os dias para eles. — Ele dá de ombros. — Talvez no futuro, se algum dia eu me casar.

Emmett ri com gentileza.

— Você vai conhecer alguém incrível e ter uma família incrível, da maneira que decidir fazer isso.

— O que aconteceu com Courtney foi uma merda — interrompo —, e eu gostaria que você não tivesse se magoado. Mas você merece muito mais do que o que ela estava te dando. Não tenho certeza se você teria ido embora se ela não tivesse dado um motivo.

O relacionamento de Adam com a ex ficou instável por um tempo, e ele chegou a um ponto em que estava desesperado para fazê-la feliz. Ao fazer isso, ele acabou negligenciando a própria felicidade. Se não a tivesse encontrado com outro homem, não tenho certeza se teria feito o que era melhor para si.

Adam se concentra na bebida em sua mão antes de erguer os olhos, sorrindo.

— Sim. Foda-se ela.

— Ei! — Emmett dá um soco no ar. — Esse é o espírito, Woody! Rodada de doses para a mesa!

Eu gostaria de poder aproveitar o brinde com os companheiros de time. Em vez disso, o copo permanece na minha mão, a meio caminho da minha boca, enquanto meu queixo tremula, encarando a foto que aparece no meu telefone.

Um vibrador pequeno, roxo e brilhante, e outro gigantesco, preto e cheio de veias, parecem olhar para mim. Uma pergunta simples acompanha a foto.

> **Minha flor:** Ei, grandão, se eu estivesse pensando em dar pra vc no futuro e quisesse ter tempo para me ajustar ao seu tamanho, com qual deles eu transaria?

Jennie está indo muito bem com o *sexting*. Aprendiz rápida. Super-rápida.

Eu, no entanto, não estou muito bem. Meu cérebro pode estar derretendo e meu pau virou aço.

Uma segunda foto aparece, com os dedos de Jennie envolvendo o pequeno vibrador roxo.

> **Minha flor:** Será o pequenininho, então.

— Por que você está fazendo essa cara? Com quem está falando?

Bato meu celular contra o peito com as perguntas de Carter, agradecido que a visão de raio X não seja real, pelo que eu saiba. Quando me levanto, minha cadeira cai no chão.

— É minha mãe. — Merda, isso soou tão agudo. — Eu... eu... eu... — Porra. — Tenho que ir! — Levanto o celular e o sacudo, por qualquer motivo. — Ela precisa de mim. Mamãe precisa de mim. Tenho que... Tchau!

Corro pelo bar e entro no saguão, os dedos voando sobre a tela.

> **Eu:** Pequenininho? Acho q não, hein.
> **Minha flor:** Vou pra cama praticar o autocuidado.
> Falo com vc amanhã.
> **Eu:** Não se atreva, porra.

Aperto o botão para chamar o elevador novecentas mil vezes, voando para dentro quando ele abre.

> **Eu:** Jennie???
> **Eu:** Juro por Deus q se vc for dormir agora vou voar para casa mais cedo e te acordar com meu pau na sua garganta.
> **Minha flor:** *emoji de beijo* Boa noite, Ursinho

— Não. Não, não, não, não. — A agitação corre pelas minhas veias enquanto o elevador sobe. Meu pé não para de quicar. Tenho certeza de que meu olho está tremendo.

Agarro as portas quando o elevador para e preciso de sete tentativas para passar meu cartão com sucesso pela fechadura.

Minha camisa fica presa no meu rosto quando entro no meu quarto, e Jennie atende meu pedido de vídeo na terceira tentativa, porque ela é uma safada que gosta de me provocar.

— Sr. Andersen — ela ronrona. — A que devo o prazer de uma chamada tarde da noite?

Enrosco os pés ao tirar a calça, tropeço para a frente e caio na lateral da cama.

A gargalhada de Jennie eletrifica o ar.

— O que você está fazendo?

— Tirando a roupa.

Jennie espia meu pau assim que ele se liberta da cueca boxer, balançando.

— Oh, meu Deus. O Tenente Johnson parece feliz em me ver.

— Ele com certeza está, e você vai precisar se livrar do pequenininho aí. Meus dedos podem te foder melhor do que ele. — Agarro a base do meu pau e balanço a cabeça. — Agora tire as roupas, minha flor.

Arrastando o cobertor, ela revela aquelas curvas maravilhosas.

— Quais roupas?

Meus olhos rolam para o teto conforme gemo.

— Caramba, quero te foder.

Fico perplexo quando seu sorriso se torna tímido. Ela não sabe quão incrivelmente sexy é? Eu venderia minha bola esquerda por um ingresso VIP para a sua Disneylândia. Mas tudo bem como está, ao menos por enquanto.

Rolo na cama, apoio o telefone na mesinha lateral e espero que Jennie faça o mesmo.

Ela coloca o cabelo atrás das orelhas, um movimento puramente inocente que faz meu pau latejar. Seu cabelo é longo e bagunçado, e quero passar meus dedos por aquelas mechas antes de envolver uma em meu punho e fazê-la me encarar enquanto goza.

— Então, hã, como isso... funciona?

— Vou foder minha mão vendo você foder sua boceta e tentarei não fazer uma bagunça quando gozar. Você, minha flor, pode ser tão bagunceira quanto seu coração desejar.

Um arrepio percorre seu corpo, e ela balança a cabeça.

— Duas semanas atrás você não conseguia nem formular uma frase inteira.

— Sim, porque você é gostosa demais e me intimidava pra caralho.

— E não mais?

— Não, nem tanto. Não agora que sei que posso mandar em você também, mas de forma diferente. — Observo seu corpo corar, a pele brilhante rosada pelo nervosismo, os cílios tremulando quando seu olhar se desvia e depois volta. — Isso te excita. Você gosta do jeito como falo com você.

— Bem, isso é óbvio.

— Por que você gosta?

Ela levanta um ombro.

— Não sei.

Mentira. Está se fazendo de tímida, com medo de dizer em voz alta, então vou ajudá-la. Ela não pode mais se esconder comigo.

— Gosto de conseguir deixá-la tímida. A garota mais ousada e corajosa, e consigo deixá-la sem palavras, nem que seja por um segundo. E você fica com um grande sorriso no rosto, e eu ganho meu dia, como se minhas palavras a estimulassem. Você é a melhor mistura de timidez e confiança quando está nua, e adoro vê-la chegar lá.

Os dentes pressionam aquele lábio inferior macio. Ela passa o dedo pela coxa.

— Eu gosto... Gosto quando você me diz o que quer fazer comigo. Isso me faz sentir...

Suas bochechas brilham quando ela desvia o olhar.

— Faz você sentir o quê?

— Desejada — ela admite em um murmúrio. — Faz muito tempo que não me sinto assim.

A verdade é que não tenho certeza se já quis alguém do jeito como a quero, então digo isso, ignorando o modo como ela revira os olhos, como se eu estivesse lhe contando uma piada.

— Além do corpo maravilhoso, dos olhos lindos e do sorriso perfeito, Jennie, você é uma danada que consegue se virar sozinha. Você se dedica sem perder o ritmo e se esforça. Também é muito engraçada e grita com os árbitros quando eles fazem julgamentos ruins. Sempre quis te conhecer melhor. Estou feliz por estar conseguindo agora.

O lindo nariz de Jennie se enruga, e eis que uma risada passa por seus lábios.

— *Sei*, seu mala.

— Me chame do que quiser. Sou aquele em quem você pensa quando está sozinha em casa, fodendo seus paus de borracha.

— E é na minha boceta que você pensa quando se tranca no banheiro do hotel, fode a mão e goza na meia. — Com os pés apoiados na cama, ela abre as pernas, mostrando-me aquela bocetinha rosada e imaculada. Ela passa um dedo ao longo da fenda lisa. — É uma pena que você não possa tê-la por perto. É muito mais macia e quente que a sua mão.

Meu olhar segue os dedos lentos que circundam seu clitóris, hipnotizado.

— Ela... é min...

— Sou a única dona desta boceta. — De forma tão lenta que é quase agonizante, ela afunda dois dedos dentro, arqueando as costas para fora dos travesseiros, os lábios se abrindo com um suspiro baixo. — Apenas deixo você usá-la às vezes.

— Porra... — Passo a palma sobre a boca antes de pegar meu pau na mão, acariciando-o. — Mostre pra mim como você está molhada.

— Peça com jeitinho.

— Por favor, Jennie. Quero ver como você está molhada.

Jennie mostra os dedos, que estão cintilantes e pingando.

— Encharcada.

Eu gemo, apertando meu pau.

— Prove seu gosto, Jennie.

O desejo brilha em seus olhos, mas a incerteza também.

— Não seja tímida comigo agora, minha flor. Nós dois sabemos que você não é. Você é meu sabor favorito, então experimente.

Ela passa um dedo sobre o lábio inferior, fazendo-o brilhar, e paro de respirar quando passa a língua por ele. Com os olhos fixos nos meus, coloca os dedos na boca, um gemido rouco enchendo o ar enquanto ela se lambe.

— Use os dedos — ordeno de modo ríspido.

— Você não manda em mim.

— Uma ova que não. Meta seus dedos, linda, e finja que é o meu pau.

Ela abre um sorriso diabólico antes de arrastar os dedos pela fenda encharcada, tremendo e corando. Jennie geme baixinho ao enfiar dois dedos, o olhar aquecido fixo na minha mão enquanto trabalho meu pau. Não vou durar muito, e a culpa é dela. Observar o amor dela em seu próprio corpo é o que mais me excita.

— Mais um — exijo. — Consegue mais um?

Jennie não hesita, mergulhando outro dedo, arqueando-se na palma da mão. Ela aperta um mamilo, espalmando o peito redondo e perfeito, sua respiração em jatos, e então sua mão cai pelo corpo, encontrando seu clitóris.

— Porra, Jennie. Você é tão sexy.

— Garrett — ela choraminga, com os olhos atordoados. — Vou gozar.

E eu também. Minhas bolas se apertam, a espinha formigando e, no segundo que Jennie grita, batendo as coxas uma na outra, a cabeça caindo para trás, sou um caso perdido.

— Puta que pariu. — Rolo para fora da cama, fico de pé e acidentalmente esvazio toda a minha carga no carpete. — Ai, merda.

Jennie cai na gargalhada.

— Você acabou de gozar no chão?

— Foi um acidente! Eu não estava preparado! — Pego um travesseiro.

— O travesseiro não! Que nojo! Alguém vai colocar a cara nisso!

— Não consigo pensar! — grito, correndo para o banheiro.

Pego um rolo de papel higiênico, o que, no fim das contas, é uma péssima ideia. O bolo de papel começa a se desintegrar, deixando pedacinhos brancos por todo o carpete conforme tento limpar a bagunça.

— Isso vai me custar.

— O melhor dinheiro que você já gastou.

Gemendo, desabo na cama a tempo de pegar Jennie rolando para debaixo de seus cobertores.

— Então...

— Então... boa noite?

— Boa noite? É isso? Você não quer, tipo... conversar?

Ela pega o cobertor.

— Você quer?

— Bem, Adam ainda não voltou.

— Então quer conversar?

— Se você quiser conversar, podemos conversar.

— Parece que você quer conversar, Garrett.

Limpo a garganta, esfregando a nuca.

— Acho que poderíamos conversar. — Jennie sorri. — Deixe-me tomar um banho e fazer um lanche.

Sigo o exemplo e, quando Jennie se junta a mim, está com uma tigela de cereal e o moletom com capuz que lhe dei na última vez que a vi.

— O que é isso? — ela pergunta.

Levanto o pote onde acabei de mergulhar meu biscoito.

— Biscoito amanteigado. — Enfio tudo na boca. — Dos Estados Unidos. Vou guardar um pouco para você.

Jennie ri.

— Ok, conte-me sobre sua noite antes de estragar o carpete.

— Estávamos no bar com a equipe. Adam estava sendo bombardeado.

— Naturalmente. E você?

Concordo com a cabeça, enquanto mordo outro biscoito.

— Então, falei aos caras que queria namorar, não só transar.

— Adam é o único puro o suficiente para acreditar nisso.

Concordo, então conto a Jennie sobre o sonho dele de um dia adotar, e ela sorri antes de me contar sobre seu dia.

— Ollie e eu levamos os cachorros para passear, e ela fez brownies para mim antes do jogo. Kara e eu gritamos com os árbitros durante a maior parte do tempo, e Ollie desmaiou no meu colo durante o terceiro período.

Sorrio, observando-a enxugar de modo preguiçoso o leite que escorre pelo queixo, depois lambendo o canto da boca. Ela encontra meu olhar, sorrindo de volta, e procuro algo mais para dizer. Acho que não estou pronto para dar boa-noite. Falar sobre nada com ela é... legal.

— Eu, ah... falei ao Carter que você era minha mãe. Quando me enviou aquela foto — esclareço. — Eu não conseguia nem olhar a mensagem perto dele, e ele não viu nada, só me perguntou com quem eu estava conversando, e eu...

Seus olhos brilham, seu sorriso grande e arrogante, um legítimo sorriso Beckett.

— Respondeu que eu era sua mãe...

— Meu cérebro pifou. Quase sempre acontece quando tem a ver com você. Minha cabeça estala quando ouço a porta ranger e a maçaneta girar.

— Que porra é essa? — Adam força a fechadura. — Você me trancou do lado de fora, seu filho da puta?

— Foi um acidente! — Saio da cama, puxando a calça para cima com uma mão. Tropeço pela segunda vez hoje à noite, quase caindo na bagunça que fiz. — Espere um segundo!

Jennie treme de tanto rir, com a mão tapando a boca, e lhe lanço um olhar.

— Boa noite, minha flor — sussurro.

Ela pisca.

— Boa noite, Ursinho Garrett.

Enfio o telefone no bolso, passo a mão pelo peito sem motivo algum e abro a porta. Adam fica lá, com as sobrancelhas levantadas, e já estou inventando desculpas na minha cabeça.

Então ele dá um passo à frente, cai em mim e percebo que está bêbado pra caralho.

Ele tira a roupa pelo caminho.

— Posso comer biscoitos?

Ele pega o pote da minha mesa de cabeceira, sem esperar uma resposta.

Para abruptamente, vendo o carpete sujo. As pontas das minhas orelhas queimam.

Coço meu pescoço conforme Adam me encara.

— Hum, isso é... Eu estava...

— Nem quero saber. — Ele passa cambaleando, sacudindo o biscoito na minha cara. — Isso é meu agora, porque não vou contar a ninguém sobre esse... isso. Combinado?

*Supercombinado.*

# 15
## MINHA RESPOSTA É NÃO

JENNIE

— Acho que é uma ideia fantástica.
— Eu não.

Na minha cabeça, minha resposta soa mais como: *você está delirando como sempre, seu ridículo*.

Mikhail franze a testa.

— E por que não? Simon acabou de dizer que está de acordo.

Simon sempre concorda; isso faz parte do problema.

E nós dois fingindo sermos um casal apaixonado para *vender a performance*? Prefiro mergulhar em um tanque de tubarões.

— Não me sinto confortável com isso — falo com honestidade ao meu treinador de dança. — Não gosto de fingir.

— Isso se chama atuação, Jennifer.

Ele passa um braço em volta dos meus ombros, o outro em volta dos de Simon, e começa a nos conduzir. Não tenho ideia de para onde estamos indo, nem Mikhail. Ele adora conversas dramáticas, o que, em geral, significa muitas perambulações sem rumo, olhando para o nada, mas fingindo que está tendo uma visão de futuro e batendo palmas.

— É tarde demais para o espetáculo de Natal. Jennie, você precisa melhorar sua atuação. Preciso *sentir* o quanto você ama Simon. Mas o recital do Dia dos Namorados, em fevereiro? É o que mais importa.

Ele gira, fazendo um arco com o braço.

— Imagine só: vocês dois cruzando o palco no Dia dos Namorados, o dia do amor! Fazem a apresentação mais magnífica que esta faculdade já viu e terminam com um beijo. Mas não qualquer beijo. Do tipo que você, Simon, deixa você, Jennie, no chão, como em um filme. E a multidão enlouquece.

Outra volta.

— Vocês transformarão os maiores céticos em crentes. Todo mundo se apaixonará pelos meus diamantes deslumbrantes, e todos vão querer se apaixonar no mundo real. E a melhor parte? As vendas de ingressos disparam para o nosso recital de final de ano letivo em abril, porque todos querem ver o casal feliz brilhar juntos no palco.

Simon sorri.

— Honestamente, Mik, adorei. Sua melhor ideia até agora.

É a pior ideia que já ouvi em toda a minha vida. Esse cara tem formação em licenciatura? Alguém tire o diploma dele.

— Não acho...

— Jennie e eu também temos uma ótima química. Nós vamos conseguir.

Simon passa o braço em volta de mim, sorrindo muito. Não sou dentista, mas adoraria arrancar um ou dois molares daquela boca. Podem ser úteis na identificação de seu corpo um dia.

Mikhail sai dançando, divagando sobre magia, amor e química, e percebo que ele é tão delirante quanto Simon.

Tiro a mão de Simon do meu ombro.

— Não concordei com nada e tenha certeza de que não o beijarei.

— Está longe ainda — diz Simon, seguindo-me. — Você tem tempo para pensar a respeito.

— Já pensei. Minha resposta é não.

Ele suspira, sentando-se no banco enquanto visto uma calça de moletom por cima do shorts.

— Jennie, você não pode ficar com raiva de mim. Por favor. Não aguento. Você é minha amiga.

— Não pareceu isso quando você estava tentando enfiar sua língua na minha garganta.

— Cometi um erro. Sempre quis explorar as coisas com você e tive que tentar. Estávamos sozinhos, dançando, e não sei... Pareceu meio romântico. Mas entendi: sem sentimentos da sua parte. Em alto e bom som. Não vai acontecer de novo. — Ele cruza as mãos sob o queixo, fazendo bico. — Por favor, me perdoe. Não quero perder sua amizade e não suporto a ideia de substituí-la como minha parceira de dança.

Reviro os olhos e vou em direção à porta.

— Obviamente. Sou magnífica no palco.

Simon corre atrás de mim.

— Então... Uma segunda chance? Por favor?

Com um suspiro, eu paro, os braços cruzados no peito. Ele não é o cara mais genuíno, mas a triste verdade é que tem sido o único amigo que

tive aqui, a única pessoa além dos meus professores que sempre se senta e toma café comigo, especula sobre meu irmão e seu time ganhando a Copa Stanley de novo este ano.

Deus, espero não me arrepender disso.

— Não dou terceiras chances, Simon.

— *Sim!* — Ele dá um soco no ar antes de me envolver em um abraço. — Não vou decepcioná-la, prometo! — Ele me conduz pelo corredor. — Quer tomar um café?

— O meu terá que ser para levar. Carter vai me buscar no caminho do aeroporto para casa.

— Não acredito que ele esteja bem com você namorando um dos seus companheiros de equipe.

Quase tropeço.

— O quê?

— Garrett Andersen?

— Não estou... — Minha cabeça balança rapidamente. — Não, não estou namorando Garrett.

— Mesmo? Porque ele me disse que colocaria minhas bolas no liquidificador se eu a machucasse de novo.

Engulo uma risada. Ok, então posso ter dificultado a vida de Garrett depois de ele ter abordado Simon — sendo eu uma mulher forte, independente e tudo mais —, mas tenho que admitir que ele é bom. Digno de um boquete, até. Não que eu precise de uma desculpa para chupar seu pau. Mas é divertido fingir que ele precisa merecê-lo.

— Moramos no mesmo prédio — explico. — Ele me busca no caminho para casa. Somos apenas amigos, e ele é meio protetor por causa de Carter.

A expressão de Simon é de suspeita, mas, em vez de tentar convencê-lo, mudo de assunto, e ele vai embora com outro abraço quando vê a longa fila no quiosque de café.

Mando uma mensagem para Garrett ao esperar meu cappuccino.

**Eu:** Bolas no liquidificador? Sério?
**Ursinho:** Vc ficaria surpresa, mas um liquidificador pode transformar qualquer coisa em sopa.
**Eu:** Vc é ridículo.

**Ursinho:** Só tô preparado para amassar uns ovos, se precisar.
**Ursinho:** Tô quase em casa. Quer meter?

Solto uma risada para o meu celular. *Homens*.

**Ursinho:** **me ver
**Eu:** Vou jantar na casa do Carter, desculpa.
**Ursinho:** *emoji triste* mas qro beijar sua boca

Ok, bem, isso é meio fofo.

**Ursinho:** Ops, correção automática de novo. **beijar sua boceta

Pronto.

— Jennie? — chama o atendente, segurando minha bebida.

Seus olhos cinzentos se movem sobre mim e minhas bochechas esquentam ao pegar o copo da mão dele, nossos dedos se roçando. Ele é alto e magro, com uma cabeleira bagunçada com ondas escuras e tatuagens decorando os braços.

— Ei. — Ele vira a cabeça em direção à vitrine da padaria. — Está frio lá fora. Que tal um biscoito de gengibre com melaço para viagem? — Ele pisca. — Por minha conta.

Bato meus cílios.

— Você está tentando me comprar com biscoitos?

Seus cotovelos batem na bancada quando ele se inclina, aproximando-se de mim.

— Você não parece ser o tipo de garota que pode ser comprada. — Ele coloca o biscoito em um saco de papel e o estende para mim. Quando o pego, ele o puxa para mais perto. — Mas vou te dizer uma coisa. Que tal, em troca do biscoito, você me deixar pagar um jantar para você?

Borboletas voam em meu estômago. Nunca estive em um encontro de verdade. A ideia é tão emocionante quanto assustadora. Gosto de como as coisas estão indo com Garrett, mas e se eu pudesse ter tudo? E se eu pudesse ter o prazer, a diversão, a amizade e o amor, tudo em uma só pessoa?

— Então você quer me comprar biscoitos *e* um jantar? — Puxo a guloseima da mão dele. — Talvez eu consiga uma vaga para você na minha agenda.

Seus olhos se fecham e o sorriso se aprofunda, formando uma covinha em seu queixo.

— Eu adoraria ganhar uma vaga. Amanhã?

Meu estômago dá cambalhotas. Coloco uma onda solta de cabelo atrás da orelha.

— Pode ser.

— Ótimo. Devo buscá-lo na casa do seu irmão?

Meu coração para, afundando.

— O quê?

— Você é irmã de Carter Beckett, certo? Mora com ele? Eu adoraria conhecê-lo. Posso buscá-la na casa dele. Nem precisamos jantar. Meus amigos vão dar uma festa amanhã à noite. — Ele pega a ponta da minha trança, enrolando-a no dedo. — Eles são grandes fãs do seu trabalho.

O pânico acelera meu pulso.

— Da minha dança?

O atendente — seu crachá diz Nate — pisca.

— Claro. Vamos chamar assim.

O sangue troveja em meus ouvidos e meu peito fica tenso. A conversa no refeitório fica abafada, como se eu estivesse debaixo d'água.

Sem pensar mais, engulo a bile que sobe em minha garganta e jogo o biscoito no peito de Nate e minha bebida no lixo, e saio de lá.

Que sorte a minha que Krissy e A$^2$ tenham assistido a tudo.

— Caramba. — Krissy faz uma careta. — Isso foi difícil de assistir. Deve ser péssimo ser a irmã coadjuvante da família Beckett. — Ela esfrega meu ombro, seu sorriso falso de sempre. — A rejeição deve doer.

Pressionando meus dedos na testa, fecho os olhos para a dor de cabeça iminente. Não estou com vontade de alimentar as merdas de Krissy. Estou pairando no limite, sem ter certeza se quero chorar, gritar ou vomitar.

Na verdade, a única ideia atraente é deixar Garrett me lembrar por que isso — sem compromisso, sem sentimentos, apenas prazer — é melhor.

— Sentimos sua falta no fim de semana passado — continua Krissy. — Compras, jantar, bebidas, dança... Foi uma pena ter todas as meninas lá, menos você.

— Vocês não me convidaram.

— Ah, merda. Eu esqueci? — Ela inclina a cabeça. — Ops.

Viro-me em direção à porta, ignorando a dor que me invade. Pode não fazer sentido, mas não torna mais fácil ignorar que sempre esteve ali.

Quanto mais velha fico, mais proeminente se torna meu status de solitária. Mas a questão é que não quero permanecer sozinha. Talvez por isso esteja ficando cada vez mais difícil equilibrar o *Eu as odeio e não quero perder tempo com pessoas assim, mas queria ter sido convidada.*

— Talvez da próxima vez — afirma Krissy.

Sorrio um pouco e odeio. Odeio essa vontade de me encaixar sem nem querer isso. Quero ser eu mesma, sem ter de me desculpar, e o que eu não daria para que as pessoas me amassem por inteira. Mais do que isso, quero acreditar que isso é possível.

Estou cansada da dúvida, de esconder pedaços de mim na esperança de que alguém possa me acolher. Não importa o que eu faça, o medo cresce como ervas daninhas. Sou uma teia emaranhada de incertezas e inseguranças, e mal me reconheço.

No entanto, quando Carter estaciona na frente, a tensão em meus ombros se dissipa.

Krissy continua me irritando pelo caminho, como se estivesse planejando entrar comigo no carro.

— Aquele é seu irmão?

— Não — respondo sem rodeios, jogando-me no banco da frente. — É minha vó. — Bato a porta e afundo no assento. — Sim, Krissy, sua tonta. É meu irmão.

Carter sorri.

— Ah, minha doce e encantadora irmã. Como eu estava com saudades.

— *Carter!* Por que meus biscoitos estão em cima da geladeira?

Apoio os cotovelos na bancada, observando minha pequenina cunhada grávida se transformar na Mulher-Aranha e tentar escalar a geladeira de aço inoxidável.

— Filho de uma... — ela grunhe, batendo no topo da geladeira, que é o mais alto que consegue alcançar.

Carter entra na cozinha.

— Você me pediu para colocá-los em algum lugar que não pudesse alcançar. Falou que estava comendo demais.

— Estou grávida — Olivia rosna. — E *você* que me deixou assim! E *outra coisa!* — Ela enfia um dedo furioso em seu peito. — Eu tenho permissão para comer muitos biscoitos.

Carter se inclina para mim e cobre a boca com a mão.

— Ela tem estado mais agressiva e emotiva ultimamente.

Reviro os olhos.

— Vou pegar...

Ele passa o braço pelo meu peito, parando-me.

— Gosto de deixá-la tentar por alguns minutos. Isso a cansa, como uma gatinha superestimulada.

Olha, espero estar aqui no dia em que a situação desandar.

É aqui que preciso estar, vendo minha mãe gritar com Carter por esconder os biscoitos de sua esposa, depois ele e Olivia brigarem sobre os referidos biscoitos e Hank roubando um punhado deles.

Qualquer raiva residual do dia desaparece, substituída por uma sensação suave e de calor no peito que só vem com a nossa família. O calor ainda persiste meia hora depois, quando Carter, Hank e Olivia, todos sorrindo felizes com suas pilhas de Oreo ao lado de seus pratos de lasanha, estão sentados ao redor da mesa de jantar.

Hank desfaz um biscoito.

— Como vai a faculdade, Jennie?

— Bem. Ótima. — Suspiro quando todos param de comer. — Estou pronta para que acabe — admito.

Carter aponta o garfo para mim.

— Steve está te puxando para baixo. Você deveria abandoná-lo.

Lambo os lábios, empurrando a lasanha no prato.

— Então, hum... Haverá uma vaga de emprego no Balé Nacional em Toronto após a formatura. E, ah... — Dobro meu guardanapo, desdobro e dobro novamente. — Leah me recomendou para o trabalho.

— Jennie — Olivia diz —, que incrível!

Hank encontra minha mão e a aperta.

— Muito bem, garota.

Carter salta da cadeira e me dá um abraço à beira de ser sufocante. Ele só se afasta quando alguém começa a chorar, engasgando-se com os soluços.

É minha mãe.

— Ahh, mãe. — Vou até ela, abraçando-a por trás. — Qual é o problema?

— Estou bem — ela chora. — Totalmente bem! Estou tão feliz! — Outro soluço. — E tão triste! — Ela enterra o rosto no meu pescoço. — Não quero perder minha melhor amiga, mas quero que você tenha tudo o que quiser e merece, e não sei como expressar isso, então, por isso as lágrimas!

Uma dor forte se instala em meu peito.

— Você nunca vai me perder, mãe. Acho que não vou.

— Você tem que ir — Carter interrompe, com os braços no ar. — É seu sonho!

Será que é mesmo? Como posso ir atrás de algo sem ter cem por cento de certeza de que é o futuro que quero?

Outro soluço perfura o ar, e as lágrimas começam a escorrer pelo rosto de Olivia.

— Não. — Esfrego meu rosto. — Você também não!

— Estou muito feliz por você, mas também quero que você fique, porque você vai ser a melhor tia de todas e é uma das minhas melhores amigas. Sua mãe está triste, o que me deixa triste, e minha mãe está do outro lado do país e sinto tanta falta dela que não quero sentir sua falta também, mas você deveria perseguir os seus sonhos, e também estou apenas — ela fica sem fôlego, abanando o rosto — me sentindo muito, muito emocionada agora!

Carter encontra meu olhar conforme minha mãe e Olivia desmoronam uma na outra, chorando.

*Ajude-me*, ele murmura.

— Ah, certo. Amo vocês duas — falo à minha mãe e a Olivia, beijando suas cabeças enquanto Carter se levanta. — Prometo que nunca vão me perder. Carter vai me levar para casa agora.

— Vocês vão me deixar aqui com essas duas? — Hank fala, em descrença.

— Você foi feito para isso — Carter grita por cima do ombro ao me conduzir pelo corredor. — Boa ideia — ele murmura, entregando meu casaco. — Acho que mamãe pode estar entrando naquela *fase*.

— *Carter!* — Bato no ombro dele.

— O quê? — ele pergunta, levando-me para a garagem. — Ah, você está menstruada?

Balanço minha cabeça.

— Como diabos Olivia não te matou ainda?

Seu sorriso é estranhamente orgulhoso. Ele passa a palma da mão pelo tronco.

— Ela tenta toda semana.

Reviro os olhos e vou em direção aos carros. O velho Corolla surrado de Olivia está na ponta, sem uso há meses. Eu a vi aqui o acariciando, como se ela não suportasse se separar dele.

— Com qual carro vamos?

— Qualquer um que você quiser. — Carter bate no capô de seu BMW. — Você poderia pegar o Beemer. — Ele pega um molho de chaves e gira-o no dedo indicador. — Ou poderia ficar com o Benz.

Belisco a ponta do nariz, cansada demais para joguinhos. Minhas emoções pesadas estão voltando, e há um jogador de hóquei sexy em casa que está ansioso para colocar o rosto entre as minhas coxas.

— O que você quer dizer?

Ele acaricia o capô de seu Mercedes-Benz grafite.

— Acho que você quer este bonitão.

Cruzo os braços.

— Carter.

— Não precisamos de todos esses carros, Jennie.

— Então por que você os comprou?

— Porque sou exibido — ele murmura, levando-me até o banco do motorista.

— Carter! Isso é ridículo! — Agarro o batente da porta quando ele tenta me empurrar para dentro. — Você não pode me dar um carro!

— Mas você não tem carro. Vamos, Jennie. Para o inverno, pelo menos.

— Não gosto de dirigir no inverno! As estradas ficam escorregadias e acidentes acontecem! — Meu peito dói e nem sei por quê.

Os olhos de Carter suavizam-se.

— Tem tração nas quatro rodas e pneus para neve. Deixe que eu ajude a tornar sua vida um pouco mais fácil. Você é uma motorista consciente.

— Ah, ótimo. Agora você me deu azar.

Ele passa um braço em volta da minha cintura, levanta-me e coloca-me no assento. Prende o cinto de segurança no lugar e deixa cair as chaves na minha mão.

— Espere uma semana, ok? Se odeia tanto dirigir, retiro o que disse.

Minhas mãos deslizam relutantemente sobre o volante de couro.

— Eu ia parecer muito descolada chegando ao supermercado com isso, hein?

— *Muito* descolada.

Suspiro.

— Ok. Vou tentar.

Carter me mostra todos os recursos e não abre a garagem até que eu prometa mandar uma mensagem avisando que cheguei em casa em segurança.

— Ah, espere. — Abro a janela. — Esqueci-me de mencionar isso há algumas semanas, mas sua esposa quer que você transe com ela pra valer.

Carter fica olhando.

— O quê?

— Não tem como você cutucar o olho do seu bebê, Carter.

Ele olha para a própria virilha.

— Tem certeza? Sou muito bem-dotado...

— Pare. — Eu levanto a mão. — Por favor, pare, pelo amor de Deus. Obrigada pelo carro. Cuidarei dele. Você cuida da sua esposa. Tchau. Estou indo agora.

Ok, este carro é mesmo *muito* legal. Tem um sistema de som incrível, e posso enviar mensagens de texto usando minha voz. É assim que acabo gritando com Garrett.

— *Você pode me encontrar na garagem? É importante!*

— *Ursinho disse: "Você furou meus pneus? Posso te dar uns tapas se fizer isso. Você quer responder?"*

— Sim — digo a Veronica, que é o nome que dei para o meu carro novo. — *Nota para mim mesma: encontrar algo para furar pneus.*

É basicamente assim que Garrett me encontra esparramada no capô de Veronica vinte minutos depois.

— Que porra é essa? — ele pergunta com uma risada, caminhando em minha direção com todo seu cabelo bagunçado, calça de moletom e camiseta justa.

Seus olhos passam por mim, depois pela garagem, antes de deslizar a mão por baixo do meu casaco e envolver minha cintura com a palma.

— Oi.

Seus lábios macios tocam os meus.

— Seu irmão *não* deixou você trazer o Mercedes dele...

Eu sorrio.

— Ele deixou.

— Droga, ele te ama muito mais do que eu pensava. Essa não foi uma boa ideia. Precisamos terminar. Nada de amigos coloridos.

— *Por favor*. Hoje você não conseguiria me expulsar da sua cama nem se tentasse. — Tiro o moletom com uma piscadela e pego o cós de sua calça. — Eu chupo seu pau tão gostoso.

Seus olhos brilham ao me pressionar contra o carro com seu corpo.

A única coisa gentil nisso é a maneira como seus lábios passam pela borda do meu queixo até encontrarem minha orelha.

— Continue falando, minha flor. Vou te enfiar neste banco de trás e fazer você me chupar até secar.

— Perfeito. — Deslizo minha mão sobre sua calça, espalmando sua espessura. — Terminarei em dois minutos.

Trinta segundos depois, estamos atarracados no elevador, com mãos e bocas por toda parte.

— Ai. — Garrett prende meus punhos um de cada lado da minha cabeça. — Você arrancou meu cabelo.

— Você me mordeu.

— Você gostou — ele rosna, abrindo a boca no meu pescoço.

Meus dedos afundam-se em seu cabelo.

— Você também.

— Isto é *muito* divertido — uma voz murmura e meu sangue congela. — Vocês estão tão envolvidos um com o outro que nem perceberam que o elevador está parado e estou bem aqui.

# 16
# SENHORAS E SENHORES, ORGASMO Nº 5

### JENNIE

Arregalados e cheios de medo, os olhos de Garrett encaram os meus. Agarro sua camiseta, com muito medo de me mover. Talvez, se ficarmos parados, nós nos misturaremos às paredes.

Enfim, espio por cima do ombro dele.

Emily está parada na porta do elevador, com os braços cruzados, parecendo muito satisfeita consigo mesma.

— Que merda — suspiro, a palavra distorcida. Bato no braço de Emily. — Você nos assustou pra caralho!

— Está brincando com fogo, não está? — Ela passa a ponta de uma unha pelo lábio inferior, arqueia uma sobrancelha e encolhe os ombros. — Não sei muito sobre o seu irmão, Jennie, mas ele parece do tipo que não ficaria muito feliz com o pau do amigo dizendo oi para o umbigo da sua irmã no elevador.

Ela gesticula para Garrett e cubro os olhos, gemendo quando vejo o que ela vê.

Garrett sorri com timidez, a face vermelha como lava. Ele cobre com a palma seu pau monstruoso superereto.

— Talvez eu esteja um pouco animado.

— Ah, amigo. — Emily ri. — Não há nada de pouco em como você está animado agora. — Posso ou não ter prendido uma risada. — Ah, não me deixe impedi-los. — Ela se afasta, gesticulando para que passemos por ela. — Entrem lá e mandem ver. E deixem a camisinha entrar na festa também.

— Olha, acho que posso gostar dela. Que merda aconteceu aqui?

Procuro as chaves enquanto Garrett enterra seu rosto em meu pescoço, e destranco a porta.

— *Garrett*.

— Vamos logo.

— Estou tentando, mas tem algo duro me cutucando na bunda.

— É só um aviso de como sentimos a sua falta. Esquecemos sua aparência, sua sensação, seu sabor... Então precisamos passar as próximas horas lembrando.

Enfim, entramos cambaleando no meu apartamento, e rio quando Garrett começa a se despir, pulando em um pé só ao tirar a calça. Ele cai para a frente, prensando-me entre ele e a parede, mantendo-me ali ao se livrar do resto de suas roupas. Depois se levanta, coloca-me por cima do ombro e carrega-me pelo corredor.

— Como foi o seu dia? — Garrett me joga na cama e puxa minha legging. — Como foi a faculdade?

— Boa — digo em resposta automática, depois balanço a cabeça. Ergo a mão para ele tirar a minha blusa. — Tudo bem.

Seus movimentos ficam lentos quando ele me encara.

— Não parece.

Engulo em seco quando ele tira a cueca. Será que os paus foram feitos para serem atraentes? Porque, meu Deus, Garrett tem o Chris Evans/Capitão América dos paus: ele pode ser o espécime absolutamente perfeito, que vibra com eficiência máxima.

Garrett me empurra para os travesseiros e puxa minha calcinha.

— Quer conversar sobre isso?

— Agora?

— Claro.

Minhas orelhas ficam quentes.

— Não é importante.

— Parece que é, então vamos conversar.

Seu corpo largo se acomoda entre as minhas coxas, os músculos tensos de suas costas rolando como ondas ao se mover com agilidade. Estendo a mão para ele, passando o dedo pelos seus cabelos, querendo mais proximidade. Seu sorriso é torto e perfeito, uma linda mistura de doce e arrogante, do tipo que tem o poder de tornar imprudente até mesmo a mais inteligente das garotas.

Ele me ergue um pouco, segurando meu rosto e inclinando meu queixo.

— Oi — ele sussurra, então cobre minha boca com a sua. — Lamento que você não tenha tido um dia bom, mas o meu melhorou cem vezes quando a vi esparramada no capô daquele carro. Então me conte tudo sobre o seu dia e por que foi uma droga. Mas, primeiro... — Lábios quentes e macios percorrem meus seios, descendo pelo meu torso, uma mão deslizando pela minha perna, o polegar roçando a parte interna da coxa, fazendo-me tremer.

— Abra suas pernas. Quando nós dois terminarmos, você não vai lembrar por que foi tão ruim.

— Garrett — choramingo.

— Sim. Se eu fizer meu trabalho direito, essa será a única palavra que você dirá ao final.

— Eu... Ah...

Minha cabeça afunda nos travesseiros quando ele se dirige ao centro do meu calor.

— Seu dia, minha flor. Me conte sobre o seu dia.

— Eu... eu... — Meus dedos mergulham em seu cabelo sedoso, puxando. — Droga... Mik... Meu treinador... Ele quer... *Ah, Garrett.*

Com os olhos fixos nos meus, ele penetra um único dedo cuidadosa e lentamente.

— Concentre-se, Jennie.

— Ele quer que a gente finja que está namorando. — Enfim, *mal* consigo pronunciar as palavras.

As sobrancelhas de Garrett se abaixam.

— Você e Steve?

— Simon — suspiro conforme ele bombeia mais rápido.

— Hum, não. — Ele suga meu clitóris em sua boca, rolando-o suavemente entre os dentes. — Não gosto da ideia. Eu lambi. É meu.

Uma risada borbulha em meu peito.

— É apenas atuação.

— Não importa. Não estou interessado em compartilhar, nem se for de mentira.

Garrett sai de cima de mim e um suspiro escapa dos meus lábios quando ele se levanta. Ele sorri para mim.

— Não se preocupe. Volto já. — Ele abre a gaveta da mesa de cabeceira devagar, encarando-me, e meu coração bate forte quando ele enfia a mão dentro. — Você está se sentindo desconfortável?

Se estou? Estou destinada a viver uma vida sob os holofotes por causa do meu irmão. Dá para descobrir tudo sobre mim com uma simples pesquisa no Google, exceto algumas raras coisas que a equipe de relações públicas de Carter trabalha duro para manter fora da internet. Essa parte de mim aqui, como assumo as rédeas das minhas necessidades sexuais porque não fui capaz de confiá-las a outra pessoa por tanto tempo, é a parte mais íntima de mim. Foi divertido e emocionante provocá-lo quando ele estava a centenas de quilômetros de distância, mas agora ele está aqui. Estou ansiosa, sim, mas compartilhar isso com Garrett me deixa desconfortável. Trago os joelhos até o peito.

— Nunca compartilhei isso com mais ninguém.

— Eu ficaria honrado se você compartilhasse comigo, mas entendo se não quiser. — Garrett segura minha mão, traçando cada dedo. — Nunca vou pressioná-la a fazer algo que não se sinta confortável. Prometo, Jennie.

Acho que sei disso desde que tudo começou, mas é bom ouvir, de qualquer maneira. Talvez seja por isso que aceno com a cabeça.

— Tudo bem.

Garrett sorri, deixando-me confusa quando fecha a gaveta e rasteja para a cama com as mãos vazias.

— O que está fazendo, Andersen?

Ele passa os braços em volta de mim, acariciando meu pescoço, dando beijos ao longo do meu ombro.

— Carinho. Ainda posso abalar o seu mundo mais tarde, se estiver disposta.

— Que ótimo. Meio que pensei que você iria abalar agora, e, sabe... com algo feito de borracha.

— O quê?

— Eu disse que tudo bem.

Ele se senta abruptamente, quase me dando um soco no rosto.

— Mas pensei que você quis dizer... Pensei que você estava apenas, tipo... reafirmando a minha promessa. — Ele hesita diante da minha expressão, então sobe no colchão, como um animal prestes a atacar. — Você realmente quer que eu...?

— Eu realmente quero que você faça isso.

Ele emite um som com a garganta. Começa agudo e entusiasmado, mas termina com um rosnado profundo e vibrante — ainda igualmente entusiasmado — ao agarrar meus punhos, montando em meus quadris e pairando acima de mim.

— Diga. Diga que você quer que eu te foda.

Levantando meus quadris, eu me esfrego contra ele, observando com prazer seu rosto se contorcer, forçado a resistir à vontade de entrar em mim. Estou abusando da sorte? Com certeza. É divertido? *Demais.*

— Com um pau de borracha.

— Não dou a mínima, Jennie. Porra, apenas diga.

Enrolando minhas pernas em volta dele, puxo seu corpo contra o meu. Nunca me senti tão aquecida como quando estou com Garrett. Sei que este relacionamento é físico, mas a maneira como ele me trata me diz que primeiro sou sua amiga, e ele assumiria o resto se fosse necessário. Ele sabe quando ser rude, autoritário, possessivo, ao mesmo tempo que sabe quando mostrar seu lado paciente, gentil e bobalhão. Mas, acima de tudo, é sempre sincero comigo, e é revigorante não ter mais que adivinhar o que se passa em sua mente quando ele olha para mim. Com meus punhos ainda presos, ergo meu queixo. Garrett desce sua boca até a minha, e me viro no último momento, os lábios roçando sua orelha conforme giro meus quadris.

— Quero que você me foda.

Um som gutural ressoa em seu peito enquanto ele esmaga sua boca na minha, liberando meus punhos para puxar minha cintura para nos movermos juntos. Tudo está quente e úmido, e uma necessidade tão profunda, tão selvagem, queima meu sangue.

Garrett coloca a mão entre nós, forçando-me para trás antes de rolar para fora da cama. Sua mão desaparece na gaveta. Logo ele exibe em sua mão um minúsculo plugue de vidro rosa com uma pedra brilhante na ponta, e sua testa se enruga conforme o estuda. Sua boca se abre, a luz em seus olhos faiscando assim que seu olhar passa entre mim e o plugue rosa em sua palma, e depois desce até seu pênis GG.

— Nem pense nisso, Andersen. — Quero experimentar quase tudo pelo menos uma vez, mas não estou nem remotamente pronta para tentar isso.

— Sim — ele concorda, balançando a cabeça. — Sim, é meio demais.

Ele guarda o plugue e tira da gaveta um vibrador de silicone roxo.

O corpo esguio do vibrador se alarga em direção à cabeça e se curva da maneira mais deliciosa para alcançar o ponto G.

Garrett coloca meus pés no colchão, abrindo minhas pernas ao rastejar entre elas.

— Seu dia — ele murmura. — O que você estava dizendo?

— Você não pode esperar que eu termine de contar sobre o meu dia com você... Ah... — Meus dedos dos pés se curvam e minha cabeça cai para trás, com as mãos segurando os lençóis quando Garrett posiciona a cabeça vibratória contra o meu clitóris, fazendo minhas pernas bambearem e minha coluna tremer.

— Seu treinador quer que você e Simon Sífilis finjam que estão namorando. E você disse que não.

As palavras soam como um grito distorcido conforme ele me provoca, deslizando o brinquedo pela minha fenda, colocando sem realmente penetrar, circulando meu clitóris até que estou à beira das lágrimas.

— Garrett.

— Me dói fisicamente que ele coloque as mãos em você. Não há necessidade de dar ainda mais do que ele merece.

Minha respiração me sufoca quando ele empurra mais um pouco. Quando tira de novo e ri, quase entro em combustão.

— Juro por Deus, Garrett, se você não me-me-*meteeerrr*... Ai, caralho... *Ahhh!* — Minhas costas se arqueiam quando o vibrador desliza para dentro, alargando-me perfeitamente, encontrando aquele ponto que me faz tremer.

— Olhe só para você, minha flor. Aguentando todo esse pau como uma boa menina. — Ele dá beijos quentes e úmidos na parte interna da minha coxa à medida que puxa o brinquedo e o afunda de volta, lentamente, torcendo-o. — O que mais? Me diga mais.

Um polegar largo encontra meu clitóris, esfregando-o de leve em círculos agonizantemente lentos. Tudo em que consigo pensar ao ofegar sob seu controle é o quanto eu gostaria que ele estivesse dentro de mim.

— Jennie. Diga-me ou eu paro.

— Krissy estava sendo mal-educada sem motivo algum, além de gostar de mostrar sua superioridade sobre mim só para me magoar. — Deixo escapar, jogando minha cabeça para trás com um gemido quando o vibrador atinge meu lugar favorito, com mais força dessa vez.

— Quem é Krissy?

Agarro-me ao lençol assim que Garrett mergulha mais rápido.

— Outra bailarina. Todas as meninas se reuniram no fim de semana passado e ela disse que... ela se esqueceu... *de-me-convidar-ai-porra-sim*, sim, isso. — Seu polegar acompanha o ritmo do vibrador enfiado dentro de mim, fazendo-me choramingar. — Não sei por que elas não gostam de mim.

— Foda-se elas. Você não precisa delas. Você me encontrou. *Eu* gosto de você.

A boca de Garrett percorre minhas coxas, alternando entre beliscões suaves e o chicote perverso de sua língua, ao mesmo tempo que nunca desiste do bombeamento, e a maneira delirante como me fode me faz querer gritar por mais. Parte de mim quer desistir de tudo, e estou falando sobre mais do que meu corpo.

Mas não posso, então vou guardá-lo como sempre faço. Estou tão acostumada a mostrar apenas aspectos de mim que nem sei mais como ser inteira com alguém.

— Algo mais? — Garrett pergunta, a língua girando em torno do meu umbigo.

Ele pega a pedrinha roxa entre os dentes, dando um pequeno puxão, e o simples movimento me aproxima do penhasco. Estou prestes a me jogar, observando-o abaixar o rosto.

— Vamos, minha flor. — Ele passa a língua sobre aquele botão tenso de nervos, provocando-me. — Responda à pergunta.

— Eu... eu... eu...

Balanço a cabeça, tapando o rosto com as mãos. O que aconteceu comigo? O que ele fez comigo em apenas algumas semanas? Estou enlouquecendo e, quando agarro seu cabelo, segurando-o enquanto ele me lambe, desabafo sobre a oferta de emprego, a potencial nova vida que me espera em Toronto.

Garrett para, removendo o brinquedo devagar. Ele encosta o rosto na parte interna da minha coxa, fazendo bico para mim.

— Por que está olhando assim para mim? E o mais importante... — Faço um gesto para minha virilha. — Por que não está terminando a sobremesa? Vou me sentar na sua cara.

— Você pode se sentar na minha cara quando quiser, minha flor. — Lentamente, ele afunda o vibrador, sorrindo ao meu gemido rouco. — Estou te olhando assim porque você acabou de colocar um prazo para a melhor diversão que já tive.

Balanço em sua mão, silenciosamente pedindo mais, mas ele não cede.

— A melhor diversão? Você nem está transando.

— Não dou a mínima.

— Não sei se quero ir — admito.

— Por que não?

— Não tenho certeza se é, *aaahhh*, o futuro que quero *pa-pra miiimm*.

Jogo a cabeça para trás quando um som cortado escapa da minha garganta, parte irritação, parte prazer.

— Garrett, *por favor*.

— Falaremos sobre isso mais tarde. — Ele lambe um caminho vagaroso até minha fenda. — Agora vou terminar de te foder. — Prontamente, ele me penetra com o vibrador, seu sorriso hipócrita e satisfeito quando grito seu nome.

A boca de Garrett suga meu clitóris conforme ele empurra para dentro e para fora, mais rápido, mais forte, atingindo aquele ponto toda vez, até que não sou nada além de uma bagunça chorosa e trêmula, implorando para gozar. Ele agarra meu pescoço, deslizando pelo meu corpo, e seu olhar possessivo e selvagem me percorre. Um prazer tão feroz se desenrola no meu ventre quando ele me eleva mais do que nunca.

— Adoro pra caralho te ver gozar e adoro pra caralho ser quem te faz gozar. — Sua boca toma a minha em um beijo ardente e profundo que me deixa sem fôlego. Ele apoia a testa na minha, observando-me. — Goze para mim, minha flor — ele exige, e obedeço, as unhas rasgando seus ombros quando me agarro a ele, que engole seu nome saindo da minha boca ao me beijar.

As pontas de seus dedos pressionam mais meu pescoço, forçando-me a encontrar seu olhar.

— Está vendo como você ainda consegue falar? Não será assim quando o meu pau estiver dentro de você.

— VOCÊ VAI ME DIZER por que não quer aceitar seu emprego dos sonhos em Toronto?

A mão de Garrett se fecha em torno da minha, levando minha colher à sua boca, e franzo a testa quando ele engole o cereal. Já foram duas tigelas.

— Por que todo mundo continua dizendo que é o emprego dos meus sonhos?

— Não é?

— Sim. Não. Não sei. — Ao olhar seu rosto, eu rio. Quando ele tenta alcançar minha colher novamente, eu a enfio na boca. — Eu queria dançar e queria ensinar dança. Só que… minha mente muda o tempo todo. Passei minha infância sonhando em ser bailarina, dançando em *O Quebra-Nozes* em Nova York. Mas, então, cresci, e todos os meus sonhos de balé saíram voando pela janela.

— Então você não quer mais dar aulas?

— Não sei. Eu adorava balé, e ele serviu ao seu propósito na minha vida. Alimentou meu amor pela dança. Mas não tem a ver comigo. Como faço para ensinar algo pelo qual não sou mais apaixonada? Minha paixão está em outro lugar.

— Na dança contemporânea? — Garrett pergunta, drenando o leite da minha tigela assim que como o restante do meu cereal.

Apoio os cotovelos na bancada, depois o queixo em uma das mãos e enrolo meu cabelo com a outra.

— Posso te contar uma coisa que nunca contei a alguém antes?

— Claro.

— Eu... quero abrir meu próprio estúdio. Para crianças. Quero ensinar as crianças a se expressarem, a se divertirem. Não quero ser a professora de dança rígida, aquela que te faz duvidar de cada pedaço de comida que você coloca na boca, que diz que sua vida não existe fora da dança. Tem que haver um equilíbrio saudável entre amar algo loucamente e permitir que isso faça parte da sua vida, mas que não represente tudo. E, sendo sincera? Já sinto falta do meu pai; não quero me colocar em uma posição em que tenha que perder o restante da minha família.

Garrett me encara por um longo momento, o que faz minha pele arrepiar de apreensão, atraindo-me de volta para aquela caverna da qual eu nunca deveria ter saído. É quando ele sorri, pegando meu rosto entre as mãos e dando um beijo desleixado em minha boca, fazendo meus ombros caírem.

Afasto-me um pouco mais das sombras nas quais tenho estado tão contente em me esconder.

— Acho ótimo que você seja capaz de ser honesta consigo. Que reconheça o que deseja e o que não lhe serve mais ou quando não tem certeza de qual será o próximo passo. Também acho incrível você poder olhar para trás em sua carreira de dança e reconhecer o que não funcionou e o que não quer repetir um dia quando for professora. Estou muito orgulhoso de ser seu amigo, Jennie.

Meu nariz enruga quando baixo o olhar para os meus pés balançando na banqueta.

— Obrigada, Garrett.

Ele pega minha mão, puxando-me.

— Vamos assistir à tv na cama. Vou fazer cócegas nas suas costas.

— Tem certeza? Você terá treino daqui a sete horas.

Ele me gira para si, beijando-me de leve.

— Não me importo. — Ele bate na minha bunda. — Vamos lá.

Esta noite foi exatamente aquilo de que eu precisava para esquecer meu dia de merda. Tenho Garrett e ele me faz sorrir. Sinto-me leve de novo, e a cama toda desarrumada me deixa feliz. Um de nós — Garrett diz que fui eu — rasgou o lençol durante o orgasmo número... quatro?

Cinco? Cinco.

Ok, fui eu. Pode me processar.

Encontro meu vibrador entre os cobertores amarrotados e levo-o para o banheiro, para uma boa limpeza. Ele arrasou esta noite.

— Obrigada por esta noite, garoto. Você foi incrível. — Eu o seguro no peito e o guardo depois. Viro-me para a cama agora feita onde Garrett está deitado, com as mãos atrás da cabeça, os tornozelos cruzados e a testa arqueada. — O quê?

— Devo apontar o óbvio?

Subo em cima dele, montando em seus quadris.

— O quê?

Com os dedos emaranhados em meu cabelo na nuca, Garrett dá um beijo em meus lábios.

— Que eu ainda seria muito melhor que ele dentro de você.

— Humm. Acho que *você* está esquecendo o óbvio. — Balanço contra seu pau, fazendo-o gemer. A única coisa que voltou ao meu corpo foi sua camiseta. Estou encharcada de novo, e agora a cueca boxer dele também. — Há anos que não tenho um pau dentro de mim que não seja feito de borracha. — Minha boca desliza por seu pescoço, pairando na concha de sua orelha. — Nem sei como é estar com um homem de verdade, e você está morrendo de vontade de me mostrar. — Abaixo-me e toco na umidade entre as minhas pernas, mostrando a Garrett as pontas dos dedos brilhantes antes de chupá-los devagar. — Então, se alguém estiver pensando em como seria bom ter você dentro de mim... é você, grandão.

Garrett me derruba de costas na cama, com os punhos em seu aperto firme em cada lado da minha cabeça.

— Confie em mim, minha flor. Não esqueci. — Ele belisca meu queixo. — Mal posso esperar que me deixe entrar em você um dia.

— Você acha que vou deixá-lo entrar na minha Disneylândia?

— Você não vai simplesmente me deixar entrar; vai me convidar para entrar. — Ele arrasta o polegar ao longo do meu lábio inferior. — Pode até trancar o portão e me impedir de sair. — Inclinando o pescoço, ele passa a ponta do nariz ao longo do meu queixo. — Eu a trataria muito melhor do que seu ex também.

Meu sangue gela com suas palavras inofensivas, exceto que elas não são inofensivas para mim. O olhar aquecido de Garrett se transforma em confusão e depois em preocupação quando me observa desligar. Ele balança a cabeça, mas é tarde demais; já o estou empurrando de cima de mim.

— Jennie. Eu não sabia... Eu não... Porra, às vezes sou péssimo para falar. — Ele passa a mão pelo cabelo, irritado. — Desculpe. Esqueça que eu disse alguma coisa, ok?

Mas não sei se consigo. Hoje foi um lembrete após o outro de que há pessoas que nunca quiseram estar na minha vida pelos motivos certos, incluindo o próprio ex a quem Garrett se refere. Kevin avidamente aceitou tudo o que eu estava disposta a dar e me deixou sem nada. A razão pela qual prefiro ser autossuficiente começa com ele e continua com pessoas como Krissy e Nate.

E o lembrete é sufocante.

Mas, ao correr para o banheiro e me trancar, digo a mim mesma que Garrett não é Kevin. Nem Krissy, nem Nate. Ele não tem outro motivo para me querer se não o fato de eu ser eu mesma. Garrett é gentil e verdadeiro, *não é nada como eles.*

Coloco a palma da mão sobre o coração acelerado e me concentro na respiração. Ele diminui a velocidade para uma batida suave, deixando-me com o silêncio que se estende além da porta. Eu o assustei? Ele foi embora antes que as coisas ficassem ainda mais estranhas?

Espio o quarto e, quando o encontro debaixo dos cobertores, navegando pela Netflix, o galope em meu coração recomeça.

Garrett dá um tapinha no lugar ao seu lado. Quando me deito de volta, ele me puxa para o lado e passa as pontas dos dedos pelas minhas costas. É quando dá um beijo em meu cabelo e me diz que gosta de deitar comigo que abro a boca e deixo escapar a única parte ruim do meu dia que não contei a ele mais cedo.

— Alguém na faculdade me convidou para sair hoje.

— Droga. — Ele geme. — Achei que tinha mais tempo.

Eu rio baixinho.

— Não vai acontecer.

— O quê? Por que não? Ele não é gatinho?

— Era muito gatinho. Ele só... — Observo meu dedo traçar um padrão aleatório nos lençóis. — Ele não me queria. Queria Carter.

E outra coisa, talvez. Minha mente volta para aquelas palavras, aquelas que ele falou depois de mencionar Carter. *Meus amigos são grandes fãs do seu trabalho.* Fecho os olhos para a sensação, engulo o medo e digo a mim mesma que as partes que quero manter seguras estão seguras. Só espero que não seja mentira.

— Erro dele. Ele está perdendo a chance de conhecer uma mulher incrível. — Garrett força meu olhar para o dele. — Não faça disso um problema seu, Jennie. É um reflexo do cara, não seu.

Mas e se eu nunca tiver a chance de mostrar a alguém quem sou além do meu sobrenome? E se ninguém se preocupar em me olhar? É o que mais dói.

Coloco meu rosto no peito quente de Garrett e concordo com a cabeça.

Escolhemos *Brooklyn Nine-Nine*, rindo juntos enquanto ele faz cócegas nas minhas costas, qualquer tensão remanescente se dissipando.

— Ei, escute. — A ponta de seu dedo passa pela minha omoplata, depois percorre minha espinha, e tenho quase certeza de que ele está escrevendo seu nome. Ele limpa a garganta. — Não poderei ir ao seu espetáculo na semana que vem.

— Ah.

Sem pensar, começo a rolar em direção à beira da cama, colocando uma distância entre nós. Garrett me puxa de volta.

— Ei, pare com isso. Você não vai a lugar nenhum. — Ele deixa cair os lábios no local abaixo da minha orelha. — Vou voltar para casa no dia vinte e três para o Natal, mas verifiquei o programa on-line, e haverá uma transmissão ao vivo.

— Você vai assistir?

— Claro. Não quero perder sua bunda lá em cima.

Meu rosto esquenta, meu nariz enruga. Sorrio para ele.

— Vou arrasar.

— Sei que vai. — Seus dedos pousam em minhas costelas, fazendo cócegas, e quase enfio um joelho em sua virilha quando rolo como um animal selvagem tentando escapar. Ele me empurra de costas e sobe em mim.

— Seu *grand finale* deveria ser acertar Simon Sífilis bem no saco. Os aplausos nunca terminariam. Você me ouviria lá da Nova Escócia. Uuuhuul — ele sussurra e comemora. — É assim que se faz, Jennie!

Eu rio, lutando contra ele.

Ele passa a ponta do nariz pelo meu e dá um beijo em meus lábios.

— Vai ser uma pena não vê-la por alguns dias.

Sinto aquele maldito galope de novo, sem nenhum motivo.

— Sou irresistível. Não se pode deixar de sentir minha falta quando não estou por perto.

Garrett me vira de volta para que ele possa continuar a passar as pontas dos dedos pelas minhas costas, e minhas pálpebras se fecham.

— É verdade — ele diz enquanto o carinho de sua mão nas minhas costas me faz dormir. — Você é imperdível.

Quando acordo de manhã, vejo um pacote de Pop-Tarts de torta de banana no meu travesseiro e três mensagens de texto de Garrett.

> **Ursinho:** Você ronca igual um caminhoneiro. Tive que ir embora antes de te sufocar com o travesseiro.
> **Ursinho:** Tô brincando. Você tava fofa pra caralho. Não queria te acordar.
> **Ursinho:** *emoji de beijo* Tenha um bom-dia na faculdade, minha flor.

Não me lembro da última vez em que sorri assim.

# 17
# MULHERES FICAM MAL-HUMORADAS NA TPM?

## GARRETT

Jennie está me irritando.

Já se passaram três dias desde que a vi e ela está frustrando todas as minhas tentativas. Ignorou meus pedidos do FaceTime, não compareceu ao nosso jogo ontem, mas me enviou várias mensagens obscenas durante suas aulas. Estou muito confuso. Odeio ficar confuso.

Além disso, partirei amanhã para passar três noites viajando e depois irei para casa, na costa leste, para as férias de Natal. Eu gostaria de vê-la antes de ir.

Mando uma mensagem rápida enquanto bato na porta de Adam.

> **Eu:** Vc já parou de ser uma pirralha?
> **Minha flor:** Literalmente nunca.
> **Eu:** Vamos foder hj à noite.
> **Eu:** Ops, a correção automática me pegou de novo.
> \*\*comer
> **Minha flor:** Não, obrigada.

A porta se abre e Bear pula no meu peito, com a língua na minha boca no segundo em que a abro.

— Desculpe por ele. — Curiosamente, Adam não parece nem um pouco culpado. — Você sabe que ele gosta dos seus beijos.

— Prefiro a língua de uma mulher, Bear, mas a sua serve. — Eu o carrego para dentro de casa, colocando-o no chão quando meu rosto já está bem molhado. Adam parece cansado, então aposto que já sei a resposta para a pergunta que estou prestes a fazer. — Como foi seu encontro ontem à noite? Qual era ela? A número seis?

— Oito.

Ele suspira, puxando o cabelo, o que me leva a acreditar que foi tão desanimador quanto os sete anteriores.

— O que foi dessa vez?

Sigo-o até a cozinha, onde ele me entrega um prato cheio de sanduíches feitos de pão de centeio torrado, salame, presunto e tudo mais, e é exatamente por isso que esse negócio de namoro não está funcionando para Adam. Ele é bom demais para a maior parte deste mundo. Ninguém merece os sanduíches de Adam. Exceto eu, é claro.

— Casa de férias. Ela queria saber se eu tinha alguma.

Não sei se rio ou choro, e Adam também. Há muitas garotas por aí para quem dinheiro e fama não significam nada — já temos três delas —, então, por que é tão difícil para um cara como Adam encontrar uma?

— Preciso conhecer alguém que nem saiba o que é hóquei — ele resmunga. — Que não tenha a menor ideia de quem eu seja. Aí vou saber se ela vai gostar de mim de verdade.

Esta versão de Adam é triste. Não é o Adam que conheço. Quero que ele encontre o que procura; sei que ela existe, em algum lugar.

— Sinto muito, amigo. Aguarde mais um pouco. Aposto que ela vai aparecer quando você menos imaginar

— Espero que sim. — Ele verifica seu Apple Watch. — Jaxon deve chegar a qualquer minuto, aí podemos ir.

— Jaxon? O quê? Não. Ele vem? Aquele cara?

A campainha de Adam toca e ele ri.

— É um cara legal.

— Ele é irritante — respondo, seguindo-o pelo corredor com o restante do meu sanduíche na boca.

— Carter é irritante e você é amigo dele. — Ele me lança um olhar que me diz para cooperar. — Acho que você vai gostar de Jaxon se der uma chance. Ele largou sua antiga vida e mudou-se para um novo país. Não tem ninguém aqui.

— Tudo bem, mas ele vai no banco de trás.

Adam abre a porta e Jaxon sorri para nós da varanda.

— Vou na frente! — ele grita, correndo de imediato em direção à caminhonete de Adam, e o odeio por isso.

— Vocês tinham de pegar a maior? — Adam grunhe enquanto empurramos minha árvore de Natal na traseira de sua picape.

— Consegui a maior — argumenta Jaxon.

Eu o empurro através dos pequenos galhos do pinheiro.

— Conseguiu uma ova.

— A maior árvore para combinar com o maior gato.

— Você é o maior idiota, com certeza.

Adam suspira.

— Eu deveria ter ido com os casais. Assim não estaria me sentindo como um pai solteiro agora. E já teria montado a minha árvore há duas semanas.

— Sim, e estaria perdendo toda a diversão — falo, abrindo a palma no ar para Jaxon bater.

Ok, então ele não foi o pior hoje, mas não foi o melhor também. Tolerável. Algumas piadas engraçadas aqui e ali. Ele é ok. Além disso, sei como é vir para cá sozinho e espero que alguém o acolha.

Ainda assim, quando terminamos o almoço, Jaxon não parece tão solitário. Ele conseguiu o telefone da recepcionista e da garçonete sem que uma soubesse da outra. Vai levar uma delas para um jantar hoje à noite, Adam vai trabalhar como voluntário no orfanato e eu estou discutindo com Jennie por mensagem.

— Posso conseguir duas garotas hoje à noite e você pode se juntar a nós, Andersen — diz Jaxon quando entramos na caminhonete de Adam. — Se você precisar de ajuda para conseguir um encontro...

— Não preciso de ajuda para conseguir um encontro, seu idiota — resmungo, mandando uma mensagem.

> **Eu:** Vc pode pelo menos vir na minha casa?
> **Minha flor:** Aff! Parece que vc tá obcecado cmg.
> **Eu:** Tô. Por favor? Vou embora amanhã e só volto depois do Natal.
> **Minha flor:** Não posso, ok?? Tô menstruada.
> **Eu:** Ok, e??

— Você acabou de me chamar de idiota? Que porra é essa?

Sinceramente, não sei. Tenho passado muito tempo com Jennie. Seus insultos são divertidos, para dizer o mínimo, e ela está me contagiando. Alguns dias longe dela no Natal provavelmente me farão bem.

Mas ainda não é Natal, então escrevo outra mensagem com dez pontos de interrogação.

**Minha flor:** TÔ. MENSTRUADA.

Eu me inclino entre os bancos dianteiros.
— Ei, por que uma garota não gostaria de sair quando está menstruada? Ficam tão mal-humoradas assim?
— Qual é a natureza do relacionamento? — Jaxon pergunta.
Meu nariz torce.
— Hã?
— Física ou emocional?
— Hum, física... — *Certo? Talvez emocional também? Aff, não sei.* Gosto de comer a boceta dela, fazer cócegas nas costas dela enquanto assistimos à TV e é legal quando ela me conta coisas que ninguém mais sabe. — Não sei. — Admito com um gemido, afundando-me no assento.
O olhar desconfiado e assustador de Adam encontra o meu no retrovisor.
— Físico — esclareço rapidamente. — Só estamos... brincando.
Franzo a testa. Isso não parece certo. Jennie é muito mais que isso.
— Aí está o seu motivo — responde Jaxon. — Se ela está menstruada, você não pode fazer muita merda.
— Ah... — Tamborilo os dedos nos joelhos e depois me inclino entre eles de novo, agarrando seus ombros. — Isso significa que ela não quer sair comigo se não houver sexo envolvido?
Jaxon sorri devagar.
— Isso significa que ela está te dando uma folga, cara. Está dizendo que, se você for lá, não vai rolar nada. Seja grato.
Acho que sim, mas, quanto mais reflito sobre essas palavras, menos elas me agradam.
Então, horas depois, quando a árvore já está em pé e o jantar está a caminho, desço até o vigésimo primeiro andar.
— Vá embora! — Jennie grita quando bato.
Bato de novo, mais alto.
— Já falei, Emily! Não tenho a porra do vinho! Desculpe, não bebo! A menos que você tenha um litro de Ben & Jerry's para mim, me deixe aqui para *morrer*!

*Aff.* Nunca estive mais grato por ter seis províncias entre mim e minhas irmãs mais novas.

Tento a maçaneta, satisfeito quando a porta se abre. No segundo em que entro, porém, estou pensando em voltar atrás.

Os soluços de Jennie são violentos, o cabelo bagunçado no topo da cabeça. Lenços estão espalhados pelo chão e vejo uma embalagem de biscoito em sua mesa de centro.

Ela joga uma pipoca na TV.

— Te odeio, sua malvada... seu *monstro*! Você nunca deveria tê-lo acolhido se não podia cuidar dele. — Ela estende o braço, apontando para a raposa do desenho animado na TV. — Olhe para o rostinho doce dele! Como você pôde fazer isso com ele? Ele é sua família!

— Minha nossa. Você não poderia estar pior, hein?

Jennie grita, rolando do sofá e batendo na mesa de centro. Ela se senta, o cabelo caindo do coque. Suas bochechas estão cheias de lágrimas e seus olhos, vermelhos.

— Garrett! Saia! Por que está aqui? Quem deixou você entrar? O que está fazendo?

— Vendo você chorar, pelo jeito. De novo.

Ela aponta para a TV.

— A velha o está deixando sozinho na floresta! Está escuro e chovendo, e ele não entende! Ela deveria amá-lo! Você não abandona alguém que ama!

Ela enxuga as lágrimas que escorrem pelo seu rosto e a coloco de pé, envolvendo-a em meus braços, esfregando suas costas enquanto balançamos no lugar.

— Shhh. Tudo bem. Eu sei.

— Ela é tão má — Jennie chora baixinho, enxugando o rosto no meu ombro. Ela soluça e se afasta, esfregando os olhos com os punhos. — Tod não merece isso.

— Não, ele não merece, você está certa. — Beijo sua testa e dou um tapinha em sua bunda. — Vá colocar a calça. Você não pode pegar o elevador de calcinha e não vai passar a noite toda aqui chorando por causa dos filmes da Disney.

O nariz de Jennie está rosado, os lábios inchados, mas, quando as palavras enfim a acalmam, ela, ainda assim, parece que vai arrancar meu saco.

— Estou menstruada.

— Sim, você me disse isso. E daí?

*Jogando Comigo* **179**

— E daí que você não me quer menstruada! Estou com fome e rosnando como um urso bravo, irritada como uma criança que perdeu a hora da soneca, e você não vai conseguir nada de mim!

— Odeio dizer isso a você, minha flor, mas você está sempre com fome, rosnando e irritada. Mas, ei... — Seguro seu rosto úmido em minhas mãos. — Você é *minha* ursinha faminta, brava e emotiva. — Beijo seus lábios. — Vamos. Preciso de ajuda com uma coisa. E prometo alimentá-la.

Ela recua devagar, com olhos céticos me observando, e examino sua bagunça. Além dos lenços de papel e do biscoito, uma foto emoldurada está virada para baixo na mesa de centro. Viro-a, sorrindo para a menina de olhos azuis que sorri de orelha a orelha nos ombros do pai, segurando um coelhinho rosa — a Princesa Jujuba. Um medalhão de prata está pendurado em seu pescoço, quase invisível na foto, e meu coração dói pela minha amiga.

Quando Jennie reaparece, está vestida com a minha blusa e a minha calça de moletom, e fico contente em saber que nunca vou recuperá-las.

Eu a sigo porta afora e entro no elevador, e ela suspira.

— Espero que você tenha sorvete, Garrett.

— Foi a primeira coisa que coloquei no carrinho para você. — Eu a levo para o meu apartamento. — Vou fazer um sundae para você, mas primeiro tem que me ajudar. — Aponto para a árvore e para as caixas de enfeites no chão. — Com isso.

Jennie dá um gritinho, apertando as mãos.

— Vamos montar a árvore? — Ela corre até o pinheiro, os dedos flutuando sobre os pequenos galhos, os olhos brilhando de admiração. — Não decoramos desde que meu pai morreu, porque deixa minha mãe muito triste. Achei que isso também me deixava triste, mas agora... Agora acho que é apenas mais uma coisa que estamos perdendo. — Ela me dirige um sorriso agradecido e de tirar o fôlego antes de me abraçar com força. — Obrigada por me convidar. — Seus olhos se iluminam. — Você tem chocolate quente? Precisamos de chocolate quente enquanto decoramos! E música de Natal. Posso colocar a estrela no topo? Meu pai sempre me colocava nos ombros dele para eu alcançar. Era a minha parte favorita.

Ela me abraça mais uma vez e depois abre uma caixa de enfeites.

— Você quer marshmallows no chocolate quente? — pergunto conforme ela corre pela minha sala de estar. Nesse ritmo, ela terminará antes mesmo de eu aquecer o leite.

— Sim, por favor! Pode trazer o saco inteiro.

É um pedido estranho, mas faço o que foi pedido, e Jennie conecta o telefone ao meu sistema de som e começa a tocar músicas antigas de Natal.

Ela deve ser a coisa mais fofa do mundo quando canta para si mesma, os quadris rebolando ao trabalhar na árvore. Pergunta a história por trás de cada enfeite de infância feito à mão e faz uma pausa para o chocolate quente a cada dois minutos. Basicamente, ela coloca os marshmallows da caneca na boca e depois joga outro punhado por cima.

— Garrett — ela murmura. — Ai, meu Deus. É a sua mãozinha?

Envolvo meu braço em volta de sua cintura e coloco meu queixo em seu ombro, examinando o enfeite de vidro que ela segura com cuidado em suas mãos. Há uma pequena marca de mão, e cada dedo está decorado como um boneco de neve. Eu giro, mostrando a ela minha caligrafia desleixada, a letra G invertida e o número cinco, que nos diz quantos anos eu tinha.

Seu sorriso reluz.

— Você tem tinta?

— Vamos pintar? — Sigo seu olhar até a caixa com seis globos de vidro. — Quer fazer enfeites com impressões de mãos?

Ela sorri, assentindo.

O que foi que falei? *Coisa mais fofa?*

Quarenta e cinco minutos depois, nossas mãos estão cobertas com uma tinta látex azul que não sai completamente; há tinta na ponta do nariz de Jennie e acima da minha sobrancelha esquerda, e as impressões de mãos com nossos bonequinhos de neve estão penduradas lado a lado na minha árvore. Jennie está mais feliz do que jamais a vi.

Ela está aconchegada no sofá e estou dando os retoques finais em nossos sundaes quando meu celular começa a vibrar na sala.

— Hum, você tem um pedido do FaceTime — Jennie me diz, seu tom estranhamente reservado. — Alguém chamada Gabby.

— Ah, perfeito. — Coloco as tigelas de sorvete na mesa de centro e me sento ao lado de Jennie. Pegando o celular, espero que o rostinho da minha irmã apareça. — Ei, Gabs.

Percebo a forma como os ombros de Jennie caem e ela se aproxima.

— *Garrett!*

— E aí, garotinha?

Gabby dá um suspiro exagerado.

— Estou com muita saudade. Alexa está me irritando. Talvez ela seja mais legal comigo se você estiver em casa.

— Cale. A. Boca, *Gabby*! — Alexa grita de trás.

Alexa é três anos mais velha que Gabby e muito mais atrevida. Ela e Jennie se dariam bem.

— Está vendo o que quero dizer? — Gabby revira os olhos e, quando percebe um pedaço de Jennie na tela, seu rosto se ilumina. — Quem é essa?

— É minha amiga, Jennie. — Mostro o celular na direção dela e Gabby faz um grande aceno para Jennie. — Estamos prestes a comer nossos sundaes.

— Amiga? Tipo, namorada?

— Não — Jennie e eu respondemos ao mesmo tempo, risadas ecoando nas paredes.

Os olhos de Gabby brilham com malícia e ela sorri, mostrando a lacuna entre os dentes da frente.

— Claro. É o que todos dizem. *Mãe*! Garrett tem uma namorada!

— Ela vem no Natal? — Mamãe grita de volta e Jennie enterra o rosto debaixo do meu braço.

— Não, ela não pode — respondo, sorrindo para Jennie. — Ela está prestes a morrer de vergonha porque a ideia de estarmos em um relacionamento a deixa enjoada.

— Ah! — Mamãe bufa de longe. — Já gosto dela!

Gabby dá uma risadinha.

— Bem, melhor vocês tomarem o sorvete antes que derreta. Mal posso esperar para vê-lo, Garrett.

— Eu também, Gabs. Te amo.

— Ela é sua irmã gêmea — Jennie murmura quando desligo o celular. — Vocês se parecem tanto que ela poderia ser sua filha.

Eu rio, entregando a Jennie seu sundae antes de atacar o meu.

— Sim, Gabs e eu nos parecemos com a nossa mãe. Alexa e Stephie se parecem com o nosso pai.

— Você deve estar muito animado para vê-los. Sempre quis ter uma irmã. — Ela rouba um pedaço de banana do meu sundae. — Você verá mais alguém quando estiver em casa?

— Minha antiga turma do ensino médio se reúne sempre que volto. Éramos apenas sessenta na turma de formandos, então a maioria de nós era bem próxima. Quase todo mundo ainda mora lá.

É difícil dizer o que está por trás do sorriso de Jennie. Parece um pouco melancólico… um pouco triste.

— E você? — Empurro a colher para o lado, cavando em sua tigela depois de esvaziar a minha. — Ainda é próxima de seus amigos do ensino médio?

Jennie faz uma pausa para lamber a colher.

— Não. — A resposta é rápida, firme, definitiva, e a forma como ela começa a criar espaço entre nós, por menor que seja, diz-me para não forçar.

— A que você quer assistir?

— Tanto faz.

Duvido muito disso. Assistimos a vários filmes e programas de TV juntos, e só pude escolher quando era um filme ou um programa pré-aprovado na sua lista.

Zapeio a Netflix sem pensar, focando em Jennie com o canto do olho. Ela está enrolando o cabelo nos dedos, mexendo na barra do cobertor no colo, olhando para qualquer lugar, menos para mim.

Não gosto de sua apreensão, do rubor rosado em suas bochechas ao tentar bloquear suas emoções.

Pego o telefone dela. Ainda está conectado ao sistema de som, então saio da playlist de Natal e clico em uma lista intitulada "Favoritas da Jennie" enquanto ela me observa com curiosidade.

— Não sei dançar tão bem quanto você, mas faço um rodopio lento pela sala como ninguém. Você devia ter visto quantas garotas conquistei na Festa da Primavera, na oitava série. Causei muitas brigas entre as amigas.

Estendo minha mão e, quando ela coloca a dela na minha de forma hesitante, eu a puxo para ficar de pé.

— Vamos, Jennie. Dance comigo.

Seu sorriso é uma explosão lenta, iluminando o seu rosto inteiro, e a apreensão desaparece.

— Você vai dançar para mim?

— Eu faria qualquer coisa por você.

Puxando-a para mim, passo um braço em suas costas. Quando nossos dedos se entrelaçam, ela pousa a cabeça no meu peito. Secretamente, fico morto com o fato de estarmos dançando uma música lenta de Justin Bieber. Balançamos juntos, um silêncio confortável nos envolvendo, as luzes cintilantes da árvore de Natal fazendo-a brilhar em meus braços, mas acho que ela sempre brilha. Uma nova música começa, e Jennie emite um som suave e feliz, seu corpo se moldando ao meu. Ouço-a cantarolar e, conforme as palavras dançam pela sala, a familiaridade da canção é absorvida.

— É a sua música favorita — murmuro.

— Como sabe?

— Quando você me levou para casa depois que eu me machuquei, começou a tocar no rádio. Você aumentou o volume e cantou junto. Pesquisei mais tarde naquela noite e descobri o nome, "Falling Like The Stars".

Lembro-me da maneira calma como ela cantou, da forma como o ar no carro mudou, ficou mais pesado. Eu sabia que queria conhecê-la melhor, então elaborei meu plano genial.

— Pensei que estivesse dormindo.

— Não. Só não conseguia olhar para você.

— Garrett — ela gargalha, dando um tapa rápido no meu ombro.

Eu rio, pegando sua mão e entrelaçando nossos dedos novamente.

— Estávamos sozinhos no meu carro, e você estava muito gostosa sentada no banco do motorista. Tive medo de, em um impulso, jogá-la no banco de trás.

Ela ri baixinho e me deleito com a sensação dela em meus braços, como se tivesse sido feita para fazer parte da minha vida.

— Jennie?

— Sim?

— Posso perguntar por quê?

— Porque, o quê?

Seu corpo nem fica tenso, sua mão macia e quente na minha, a cabeça apoiada em meu ombro cantarolando junto. Ela não tem ideia de que estou prestes a seguir por esse caminho. Ela pensa que está cercada por arranha-céus, mas são apenas paredes. Paredes que baixam dia após dia, permitindo-me espiar sua vida, mesmo que ela não tenha ideia de que a estou observando.

Então, como posso colocar isso em palavras sem assustá-la? Por que já se passaram anos desde que ela fez sexo? O que aconteceu? Como posso ajudá-la?

— O que ele fez? — pergunto baixinho e, quando ela enrijece em meus braços, meu coração aperta.

— Acho que vou embora — ela responde baixinho, suas mãos deslizando pelas minhas.

— O quê? Não. Não, eu... — Observo-a se dirigir até a porta, procurando suas pantufas, e, quando as encontra, eu as agarro. — Não vá embora.

— Não é nada. — Ela mente. — Só estou cansada.

— Não. — Eu a puxo para mim, enterrando-a em meu corpo enquanto ela luta um pouco para se soltar. — Por favor, Jennie — peço —, não vá.

Ela suspira, desistindo da luta, deixando-me sufocá-la em meu abraço.

— Não quero falar sobre ele.

E, então, não falamos. Nós nos acomodamos juntos no sofá, sob pilhas de cobertores, Jennie entre minhas pernas, sua pequena mão segurando minha blusa, enquanto vemos os personagens do Natal de Dr. Seuss se preparando para a sua celebração.

Levanto meu moletom de suas costas, passando as pontas dos dedos sobre sua pele macia.

— Jennie?

— Sim?

— Sinto muito por tê-la chateado.

Um suspiro cansado e ela se aconchega mais, aninhando-se em meu peito.

— Garrett?

— Sim?

— Obrigada por fazer eu me sentir melhor hoje. Tenho sorte de ter você.

Acho que o sortudo sou eu e, quando ela adormece dez minutos depois do filme, não a acordo. Só a acordo depois da meia-noite e, mesmo assim, estou pensando *porra, que se foda*.

Então a pego no colo, coloco seus braços em volta do meu pescoço, as pernas em volta da minha cintura e a levo de volta para o seu apartamento, saindo com um beijo em seus lábios quando ela se mexe, olhando para mim com um sorriso deslumbrante e bêbado de sono.

## 18
## A PALAVRA COM A

GARRETT

Os invernos da costa leste são uma droga.

Não costumo sentir falta deles, a menos que Vancouver tenha um inverno particularmente ameno e não dê para praticar hóquei no lago congelado. Estou aqui há dois dias e passei horas passeando no lago congelado com amigos ou levando minhas irmãs para patinar.

Mas, agora, estou de bunda na neve, no gramado da casa da minha infância, sendo atingido por mais bolas de neve. Uma bola dura e gelada me acerta bem no saco e caio de costas, gemendo.

— Opa — diz Alexa, e é por isso que sei que ela fez de propósito.

— Garrett! Você está bem? — Gabby torce o nariz, cerra os dentes e, com um grito de guerra que ecoa no ar gelado, ataca Alexa.

As duas colidem, caindo no chão, gritando enquanto a neve voa ao redor delas.

O rosto de Stephie aparece acima de mim, bloqueando o sol.

— Você e eu somos os únicos normais — ela afirma, depois tenta me puxar para ficar em pé.

Ela tem dez anos, é magra e tem membros desengonçados. Ela se esforça, mas não está funcionando. Fico deitado, desfalecido e, por fim, Stephie desiste, caindo em cima de mim, tirando o ar dos meus pulmões.

Ela rola, deitando-se ao meu lado na neve, e sorri.

— Sinto sua falta quando não está aqui. Eu queria que você pudesse voltar mais pra casa.

— Acho que deveríamos convencer mamãe e papai a se mudarem para Vancouver. Então nunca precisaríamos sentir tanta saudade.

— Pouco provável. Papai disse que vocês não têm lagosta boa por lá.

Realmente não há nada como a lagosta da costa leste. Foi por isso que acabei usando um daqueles babadores de plástico ontem à noite no restaurante Harbor Lobster Pound. Comi tanto que dormi cedo e perdi a ligação de Jennie.

Na verdade, com nossos horários conflitantes, não conversamos muito desde a última vez que a vi. Pelo menos posso vê-la na apresentação dela desta noite, mesmo que seja apenas pela tv.

Quando o sol começa a se pôr, o frio no ar é úmido demais para ser divertido, então nos retiramos para o calor de dentro de casa e mando uma mensagem para Jennie.

> **Eu:** Mal posso esperar pra te ver arrasar. Espero que possa ouvir meus aplausos daqui, minha flor.

— *Garrett está mandando mensagens para a namorada!* — Gabby grita enquanto salta do encosto do sofá e deita-se nas minhas costas, tentando me derrubar no chão. — *Ele a chamou de "minha flor"!*

— Ela não é minha namorada, seu monstrinho. — Envolvo meu braço em volta de sua cabeça e faço cócegas em suas costelas, rindo conforme ela tenta lutar comigo. — Jennie é apenas minha amiga.

Ela foge do meu alcance e fica de pé. Sem fôlego, tira o cabelo loiro-escuro das bochechas.

— Sim, uma amiga com quem você assiste a filmes de Natal e para quem faz sundaes.

Ela mostra a língua e sai correndo com um grito assim que corro atrás dela.

— Jennie — mamãe murmura de onde está trabalhando no fogão. Ela me lança um olhar por cima do ombro. — Não é Jennie Beckett? — Quando não respondo, ela fica boquiaberta. — Garrett Andersen, por favor, me diga que você não está namorando a irmã caçula do seu capitão.

— Ok. Não estou namorando a irmã caçula do meu capitão. — Ela me encara, colocando o punho no quadril, com uma expressão nada divertida. — O que foi? Não estamos namorando. Somos apenas amigos.

*Tecnicamente, não é mentira.*

— Carter sabe que vocês são amigos?

— Ah, sim. Moramos no mesmo prédio. Ele sabe.

*Ainda não é mentira.*

— Ok, deixe-me reformular minha pergunta. Carter sabe que você está vendo filmes à noite com a irmã dele e fazendo sundaes para ela?

Cruzo os braços e desvio o olhar, resmungando:

— Cale a boca.

Gabby encontra meu olhar de onde está parcialmente escondida, atrás de uma parede.

Aponto um dedo para ela.

— Está em maus lençóis!

Uma risada maníaca sai de sua boca.

— Alexa também tem namorado! Jacob Daniels!

— Gabby! — Alexa grita.

— Eu vi os dois de mãos dadas no recreio! — Gabby grita, correndo pelo corredor, a porta do quarto batendo momentos antes de Alexa colidir com ela.

Stephie encontra meu olhar.

— O que foi que eu te disse? Os únicos normais.

— E você? — Eu a cutuco. — Algum namorado?

Suas bochechas brilham e ela olha para as mãos no colo.

— Vou entender isso como um sim.

Seus olhos se levantam, procurando os meus.

— E se eu quiser uma namorada em vez de um namorado?

Eu a puxo para o meu lado, beijando seu cabelo.

— Então você quer uma namorada, e é só isso.

Stephie se encosta em mim, e o telefone de casa toca antes que minha mãe o atenda. Meus pais são as únicas pessoas que conheço que ainda têm telefone fixo.

Mamãe se vira, em voz baixa.

— Bem, a que horas podemos esperá-lo? Seu filho só estará em casa por alguns dias... Eu não disse isso, sei que você está. Seria bom se pudesse passar um pouco mais... Ok, ok. — Ela me olha com um sorriso tenso.

— Tudo certo?

— Seu pai vai jantar com o pessoal do trabalho.

Não estou surpreso. Meu pai praticamente desapareceu desde que cheguei ontem de manhã. Ele me pegou no aeroporto e foi uma viagem estranha para casa, forçando uma conversa que não queria acontecer.

Amo meu pai e sei que ele me ama, mas também sei que ele tem um enorme sentimento de culpa por sua ausência na minha infância e pela dor que causou. Ele passou por muita terapia, fez um esforço para reparar nosso relacionamento quando voltou para nossas vidas, mas acho que foi mais fácil para ele o fato de eu estar longe de casa todos esses anos. Às vezes, sinto como se eu não fosse nada além de um lembrete de um tempo ruim.

Fico feliz que minhas irmãs tenham uma versão diferente dele como pai, mas isso não me impede de desejar que nosso relacionamento fosse diferente agora, sobretudo quando ele, enfim, entra pela porta e minhas irmãs correm para abraçá-lo.

— Ei, Gare. — Ele aperta meu ombro. — Desculpe por ter perdido o jantar. O que estão fazendo?

Seus olhos estão cansados e vermelhos, e seu olhar não permanece muito tempo no meu. Meu cérebro me diz para procurar no ar qualquer toque de baunilha, o aroma esfumaçado de sua antiga bebida preferida. Meu coração lembra ao meu cérebro que agora confiamos nele.

— Vamos assistir à apresentação de dança da namorada de Garrett — Gabby diz enquanto procuro a transmissão ao vivo.

— Ela *não é* namorada dele — Alexa murmura.

Eu toco o joelho dela.

— Obrigado, Lex.

Afundo no sofá assim que um grupo de bailarinas sobe ao palco, e Gabby se aconchega ao meu lado, com Stephie sentada no chão entre minhas pernas.

Alexa olha para mim e para Gabby, e lenta, muito lentamente, começa a se aproximar. Sorrindo, eu a agarro, puxando-a para perto.

— Venha aqui você. — Ela ri, relaxando contra mim, e meu pai sorri para nós.

Ele aperta as mãos enquanto minha mãe encontra um espaço.

— Hum, você se importa se eu... me juntar a vocês?

— Claro — digo a ele.

A maneira como ele sorri, passando instantaneamente de estranho a extasiado, lembra-me muito de mim mesmo durante aqueles primeiros encontros com Jennie. Ele prepara canecas de chocolate quente para todos, coloca marshmallows e apaga as luzes.

— Qual é a sua namorada?

— Ela não é minha... — Suspiro, passando a mão pelo rosto, mas, quando o holofote ilumina os próximos dançarinos, quando a música começa e o corpo de Jennie ganha vida, eu me inclino para a frente. — Aí está ela.

Não tenho certeza se já vi algo tão impressionante. Envolta em um vestido verde-esmeralda, ela ofusca a todos ao flutuar pelo palco. Cada salto, cada giro, tudo o que ela faz parece natural e sem esforço, como se tivesse nascido para fazer isso.

Jennie e Simon são extensões um do outro, sempre conectados de alguma forma. Ele parece saber onde ela está mesmo quando não consegue vê-la, e uma sensação estranha surge em mim, como se eu quisesse pegar a mão dela e puxá-la para perto, escondê-la só para mim.

Afasto o pensamento, concentrando-me na minha pessoa favorita dançando várias vezes durante a apresentação de noventa minutos, com minha família comentando como ela se move lindamente. Ao final, Jennie é a última no palco, e meu peito se enche de orgulho. Fico acordado até tarde para poder lhe dizer isso quando ela liga.

Assim que a luz de Jennie preenche minha tela, percebo por que ela é mesmo a flor do meu dia — porque me alegra com seu sorriso largo, suas covinhas profundas, os olhos azuis tempestuosos brilhando de animação. Ela deixa tudo mais bonito.

— Você foi incrível, Jennie.

Seus olhos brilham.

— Você acha mesmo?

— Estou muito orgulhoso de você. Você foi de tirar o fôlego.

Ela brinca com o laço cor de champanhe na ponta da sua trança.

— Eu estava pensando em você. Eu... não tinha certeza se você iria ver. Não atendeu à minha ligação ontem à noite, então pensei que talvez... — Ela levanta um ombro e o deixa cair. — Não sei. Esqueça. É estupido.

— Diga.

— Não sei. Acho que pensei que você tivesse ido para casa e talvez tivesse se esquecido de mim. — Seu rosto fica em chamas, e ela balança a mão no ar. — Bobeira minha.

Ainda não entendi direito, mas Jennie traz uma dor no meu peito que não existia antes dela. Ela é um enigma, essa mulher ousada e confiante que se recusa a se acomodar, mas sempre parece estar esperando pelo pior. É como se esperasse que eu fosse embora a qualquer momento, como se esse relacionamento não fosse tão valioso para mim quanto é para ela.

— Já não falamos que você é inesquecível?

Jennie joga a trança por cima do ombro.

— É verdade. Você nunca sobreviveria sem mim.

Eu rio, deitando-me na pequena cama, levando um braço para trás da cabeça.

— Lamento ter perdido sua ligação ontem à noite. Comi tanta lagosta que desmaiei às nove e dormi catorze horas seguidas. Você achou que eu a estivesse ignorando?

Ela puxa os joelhos contra o peito e sorri, culpada. Seus dentes descem sobre o lábio inferior, mordiscando, até que ela finalmente reúna coragem para dizer o que quer.

— Pode me fazer um favor? Quando quiser acabar com isso... Se conhecer alguém e quiser ficar ou namorar ou seja lá o que for, pode terminar comigo antes que algo aconteça com essa pessoa? Não quero me sentir estúpida.

A pergunta dela me pega desprevenido, mas, toda vez que ela me mostra partes de sua vulnerabilidade, fico surpreso. Ela costumava dizer que gostaria de poder ver dentro da minha cabeça, mas ultimamente estou descobrindo que gostaria de ver dentro da dela.

— Comprometidos, lembra? Não haverá mais ninguém.

Jennie revira os olhos.

— Garrett, você é um jogador profissional de hóquei. E é gostoso. Conhece garotas o tempo todo.

— Claro, mas, quando só conseguem ver isso, elas não são para mim.

A vergonha surge em suas feições delicadas.

— Eu não quis dizer... Sei que há mais em você do que isso, Garrett.

— Não quero que fique insegura sobre isso. Sim, conheço muitas garotas, mas não há mais ninguém com quem eu preferiria estar. Gosto de você, Jennie. Você é divertida e me faz rir. Gosto de mandar em você no quarto e você gosta de mandar em mim no restante do tempo. Somos compatíveis e a química é explosiva, por isso acho que funciona tão bem. Além disso, você está subindo rapidamente para o topo da minha lista de melhores amigos.

O nariz dela enruga-se daquele jeito fofo.

— Você está dizendo isso apenas por dizer.

Mas não estou. Não sei quando ela se tornou minha pessoa favorita para sair, mas é. Eu me pego pensando nela quando saio com os caras depois de um jogo ou me aquecendo no rinque. Mando mensagens para ela sem motivo algum, só porque gosto de conversar com ela.

Estou me divertindo aqui, vendo meus velhos amigos, curtindo o Natal com a minha família, mas mal posso esperar para chegar em casa e passar uma noite lembrando a Jennie o quanto gosto de sua companhia. Porque, por alguma razão idiota, acho que ela pode se considerar descartável.

— A propósito, as impressões das mãos nos nossos bonecos de neve ficaram muito fofas, uma ao lado da outra, na minha árvore.

Jennie ri, e qualquer tensão persistente se dissipa, seus ombros caindo ao conversar animadamente sobre a apresentação e o jantar para o qual Carter levou todos depois.

São duas da manhã aqui e dez da noite lá quando pergunto a Jennie:

— Se você pudesse acordar amanhã e ter o que mais deseja no Natal, o que seria?

Arrependo-me das palavras assim que elas saem da minha boca e ainda mais quando o olhar de Jennie pisca, a luz em seus olhos diminuindo.

Eu sei a resposta. O mesmo acontece com qualquer pessoa que tenha perdido alguém especial.

*Mais tempo. Mais um abraço. O adeus que nunca houve.*

Jennie pega o medalhão invisível, aquele que deveria estar pendurado em seu pescoço.

— A Princesa Jujuba. É estúpido, eu sei. É apenas um bichinho de pelúcia, apenas um pingente. Não posso recuperar meu pai, mas... pelo menos conseguia carregá-lo comigo.

Ela me surpreende então com um sorriso largo e brilhante. Mesmo com tanta tristeza, é facilmente o sorriso mais deslumbrante que já vi.

— Você já viu *Operação cupido*? Era meu filme favorito. Annie e o mordomo têm um aperto de mão secreto. Uma coisa superextravagante. Meu pai e eu passamos horas tentando aprender. Treinávamos todos os dias. Antes de ele sair para o trabalho, antes de me colocar na cama. — Ela sorri melancolicamente com a lembrança. — Acho que, se eu pudesse ter alguma coisa, algo que fosse realmente possível... seria legal dar aquele aperto de mão de novo. — Ela balança a mão no ar. — O que você pediria?

Meus pensamentos se voltam para o início desta noite, para o modo como minha família estava unida no sofá e rindo, apenas... estávamos juntos, felizes e despreocupados. Então, falo exatamente isso a Jennie. Quando termino, ela pergunta:

— Você e seu pai não têm um relacionamento tão bom?

— É um pouco tenso. Ele carrega muita culpa, e o tempo longe um do outro faz com que a distância em nosso relacionamento aumente ainda mais.

— Por que ele se sente culpado? Você não precisa me dizer se não quiser.

— Tudo bem. Não me importo. — Com um suspiro cansado, passo a mão pelo cabelo. — Meus pais eram namorados no ensino médio e minha mãe me teve aos dezessete anos. Quando eu tinha seis, eles se casaram. O meu pai... Acho que ele sentiu que deixou de viver muitas coisas ao se tornar pai tão jovem. Começou a beber muito e perdeu o controle. Minha mãe decidiu que já era o suficiente no dia que ele se esqueceu de me buscar no treino de hóquei quando eu tinha nove anos, porque estava bêbado em um bar.

A expressão de Jennie é cuidadosa quando lhe conto sobre o casamento curto dos meus pais, a luta do meu pai contra o álcool, mesmo depois que minha mãe o deixou, mas seus olhos brilham de dor por mim, entendendo a traição que senti anos atrás, quando a pessoa em quem eu mais deveria confiar nunca foi capaz de estar ao meu lado porque não conseguia ser coerente o suficiente para fazê-lo.

— Quando eu tinha onze anos, meu pai me levou para jantar. Fomos a um bar. Estava escuro e cheirava a cerveja velha. Comi minha pizza em silêncio enquanto ele bebia. Uma hora se transformou em duas e, no fim, já passava das dez da noite em um dia de semana. — Uma mão desliza ao longo do meu queixo com a lembrança que faz minha garganta apertar. — Dirigi para casa porque ele não conseguia.

— Garrett. — Jennie suspira de leve. — Você tinha apenas onze anos.

— Nosso vizinho me viu tentando arrastá-lo para dentro de casa. Meu pai perdeu todos os direitos de visitação.

— Sinto muito, Garrett. Parece tudo tão difícil. Eu gostaria de poder te abraçar.

— É o que é. No fim, foi melhor assim. Foi o empurrão de que ele precisava para ir atrás de ajuda, e conseguiu. Ele se esforçou e não toca em uma gota de álcool desde então. Estou orgulhoso dele.

— Você é um bom filho.

— Quando você me disse que não bebia, tive de refletir um pouco. Talvez eu tenha tomado a decisão errada ao beber depois de tudo pelo que meu pai passou, depois de tudo que ele nos fez passar. Eu deveria ter evitado? — Dou de ombros. — Talvez. Provavelmente. Mas acho que não queria deixar que os erros do passado controlassem a minha vida.

Vejo Jennie contemplando minhas palavras.

— Você acha que deixei a maneira como meu pai morreu controlar minha vida ao escolher não beber?

— Não acho isso, Jennie. Acho que você viu os efeitos devastadores que o álcool pode ter sobre uma família e decidiu que não queria nada disso. Lidamos de maneiras diferentes, mas nenhum de nós está errado.

— Fico feliz que você não tenha deixado o passado do seu pai afetá-lo.

— Tem momentos que acho que afetou, sim. Não muito, mas um pouco. Quando bebia, ele falava demais, às vezes o que não queria dizer ou talvez quisesse. Por causa das muitas coisas dolorosas, acabei aprendendo que era mais seguro manter a boca fechada. Se eu ficasse quieto, seria menos provável que recebesse suas palavras duras. Por vezes, ainda tenho dificuldade em falar o que penso, como se estivesse preocupado que alguém possa não gostar do que tenho a dizer.

Uma expressão de culpa forma-se em seu rosto.

— Sinto muito por ter feito você sentir que não podia falar à vontade comigo antes.

Balanço a cabeça, rindo baixinho.

— Agradeço o pedido de desculpas, mas não é necessário. Claro, eu me sentia intimidado, o que tornava difícil para mim falar perto de você. Mas isso é porque você era sexy pra caramba, falava o que pensava, e eu me sentia atraído, mas sabia que nunca poderíamos ficar juntos. Havia uma boa chance de que qualquer coisa que eu falasse resultasse em meu pau sendo arrancado, por você ou por seu irmão.

Ela abre um sorriso muito charmoso.

— Eu nunca arrancaria o seu pau de você. Amo seu pau.

— Você o amaria mais se o deixasse entrar na sua Disneylândia.

Jennie ri, mas há uma tensão por trás disso, um sinal de que ela está recuando um pouco. Ela baixa o olhar e o silêncio se instala entre nós. Não sei quando vou aprender a manter a boca fechada, a pensar um pouco mais antes de falar. Irônico, considerando a conversa que acabamos de ter. Mas, agora que conheci Jennie, sinto-me à vontade com os meus pensamentos. Não acho que precise esconder isso dela, porque sei que ela aprecia a minha honestidade.

Embora a intenção por trás de minhas palavras possa ter sido inocente para mim, posso reconhecer que as mesmas palavras podem soar diferentes para Jennie.

— Ei, me desculpe. Não estou tentando pressioná-la a fazer sexo comigo, não quero fazer parecer isso. Respeito sua decisão e não vou tocar no assunto de novo. — Jennie assente, desenhando com a ponta do dedo na colcha de sua cama. — Saiba que você pode falar comigo.

Seus olhos azuis cuidadosos olham para os meus.

— Falar com você sobre o quê?

— Sobre o que aconteceu.

Seu olhar fica nebuloso e escuro.

— Carter contou a você?

— Carter não me contou nada.

Eu gostaria de estar lá para ter essa conversa com ela pessoalmente. Seu primeiro instinto é sempre sair correndo, e o meu é abraçar. Tudo o que quero fazer é envolvê-la em meus braços e prometer que há outro lado do que quer que tenha acontecido, um final em que ela seja capaz de superar isso e parar de deixar que o trauma afete sua vida. Continuo:

— Você se fecha toda vez que seguimos em qualquer direção que leve ao ensino médio, a ex-namorados e sexo. É só o que sei. E quero que você saiba que, se sentir vontade de compartilhar comigo, vou manter segredo. — Vou manter *você* segura.

Ela pega o cobertor e lambe os lábios.

— Você acha que seríamos amigos mesmo sem Carter? Se você se sentasse ao meu lado em uma cafeteria?

— Acho que compartilhamos uma conexão que vai além do seu irmão. Com ou sem ele, eu não hesitaria em colocá-la em minha vida e mantê-la nela.

Há algo tão comovente na centelha de vida que essas palavras simples trazem aos seus olhos, a maneira como ela reprime um sorriso trêmulo do qual quer se libertar, como se nunca tivesse se sentido tão desejada e não soubesse o que fazer com esse sentimento. Isso me faz querer dedicar o resto da minha vida para garantir que Jennie nunca mais se sinta de outra forma.

— Eu gostaria de contar a você um dia, mas não estou pronta. — Seus olhos procuram os meus, implorando por paciência. — Tudo bem?

— Quando estiver pronta, Jennie. Estou aqui.

A gratidão que brilha em seu sorriso me deixa confuso. É como se tudo de que ela precisasse durante todo esse tempo fosse alguém que lhe desse a chance de fazer uma nova amizade, de ter um relacionamento significativo, tempo para se sentir à vontade para se abrir e ser ela mesma. Fico feliz e honrado, mas triste por ela ter passado anos sem isso. Quero que Jennie se sinta segura para ser ela mesma comigo.

Mas tenho mais uma pergunta, que paira como uma nuvem pesada acima de mim.

— Jennie? Só preciso saber uma coisa.

Quando ela balança a cabeça, pergunto:

— Ele a machucou?

Sua mão vai para a trança conforme seu olhar cai.

— Fisicamente não.

— Por favor, não ignore o que aconteceu só porque ele não deixou hematomas em seu corpo. Contusões que não conseguimos ver podem doer tanto quanto as que conseguimos.

Seus olhos erguem-se com cautela até os meus, mostrando-me lágrimas não derramadas.

— Doem um pouco menos quando estou com você — ela sussurra. — Obrigada por ser meu amigo, Garrett. Acho que eu precisava mesmo de você.

O peso diminui quando Jennie me pergunta sobre minhas irmãs, o que estamos fazendo. Ela ri e sorri, e me deleito com cada um desses sorrisos, aqui sentado pensando sobre a porra dessa palavra, o rótulo que eu estava tão ansioso para afastar de nós.

*Amigos.*

Que merda eu estava pensando?

# 19
## ENTÃO É NATAL...

JENNIE

CONTINUO ESPERANDO QUE OS NATAIS sem ele sejam mais fáceis, mas estou aprendendo que não é assim que o luto funciona.

Não sei se o luto tem regras definidas, só sei que parece provocar o oposto do que se espera. Você pensa que sabe o que irá passar com base no ano anterior e no anterior ao anterior. Desta vez, você estará preparada, certo?

O luto não é tão simples assim. É a merda de uma confusão mental.

Meu coração parece bater de forma irregular, parece estar fraturado, com uma dor profunda e surda que não passa, mesmo ao me aninhar sob as cobertas, abraçando a moldura com a minha foto com meu pai, desejando apenas mais um Natal com o coração inteiro.

Meu celular vibra e eu o coloco debaixo do travesseiro, sem estar pronta para dar um sorriso vazio.

Mas ele continua zumbindo, repetidamente, até que o arranco dali e aceito a ligação antes de perceber que é um FaceTime. Atendo com certa agressividade:

— *O quê?*

Os olhos brilhantes de Garrett piscam de volta para mim. Ele sorri.

— Feliz Natal para você também, minha flor. Quanto bom humor!

Não sei como o homem consegue fazer isso, mas abro um sorriso. Pequeno, tipo, superminúsculo. Mas, quanto mais largo o dele fica, maior o meu também fica, até eu revirar os olhos e rir.

— Desculpe. Não vi quem era antes de responder.

— Você adormeceu comigo ontem à noite, então eu queria...

— Está falando com a sua *namoraaaada*? — uma voz provoca.

— *Saia daqui, Gabby!* — Garrett joga um travesseiro, e até através da porta que bateu posso ouvir as risadas de Gabby.

Ele suspira, arrastando os dedos pelos cabelos desgrenhados.

— Ela está falando que você é minha namorada nos últimos três dias.

— É melhor esclarecer para ela, então. Explique que não tive escolha em ter um irmão como jogador de hóquei; não vou namorar um voluntariamente. Ela vai entender um dia.

Ele se vira, esfregando a nuca.

— É, bem, Gabby não pode ser domada. Ela diz e faz o que quer, meio como você.

— Ah, então você está cercado de mulheres fortes e poderosas.

— Algo assim — ele fala com uma longa expiração. — Rebeldes também.

Meus olhos se estreitam.

— Você vai ganhar um beliscão por isso quando a gente se encontrar.

— Nã-não, vou amarrar suas mãos atrás das costas para que você não consiga me beliscar. Além disso... — Ele levanta um braço, flexionando seu bíceps. — Este corpo foi construído pelos deuses. Não tem um pingo de gordura corporal para fins de beliscão.

— Vocês, jogadores de hóquei, são todos iguais: uns merdinhas arrogantes.

Não vou dizer que minhas partes femininas estão formigando ao pensar em ser amarrada com as mãos atrás das costas. Mas, tipo... talvez eu fale sobre isso no futuro.

— Você não pode me colocar no mesmo nível dos outros. Sou incomparável.

Não posso dizer que discordo. Garrett não é nada como os jogadores que você vê nas notícias. Ele é como um pãozinho de canela macio e pegajoso. Muitas mulheres aceitariam o desafio de conquistar um homem como ele.

Escondo os pensamentos, porque prefiro permanecer alheia ao eventual adeus que terei de dar ao único relacionamento significativo que já tive, a conexão mais profunda e genuína que já encontrei com uma pessoa. Despedidas são uma droga, e nenhuma parte de mim está pronta para me despedir de Garrett em algum momento no futuro.

— O que ainda está fazendo na cama, afinal? — pergunta Garrett.

— Você ainda está na cama — ressalto.

— Estou *de volta* na cama. Já tomamos café e abrimos presentes.

— Mas você está sem camisa.

— Queria te dar algo para olhar.

Eu dou uma gargalhada gostosa, que faz eu me sentir bem.

— Até parece, espertinho.

— Você também pode tirar a sua, se quiser.

— Não faremos sexo por telefone na manhã de Natal com a sua família do outro lado do corredor.

Ele passa a palma da mão no peito e suspira.

— Não se pode culpar um cara por tentar. Mas, falando sério, você pode fazer uma coisa por mim? Preciso que dê um pulo no meu apartamento.

— Mas estou na cama! — Tiro os cobertores e aponto o celular para o meu pijama de lã com cachorros vestidos de Papai Noel. — Estou de pijamas!

Seu olhar me percorre, uma sobrancelha divertida se erguendo.

— Realmente deixando muito para a imaginação aí, não?

— Cale a boca, seu tonto. — Saio da cama e me espreguiço, bocejando. — Tudo bem, eu vou. Mas vou assim e não vou colocar sutiã.

— A Jennie sem sutiã é a minha Jennie favorita.

Pego o elevador até a cobertura de Garrett e digito o código enquanto ele recita para mim. Está claro e quentinho aqui, o sol da manhã afogando o espaço em um calor dourado. Luzes multicoloridas fazem a árvore de Natal cintilar, atraindo-me até ela. Já faz tanto tempo que não faço decoração de Natal que nem pensei em montar uma árvore para mim.

— Há uma caixa debaixo da árvore — observo, avistando o presente embrulhado em papel pardo com renas vermelhas brilhantes estampadas, coberto com um extravagante laço dourado. Viro nossos enfeites de boneco de neve em minha mão, sorrindo para nossas iniciais na parte inferior, bem ao lado das nossas idades.

— Você não esqueceu nenhum dos presentes das suas irmãs, né?

— Não. Eu só queria estar com você quando abrisse o seu presente.

Meu olhar desce até o celular, encontrando o sorriso suave de Garrett.

— O quê?

— O presente é para você, Jennie.

Caio de joelhos diante da caixa. Obviamente está escrito "Minha flor" na etiqueta. Um nó se forma na minha garganta, apertado e pesado, um que não consigo engolir.

— Você está me dando um presente? Mas eu... não comprei nada para você...

— Pare. Tenho certeza de que isso cruza algum tipo de linha imaginária de amigos coloridos, mas eu queria te dar algo. Então, abra.

Cruzo as pernas e apoio o celular para que Garrett possa me ver.

Há um leve tremor em minhas mãos, tanto de excitação quanto de nervosismo, ao ver o que tem dentro. Corro meu dedo ao longo da borda da fita antes de puxá-la. O laço se desfaz e rasgo o papel do embrulho.

Ao abrir a caixa, uma risada borbulha na minha garganta, e puxo o primeiro item.

— Agora podemos fazer batalhas de dança — explica Garrett, observando-me virar o jogo de videogame *Just Dance* na minha mão.

— Vou acabar com você. Seu ego está preparado para lidar com isso?

— Talvez eu tenha praticado.

— Pode praticar o quanto quiser, Garrett. Ainda vou enterrá-lo vivo.

Deixo o jogo de lado e pego um moletom, rindo de novo ao ler as palavras prateadas que o atravessam.

— *Princesa Bem-Humorada?* Sério?

Ele está fazendo um péssimo trabalho em esconder o quão engraçado acha isso, rindo e bufando ao mesmo tempo.

— Entendeu? Porque você é muito agradável e doce.

— Ahã.

O próximo item também é roupa. Um macacão azul-claro e roxo feito de lã ultramacia, com zíper na frente. Quando espio a palavra na bunda, a risada de Garrett se torna histérica.

— Está escrito "anjo" na bunda — ele chia. — *Anjo!*

— Inacreditável. Você está realmente se divertindo, não é?

— Sinto muito. — Ele enxuga uma lágrima. — Não consegui me conter. Além disso, é bem justo, então sua bunda vai ficar marcada nele. — Ele enxuga os olhos de novo e solta um suspiro pesado, tentando se controlar. Ambas as ações me incomodam, mas não consigo parar de sorrir. — Tem mais um.

Puxo uma fina varinha prateada para fora da caixa, as garras presas à cabeça, fazendo com que pareça um garfo muito longo.

— É um coçador para as costas — explica Garrett. — Pensei que, se o usar com cuidado, poderá fazer cócegas em suas próprias costas quando eu estiver fora.

Estendo a varinha e a deslizo por baixo na parte de trás da blusa do meu pijama.

Meus olhos se fecham enquanto gemo.

— Aaaai, Garrett. Você pode ter acabado de se substituir, grandão.

— Nem fodendo. Nada substitui esses dedos.

— Eles são meus dedos favoritos. — Olho para a pilha de presentes. — Muito obrigada, Garrett. Adorei tudo.

— Não é nenhuma Princesa Jujuba, mas espero que tenha lhe trazido um pouco de felicidade, de qualquer maneira.

— Sim. Obrigada por pensar em mim.

Meu olhar recai para as minhas pantufas enquanto minhas próprias palavras são registradas. Porque, na época mais movimentada do ano, entre fazer malabarismos com sua agitada agenda do hóquei, as férias e a viagem para casa para ver sua família, esse homem pensou em mim, e sinceramente não consigo me lembrar da última vez que alguém fez isso.

— Não me lembro da última vez que ganhei um presente de alguém que não seja da família.

O silêncio paira entre nós como uma âncora, mantendo meus olhos baixos. Estou preocupada por ter nos levado para um território desconhecido, a algum lugar que Garrett não tinha intenção de ir com um simples presente.

— Mas acho que vocês são minha família — ele enfim responde suavemente, insistindo em seu olhar paciente e gentil, cheio de compaixão. — Os meninos, Kara, Ollie... Eles são a família que encontrei, a que escolhi, e acho que você também faz parte disso agora. Quero que faça, pelo menos. É como se você pertencesse a ela.

Eu me viro a tempo de pegar uma lágrima furtiva que encontra seu caminho para fora do meu olho e tenta rolar pela minha face. Que droga: jogadores de hóquei arrogantes que, na verdade, são ursinhos carinhosos de pelúcia.

— Não estou chorando — pontuo, fungando. — Tenho esse tipo de lágrima que vaza pelo duto. É uma doença.

Sua risada é o meu som favorito, e seu sorriso, minha visão favorita.

— Feliz Natal, Jennie.

— Feliz Natal, Garrett.

— Que merda você está vestindo?

— O quê? Isto aqui? — Carter olha para sua camiseta, puxando-a para que uma única palavra fique visível, como se ele já não fosse grande o bastante.

DILF. *Papai que eu foderia.*

— Ollie comprou para mim.

— Era para ser uma piada — murmura Olivia —, mas é a favorita agora. Ele não tira.

— Quer ver a melhor parte? — Carter puxa Olivia para o seu lado, sorrindo com orgulho. — Mostre a sua, chuchu.

O rosto dela fica vermelho.

— Não, acho que não.

— Vamos lá. — Ele balança o braço dela. — Seja exibida, seja orgulhosa, pequena Ollie.

Ela acaba aceitando, mas bem devagar, puxando o suéter sobre a cabeça, e não sei se rio para ela ou se choro por ela.

Porque sua camiseta ostenta uma simples frase:

EU *coração* DILF

— Pitica — sussurro para Olivia, meus ombros tremendo, o riso ressoando em meu peito. Tento segurar, juro. — O que você fez?

Os ombros dela caem, os olhos abaixados.

— Estraguei tudo.

— O que é um DILF? — pergunta minha mãe, o que só me faz rir mais, e, quando Carter se junta a eles, Olivia sai furiosa pelo corredor.

— Era só uma pergunta!

Ao meu lado, Hank sorri.

— Sinto-me mal por todas as pessoas que nunca viverão um Natal com a família Beckett. Mas sinto pena de Olivia, porque agora ela está condenada a uma vida inteira assim.

Estou feliz por tê-la, porque ainda não tinha visto Carter aproveitar o Natal tanto desde que nosso pai morreu. Seu sorriso nunca diminui quando ele a abraça, beijando seu ombro ou sua têmpora toda vez que passa perto dela.

Acho que Olivia o trouxe de volta à vida. Agora ele é o mesmo irmão com quem cresci — pateta, ultrajante, com um enorme coração —, não apenas quando as câmeras não estão por perto.

Então, quando Carter nos diz que tem uma atividade de Natal emocionante para fazermos em família, não me surpreendo.

Nem me surpreendo quando ele arranca o pano de prato da mesa da cozinha, revelando várias caixas de casas de gengibre, do tipo que a gente constrói e decora.

Mas fico um pouco surpresa por elas serem feitas de Oreo.

— Só estou dizendo. — Carter cobre um biscoito com glacê, colando-o em seu telhado de biscoito. — Quem pensou nisso é um gênio. Uma vila inteira de Oreo? — Ele emite um som, como se estivesse tendo uma revelação, e se vira, de olhos arregalados, para Olivia. — E se chamarmos o bebê...

— Não.

— Mas...

— Não vai acontecer.

Carter franze a testa, resmungando algo sobre a mulher grávida estragar o Natal, e Olivia rouba um minibiscoito de sua mão, jogando-o na boca dela. Isso se transforma em uma briga por biscoitos e decorações comestíveis, e, no fim, Carter levanta tudo acima de sua cabeça rindo, conforme Olivia tenta escalar seu corpo para recuperar os itens e Hank come tudo o que consiga alcançar.

— Hank. — Eu rio. — Você deveria estar colocando os biscoitos na sua casa, não na boca.

— Ooops. — Ele coloca outro biscoito entre os lábios. — Não os estou colocando na minha casa? Não consegui ver bem, afinal, sou cego.

— Você não está usando isso como desculpa para comer seus biscoitos, está?

— Posso fazer o que eu quiser — ele responde, e é um milagre que ele e Carter não sejam realmente parentes, porque, quando a vila dos biscoitos fica pronta, esse também parece ser o lema de Carter.

— Pronto! — ele exclama, dando o toque final na última das suas três casas. — Tudo pronto!

Seus olhos brilham de orgulho ao observar a vila que se estende sobre a mesa da sua cozinha. Então ele se abaixa, agarra uma chaminé, arranca e joga na boca.

— *Carter!*

Ele para, com os olhos arregalados de medo, como se tivesse sido pego em flagrante por sua esposa fazendo algo que não deveria. Como comer a vila de biscoitos.

— O quê?

— Você não devia comê-la ainda! Deve deixar em exposição por alguns dias! No mínimo!

— O quê? Você quer que eu fique olhando para casas de biscoitos o dia todo sem comer nada?

Ela cutuca uma das caixas, apontando para a vila que está lá, na imagem com uma família feliz, que se parece com a nossa agora.

— Essas são as regras!

Ele atira os braços acima da cabeça.

— Você sabe que não sigo regras, sobretudo quando há Oreo envolvido! — Ele quebra uma parede de uma casa e encara Olivia ao enfiar a coisa toda na boca. — O que foi agora, princesa? — murmura, então corre para longe com um grito quando ela se lança sobre ele.

Hank assobia junto com a música que sai do sistema de som, e se é Natal e essas são minhas pessoas, então tudo bem.

Os abraços de Natal são os melhores, especialmente quando são os braços da sua mãe em volta de você, e vocês estão vestindo pijamas combinando.

Ela me abraça forte, suspirando em meu cabelo.

— Senti falta das nossas festas do pijama.

— Senti *sua* falta. — Meu olhar vagueia pela porta aberta, para o corredor, onde posso ver o brilho das luzes. — Não acredito que você decorou este ano.

— Com o bebê a caminho, pensei que talvez fosse hora de recomeçar. Eles merecem ter uma experiência mágica de Natal.

Eu me viro, olhando para minha linda mãe.

— E quanto a você?

— Quanto a mim?

— Você não merece isso também? — Entrelaço nossos dedos, puxando nossas mãos até o meu peito. — Não quer alguém com quem possa passar o Natal? Compartilhar sua vida?

— Tenho a minha família. Não preciso de mais ninguém.

— Só quero que você seja feliz, mãe.

As palavras são mais um apelo do que qualquer outra coisa. Não sei se encontrar alguém para compartilhar seu tempo com ela lhe trará felicidade, mas, se minha mãe achasse que sim, eu desejaria que ela tentasse.

Esta casa costumava ser cheia de risadas e, embora ainda seja, também é o lar de uma solidão silenciosa e angustiante, com minha mãe se aconchegando sozinha em uma sexta-feira à noite para ver seus filmes favoritos, as comédias românticas cafonas a que meu pai assistia com prazer por ela. É o olhar distante em seu semblante ao trabalhar na cozinha, as memórias do meu pai pendurado em seu ombro e implorando por um pouquinho do que ela estava fazendo, rodopiando-a pela cozinha enquanto cantava para ela de modo alto e desagradável, até a risada dela abafar a voz dele, e ele a selar com um beijo.

Às vezes, o silêncio é mais alto que o riso, um rugido ensurdecedor que faz você implorar para que acabe.

— Não preciso de um homem para me fazer feliz, Jennie. — Não há incerteza em seus olhos. Ela está firme de sua decisão. Suponho que seja isso que lhe traz paz. — Estou feliz com a vida que seu pai me deu, que criamos juntos quando tivemos a chance. Sou grata pelas memórias que construímos e sempre desejarei mais, mas ele está conosco em cada nova memória que criamos também. Posso senti-lo, e só... não quero preencher o espaço dele com outra pessoa.

Uma lágrima rola pela ponta do meu nariz, pingando na fronha.

— E se um dia você encontrar espaço para outra pessoa?

— Se um dia eu encontrar espaço, então deixarei alguém entrar. — Ela empurra meu cabelo para trás, colocando-o atrás da orelha. — Mas e você? Quando vai deixar alguém entrar?

— Não preciso de um homem para me fazer feliz — repito como um papagaio, arrancando uma risada sua.

— Não, você não precisa. O que precisa é de um parceiro, um melhor amigo. Alguém que seja paciente com você, que espere que você se abra quando estiver pronta e queira encarar todas as batalhas ao seu lado. Alguém que a faça rir, que complemente as suas incríveis qualidades. Você tem um coração tão grande, Jennie, e desejo que abra um espaço nele para alguém. Sei que tem medo, mas a vida é curta demais para isso.

Suas palavras serpenteiam em meu cérebro, estabelecendo-se em cada esquina, juntando teias de aranha, até que eu esteja pensando nelas repetidamente, mesmo dois dias depois, acordada na cama quando o sol nasce e um maníaco perturbado decide bater na porta minha porta.

Não literalmente, mas, falando sério, que porra é essa? Meus pés descalços batem contra o chão ao correr pelo corredor, sem me preocupar com o ninho de rato na minha cabeça que a maioria das pessoas chama de cabelo.

— Em que mundo é socialmente aceitável bater na porta de alguém às... *Garrett!*

Ele sorri para mim parado à minha porta, com os cabelos dourados escapando de baixo do gorro verde-floresta que está usando, polvilhado com flocos de neve, assim como os ombros de seu casaco e a mochila que está pendurada de lado.

— Tenho mais um presente de Natal para você.

Ele se aproxima da porta, com sua presença avassaladora, fazendo meus sentidos correrem soltos. Quando estende a mão para mim, meu coração salta para a minha garganta.

— O que está fazendo? — sussurro.

— Vamos, Jennie. Pegue minha mão.

Obedeço, deslizando timidamente a minha mão na sua. Seu toque ainda consegue fazer minha pele formigar de calor, desejo.

E, estando ali olhando um para o outro, tremendo um pouquinho de mãos dadas, fico muito confusa.

Até que ele puxa a mão livre e a coloca com a palma para baixo no espaço entre nós.

Minha memória inunda-se com centenas de manhãs felizes, o sorriso significativo do meu pai enquanto um aperto de mão comum se transformava em um dos nossos passatempos favoritos, algo especial só para nós dois.

— Vamos — Garrett sussurra mais uma vez, e meu peito arfa com seu sorriso, esperando pacientemente que eu coloque minha mão sobre a dele.

Quando enfim coloco, seu rosto se despedaça com um sorriso, e lágrimas ardem em meus olhos assim que uma explosão de riso borbulha na minha garganta, nós dois na minha porta, batendo palmas, batendo os quadris, trocando de lugar e terminando exatamente onde estávamos quando começou: com um simples aperto de mão.

Ele abre os braços e avanço, enterrando meu rosto em seu peito, inalando seu cheiro. Ele é o mesmo: cedro, limpo e cítrico, mas a umidade da neve da qual acabou de escapar o torna diferente também. Terroso e fresco, como chuva e pinho.

Absorvo tudo isso, porque a verdade é que me sinto um pouco mais eu mesma quando estou com esse homem. Ele vê além de toda a bravata, vê meu lado ousado e meu lado quieto, o gentil que ferve por baixo do feroz, e, em vez de se virar e ir embora, pega minha mão e caminha comigo.

Quando sussurramos as mesmas palavras um para o outro, algo quente se acende dentro de mim.

— Estava com saudade.

## 20
## ACHO QUE TRAUMATIZAMOS ADAM

GARRETT

— Ganhei de novo. — Jennie reúne suas ondas castanhas, empilhando-as na cabeça e prendendo-os com um elástico de veludo da cor de champanhe. — Como está se sentindo? Cansado? Irritado? Emasculado? — Ela balança as sobrancelhas, com um sorriso atrevido no lugar. — Quer que eu te abrace e faça cócegas nas suas costas enquanto você chora, grandão?

— Cale a boca. — Eu a empurro para o sofá e desligo o estúpido jogo de dança. — Você trapaceou.

— Pode se consolar com desculpinhas.

Você sabe o que *não é* uma desculpinha? A imagem de Jennie dançando pela minha sala de estar usando apenas uma calcinha vermelha rendada e minha camiseta. Bom, essa imagem me consola bastante.

Vamos para a festa de Ano-Novo na casa de Carter, e mal posso esperar para que ele se arrependa disso. Jennie veio mais cedo para irmos juntos. Ela apareceu na minha porta com um vestido brilhante azul-marinho que parecia pintado sobre sua bunda, então prontamente o descartou para que pudéssemos fazer batalhas de dança. Batalhas de dança levaram a outros tipos de batalhas e, por acidente, pressionei seu pescoço contra a parede ao fazê-la gozar em meus dedos. Tive de segurá-la pelo pescoço porque ela já estava maquiada e não queria estragar tudo.

Quero estragá-la por inteiro.

— O que está fazendo? — Jennie pergunta enquanto abro um saco de guloseimas.

— Comendo para me consolar — murmuro, jogando um punhado de Flamin' Hot Funyuns na boca.

São crocantes e picantes, estourando com sabor, meio como Jennie. Tudo o que quero em um lanche.

— *Eca*. Divirta-se sozinho hoje à noite.

— *Tsc, tsc.* — Outro punhado. — Vou te sacudir, isso sim. Colocar minha língua na sua boca.

— Você não vai chegar nem perto de mim hoje à noite.

Engulo em seco, balançando meus dedos vermelhos para ela.

— É o que você pensa.

O rosto de Jennie se contorce de desgosto, e ela se engasga quando lambo meus dedos.

— Que nojo. Posso sentir seu hálito daqui.

Guardo o saco e lavo as mãos.

— Você quer sentir o cheiro de perto?

Ela cruza os braços sobre o peito e os tornozelos sobre a mesa de centro, ignorando-me enquanto eu me arrasto em sua direção.

— Mantenha a respiração longe de mim, Andersen, ou então...

— Ou então o quê?

— Ou então eu te chuto lá.

— Que criativa.

Meus dedos circundam seus tornozelos, girando-a no sofá e abrindo as pernas para que eu possa me encaixar entre elas.

— Vou dar um chute de caratê na sua bunda com tanta força que você vai jogar hóquei com suas próprias bolas.

Seguro minha risada, montando em seus quadris e prendendo seus punhos de cada lado da cabeça.

— Nunca conheci uma pessoa mais violenta na minha vida. Para minha sorte, aprendi que meu tamanho significa que posso segurá-la, e você gosta muito quando faço isso.

Ela balança os quadris, levantando-os do sofá, esmagando sua pélvis contra a minha ao tentar me chutar para longe. Meu aperto em seus punhos aumenta quando cubro seu corpo com o meu.

— *Garrett* — ela avisa com delicadeza.

Ela está com os olhos arregalados. Adoro seus olhos selvagens.

— Vamos, Jennie. — Franzo os lábios, fazendo sons de beijo. — Deixa eu te beijar.

— *Garrett!* — Gritos de riso enchem o ar à medida que ela rola sob mim, tentando me sacudir. Quando as pontas dos meus dedos descem em seu peito, fazendo cócegas, ela começa a chiar, chorando ao rir, e fica sem fôlego ao mesmo tempo, implorando para que eu pare.

Quando acho que ela está prestes a desmaiar ou me chutar no saco, alivio as cócegas. Pegando seus punhos, eu os prendo de cada lado de sua cabeça e rio, deslizando pelo comprimento do seu nariz com a ponta do meu. Quando ela consegue respirar de novo, saio de cima dela, indo para o meu quarto.

— Aonde você está indo? — Jennie passa a mão no cabelo.

Ela vai precisar se pentear de novo antes de aparecermos na casa de seu irmão.

— Escovar meus dentes. Quero passar minha noite te beijando. — Dou uma piscadela. — Beijos secretos, é claro. — Agarro meu pau. — E gosto de receber boquetes. Mas não poderei mais se eu perder meu pau hoje à noite.

Jennie joga um travesseiro no meu rosto.

— Vá escovar os dentes, seu tonto.

Uma hora e meia depois, estamos chegando à casa de Carter e Olivia, e passei os vinte minutos inteiros de viagem tentando colocar minha mão sob o vestido de Jennie.

— Tem certeza de que não quer beber hoje à noite? — Ela dá um tapa na minha mão e a enfia no console do carro. — Podemos pegar um Uber.

— Não, estou bem.

— Bem, se você mudar de...

— Não vou. Vou foder sua boca mais tarde, e bêbado enquanto você está sóbria não me parece certo.

— Se você estiver bêbado ou sóbrio, isso não vai me impedir de me sentar no seu rosto e gozar em toda a sua língua. — Ela olha para mim com um sorriso deslumbrante conforme estaciono o carro na rua, boquiaberto, e aperta minha coxa, bem ao lado do meu pau. — Pronto, grandão?

EU NÃO ESTAVA PRONTO.

Tive de ficar para trás e ajustar meu pau na cueca enquanto Jennie ia na frente; sem querer, montei uma barraca no meu jeans.

Agora já se passaram duas horas, e ela esteve flertando com Jaxon a noite toda, batendo seus cílios idiotas para ele, lambendo seus lábios idiotas, sorrindo para mim por cima do seu ombro idiota. Ela mencionou algo sobre eu decorar a bunda dela com a minha mão mais tarde hoje à noite.

— Vê-lo caidinho é adoravelmente engraçado.

Tropeço em nada, segurando-me na parede. Minha água com gás espirra e borbulha, cobrindo minha mão.

— Porra, Kara. Por que você está sempre vindo de fininho pra cima de mim?

Kara sorri.

— Sou muito, muito sorrateira.

— E irritante — resmungo, então cubro meu ombro quando ela dá um soco. — Ai! O que foi isso?

Seus olhos cortam para os lados, pousando em Jennie e Jaxon. *J&J. JJ. J²*. Tudo isso parece estúpido. *Js* estúpidos. *G&J* soa muito melhor, se fosse para juntar quaisquer duas letras totalmente aleatórias do alfabeto.

— Coitadinho. O ciúme te pegou?

Franzo a testa.

— Do que você está falando? Pare de falar em código.

— Ok, Garrett. Vou parar de falar em código. — Ela me apoia contra a parede, olhos de fogo deixando meu pescoço úmido. Ela é alta, brava e assustadora. — Você ficou olhando para Jennie a noite toda e, toda vez que Jaxon a toca, você parece prestes a estourar essa sua veia direita — ela cutuca meu pescoço — aqui.

— Carter não gosta que ele fale com ela. — *Ahh, boa. Está pensando rápido, Gare.*

— Carter não é o único.

Jaxon escolhe esse momento para passear, virando sua cerveja nos lábios.

— Do que estamos falando?

— Ah, oi, Jax. — Kara aperta seu ombro. — O Ursinho Garrett estava me dizendo que não gosta que você converse com Jennie porque ele tem uma queda por ela.

— Kara. — Abro meus braços. Minha bebida efervesce de novo, encharcando minha meia esquerda. Olho de volta para Jaxon. — Não falei nada disso. Ela está sendo uma... Bem, uma... Kara. — *Cuidado.* — Ela está bêbada.

Adam aparece do nada, passando um braço em volta dos meus ombros.

— *Eu* tô bêbado. — Seu tom é tão orgulhoso quanto seu largo sorriso. — Tem uma garota bonita aqui. O nome dela é Stacey. Samantha? — Suas sobrancelhas se juntam. — Talvez seja Sarah. Ela gosta de hóquei. Mostrei a ela uma foto de Bear e ela disse que ele era fofo. Devo chamá-la para sair?

— Ah, querido. — Kara dá um tapinha no peito dele. — Não. Não, você não deveria.

Ele franze a testa.

— É, imaginei... Ano-Novo, o mesmo eu solteiro...

— Olha, até eu estou torcendo para que esse cara encontre alguém — Jaxon murmura ao nos afastarmos, indo em direção à sala de jantar, onde acabou de terminar uma partida de *beer pong*.

— Garrett! — Carter quica uma bola de pingue-pongue na mesa. — Preciso de um parceiro.

— Não estou bebendo.

— Elas também não estão. — Ele gesticula para o outro lado da mesa, onde Jennie e Olivia estão ajustando seus copos. — Vou acabar com elas, com ou sem álcool.

Os olhos de Jennie encontram os meus, sobrancelhas levantadas, um desafio.

— Andersen não é bom nisso.

— Hum, Liv e eu vencemos o torneio inteiro no ano passado — respondo, batendo na palma de Olivia.

— Vocês trapacearam — Carter resmunga.

Olivia sorri docemente.

— Você sabe o que dizem. Tem que aprender a perder antes de poder apreciar a vitória.

Seus olhos escurecem.

— *Garrett!* Venha já aqui!

Os Beckett odeiam perder. Carter pode parecer o tipo de cara que deixa a esposa vencer para proteger os sentimentos dela, mas ele nunca perde de bom grado. Então, é sempre muito divertido assistir à sua pequena esposa o vencendo em quase tudo.

Incluindo o primeiro jogo de *beer pong*, no qual Olivia e Jennie afundam todos os seis copos de uma maldita fileira, e Carter exige uma revanche.

— Como é possível? — murmuro.

— Não sei de porra nenhuma — Carter murmura. — Sorte de mulher.

— Nada a ver com sorte, amigão — Emmett interrompe, mas talvez a sorte esteja do nosso lado desta vez, porque Olivia perde um lance e Jennie, dois.

Carter está mais focado, recusando-se a olhar para Olivia quando é a vez dele, provocando-a implacavelmente quando é a vez dela, e estou tão bom quanto sempre fui.

Com dois copos restantes de cada lado, as tensões estão altas. As meninas vão primeiro e Kara corre, batendo na bunda das duas.

— Quero vê-los *chorar*, meninas.

Jennie quica a bola três vezes e então se abaixa, posicionada na beirada da mesa.

— Ei, Jen... *Aaaiii*! — Carter se abaixa, agarrando os dedos dos pés em que acidentalmente pisei.

— Ops — digo. — Desculpe por isso, amigo.

Com o irmão distraído, Jennie deixa a bola voar, afundando-a com facilidade, e o pobre Carter estará muito bêbado ao final disso.

Aparentemente, ele decidiu tentar outra distração tática para a última rodada. Quando Olivia vai até a mesa, ele arrasta a camisa para cima do tronco em câmera lenta, um dedo no lábio conforme a encara.

— Gosta do que vê, princesa? Quer que eu te leve lá para cima e... *Ah, mas que caralho!*

Esse, meus amigos, é o som de Olivia dando seu último tiro, tudo enquanto encarava o marido.

— Ei, vamos lá agora. — Bato nas costas de Carter, que choraminga. — Ainda temos uma chance. Temos tantos copos quanto elas. Podemos fazer isso. — Ele agarra a borda da mesa, engolindo em seco. — Você vai primeiro.

*Você está fodido*, Jennie sussurra para mim.

De uma forma ou de outra, definitivamente estou. Por ela ou pelo jogo. De qualquer modo, quando faço minha tacada sem esforço, sei que não tenho culpa do que acontecerá depois.

Com uma expiração trêmula, Carter se levanta. Ele gira os ombros, dobrando o pescoço para a esquerda e depois para a direita.

— Qualquer copo, Carter — pontuo a ele, esfregando seus ombros. — Qualquer copo.

É neste momento, quando ele está preparado para lançar, que Olivia faz contato visual com Emmett, que levanta o queixo apenas ligeiramente, como em uma instrução.

— Não olhe para ela — rosno para Carter.

Mas ele escuta? Não, claro que não. Carter nunca escuta.

Olivia se afasta, devagar pra cacete, curvando-se, e Carter bufa uma risada.

— Nem tente, pequena Ollie. Não vou cair nessa...

Vejo tudo acontecer em câmera lenta. A água escorrendo entre suas pernas, cobrindo o chão quando ela suspira, a cor drenando o rosto de Carter conforme Olivia grita que sua bolsa estourou. Seus olhos arregalados de medo quando a bola escorrega de seus dedos, quicando uma, duas, três vezes na mesa de madeira antes de cair no chão. Durante tudo isso, não percebo Jennie rindo no canto.

— Ollie...

— Rá! — Olivia gira de volta para nós, o rosto brilhando de arrogância, e ela esmaga a garrafa de água vazia entre as mãos.

— Te peguei, otário! Você errou!

Ela bate na mão de Jennie antes de Emmett abraçá-la.

— Falei que ele cairia nessa! — ele grita.

Jogo uma bola de pingue-pongue da mesa.

— Eu sabia que deveria ter sido parceiro de Ollie de novo. Carter é péssimo.

— Achei que minha esposa estava em trabalho de parto! Não é justo! É trapaça! Peço uma revanche!

— Esta foi a revanche — Jennie o lembra. — Você continuou perdendo.

— Não perdi! Eu-eu-eu...

— Você perdeu — Kara o interrompe. — Duas vezes. E perdeu três vezes no ano passado. Sua esposa sempre te vence nesse jogo e, ainda assim, você continua a ter esperança de que a próxima rodada poderá ser sua. É inspirador, Carter, mas também é triste. — Ela dá um tapinha em seu peito. — Meia-noite em cinco minutos! Não temos tempo para você se recuperar!

O caos se instala quando todos se amontoam na sala de estar e na cozinha, e a temperatura na casa dispara instantaneamente. Muitas pessoas, muitos corpos amontoados no andar principal, e todos começam a formar seus pares. Adam e Jaxon estão reunidos na ilha da cozinha com outras pessoas solteiras. Há tanta gente nesse espaço que é difícil ver alguém além de quem está ao seu lado.

Para mim, é difícil ver outra pessoa além de Jennie, do jeito que ela fica no canto da sala como se estivesse tentando desaparecer, os olhos se movendo ansiosamente ao redor do espaço. O brilho de sua personalidade se apaga, sendo substituído por uma concha de quem prefere se esconder a fazer parte da agitação.

Passo pela cozinha e entro na sala de jantar antes de seguir pelo corredor escuro e vazio, bem atrás de Jennie.

As pontas dos meus dedos dançam ao redor de sua cintura até eu abrir a palma sobre sua barriga, e ela suspira, assustada.

Meus lábios tocam sua orelha quando a contagem regressiva chega ao minuto final.

— Venha comigo.

— O que está fazendo? — ela sussurra enquanto a acompanho escada acima. — E se Carter vir?

— A única coisa que existe no mundo do seu irmão neste momento é a esposa. — Espio um quarto, o mesmo que eu tinha visto quando Jennie dormiu aqui. — Ele não vai notar nossa ausência.

— Vou fingir amnésia se você estiver errado.

Eu a puxo para o quarto escuro, pressionando-a contra a parede.

— E vou pular da janela e você nunca mais vai me ver.

Lá embaixo, as pessoas começam a contagem regressiva a partir de vinte. Minha mão envolve o pescoço de Jennie e meu polegar repousa no ponto pulsante sob sua pele quente, que reage, e adoro ser a razão pela qual ela está voltando à vida agora.

*Quinze.*

— Você vai me deixar ser seu beijo da meia-noite?

*Dez.*

Seus olhos selvagens saltam entre os meus.

— Talvez.

*Cinco.*

— Não é a resposta que estou procurando.

*Quatro.*

*Três.*

*Dois.*

*Um.*

— Então talvez você devesse simplesmente pegar o que quer.

Nossas bocas se chocam em um frenesi, dedos passando pelos cabelos, quadris rangendo, línguas varrendo, tudo com a casa explodindo com aplausos e gritos lá embaixo.

Minha mão desliza pelas costas do vestido de Jennie, e dou uma mordida em seu pescoço e um tapa em sua bunda.

— Me morda mais uma vez e vou fazê-lo gritar.

Seus dedos se enrolam em volta do meu cabelo quando ela me beija, dentes deslizando ao longo do meu lábio inferior antes de puxá-lo.

— Quero vê-la tentar.

Fecho a porta do quarto e a empurro para o banheiro, acendendo a luz assim que nos tranco lá dentro. Suas bochechas estão vermelhas, os lábios rosados e inchados, o peito arfando conforme caminho em sua direção.

— Tire a calcinha.

— Gar...

— Agora.

Estou brincando com fogo, mas não consigo me importar. Tive de ficar olhando para ela a noite toda, e tudo que quero fazer é sentir o seu gosto.

Jennie não se move rápido o suficiente, então eu a giro e a empurro contra a parede, e, com um puxão rápido, sua calcinha está enrolada em meu punho.

Uma mão envolve a base de seu pescoço, a outra mergulha entre suas pernas.

— Adivinha o que acontece quando você grita?

— As pessoas ouvem — ela choraminga.

— As pessoas ouvem. Você quer que as pessoas ouçam?

Ela suspira quando deslizo meus dedos por seu calor encharcado.

— Não.

— Então vai ter de ser uma boa menina e ficar quietinha.

Eu a coloco em meus braços antes de encostar sua bunda na bancada, amontoando o vestido em volta dos quadris ao abrir suas pernas. No espelho, sua boceta brilha de necessidade e me dá água na boca.

— Você vai se ver gozando para mim e vai tentar não fazer barulho.

Seus olhos arregalados me encaram com admiração conforme minhas palmas acariciam suas coxas. Quando abro minha boca em seu pescoço, seus lábios se separam com uma inspiração rouca que logo se transforma em um gemido no segundo em que acaricio seu clitóris.

*Tsc, tsc,* balanço a cabeça.

— Não foi um bom começo, minha flor.

Seus quadris balançam, olhos implorando para mim à medida que meu toque paira sobre ela, quase lhe dando o que quer, tirando no último segundo.

Minha boca percorre seu pescoço, passando ao longo de sua mandíbula, parando em seu ouvido.

— Você quer que eu te foda com meus dedos?

Jennie é uma visão, nua e aberta para mim, vulnerável ao me olhar, a cabeça jogada para trás sobre meu ombro. Quando ela assente, percebo que a deixei sem palavras pela primeira vez desde que a conheço.

Talvez seja por isso que a tiro de sua aflição, mantendo nossos olhares juntos ao afundar um dedo dentro dela. Quando sua boca se abre com um gemido, uso minha mão livre para cobri-la, abafando meu nome, que sai de seus lábios.

Mergulho um segundo dedo.

— O que eu disse?

Suas mãos se estendem para trás, frenéticas, procurando algo em que se agarrar. Uma agarra um punhado da minha camisa; a outra, o balcão. E, quando bombeio mais forte, mais rápido, seus olhos reviram-se para o teto conforme ela choraminga na minha mão. Meu polegar encontra seu clitóris, pressionando, provocando, deixando-a louca.

— Quero você de joelhos quando chegarmos em casa — sussurro em seu ouvido. Suas paredes começam a apertar em volta dos meus dedos, ela se debatendo em meus braços, dedos dos pés se curvando contra o espelho.

— E quero ver como você pega meu pau.

Jennie geme alto atrás da minha mão, fazendo-me tapá-la mais forte, e começa a apertar minha mão entre suas pernas, tentando puxá-la para si conforme seu orgasmo se aproxima.

Seu corpo estremece ao desistir da luta, cabeça balançando para trás ao dizer meu nome na minha mão, e, quando ela enfim se acalma, descendo de seu auge, seus olhos azuis estão brilhantes e atordoados.

Cubro sua boca com a minha, abrindo-a com a minha língua, e ela suspira ao afundar em meus braços.

Dois minutos depois, estou tentando descobrir como dizer a Carter que ele precisa higienizar o banheiro do seu quarto de hóspedes enquanto Jennie se veste.

— Vá se certificar de que a barra está limpa — ela sussurra, tirando um recipiente de lenços umedecidos do armário. — Vou me limpar.

Eu me esgueiro para dentro do quarto escuro e abro a porta. A luz e o barulho do andar de baixo entram, mas o corredor está vazio.

Volto na ponta dos pés para o banheiro, onde Jennie envolve os braços em volta do meu pescoço, puxando-me para um beijo.

— Primeiro orgasmo de Ano-Novo. Nota seis de dez, Andersen.

— Fala sério, minha flor. Abalei seu mundo.

Conectando meu mindinho com o dela, eu a puxo para o quarto.

— Conferi. A barra...

— Não está limpa, não — Kara termina para mim, de onde está, na porta do quarto. — Essas eram as palavras que você estava procurando, certo, Garrett?

Atrás de mim, Jennie se encolhe, pressionando-se contra as minhas costas, seu rosto aparecendo por baixo do meu braço. Ao lado de Kara, o queixo de Adam tremula.

— Nós-nós-nós... — *Ai, caralho.* — Nós, humm... — *Pense, Garrett. Pense!* — Estávamos nos limpando.

Adam tapa os olhos com as mãos.

— Não, não, não, *não*. Não posso saber sobre isso! — Ele se vira e sai correndo pelo corredor. Ele não vai longe, com base no estrondo que ouvimos, depois pela maneira como ele grita "*Karaaa!*".

— Sim, meu doce anjo — ela grita de volta, com os olhos em nós. — Já vou!

Seu sorriso não vacila quando seu olhar perfura os nossos, uma unha vermelha batendo no batente da porta. Minha vida inteira passa diante dos meus olhos ao contemplar todas as maneiras pelas quais Carter vai me machucar, torturando-me lentamente sem nunca me matar, só para depois fazer tudo de novo.

— Conversaremos sobre isso — ela diz, como se esta não fosse a última vez em que terei todos os meus membros.

Assim, ela se vira e vai embora.

— Então, não há problema. — Jennie pega minha mão, puxando-me para dentro do elevador. — Porque Kara disse que não contaria.

Aceno com a cabeça, pressionando o botão do vigésimo primeiro andar.

— Ela contaria.

— Porque acha que foi algo passageiro.

— Ela contaria.

O pé de Jennie salta.

— Então não devemos abusar da sorte.

Sigo Jennie até sua porta.

— Definitivamente não.

Sua mão treme ao enfiar a chave na fechadura e, quando enfim consegue abrir a porta, ela olha para mim.

— Estamos de acordo? Terminamos?

— De acordo — sussurro, inclinando-me em sua direção.

— Totalmente de acordo — ela murmura, levantando o queixo.

Inclino o pescoço.

— Super de acordo.

Sua respiração paira sobre meus lábios, quente e doce.

As costas de Jennie encostam na parede com um baque quando a pressiono contra ela, a porta batendo atrás de mim. Tiro os sapatos e o casaco, e não espero Jennie tirar os saltos para arrancar o vestido dela pela cabeça e puxá-la para mim, erguendo suas pernas ao redor da minha cintura.

— Não estou de acordo — rosno contra seu pescoço ao seguirmos pelo corredor. — Com nenhuma porra de acordo.

— Acho que traumatizamos Adam.

— *Com certeza* traumatizamos Adam.

Jennie me entrega um prato de pizza fria.

— Ele vai ficar bem?

Devoro uma fatia inteira antes de responder, principalmente porque preciso de tempo para pensar.

— Sendo sincero, não tenho certeza. Tentei falar com ele lá fora, mas ele continuou tapando os ouvidos e repetindo "não estou ouvindo, não estou ouvindo". Ele estava bem bêbado. Posso tentar fingir que foi fruto da sua imaginação.

Quando termino, coloco meu prato na mesa de cabeceira e bocejo.

— Você está indo embora? — Jennie pega minha mão, traçando o comprimento dos meus dedos. — Poderia ficar mais um pouco? Podemos ficar juntinhos.

Um sorriso lento se espalha pelo meu rosto.

— Juntinhos.

Ela levanta um ombro.

— Se você quiser.

— Se *eu* quiser ou se *você* quiser?

— Você. — Ela ri, dando um tapa na minha mão quando alcanço sua cintura.

Rastejo em direção a ela.

— Sabe, você está se tornando uma grande ursinha carinhosa. Quem imaginaria?

— Não eu.

— Admita, Jennie. — Eu a derrubo de costas, montando em seus quadris enquanto me agito acima dela. — Você é uma carinhosa. Gosta de me abraçar.

— Não.

— Vamos, Jennie. — Cutuco seu maxilar com meu nariz. — Admita.

— Nunca.

Pela segunda vez hoje, meus dedos descem sobre seu peito e observo com prazer Jennie se contorcer abaixo de mim, gritando e rindo até ficar sem fôlego.

Rindo, eu a abraço.

— Não acredito que já tive tanto medo de você.

— Sim, claramente preciso recuperar meu fator medo. — Jennie se aconchega ao meu lado conforme as pontas dos meus dedos circundam suas omoplatas, dançando por suas costas, sobre a parte de trás de sua cintura.

— Posso te dizer uma coisa, Garrett?

— Claro.

— Não faço amigos tão facilmente. Tenho dificuldade em confiar nas pessoas. Aprendi a manter meu círculo pequeno, mas você... você fez tudo ficar melhor. — Seus olhos azuis sonolentos me encaram, brilhando com vulnerabilidade. — Acho que você é meu melhor amigo. — Ela baixa o olhar para o meu peito, o rosto irradiando calor. — Seria muito doloroso perdê-lo.

Colocando um dedo sob seu queixo, forço seu olhar a encontrar o meu. Não sei o que aconteceu para tornar as amizades tão desafiadoras e inatingíveis para ela, para tornar sua confiança essa posse valiosa, mas o medo é tão real para ela, o medo de que eu simplesmente vá embora, que ela vá perder tudo isso.

É por isso que ela se recusa a ver o que está bem na sua frente, o que nós poderíamos ter? Por que ela prefere ter a mim como amigo a não ter como mais nada? Não posso lhe prometer o para sempre, não quando não sei o que o amanhã nos reserva, não quando ela não estiver pronta para seguir o caminho que nos leva de amigos coloridos para algo mais.

Mas posso lhe prometer uma coisa.

— Melhores amigos não se perdem, Jennie. Estarei sempre aqui. Prometo a você.

# 21
# MEU NOME É GARRETT ANDERSEN E *EU* TENHO UMA BUNDA DE HÓQUEI

## GARRETT

— Puta, estou uma delícia. — Carter gira, observando a si mesmo no espelho. Ele puxa as lapelas do paletó sob medida. — Eu me foderia.

Entrega o celular para Emmett antes de pressionar a palma da mão no espelho de chão, empinando a bunda e nos olhando por cima do ombro.

— Tire uma foto. Vou mandar para Ollie. Ela precisa saber o que está reservado para ela esta noite.

Emmett empurra um banco em direção a Carter.

— Levante a perna. É, está bom. Ollie vai gostar disso.

Adam cruza os braços, assistindo à pequena sessão de fotos.

— Pô, essa calça é ótima. — Ele gesticula para a bunda de Carter em seu terno bordô. — Nem parece que você vai rasgá-la quando se sentar, Carter. Estou impressionado.

Carter estende os braços e se agacha, saltando.

— Estica bem. É fantástica. Experimentem.

Todos nós testamos. Para ser claro, todo o nosso time. Todos os vinte e cinco integrantes estão aqui, vestidos com ternos de grife feitos sob medida para atletas com membros inferiores musculosos, com excelente corte. Acho que esta é a minha campanha favorita. Fiquei ótimo nesta calça.

— Porra. — Coloco uma mão na minha coxa, a outra na minha nádega esquerda ao avançar. — O tecido é incrível mesmo. E confortável.

Afundo no alongamento, sentindo a queimação na virilha e gemendo. Como dançarina, Jennie é incrivelmente flexível. Eu não sou. Ela tem essas ideias e tento segui-las, mas, se eu for ser honesto, acompanhá-la às vezes é difícil.

A fotógrafa ri, tirando minha foto.

— Está excelente.

Seu cabelo preto está preso em um rabo de cavalo apertado que fica pendurado até a metade de suas costas.

— Esqueçam as fotos posadas, podem se soltar. Vocês levam jeito.

Quando sorrio, ela sorri. Seu nome é Susie, e tenho noventa e nove por cento de certeza de que está flertando comigo há uma hora, sobretudo porque o meu é o único terno que ela parece achar que precisa ser constantemente ajustado.

— Você contundiu a virilha? — Carter pergunta conforme esfrego o local latejante. — Como fez isso?

As pontas das minhas orelhas queimam, a nuca fica úmida, sobretudo quando os olhos de Adam encontram os meus. Ele não disse uma única palavra sobre a noite de Ano-Novo. É possível que tenha esquecido, ou sou burro o suficiente para ter essa esperança?

Kara prometeu não contar a ninguém, mas apenas com a ressalva de que fosse um fato isolado. Ela é totalmente a favor de que nossa relação continue, mas falou que não conseguiria manter a boca fechada se nos mantivéssemos juntos. Estou surpreso de ela ter cumprido a promessa. Há uma semana Emmett flutua ao meu redor sem a mínima ideia de que alguma parte do meu corpo esteve em Jennie.

— Escorreguei no gelo — enfim explico, ou minto, dependendo do ponto de vista. — Sim, escorreguei, e minhas pernas, elas foram, tipo... — Faço perninhas com meus dedos indicador e médio, abrindo-os, para reforçar a imagem. — Então... Sim. Dói.

— Jennie tem um negócio incrível de massagem — fala Carter. — Que eu chamo de salvador. Ele trabalha pra caramba os músculos doloridos. Você devia pegar emprestado.

— Com certeza farei isso, sim. Vou pegar emprestado o massageador dela. Espero ter conseguido impedir minha cabeça de balançar.

— Peça para ela te mostrar como se usa. Você vai ficar gemendo sem parar.

*Ahã. Definitivamente.*

Ainda estou procurando uma resposta quando Adam pergunta:

— Qual é a fala, mesmo?

Ele ajeita os punhos, os olhos se movendo sobre si no espelho. Ele está todo de preto e muito elegante.

— Meu nome é Jaxon Riley e tenho uma bunda de hóquei — responde Jaxon.

Adam limpa a garganta.

— Meu nome é Adam Lockwood e tenho uma bunda de hóquei. Eu bufo.

— Adicione um pouco de charme, pelo menos.

— Sim, é assim. — Carter pousa a palma da mão no espelho de novo, olhando por cima do ombro. — Meu nome é Carter Beckett e tenho uma bunda de hóquei.

— É mais ou menos assim. — Limpo a garganta e balanço meus ombros, posicionando-me, uma mão no nó da gravata, a outra no meu quadril. — Meu nome é Garrett Andersen — espio por cima do ombro — e tenho uma bunda de hóquei.

Carter me empurra para fora do caminho com o quadril.

— Meu nome é Carter Beckett — ele murmura, rouco e baixo. Balança a cabeça por cima do ombro, olhos semicerrados enquanto seu quadril se projeta, deslizando uma mão sobre a nádega direita. — E *eu* tenho uma bunda de hóquei.

Levanto a ponta do meu paletó e agacho-me, lançando um olhar pesado e aquecido por cima do ombro. É do tipo que reservo para atrair Jennie para o quarto.

— Meu nome é Garrett Andersen... — Desço no meu agachamento, movendo a mão em um círculo sobre minha nádega, e franzo as sobrancelhas. — E *eu* tenho uma bunda de hóquei.

— Droga — Carter murmura, balançando a cabeça devagar. — Sim. Sim, é isso.

— Ficou ótimo — elogia Susie, tirando foto após foto de uma equipe de jogadores de hóquei agachando-se, estalando os quadris, dando tapinhas nas próprias bundas. — Vocês são muito divertidos e sinceros. Deveríamos fazer algumas fotos de grupo e, depois, o cinegrafista vai fazer um por um.

Ela se aproxima de mim e pega minha gravata.

— Minha gravata está frouxa de novo?

Enfio as mãos nos bolsos da calça quando ela começa a mexer no nó. Ela ri.

— Não sei como isso continua acontecendo. — Eu também não, porque a única pessoa que continua tocando é ela. — Este terno fica muito bem em você.

— Obrigado. Gosto dele. É superconfortável.

É uma tal tecnologia de elasticidade de desempenho. Cintura e pernas afuniladas, mas espaço e elasticidade suficientes para acomodar nossas coxas grossas e — você adivinhou — bundas de hóquei.

— Você é muito alto. Qual é a sua altura?

— Um metro e noventa — respondo, ignorando as risadinhas de Carter e Jaxon.

— Uau — Susie murmura, maravilhada.

Aponto para Adam, tentando desviar sua atenção. Ela é gata, mas não estou tentando dar a ela nenhuma ideia errada; há uma morena atrevida ocupando a maior parte do espaço no meu cérebro.

— Ele tem um metro e noventa e cinco.

Ela mal olha.

— Sim, ele é muito grande. Então, sua namorada é alta também?

— Hmm, eu... — Coço meu nariz. — Não tenho namorada.

Não é mentira, mas parece uma.

O rosto dela se ilumina.

— Ah.

— Você tem namorado? — Carter pergunta, caminhando até lá com um sorriso irritante em seu rosto irritante.

Susie balança a cabeça em sinal negativo, sorrindo com expectativa para mim, e Carter passa um braço em volta dos meus ombros, puxando-me para o seu lado.

— Bem, isso não é divertido? Vocês dois são solteiros, e Garrett está querendo entrar no mundo dos encontros. Certo, amigo?

*Que merda. Isso não é bom.*

MULHERES GRÁVIDAS SÃO ASSUSTADORAS.

Jennie tem, tipo, quinze centímetros a mais que Olivia, e ela ainda está tentando desaparecer no sofá, recuando diante do olhar furioso de Olivia.

— Poderia parar de me olhar desse jeito? — Jennie enfim grita para ela. — Entendo, você não gostou do presente de Natal que dei para Carter! Mas não quero morrer hoje!

Olivia gesticula agressivamente para onde Carter está parado no centro da sala de estar com um microfone, cantando as palavras que aparecem na tv deles.

— Duas semanas, Jennie! Ele tem cantado todos os dias por duas semanas!

— Bem, eles viajaram por cinco dias... — Jennie fecha a boca diante da expressão assassina no rosto de Olivia. — Sim, entendi. Duas semanas. A máquina de karaokê foi uma péssima ideia.

Jennie e Kara trocam olhares arregalados, tentando não rir, mas, quando Carter se vira e agarra a mão de Olivia, puxando-a ao cantar "Beije a moça" da *Pequena Sereia*, elas caem na gargalhada.

— Ok, Jennie — ele suspira quando a música termina, passando o dedo no suor na testa. — Você e eu. *Frozen?*

— Eba, sim! — Ela salta do sofá, pegando um segundo microfone, e não sei que merda aconteceu com a minha vida que sou um homem de vinte e seis anos passando uma rara noite livre de sexta-feira assistindo aos meus amigos cantando músicas da Disney no karaokê.

E, ainda assim, eu não mudaria nada. Há algo sobre a maneira como Jennie parece tão completamente solta e à vontade, como se ela se sentisse em seu hábitat natural com essas pessoas, livre para ser ela mesma.

— Às vezes — suspira Olivia —, é como se existissem dois deles.

Dou um tapinha na mão dela.

— E você está prestes a adicionar mais um. Tão corajoso da sua parte, Liv.

— Preciso de ajuda. Tanta ajuda.

Eu rio.

— Posso pegar alguma coisa para você, mamãezinha?

Ela está aconchegada no sofá, conseguindo parecer desconfortável e confortável ao mesmo tempo. Sua barriga de grávida é fofa, mas, para uma pessoa tão pequena, com certeza a barriga ocupa grande parte de seu corpo, e ela parece sofrer.

— Eu adoraria um chá e Oreo. Carter colocou os biscoitos em cima da geladeira, onde não consigo alcançar, e os saquinhos de chá estão na despensa.

Adam caminha até mim na cozinha quando estou pegando a chaleira, parecendo muito estranho e um pouco assustado também.

— Olha, amigo. — Ele começa com cautela. — Eu te amo.

— Também te amo, cara.

— Quero que você seja feliz. — Ele tenta de novo.

— Obrigado, parceiro. Agradeço. — Despejo a água fumegante sobre o saquinho de chá, observando mudá-la de cor. — Quero que você seja feliz também.

— Humm, certo. Mas, para ser feliz, você tem que, humm... — Ele passa uma mão ansiosa pelos cabelos, os olhos percorrendo a sala antes de se inclinar e sussurrar: — Estar vivo.

Resisto à vontade de rir, só porque sua preocupação é genuína e também porque não morrer é preferível. Sinceramente, estou surpreso que ele tenha demorado tanto para falar. Aposto que ficou remoendo a semana toda.

Dou uma olhada rápida ao redor. Todos estão ocupados e, o mais importante, Carter ainda está cantando.

— Olha, foi só uma vez. Não vai acontecer de novo.

Mentir para Adam parece estranho. Não gosto de fazer isso.

— Não deveria ter acontecido de jeito nenhum — ele sussurra. — Você cometeu um erro!

Estico meus braços.

— Cometo erros o tempo todo, cara!

Coloco a mão no peito para acalmar minha respiração irregular antes de ficar mais acalorado. Além disso, Kara está nos observando da sala de estar.

Não preciso que ela meta o nariz aqui de novo. É um milagre termos conseguido escapar dessa vez.

— Olha, tudo o que fizemos foi ficar.

— Você disse que estavam limpando!

— Ah, sério, cara! Você estava bêbado mesmo? Como se lembra?

— Por que precisariam limpar, se tudo o que fizeram foi se beijar?

— Hmm, porque a Je... *Ela*... Ela é uma... uma beijadora desleixada. Sim, superdesleixada. — E vai me dar uma surra se isso chegar até ela. — Mas é boa, sabe...

Adam revira os olhos.

— Ótimo, porque eu estava mesmo me perguntando como ela seria classificada na escala de hóquei das amígdalas. — Ele se inclina, aproximando-se de mim com olhos ferozes. — O que estava fazendo no banheiro de cima sozinho com ela, para começar?

— Todos os banheiros estavam cheios.

— Todos os banheiros estavam cheios exatamente à meia-noite, quando todo mundo comemorava a chegada do Ano-Novo?

Franzo os lábios.

— Ahã.

Adam balança a cabeça.

— Bem, o que você e Kara estavam fazendo indo para o banheiro de cima juntos?

Estou desviando a conversa, não o acusando, mas, ainda assim, ele bate o punho no meu ombro com a insinuação.

— Porque todos os banheiros estavam cheios *depois* da meia-noite, quando nós dois precisávamos ir, e Kara disse que não esperaria por nada nem ninguém, seu idiota.

Dou uma risada, porque meio que gosto de ver Adam irritado, com xingamentos e tudo mais.

Ele suspira, passando os dedos pelos cabelos escuros, os olhos azuis exaustos.

— Você promete que foi só uma vez? Que nunca mais?

Coço o canto da boca, murmurando "prometo" em voz baixa, esperando que Adam me perdoe um dia.

— Então vai ligar para aquela garota?

— Garota? Que garota?

— A de hoje! A fotógrafa!

— Ahhh, certo, certo. Ela. Sim, vou ligar para ela.

*Já apaguei o número dela.*

Susie é legal. Gata, fofa e muito simpática. Se eu estivesse disponível, talvez a levasse para sair. Mas não estou. Não acho que eu esteja disponível. Certo?

Bem, de qualquer forma, ela não é Jennie, e essa é a única coisa que importa. Jennie é a única mulher de quem não consigo tirar os olhos.

Quando Adam enfim fica satisfeito o suficiente, ela vem até a cozinha. Pega uma caneca e a encho com água quente. Ela mergulha um saquinho de chá na água.

— O que foi aquilo?

— Ele só queria ter certeza de que nada estava acontecendo.

Jennie se inclina contra o balcão, escondendo o sorriso atrás da caneca.

— Coitado de Adam. Eu me sinto mal de mentir para um homem tão fofo.

— Eu também, ainda mais quando sua principal preocupação é que eu continue vivo.

Jennie assobia, concordando.

— Verdade.

Inclino-me ao seu lado e, quando nossas mãos se tocam, entrelaço meu mindinho ao seu.

— A máquina de karaokê foi um presente para você ou para Carter?

— E daí se eu também gosto de cantar?

— Acho que você nasceu para estar no palco.

— Nascida para brilhar, baby. — O volume da música atual diminui, e Jennie levanta as duas sobrancelhas para mim quando puxa a mão para trás e começa a caminhar em direção à sala de estar com seu chá. — Garrett é o próximo! Ele quer cantar *Moana*!

Eu preferiria não, mas Kara salta, declarando que cantará comigo, e, antes que eu perceba, já cantei metade da trilha sonora e Jennie não parou de rir. Amo ser a razão por trás da sua risada.

Quando enfim me sento, sem fôlego e com fome, Carter explode minha bolha feliz.

— Garrett tem um encontro.

Meu queixo balança, o olhar disparando para Jennie.

— O quê? Não, não tenho.

— Bem, ainda não. Ele conseguiu o número de telefone da fotógrafa de hoje.

— Ela-ela-ela... ela me deu!

— Os dois estavam flertando o tempo todo. Estavam apaixonadinhos!

— Não, eu...eu...eu... Ela era... Mas eu estava... — *Porra*. No segundo em que meus olhos encontram os de Jennie, ela desvia o olhar, as bochechas bem vermelhas. O olhar de Kara oscila entre nós dois, um sorriso malicioso subindo pelo rosto dela. Adam parece exausto pra caralho ou desapontado, talvez ambos. — Eu não estava flertando — murmuro, mas as palavras se perdem quando Carter e Emmett começam a cantar em dueto "Quer brincar na neve", de *Frozen*. Durante a próxima hora, tudo que faço é roubar olhares de Jennie.

Quando voltamos para o prédio, estou completamente confuso. Ela não olhou para mim e mal disse uma palavra pelo restante da noite. Toda vez que alguém se dirigia a ela, ela pedia para a pessoa repetir o que disse. Tentei dobrar meu mindinho em volta do seu sob a ilha da cozinha quando estávamos todos juntos para jantar, mas ela agiu como se eu não estivesse lá. O máximo que consegui foi quando ela me entregou as chaves do carro de Carter e perguntou se eu poderia dirigir, porque a neve a deixa ansiosa.

— É legal como você e Carter são próximos. Dá para dizer só de olhar vocês dois.

Ela mantém o olhar para fora da janela.

— Sim, ele é meu melhor amigo.

— E eu também, certo?

Cutuco sua coxa e rio ansiosamente.

Não sei por que a estou cutucando. É estranho, e tudo o que quero fazer é tocá-la, colocar minha mão em seu joelho, entrelaçar meus dedos aos seus.

— Jennie?

Cutuco mais uma vez.

Ela me espia, dando-me um sorriso fraco. Não acho que isso seja uma resposta. Se for, não gosto.

— Bem, você é minha melhor amiga. — Não consigo parar de falar. — Embora seja meio casca dura. — *Casca dura? Puta merda, por favor, pare.*

Dirijo por mais três minutos em um silêncio horrível e, quando paramos no sinal vermelho, não consigo mais resistir à vontade de manter minhas mãos nela. Coloco minha palma virada para cima, dedos abertos, e espero.

Jennie me observa, mas não morde a isca, então fecho a mão.

— Vamos, Jennie. Segure minha maldita mão, por favor. Não pude tocar em você o dia todo, que é, coincidentemente, a única coisa que eu queria fazer.

O canto de sua boca se curva, e não é o suficiente, mas aceito. Ela desliza a palma da mão na minha e, quando nossos dedos se emaranham, minhas terminações nervosas chiam. Pergunto-me se a faço se sentir aquecida do mesmo jeito que ela me faz, como uma caneca de chocolate quente depois de um dia frio ou como a primeira saída na primavera, sentindo o sol no rosto depois de um longo inverno.

De volta ao nosso prédio, pegamos o elevador em silêncio, mas ela mantém sua mão suavemente dobrada na minha. Quando chegamos à sua porta, ela desliza para dentro, e a maneira como começa a fechá-la antes que eu possa segui-la faz meu coração bater muito rápido. Jennie está chateada, e não quero que esteja.

Ela me dá um sorriso, mas odeio isso. É um sorrisinho triste e gentil, tímido até, meio escondido pela porta que está segurando, mal fazendo aparecer suas covinhas.

— Ei, vou entrar sozinha. Estou bem cansada.

— Ah. Certo. Tem certeza? Poderíamos apenas assistir a um filme ou alguma coisa? Posso fazer cócegas nas suas costas na cama.

— É, não, está tudo bem. Só vou dormir.

— Ok. — Esfrego a parte de trás do meu pescoço. — Humm... Boa noite, então.

Inclino-me para a frente e ela vira o rosto tão rápido que nem sequer vejo, exceto que pego o canto de sua boca em vez de seus lábios.

E isso é uma merda.

O silêncio flutua entre nós, fazendo minha pele coçar. Não sei o que está acontecendo entre nós. Sei que não sinto o mesmo de quando isso começou, quando tudo o que eu queria era um caso inocente. Talvez seja minha culpa, por quebrar as regras, dando a Jennie mais do que ela pediu: os filmes, os abraços, a maldita calça de moletom.

Mas não consigo ler suas ações direito e, agora, quando meus próprios sentimentos são novos e confusos, e não tenho certeza de sua profundidade, não sei como proceder, além de saber que preciso ter cuidado. A paciência sempre me trouxe até aqui com Jennie. Espero que um pouco mais de paciência me leve aonde quero. Tudo o que sei é que ela se assusta com facilidade, e assustá-la é a última coisa que pretendo fazer.

Jennie brinca com a ponta de sua trança.

— Ah, ei, hum, se for ligar para aquela garota...

*Sabia.* Está com ciúmes. Isso significa que ela gosta de mim? Acho que significa que ela gosta de mim.

— Eu não vou ligar para aquela garota.

— Bem, se você mudar de ideia...

— Já apaguei o número dela.

— Ah.

— Sim.

— Hum, bem.

Ela enrola a trança na mão, emaranhando-a nos dedos, e suas bochechas ficam rosadas quando tenta se libertar. Puxo a mão do cabelo dela, e ela prontamente começa a tirar fiapos imaginários do seu moletom.

— Só se lembre de que nós devemos acabar com isso antes de começar a ver outra pessoa, porque não quero me sentir idiota, ficar envergonhada ou o que quer que seja.

— Não estou saindo com outra pessoa, Jennie, e não vamos terminar nada. Isso é tudo?

— É tudo o quê?

— Você não quer se sentir idiota?

Ela franze o nariz ao puxar o lábio inferior para dentro da boca e baixar o olhar de novo. Não tenho certeza se algum dia vou me acostumar com esse seu lado tímido que aparece aqui e ali, mas estou aprendendo a gostar dele tanto quanto de suas partes confiantes. Se ela rugir ou sussurrar, ainda assim é linda, forte e excepcionalmente perfeita para mim.

— O que mais poderia ser?

Meus olhos rolam para o teto com meu suspiro. Jennie gosta de fazer isso de vez em quando, responder à minha pergunta com outra pergunta. É como ela evita qualquer conversa séria que possa nos forçar a abordar para onde as coisas estão indo, ou pelo menos para onde eu quero que elas estejam indo.

Então, com um sorriso bobo, agarro a barra de seu moletom e a puxo. Ela vem caindo em mim, agarrando meus bíceps para se segurar, e inclino seu rosto em direção ao meu.

— Você é irritante pra caralho às vezes, minha flor. E sabe disso, não é?

Ali está, bem ali no canto, a sugestão de um sorriso. As covinhas começam a aparecer e, quando um sorriso floresce em seu rosto, quero beijá-lo para tirá-lo das bochechas dela.

— Não sou a flor de ninguém.

— Ah, adoro quando você está errada. — Minha boca cobre a sua, persuadindo-a a se abrir, e sua língua encontra a minha em um longo beijo lento. — Você é a *minha* flor.

# 22
# PORRA

## JENNIE

— A reserva é para sete, e *todo mundo* virá. Vai ser incrível. Eu nos coloquei na lista da Sapphire para depois.

— *Sapphire?* Como você fez isso acontecer?

A ponta da minha caneta bate incessantemente na mesa, e meus olhos tremem enquanto sonho em enfiar minha BIC azul-turquesa bem na órbita ocular de Krissy.

É extremo? Talvez. É necessário? Talvez.

Simon tira a arma da minha mão, substituindo-a por uma bala Starburst. Não consigo acertar uma Starburst no olho de Krissy. Além disso, é uma cor-de-rosa. Não vou desperdiçar.

— Coma uma balinha. Você parece estar tramando um assassinato.

Ele abre seu notebook e mexe no YouTube até encontrar um daqueles vídeos engraçados de cachorro, dos quais sabe que gosto. Simon verifica se está sem som e vira a tela para mim antes de voltar a focar sua atenção em Leah, na frente do auditório.

Estou tensa agora. Krissy está sentada bem diante de mim, falando alto sobre seus planos de sexta-feira, dando ênfase a como *todos* irão.

Não faço parte de *todos* e definitivamente não me importo. Não é como se estivessem indo para a melhor e mais exclusiva balada em Vancouver nem é como se eu amasse dançar. Não é como se toda a turma formanda fosse nem é como se eu me importasse que tenha ficado de fora todos esses anos.

Fui uma exceção desde o começo, a garota rica que nem precisa tentar ser aceita em uma das escolas de dança mais elitistas do país; a bolsa de estudos me foi entregue em mãos.

Só que não sou rica e nunca fui. E a bolsa de estudos? Conquistei cada centavo dela me matando por dezessete anos, quando tudo o que eu comia, dormia e sonhava era dança.

Meu destino foi traçado quando a "irmã caçula de Carter Beckett" chegou no primeiro dia de orientação e, como aprendi a fazer, aceitei esse título, preferindo me afundar nas sombras, sendo minha própria amiga.

Estou cansada, mas agora o medo da rejeição é muito real para nem sequer tentar.

Minha amizade com Garrett me mostrou os tipos de conexões que eu vinha perdendo todos esses anos e despertou em mim uma profunda ansiedade por mais. Esse lugar onde sou forçada a me esconder dentro de mim está drenando as minhas energias. Quero a liberdade que sinto com Garrett, aquela que me permite ser eu mesma sem pedir desculpas, e quero vivenciar isso sempre, onde quer que eu vá. A conexão que compartilhamos é do tipo que se encontra sempre? É o tipo de conexão se você cria com todos os seus amigos? Ou essa conexão é única para ele? Para nós? É fugaz e rara, do tipo poderoso que permite um relacionamento profundo e significativo florescer? Do tipo a que você se agarra e diz a si mesma, não importa o quê, para não largar?

Minha mente vê Garrett e se fixa em seu rosto.

As coisas têm sido mais calmas com ele, mais gentis. Como se nós dois estivéssemos pisando de leve, na ponta dos pés, sobre uma linha, mas com cuidado para não a cruzar, com medo de fazer isso. É confuso, assustador e talvez um pouco frustrante. A linha ainda existe? Não sei onde ela foi desenhada, mas sei o que está do outro lado, e isso torna tudo mais assustador. Porque, onde há algo bonito para ser encontrado, há algo belo para ser perdido também.

Quando pensei que Garrett tinha um encontro, um tsunâmi de sentimentos me atingiu, e me recusei a reconhecer que sentimentos que vinham fervendo em banho-maria há semanas estavam me invadindo, crescendo a cada mensagem de *bom-dia*, a cada beijo de olá, a cada noite no sofá, assistindo a filmes regados com canecas de chocolate quente, cada conversa tranquila e mundana na cama, seus dedos subindo e descendo por minhas costas antes de enfim darmos boa-noite.

A parte lógica do meu cérebro examina cada uma das ações de Garrett, suas palavras, os sorrisos que me dá, a maneira como seu olhar flutua pelo meu rosto antes de pressionar seus lábios nos meus. Essa parte me convence de que há algo vibrando entre nós, algo forte e tangível. Tão tangível que posso sentir mesmo quando ele não está ao meu lado. Mas então há aquela parte fraca do meu cérebro, ou melhor, do meu coração. Os pedaços que foram quebrados e machucados, as bordas ainda irregulares; isso me faz lembrar que às vezes nem tudo é o que parece. Que algumas pessoas são tão boas em nos convencer que se importam, ou pior, que nos amam.

Meu julgamento pode ser falho, mas cada parte de mim sabe que Garrett não é essa pessoa. O que não significa, porém, que ele sinta o que eu sinto. Eu estava errada antes e não quero estar errada sobre Garrett. Isso se parece muito com perdê-lo, e ele não é uma perda que estou disposta a arriscar.

— É isso por hoje. Tenham um ótimo fim de semana, pessoal.

Leah traz um fim bem-vindo aos meus pensamentos desgovernados, e cadeiras deslizam no chão de linóleo conforme todos saem correndo da sala de aula.

Simon arruma seu notebook enquanto espero Krissy e $A^2$ saírem. Ashlee — a do número dois — sorri para mim, acenando. Ela sempre foi legal, quieta, e não entendo por que fica pendurada ali naquele grupo. Talvez esteja tão desesperada quanto eu para se encaixar em algum lugar, em qualquer lugar.

Simon pega minha mão, ajudando-me a ficar de pé.

— Quer ser meu par na Sapphire amanhã à noite?

— Obrigada, mas não vou.

— O quê? Por quê?

— Você sabe exatamente o porquê.

Simon suspira.

— Vamos, Jennie. Venha comigo. Vamos nos divertir.

— Não acho que seja uma boa ideia. Não fui convidada. — Nunca sou convidada. — De qualquer modo, a Sapphire é uma droga.

É incrível, na verdade, e impossível de conseguir entrar, a menos que você tenha uma conexão rica, como um irmão jogador profissional de hóquei. Ir a uma boate com seu irmão mais velho superprotetor não é divertido, porém. Carter convence seus amigos a formarem uma barricada ao nosso redor, fazendo a Grande Muralha da China parecer uma cerquinha branca. Saí da pista de dança pisando forte dois minutos depois, e Carter me compensou com um milk-shake coberto com pedaços de Oreo no caminho para casa.

— *Krissy!* — Simon chama, colocando as mãos em concha ao redor da boca. — Jennie pode vir amanhã, não pode?

Sua boca se curva ao me observar.

— Eu não sabia que gostava de dançar, Jennie. — Mordo a língua para não a chamar de uma grande idiota, já que sou formada em dança, assim como ela. — Sabe, por diversão — ela acrescenta. — Claro que você pode vir.

Simon está tão alheio à atitude dela ou talvez apenas não dê a mínima. Ele mal presta atenção a Krissy, e às vezes acho que é isso que mais a incomoda sobre mim. Recebo a atenção que ela gostaria de ter. Ele dá um beijo estalado na minha bochecha.

— Viu? Falei que você podia vir. — Ele começa a correr para longe. — Te mando uma mensagem amanhã antes de te buscar.

O sorriso tenso de Krissy permanece em mim.

— Eu estava agora dizendo às meninas, não sei por que você nunca sai para beber com a gente.

Estou prestes a lembrá-la de que elas nunca me convidaram, mas Ashley número um responde em meu lugar.

— Jennie não bebe.

— O quê? Não bebe?

Balanço a cabeça. O nariz de Krissy enruga-se.

— Aff. Por quê?

Meu queixo se projeta, porque seu tom está me irritando.

— Não preciso de álcool para me divertir.

Embora seja verdade, não é o meu motivo. Mas não preciso me explicar para ninguém. Ela dá de ombros.

— Acho que nos vemos na segunda-feira, então — ela diz por cima do ombro enquanto as três vão embora, deixando-me parada ali, perguntando-me por que não beber significa de repente que não estou mais convidada.

Krissy para, e odeio como meu corpo vibra, ansioso, esperançoso pela inclusão, quando ela chama meu nome.

— Sim?

Aperto a alça da minha mochila, esperando.

— Ouvimos dizer que você foi indicada para o emprego em Toronto. Não ficarei surpresa se conseguir.

Meu rosto brilha de orgulho, a tensão no meu peito diminui, ombros caindo.

— Obrigada. Estou mesmo animada com a oportunidade.

— Pelo jeito, o talento não é a prioridade deles nesta rodada, e é por isso que nem vou me incomodar em me candidatar. Ouvi dizer que estão procurando alguém disposta a segui-los cegamente, como uma ovelha. Faz sentido que Leah tenha pensado em sua aluna favorita. Eles sabem que você não vai se rebelar. Você é tão... — Seu olhar desce, depois sobe de novo. — Dócil.

Abro a boca para mandá-la se foder, mas, em vez disso, meu queixo treme. Meus dentes mordem meu lábio, tentando acalmar o tremor antes que ela possa obter qualquer prazer em vê-lo, em saber que conseguiu me atingir. Não sei o que fiz para ela não gostar tanto de mim ao longo dos anos, não quando trabalhei tanto para ficar na minha e traçar o meu caminho. Mas isso não me torna "dócil". Seguir as regras porque não vejo necessidade de quebrá-las não me torna "dócil". Torna?

— Sou uma boa dançarina e trabalhei bastante. Eu me esforço muito.

— Ah, claro.

— Mereço ser considerada para a vaga.

Krissy me dá um tapinha condescendente no ombro.

— Eu não quis dizer nada de ruim. Não há nada errado em ser previsível.

— Confiável, na verdade.

— E com certeza não atrapalha que seu irmão seja Carter Beckett. Pense na publicidade extra, nas doações... Eles têm tanto a ganhar se sua irmãzinha fosse professora lá.

Meus punhos cerram-se, unhas cravando em minhas palmas.

— Meu irmão não tem nada a ver com isso.

Krissy gesticula para que suas amigas a sigam.

— Tudo bem, Jennie. A gente se vê na segunda-feira.

Ashlee demora-se um pouco, dando-me um pequeno aceno acompanhado de um sorriso simpático.

— Tenha um bom fim de semana, Jennie.

Exijo que meu cérebro se desligue, que não permita que isso me afete. Mas, então, o som de saltos batendo no corredor ecoa em meus ouvidos, combinando com a batida do meu pulso, e minha garganta parece apertada quando tento engolir.

— Jennie! Aí está você. Como está a minha aluna favorita? Eu queria perguntar como está se sentindo em relação ao emprego, com a formatura se aproximando.

Meus olhos se movem, mal encontrando os de Leah. As linhas em seu rosto suavizam-se, seus olhos castanhos cheios de compaixão ao se aproximar, segurando meu cotovelo.

— Ei, você está bem? Quer comer alguma coisa?

Era disso que Krissy estava falando? Além de Simon, minha professora é a minha única amiga na faculdade, a única outra pessoa que me convida para eu me sentar com ela no refeitório, a única que simplesmente... *fala comigo*.

*Não*, digo a mim mesma, fechando os olhos com força e balançando a cabeça. *Não deixe que ela a faça duvidar de si. Não a deixe fazer isso, porra.*

— Jennie — Leah insiste. — O que está acontecendo? Vamos tomar um café e conversar.

— Eu... — Sinto-me envergonhada. Sinto-me sozinha. Sinto-me tão... *dócil*. Não me encaixo na turma e, embora sempre tenha sabido disso, hoje parece mais pesado e escuro do que nunca. *Há algo especial sobre mim?* — Preciso ir — murmuro enfim, afastando a mão de Leah.

Ela me chama, mas já estou saindo pela porta, entrando na tarde tempestuosa. O vento úmido bate em minhas bochechas, fazendo minha pele arder. Estava amena esta manhã, chuvosa, mas as temperaturas caíram bruscamente e a chuva se transformou em neve, aquele tipo de granizo espesso e pesado que torna cada passo um perigo no gelo que cobre o chão.

Escorrego duas vezes no caminho para o carro, mal conseguindo me segurar, prestes a cair de cara no chão. Abro a porta e enfio meu casaco e minha bolsa no banco de trás antes de entrar. A neve cai mais forte quanto mais tempo fico sentada aqui, segurando o volante, dizendo a mim mesma que essas pessoas não valem minhas lágrimas, mas isso não as impede de irritar meus olhos. Quando estou saindo do estacionamento, a neve soprando e minha visão inundada tornam quase impossível enxergar.

Meu coração bate forte e meu pulso troveja em meus ouvidos à medida que me aproximo de um sinal de "pare" em um cruzamento e, quando piso no freio, o carro derrapa.

E para a frente.

Um carro atravessando o cruzamento buzina.

Cada músculo do meu corpo se enrijece, e meus nós dos dedos ficam brancos quando piso no freio com o máximo de força que consigo, girando o volante.

Minhas lágrimas enfim caem ao ouvir o barulho do metal sendo esmagado.

# 23
# INDIANA BONES AO RESGATE

GARRETT

— Você já ligou para aquela garota?

Meus polegares param no controle do jogo e meu coração pula uma batida.

— Hein?

Emmett olha para mim.

— A fotógrafa? Aquela que Carter te apresentou.

— De nada, aliás — Carter murmura, mordendo um palito de cenoura.

Olivia está em uma onda de comida saudável, porque está ficando deprimida com a maneira como seu corpo muda conforme a gravidez avança. Ela proibiu biscoitos em sua casa, e Carter está tentando ser solidário. Estamos na casa de Emmett, e Olivia não está aqui, então estou impressionado que ele esteja persistindo.

— Hum, não — enfim respondo, esperando que deixem por isso mesmo.

— Por que não? — Carter pergunta.

— Ela parecia legal.

— É, Garrett — Kara diz da cozinha. — Por que não?

— Ah, não sei. — Esfrego a parte de trás do meu pescoço. Estou cansado de fazer isso, evitar perguntas sobre meu status de relacionamento ou por que continuo voltando para o meu quarto de hotel cedo e sozinho. — Não acho que seríamos uma boa combinação.

— Como você sabe? — Emmett pergunta. — Talvez se dessem bem se você desse uma chance.

— Só não me senti tão atraído.

Mantenho meus olhos na tela da TV enquanto meu jogador pega o disco e corre pelo gelo.

— Você nunca se atrai por ninguém ultimamente — Emmett aponta.

— Acho que não o vi com ninguém nos últimos dois meses.

— Sim, o que está acontecendo? — Carter pergunta.

— Como é que ninguém faz essas perguntas a Adam? — resmungo.

— Adam não está aqui agora. — Emmett me lembra. — E ele ainda está resolvendo as coisas. E nem pense em trazer Jaxon pra conversa. Aquele cara está sempre com três garotas no colo, em qualquer noite da semana.

— Bem, talvez eu também esteja resolvendo algumas coisas.

— Que coisas?

Suspirando, jogo meu controle na mesa de centro. As palavras saem da minha boca antes que eu possa controlá-las.

— Olhem, estou saindo com alguém. — O sorriso irritante e detestável de Kara aparece, e abaixo a cabeça, com o olhar como se estivesse pegando fogo. — Mais ou menos, ou algo assim. É complicado.

Carter mergulha um palito de cenoura em uma tigela de molho de queijo.

— Complicado como?

— Não acho que ela esteja pronta para um relacionamento. Um pouco de problemas de confiança.

Não é mentira.

Ele mastiga, murmurando:

— Precisa de *conbelhos amorosos*?

— Conselhos amorosos? De você? De jeito nenhum.

— Por que não? Sou ótimo com relacionamentos.

Dou uma risada.

— Você teve um.

— Sim, e sou casado com ela, porque acertei de primeira.

Revirando os olhos, pego meu celular vibrando no bolso. Uma flor aparece na minha tela, e aperto o botão *Recusar* enquanto me levanto e me espreguiço.

— Vou indo.

— Se mudar de ideia, sabe onde me encontrar.

Estou digitando uma mensagem para Jennie no caminho para a cozinha, esperando que ela ligue de novo.

— Minha flor — Kara murmura por cima do meu ombro, fazendo-me pular. — Quem é "minha flor" e por que ela está te ligando?

— Porra, Kara. Um pouco de privacidade, por favor?

— Nunca fui boa nisso. — Ela reflete, observando-me colocar meu copo na máquina de lavar louça. — Vai sair com alguém, hein?

— Não é o que você pensa.

Seu sorriso é lento e assustador, mas ela quase sempre é assustadora.

— E o que é que eu penso, Garrett?

— Humm... — *É uma armadilha?* — Nada?

Ela dá um passo, aproximando-se de mim, depois outro, até que estou pressionado contra a bancada, com a palavra "socorro!" na ponta da minha língua.

— Acho que você e a *Minha flor* mentiram para mim quando disseram que era um fato isolado. Acho que estão brincando há um tempinho, talvez desde que ela se mudou para o seu prédio... Muito corajoso da sua parte, Andersen. Não achei que fosse capaz, sendo a irmãzinha de Carter e tudo mais.

— *Cale a boca* — enfureço, olhando para a sala de estar onde Carter ainda está envolvido com o videogame.

— Sabe o que mais eu acho? — Ela enrola as cordas do meu capuz em volta dos punhos, puxando-me para perto. — Acho que você tem sentimentos por ela agora e aposto que é algo que você não planejou. — Meu celular vibra contra o meu peito e, quando o afasto, lá está aquela bendita flor de novo. — É melhor você sair daqui. A flor está chamando.

Nunca saí no frio com tanta pressa, só para fugir de Kara. Começo a sair da garagem e conecto meu telefone ao alto-falante do carro para ligar para Jennie.

— Garrett — sua voz estrangulada grita assim que a ligação é completada. — Preciso de você.

— Porra.

— Ele vai me matar.

— Sabe... — Deslizo meus dedos por dentro do meu gorro, coçando a cabeça. — Até que não foi tão ruim assim. O mais importante é que você esteja bem.

Arrasto meu olhar sobre Jennie pela décima vez nos últimos três minutos. Minhas mãos percorreram cada centímetro dela, procurando possíveis ferimentos. Elas não encontram nada, exceto a torção no pescoço e o arranhão no interior da palma da mão, provocado por ela mesma. Mas são seus olhos que dizem que há danos que não consigo ver, danos que não podem ser consertados com curativos.

— *Garrett* — Jennie grita, gesticulando para o para-choque dianteiro da Mercedes de Carter. — É péssimo! Olha esse amassado!

— Conte de novo o que aconteceu.

— Estava nevando e com gelo, e eu-eu-eu estava com dificuldade para enxergar. — Ela passa os punhos do suéter sobre os olhos, a pele ao redor deles bem vermelha. — Cheguei a um sinal de "pare" e tentei frear, mas os pneus continuaram girando, e alguém estava passando no cruzamento e pensei que ia bater, então, de alguma forma, no último segundo, as rodas giraram, subi no meio-fio e bati na placa.

Balanço minha cabeça, suspirando.

— Eu queria que você tivesse me ligado para vir te buscar. Você poderia ter se machucado, Jennie, ou pior. Não vale a pena dirigir quando está chateada e no mau tempo. — Seu lábio inferior treme e suas mãos se retorcem sobre a barriga. Apalpando a parte de trás de sua cabeça, eu a puxo para a frente e a beijo na testa. — Desculpe. Eu só estava preocupado. Estou feliz que você esteja bem.

Preocupado nem começa a descrever como eu estava me sentindo vinte minutos atrás. Voei para casa, passando por dois sinais fechados em cruzamentos vazios, e, quando a encontrei chorando na garagem, quase a sufoquei em meus braços. Seus pés saíram do chão, e não a coloquei de volta até ela começar a bater os punhos contra os meus ombros. Ela desvia os olhos.

— Não quero mais dirigir, não na neve.

— E você não precisa. Vou buscá-la sempre que estiver na cidade.

Seu olhar flutua de volta para cima, olhos arregalados gratos, mas cautelosos.

— Você faria isso?

— Claro. Agora a verdadeira questão é... — Eu me agacho, inspecionando o amassado no para-choque. — O que vamos fazer sobre isso? — Esfrego a ponta do meu polegar no lábio inferior e, quando uma ideia me vem à cabeça, não sei se sou um gênio ou um louco. — Pegue o Indiana Bones.

— O quê?

— Indiana Bones — repito, pressionando o amassado. Ele flexiona e salta de volta, e estou esperançoso o suficiente para pensar que isso pode funcionar. — Vá buscá-lo.

— Garrett, você não pode estar falando sério.

— Ah, mas estou.

— *Garrett!*

— *Jennie.* Vá. Pegá-lo.

Com um olhar bravo e os punhos cerrados ao lado do corpo, ela sai pisando duro em direção ao elevador. Retorna alguns minutos depois, abraçando sua mochila contra o corpo, os olhos descontrolados vendo se há alguém na garagem.

— Peguei — ela sussurra. — Nós vamos... Hum... — Ela aponta para o meu carro. — Lá dentro?

Meu sorriso se espalha e, quando está em níveis de megawatts, falho em conter o riso. Jennie franze a testa, e pego sua mochila, mergulhando minha mão lá dentro, encontrando o filho da puta grosso.

Cara, essa coisa é enorme pra caralho. Cheia de veias. Firme, mas com a medida certa de flexibilidade. Pode bem causar um dano. Dou uma sacudida aqui mesmo na garagem, e Jennie engasga-se, avançando rapidamente, esmagando-o entre nós ao me envolver com seus braços. Ela rosna para a minha risada.

— Pare de rir!

— Acabei de perceber o quanto sou sortudo por ainda ter os dois olhos.

— Aff. Te odeio.

Indiana Bones começa a zumbir, vibrando entre nós, e as pálpebras de Jennie se fecham ao inspirar pelo nariz.

— Você estava prestes a me deixar te foder com isso no banco de trás do meu carro?

— O quê? — Ela se afasta de mim, pega seu vibrador monstro, desliga-o e bate com ele no meu ombro. — Claro que não.

— Ahã.

Ela enrola a trança em volta do punho.

— Então o que você...

Ela fica perplexa quando me abaixo no chão e bato a base de ventosa no aço amassado.

— Garrett!

Rio da maneira como o pau de borracha fica pendurado ali, balançando, e sacudo a cabeça. A sucção dessa coisa é bem poderosa, o que faz sentido, dados seu tamanho e seu peso. Envolvo meus dedos em volta dele e coloco meu pé contra o para-choque, encarando Jennie. Com um sorriso, dou um puxão rápido em Indiana Bones. Caio para trás e o pau vem comigo, batendo no meu queixo. Os gritos de Jennie ecoam nas paredes e, um momento depois, ela está em cima de mim.

— Você conseguiu! — ela exclama, salpicando meu rosto com beijos.

— Obrigada, obrigada, *obrigada*! Eu te amo, Garrett!

Ela sai de cima de mim, dedos voando sobre o para-choque antes que ela se jogue no carro, abraçando o capô. Estou meio preso nessas três palavras que ela acabou de dizer, emparelhadas com meu nome, mas, em vez de voltar a elas, eu me levanto e coloco o vibrador na mochila.

— Há algumas lascas na tinta, mas tenho um cara que pode consertar isso para você. Vou ligar para ele amanhã.

Jennie fica sentada em silêncio, olhando para o carro do irmão. Enfim seus olhos se erguem para os meus, e vê-los deixa meu coração pesado. São piscinas azuis e nebulosas, cheias de lágrimas, e, quando ela pisca, as gotas deslizam por suas bochechas rosadas.

— Obrigada por me ajudar, Garrett.

Pegando suas mãos nas minhas, eu a puxo para ficar de pé e, depois, para os meus braços. Ela enterra o rosto no meu peito, e meus dedos afundam em seus cabelos, emaranhados em sua trança.

— O que aconteceu, Jennie?

— Eu te disse. O carro...

— Não o carro. — Recuo um pouco, colocando um dedo sob seu queixo. — O que aconteceu na faculdade hoje? O que te deixou tão chateada?

Seus olhos ficam nublados, cheios de confusão, raiva e desgosto. Tudo pelo que anseio é que ela me diga como posso consertar a situação.

— Você acha que sou boa o suficiente para lecionar no Balé Nacional? Ou acha que me ofereceram o emprego por causa de Carter, porque meu irmão é famoso? Acha que... sou entediante? Que sou muito... dócil? Eu...

— Ei. — Seguro seu rosto, mantendo seu olhar firme no meu. — Pare de pirar. Carter não tem nada a ver com a oferta de emprego. Não sei nada sobre dança, mas sei que você arrasou naquele palco no Natal. Meu pai bateu palmas de pé ao assistir à apresentação, e agora todas as minhas três irmãs querem ser dançarinas. E, porra, "dócil", Jennie? Cara, você é brava pra caralho.

Seu lábio inferior treme e seu próximo sussurro parte meu coração.

— Então por que ninguém quer ser meu amigo? Ninguém está interessado em me conhecer. Nunca nem tive um encontro de verdade. Não me lembro da última vez que fui ao cinema com alguém além da minha mãe.

Nem sequer processei meus pensamentos antes que meus dedos estivessem se movendo e, quando coloco meu celular no ouvido, as sobrancelhas de Jennie se erguem junto.

— Bem, bem, bem — Carter cantarola quando atende à minha ligação. — Olha quem voltou rastejando em busca de conselhos amorosos.

— A última coisa de que preciso é do seu conselho amoroso, Carter. — Os olhos de Jennie se arregalam, e a mantenho afastada com a palma da mão em seu peito quando ela tenta arrancar meu celular. — Ei, escute. Cruzei com a sua irmã na garagem do prédio. Ela teve um dia de merda, e acho que poderia se distrair. Você se importa se eu a levar para sair?

Sou recebido com silêncio e, um momento depois, a ligação é desconectada. Acho que acabei de me foder, mas então Jennie tira o celular do bolso e seu rosto perde a cor.

— Oi, Carter. — Ela pressiona a mão na testa e vira-se, falando em voz baixa. — Estou bem. Só a besteira de sempre das meninas malvadas. — Ela chuta o chão. — Não, não preciso que você venha me buscar... Carter, não preciso que fique de babá toda vez que algo acontece... Não, eu sei. — Ela suspira. — Também te amo.

Ela guarda o celular e, segundos depois, o meu vibra.

**Carter:** obrigado por cuidar dela.

— Que merda foi essa? — Jennie pergunta, com os braços abertos.
— Vamos lá, minha flor. Vou levá-la a um encontro.

# 24
## PRECISAREMOS DE UMA SUPERCOLA

### GARRETT

Nunca imaginei que conseguir um encontro com Jennie Beckett com a permissão de seu irmão fosse tão fácil.

Ok, isso pode ser um exagero. Não acho que Carter tenha entendido com o que concordou. Ainda assim, estou em público com Jennie, sozinho, e tenho permissão para estar.

*Estou vivo, e Carter não tem planos de me matar.*

Eu queria ter tido mais tempo para planejar, para realmente arrasar no nosso primeiro encontro e convencê-la de que deveríamos fazer isso de novo. A julgar pelo brilho de admiração no rosto de Jennie ao absorver a atmosfera do Udupi Palace, meu restaurante indiano favorito, acho que ela está se divertindo.

Não consigo tirar os olhos dela, observando seus ombros caírem a cada momento que passa, seu pequeno sorriso se transformando em alegria, risadinhas de nariz franzido, os olhos revirando-se ao cantarolar com cada porção de comida. Ela é uma criança em uma loja de doces, e, quando a puxo na saída, é como se o dia inteiro nunca tivesse acontecido.

— Tchau, Rudra! — ela grita para o nosso garçom, acenando e colocando uma mão na barriga. — Estava *tão* gostoso!

— Eu a vejo em breve, srta. Jennie!

— Você ouviu isso? Eu a vejo em breve? — Ela me cutuca a caminho do carro. — Você tem de me trazer de volta. Rudra que falou.

Abro a porta para ela.

— Foi isso que ele disse?

— Ahã. — Ela sorri, ficando na ponta dos pés, e inclino meu pescoço. — Oops — ela sussurra, parando no meio do caminho. — Esqueci. Nada de beijos em público. — Ela se acomoda no banco da frente e seu cabelo brilhante me diz que ela está encontrando imenso prazer em quão difícil isso é para mim. — Vamos logo, Ursinho Garrett.

Regras são uma merda. Não a beijar é difícil, mas a parte mais difícil é não estar segurando sua mão.

Fica ainda mais difícil à medida que passamos pelo Stanley Park a céu aberto, cruzando a trilha iluminada com luzes cintilantes. Tudo o que quero fazer é puxá-la para o meu lado, sentir o calor do seu corpo no meu.

— Boa ideia de me mandar usar meu casaco quente, Ursinho Garrett.

— Falei que seu lindo casaco não seria suficiente.

— Então está dizendo que este não é bonito?

— Eu... O quê? — Cutuco o lado dela. — Não vou cair na sua armadilha, Beckett.

Jennie ri baixinho, aproximando-se e apoiando o braço no meu.

— Eu queria uma caneca do seu chocolate quente. Você faz o melhor.

— Com meio saco de minimarshmallows e mais algumas mordidas de outras coisas gostosas?

— Sim. — Seu suspiro é melancólico ao observar as árvores, as luzes, as estrelas que dançam acima de nós. — Obrigada, Garrett. Este é o melhor encontro que já tive.

Solto uma risada.

— É o único que você teve.

— Sim, a competição é inexistente. — Ela tira a luva e cuidadosamente prende seu mindinho no meu antes de olhar de volta para o caminho que esta noite de Vancouver ilumina. Então, murmura: — Acho que, ainda assim, é o melhor.

— Podemos comer pipoca, Garrett?

— Podemos comer pipoca, Jennie.

— Podemos colocar manteiga extra na pipoca?

— Podemos colocar manteiga extra na pipoca. — Jennie gira, com os olhos brilhando. — E quanto a balinhas? Gosto do tipo tropical. Quer dividir uma bebida? Talvez um refrigerante de gengibre? Não tomo há *anos*.

Eu rio, fazendo uma nota mental para planejar mais encontros com filmes no futuro. Sua felicidade é contagiante, e tudo o que quero fazer é alimentá-la ainda mais.

Meu celular vibra e o tiro do bolso.

— É meu irmão de novo?

— Sim. — É a quarta vez que ele manda mensagem hoje à noite, e a pergunta é sempre a mesma.

**Carter:** o que vcs estão fazendo?

Se não respondo no primeiro minuto, ele me envia exatamente sete pontos de interrogação, então aprendi a ser rápido. Ajuda, porque, se estou respondendo às mensagens dele, significa que minhas mãos não estão em qualquer lugar onde não deveriam estar.

Carregados de guloseimas, subimos as escadas do cinema, encontrando dois assentos juntos, bem ao lado do corredor.

Já estamos na metade da pipoca antes mesmo de os trailers começarem, e Jennie convenientemente erra a mira e pega no meu pau.

— Oops. — Ela ri. — Não o vi aí, grandão.

— Continue assim e nem sairemos do estacionamento antes que Indiana Bones invada seu templo, minha flor — murmuro, enfiando um punhado de pipoca na boca. — Vou te deixar esparramada sobre o couro enquanto você grita meu nome.

Ao meu lado, Jennie enrijece, e estou prestes a me desculpar se fui longe demais, mas seus olhos estão grudados em um grupo de caras subindo as escadas. Sua mão deixa minha coxa, agarrando o braço da cadeira entre nós, e seu peito sobe e desce rapidamente.

Cutuco o ombro dela com o meu.

— Você está bem?

Ela engole em seco conforme o grupo se aproxima.

— Quero ir para casa.

— O quê?

Um dos caras olha em nossa direção, e um sorriso lento se espalha em seu rosto conforme ele gira seu boné para trás.

Jennie se vira rapidamente, derrubando a pipoca do meu colo.

— Merda.

— Ei, o que está acontecendo...

— Garrett, por favor. — Seus olhos encontram os meus, frenéticos, suplicantes. — Quero ir para casa.

— Jennie Beckett, olha só. — O babaca usando um boné do Toronto Maple Leaf para ao nosso lado, sorrindo para Jennie. — Putz, quanto tempo! Seis anos, mais ou menos? — Ela não responde, apenas olha para ele, com as mãos fechadas em punhos. — Você parece bem. Deveríamos sair um dia desses. Senti sua falta. — Ele ri baixinho, olhando de volta para a tela, onde estão passando os trailers. — Sabe, sempre pensei que seria você lá em cima, na tela grande.

As unhas de Jennie cravam-se no apoio de braço.

Não sei quem é esse cara, mas, quando seu olhar se fixa no meu, arrogante e desafiador, estou *quase* dando um soco em uma pessoa com quem nunca cruzei na vida. Na verdade, eu já o odeio mais do que odeio Simon.

— E aí, cara? — Ele estende a mão. — Sou Kevin.

— Não dou a mínima pra quem você é.

Seu sorriso vacila.

— O quê?

— Você me ouviu. — Gesticulo para Jennie. — É bem óbvio que você a está deixando desconfortável, então precisa ir.

Ele solta uma risada incrédula.

— Que ridículo. Não estou te deixando desconfortável, não é, Jen? — Quando ele se abaixa e passa o polegar pelo queixo dela, tudo o que vejo é vermelho. — Nossa, sempre amei essa boca.

Saio do meu assento antes de perceber que meus pés estão se movendo e me coloco na frente de Jennie, empurrando Kevin para trás.

— Não toque nela, porra — rosno à medida que a mão de Jennie desliza na parte de trás do meu casaco, segurando um punhado da minha camisa, puxando-me para perto. — Não fale com ela, porra. Nem *olhe* pra ela.

— Calma. — As mãos de Kevin se levantam em sinal de rendição. — Nós nos conhecemos há muito tempo.

— Então deve ter uma boa razão para você não estar mais na vida dela. — Pego nossos casacos, agarro a mão de Jennie e a puxo para fora de seu assento. — Chegue perto dela de novo e vou quebrar a sua cara.

A mão dela treme na minha quando entramos no estacionamento, e estou ocupado repetindo para mim mesmo em minha cabeça sobre como preciso me acalmar. Não quero Jennie se alimentando da minha energia agora, não quando ela precisa se sentir segura.

Praticamente a enfiei no banco do passageiro, então parei um momento no ar amargo da noite para conter a vontade de voltar lá e arrancar os dentes de Kevin por tudo o que ele fez para tornar essa menina corajosa em medrosa, pisoteando sua confiança a ponto de ela ter medo de entregar-se a outra pessoa.

Dentro do carro, Jennie está abalada, suas mãos trêmulas sobre a coxa. Cubro uma delas com a minha e, assim, seu corpo fica imóvel ao observar nossas mãos entrelaçadas.

— Você quer falar sobre isso? — pergunto. Ela balança a cabeça, e levo os nós dos dedos dela aos meus lábios. — Vamos para casa.

Não sei do que ela precisa, mas sei o que quero dar a ela. Aconchegar-se no sofá? Claro. Cócegas nas costas na cama? Porra, até espaço eu darei, se ela pedir.

O que eu não esperava é que ela interditasse a minha mão quando aperto o seu andar no elevador, para pressionar o meu em vez disso, digitando o código da cobertura.

Não esperava que ela tirasse os sapatos e me olhasse nos olhos ao desabotoar o jeans. Não esperava que ela tirasse a calça e as deixasse cair no chão antes de pegar meu rosto em suas mãos frias e trêmulas, fundindo nossas bocas.

Minhas mãos deslizam por baixo de sua blusa e sobre suas costas, puxando-a contra mim. Ela suspira, inclinando a cabeça para trás quando minha boca se move para baixo em seu queixo, sobre a extensão de seu pescoço. Eu a levanto até mim, trazendo suas pernas em volta da minha cintura, carregando-a para o meu quarto.

Ela puxa a blusa sobre a cabeça quando a coloco na cama, lábios se separando enquanto ela observa eu me despir. Quando meus joelhos batem no colchão e a puxo para baixo de mim, um rubor vermelho-cereja sobe por seu peito, manchando sua pele clara. Meus lábios seguem seu caminho, sentindo o calor que a aquece, atiçando o fogo entre nós.

— Garrett — ela sussurra conforme desabotoo seu sutiã, deslizando as alças por seus ombros. Ela tem sardas espalhadas pela pele, quase imperceptíveis, mas percebo tudo nela. Pressiono meus lábios ali antes de encontrar o ponto côncavo na base de seu pescoço, fazendo-a tremer. — Quero... quero fazer sexo com você.

Meu corpo fica parado, lábios pairando em seu pescoço, e meu pau me trai pulsando onde ele repousa, bem contra o local onde ela diz que me quer.

Mas, na verdade, ela não quer isso.

— Jennie...

Os dedos dela caem do meu cabelo e ela se move, como se estivesse tentando se esconder, como se não soubesse o quanto a quero.

Com a minha mão em seu queixo, trago seu olhar para o meu.

— Pare. Se isso já não estiver óbvio, não há outro lugar onde eu preferiria estar do que dentro de você. — Meus olhos se movem entre os dela, notando a incerteza, as inseguranças, o medo. — Esta não é a noite. Você teve um dia péssimo e está se sentindo vulnerável, e tudo bem. Mas quero que me queira porque realmente me quer, porque tem certeza disso. Não vou tirar nada de você, a menos que esteja pronta para me dar. E você não está, Jennie.

Ela puxa o lábio inferior entre os dentes.

— Mas e se você se cansar de mim?

— Jennie. — Enterrando meu rosto em seu pescoço, rio baixinho, então puxo seu lábio livre. — Hoje usei um dos seus vibradores para consertar um amassado que você fez no carro do seu irmão, depois a vi gemer a cada garfada do jantar. Estar com você é como assistir ao meu programa de TV favorito. Estou sempre na beirada do assento, esperando para ver o que vem a seguir.

Ela sorri.

— Sou sua favorita?

— Minha favorita.

— Você pode me mostrar?

Faço isso cinco vezes, mostrando a ela todos os meus lugares favoritos em seu corpo, sussurrando contra sua pele sobre tudo o que ela faz que torna minha vida melhor. Mais tarde, quando seu corpo se enrola no meu e meus dedos dançam por suas costas, ela abre a boca e me diz o que aconteceu hoje mais cedo.

— Isso é besteira e você sabe disso, Jennie — falo quando ela termina. — Você recebeu a oferta de emprego porque sua professora acha que você merece, não por quem é seu irmão nem porque você segue as regras.

Ela traça seu nome no meu torso com a ponta do dedo.

— É difícil não pensar nisso quando alguém coloca esse pensamento na sua cabeça. Odeio duvidar de mim mesma.

— E, ao fazer isso, você deu a Krissy exatamente o que ela queria. Ela quer que você duvide do seu talento. Que você seja tão insegura quanto ela. Porque, no fim, tudo se resume a isso. Krissy é insegura e invejosa.

— Você acha que é por isso que ela não gosta de mim?

Levanto um ombro.

— Aposto que Krissy nem sabe por que não gosta de você. Porque não tem nada a ver com você e tudo a ver com ela. Ela tem os próprios problemas para resolver.

— Faz sentido. É só que... às vezes, parece que não me encaixo em lugar nenhum.

— Você não foi feita para se encaixar, Jennie. Você se destaca demais para se esconder nas sombras.

Ela coloca sua bochecha quente no meu ombro.

— Obrigada, Garrett.

Faço cócegas em seu pescoço com a ponta de sua trança.

— Por quê?

— Por conversar comigo. Por me ouvir. Mas, acima de tudo, por me prender em um armário e me forçar a brincar com você.

— Não sei se foi bem assim que aconteceu.

— Os orgasmos foram maravilhosos.

— Maravilhosos o suficiente para se livrar dos brinquedos?

— Ah, Garrett. — Ela ri, bem-humorada, dando um tapinha em meu peito. — Não vamos tão longe. Homens não vibram.

— Talvez não. — Minha língua passa rapidamente sobre aquele ponto abaixo da orelha dela. — Mas homens de verdade podem te fazer vibrar.

Jennie aconchega-se a mim, dormindo profundamente em meus braços em minutos. Ligo a Netflix, dizendo a mim mesmo que vou acordá-la em breve e levá-la para casa. Mas, quanto mais tempo fico aqui, mais forte eu a abraço.

Ela é deslumbrante, uma obra-prima de tirar o fôlego, com ondas castanhas espalhadas sobre o pescoço, cílios escuros descansando contra as maçãs do rosto rosadas. Não sei com o que ela está sonhando, mas, quando suspira feliz e sorri, espero que seja comigo.

Não consigo parar de pegar o celular e apertar aquele botão vermelho de gravação. Quero ver esse rosto exatamente como ele está agora, sempre que tiver vontade, e, quando uma hora passa, decido dizer um grande da-nem-se as regras. Desligo a tv e me acomodo na escuridão, puxando Jennie para perto de mim.

— Garrett? — ela murmura, os dedos roçando minha bochecha, afundando em meu cabelo. — Você quer que eu vá?

— Quero que fique.

Eu a espero protestar do jeito que ela gosta, que diga que não é uma boa ideia. Mas, em vez disso, ela enfia a perna entre as minhas.

— Pensei que você tivesse dito que eu ronco.

— Não, hoje você está muito fofa dormindo. Fiz um vídeo para que eu possa me lembrar da próxima vez que você estiver agindo como uma pirralha.

Ela ri, depois paralisa.

— Um o quê?

— Um vídeo. Não se preocupe; eu o escondi.

Ela se levanta rapidamente, quase me acertando no rosto quando se joga sobre mim, batendo no abajur até que inunde o quarto com luz, deixando-me cego.

— Apague isso.

Esfrego os olhos com os punhos.

— O quê?

— Apague. Agora.

— Não dá pra ver nada. É só o seu rosto. Você estava fazendo uma coisa fofa com o nariz, todo franzido, quase como um coelho, e continua sorrindo, e... Caramba, Jennie, cuidado.

Seu joelho quase pega meu saco quando sobe em mim. Ela arranca meu celular do carregador, passando freneticamente pelas minhas fotos, procurando pelo vídeo.

— Onde está? — Ela o empurra contra o meu peito. — Apague-o. Agora.

— Ok, Jennie. Vou apagar. Calma.

— Não diga para eu me acalmar. — Ela corre pelo quarto, pegando sua calcinha e se atrapalhando para vesti-la. — Você não grava um vídeo de alguém sem permissão, Garrett! Que porra estava pensando?

O que eu estava pensando? Estava pensando que queria reviver esse momento quando eu estiver a centenas de quilômetros de distância dela.

— Acho que não. — É a desculpa esfarrapada que dou, rolando para fora da cama. Mostro-lhe meu celular enquanto apago o vídeo. — Pronto. Já era.

Ela puxa a blusa sobre a cabeça, e a sigo até o corredor, vestindo uma calça de moletom no caminho.

— O que você está fazendo?

— Indo embora.

Esfrego minha têmpora, bem onde uma dor de cabeça está se formando.

— Pensei que íamos... Você vai... ficar?

— Nós não passamos a noite juntos, Garrett. Temos regras.

Meu pulso ressoa em meus ouvidos conforme ela abotoa a calça jeans e pisa em seus sapatos.

— Não precisamos ter regras. Nós não... Nós podemos... — *Merda*. Puxo meu cabelo. Lá vou eu de novo. Não pode ser tão difícil ter conversas difíceis. Só quero que ela fique. — Jennie...

— Isso foi um erro — ela murmura as palavras para si mesma, mas eu as ouço, e elas doem.

— Por causa do vídeo? Não entendo.

Quando ela abre a porta, seguro seu cotovelo.

— Espere, Jennie...

— Não me toque! — Seu rosto arde, olhos penetrantes ao cambalear com o peito arfando. Mil emoções passam por seu olhar cintilante, e por trás estão o desgosto e o profundo sentimento de traição que ameaçam rasgar meu peito. — Eu não deveria tê-lo deixado entrar. Fico melhor sozinha.

A fúria aumenta e corre em minhas veias, punhos cerrados conforme as palavras penetram. Ela se arrependeu. Ela se arrependeu de mim. A mágoa em seu passado governa sua vida, e estou cansado de ficar sentado e deixar isso acontecer.

— Isso é mentira e você sabe disso, Jennie. Ninguém fica melhor sozinho.

Assisto a tudo em câmera lenta, a maneira como seus olhos escurecem, o fogo morrendo neles, substituído por um vazio que eu nunca tinha visto, uma distância que a faz se sentir separada por um mundo inteiro, fechada para mim como nunca esteve.

— Eu fico.

É a sua resposta simples, logo antes de deixar a porta bater atrás dela.

— Porra. — Puxo minha calça do chão. — Porra.

Vou para a cozinha e encho um copo de água, viro-o em seguida e encho-o de novo. Passei de feliz para fodido da cabeça em questão de dois minutos.

Não acabamos. Ela gosta de estar no controle, de agir como se desse as ordens, mas me recuso a deixá-la decidir isso sozinha. Jennie continua dizendo a si mesma que sou outra pessoa, convencendo-se de que não pode confiar em mim, da mesma forma que não deveria ter confiado nas pessoas que a decepcionaram.

Mas não sou uma delas.

Não quero decepcioná-la; quero lhe mostrar que ela já é inteira. Quero ser seu melhor amigo, a pessoa a quem ela recorre quando precisa de ajuda, como fez hoje à noite. Quero ser aquele para quem ela se abre. Quero que me mostre tudo e confie que a protegerei.

Sei que ela está programada assim depois de todos esses anos, condicionada a acreditar que ninguém poderia querê-la por tudo o que ela é. Jennie acha que está mais segura em sua bolha, mantendo-se longe das pessoas que têm o poder de machucá-la, mas, no fim, ela só se machuca mais.

Jennie está determinada a manter partes de si mesma escondidas, determinada a me manter do lado de fora.

É irônico, porque é lá fora que ela odeia estar. E, agora, ela é quem está se colocando naquele lugar. Então, talvez seja por isso que fico atordoado quando alguém bate na minha porta ao amanhecer, enquanto vejo o sol nascer com uma xícara de café na mão, minha tentativa desesperada de curar a dor de cabeça gerada pela confusão em meu cérebro que me manteve acordado a noite toda.

Quando abro a porta, Jennie está lá com uma calça xadrez de dormir e meu moletom.

Seus olhos azul-claros estão vermelhos e exaustos, despedaçados, e seu queixo treme quando ela olha para mim.

— Sinto muito, Garrett.

As palavras soam falhas e roucas, e, quando meus braços se abrem, ela se joga neles, enterrando o rosto no meu ombro e tremendo em meu abraço, e eu sei: meu coração nunca bateu tão forte por outra pessoa.

## 25
# LUGAR SEGURO PARA ATERRISSAR

JENNIE

A porta ainda não havia fechado atrás de mim, e eu já sabia que voltaria.

Não havia um pingo de dúvida em minha mente quando contornei o elevador e corri escada abaixo, como se tivesse despejado uma raiva irracional e deixado a dor tomar conta, lágrimas escorrendo pelo meu rosto, turvando minha visão pela enésima vez.

Uma raiva irracional porque Garrett não é a pessoa com quem estou brava nem merece se tornar o alvo. Tristeza porque estou desistindo de lutar. Já perdi muito, muito *mesmo*. Perdi relacionamentos significativos, evitei conexões íntimas, escondi tantos pedaços de mim mesma por tanto tempo que comecei a esquecer onde os escondi.

Estou cansada de ser vítima das minhas circunstâncias. Preciso seguir em frente, mas não sei como. Avanço todos os dias com Garrett, mas ainda há pequenos degraus, os últimos no topo da montanha, aqueles que simplesmente não sei como escalar. Cada vez que tento, meus passos ficam vacilantes. Digo a mim mesma para fechar os olhos e superar essa parte final, mas nada feito às cegas é fácil.

Tudo o que sei é isto: meu rosto enterrado em seu peito, seus braços me envolvendo, sua voz suave em meu ouvido me dizendo que vai ficar bem — parece exatamente onde eu deveria estar.

Garrett é meu porto seguro e estável. É a constante em minha vida, o sorriso sempre me esperando, a amizade que nunca diminui, a conexão que se fortalece a cada dia. Ele é o abraço caloroso, os dedos que deslizam pelas minhas costas, a voz calma que alivia as minhas preocupações no fim do dia e a promessa de ser meu lugar seguro para aterrissar.

E é por isso que eu sabia que voltaria. É por isso que passei uma noite de sono interrompido, andando de um lado para o outro na minha sala, encolhida no sofá, esperando o nascer do sol para poder voltar, para ele me ouvir.

As bolsas sob seus olhos pesados e turvos mostram que ele não dormiu muito mais do que eu, e eu poderia ter voltado a qualquer momento e ele estaria aqui, esperando, pronto.

Ele está sempre pronto; sou eu quem dá muitos passos para trás em vez de para a frente.

Suas mãos grandes seguram meu rosto, afastando meu cabelo. Seus olhos verde-azulados estão cheios de compaixão, paciência, mais do que jamais pensei que encontraria. Quando a ponta do seu polegar roça meu lábio inferior, cedo ao seu toque.

— Obrigado por voltar.

— Desculpe-me por ter gritado com você.

— Você tem o direito de ter sentimentos, Jennie, e tudo bem se o sentimento for raiva.

— Mas não é com você que estou brava.

Ele coloca minha trança sobre meu ombro e beija minha testa.

— Você pode entrar e me dizer com quem está brava?

Há uma tensão entre minhas omoplatas desde o dia anterior. Começou com Krissy e melhorou com Garrett, mas, quando vi Kevin subindo as escadas do cinema, voltou com tudo. Krissy e Kevin são a mesma pessoa, o tipo de gente que prospera em fazer os outros se sentirem pequenos e insignificantes. Gosto de viver minha vida com orgulho e altivez, mas, quando eles estão por perto, tudo o que faço é me refugiar dentro de mim mesma, como se quisesse desaparecer.

Garrett pega minha mão, apertando-a com delicadeza, um lembrete da resposta que ele está esperando. Quando concordo, ele me leva para o sofá e coloca um cobertor sobre mim, antes de prometer que voltará em breve. Quando volta, é com a caneca de chocolate quente mais incrível que já vi. A bebida está coberta com chantili e decorada com uma bengala e marshmallows azuis em formato de flocos de neve.

Envolvo minhas mãos em volta da caneca fumegante.

— Está se superando em matéria de chocolate quente.

— Você tem esse efeito sobre mim — ele murmura. — Me faz querer ser melhor.

— Você não precisa ser melhor. Já é a melhor pessoa que conheço.

— E sinto o mesmo por você, mas tenho a sensação de que não é assim que se sente sobre si mesma. Não com relação a algumas coisas, pelo menos. — Ele estica o braço sobre o encosto do sofá, inclinando-se sobre mim. — Você não precisa mudar nada em si para fazer alguém como Krissy gostar de você, Jennie. Você é muito melhor do que pessoas assim.

É algo sobre mim que não faz sentido. Não para as pessoas como Garrett, que me conhecem, nem para mim mesma. Não sou uma seguidora. Fico perfeitamente bem trilhando meu próprio caminho e não quero abrir mão da minha personalidade para me encaixar. Então, por que anseio tanto por aceitação?

— Acho que só quero sentir que tenho um espaço neste mundo, pessoas que me amam pelo que sou.

— Mas você tem — argumenta Garrett.

— Na verdade, não. Todos os que são importantes na minha vida vieram por Carter.

— Mas, e daí? Quer dizer, entendo. Mas conhecê-los porque eles conheceram Carter antes não significa que não te amem por tudo o que você é. Sei que Olivia e Kara se sentem muito sortudas por ter você. Duvida?

Lembro-me de como Olivia chorou por causa da minha oferta de emprego, quando sugeri que iria me mudar para o outro lado do país. Assim como a minha mãe, ela quer que eu siga os meus sonhos, mas gostaria que eu pudesse fazer isso aqui, ao lado dela e de nossa família. Penso em Kara, mantendo nosso segredo não apenas de Carter, mas do próprio marido. Lembro-me do modo como ela apertou minha mão e sussurrou "contanto que você esteja feliz" no meu ouvido antes de voltar para a festa.

— Eles compraram dois Beckett pelo preço de um, Jennie, e eu também. Todos amamos você pela pessoa que você é, não por quem seu irmão é. Sinto muito que alguém a tenha feito se sentir como se tudo o que você tivesse a oferecer é ser irmã de Carter. Isso simplesmente não é verdade.

Tomo um gole do meu chocolate quente para deixar suas palavras se acalmarem, para sentir o amor que ele diz que está ali, para me deixar acreditar. Quando coloco a caneca longe, Garrett ri.

— O quê? — Passo o dedo no canto da boca. — Bigode de espuma?

Sua palma se curva em volta do meu pescoço, puxando-me para perto, e seus lábios tocam a ponta do meu nariz. Quando ele se afasta, sua língua passa rapidamente por fora, lambendo o chantili dos lábios. Ele se recosta, paciente, esperando, sorrindo.

Respiro fundo e falo:

— Kevin era meu namorado no ensino médio. Nem sei por que eu gostava dele. Ele era bonitinho, popular e o capitão do nosso time de futebol. Todos o amavam. Eu me senti tão especial quando ele começou a me procurar. Foi logo depois que meu pai morreu, e acho... Talvez eu estivesse tentando recuperar um pouco do amor que tinha perdido. Tudo era muito difícil. Minha mãe mal conseguia pensar, e Carter mal conseguia se manter no país. Eu sabia que não estava sozinha, mas me sentia assim na maior parte do tempo. Kevin fez com que eu me sentisse vista e se importava comigo. — Engulo o nó na garganta. — Ou agiu como se importasse.

A mandíbula de Garrett flexiona, os punhos cerrados. Ele está pensando a mesma coisa que Carter. Kevin estava se aproveitando de mim, da minha dor. Posso ver isso agora, claro como o dia, mas não via na época. Carter e eu brigamos muito sobre isso. Continuo:

— Kevin queria fazer sexo, mas eu queria esperar. Eu não me sentia pronta e estava intimidada. Ele era experiente e até tinha estado com algumas das meninas da minha turma em séries mais antigas. Ele disse que concordava em esperar, mas isso não o impedia de pedir toda vez que ficávamos sozinhos. Quando chegou o último ano, tudo o que eu sentia era pressão. Pressão para faltar às aulas, para beber com os meus amigos, para fazer sexo como todo mundo, apenas para... me encaixar. — A dor das memórias enraizadas que trabalhei tanto para arrancar do fundo do meu peito estremecem minha respiração. As pontas dos dedos de Garrett roçam a parte de trás do meu pescoço, aliviando a tensão o suficiente para que eu possa respirar. — Kevin começou a dar dicas de que estava ficando entediado, que ele poderia procurar outra para conseguir o que queria. Hoje eu teria dito a ele para ir se foder e sumir, mas, naquela época, eu tinha muito medo de ficar sozinha. Ele deu uma grande festa quando seus pais estavam fora, e todos me pressionaram para eu beber.

O fogo brilha nos olhos de Garrett, mais furioso do que jamais o vi, e não o culpo. Eu estava e ainda estou no meu direito de recusar álcool. Ninguém precisa de uma desculpa para evitá-lo, mas o fato de o álcool ter roubado meu pai de mim era mais do que razão suficiente. Que meus amigos não respeitassem isso já deveria ter sido um sinal de alerta. Mas a pior parte de todas? Prossigo:

— Foi alguns dias depois do aniversário da morte do meu pai. Carter estava em uma viagem de dez dias, e eu estava apenas... lutando para *sobreviver*. Estava cansada. Queria esquecer. — Garrett desliza um braço em volta da minha cintura, puxando-me para o seu lado. Deito minha cabeça em seu ombro. — Não sei o que bebi. Cheirava a gasolina, como se fosse queimado. Subi as escadas com Kevin. Ficamos nos pegando na cama dele, e falei que queria fazer sexo.

— Você não queria — Garrett fala pela primeira vez. Ele me entende, como vejo em seu rosto. — Não queria fazer sexo. Só queria sentir outra coisa. E ele tirou proveito do momento.

Muitos anos separam o Garrett agora e o Kevin de então, mas este homem ao meu lado é exatamente isso — um homem. Um homem de *verdade*. O que senti ontem à noite é o que senti todos aqueles anos atrás. Eu queria sentir qualquer outra coisa além de raiva, mágoa, traição, então ofereci o último pedaço de meu corpo para Garrett na esperança de que ele tirasse esses sentimentos, ajudando-me a sentir outra coisa.

*E ele disse não.*

Ele viu minha luta interna e, em vez de tirar proveito, deu-me aquilo de que eu precisava. Paciência, compaixão, conexão. Com uma ação simples, reforçou o que eu já sabia: que podia confiar nele.

— Parecia que duraria para sempre. Ele disse que queria que eu me sentisse bem. Na época, achei fofo, pensando que ele só queria se certificar de que a minha primeira vez fosse prazerosa. — Minha garganta aperta e meus olhos ardem com lágrimas implorando para cair. Não quero deixar. Já dediquei a Kevin lágrimas demais. — Quando começou, me senti bem. Eu estava… — O calor inunda meu rosto, abrindo caminho até as pontas das minhas orelhas. — Fazendo barulhos. — Minha visão fica turva, e Garrett pressiona os lábios no topo da minha cabeça. — Ele me virou de repente e, antes de empurrar de volta dentro de mim, ele me disse… Ele me disse para gritar para eles.

— Eles?

Lágrimas escorrem pelas minhas pálpebras e caem livremente pelo meu rosto conforme sou inundada pelas memórias, contando a Garrett sobre a maneira como a porta do quarto de Kevin se abriu bem no momento em que chamei seu nome, como metade do time de futebol ficou ali do outro lado, telefones apontando para nós conforme riam e aplaudiam Kevin enquanto ele terminava. O jeito com que Kevin deu um tapa na minha bunda assim que terminou, dizendo para mim que não foi grande coisa, como ele me largou lá para me limpar e então me viu sair quando estava na cozinha, bebendo cerveja e rindo com os amigos.

Enxugo com força as lágrimas do meu rosto, mas não adianta. Continuam caindo à medida que conto como Kevin não quis atender às minhas ligações no dia seguinte, como andei pelos corredores da escola na segunda-feira ouvindo meus próprios gemidos sendo reproduzidos nos celulares de todos, como encontrei meu namorado parado em seu armário com o braço em volta da minha melhor amiga, todas as pessoas que eu considerava como amigas ao redor deles, rindo de mim.

— Perdi minha virgindade, meu namorado, meus amigos e tudo mais que importasse em uma noite. Ele tirou tudo de mim, Garrett. — As palavras saem estranguladas enquanto esfrego meus olhos, e Garrett me puxa para perto. — Na segunda-feira à noite, tinha vídeos por toda parte pela internet. Você não podia ver meu corpo, mas podia ouvir... *tudo*. A *sextape* da irmã de Carter Beckett — murmuro, lembrando-me das manchetes dos artigos de fofoca, aqueles que a assessoria de Carter ainda trabalha para derrubar de vez em quando. — Falei que fazia anos que eu não transava. O que não contei foi que só aconteceu uma vez. Eu queria. — Deus, como eu queria. Ansiava por uma conexão íntima. — Mas estava com muito medo. Com muito medo de confiar em alguém de novo. Deixei que ele roubasse isso de mim.

Garrett xinga baixinho.

— Eu deveria ter acabado com ele.

— Carter cuidou dele. Ele voou para casa na manhã seguinte, invadiu o estacionamento da escola e encontrou Kevin ao lado do carro dele. Não parou até eu implorar.

Carter é muitas coisas, mas é o melhor irmão que alguém poderia pedir. Assim que seus olhos encontraram os meus, quando me viu soluçando, precisando dele, todo o seu rosto se suavizou. Ele se levantou, quebrou o celular de uma pessoa próxima que estava gravando, deu a Kevin um aviso final, depois me envolveu em seus braços e me levou para casa.

— Terminei o semestre, fiz as provas e nunca mais voltei. Carter nos mandou, minha mãe e eu, em uma longa viagem, e no outono seguinte obtive meu diploma *on-line*. É por isso que estou um ano atrasada. Eu deveria ter terminado meu curso no ano passado, mas precisava de tempo. Tempo para aceitar a morte do meu pai, em vez de me jogar em um relacionamento que me deixou com uma sensação de vazio, como só a casca da pessoa que um dia tive tanto orgulho de ser.

— Você tem orgulho de quem é agora?

— Quero ter, mas às vezes nem tenho certeza de quem sou mais.

— Eu sei quem você é, Jennie. Você é uma amiga, irmã e dançarina dedicada. Você é trabalhadora, competitiva e sempre se esforça para ser melhor do que era no dia anterior. Você é comprometida e leal às pessoas com quem se importa, mesmo que nem todas sejam leais a você. Você é atrevida e sarcástica, e não hesita em responder na maioria das vezes, calando a boca de todos e colocando-os em seus devidos lugares. — Ele pega uma mecha de cabelo bagunçado, deixando-a escorregar entre os dedos antes de colocá-la atrás da minha orelha, deixando seus nós dos dedos roçarem minha maçã do rosto. — Mas você também tem um lado quieto. Um lado que anseia por um tempo de tranquilidade, que gosta de se aconchegar na cama e sussurrar sobre a melhor e a pior parte dos seus dias. Você analisa tudo demais porque pensa em todos os finais possíveis. Você odeia fazer isso, mas se importa muito sobre o que as pessoas que não significam nada pensam a seu respeito. Tem um grande coração e chora em todos os filmes da Disney, até mesmo nas partes que não são tristes, porque todo aquele amor te atinge com muita força. Você é sentimental, em segredo, mas gosta que todos pensem que é um pouco assustadora, que é inabalável. Mas aí é que está a questão, Jennie. Você não precisa ser forte e confiante o tempo todo. Tem o direito de ter inseguranças, de ter medo, de sentir-se solitária. Essas coisas não a tornam fraca; elas a tornam humana. — Seu polegar prende uma lágrima que escorre pela minha bochecha. — Espero que esteja orgulhosa de si mesma, mas, se não estiver, saiba que eu estou. Tenho visto você dar passo após passo, aprendendo a confiar em mim e a se abrir para mim, mesmo que tudo dentro de você provavelmente implore que pare. — Seus olhos me encaram, como se estivessem catalogando cada emoção que passa pelo meu rosto. — Sinto muito que alguém tenha sido tão descuidado com seu coração. Obrigado por confiar em mim.

Brinco com um fio solto na barra de sua camiseta.

— Às vezes, meu cérebro me diz para não confiar em você, mas estou aprendendo a não dar ouvidos a ele.

Garrett pega meu queixo, forçando meu olhar de volta para o dele.

— Não sou como eles. Eu me importo com você e, quando você está sofrendo, também sofro. Então, o que quer que eu precise fazer para mostrar que pode confiar em mim, farei. Quero que se sinta segura comigo, Jennie.

Olho para a maneira como nossos dedos se entrelaçam e sei, sem qualquer dúvida, que nunca me senti mais segura do que com ele.

— Eu me sinto segura com você. É por isso que voltei. Eu queria compartilhar isso. Mas não significa que confiar em alguém novo seja fácil. É assustador, sem saber como vai acabar, o pensamento de que eu poderia me machucar de novo.

Ele aperta minha mão, sorrindo ternamente.

— Um pouco de fé ao se jogar? Prometo que vou te pegar.

— Falando a verdade, já não preciso de tanta fé assim.

A ponta do seu polegar desliza sobre meu lábio inferior.

— Sei que suas barreiras estão aí por uma razão. Tudo que peço é que, de vez em quando, você me deixe entrar. Segurarei a sua mão e prometo que não vou desistir.

Em vez de palavras que não consigo encontrar, subo em seu colo e envolvo meus braços em volta de seu pescoço, aconchegando-me nele enquanto sua mão acaricia as minhas costas.

Esse tempo todo estive pensando que não podia tê-lo, que essa relação é temporária. A empatia de Garrett, sua paciência infinita comigo, é algo que não estou acostumada a encontrar. Posso ter medo de deixar as pessoas entrarem, mas ele é a única pessoa que ficou tempo suficiente, que se esforçou o suficiente para se encaixar.

Não sei como ou por quê, mas algo dentro de mim se acalma quando estou com ele. Eu me lembro de quem sou, não de quem digo a mim mesma que preciso ser. Então, seria tolice da minha parte querer tentar? Para ver se isso, se nós... se poderíamos funcionar? Ele iria querer? Estaria disposto a tentar?

A pergunta está na ponta da língua, mas as inseguranças e os medos que não desaparecem da noite para o dia, o cansaço roubando cada grama da minha energia, impedem-me de perguntar. A última coisa de que me lembro antes de meus olhos fecharem é dos lábios de Garrett no meu ouvido, prometendo que estou segura com ele.

Não tenho certeza de quanto tempo dormi quando acordo com seus dedos acariciando o meu rosto, forçando minhas pálpebras pesadas a se abrirem.

Encontro seu sorriso gentil me esperando enquanto ele se agacha na minha frente.

— Sinto muito por acordá-la. — Ele franze a testa, como se não tivesse certeza das próximas palavras. — Mas seu irmão está vindo.

Meus olhos se fecham de novo com um gemido. Minha cabeça está em agonia, desesperada por descanso. Não consigo lidar com as preocupações de Carter hoje. O polegar de Garrett varre a pele sensível abaixo dos meus olhos.

— Está tudo bem. Surgiram algumas fotos do que aconteceu no cinema ontem. Carter ligou porque você não estava atendendo.

— Eu não trouxe meu celular. O que você disse?

— Fui honesto. — Ele dá de ombros. — O mais honesto que eu poderia ser sem arriscar ser castrado, pelo menos. Contei o que aconteceu, que saímos e você foi para casa chateada. Falei que você voltou esta manhã porque precisava de alguém para conversar e que adormeceu depois. Ele só se importa com você, Jennie. Queria ter certeza de que você estava bem e em segurança. Falei que ainda estava aqui, e ele falou que viria agora.

— Se ele sabe que eu estava dormindo, então posso voltar a dormir, certo?

— Claro, minha flor. — Seus olhos caem para a sua mão ao puxar o cadarço do seu moletom, o que ainda estou usando. — Você pode ficar com ele.

Quero ficar com a blusa, mas não posso, então deixo Garrett tirá-la, deixando-me em minha camiseta antes de colocar o cobertor de volta sobre os meus ombros.

Eu o agarro, puxando-o de volta para mim.

— Me beije, por favor.

Ele beija, com suas mãos grandes e quentes no meu rosto antes de sussurrar um "bons sonhos" contra os meus lábios e se afastar.

Não demorou muito para que uma batida na porta me acordasse. Batida é a palavra errada. Começou assim, mas rapidamente se transformou em tapas e aperto desenfreado de botões, e a voz irritante de Carter chamando:

— Gare. Gare. Gare.

Direciono meu cérebro para dormir, ignorando o ataque de perguntas. Mas, mesmo sem vê-lo, sua presença é avassaladora.

— Onde ela está? Ela está bem?

— Ela está bem — Garrett sussurra. — Ainda está dormindo.

— O que ele disse? — Carter questiona. — Ele tocou nela?

Eu me desligo da conversa, mas meus olhos se abrem quando um par de mãos suaves pousam sobre mim, e o rosto sorridente de Olivia aparece.

— Oi. Trouxe um cappuccino de canela pra você.

Consigo me sentar, esfregando os olhos com os punhos.

— Você veio com Carter? Por quê?

Um lampejo de mágoa faísca em seus olhos escuros.

— Porque você é minha irmã e uma das minhas melhores amigas, e eu te amo. Se você está sofrendo, não quero que sofra sozinha. — Seus braços me envolvem de forma sufocante, em um abraço maravilhoso. — Somos mais fortes juntas, Jennie.

Meu coração bate forte com a promessa, o amor, mas pulo quando a barriga dela chuta contra a minha. Eu me afasto, olhando para sua barriga redonda.

— Puta merda. Que porra foi essa?

Olivia sorri.

— Sua sobrinha ou seu sobrinho dizendo oi para a tia.

— Você está brincando comigo? — Carter choraminga, marchando da sala de estar. — Jennie sentiu o bebê mexer?

— Ou a bebê — Olivia murmura. — Bebê Beckett ama a tia Jennie.

Aperto as mãos dela.

— Obrigada por vir.

Carter me tira do sofá e me esmaga contra seu peito, meus pés balançando acima do chão.

— Sinto muito por não ter estado lá com você.

— Estou bem — lembro-lhe, as palavras abafadas por seu ombro. — Garrett estava lá.

— Devia ter sido eu.

Carter nasceu para ser protetor. É parte do que o torna um bom líder, um capitão incrível. Seu time é sua família, e ele não deixa ninguém tocar em seus companheiros. Isso também o torna um irmão incrível, mesmo que um pouco — ou muito — autoritário às vezes. Mas, quando nosso pai faleceu, quando Carter começou a cuidar de mim e de minha mãe, acima de cuidar de si mesmo, e quando meu namorado e meus amigos partiram meu coração? Aquilo o levou a um nível sem precedentes de hiperproteção. Ele luta contra a culpa, acreditando que falhou ao não me proteger, e agora está decidido a me manter a salvo de qualquer dor de cabeça.

Entendo, entendo mesmo. Mas ele não conseguiu me proteger naquela época e não pode me proteger agora. Corações se partem e pessoas se machucam. É inevitável, e não é realista da parte dele pensar que pode me manter em uma redoma segura para sempre.

Mas, agora, quando encontro o olhar de Garrett por cima do ombro de Carter, estou dolorosamente ciente de que há uma decepção que nunca quero causar, uma pessoa que nunca quero perder, que, neste instante, está me dirigindo um sorriso gentil e paciente.

Então vou continuar permitindo que o medo exerça seu controle sobre mim, sobre a minha vida?

Ou pego a mão de Garrett e peço para ele pular comigo?

# 26
## VERDE DE CIÚMES...

### JENNIE

— Vou vomitar.

— Não, não vai. Pare de ser dramática.

— Eu vou.

Não estou mentindo.

— Se ela não vomitar, eu vomito. — Olivia coloca uma mão na barriga, a outra sobre a boca. Seu rosto empalidece na hora certa, e Kara revira os olhos e enfia a tigela de doces contra a barriga dela.

Para ser justa, Olivia pode de fato vomitar. Ela tem estado nessa onda de saúde na gravidez ultimamente, mas fomos almoçar mais cedo e ela meio que ligou o foda-se e comeu como se não houvesse amanhã. Um prato de tacos e uma cesta de batatas fritas com queijo e chili. Faz horas que ela está gemendo.

— Não há nada errado com o meu lanche. — Kara enfia a mão lá dentro, pega um punhado de Skittles e M&M's, jogando-os juntos em sua boca. — É uma *belíciaaa*.

Olivia engasga-se, cambaleando para a frente, e pego seu cabelo na nuca e esfrego suas costas. Ela se tornou uma ótima atriz desde que virou uma Beckett. Estou tão orgulhosa da minha pititica.

Com outro revirar de olhos exagerado, Kara carrega sua tigela de doces para a cozinha.

— Vocês são péssimas. Se provassem, iam adorar.

— Com certeza não.

Solto o cabelo de Olivia e afundo para trás, pegando meu prato de Pop-Tarts. Garrett me deixou uma caixa do meu tipo favorito antes de ir embora: sundae de chocolate quente com cobertura.

Kara ergue uma sobrancelha para mim, ainda devorando seu lanchinho.

— Não temos esse sabor aqui, Jennie. É exclusivo dos Estados Unidos. — Em resposta, só cantarolo em volta da minha mordida. Ela continua: — Sabe quem sempre tem sabores divertidos de Pop-Tarts? — Dá para ver seu sorrisinho, apesar de ela estar mastigando. — Garrett. Sim, a mãe de Adam envia essas coisas para ele.

— Sério? Uau. Não conheço a mãe de Adam. Ela é tão doce quanto ele é? Parece que sim.

*Esquivar: nota 10.* Kara abre a boca, mas enfio mais um bocado entre os dentes e aponto para a TV.

— Os meninos entraram no rinque.

Kara afunda ao meu lado no sofá com um lanche mais aceitável e Olivia aconchega-se do meu outro lado, os meninos começam a correr no gelo, aquecendo-se para o jogo.

Olivia leva aproximadamente dez segundos para passar de aconchegada a irritada, enfiando pipoca na boca e murmurando baixinho, olhando feio para a TV.

— Do que você está falando, pitica? — pergunto, roubando um Doritos de Kara.

Olivia gesticula freneticamente para a TV.

— Olhem para elas! Malditas abutres. Sempre sobrevoando.

— Quem? — respondo à minha própria pergunta quando a câmera passa sobre as mulheres seminuas sacudindo seus cartazes atrás do acrílico.

*Beckett, troco um lance no rinque por um lance na cama!*
*Pode lançar nos meus buracos, n. 87!*

Meu nariz franze de desgosto.

— Aff. Não se preocupe; ele não está nem prestando atenção.

Na verdade, as câmeras mostram que ele patina até uma delas, mas, quando chega, fala diretamente com uma câmera.

— Oi, princesa! — ele grita de trás do acrílico. — Estou com saudade!

Ele sai patinando com uma piscadela, e todo o rosto de Olivia se ilumina.

— Viu? Não tem nada com que se preocupar. Nem tivemos que voar para Montreal para que você possa bater nelas com a barriga e mostrar quem é que manda.

— Ah, olha. — Kara agarra meu antebraço. — Garrett tem sua seção de fãs lá também.

Odeio a maneira como minha cabeça gira e solto um "o quê?!" abrupto. Mas, o pior de tudo? Deixo cair meu Doritos.

Meus olhos seguem o rinque na TV, e encontro Garrett sem hesitação. Ele parece alto e largo flutuando ao redor do gelo, bem antes de trombar com Carter por trás, empurrando-o para o chão. É seguido rapidamente por Emmett, que esmaga os dois, e Adam empilha-se acima, e estou irritada demais com o grupo de mulheres nas duas fileiras superiores para achar a cena fofa.

*Casa comigo, Andersen!*

*Posso segurar seu taco, Garyzinho?*

— Idiotas. Esses cartazes são idiotas. Nem são criativas. Bom, não me importo. — Pego o pacote de balas de frutas vermelhas da mesa de centro, rasgo-o e despejo metade do conteúdo na boca. — Segurar o taco dele?! O que isso quer dizer? — Bufo. — Tanto faz, não me importo.

— Você já disse isso duas vezes — murmura Kara.

— Não, não disse.

— Disse, sim, na verdade — Olivia observa, com os olhos erguidos ao me analisar.

Balanço a cabeça, olhando de volta para a TV. Momento terrível: uma das mulheres desceu até o rinque, e meu irmão parece estar facilitando a conversa entre ela e Garrett.

— Xixi. — Eu me levanto rapidamente. — Tenho que fazer xixi. Com licença.

Parece que estou me transformando no homem que usa seus dedos para me levar ao céu. Muito embaraçoso.

Fico lá dentro por cinco minutos, até ter certeza de que estou segura para retornar. Quando volto, estampo meu melhor sorriso despreocupado no rosto e pego meu prato de Pop-Tarts, depois me espremo de volta entre as minhas amigas. Ambas roubaram uma Pop-Tart da minha travessa.

— Agradeça ao Garrett pelos Pop-Tarts.

Não é Kara quem diz. É Olivia.

— Estou pegando fogo.

— Amamos uma rainha consciente de sua gostosura — Kara murmura em meu cabelo. — Sim, Jennie, você é linda.

— Não, quero dizer, fisicamente. Sinto que estou pegando fogo.

No momento, estou imprensada entre duas mulheres — uma pequena e grávida, a outra alta e magra — que decidiram me transformar em sua cadelinha esta noite. Essas foram as palavras de Kara. Olivia me disse que ela só sentia falta de se aconchegar com o marido. Falou que não estava dormindo bem sem Carter, e as olheiras são a prova disso.

Então, quando me ofereceu um pijama, fez aquele beicinho e me pediu para passar a noite, não pude dizer não. Mas Kara disse que, se Olivia dormiria com alguém, ela também dormiria junto. Agora aqui estamos, nós três juntinhas no espaço escandalosamente grande da cama, depois de uma chamada de FaceTime com Carter, Garrett, Emmett, Adam e Jaxon, que durou tempo demais e fez Carter perguntar a Olivia se podiam ir sozinhos ao banheiro uma vez, e Kara e Emmett *de fato* saíram sorrateiramente.

— Sou eu — Olivia diz com um suspiro. — Estou com calor o tempo todo, como se fosse uma fornalha que não consigo desligar. — Ela se levanta sobre o cotovelo, os olhos dançando ao luar. — Ei, lembra quando Carter comprou para mim um aquecedor logo que começamos a namorar, porque o meu estava quebrado e ele não queria que eu sentisse frio?

— Ele é tão exibido.

— Ele ama esses gestos extravagantes. Mas é tão atencioso. — Outro suspiro, este feliz, e Olivia se joga de volta no colchão e enfia uma perna entre as minhas, aconchegando-se mais perto e elevando minha temperatura corporal em dez graus. — Vocês, Beckett, são os melhores para a gente se aconchegar.

A sensação de plenitude e contentamento que ressoa em meu peito me faz sorrir.

— Kara, eu não esperava que você fosse tão aconchegante.

— Ah, na verdade eu me espalho. Gosto de ficar bem em cima de Emmett e só desmaiar. Não sei dizer quantas vezes o cara acordou com a cabeça enroscada entre as minhas pernas, e não pelas razões certas.

Eu rio e minha mente vai para Garrett. Já adormeci abraçada com ele inúmeras vezes, acordada no meio da noite por sua cabeça entre minhas pernas pelas razões *certas*. Mas acordo sozinha todas as manhãs, tentando me lembrar de seu corpo quente preso ao meu, a sensação das pontas dos seus dedos deslizando sobre minhas costas, seus lábios deslizando pelo meu ombro.

Minha eternidade tem sido solitária até agora. Eu não tinha percebido o tamanho do vazio até que Garrett o preencheu sem esforço, tirando o peso dos meus ombros, do meu peito, permitindo-me ficar de pé sem medo e respirar mais fundo.

A noite está quieta e parada ao nosso redor, o som leve da respiração delas em meus ouvidos, a suave subida e descida dos peitos de ambos os lados de mim, e me sento no silêncio, no amor, aquecendo-me nele.

Um par de braços me aperta e, quando abro os olhos, encontro os olhos escuros de Olivia me encarando, sonolentos.

— O que foi, pitica?

— Não quero que você vá embora — ela sussurra, e há algo de pesado e vulnerável em sua voz, algo à beira da tristeza. — Não quero que vá para Toronto quando se formar e me sinto tão egoísta por isso. — O luar atravessando as portas da sacada ilumina a ponta de seu nariz. — Quero que você tenha sucesso e, acima de tudo, que seja feliz. Mas, poxa, não quero que você tenha que ir embora para isso. — Acho que Kara está dormindo, mas ela entrelaça seus dedos nos meus. — Estaremos sempre juntas, não importa onde estejamos. Mas é sempre um bônus quando não precisamos estar longe.

Talvez a "eternidade" não precise ser solitária. Certamente não parece ser com essas pessoas ao meu lado.

Kara teve uma ideia divertida.

Uso a palavra *divertida* de forma vaga, é claro. Ela nos acordou esta manhã nos balançando, sorrindo como uma maníaca que acabou de encontrar suas próximas vítimas.

*Vamos fazer os meninos trabalharem para nós*, ela anunciou com uma risadinha perturbadora.

Ao que parece, isso significava se arrumar e sair de casa logo antes de eles pousarem, para que, assim, retornassem para uma casa vazia, e não com suas mulheres ali, recebendo-os depois de um longo período separados.

Não me importo. Estou com a barriga cheia, usando um par de botas vermelhas arrasadoras, e estou gostosa pra caralho neste jeans. Mal posso esperar para ver a reação de Garrett.

Quando eles enfim nos localizarem, claro.

A outra parte do plano de Kara envolve enviar-lhes pistas em vídeo em nosso grupo de bate-papo enquanto passeamos pela cidade. Eles têm de nos perseguir, e tem sido bem divertido ler suas mensagens animadas quando percebem onde estamos, apenas para receber, em seguida, uma porrada de palavrões ao descobrir que já fomos para outro lugar. Ficamos ao menos dois passos à frente deles a noite inteira.

Agora estou no meio da pista de dança da Sapphire, suada pra cacete, ao lado da mulher grávida que melhor dança no mundo — ainda mais depois do açúcar da sobremesa — e de Kara, que está com um martíni em cada mão.

Mesmo com todo o barulho, é impossível não perceber o burburinho que se instala, o pequeno frenesi no ambiente, e, quando um perverso sorriso irônico surge no rosto de Kara, eu sei: eles estão aqui.

Ela coloca seus martínis nas mãos de Olivia e aponta para um homem bonito, de cabelos escuros.

— Você. Dance comigo.

Seus olhos dobram de tamanho.

— O-ok.

Ela se aconchega no peito no homem e desliza as mãos dele sobre sua cintura quando começam a balançar juntos, e o pobre rapaz parece que está no paraíso.

Pode ser que ele chegue mesmo ao paraíso em trinta segundos. Emmett parece querer enviá-lo para lá.

O grande ursinho de pelúcia em forma de homem para na frente deles, olhando para a esposa sorridente. Seus punhos cerram-se e ele encara o homem abraçando Kara.

— Tire as mãos da minha esposa. *Agora*.

O rapaz larga Kara como se ela estivesse pegando fogo, correndo para fora da pista de dança, e rio e bufo quando Emmett a pega no colo e a joga sobre seu ombro, carregando-a em direção às cabines privadas nos fundos.

Um hálito quente beija meu pescoço, um arrepio de antecipação dançando em minha espinha.

— Você está prestes a ser a próxima, em algum lugar muito mais privado, e com uma palmada na sua bunda. Então, se eu fosse você, pararia de rir. — Há um tapa rápido e forte na minha nádega esquerda antes que Garrett passe por mim, vire-se e grite: — Achamos!

— Ollie! — Carter corre até a pista de dança, sem fôlego. Ele encara Olivia, seu olhar mais quente a cada momento. — Ollie — ele murmura —, querida, você está linda pra caralho.

— Suas filhas da puta. — Adam me envolve em um abraço, abafando um elogio que não preciso ouvir. — Vocês nos fizeram andar pela cidade inteira.

— Foi ideia de Kara — digo, abraçando Jaxon em seguida. — Somos apenas espectadoras inocentes.

Jaxon desabotoa o colarinho, os olhos percorrendo o lugar. Ele sorri para mim.

— Preciso descarregar um pouco de vapor hoje à noite.

— Supondo que isso seja um código para transar?

Aquele sorriso continua crescendo, e ele estende a mão.

— Quer dançar?

Encontro o olhar estreito de Garrett por cima do ombro.

— Adoraria.

*Palmada*, Garrett pronuncia em silêncio para mim antes de eu desaparecer com Jaxon.

Comecei a gostar de Jaxon, e não demorou muito para isso. Ele ainda é meio um idiota egoísta? Sim. É excepcionalmente tarado? Sim, mas quem não é? Mas é amigável e tranquilo, e há algo de pacífico nele que me faz continuar querendo conversar. Talvez seja porque sempre me senti um pouco como uma estranha dentro deste grupo e, quando chegou, ele se sentiu assim também. Jaxon foi acolhido sem hesitação, da mesma forma que eu, mas às vezes me pergunto se ele questiona seu lugar aqui, assim como eu.

— Andersen parece estar puto para você? Ele parece puto para mim.

Garrett apoia o cotovelo no bar ao tomar um gole de água com gás com limão, olhar fixo em nós. Mas parece chateado? Ele parece alguém que vai pegar o que quer quantas vezes quiser antes de enfim me dar o que *eu* quero; é *assim* que ele está. Parece que será uma ótima noite. Mal posso esperar.

— Você sabe o que mais notei sobre esse cara? — Jaxon traz minha atenção de volta para ele. — Ele bebe nas viagens ou quando os caras saem juntos, mas, sempre que você está por perto, só bebe água com gás.

Também notei, embora não tenhamos falado sobre isso nenhuma vez desde aquela noite em que demos nosso primeiro beijo. Garrett nunca toca em uma gota de álcool quando estamos juntos, mesmo que estejamos com todos os outros. Ele sempre tinha um pacote de seis cervejas na geladeira, mas agora é só chocolate quente. Pensando bem, não consigo me lembrar da última vez que vi uma garrafa de cerveja ali.

— Ele é um amigo que me apoia. — É o que digo a Jaxon.

— Sim, ele é um cara muito legal. — A música termina, e Jaxon pega minha mão, levando-me para fora da pista de dança. — Mesmo que pareça que quer me matar. Talvez Kara estivesse certa.

— Certa sobre o quê?

— Que ele tem uma queda por você. Ela disse isso na véspera de Ano-Novo.

Tropeço nos meus pés e uma grande mão pousa na parte inferior das minhas costas, amparando-me. Garrett me estabiliza e me guia até a nossa mesa, deslizando atrás de mim.

Jaxon arqueia uma sobrancelha, olhando entre nós.

— Há algo bem errado com você se acredita em tudo o que aquela mulher diz — Garrett fala. Ele acena com a cabeça na direção da mulher em questão, que, por acaso, está no colo do marido, mãos em seu cabelo, língua em sua boca. — Pense bem, Riley.

Jaxon ri, balançando a cabeça enquanto se senta em frente a nós.

— Porra, sim, você está certo. Kara não é confiável.

Kara mostra o dedo do meio por cima do ombro.

Carter, Adam e Olivia se juntam a nós um momento depois, Carter com uma bandeja com várias bebidas e um cardápio de comida — prioridades —, e Adam meio amparando uma Olivia que parece cansada. Ela deve ter ficado desanimada depois do pico de açúcar e arrependida de sua decisão de usar saltos.

Uma hora depois, não me movi do meu lugar e estou me divertindo como nunca. Talvez seja em parte devido à quantidade profana de frustração sexual saindo do homem ao meu lado ao ler cada mensagem que lhe envio, sem poder reagir externamente.

> **Eu:** Devo montar no Indiana Bones hj ou no seu rosto?
> **Eu:** Nossa, não consigo parar de pensar na sua língua na minha boceta. Amo qnd vc me faz de sobremesa.
> **Eu:** Talvez a gnt possa testar aquele plugue hj à noite enquanto chupo seu pau.
> **Eu:** Se vc deslizasse sua mão entre minhas pernas agora, iria descobrir como tô molhada.

O punho de Garrett aperta tanto o copo que estou preocupada que possa quebrar. Ele o coloca na mesa e digita furiosamente uma resposta.

> **Ursinho:** Me conte quanto vc tá molhada, minha flor. Não deixe nenhum detalhe de fora, e vou com calma hoje à noite.

*Jogando Comigo*

> **Eu:** E se eu não quiser que vc vá com calma, grandão?
> **Ursinho:** O. Quanto. Vc. Tá. Molhada?
> **Eu:** Tão encharcada que vc poderia deslizar para dentro.

Garrett se levanta de um salto e empurra Adam para fora da mesa.

— Banheiro! — ele grita. — Tenho que ir. Xixi. Tchau. Até mais.

Reprimo minha risada quando ele sai correndo, e o restante dos caras sai para pegar mais bebidas. Menos de trinta segundos depois de terem saído, um homem alto com cabelos cacheados escuros se aproxima, seus profundos olhos castanhos amigáveis fixos em mim. Os nervos arrepiam-se em minha pele, e cruzo uma perna sobre a outra, ocupando-me com minha bebida.

— Olá — ele diz, parando na beirada da mesa. — Eu sou...

— Meu Deus! — Olivia ganha vida, batendo palmas. — Você é Alejandro Perez! — ela grita, os punhos tremendo sob o queixo.

— Jennie, ele é o...

— Meio-campista do Vancouver Whitecaps — finaliza Alejandro, rindo.

— Sinto muito. Estou agindo como fã. Eu jogava futebol quando criança e...

— Futebol? — Kara toma um gole de sua bebida. — Graças a Deus. Você disse meio-campista, e pensei: "Nunca ouvi falar dessa posição de hóquei antes. Qual dos nossos caras ocupa essa posição?!".

Alejandro ainda está sorrindo, um sorriso lindo, largo e dentuço, mas não é fofo e torto como o de Garrett. Ele estende seu copo, e bato o meu no dele apenas porque não sei mais o que fazer.

— E quem é você?

— Jennie — respondo calmamente, encontrando o olhar curioso de Garrett, que está voltando.

— Com licença.

Ele se coloca entre nós, deslizando para se sentar ao meu lado.

— Ah. — Alejandro examina a proximidade de nossos corpos. — Então vocês dois...?

Olho para Garrett, que me devolve o olhar. É Kara quem responde à pergunta.

— Não, nossa Jennie aqui é solteiríssima. Não é mesmo, Ursinho Gare?

O olhar de Garrett permanece imóvel antes que o abaixe, tomando um gole de água, e, não sei por quê, mas, quando ele murmura "é", meu estômago revira-se de decepção.

— Legal. — Alejandro estende a mão. — Ei, você é Garrett Andersen, certo? Ponta direita dos Vipers? Sou um grande fã.

Garrett aperta sua mão, dando-lhe um sorriso que parece um pouco forçado.

— Digo o mesmo. Os caras e eu já temos ingressos para o jogo de estreia da temporada.

— Certo. Devíamos tomar umas depois. — Antes de Garrett responder, Alejandro volta sua atenção para mim. Eu me mexo no meu assento, não querendo isso, não estando acostumada com isso. — E eu estava esperando para te pagar uma bebida, Jennie.

— Ah... — Um calor desconfortável formiga em meu pescoço. — Não bebo.

— Água também conta.

— É, Jennie — Kara fala. — Água também conta.

Lanço-lhe um olhar de advertência e ela franze os lábios. Olivia está me observando com uma expressão indecifrável, piscando os olhos na direção de Garrett, que parece uma pedra de gelo ao meu lado. Não quero que ele se sinta assim; gosto quando é quente como o sol.

Limpo a garganta, endireito a coluna e sorrio para Alejandro.

— Obrigada, mas não estou interessada.

— Não está interessada em geral ou não está interessada em mim?

Meus olhos percorrem o bar em busca de algo para dizer para acabar logo com isso. Avisto os meninos retornando com as bebidas, meu irmão liderando o caminho com uma porção chamativa de drinques azuis com algodão-doce rosa por cima, provavelmente a única razão pela qual ele os escolheu.

— Verdade seja dita, não estou a fim de expandir meu grupo de atletas profissionais. Já tenho um superprotetor contratado como irmão mais velho.

— Ollie, veja! Essa bebida veio com algodão-doce! — Carter empurra o algodão-doce na cara dela, então arranca um pedaço e come. Seus olhos se arregalam quando ele vê Alejandro. — Ah, ei! Perez!

Alejandro olha de Carter para mim.

— Jesus, vocês dois são quase idênticos. Como foi que perdi isso?

Carter senta-se com uma risada.

— Sim, Jennie herdou sua aparência excepcionalmente boa de mim.

Posso não querer a atenção de Alejandro, mas, quando ele puxa uma cadeira ao lado de Carter e todos se tornam amigos rapidamente, uma estranha sensação de decepção toma conta de mim, misturada com *déjà-vu*.

Eu tinha a atenção dele, e agora Carter é que a domina, e é assim que a vida continua quando seu irmão é capitão de um time da Liga Nacional de Hóquei.

Forçando minha bebida nos lábios, tomo um gole, brincando com meu guardanapo no colo. Uma grande mão cobre a minha, puxando o guardanapo e colocando-o sobre a mesa. Um segundo depois, Garrett enfia o mindinho cuidadosamente ao redor do meu, e algo dentro de mim se acomoda. Tenho a única atenção que quero.

Quarenta e cinco minutos, várias mensagens ousadas trocadas, uma dança com Adam, duas com Kara e uma bebida de algodão-doce sem álcool depois, estou me escondendo no banheiro. Está ficando impossível não olhar para Garrett, e seu mindinho enganchado no meu abaixo da mesa não é o suficiente. Estou com calor e fome, morrendo de vontade de sair daqui e ir para casa, onde enfim poderemos dizer um olá apropriado.

Passo um lenço úmido e frio no pescoço, e suspiro antes de sair até o corredor escuro.

Dedos fortes envolvem meu punho, puxando-me para um lugar escondido. Meu pulso dispara, um calor ardente se espalhando pelo meu ventre enquanto minhas costas são pressionadas contra um peito largo e duro. Uma mão quente mergulha por baixo da minha blusa, deslizando sobre o meu torso. Lábios macios tocam meu ombro exposto.

— Você está arrepiada — sussurra Garrett.

— Porque você me assustou pra caramba, seu idiota.

As palavras terminam com um gemido quando sua boca se abre em meu pescoço. Quando seu nome escapa da minha boca, sua mão a cobre.

— Shh, minha flor. Faça mais barulho e não vou conseguir fazer o que vim fazer aqui, e tenho que te dizer, não posso esperar nem mais um minuto.

Ele captura meu queixo em sua mão, virando meu rosto para o dele, mostrando-me a escuridão faminta que brilha em seus olhos.

E, então, sua boca toma a minha.

É tudo o que anseio que o beijo seja: faminto, possessivo, molhado, quente. Nossa, tão quente. Mas, mais do que isso, é... melancólico. Ansioso. *Reverente.*

Ele sentiu minha falta. Talvez tanto quanto senti a sua.

Como se quisesse provar isso, ele se afasta, apoiando a testa contra a minha com um suspiro gentil.

— Sinto saudades.

*Tempo presente, não passado.*

Entrelaço nossos dedos.

— Estou bem aqui.

— Eu sei, mas tenho estado ocupado com hóquei e você com a dança e o fedorento do Simon. Estou apenas mal-humorado porque sinto que estou sem tempo.

— Bem, então você deve ter sido um menino mau.

— Tão mau — ele murmura, sua boca tomando a minha de novo com um gemido baixo.

Ele me empurra contra a parede e lança um olhar por cima do ombro antes que seus dedos dancem na parte da frente do meu corpo, envolvendo levemente meu pescoço.

— Vou te levar pra casa e foder sua boceta encharcada com o Indiana Bones. Então vou te lamber até você gozar de novo, dessa vez na minha língua. — *Ai, caralho.* — Entendido? — ele pergunta. Engulo em seco, assentindo, e uma dor profunda se instala entre as minhas pernas enquanto Garrett desliza o nariz pelo meu pescoço e depois volta para a minha orelha.

— Use suas palavras, minha flor. Eu sei que você as tem.

Minha língua desliza pelos meus lábios, desesperada para prová-lo de novo.

— Sim.

— Boa menina. — Ele se pressiona contra mim, deixando-me sentir o peso do seu desejo. — Agora, vamos voltar para a mesa e você pode fingir que ainda me odeia.

— Você gosta quando finjo te odiar.

— Sim. Fico excitado quando você é atrevida comigo.

Eu rio, mas não dura muito.

Na verdade, o riso morre rapidamente quando meus olhos encontram aqueles grandes olhos castanhos que nos observam.

Jaxon está diante de nós, com o olhar alternando entre Garrett e mim, o queixo cada vez mais perto do chão. Ele sorri de repente, mas é um daqueles sorrisos aterrorizados, estranhos, tensos.

— Ah... — Ele limpa a garganta e bate o punho na mão oposta. — Então, humm, ouvi que...

— Ai, não. — Cubro minha boca trêmula com as mãos. — *Não.* — Lágrimas enchem meus olhos, prontas para derramar. — Carter vai me matar.

— Ah. Ah, porra. Não. — Jaxon balança as mãos erraticamente. — Merda, não, por favor, não chore. Não vou… Não vou contar para ele. Prometo. Por favor, não chore. — Ele olha para Garrett pedindo ajuda antes de apertar meus ombros. — Ei, está tudo bem. Seu segredo está seguro comigo, Jennie, sério. E, humm… — Seu olhar recai sobre a virilha de Garrett. — Não vou contar a todos que você nomeou seu membro em homenagem ao Indiana Jones. Nunca ouvi isso antes… É bem… original.

Fungo, enxugando os olhos.

— Obrigada, Jaxon. Você é um bom amigo.

Nós o vemos sair e, quando ele desaparece, Garrett levanta o punho.

— Chorar foi uma boa ideia.

Bato meu punho no dele.

— Sempre dá certo.

# 27
## DISNEYLÂNDIA X INDIANA BONES

### JENNIE

— O que foi que eu disse?

Minhas costas batem na parede com um baque, os olhos turvos de Garrett rastreando os meus. Eles estão mais azuis do que verdes esta noite, escuros e um pouco assustadores, como um mar revolto, tornando minha respiração superficial, botando fogo no meu corpo.

Deixo minha língua deslizar lentamente pelo meu lábio inferior, apreciando a maneira como o pulso de Garrett ressoa em seu pescoço ao me observar.

— Que você sentiu a minha falta.

Ele rosna, dando mais um passo em minha direção.

— Não.

— Sentiu, sim — argumento, empurrando-o um pouco mais. Quero ver até onde posso levá-lo sem fazê-lo perder a cabeça. Ou talvez eu *queira* que ele perca. De qualquer forma, vai ser divertido. — Você é um fofo, Garrett. — Passo meus dedos na lateral do seu rosto e beijo seu queixo, sorrindo contra a leve camada de barba por fazer quando seu peito rosna. — Você não passa de um pãozinho de canela macio e pegajoso.

Garrett me empurra com mais força contra a parede, segura meus dois punhos em uma mão, e os prende sobre a minha cabeça, sua outra mão no meu pescoço, os dedos firmes. Consegui. Eu o destravei.

— Você gosta de me irritar.

— Não seja ridículo, Garrett. Eu *adoro*.

Ele solta meu pescoço e passa a ponta de um dedo pela cintura do meu jeans.

— Odeio esse jeans.

— Eu também odiaria se meu nome estivesse no cartão de crédito que pagou por ele. Afinal, foi caro, e comprei três.

Uma risada gutural e sombria escapa de seus lábios.

— Então tenho mais dois para destruir.

— Não ouse — aviso.

Minha bunda fica divina nesta calça; a maneira como Garrett e Jaxon nunca conseguem tirar os olhos me diz isso.

Com o olhar fixo no meu, Garrett desliza a mão por baixo do cós do jeans justo e puxa meus quadris para a frente.

— Então ele precisa ir para o chão, que é o único lugar aceitável.

As pontas dos meus dedos passeiam por seus bíceps, sobre seu peito largo, afundando-se em seu cabelo conforme roço meus lábios nos seus.

— Acho que é melhor você começar a trabalhar, Andersen.

Deixo-o na entrada do meu apartamento ao seguir pelo corredor, tirando minha blusa no caminho, lançando um olhar demorado sobre meu ombro quando o deixo atrás de mim. O jeans é o próximo, e o penduro na ponta do meu dedo indicador antes de deixá-lo cair para fora da porta do meu quarto. Finalmente, Garrett corre, mas não rápido o suficiente para me pegar antes que eu desapareça no banheiro.

Não estou fazendo nada aqui dentro além de admirar a maneira como meu corpo está no meu conjunto de sutiã e calcinha combinando, de cetim e renda verde-esmeralda. Ganhei um pouco de peso no tempo que passei com Garrett, algo que me desesperaria três anos atrás. Mas, hoje, espalmo meus seios, apreciando o peso deles, e me olho no espelho, amando o ajuste atrevido da calcinha na minha bunda.

Corro meus dedos pela minha trança, quebrando as ondas grossas até que meu cabelo fique uma bagunça volumosa em volta dos meus ombros, e mal posso esperar para Garrett me adorar.

Já disse antes e repito: esse homem tem a bunda de hóquei mais incrível. Ele parece tão casual esperando por mim, com as mangas de sua camisa social dobradas quase até os cotovelos e uma calça justa e afilada, marcando o bumbum perfeito e as coxas grossas.

Ele se vira para mim, as pupilas dilatando, a garganta trabalhando enquanto me aproximo.

— Tão bonito — murmuro, enrolando sua gravata em volta do meu punho, dando um puxão. Ele vem caindo para a frente, agarrando meus braços para se equilibrar. Largo a gravata de seda aos nossos pés e abro os botões de sua camisa. — Você vai me foder de terno um dia? — Seus olhos se arregalam, as pontas dos dedos cravando em minha pele. Gosto quando fazemos isso, trocando o ousado pelo tímido. É natural para nós, como se sempre tivéssemos a intenção de nos complementar um ao outro.

— Garrett? — Minhas palmas deslizam sobre seu peito e seus ombros, tirando a camisa até que ela caia no chão. — Eu fiz uma pergunta.

— Farei qualquer coisa que você quiser que eu faça, Jennie.

Sorrio, afrouxando a fivela do cinto e abrindo o zíper. Quando minha palma se fecha em volta de seu pênis dentro da cueca, ele geme e meu peito se enche de orgulho.

— Bom menino — murmuro, deixando sua calça cair em volta dos tornozelos. Empurro minhas mãos para baixo na parte de trás de sua cueca, sentindo o jeito com que a bunda dele se flexiona sob meu toque antes que eu deixe a cueca cair no chão também. — Garrett?

— Sim?

— Quero que você se sente.

— Eu...

Com a palma da mão em sua clavícula, eu o empurro para a beirada da cama. Seus lábios se abrem, sua língua corre por eles, os olhos fixos em mim conforme fico de pé entre suas pernas. Pego sua mão, roçando minha barriga com seus dedos.

— Quer tocar? Ou assistir?

Ele engole em seco.

— A resposta pode ser ambos?

Rio baixinho.

— Não. Não pode.

Abro a gaveta da minha mesa de cabeceira, dedos percorrendo meu arco-íris favorito antes de pegarem aquele que estou procurando. Garrett disse que queria me foder com um brinquedo, mas quero lhe mostrar como faço para me foder com isso.

Sua respiração falha quando me viro.

— Jennie, eu... *puta... merda.* — Ele arrasta as mãos pelo rosto em câmera lenta quando colo a base da ventosa no chão, entre suas pernas. — Você está... Você não vai... Ai, meu... Eu-eu-eu-eu... Acho que vou entrar em curto-circuito... Será que é um momento ruim para dizer que te amo? — Ele ri com ansiedade. — Puta merda, acho que realmente te amo agora.

Meu Deus, ele é o ser humano mais cativante, adorável e amável que já encontrei. Ninguém me faz sorrir como ele.

O sutiã vai primeiro, as alças de cetim escorregando dos meus ombros, caindo no colo de Garrett antes de enfiar meus polegares na calcinha e deslizá-los sobre meus quadris.

Ele aperta minha calcinha contra o peito conforme abro suas pernas e me encaixo no poder do Indiana Bones, fazendo-o dançar sob mim. A mão de Garrett se fecha em volta da minha, impedindo-me.

— Você não precisa de lubrificante ou algo assim?

Guio sua mão entre as minhas pernas, passando seus dedos pelo meu centro, onde estou totalmente encharcada. Ele geme e, quando ergo seus dedos brilhantes, pergunto:

— O que você acha, Garrett? — Com base no soluço estrangulado que sai de seus lábios quando chupo lentamente seus dedos na minha boca, acho que ele pode estar morrendo. — Preciso de lubrificante?

— Não — ele resmunga.

— Não — concordo, recolhendo minha umidade nas pontas dos dedos, acariciando lentamente meu brinquedo, cobrindo-o.

De joelhos entre as pernas de Garrett, guio a cabeça do pau para onde quero. Meu cérebro esvazia-se à medida que desço lentamente por todo o seu comprimento, gemendo.

— Caralho. — As unhas de Garrett cravam-se na carne de suas coxas. — Eu... eu... eu... estou no céu. Estou morto. Estou morto?

Vou tão fundo e, quando pulsa dentro de mim, batendo naquele ponto, caio em seu colo, agarrando suas coxas, gritando.

— Garrett.

— Caralho. Não estou morto. — Ele agarra meu cabelo, olhos selvagens enquanto me movo para cima e para baixo, uma e outra vez, devagar, apreciando cada sensação. — Porra, você é real?

Encontrando meu ritmo, envolvo meu punho em volta do pau ansioso de Garrett.

Com os olhares fixos, arrasto minha língua ao longo da parte inferior de seu comprimento duro como uma rocha antes de engolir a ponta, e minha boca desliza para baixo, até que seu pau atinja o fundo da minha garganta.

A cabeça de Garrett pende para trás ao gemer e, quando ele se endireita de novo, mãos grandes seguram meu rosto ao me olhar, assistindo.

— Você é uma obra-prima.

Não tenho certeza se já quis algo tanto quanto quero me entregar a Garrett. Dei a ele pedaços; agora quero entregar todo o restante.

Já faz um tempo que estou pensando nisso. Mas nunca tive certeza se eu estava pronta, por isso não devia estar mesmo. *E tudo bem.* Ele não precisava de nada de mim, apenas o que eu estava disposta a dar. Pela primeira vez em minha vida, eu era o suficiente.

Nunca fui o suficiente para ninguém, exceto para mim mesma. Garrett mudou isso. Eu nunca soube o quanto precisava de alguém assim até encontrá-lo, e acho que ele não percebe o quão grata sou por tê-lo.

Então, vou lhe mostrar isso.

Meus dedos encontram meu clitóris, circulando lentamente enquanto eu monto o pau abaixo de mim. Segurando as bolas de Garrett com minha mão livre, massageio levemente e, com um assobio, ele empurra os quadris para a frente. Seu pênis desliza pelo fundo da minha garganta, fazendo-me engasgar, e sorrio para ele.

Garrett geme, dedos passando pelo meu cabelo, agarrando-o em seus punhos.

— Não olhe para mim assim, porra, enquanto estiver com o meu pau na sua boca.

Eu o solto com um estalo e lambo o canto da minha boca molhada.

— Ou o quê?

— Ou eu vou te mostrar exatamente como é ser fodida por mim quando você está sendo uma pirralha birrenta.

Agarrando a base do seu pênis, bombeio lentamente, segurando seu olhar conforme lambo ao longo dele, massageando a cabeça conforme ele sibila. Meus quadris balançam para a frente e para trás, rangendo. Sinto como se eu estivesse brilhando de dentro para fora.

— Isso é para ser uma ameaça, grandão?

*Olá, Garrett bravo. Tirei a sorte grande.*

Em um segundo estou entre suas pernas com seu pau na minha boca e, no próximo, ele está atrás de mim, uma mão cravada na minha cintura, a outra segurando meus punhos firmemente atrás das costas.

Ele me segura firme, mantendo-me satisfeita, mas me impedindo de perseguir o pico do meu jeito. Choramingo, contorcendo-me, desesperada por alívio.

Seus dentes roçam minha orelha, o hálito quente me arrepia de desejo.

— Qual é o problema, minha flor? Você quer gozar?

— Eu posso me fazer gozar.

— Você com certeza pode. Mas, quando estou aqui, eu que a faço gozar. — Uma mão forte aperta meu peito, o polegar raspando meu mamilo antes de seus dedos dançarem pela minha barriga, encontrando aquele calor que sempre quer a atenção de Garrett. Lábios tocam meu ombro de leve. — O dia em que transarmos vai ser como um raio, Jennie. Vou acender todo o seu céu, do mesmo jeito que você faz com o meu.

Sinto aquele aperto no peito de novo, aquele que esteve ali por quase um mês. Sinto contrair um pouco mais forte a cada vez que estou com Garrett. Não sei o que fazer a respeito. Quero dizer como me sinto, perguntar para onde vamos a partir daqui. Porque eu mesma não sei. Isso tudo é tão novo para mim, e me sinto inexperiente, sufocada pela sensação de novidade. A verdade é que estou com muito medo.

Com medo de que o sexo não o satisfaça. Com medo de que ele fique entediado. Com medo de não dar certo, de não sermos capazes de continuar amigos. Com medo de que *dê certo*, mas alguém desista.

Mas estou cansada de ter medo. Só quero ser feliz.

O queixo de Garrett pousa de leve sobre meu ombro, sua mão em meu queixo para virar meu rosto para ele. Ele sorri, tão bonito, e acho que meu peito pode rachar ao meio.

— Oi — ele sussurra contra os meus lábios. — Espero que saiba que você é linda.

Ele beija a ponta do meu nariz, a maçã do meu rosto, meu pescoço e ao longo do meu queixo, parando na minha orelha, e minhas terminações nervosas se arrepiam quando ele me segura ali, no lugar.

— Mas vou te mostrar no que dá me irritar.

Com um aperto punitivo em meus quadris, ele me empurra no pau de borracha. Caio para a frente no chão com um gritinho e seu peito vibra com um rosnado sinistro. Então, sua palma aberta bate na minha bunda e, quando gozo, grito de novo.

— Boa menina — ele murmura sombriamente ao manobrar meu corpo, puxando-o para si.

Porra, esse homem sabe o que faz. Sua mão prende meu pescoço, puxando-me para ele, segurando-me contra seu peito sólido ao me enfiar, mergulhar, direcionar.

— Mal posso esperar para ver o quão perfeitamente você se encaixa no meu pau. Mal posso esperar para ver seu lindo rosto pela primeira vez quando eu gozar dentro de você.

Sinto um formigamento no baixo ventre, que vai se espalhando como um incêndio à medida que minha visão fica turva. Eu me contorço ao experimentar meu segundo orgasmo. Quando ele sussurra "Goze para mim" no meu ouvido, faz exatamente o que prometeu fazer: meu céu explodir.

Cores fluorescentes invadem minha visão, iluminando meu mundo.

Minhas palavras ficam confusas e sem sentido, e desabo contra o corpo de Garrett.

Ele me pega em seus braços e se levanta, carregando-me para o chuveiro, onde me lava delicadamente sob o jato morno. Não consigo encontrar em mim a coragem de falar uma única palavra até que estejamos debaixo dos cobertores no sofá da minha sala, vinte minutos depois, comendo tigelas de cereal Corn Pops, com minhas costas contra o seu peito.

— Consegui meu ingresso para o seu espetáculo.

Giro, quase derrubando a tigela dele na minha cabeça.

— Jura?

— Ahã. Mal posso esperar.

Também estou animada. Todas as minhas pessoas favoritas estarão lá, assistindo a mim da plateia, e Garrett é o meu favorito de todos.

— Sei que vamos jantar depois para comemorar...

— Para o aniversário de Carter — esclareço.

Garrett revira os olhos.

— Ele diz que é para celebrá-la; você diz que é para ele. Acho que podemos celebrar vocês dois ao mesmo tempo.

— Beckett não dividem o centro do palco, Garrett.

Ele ri baixinho e pega minha tigela depois de colocar a dele no chão, bebendo o restinho do leite.

— Bem, eu estava pensando que talvez pudéssemos fazer alguma coisa depois. Só nós dois.

— Nós sempre fazemos algo só nós dois.

— Verdade. Mas isso seria diferente.

Seu olhar salta para longe, depois volta.

— Diferente como?

— Não sei. — Ele levanta um ombro. — Especial.

— Especial como?

Sua garganta trabalha e seus olhos rastreiam a mecha do meu cabelo que ele gira em torno de seu dedo.

— Especial como, Garrett?

— Como um encontro, talvez. Porque será Dia dos Namorados. Se você quiser.

— Se eu quiser? — Meu coração galopa, um sorriso florescendo. — Você quer?

Ele lambe os lábios, o olhar hesitante encontrando o meu.

— Sim. Eu quero.

Ele limpa a garganta e vomita as palavras, minha especialidade favorita dele:

— Sei que faltam duas semanas, mas parto em dois dias para outra viagem; estarei em casa apenas por uma noite, depois só voltamos na véspera do espetáculo, então não há muito tempo, e sei que disse algo especial, mas não podemos ir a qualquer lugar porque é um segredo e tudo mais, mas pensei que talvez poderíamos só torná-lo especial... Podemos não pedir sobremesa no restaurante e depois comer algo juntos, em um piquenique ou algo assim, ou talvez fazer uma cabana com almofadas à luz de velas, não sei, e você não precisa me dar um presente nem nada, mas pensei que talvez fosse legal, tipo... — Ele inala um suspiro trêmulo e solta o ar. — Ter um encontro de verdade. — Ele coça a têmpora e estremece. — Isso foi ruim, não foi?

— Foi terrível — confirmo. — Mas acho que consigo encaixá-lo na minha agenda.

Seu rosto fica vermelho e ele sorri.

— Sim?

Sorrio também.

— Sim.

— *Bagana*. — Ele se encolhe. — Puta merda. Pensei em dizer *legal* e *bacana*, saíram os dois juntos.

Rindo, jogo meus braços em volta de seu pescoço.

— Você está cansado. Precisa dormir.

Ele suspira, apertando minha bunda.

— Você está certa.

Rolo para longe dele, levando as tigelas para a cozinha. Encontro Garrett na porta, calçando os sapatos e abotoando a calça.

— Você vai embora?

Ele olha para cima, parando.

— Pensei...

— Não, tudo bem. Só perguntando.

— Porque você disse que eu deveria dormir — ele explica.

— Certo. Eu disse.

— Então talvez eu devesse...

— Talvez você queira...

— Ah. — As sobrancelhas de Garrett se erguem. — Você estava dizendo alguma coisa?

— Não. Não, definitivamente não. — Gesticulo minhas mãos para distrair do fato de que não tenho ideia do que estou fazendo. — Você vai embora.

— Quero dizer... — Ele esfrega a nuca. — A menos que você diga...?

— Quem, eu? — Aponto para mim mesma. — Eu não ia dizer nada.

A cabeça de Garrett balança lentamente.

— Ótimo. Legal. Acho que vou... embora, então.

Eu sorrio.

— *Bagana*.

Sua risada calorosa envolve meu coração e aperta-o, e, quando ele me puxa para perto pela camiseta, a onda de emoções que me atinge é mesmo impressionante.

— *Bagana* — ele sussurra contra os meus lábios. — Tão *bagana*.

# 28
## REGRAS? QUE REGRAS?

GARRETT

— É UM JOGO, RAPAZES. — Passo minha mão pela mesa, reunindo as cartas.

Carter cruza os braços, carrancudo.

— É uma merda, isso sim.

— Você sabe o que dizem — murmuro. — É preciso aprender a perder antes que possa...

— Se me disser que preciso aprender a perder para apreciar a vitória, vou te jogar da merda desse avião.

— Ah, então Olivia pode falar, mas eu não? Duas pessoas, duas medidas.

— Olivia pode dizer o que quiser! Ela está gerando meu bebê e chupa meu pau!

— Carter — Adam murmura em volta do sanduíche, sem olhar por cima do livro em sua outra mão. — Pare de ser um mau perdedor.

— Não sou um mau perdedor — ele resmunga, afundando-se no assento.

— Você é — Jaxon e eu acabamos de derrotar Carter e Emmett no baralho três vezes seguidas. Era para ser apenas um jogo, e então dois e, bem... Você conhece Carter. — Você não pode ser o melhor em tudo.

Carter coloca os dedos dos pés no fundo do meu assento.

— Emmett está aprontando, pra variar.

— Ei! — Emmett levanta os olhos do celular. Pode ser a primeira vez que ele percebeu que o jogo havia terminado. — Não vejo minha esposa faz cinco dias e ela está me enviando mensagens muito detalhadas sobre como vai me receber em casa esta noite. — Seu celular toca, seus olhos se arregalam e ele se levanta abruptamente. — Eu, humm... tenho que... ir. Dar uma mijada.

Carter vai em seguida, esticando os braços acima da cabeça e bocejando.

— Também vou. Quero mandar uma mensagem para Ollie antes de cair no sono pelo resto da noite. Preciso de energia para poder abalar o mundo dela assim que chegar em casa. A gravidez a está deixando superexcitada.

Está difícil acompanhá-la esses dias. — Ele ri baixinho, com um olhar distante nos olhos. — Outro dia ela me acordou com...

— Pare. — Adam segura o sanduíche como um escudo. — Porra, Carter. Por favor, pare. Não queremos saber, e Olivia não quer que saibamos; confie em mim.

Carter faz uma careta, recolhendo as embalagens de comida. Ele cutuca o livro de Adam.

— Você precisa transar. Se precisar de algumas dicas...

— Não preciso.

— Tem certeza? Dizem por aí que sei como falar com garotas.

Adam vira uma página do seu livro.

— E como Ollie teve tanta sorte, nunca saberemos.

— Que livro você está lendo? — pergunto enquanto Carter desaparece.

Adam me mostra a capa, e Jaxon e eu rimos. *A sutil arte de ligar o f\*da-se.*

— Para o que quer ligar o foda-se?

— Não sei. Nada. Tudo. — Ele deixa o livro cair no peito e suspira. — Devo dizer foda-se para um namoro? Devo apenas aceitar o que todas as mulheres parecem estar oferecendo?

Balanço minha cabeça, embaralhando as cartas.

— Não, você não quer fazer isso. Esse não seria você.

— Talvez devesse ser. Não estou querendo brincar com os sentimentos de ninguém. Mas nenhuma delas dá a mínima para mim, então por que me importo?

— Porque você é um cara legal — diz Jaxon. — E não é o cara do tipo sem compromisso. Frequento esse ambiente e não o recomendaria para você.

Os dedos de Adam mergulham em seus cachos.

— Acho que não é para mim mesmo.

Eu rio.

— Então por que está considerando isso?

Ele tira os óculos de leitura, de armação escura, e esfrega os olhos.

— Acho que não estou, na verdade. Talvez eu esteja apenas desistindo de lutar por um namoro. Isso só faz eu me sentir mais solitário.

— Então faça uma pausa. Você está preenchendo seu tempo livre com as crianças do orfanato, não está? E você gosta.

Seu sorriso é instantâneo.

— Sim, estou. É tão legal colaborar para que as crianças se abram um pouco para o mundo.

— Então se concentre nisso por um tempo. Curta o que te faz feliz. Sei que você quer conhecer alguém, mas não está se divertindo fazendo isso agora. Volte à ativa daqui a alguns meses.

Adam dobra o lábio inferior e assente.

— Quando você ficou tão sábio?

A verdade é que conversar com Jennie ajuda. Estou sempre tentando lhe mostrar que entendo, e gosto de ajudá-la a encontrar seu caminho para o outro lado dos seus problemas. Mas não posso dizer isso a Adam, então conto a outra verdade.

— Tenho três irmãs muito emotivas que brigam por tudo. Às vezes preciso ser sábio.

E, às vezes, sou desorientado quando deveria ser sábio, como na semana passada, quando *acho* que Jennie estava tentando me pedir para passar a noite. Pensar nela ultimamente tem sido difícil. Entre o meu hóquei e os ensaios dela, nossas agendas têm sido conflitantes. Bate-papos tarde da noite não são uma opção com Adam como meu colega de quarto. Tenho sorte de ter cinco minutos para ver o rosto dela ou ouvir sua voz.

Jennie é a única pessoa com quem quero passar uma noite em casa, então mando uma mensagem rápida.

> **Eu:** Em casa em uma hora. Vem aqui?
> **Minha flor:** Pq, tá com saudade?
> **Eu:** Pq qro um boquete.
> **Minha flor:** Diga a verdade, Ursinho Garrett. Não ando com mentirosos. Só com bons meninos.

Ela não vai me deixar sair ileso, mas, por mim, não há problema. Minhas piadas favoritas são aquelas que compartilhamos juntos.

> **Eu:** Td bem. Tô com saudade e qro um boquete. Por favor, vá em casa.
> **Minha flor:** E?
> **Eu:** E eu gostaria de te abraçar, pq já faz 5 dias. Por favor.
> **Eu:** E faço cócegas em vc. Por favor...
> **Eu:** E te dou comida. Por favor!
> **Eu:** Por favor. Por favor. Por favor.

**Minha flor:** Nossa, não precisa ser assim desesperado. Já tô aqui msm.

Estou prestes a perguntar o que ela quer dizer, quando chega uma foto sua aninhada na minha cama. Ela está com uma Pop-Tart entre os dentes e fazendo o sinal da paz com a mão livre, cabelos castanhos espalhados sobre o meu travesseiro. Mal posso esperar para me juntar a ela ali e, se eu tiver muita sorte, poderei ficar com ela a noite toda.

**Minha flor:** Seus lençóis são mágicos e vc tem os melhores lanchinhos. Vim pra comer e tirar um cochilo. Ia te surpreender na sua porta vestindo nada além da minha fita de cabelo amarrada no pescoço, pq sou um presente para você.

Caramba, nunca quero deixá-la.
— Pra quem você está digitando?
— J... — Meus dedos param. Meu olhar sobe devagar, encontrando Adam com uma sobrancelha arqueada enquanto ele espera que eu termine o nome com J. — ... axon. Jaxon. — Limpo minha garganta. — Riley. Jaxon Riley.
*Cale. A. Boca. Garrett.*
— Você está mandando mensagem para Jaxon, sentado à sua frente?
Meu olhar passa para Jaxon. Ele espera, com as mãos cruzadas sobre a mesa entre nós, telefone em lugar nenhum à vista. Foda-se, vale a pena tentar.
— Sim?
— Garrett — Adam avisa baixinho. — Juro por Deus, se for Jennie...
— Ela só... Ela-ela... Não, ela só precisa de uma carona para... Não estou, não... Não é... — Desisto, passando as mãos para cima e para baixo na minha cara. — Aaahhh.
— Ah, não! — Adam joga o livro no assento ao lado dele, enterrando o rosto nas mãos. — Garrett, não! Você jurou que era só uma vez!
— Bem, Adam, menti! — Ele suspira, a expressão demonstrando toda a traição que eu esperava. — Sinto muito. Eu não queria mentir para você, mas não pude te contar. Você me faria parar.

— Não quero perder meus melhores amigos! — ele quase grita, verificando se ninguém está ouvindo além de Jaxon, que ri como um asno. — Você vai ser morto e enterrado, e Carter vai para a prisão por ter te matado!

— Pare de gritar comigo! — grito de volta baixinho. — Não gosto disso!

— Foda-se. Nem sei o quê... — Ele gesticula para Jaxon. — Você sabia sobre isso?

Jaxon levanta as mãos.

— Ei, acidentalmente vi algo que nunca quis ver. E ela chorou, aí...

— Ah, não — Adam zomba. — Ela chorou? Não, ela te enganou, seu idiota, foi o que ela fez. Ela é uma Beckett, Riley.

— Olha, ele é difícil quando está bravo. Mas *acho* que sei quando uma garota está chorando de mentira. — Quando sorrio, ele recua e se conforma: — Porra, ela é boa.

— Vocês não podem contar para Carter — imploro. — Por favor.

— Dizer a ele o quê? — Jaxon olha por cima do ombro. Carter está oito fileiras à nossa frente, assento reclinado, fones de ouvido, o rosto de Olivia na tela do iPad. — Que você está transando com a irmãzinha dele?

— Não, não é mais assim. Quer dizer, era. — Aperto meus olhos bem fechados, cabeça balançando. — Não, nós estamos... Não temos, humm...

As sobrancelhas de Jaxon se erguem rapidamente.

— Você não transou com ela?

— Nós fazemos... outras coisas.

*O que estou fazendo?* Isso não parece certo.

— Certo. Por diversão?

O queixo de Adam cai.

— Amizade colorida? Não. Não com ela, Garrett.

— Não. Quer dizer, sim. Quer dizer, não sei? — Esfrego a parte de trás do meu pescoço. — Começou assim, só diversão, com regras para não ficar sério...

Jaxon assobia.

— E agora você quer que as regras se fodam.

Não quero o que queria antes. O tempo limitado, a falta de apego, a liberdade de sair quando fosse conveniente para qualquer um de nós, *as malditas regras*. E odeio que eu esteja contando para outra pessoa antes de falar para Jennie.

— Gosto mesmo dela — sussurro. As palavras têm um gosto engraçado, não porque seja uma nova revelação, já que não é. Mas porque é a primeira vez que as estou dizendo em voz alta, sendo honesto com alguém além de mim. Por medo de perder o que temos, tive que engolir as palavras dia após dia, enterrá-las com as minhas intenções, minhas esperanças. Mas agora não parece tão desesperador. — Eu a convidei para um encontro de verdade depois do espetáculo dela no dia quatorze. Ela disse sim, então... acho que ela gosta de mim também. Além disso, ela é... — Meus olhos se voltam para os de Adam. A dureza diminui, a compaixão retorna. — Ela é a minha melhor amiga.

Adam me encara por um longo momento. Sei por que o medo está ali. O mesmo motivo pelo qual está em mim. Ele suspira, esfregando o rosto.

— Quero que você seja feliz. Contanto que saiba que Carter vai enlouquecer.

A última coisa que quero é machucar Jennie. Apenas não tenho certeza se isso será o suficiente para Carter.

Jaxon deve sentir minha derrota, porque ele interrompe.

— Bem, você disse que ainda não tiveram um encontro de verdade. Veja como será primeiro. Sabe, certifique-se de que vocês estão na mesma página e tudo mais. Quando tiver certeza de que os dois têm uma perspectiva, aí você pode falar com Carter. Ele vai mesmo ficar chateado se você fizer sua irmã feliz?

Não posso dizer que estava preparado para receber conselhos de Jaxon, mas faz sentido. Não sinto que preciso esperar para ver como as coisas vão se desenrolar entre nós, mas preciso ter certeza de que é um passo que ela está pronta para dar. Além disso, me dá um pouco mais de tempo, em vez de tentar obter permissão de Carter para ter um encontro com sua irmã na próxima semana.

Afinal, eu gostaria de ver o espetáculo de Jennie ao vivo, não de uma cama de hospital.

A PORTA NEM FECHOU ATRÁS de mim e Jennie já está dançando pelo corredor, pulando em meus braços.

— Com certeza você sentiu muito mais minha falta do que eu senti a sua — murmuro em seu cabelo.

Ela é macia e quente agarrada a mim, cheirando a canela e café e um pouco como minha roupa usada. Todas as minhas coisas favoritas reunidas.

— Aff. Isso nem é possível. Você está obcecado por mim. — Ela desliza pelo meu corpo e gira, estalando o quadril. — Além disso, sou *bagana* demais para sentir tanta saudade.

— Não vou deixar isso passar, hein — murmuro, observando-a dançar na minha cozinha. — O que está vestindo?

Ela olha por cima do ombro.

— Está com problemas de visão?

— Estou com dificuldade de entender a ideia de você relaxando no meu apartamento só de calcinha e com a minha camiseta enquanto não estou aqui para aproveitar. — Ela apresenta uma caixa de pizza. — E você pediu o jantar?

— Você sempre está com fome quando chega em casa. Chegou aqui dez minutos atrás, então ainda está quente e… — Suas pálpebras se fecham ao inalar. — Está com um cheiro *tão* bom.

*Estou* com fome. Mas não de pizza.

Caminho em direção a Jennie enquanto ela coloca um pedaço na boca, cantarolando alegremente. Ela engole e sorri, e agarro seus quadris.

— Oi — sussurro, plantando um beijo em seus lábios. — Senti sua falta. Mais do que você sentiu a minha.

Ela larga o restante da fatia, colocando os braços sobre meus ombros quando começo a nos levar pelo corredor. Seu sorriso está tão feliz esta noite, seus olhos tão claros, pequenas manchas douradas nadando em uma piscina azul.

— Senti sua falta. O coçador de costas que você me deu de Natal é ótimo, mas nada supera seus dedos.

— Humm. Você gosta mesmo dos meus dedos.

Eu tiro sua camiseta — *minha* camiseta — e a jogo no chão do meu quarto.

Ela não está usando sutiã, e seus mamilos endurecem sob o calor do meu olhar.

As pontas dos seus dedos dançam na minha gravata, encontrando o nó no meu pescoço, brincando com ele ao me observar por baixo de cílios escuros e pecaminosos.

— Essa coisa nunca está reta, Garrett — ela murmura, puxando lentamente a seda vermelha. Enrola as duas pontas em volta dos punhos e guia meu rosto para o seu. — Me beije.

Encurralando-a contra a parede, seguro seu queixo com os meus dedos, inclinando seu rosto sobre o meu. Suas bochechas estão rosadas, ondas castanhas quentes emoldurando seu rosto. Lábios se separam, sem fôlego.

— O que está esperando?

Arrasto meu polegar por seu lábio inferior.

— Só estou olhando para você. Às vezes, não consigo acreditar que você existe.

Bem antes que nossos lábios se encontrem, vejo algo azul na minha cama.

— Que porra é essa? — Viro a cabeça dela em direção ao vibrador elegante, a parte que se projeta perto da base faz com o clitóris dela o que a minha boca gosta de fazer. — Você estava se masturbando na minha cama?

Seus cílios tremem, covinhas se formando em um sorriso atrevido ao puxar a gravata enrolada em seus punhos.

— O que você vai fazer com relação a isso, grandão?

Eu lhe respondo com o beijo pelo qual ela implorava há pouco, então gentilmente arranco os dedos da gravata, deixando a seda deslizar por sua mão. Pegando suas mãos em uma das minhas, enrolo a seda em volta dos seus punhos.

— Você confia em mim, Jennie?

— Sim — ela responde sem hesitar.

— Que bom.

Puxo as pontas da gravata, apertando-a instantaneamente em volta dos seus punhos, juntando-os.

Ela suspira.

— O que está fazendo?

As palavras estão carregadas de admiração e desejo. Ela quer isso — ela, indefesa; eu, no controle — tanto quanto eu.

— No momento? Nada. — Levo-a para a cama e abro suas pernas. Ela morde o lábio inferior conforme enrolo a seda na cabeceira, prendendo suas mãos acima da cabeça. — Em um minuto? Fodendo sua boceta como eu quiser, até você gritar meu nome alto o suficiente para os vizinhos ouvirem.

Sua pele fica arrepiada quando ela treme, meu nome sai como um sopro de sua boca.

— Humm, algo assim. — Arrasto a ponta do meu polegar por entre suas pernas, onde uma mancha escura e úmida decora o rosa-claro do algodão. O calor jorra, e ela levanta os quadris da cama, desesperada por mais. — Mas muito mais alto.

Um suspiro perfura o ar quando mergulho minha mão dentro da calcinha, passando meus dedos por sua fenda. Jennie se move para a frente, lutando contra a gravata.

— Está doendo? — pergunto. — Ela balança a cabeça, ofegante conforme arrasto a calcinha por suas pernas. Eu dobro seus joelhos, deixando um rastro de beijos por dentro de sua coxa. — Você está bem? Com isso? Ou se sentiria mais confortável se eu parasse?

— *Ah* — ela grita, arqueando as costas quando mordo a junção da sua coxa. — Mais, por favor.

Passo a ponta da minha língua sobre seu clitóris inchado e o puxo gentilmente entre meus dentes.

— Responda à pergunta, Jennie.

— Porra, por favor, não pare, Garrett — ela implora quando me afasto. — *Por favor*.

Lentamente, empurro dois dedos dentro dela, deleitando-me com a maneira como ela se aperta em volta de mim. Chupo meus dedos, e Jennie se contorce, procurando meu toque, implorando sem palavras.

— Porra, uma delícia, minha flor.

Procuro entre os lençóis amarrotados, envolvendo meus dedos em volta do meu substituto. O aparelho ganha vida assim que aperto o botão para ligar. Uma vez, Jennie me disse que este era um dos seus favoritos, certo? Junto com Indiana Bones. *Estimulação dupla*, ela explicou. *Você não pode competir contra isso.*

— Quantas vezes usou isso?

Pergunto, arrastando a cabeça do brinquedo em sua fenda, girando-o em torno de seu clitóris, observando-a sacudir.

— Uma vez. — Eu o afasto. — Três vezes — ela grita, em desespero, e, quando o empurro lentamente dentro dela, ela geme, jogando a cabeça para trás nos travesseiros. — Não foi o suficiente. Nada nunca é o suficiente quando não é com você.

Gosto mais dessas palavras do que gostaria de admitir, e, quando pressiono o brinquedo um pouco mais fundo, quando a cabeça curva atinge o ponto de que ela gosta, Jennie geme, puxando a gravata. Meu polegar cobre o brinquedo, sentindo o poder da sucção. Quando o posiciono sobre seu clitóris, os olhos de Jennie reviram, palavras são perdidas em um grito confuso.

Ela se contorce e geme, balançando-se com o brinquedo, empurrando-se em mim conforme puxo um mamilo rosado para dentro da minha boca.

— No que pensava ao se masturbar?

— Em você — ela soluça, quadris balançando, costas arqueadas. Ela puxa a cabeceira, tentando se libertar. — Ai, porra, Garrett.

— No que comigo?

Sua cabeça cai para trás, os olhos fechando enquanto um som rasga sua garganta à medida que lentamente removo o brinquedo e o coloco de volta para dentro.

— Estava pensando em… você me foder.

— Com a minha língua? Ou os meus dedos? — Ela aperta os dentes no lábio inferior ao se balançar sobre o brinquedo. — Seja específica, Jennie.

— Com o seu pau — ela grita. — Eu queria que fosse você dentro de mim.

Inclinando meu corpo sobre o seu, envolvo meus dedos em volta do seu pescoço, observando seu rosto enquanto ela vai em direção ao clímax. Está ficando mais difícil ser gentil com ela. Ultimamente, tudo o que quero fazer é curvá-la e fodê-la com tanta força até ela esquecer o próprio nome. Rasgá-la aos pedaços e depois juntá-los novamente. Quero que ela grite que é minha e quero que esteja falando sério.

Mas quero ser dela também.

— Como você acha que vai gostar? — Minha boca paira acima da dela conforme empurro com mais força, atingindo o ponto que a deixa sem fôlego. — Quando eu te foder, você quer que eu faça devagar? Que eu seja gentil? Romântico? — Pressiono meus lábios no canto de sua boca enquanto ela ofega. — Ou quer que eu te foda com força? Quer que eu te mostre o quanto te quero? Como te quero há tanto tempo? Como sonhei com isso noite após noite?

Meu olhar percorre seu rosto, todos os ângulos suaves que amo, e, quando sigo a linha dos seus braços até os punhos acima da cabeça, encontro suas mãos se estendendo para mim.

— Garrett — ela choraminga, tremendo quando solto seu pescoço e entrelaço meus dedos nos dela, observando-a chegar ao ponto máximo.

— Não se preocupe. Podemos levar o nosso tempo, fazer tudo. Não tenho planos de deixá-la sair por aquela porta tão cedo.

Puxo o brinquedo de entre suas pernas antes de penetrá-lo de volta e, quando seus dedos dos pés se curvam e suas costas arqueiam, pego sua boca na minha, engolindo meu nome quando ela o grita.

Com um puxão rápido na gravata, eu a liberto da cabeceira e a viro, levantando quadris para fora da cama, sua bunda perfeita e redonda no ar.

— Estou tão longe de terminar com você, minha flor.

Já tive esse corpo enrolado ao meu tantas vezes que nem sei dizer. Observei seus cílios grossos repousarem contra suas maçãs do rosto, seu peito subir e descer constantemente enquanto ela dorme. Senti a maneira como ela me abraça quando mudo de posição e sorri para a careta que ela faz quando está sonhando, a maneira como se curva para cima quando eu passo a ponta do meu polegar sobre seu lábio inferior, passo um dedo na lateral do seu rosto ou toco sua testa com meus lábios.

E, ainda assim, não tenho ideia de como é adormecer com ela nos meus braços. Dormir profundamente com suas pernas entrelaçadas nas minhas. Acordar de manhã com seu corpo quente ainda aninhado no meu e vendo como o sol faz seu rosto brilhar ao banhar a janela.

Estou cansado de não saber como é. Não quero mais sonhar com isso; quero viver isso.

Desligo a tv e guardo o controle remoto. Jennie se mexe, com seus olhos azuis me observando. O calor sobe para suas bochechas quando ela me encontra observando-a.

— O que está olhando?

Tiro o cabelo dela da testa e o coloco atrás da orelha.

— Você.

— Por quê?

*Por quê?* Por que *não*? Ela é linda, minha melhor amiga. Ela me faz sorrir quando nem está fazendo nada e vive sem pagar aluguel na minha cabeça vinte e quatro horas por dia, sete dias por semana. Por que a fizeram tão magnífica?

Quando olho para ela, mil emoções giram dentro de mim, e é difícil escolher apenas uma para focar. Eu queria poder colocá-la em palavras, só não sei como.

Mas há uma coisa que posso fazer.

Seguro seu rosto, persuadindo seu olhar de volta para o meu. Ela está nervosa, mais nervosa do que eu. Mas não quero que fique assim; quero que ela tenha certeza.

— Fique — sussurro. — Bem aqui, comigo. Por favor, Jennie. Fique comigo.

Seus olhos arregalados movem-se cautelosamente entre os meus. O medo começa a se dissipar, deixando-me com um sorriso devastador que despedaça seu rosto, acende um fogo dentro do meu peito e me aquece de dentro para fora.

— Ok — Jennie diz. — Vou ficar.

# 29
# SERÁ QUE FIZ UMA AMIGA?

JENNIE

— Não tem gel de cabelo — murmuro, vasculhando a gaveta. — Sério? Fica bom daquele jeito sozinho? I-na-cre-di-tá-vel.

Aqui é surpreendentemente arrumado para o banheiro de um homem solteiro. Ficaria impressionada, exceto que não consigo encontrar o que estou procurando, então o aborrecimento está vencendo por uma margem esmagadora.

Até agora, sua vaidade rendeu uma quantidade absurda de cotonetes, aqueles palitos de fio dental em vez do fio, o que aumenta de imediato a nota de Garrett, além de uma variedade de barbeadores. São todos diferentes, mas não consigo entender por que ele precisa de tantos. Eu não deveria reclamar; seja lá o que esteja fazendo com os pelos faciais está funcionando. Gosto bastante do jeito que ele faz cócegas entre minhas coxas.

Examino um frasco de perfume antes de borrifá-lo na minha camiseta. Tecnicamente é de Garrett, então a camiseta já cheira a ele, mas um pouco a mais não fará mal.

— Aahh. — Puxo o tecido até o nariz, inalando. O cheiro dele é perfeito, um fresco e cítrico do banho, mas a colônia acrescenta um toque terroso, do tipo que me faz imaginá-lo lá fora na floresta em uma camisa de flanela xadrez, empunhando um machado. — Tão bom.

— Espionando?

Dando um gritinho, bato a gaveta e me viro para encontrar Garrett na porta. Ele está nu, o que é uma distração. Tenente Johnson está duro como uma rocha e enorme, acenando um "olá", o que me distrai ainda mais.

— Espionando? Não. Eu? Não. — Meu braço se agita na direção da bancada, onde suas coisas estão espalhadas, e sem querer derrubo seu perfume. Está em um lindo frasco de vidro, do qual não consigo pronunciar o nome, então provavelmente não posso me dar ao luxo de substituí-lo se for esmagado aos nossos pés. É por isso que me jogo para a frente, com os braços estendidos.

Garrett apenas estende a mão e pega o frasco, segurando-o em seu peito, e acabo colidindo com ele.

— Você está bem?

Ele não está perguntando se estou fisicamente intacta e sem dor, mas questionando minha sanidade, e seu tom indica que ele acha isso engraçado.

— Eu estava procurando uma escova de dentes. — Enterro as palavras contra a sua clavícula. — Não posso te beijar com meu hálito matinal. É nojento.

Seus olhos azul-esverdeados estão turvos, pesados de sono enquanto ele olha para mim. Se o sono dele tiver sido parecido com o meu, foi glorioso. Há muito tempo não dormia tão profundamente quanto dormi com o seu corpo quente preso ao meu redor a noite toda, sua mão espalmada sobre minha barriga, o rosto enterrado no meu pescoço. Ele é mesmo o maior urso de pelúcia de todos os tempos, e acho que também posso ser.

Ele me solta e vai até o balcão, colocando sua colônia no lugar e encontrando uma pequena cesta de vime. Dentro há uma embalagem de escova de dentes rosa, elásticos de cabelo, desodorante, protetor labial, removedor de maquiagem, lenços umedecidos e uma pequena caixa de absorventes internos.

Um nó aperta meu estômago. Minha tentativa de conter a onda de ciúmes que se move dentro de mim não é bem-sucedida. Engulo e planto um sorriso forçado em meus lábios.

— Você mantém uma cesta de produtos femininos para as garotas que traz para cá?

Duas linhas aparecem entre suas sobrancelhas quando elas se curvam. Garrett se inclina sobre mim, pega a pasta de dente e deposita na minha mão.

— Não. — Ele coloca o polegar sob meu queixo e levanta minha boca até a sua, beijando-me profundamente. — Guardo produtos femininos aqui para você. — Ele bate a mão na minha bunda antes de voltar para o quarto, rebolando sua maravilhosa bunda de hóquei. — Argh — ele geme, pegando a calça de moletom do chão. Espia por cima do ombro, um sorriso provocador em seus lábios. — Seu hálito matinal é nojento.

DANÇAR TEM SIDO MINHA VIDA desde que me lembro, mas, quando perdi meu pai, isso me salvou. Era a única maneira de escapar da minha vida, dos meus pesadelos, mesmo que fosse apenas pela duração de uma música. Não importa onde ou com quem estou, fecho os olhos e a música toma conta de mim, levando-me aonde quer que eu queira estar.

Duas mãos envolvem minha cintura antes que eu esteja no ar, o vento esvoaçando em meu rosto à medida que Simon gira nós dois. Quando meus pés tocam o chão, corro pelo palco, a letra da minha música favorita correndo atrás de mim. Meu corpo voa conforme salto pelo ar enquanto James Arthur canta sobre duas pessoas que se apaixonam como as estrelas caem do céu, e o rosto de Garrett inunda minha mente. Estou presa a essa visão, e um arrepio de apreensão me faz entender o significado por trás disso.

Nunca me apaixonei. Achei que sim e, quando Kevin partiu meu coração, pensei que o amor era a razão de doer tanto. Mas, com o passar dos anos, percebi que não era isso. Eu era apenas uma garotinha, alguém que ansiava por aceitação, intimidade, e me agarrei ao que ele me deu. Não foi amor; foi uma lição aprendida.

O que tenho com Garrett parece... diferente. Único e fugaz, algo que você não quer largar. Mas sou apenas a metade de um todo; não posso controlar quando outra pessoa vai ou não querer me largar. Sendo sincera, entrar em algo com essa lógica é assustador.

Estou aprendendo a manter os ombros para trás, a dar passos mais firmes quando estou insegura.

O problema é que, por mais instáveis que sejam os passos, eles não parecem incertos quando aquele homem é quem me espera no destino.

Uma mão aperta a minha, e Simon sorri para mim quando meus olhos se abrem. Ele me gira em sua direção, puxando-me contra seu peito, e seus olhos recaem sobre os meus lábios conforme seu rosto paira sobre o meu, aproximando-se devagar à medida que a música chega ao fim. Meu pulso troveja quando o silêncio nos envolve, embora eu saiba que ele não fará nada. Assim que aplausos ecoam pelo auditório, nós nos separamos, ambos sem fôlego e suados.

Mikhail enxuga lágrimas inexistentes.

— Lindo. Absolutamente *impressionante*. — Ele sobe os degraus ao lado do palco. — Simon, a emoção está no ponto. Você parece absolutamente encantado com a srta. Beckett. Jennie, você parece um pouquinho assustada com Simon, mas funciona, porque o amor de um pelo outro é assustador.

— Sim, assustador. — Tiro meu cabelo do pescoço úmido. — Isso com certeza.

— Meus deslumbrantes diamantes — ele murmura de maneira elogiosa. — E, Jennie, ainda não está pronta para o beijo final?

— Ainda não.

Ele levanta as mãos, em sinal de derrota.

— Bem, ok. Acho que os dois conseguiram, de qualquer maneira. Nunca saberíamos que não são um casal de verdade. — Ele verifica o relógio. — Ok, tenho uma reunião em dez minutos e um almoço mais tarde no Rapscallion. Vocês deveriam ir para casa descansar. Os dois merecem. Não vamos nos esforçar demais.

— Obrigado, Mik. — Pego minha calça de ioga e a balanço sobre a minha bunda. — Peça ostras. Elas são... — Beijo as pontas dos dedos.

Simon passa o braço em volta dos meus ombros quando termino de me vestir.

— Quer almoçar? Mexicano? Italiano? Humm, quem sabe tailandês?

Meu estômago ronca.

— Eu poderia encarar um tailandês, mas estou indo para a casa de Hank com Carter.

— Jantar?

— Não posso. — Tenho um jogador de hóquei grande e extremamente sexy em casa que irá viajar mais tarde esta noite. Pretendo aproveitar nossas horas fugazes.

Simon coloca a mão sobre o coração.

— Você está me matando, Beckett.

Há uma facilidade na minha risada. As coisas têm sido suaves com Simon desde seu pedido de desculpas. Nosso próximo espetáculo significa que teremos muitas noites juntos, ensaiando e inevitavelmente pedindo comida para jantarmos no chão do estúdio. As coisas têm sido perfeitamente amigáveis, e é bom ter um amigo.

— Podemos pedir comida tailandesa amanhã — digo a ele.

— Combinado.

Com um abraço, ele me conduz pela porta da frente, onde Carter está esperando na calçada.

— *Jennie* — Carter chama alto, acenando com os braços. — Jennie! Estou aqui! — Suas pernas diminuem a distância entre nós ao olhar feio para Simon. — Jennie — ele me repreende, puxando-me para si. — O que falei sobre sair com babacas?

— Para não sair?

— É isso aí, porra. — Ele abre a porta e dá uma olhada no grande sorriso de Simon. — Tchau, Steve!

As atitudes superprotetoras de pai e irmão de Carter são bem irritantes, mas estou feliz demais para me importar agora.

Ele tem estado especialmente sufocante desde a tempestade de merda do cinema com Kevin. Ele se culpa, o que é absurdo, mas Carter sempre foi alguém que pensa que poderia ser melhor, de alguma forma. Acha que deveria ter largado tudo para ficar comigo quando Garrett mencionou que tive um dia ruim. A única coisa boa que veio disso foi Carter não me questionar sobre a minha relação de amizade com Garrett.

De qualquer modo, Carter tem sido bastante atencioso, o que significa que, quando estamos na casa de Hank, estou desembrulhando meu sanduíche de café da manhã do McDonald's enquanto saboreio meu macchiato com crocante de maçã da Starbucks, porque Carter passou por dois *drive-thrus* diferentes para mim.

— Por que ela está bebendo Starbucks e eu um café do McDonald's? — Hank resmunga.

— Você *gosta* do café do McDonald's! Você disse que prefere!

— Acho que está inventando coisas — retruca Hank, cutucando-me com o cotovelo quando Carter suspira alto. — Irritá-lo é pura diversão.

— Concordo totalmente. — Passo para Dublin uma mordida da minha batata *hash brown*. — É por isso que você e eu somos grandes amigos.

— Então, por que Carter te pegou hoje? Ele não te emprestou um dos carros dele?

— Está nevando. Fico ansiosa dirigindo na neve.

*E, às vezes, acidentalmente bato em placas de "pare" com a Mercedes de cem mil dólares do meu irmão. Fazer o quê?!*

A mão de Hank procura a minha. Ele a aperta, assim como meu coração.

— Está tudo bem, querida. Você dirige quando se sentir confortável.

— Na primavera, acho.

— Bem, como você vai para a faculdade, então? — Carter pergunta, bufando.

— Da mesma forma que sempre fui. De ônibus. — Eu o observo abrir seus sanduíches de café da manhã e empilhar todos os três hambúrgueres de linguiça. Ele está agindo de forma resmungona, mas, na verdade, está de bom humor porque ele e Olivia foram fazer um ultrassom esta manhã. Então tento a minha sorte. — Garrett me deu uma carona esta manhã.

Duas caronas, tecnicamente. Uma para a faculdade e, antes disso, uma em seu rosto. Ambas agradáveis, mas a primeira mais ainda, por razões óbvias.

A cabeça de Carter gira.

— Hein?

Tomo um gole extragrande de café, assentindo.

— Esbarrei nele hoje de manhã. Ele se ofereceu para me deixar lá.

— Ah. — Carter pisca. Três vezes. Então levanta o sanduíche de três andares até a boca e dá uma mordida gigantesca. — Ok, então. Que legal da parte dele.

— Você tem quase vinte e nove anos. Mataria se engolisse antes de falar?

Hank dá um tapinha na minha mão.

— Você não pode ensinar truques novos a um cachorro velho. Carter não vai mudar nunca.

Talvez, mas há um ano eu nunca teria esperado que ele estivesse sentado aqui, ouvindo o batimento cardíaco do seu bebê.

— O médico disse que o coração está batendo cento e sessenta e duas vezes por minuto. Mais rápido do que a média.

— Só você seria competitivo em relação à frequência cardíaca fetal — murmuro.

Hank sorri.

— Acho que você nunca ouviu a lenda de que o batimento cardíaco alto é sinal de uma menina?

Carter bufa.

— É, até parece, Hank. Sei.

— Ireland e eu sempre quisemos uma menina — diz Hank melancolicamente. — Tentamos por anos, e ela ficou arrasada por não conseguirmos. Meu coração se entristeceu porque não pude lhe dar o que ela queria, e eu queria dar tudo para ela. — Ele esfrega o canto do olho e sorri, apertando as mãos. — Pode ter demorado muito mais do que pensei, mas, enfim, consegui minha menina *e* meu menino. Talvez um pouco mais arrogantes do que eu imaginava, mas amo vocês dois do mesmo jeito, e sei que Ireland trouxe vocês para a minha vida.

Meu nariz formiga.

— Não vim aqui para chorar, Hank. Pare de me fazer sentir coisas.

— Alguém tem que fazer isso. Vocês dois, Beckett, tendem a ser bem fechados até que alguém derrube suas barreiras. — Seu olhar vagueia e ele consegue fazer eu me sentir como se estivesse olhando direto para a minha alma, até ele parar, localizando-me no espaço. — Carter já deixou uma pessoa baixar sua guarda. Quando é que você vai deixar alguém fazer isso?

— Jennie!

Olho por cima do ombro no saguão. A visão seria mais impressionante caso eu não estivesse de chinelo. Para ser justa, eu estava com pressa. Garrett me deixou nua, depois me vestiu. Então, por acidente, eu o deixei nu, e caímos por acidente no chuveiro, e aposto que a marca dos azulejos do chuveiro ainda está no meu joelho. O que quero dizer é que eu tinha exatamente um minuto para me trocar e calçar um par de sapatos.

Emily corre em minha direção, vindo do balcão da portaria.

— Ah, você está aqui. Ainda bem.

Aperto o botão de chamada do elevador.

— Eu moro aqui. Onde mais eu estaria?

— Já estou esperando há uma hora.

— Esperando o quê? Por mim? Por quê?

Ela me segue até o elevador e se encosta na parede.

— Perdi as minhas chaves.

— Que peninha, hein.

Ela me nivela com um olhar nada impressionado, mostrando-me a língua. Mostro a minha de volta.

— Estão fazendo novas chaves para mim, mas só ficarão prontas à noite, então preciso de um lugar para ficar.

— E para onde você vai? — pergunto ao sair do elevador.

Olhando por cima do ombro, eu a encontro esperando atrás de mim, com as mãos sob o queixo, olhos tão brilhantes quanto seu sorriso esperançoso.

— Ah, por favor... *Eu?*

— Por favor — ela implora conforme destranco minha porta. — Garrett é a única outra pessoa que conheço aqui. Pensei que você não fosse gostar de nós dois sozinhos no apartamento dele, mesmo que eu não tentasse nada.

— Garrett pode fazer o que quiser. — Não é mentira, acho, mas parece ser, porque não gosto nada da ideia.

Emily revira os olhos.

— Ah, por favor.

— Nós não estamos namorando.

— Ok, Jennie. Vocês não estão namorando e você não se importaria se ele ficasse sozinho comigo por algumas horas no apartamento dele porque estão transando, então não é grande coisa.

Cruzando meus braços, arqueio uma sobrancelha.

— Está se convidando para o meu apartamento? — Ela junta as mãos novamente, fazendo beicinho. — Você sabe que não tenho vinho.

— *Sim*, Jennie, *eu sei*. — Lá vão os olhos dela de novo. Acho que ela consegue revirá-los tanto quanto eu. — Não me importo. Não precisamos de bebida para nos divertir.

O canto da minha boca se ergue quando percebo que disse quase as mesmas palavras para Krissy há poucos dias.

— Por favor? — Ela agarra meus ombros, dando-lhes uma sacudida. — Por favor, por favor, *por favor*.

Gemo, e ela comemora, dando um soco no ar ao passar por mim e se sentir em casa no meu apartamento.

Literalmente em casa. Ela tira os sapatos, joga a bolsa e o casaco no sofá, e começa a bisbilhotar todas as minhas coisas. Leva apenas cinco minutos para chegar à última parada no meu apartamento, que é meu quarto, e não consegui impedi-la de ver tudo em todo lugar. Ela é altamente metida e intrometida, e me lembra um pouco Carter.

Emily faz um giro lento, cantarolando sua aprovação. Seus olhos pousam no pequeno suporte ao lado da minha cama, na gaveta entreaberta, e quase me jogo em cima, atirando-a no chão. Minha risada soa aguda e ansiosa pra caramba.

— É, então, talvez seja melhor não abrir isso.

— Por que não?

— Porque... é privado.

Ela percebe, e seu sorriso é lento, irritante e arrogante.

— Você tem um brinquedo sexual aí, não tem?

O calor sobe pelo meu peito, em direção ao meu rosto, direto para a ponta das minhas orelhas, enquanto minha risada estridente perfura o ar.

— Não. O quê? Não. Ha! Isso é... ridículo. — Abaixo a cabeça. — É mais como uma coleção.

— Veja só... — ela murmura. — Jennie é uma garotinha safada.

— Não estou nem um pouco surpresa que Garrett veja seus brinquedos como aliados. Nós amamos um homem que sabe como e quando incorporar alguns namorados movidos a bateria para aumentar o prazer de sua garota. Garrett pode ser um amorzinho e está completamente apaixonado por você, então.

— Não é, não — murmuro, usando meus dentes para puxar meu cachecol para cima.

Emily me incitou a almoçar mais tarde, então agora estamos caminhando no centro de Vancouver, enfrentando as duras condições climáticas.

Ok, são rajadas leves de vento frio, mas ainda assim.

— Então está me dizendo que o homem que pode conseguir qualquer mulher que queira ficou voluntariamente sem sexo pelos últimos dois meses para brincar apenas com você e que ele não tem sentimentos por você?

— Correto.

— Você não pode acreditar nisso de verdade.

— Bem, talvez não, mas ele não disse isso de fato. Não quero presumir nada.

— Mas vocês quebraram as regras ontem à noite. Vocês dormiram lá.

— E daí?

— *Jennie.* — Ela agarra meus braços, sacudindo-me. — Caras não quebram regras! Isso significa que ele gosta de você!

O calor sobe em minhas bochechas, apesar do vento frio que bate contra elas.

— Estou pensando nessa mudança — admito conforme ela me conduz para dentro de um café quentinho. — Ele me chamou para um encontro, mais ou menos. No começo, achei que estava apenas sendo legal porque é Dia dos Namorados, então sentiu que deveria fazer algo especial, mas parecia nervoso sobre isso... — Minha mente vagueia para a maneira como Garrett corou e atrapalhou-se com as palavras. — Ele foi fofo.

— Isso parece positivo para mim. Acho que você deveria tentar.

— Sim? — Tiro minhas luvas conforme meu corpo começa a descongelar. — Acho que estou nervosa. É tudo novo para mim, e ele é amigo de Carter, então não quero bagunçar as coisas. — Meus olhos vagueiam sobre o pequeno café, todas as pessoas felizes se aquecendo com algo quente. Tudo cheira tão bem, até que meu olhar recai sobre um homem magro com um boné de beisebol do Toronto Maple Leaf.

Minha cabeça gira rápido o suficiente para me causar torcicolo.

— Meu Deus — murmuro por trás da mão que levo ao rosto, virando as costas para o homem com boné azul e branco. — Você só pode estar brincando comigo.

— O que foi? — Emily olha por cima do meu ombro. — Ex?

— Como consigo evitá-lo por seis anos e, de alguma forma, ter de fugir dele duas vezes só na última semana?

— Sem querer ofender, Jen, mas ele parece um idiota.

— Ele *é* um idiota. Mas não quero vê-lo. Você se importa se formos para outro lugar?

Ela já está marchando em direção à saída.

Seria bom sair dali sem ser vista, mas nunca teria tal sorte. Então não fico surpresa quando uma mão envolve meu cotovelo, girando-me enquanto saio.

Em que mundo ele acha que é aceitável colocar a mão em mim de novo, e ainda sorrindo?

— Duas vezes em uma semana? Vamos, Jennie. Isso tem que ser um sinal.

— Tire a mão de mim, Kevin — digo entre os dentes. — Agora mesmo, porra.

— Ora, fala sério. Não seja assim.

Emily se coloca entre nós.

— Minha amiga pediu para tirar a mão dela, *Kevin*. Você tem algum problema de audição ou de compreensão?

— Uau. — Ele faz um sinal de oração com as mãos, como se implorasse. — Acalme-se. — Seus olhos deslizam sobre mim, e odeio a maneira como eles se aquecem quando o fazem. Mas o pior de tudo? Odeio como eles parecem se acender com humor e diversão, como se tudo isso não passasse de uma piadinha para ele. — Você tem de superar isso, Jennie. Já faz anos. — Ele levanta um ombro, como se vazar um vídeo de sexo sem o seu consentimento não fosse nada de mais. — Você estava gostosa.

Uma risada amarga sai dos lábios de Emily, e ela coloca a mão em meu ombro, afastando-me de Kevin. Sua boca se aproxima do meu ouvido.

— Você é contra a violência?

— De jeito nenhum.

— Ótimo. — Ela se vira de volta para ele, seu sorriso tão expansivo, tão conivente ao encará-lo. — Ei, Kevin? — ela pergunta, doce como xarope.

Seus olhos saltam entre nós.

— Sim?

O punho dela atinge o nariz de Kevin com um estalo que ecoa no ar gelado, junto ao suspiro coletivo dos espectadores que passavam.

Ela limpa o sangue dos nós dos dedos.

— Vai se foder.

Conforme Emily passa o braço pelo meu, puxando-me para longe do homem que agora está segurando o rosto, a revelação mais surpreendente vem à luz.

Apesar do fato de que ela dormiu com o homem por quem estou me apaixonando... gosto *mesmo* de Emily.

# 30
## QUEDA

### GARRETT

O presente de Dia dos Namorados de Jennie vai ser um maldito Apple Watch, para ela parar de ignorar minhas mensagens de texto.

Nunca fui um cara impaciente ou carente, e ainda assim aqui estou, batendo em sua porta mesmo que ela não tenha respondido a uma única mensagem minha dizendo que eu poderia vir. Mas vou viajar daqui a duas horas, então que se foda.

Fico um pouco chocado ao ver uma loira sorridente me cumprimentando do outro lado da porta. Na verdade, viro-me para ver se aquela concussão de novembro me fodeu de vez e se me esqueci de que lado do corredor Jennie mora.

— Você está no lugar certo, Casanova.

— Então você está no lugar errado — afirmo abruptamente, depois fecho a boca. Gosto de Emily, mas ela é tão assustadora quanto Jennie e talvez um pouco mais violenta. Com certeza ela poderia me derrubar se quisesse. — Por que está aqui? — *Não foi muito melhor, Garrett. Na próxima você melhora.*

Ela se afasta, acenando para que eu entre.

— Fomos almoçar.

Paro na porta ao tirar os sapatos.

— *Você* é a amiga?

Seu sorriso é triunfante.

— Eu sou a porra da amiga. — Ela junta suas coisas. — Estou indo embora. Obrigada por me receber, Jen!

*Jen?*

— Tchau, Em! — Jennie grita da cozinha, cantarolando a música que flutua pelo espaço quente. Ela sorri por cima do ombro. — Ei, grandão. Desculpe não ter respondido mais cedo. Eu queria fazer o jantar antes de você ir embora. — Ela fica na ponta dos pés e beija meus lábios, e avisto a panela fervendo. — Curry de frango com arroz de coco.

— E ela também cozinha — murmuro, saboreando a colher que me oferece. — Humm, picante.

— Sempre cozinho para você.

— Você faz tigelas de cereal para mim.

— Você gosta de cereal.

— Eu gosto de você.

O rubor de Jennie é elétrico, um rosado que sobe por seu pescoço como uma videira, pintando sua pele cremosa. Ela morde o lábio inferior, focando na panela.

— Você também gosta de Flamin'Hot Funyuns, então seu julgamento não é confiável.

Espiando os pratos empilhados na beirada da pequena mesa de jantar, pergunto:

— Vamos ser extravagantes e nos sentarmos à mesa para jantar?

Com as bochechas ainda em chamas, ela levanta um ombro preguiçoso e o deixa cair. Observa ao redor conforme a observo, então suspira excessivamente, rolando seus olhos.

— Pare de sorrir como um idiota e vá pôr a mesa.

— Sim, senhora.

Faço o que me mandam, até arrumo os talheres do jeito que minha avó me ensinou quando eu era criança. Abro uma garrafa chique de água com gás, despejando em taças de champanhe e decorando-as com rodelas de limão.

Com as mãos na cintura, o peito estufado de orgulho, dou um passo para trás e inspeciono a configuração da minha mesa.

— Arrasei.

Jennie ri, mudando a panela de chama e desligando o fogão. A música muda, sua canção favorita saindo do aparelho de som, e ela coloca o cabelo atrás da orelha antes de me dirigir um sorriso brilhante que quase tira o fôlego dos meus pulmões.

Ela atravessa a sala e puxa o bolso do meu moletom, seus olhos nublados cheios de travessura.

— Vamos lá, Ursinho Garrett. Dance comigo.

Estendo a mão, sorrindo, quando ela desliza a sua na minha e começa a me puxar pela sala de estar. Eu a deixo, porque, sendo sincero, faria qualquer coisa por essa mulher.

— Acho que fiz uma amiga hoje — ela sussurra enquanto balançamos juntos. Eu a abraço forte.

— Estou feliz por você, Jennie.

— Estou feliz por mim também.

Coloco a testa em seu ombro, enterrando meu rosto em seu pescoço.

— Ei, a propósito, falando em amigos... Tem algo que me esqueci de mencionar a noite passada. — Pressiono meus lábios em sua pele sedosa, para abafar as palavras ou agradá-la com um beijo; um dos dois. — O Adam sabe.

Ela se afasta e olha para mim.

— Adam sabe o quê? — Prefiro não dar mais detalhes, então apenas lhe encaro, com os olhos bem arregalados e inocentes, esperando que ela entenda. — *Garrett*.

— Sinto muito. — Acaricio seu pescoço. — Foi um acidente.

— Como deixou escapar por acidente que gosta de foder minha boca dia sim, dia também?

— Quando coloca dessa forma, parece muito mais difícil.

— Você é péssimo em guardar segredos — ela repreende, mas encosta o rosto no meu peito, aconchegando-se.

Acaricio sua trança com uma mão.

— Jennie?

— Humm?

— Você é meu segredo favorito.

Ela me dirige um lindo sorriso antes de puxar meu rosto até o seu.

— E você é o meu.

Entrelaço nossos dedos e levanto nossas mãos juntas acima de sua cabeça. Jennie dá uma pirueta e gira de volta para mim. Eu a pego contra o meu peito, rindo da maneira instável conforme balançamos por um momento antes de recuperar o equilíbrio. Sou capturado pelo jeito com que ela me olha por baixo dos cílios, seu sorriso suave e tímido.

Ela é deslumbrante, uma alma linda, minha melhor amiga. E, à medida que balançamos juntos, a música nos conta sobre como estamos nos jogando forte e rapidamente, sobre o que o futuro diante de nós pode ser caso nos deixemos levar, mas percebo o quão difíceis são as palavras que estão na ponta da minha língua.

Ela está pronta?

Seu olhar me diz que está com medo, mas seus dedos entrelaçados nos meus me dizem que ela quer se jogar, contanto que eu esteja aqui para pegá-la.

Sempre estarei aqui. Ela não sabe disso?

Passo a trança dela por cima do ombro e dou um beijo bem ali, sentindo o calor de sua pele abaixo dos meus lábios persistentes. Passando a ponta do meu polegar sobre seu lábio inferior, faço uma promessa.

— Você está segura comigo.

Algo em seus olhos muda, suavizando-se, abrindo-se. Ela coloca sua mão sobre a minha, afundando em meu toque.

— Eu sei.

**Minha flor:** Se minha vagina fosse um carro, q tipo seria?

Abro a barra de pesquisa e digito as palavras que estou procurando. Quando encontro uma imagem, eu a encaminho para Jennie com as palavras *Depois eu vou te destruir*.

A resposta vem exatamente quatro segundos depois.

**Minha flor:** Jura que me enviou a foto de um carro destruído?

Demoro um minuto inteiro para digitar minha resposta. Rio tanto que estou tremendo.

**Eu:** Entendeu? Se sua vagina fosse um carro, ficaria DESTRUÍDA por minha causa *emoji chorando e rindo*
**Minha flor:** Qnts anos vc tem????
**Eu:** Sou velho o suficiente pra saber como destruir sua boceta e depois fazer carinho nela.
**Minha flor:** *emoji de revirar os olhos* Supere isso, vc nem é tão bom assim.
**Eu:** Eu abalo seu mundo, minha flor. Admita.
**Minha flor:** Tanto faz.

Antes que eu possa responder, ela começa a digitar novamente. Os pontinhos hesitam por dois minutos inteiros. Depois, param.

Eu estava quase desistindo quando enfim recebi uma mensagem.

**Minha flor:** Mal posso esperar pra te ver hj.

Esta é a minha parte favorita do dia, relaxar no meu quarto de hotel, passando esses momentos fugazes mandando mensagens para Jennie sobre nada antes que eu tenha que me arrastar para fora do meu casulo confortável e começar meu dia, e antes de ela ir para o ensaio.

Esse último trecho pareceu a viagem mais longa da minha vida. Talvez porque eu saiba o que me espera, porque amanhã, enfim, vou abrir minha boca idiota e dizer exatamente a Jennie o que quero e esperar que Deus queira que seja o que ela também quer. Sei que as coisas são complicadas com seu irmão e sua iminente oferta de emprego, mas prefiro me jogar e me comprometer a nunca tentar. Não sou imprudente o suficiente para deixá-la escapar por entre meus dedos.

Então, quando nosso avião decola, quarenta e cinco minutos depois, enquanto mastigo meu café da manhã, tudo o que faço é contar as horas até pousarmos, até que Jennie termine o ensaio final e eu possa pegá-la na porta da faculdade.

— Você virá — Carter resmunga a ordem.

Jaxon geme, empurrando a bandeja vazia para longe.

— Dançar não é nem um esporte de verdade.

— Ah, tá. Tente dizer isso para minha irmã e veja se consegue não levar uma surra de uma garota. Ela se exercita tanto quanto eu, e, juro, ela conseguiria te derrubar.

— E se eu tiver um encontro amanhã à noite? É Dia dos Namorados.

— Ninguém quer sair com você — brinco e, de imediato, eu me arrependo.

Os olhos de Jaxon brilham.

— E você, Andersen? Tem um encontro amanhã?

— Humm, não. Estarei no espetáculo, como todo mundo.

— A noite é longa. Não tem ninguém com quem vai sair mais tarde?

Franzo a testa com tanta força que chega a doer e coço a têmpora, apertando os olhos.

— Não. Não consigo pensar em ninguém.

— Sério? Nem uma única pessoa? Uau. — O sotaque arrastado de Jaxon é tão irritante quanto seu sorriso, e mostro o dedo do meio para ele quando Carter olha para o seu celular. — Ei, Beckett. Ouvi dizer que sua irmã é próxima do parceiro dela de dança. Eles são um casal?

— *Rá!* — Carter enfia a mão na caixa de cereal de Oreo. — Jennie não o tocaria nem com uma vara de três metros.

— É inevitável que eles tentem pelo menos uma vez, não? Dançar é tão íntimo, e eles dançam juntos há anos.

Sinto um tique no meu olho esquerdo e meu pulso dispara no pescoço. Carter esmaga seu cereal no punho antes de enfiá-lo na boca.

— Sem. Chances. Mais fácil eu deixá-la namorar você a Simon.

— Você não pode escolher com quem ela sai — Adam o lembra. — Jennie é adulta.

— O principal não seria a felicidade dela? — acrescento casualmente como consigo. — Não importa com quem ela esteja? Mesmo que seja Simon. — O rosto de Simon vai encontrar meu punho se ele tentar tocá-la sem consentimento outra vez.

Carter olha pela janela.

— Ela não está interessada em um relacionamento, então essa conversa não tem sentido.

Minha nuca formiga.

— O quê?

— Ela não está pronta.

Seus olhos encontram os meus, transmitindo sem palavras a que ele está se referindo. Mas também acho que ele está errado.

— Talvez ela esteja agora.

— Ela não está.

— Ela disse isso? — Emmett pergunta. — Ou você está supondo? Às vezes, as irmãs preferem não contar a seus irmãos excessivamente superprotetores sobre sua vida sexual.

— Não estou supondo nada. Ela disse isso há apenas alguns dias quando estávamos na casa de Hank. Ele perguntou quando ela estaria pronta para deixar alguém se aproximar, e ela disse que não tinha vontade de se comprometer com nada nem com ninguém agora. Não quer ficar amarrada e não vê razão para fazer qualquer mudança quando está feliz como é. Nós não mentimos um para o outro.

O calor dos olhares de Adam e Jaxon queimam meu rosto. Ambos demonstram solidariedade, mas não preciso disso. Estou certo sobre Jennie.

É o que digo a mim mesmo pelas próximas quatro horas, mas cada quilômetro mais perto de Vancouver me deixa mais inseguro do que o último, e odeio ter passado de confiante para questionador em uma só manhã. Perdemos o Wi-Fi no meio do voo, então, mesmo que Jennie não estivesse ocupada com Simon, ainda assim não conseguiria obter uma resposta.

Adam dá um tapinha no meu ombro à medida que caminho pelo estacionamento, com a cabeça baixa, esperando o serviço retornar ao enterrar meu rosto no celular.

— Não deixe que o que Carter disse lá atrás o incomode. Apenas fale com ela. Tenho certeza de que vocês dois estão na mesma página.

— Certo — concordo. — Sim, tenho certeza de que estamos.

Ligando a ignição e o aquecedor, espero meu celular se conectar ao carro, dedos batendo no volante aquecido. Quando enfim se conecta, ele emite um zumbido e sons repetidos, e um nó se aperta entre os meus ombros ao ouvir as notificações que esperavam por mim.

Oito chamadas perdidas e doze mensagens de texto. Todas das minhas irmãs.

Atendo à chamada mais recente, os fungados suaves de Gabby rapidamente enchendo meu carro, o medo em sua voz rouca e trêmula fazendo-me querer pular de volta no avião.

— Garrett — ela choraminga. — Estou com medo. Quero que você venha para casa.

— O que houve, Gabs?

— Mamãe e papai brigaram.

— Uma briga? Estão todos bem?

— Eles estavam gritando e Alexa fez eu e Stephie virmos para o quarto dela.

— Está todo mundo bem? — repito.

— Não sei, Garrett! — Seus soluços cortam o ar, e meu coração aperta meu peito.

— Onde está Alexa? Deixe eu falar com ela.

Belisco a ponta do meu nariz ao esperar. Meus pais brigavam muito quando eu era criança, mas o motivo sempre foi a bebida. Desde que as meninas chegaram e meu pai ficou sóbrio, as coisas são diferentes. Não posso fingir que sei tudo o que acontece do outro lado do país, mas, toda vez que estou em casa, eles parecem uma família feliz, e sinto-me um pouco deixado de lado.

— Garrett?

— Lex, o que está acontecendo?

— Você pode vir para casa? Por favor?

— Não posso voltar para casa. Não agora. Você sabe disso.

— O hóquei é sempre mais importante para você do que nós!

A voz de Alexa treme a cada respiração irregular, seu sinal revelador de que está tentando não chorar, mal conseguindo segurar.

— Alexa — falo com calma. — Você está chateada e nervosa agora, posso perceber. Estou preso a um contrato com o meu trabalho. Isso significa que não posso pegar um avião e voltar para casa quando quiser. Não significa que eu não te ame ou que você não seja importante para mim. Amo vocês, e vocês são as coisas mais importantes da minha vida.

— Isso não é verdade. Se fosse, você não nos largaria desse jeito.

— Lex...

— Não! Você nunca está aqui quando precisamos de você! Eu... eu... — Ouço os soluços de Alexa, o jeito como ela se engasga nas próximas palavras antes de desligar na minha cara. — Eu te odeio!

— Pelo amor de Deus. — Esfrego minha mão no rosto, depois no peito, bem onde dói pra caralho. Toco no contato da minha mãe, e a ligação é conectada no primeiro toque. — Mãe? O que está acontecendo? As meninas estão chateadas e disseram que você e o papai brigaram.

— Garrett — minha mãe chora baixinho. — Ele foi embora.

— Embora? O que você quer dizer com isso?

— Nós brigamos, e ele apenas... Ele... foi embora. — Minha mente corre para processar suas palavras, mas, antes que eu realmente consiga, ela acrescenta em um sussurro: — E levou uma garrafa de uísque junto.

ANDANDO PELA SALA DE ESTAR, tento o número do meu pai repetidamente, cada vez esperando um resultado diferente. É sempre o mesmo: direto para a caixa postal. Deixo uma mensagem de cada vez, até que sua caixa fique cheia.

Tento a única outra pessoa com quem quero falar. Ela sempre foi a que precisava de mim, mas, agora, acho que preciso dela. Para me acalmar, para me dizer que meu pai não vai recair, que é mais forte do que isso, que ele não vai fazer minhas irmãs passarem pela mesma coisa que me fez passar, que ele não vai arrastar minha mãe — e ele mesmo — por tudo isso de novo.

Exceto que ela não pode fazer essas promessas. Nenhuma dessas escolhas são dela, e a única pessoa que pode decidir é meu pai.

Só preciso dela aqui, preciso de sua mão na minha para lembrar que coisas boas acontecem, que nem sempre tem que ser tão sombrio quando você tem um sol que brilha tão forte ao seu lado.

Mas o celular de Jennie também vai direto para a caixa postal.

# 31
# FIQUE

## JENNIE

— *Porra, sim!*

Simon bate as palmas nas minhas e não consigo parar de sorrir, a euforia percorrendo meu corpo.

— Foi incrível pra caralho! — ele exclama, com as mãos na cintura ao recuperar o fôlego.

— Nós conseguimos!

Sinto-me tão bem com isso, não consigo evitar jogar os meus braços em volta do seu pescoço, abraçando-o com força. Ele me levanta no ar, girando-me.

— Eu sinto o amor — exclama Mikhail, com as mãos entrelaçadas sob o queixo. — É de tirar o fôlego e inspirador, e vocês dois vão ser o sucesso do espetáculo.

Olha, espero que sim. Estou exausta, oscilando à beira do delírio. Cada centímetro do meu corpo dói por causa dos ensaios ininterruptos, meu cérebro demolido pela falta de sono. Estou ansiosa para amanhã, pronta para dar tudo de mim no palco e depois fazer uma pausa bem merecida antes de trabalharmos na coreografia para nossa apresentação de fim de ano.

— Sempre somos o sucesso do espetáculo — diz Simon. — Acho que é impossível não ser quando se tem essa linda mulher ali comigo. — Ele pisca, cutucando minha cintura. — Tenho sorte de ser seu parceiro.

— Você está absolutamente certo. — Claro, eu estava pensando nisso, mas é Mikhail que fala. — Mal posso esperar para vê-la na Broadway um dia, Jennie.

*Olha, parece assustador.* Gosto de estar no centro do palco? É claro; deixe-me brilhar, baby. Mas vamos manter esse brilho em uma atmosfera controlada e por tempo limitado. Com a Broadway, vêm publicidade, longas temporadas, enfim, coisas que prefiro evitar.

Mikhail tagarela sobre o quão fantásticos somos, e fico muito feliz quando ele comenta que o beijo que sugeriu meses atrás não é necessário, graças à nossa química e ao nosso talento. Ele nos manda ir para casa para descansar, e Simon e eu vamos à sauna primeiro para aproveitar um pouco de vapor. É incrível a rapidez com que os nós no corpo começam a se desfazer, mas, quando estou me secando depois do banho, mal consigo manter os olhos abertos. Estou preocupada que vou me enrolar no colo de Garrett e dormir, quando tudo o que quero é conversar.

Pego um conjunto de roupas limpas no meu armário e meu celular na mochila. Chamadas perdidas de Garrett enchem minha tela, o que é comum ultimamente. Quase nunca conseguimos pegar um ao outro ao vivo, e me vi passando a maior parte do nosso tempo em conversas de vídeo fugazes, familiarizando-me de novo com a forma como a pele ao redor dos seus olhos enruga quando ele ri ou como sua boca se inclina, repuxando o lado direito primeiro antes de dar lugar a uma explosão total, seus impressionantes olhos azul-esverdeados sempre tão lindamente vulneráveis, como um pássaro na primavera.

Ao vestir o suéter, vejo o emoji de urso dançando na minha tela mais uma vez. Estou prestes a responder quando ouço uma risadinha horrível e condescendente, a que me faz querer unhar um quadro negro.

Coloco o celular no bolso e passo meu cabelo sobre os ombros antes de prendê-lo em um nó. Sorrio de modo forçado para Krissy e as Ashleys.

— Vi essas botas de lã de carneiro e sabia que devia ser você. Você é a única pessoa que conheço que ainda usa isso.

— Está nevando. — Abro o zíper da minha bolsa e prendo a alça sobre meu ombro. — São quentes e confortáveis.

— E feias. — Ela deve pensar que sua risada suaviza o golpe, mas só me irrita. Ela apoia o quadril no batente da porta, bloqueando minha saída, e suas amigas parecem tão desconfortáveis quanto eu. — Todo mundo vai sair amanhã à noite depois do espetáculo. Quer vir?

— Sério?

Não consigo evitar a maneira ansiosa com que a palavra sai da minha boca, meu punho apertando a alça da minha bolsa. Uma esperança surge em meus lábios e meu coração bate forte de excitação.

— Claro. Você nunca sai com a gente.

— Vocês nunca me convidaram — eu a lembro.

Ela me dispensa com um aceno.

— Nós já te convidamos muitas vezes.

Na verdade, não convidaram, mas...

— Ah, merda. Amanhã? Não posso. É aniversário do meu irmão. Vamos jantar depois do espetáculo.

— Então venha mais tarde. Encontre a gente na balada.

— Eu... — Tenho um encontro. Um de verdade. E, embora tenha certeza de que ele me mandaria ir com elas caso eu lhe contasse, me estimulando a fazer amigos e me divertir, prefiro estar com ele. — Eu não posso. Sinto muito.

Os olhos de Krissy se estreitam. Ela é uma garota linda. Pena que tenha a personalidade de um caracol viscoso e maligno.

— Você não pode ou não quer?

— Já tenho planos que não quero remarcar. — Não estou com vontade de morder sua isca. Quero ir para casa e passar o resto da noite com o meu melhor amigo. Então, dou um sorriso para ela enquanto saio até o corredor. — Estou livre o resto do fim de semana, se quiserem sair de novo. Eu adoraria comemorar com vocês.

— Quando você vai parar de viver na sombra do seu irmão?

A pergunta me faz parar, com as unhas cravadas na palma da mão. Há um tique nervoso em meu maxilar e um galope forte e rápido em meus ouvidos. Devagar, giro de volta para Krissy e suas capangas, que também parecem atordoadas com o que ela disse.

— O que você disse?

— Você me ouviu. — Krissy ergue uma sobrancelha, cruzando os braços sobre o peito. — Mas, então, por que iria querer parar de viver em sua sombra? Ser irmã de Carter Beckett lhe proporcionou tantos luxos. Um apartamento luxuoso, um carro caro, uma bolsa de estudos para um programa exclusivo e uma oferta de emprego com a qual a maioria das pessoas só poderia sonhar. — Ela é um pouco mais alta que eu, uma diferença minúscula, mas parece enorme ao me olhar com desprezo, como se eu fosse a coisa menor e mais insignificante. — Tornar-se dona de si exigiria que você trabalhasse por alguma coisa uma vez na vida. E é algo que não tenho certeza se você sabe fazer.

Minha mandíbula aperta, o ar em meus pulmões batendo contra a minha costela. Quando sua boca se estica naquele sorriso hipócrita, um fósforo se acende dentro de mim, desencadeando um incêndio tão forte que não haverá nenhum sobrevivente.

— Olhe para você — ela continua, gentil e condescendente. — Não sabe nem pensar por si mesma, não é?

Eu costumava querer me apagar por Krissy. Esconder todas as partes especiais que me fazem ser eu mesma, ansiando por sua aceitação. Mas percebi que estou cansada de me esconder; não vale a pena se apagar por ninguém. Foda-se se ela não me quer do jeito que sou; é exatamente isso que tenho para lhe oferecer.

— Sinto muito, Krissy — murmuro, diminuindo a distância entre nós. — Mas não entendo as merdas que você diz.

Os olhos dela brilham.

— O que você disse?

— Você me ouviu — repito. Quando dou um passo à frente, ela recua. — Não acredito que eu já tenha sentido vontade de fazer parte do seu grupo. Como eu poderia ser sua amiga? Não sou *nada* como você. Eu achava que era culpa minha, que eu não sabia fazer amigos, que devia ter algo errado comigo. Agora sei que meus parâmetros eram péssimos. — Meu olhar se volta para Ashley e Ashlee enquanto as duas se afastam de Krissy, como se não tivessem nada a ver com isso. — Vocês, meninas, deveriam repensar os seus.

— Você é uma vadia — Krissy cospe. — A única razão pela qual alguém quer ser seu amigo é por causa do seu irmão.

Eu também pensava assim, mas estou aprendendo aos poucos que há pessoas na minha vida que me amam exatamente pelo que sou e pelo que tenho a oferecer.

— Meu irmão é engraçado pra caramba, carinhoso e ama mais intensamente do que qualquer pessoa que conheço. Não culpo as pessoas se elas veem o que ele tem a oferecer e querem adicionar outro Beckett às suas vidas. Sendo sincera, nós somos demais. Mas você... — Ergo uma sobrancelha, encarando-a. — Você sabe o que você é, Krissy? É o tipo de garota que atingiu o auge no ensino médio. Bonita o suficiente, popular o suficiente, com um namorado bonitinho o suficiente. Pensou que só poderia melhorar a partir daí. Mas entrou no mundo real e percebeu que era apenas mais uma. Que não se destacaria da maneira que queria. Que a sua versão do suficiente *não era* mais o suficiente. Todo mundo cresceu e você está presa, desejando uma vida que não existe.

Caminhando em sua direção, eu me deleito com a maneira como ela tropeça, tentando recuar cada passo, e continuo:

— Você é má, desagradável, infeliz e, francamente, uma nota seis na melhor das hipóteses, quando se trata de dança.

Krissy engasga-se.

— Vá se foder.

— Eu me perguntava por que você me odiava, ficava acordada imaginando como eu poderia me tornar melhor para que você quisesse ser minha amiga. Mas isso é impossível, não é? Você me odeia porque não é nada como eu, mas queria ser. Você tem inveja. Você tem os amigos, a popularidade, o exército que te segue cegamente, mas ainda assim é infeliz. Meu grupo pode ser pequeno, mas meus amigos me amam exatamente pelo que sou, e quem eu sou é algo que me recuso a mudar, não por você nem por ninguém. Então, andar na sombra do meu irmão? Não acho isso, não. As únicas pessoas que andam nas sombras são aquelas que te seguem cegamente, que não têm ideia de que existe uma vida lá fora da qual você não faz parte, uma vida feliz, com amizades muito mais gratificantes do que a maneira feia como você controla as suas.

A respiração superficial de Krissy preenche o corredor.

— Eu te odeio.

— Adivinha? Eu não dou a mínima. Não mais.

Ela tropeça nos pés quando gira, aparando-se antes de cair, e, ao sair com pressa, ordena que suas amigas a sigam.

Ashlee demora, os olhos saltando entre a silhueta de Krissy, que se afasta rapidamente, e eu.

— Você não a derrubou apenas um degrau ou dois; você demoliu todo o mundo dela. — Sua cabeça gira quando Krissy grita seu nome e, ao me olhar, Ashlee sorri. — Que bom que consegui ver isso. Até mais tarde, Jennie. Mal posso esperar para vê-la arrasar amanhã.

Ela vira as costas para Krissy e segue em direção à saída atrás de mim, levantando o dedo do meio por cima do ombro quando Krissy grita mais uma vez.

Um aplauso lento enche o corredor e Simon emerge da porta do ginásio, assobiando baixinho.

— Caramba, Jennie. Olhe para você.

— Já era hora. — Viro meu pescoço sobre os ombros, suspirando enquanto estala. Liberei uma quantidade profana de tensão, o que só me faz perceber o quanto eu estava carregada. — Mal posso esperar para nunca mais vê-las.

— Não se preocupe com elas. — Simon agarra meus ombros, dedos cavando meus músculos tensos e doloridos. — Elas não são tão legais assim.

— Diz o cara que dormiu com as três. — Eu me desvencilho do aperto de Simon, embora a massagem pareça celestial. — Devem ser legais o suficiente para transar.

— Se fossem legais, eu ainda estaria dormindo com elas. — Sua boca mergulha no meu ouvido. — Se fossem *mesmo* legais, eu estaria dormindo com todas as três ao mesmo tempo.

Eu o afasto.

— Você é nojento.

Simon ri.

— Verdadeiramente nojento — repito.

— Quer ir para minha casa? Podemos mergulhar na banheira, deixar nossos músculos descansarem.

— Não posso. Garrett vem me buscar em breve.

— Seu namorado?

— Ele não é meu namorado.

— Ele sempre vem te buscar.

— Ele nem sempre vem me buscar. — *Às vezes não vem, quando está fora do país.* — Moramos no mesmo prédio. É pura conveniência. Não há nada de romântico entre nós.

Os olhos de Simon deslizam sobre o meu rosto, examinando a autenticidade de minhas palavras, acho, mas fiquei muito boa em mentir sobre isso.

— Ah, é?

— Apenas amigos.

— Tudo bem — ele sussurra, a palma da mão curvando-se em volta da minha nuca ao me puxar para perto. — Bem, seu *amigo* está aqui, parecendo com muito ciúmes, o que é estranho já que vocês são... *apenas* amigos.

Minha cabeça gira, encontrando Garrett pairando na porta, com as chaves penduradas na ponta do dedo indicador, a outra mão enfiada no bolso da frente do moletom ao nos observar. Há um vinco profundo em sua testa, lábios carnudos virados para baixo e um tique altamente perceptível no maxilar. Garrett Andersen não se parece em nada com o pateta doce que conheci nos últimos meses. A visão por si só é o suficiente para fazer meu estômago dar um nó.

— Vejo você amanhã — digo, correndo em direção a Garrett, meu sorriso se iluminando no caminho. — Ei, grandão.

O vinco entre suas sobrancelhas não diminui ao me olhar e, quando enfim sussurra "oi", sei bem que algo não está certo.

Agarro seu cotovelo e o puxo em direção ao carro que nos espera, desesperada por privacidade.

— Senti sua falta. Como foi seu voo?

— Tudo bem — murmura e, antes que eu possa perguntar o que há de errado, ele me leva até o meu assento e fecha a porta.

Não é minha imaginação que ele se detém um pouco antes de entrar, fingindo procurar as chaves que tinha em suas mãos há um momento. Quando enfim entra, o frio lá de fora rouba o calor do seu carro aquecido.

A primeira coisa que noto são os porta-copos vazios. Sem que eu peça, Garrett sempre aparece com um cappuccino de canela. Ele pega minhas mãos, aquecendo-as com o contato, e toca seus lábios nos meus antes de engatar a marcha e perguntar como foi meu dia.

Não é a falta de café que me incomoda, mas a falta de todo o restante. Contato físico, contato *visual*, conversa. Nós dirigimos em silêncio, e não sei por quê.

— Está tudo bem, Garrett? — Estou morrendo de vontade de segurar sua mão, mas ele a mantém colada ao volante, e sinto falta da ponta do seu dedo arrastando-se sobre minha coxa. — Você parece chateado.

— Tudo.

A única palavra é tão baixa que mal a ouço.

Minha mente corre, procurando por algo que eu tenha feito de errado desde a última vez em que nos falamos. Garrett nunca ficou chateado comigo antes, e a desconexão é pesada e estranha. Todos ficamos esquisitos às vezes, pisando em ovos em torno do que realmente queremos dizer.

Até ele abrir a boca.

— Você vai dizer a ele para tirar as mãos de você ou eu devo fazer isso?

Meu coração para de bater.

— O quê?

O aperto de Garrett no volante fica mais forte, seus olhos estão na estrada.

— Não gosto do jeito com que ele te toca.

— Garrett... Simon é meu parceiro de dança. Ele tem que me tocar.

— Você sabe tão bem quanto eu que ele quer ser mais do que isso. Posso lidar com o jeito com que ele te toca quando estão dançando, mas não vou tolerar que coloque as mãos em você o resto do tempo, tipo, achando que você é dele.

— Ok, calma. — Giro no meu assento, com as mãos apoiadas na minha frente. — Do que está falando? Não sou de Simon. Não sou de ninguém.

— Certo. Você está feliz sendo solteira.

— Pode olhar pra mim, porra? — explodo. — Por que está chateado comigo?

— Não estou chateado com você — ele mente. — Estou reiterando um ponto que você repetiu algumas vezes.

— Um ponto do qual não estou ciente, é evidente, então por que você não esclarece.

Cruzo os braços sobre o peito e espero enquanto ele entra no estacionamento, encontrando seu lugar.

— Você não quer namorar um atleta. Não quer estar em um relacionamento. Você está feliz sendo solteira e se virando por conta própria. — Ele joga cada frase para fora como se estivesse gravada em pedra, tendões flexionando seus punhos cerrados. — Você já disse isso três vezes.

— Três vezes?

— Quando Gabby te chamou de minha namorada no Natal, quando estávamos no bar na outra semana e alguns dias atrás, quando você disse a Carter que não queria ficar presa a ninguém, que estava feliz sozinha.

Meus pensamentos se voltam para minha última visita a Hank com Carter, quando Hank me provocou sobre deixar alguém entrar, encontrar minha pessoa do jeito que Carter encontrou a dele. Mas eu já tinha encontrado minha pessoa; eu apenas não poderia lhes dizer isso.

— Eram apenas palavras — garanto sem alarde, a raiva diminuindo. — Não posso dizer que estou dormindo com o melhor amigo do meu irmão, posso? Ninguém deveria saber sobre nós.

— E quando você disse a Simon que éramos apenas amigos, que nosso relacionamento era apenas conveniente... Essas eram apenas palavras também?

Embora as palavras sejam duras, há uma vulnerabilidade nele que ferve abaixo da superfície, como se estivesse prestes a explodir. Quero que ele me deixe entrar.

— Garrett — tento persuadi-lo com gentileza, colocando minha mão em seu rosto. Meu coração dói quando seu olhar encontra o meu, triste, bravo e perdido. — Você está com ciúmes? — Seus olhos piscam, e lá está aquele maldito nó na garganta de novo, conforme ele desvia o olhar. — Sei que às vezes você tem dificuldade em expressar seus sentimentos em palavras. Preciso que converse comigo agora. Estou ouvindo.

— Eu-eu... não consigo... — Seus joelhos começam a tremular, os dedos se esticam sobre eles antes de se fecharem nas palmas. Ele passa uma mão no cabelo, tirando o boné e puxando as ondas douradas. — Não consigo pensar. Não consigo falar. Porra. Odeio isso.

Pego a mão dele na minha, apertando-a gentilmente.

— Respire fundo. Estou aqui. Posso esperar.

Ele pisca para mim, uma, duas vezes, então as palavras vêm com tudo.

— Minhas irmãs me odeiam. Elas precisam de mim, e estou aqui, e estou falhando com elas, assim como meu pai falhou comigo. E não posso... Não consigo... E ninguém está atendendo ao telefone, e você... — Seus lindos olhos faíscam de dor ao me olhar. — Liguei para você porque eu... Eu... precisava de você. E você não estava lá.

As palavras são como rachaduras que me permitem espiar o interior deste homem de grande coração.

Pego seu rosto em minhas mãos.

— Sinto muito por não ter atendido às suas ligações. Estou aqui agora. Suas irmãs o amam, Garrett. Prometo. — Eu empurro o cabelo da testa dele. — Deve ser difícil quando vocês estão tão distantes. Você vai consertar isso.

Seus olhos perfuraram os meus.

— E se não puder ser consertado?

— Tudo pode ser consertado.

Ele abaixa a cabeça.

— Não tenho tanta certeza sobre isso. — Sua voz cai, ficando tão baixa que mal ouço suas próximas palavras. — Ainda mais quando não estamos de acordo sobre o que queremos.

Ele solta um suspiro derrotado, correndo os dedos pelos cabelos.

Por que tenho a nítida sensação de que isso é mais do que apenas suas irmãs?

Antes que eu possa perguntar, ele se afasta de mim e sai do carro. Sem dizer uma palavra, pega minha mão, engolindo-a na sua e me puxando do meu assento para me levar até o elevador. Tudo parece nebuloso e grande, confuso e avassalador. Ele está muito quieto, e não sei as palavras certas para preencher o espaço, para tirar sua dor e tornar tudo melhor e mais seguro.

Mas vou descobrir, e vou começar fazendo uma caneca grande de chocolate quente, como ele sempre faz comigo.

Exceto que, quando abro a porta e tiro meus sapatos, Garrett não me segue. Ele fica parado no corredor, com as mãos enfiadas nos bolsos, olhando para o chão.

— Não vou entrar, Jennie.

— O quê? Por quê? Vou fazer chocolate quente. Podemos pedir comida. Ou posso... Acho que tenho coisas para fazer espaguete. Posso fazer espaguete para o jantar. Só me diga o que você quer. — Odeio o desespero escorrendo do meu tom, o jeito que dói, como faz eu me sentir fraca, como se precisasse dele.

Mas, acho que sim, porque eu realmente não tinha me encontrado até o encontrar.

— Eu acho... Acho que quero espaço.

A maneira leve com que ele fala as palavras, misturadas com culpa e arrependimento, faz meu coração bater forte contra o peito, procurando uma saída.

— Espaço? — Meus ombros se curvam conforme me tranco em mim mesma. — De mim?

— É... Eu estou... — Ele esfrega o pescoço, procurando palavras. — Não consigo pensar direito agora. Estou sobrecarregado, confuso, cansado. Porra, estou tão cansado.

— Podemos apenas relaxar. — Pego sua mão, puxando-o. — Podemos ficar no sofá e...

— Jennie, não. — Garrett solta minha mão. Seus olhos estão vermelhos, derrotados, e os meus começam a arder. — Não sei se consigo continuar fazendo isso. As coisas estão... Elas estão diferentes. Preciso de um tempo para pensar, só isso.

Uma sensação de ardência sobe pela minha garganta, de modo que não consigo engolir.

— É o que as pessoas sempre dizem quando é mais fácil do que terminar.

A maneira incerta como ele umedece os lábios contradiz seu tremor.

— Eu não disse essa palavra.

— Não entendo. — Meu peito sobe bruscamente, meus olhos ardendo. — Você é meu melhor amigo.

Ele me encara, como se estivesse procurando qualquer indício de duplicidade. Não há nenhum. Em alguns meses, esse homem se tornou meu melhor amigo, o líder da minha torcida, meu porto seguro. Não sei como lidar com a perda dele.

Mas posso ver a angústia que ele carrega, a mágoa gravada em seus olhos, fazendo-o vacilar. Só que não tenho certeza do porquê de estar ali. Até que ele engole em seco, devagar, e enfim fala as próximas palavras.

— Não é mais o suficiente para mim.

Cambaleio para trás quando as palavras são absorvidas.

Não é o suficiente? Mas... sempre fui o suficiente para ele.

Lágrimas brotam em meus olhos, prontas para derramar. Meus dedos se fecham em volta do meu pescoço, tentando afastar os pensamentos ansiosos, o medo de que ele vá embora e leve tudo de mim junto, e eu fique aqui, sozinha, como sempre estive.

*Mostrei-lhe tudo o que sou, e ele não me quer.*

As mãos de Garrett fecham-se em volta dos meus punhos, trazendo-me para perto dele. Ele abaixa o rosto, seu peito arfando no ritmo do meu.

— Você é perfeita, Jennie.

— Se fosse verdade, você não estaria indo embora.

Seus lábios se abrem, seus olhos correm sobre mim, enquanto o elevador apita e as portas se abrem. Emily sai, sorrindo toda feliz para nós.

— Olá, pombinhos.

A boca de Garrett se abre, mas, antes que ele possa dizer qualquer coisa, seu celular toca. Ele o tira do bolso e o nome de sua irmã, Alexa, brilha na tela. Ele xinga baixinho e, quando me olha, seus olhos expressam tanta dor, confusão, mágoa, que não consigo separar tudo. Não quero ser a causa de nada daquilo. Quero ajudá-lo a passar por isso.

— Garrett, eu...

O celular toca de novo, e ele engole em seco.

— Tenho que ir. Desculpe, Jennie.

Não quero que ele peça desculpas. Quero que fique.

Ele hesita antes de segurar meu queixo, o polegar passando por meu lábio inferior. Ele traz sua boca para a minha em um beijo que se parece muito como um adeus, um adeus para o qual não estou preparada, um adeus que não quero.

Suas mãos quentes se afastam, deixando-me com frio e exposta, seu olhar inundado de arrependimento ao tocar meu rosto, como se ele estivesse memorizando minha aparência. Garrett tira uma mecha de cabelo caída do meu pescoço, beija a ponta do meu nariz e, com um último olhar, deixa-me em pé ali ao levar o celular ao ouvido.

Quando a porta do elevador se fecha atrás dele, encontro o olhar de Emily.

— Ei — ela sussurra. — Você está bem?

Minha garganta queima e umedeço os lábios, olhando para o teto.

E, então, acontece. Minha visão fica turva. Meu nariz formiga. Não adianta piscar com força. Minha boca se abre para responder, o queixo tremendo, mas, em vez disso, a primeira lágrima cai, seguida pela segunda, depois pela terceira, todas caindo em cascata pelo meu rosto, e Emily voa em minha direção.

Ela segura meu corpo trêmulo com força contra o dela, e minhas palavras enfim chegam, despedaçadas assim como eu.

— Você disse que ele também me queria.

# 32
# SEGUNDAS CHANCES

## GARRETT

Hoje passei doze horas num avião.

Doze horas de merda, de Denver para Vancouver, de Vancouver para Halifax.

Nova Escócia não é onde eu esperava estar esta manhã quando acordei, mas aqui estou. São pouco mais de três da manhã quando pouso em Halifax.

Três horas da porra da manhã e, em vez de estar em casa, onde deveria estar, encontro o carro do meu pai exatamente onde eu sabia que estaria: no único restaurante vinte e quatro horas por perto. Ele é o único cliente, além do mesmo velho que sempre está sentado no balcão todas as manhãs ao raiar do dia, durante os últimos vinte anos.

— Alycia — cumprimento a mulher atrás do balcão, aquela que sorri quando entro, apesar da ponta de remorso. Ela trabalha aqui desde que tínhamos dezesseis anos. Eu costumava deixá-la para o seu turno, depois voltar dirigindo uma hora antes de ela terminar, sentar-me no balcão e mergulhar minhas batatas fritas grátis no meu milkshake grátis ao esperar minha namorada sair do trabalho para que pudéssemos nos beijar no banco de trás do meu carro. — Por que ainda trabalha aqui? Você disse que ia parar.

— Garrett. — Ela empurra a porta e me dá um abraço familiar e caloroso. — Só mais alguns turnos aqui e ali. Crianças são tão caras.

Ela se afasta, seus olhos gentis como sempre foram. Lá no passado, nós dissemos que iríamos nos casar. Mas ela queria que eu ficasse aqui, e eu queria ir embora. Não era para ser, e tudo bem.

— Tentei ligar para você, mas seu número é outro agora. Passei na sua casa a caminho da minha hoje e avisei sua mãe que ele estava aqui.

— Há quanto tempo ele está aqui?

— Duas horas, mais ou menos. Imagino que tenha chegado quando o bar estava fechado. — Seu olhar pousa em meu pai, caído no banco, em uma mesa de canto. — Não comeu nem bebeu nada desde que chegou.

— E antes?

Ela dá de ombros.

— Não tenho certeza. Ele não quer falar, então o deixei em paz.

— Obrigado por ficar de olho nele.

Ela pega meu cotovelo enquanto eu me viro.

— Você ficará aqui por alguns dias?

Balanço a cabeça.

— Meu voo é ao meio-dia.

Ela me aperta gentilmente.

— Cuide-se.

Meu pai está escondido no canto de trás, com a cabeça entre as mãos, olhos baixos. Por um momento, a compaixão toma conta de mim e sinto muito por esse homem. Mas penso na esposa e nas filhas que ele deixou em casa, com medo e sem respostas, e lembro-me de ter estado nessa mesma situação inúmeras vezes. Então, a raiva vence.

— Que porra está fazendo?

A cabeça dele se levanta bruscamente quando fico em pé acima dele. Seus olhos estão injetados de sangue e seu rosto, com as marcas das lágrimas. Minha raiva oscila, diminuindo quando — pela primeira vez — quero que flua. Nunca fui bom em lidar com ela. Fico mal, triste, cansado. Mas preciso de uma saída, e eu tinha certeza de que seria assim, porque descontar em Jennie há algumas horas com certeza não foi o melhor caminho.

— Garrett. — Ele limpa abaixo dos olhos. — O que você... está fazendo aqui?

— O que *você* está fazendo aqui? Tem uma família que depende de você, que te espera em casa, para estar presente. Em vez disso, está fora a noite toda, ficando bêbado.

— Eu... não.

Sua cabeça balança rapidamente, seus olhos estão cansados e com bordas vermelhas, eles não têm a aparência lenta e vidrada da bebedeira, aquela que eu via quando era pequeno, quando não sabia se poderia falar ou não com ele, ou se deveria me esconder no meu quarto pelo resto da noite.

Ele enfia a mão por baixo do casaco e me mostra o gargalo de uma garrafa de uísque, com o selo ainda intacto, antes de logo cobri-lo de novo.

— Não bebi.

— E antes disso? No bar?

— Eu queria. Porra, eu bem que queria. — Ele arrasta os dedos pelo cabelo, puxando. — Pedi. Uísque puro. Duplo. Olhei para ele por cinco horas de merda. Não deixava o barman tirar, mas também não conseguia beber. — Ele esfrega a mão sobre os olhos antes de se engasgar em suas próximas palavras. — Sou um fracassado do caralho.

— Não, você não é — argumento sem pensar.

— Eu sou. Aqui está meu filho, limpando a minha barra como fez cem vezes antes. A única diferença é que ele não é mais uma criança. Meus problemas nunca deveriam ter sido seus.

— Não, não deveriam — concordo com calma, sentando-me em frente a ele. — Mas eu te amava naquela época e te amo agora. Estarei ao seu lado enquanto você resolve seus problemas. — Toco as costas de sua mão, e seu olhar hesitante encontra o meu. — Mas não posso te ajudar se não souber o que está acontecendo.

— Não sei por onde começar — ele admite.

— Desde o início seria bom.

Ele assente, e o silêncio se estende entre nós enquanto ele procura o início.

— Em dezembro, bem perto do Natal, anunciaram no trabalho que tinham vendido a fábrica. Teve rumores de que os novos donos iriam demitir todo mundo, limpar a casa e começar do zero. Comecei a procurar outro emprego de imediato, mas, depois das férias, tudo parecia normal. Pensamos que estávamos seguros. E, então, ontem... — Seu peito arfa, sua voz embargada. — Ontem demitiram todo mundo. *Todos*. Apenas entraram, disseram para irmos para casa, para não voltarmos. — Ele ri, um som baixo e exasperado. — Três meses de salário. Dei a eles vinte e cinco anos, eles me demitiram sem aviso prévio, e tudo o que ganho são três meses de salário. Como vou conseguir sustentar minha família com isso? Não posso, Garrett. Simplesmente não dá.

O lembrete está na ponta da minha língua, que posso me dispor sem dificuldade, ajudá-los no que for preciso. Que inferno, tenho tentado fazê-los se mudarem para Vancouver por anos. Mas sei que não é a solução que ele está procurando.

— E você não falou com a mamãe.

Papai balança a cabeça.

— Ela sabia que eu estava preocupado com isso quando você voltou para casa no Natal, mas depois tudo parecia bem. Parei de procurar trabalho e nós dois paramos de nos preocupar. Agora... eu não sei como contar a ela. Não há nada para mim fora de lá, Garrett. Não tenho diploma universitário.

— Porque você aceitou um emprego estável que pagava bem para poder cuidar da sua namorada e do seu bebê — eu o lembro.

Nunca me passou despercebido que meu pai desistiu de muitas coisas para cuidar de mim aos dezoito anos. A única coisa que ele fez por si mesmo foi terminar o ensino médio. Ser empurrado para tamanha responsabilidade ainda tão novo apenas perpetuou os seus hábitos, e passei muitos anos me sentindo culpado por ter nascido, dizendo a mim mesmo que ele nunca teria bebido se não tivessem engravidado de mim. É óbvio, sei que a luta do meu pai não é culpa minha, mas, quando você é uma criança que se sente responsável pelo seu pai mais do que ele é por você, é difícil ter essa clareza.

— Como é que vou mandar três filhas para a faculdade? Não sei como ser o marido que minha esposa merece, o pai que as meninas merecem, que *você* merece.

Coloco minha mão sobre a dele.

— Não precisamos que você seja outra pessoa, pai. Só precisamos que fique presente.

Seu olhar recai sobre nossas mãos entrelaçadas, e seu polegar calejado desliza sobre o meu.

— Não fui presente para você.

Suas palavras soam a remorso, mas, mais do que isso, a reconhecimento. Meu pai não quer que eu o convença de que ele foi presente. Ele precisa que eu saiba que percebe seus defeitos, os lugares onde errou.

— Não por um tempo — admito. — Mas talvez às vezes precisemos atingir o fundo do poço para ganhar uma nova perspectiva. Você se esforçou e voltou mais forte do que nunca. Tornou-se o pai que eu sempre quis, e sou grato por conhecer esse homem, que é o pai das minhas irmãs. O fato de você ter tido dificuldades, de ainda ter dificuldades, não faz de você um fracasso. Faz de você humano.

Lágrimas acumulam-se em seus olhos e começam a rolar lentamente por seu rosto.

— Você e suas irmãs são as únicas coisas em que acertei. Estou tão orgulhoso de vocês.

— E eu estou orgulhoso de você.

A casa está escura quando entro na garagem, exceto pelo tênue brilho da luz sobre o fogão, aquela que posso ver da janela acima da pia da cozinha. Mamãe a deixa acesa para o caso de alguém acordar no meio da noite.

A perna do meu pai salta no banco do passageiro, o olhar fixo na porta da frente ao girar sua medalha de sobriedade entre os dedos.

— E se ela me deixar de novo?

— Acho que ela já te perdoou por coisas piores. Mamãe tem um grande coração. Ela não desiste sem lutar.

O olhar em seu rosto me diz que ele sabe, mas o medo em seus olhos também diz que ele já a decepcionou muitas vezes antes e que não conseguiria viver sem ela uma segunda vez.

— Se isso acontecer, tentaremos resolver juntos. Mas você precisa acreditar que seu relacionamento é forte o suficiente para suportar isso.

O silêncio enche o carro enquanto ele me encara, e, quando ele acena, desligo o motor. Fora do carro, ele me abraça, um abraço de que eu não sabia que precisava.

— Obrigado por acreditar em mim. Por me dar tantas chances além das que eu merecia.

Espero que um dia ele perceba que sempre valeu a pena lhe dar uma segunda chance.

A luz ilumina a sala de estar no segundo em que entro, cegando-me brevemente quando minha mãe pula do sofá.

A confusão está expressa em seu rosto aflito.

— Garrett? O que está fazendo aqui?

Vou para o lado e meu pai dá um passo hesitante para a frente, depois outro.

— Lucas — minha mãe suspira baixinho, colocando a mão na boca quando lágrimas se acumulam em seus olhos.

— Sinto muito — ele sussurra, e observo as lágrimas escorrendo em ambas as bochechas antes que minha mãe se jogue em seus braços.

Eu me esgueiro pelo corredor escuro e subo as escadas. Todas as portas dos quartos estão abertas, todas as camas estão vazias, exceto a de Alexa. Quando a porta se abre com um rangido, encontro minhas três irmãs aconchegadas juntas. O luar que atravessa a janela risca seus rostinhos, iluminando as pálpebras de Gabby enquanto elas tremulam.

Ela se senta, piscando.

— Oi? Quem é?

A lâmpada de cabeceira se acende e Alexa se senta apressadamente, esfregando os olhos com os punhos.

— Garrett?

— *Garrett!* — Gabby sai da cama, correndo até mim em seu pijama de gatinho.

— Shhh. — Eu a abraço e ela enterra a cabeça contra o meu torso. — Não acorde Stephie.

— Você voltou pra casa? — Alexa pergunta, observando-me colocar Gabby de volta na cama.

— Você disse que precisavam de mim.

Seu lábio inferior treme.

— Então você voltou por nós?

Eu me curvo, pressionando um beijo no topo de sua cabeça. Alexa gosta de dar uma de durona, mas tem um coração muito mole, como Jennie.

— Sempre estarei aqui quando vocês precisarem de mim. Agora volte a dormir. Eu só queria ver como vocês estavam.

Gabby sorri para mim, puxando as cobertas e dando tapinhas no colchão.

— Você vai dormir com a gente?

Eu rio.

— Não tem espaço.

Ela faz bico, aproximando-se de Stephie no meio.

— Nós abrimos espaço.

Olho para Alexa e vejo a incerteza estampada em seu rosto. Lentamente, suas sobrancelhas se suavizam e ela deita a cabeça de volta no travesseiro, olhos voando para o lugar vazio ao lado de Gabby.

— Alguma de vocês ronca? — pergunto.

— Lex — Gabby afirma. — Como um caminhoneiro, o papai diz.

— *Cale. A. Boca.* Gabby.

Rindo, tiro a parte de cima do agasalho e a jogo no canto do quarto, deixando-me de camiseta e calça de moletom enquanto subo na cama de casal da minha irmã, conformado em saber que vou cair dela em algum momento da noite.

Gabby pega meu braço, colocando-o sobre ela enquanto Alexa desliga a lâmpada, deixando o quarto em escuridão. A respiração delas fica superficial e estável em minutos, mas minha mente está acelerada demais para dormir.

As últimas vinte e quatro horas foram uma grande confusão de problemas e emoções, coisas com as quais eu não estava preparado para lidar.

Acho que administrei o problema daqui bem, mas e o outro? Meu instinto me diz que fodi com o outro, porque a única coisa que vejo toda vez que fecho meus olhos é o rosto de Jennie, o jeito que seus olhos ficaram nublados com a rejeição quando lhe falei que precisava de espaço.

Eu sei que não estava pensando direito, mas, meu Deus, em que eu estava pensando? Essa foi a solução para o meu ciúme, para a minha incerteza sobre o que ela sentia por mim, se iríamos em frente juntos ou separados? Para o fato de eu me sentir impotente com relação à minha família?

— Garrett?

Na escuridão, encontro Alexa me observando de seu travesseiro.

— Humm?

— Desculpa por ter dito que te odiava. Não te odeio.

Eu sorrio.

— Eu sei, Lex.

— Eu estava com medo, e Stephie e Gabby estavam assustadas, e senti que tinha de ser corajosa por elas. Mas eu não sabia como. Eu queria que você voltasse para casa e fosse corajoso por nós.

— Não tem problema ter medo. E acho que você foi corajosa por todos nós. — Estico meu braço no espaço entre nós e, quando Alexa pega minha mão, coloco meu dedo indicador sobre ela. — Eu te amo.

— Eu também te amo.

— Da próxima vez que estiver com medo, é importante que a gente converse, ok? Quase tudo pode ser consertado com um pouco de conversa.

Não me escapa a ironia de que me comunicar não está na lista de coisas que fiz bem com Jennie horas atrás. Cruzei uma linha tênue, com muito medo de falar o que penso por receio de chatear o meu pai, e foi exatamente isso que fiz com Jennie. Eu estava com medo, então a afastei. Ela depositou sua confiança em mim, confiança que lutei com unhas e dentes para conquistar, e, em questão de meia hora, joguei tudo fora porque estava com muito medo de engolir meu orgulho e lhe dizer do que eu tinha medo: perdê-la, perder meu pai, falhar com a minha família.

— Você vai levar sua namorada para um encontro no Dia dos Namorados? — Alexa pergunta, como se soubesse exatamente o que se passa na minha cabeça.

— Jennie não é minha namorada — resmungo.

— Então, como você sabia de quem eu estava falando? — ela retruca, toda sarcástica.

— Três irmãs — murmuro — e nenhum menino.
— Eu o ouvi falar com ela no telefone depois da dança dela.
— *Alexa*.
Ela ri.
— O quê? Foi fofo. Você a chamou de sua melhor amiga e disse que fez enfeites de boneco de neve com as marcas das suas mãos. Sei que tenho só doze anos, mas tenho certeza de que isso significa que ela é sua namorada.
— Talvez ela fosse, mais ou menos, ou pelo menos eu queria que fosse — confesso. — Queria que ela fosse mais do que apenas uma amiga. Mas tenho certeza de que estraguei tudo. — Fecho os olhos e suspiro. — Não, eu *sei* que estraguei tudo.
— Por quê? Ela terminou com você?
— Não... Acho que eu terminei.
— Poxa... Por que você fez isso? Jennie é legal e boazinha, e ela tira sarro de você, e fica com você mesmo que você seja irritante.
Eu rio baixinho.
— Você está certa. Ela é todas essas coisas e mais. Acho que fiquei com medo.
— Achei que não tinha problema em ter medo — Alexa sussurra de volta para mim.
Eu suspiro.
— É verdade.
— Você vai falar com ela?
— Eu devo?
Ela bufa.
— Todos os garotos são tão sem noção assim? Você não gosta dela?
— Não tenho certeza se "gostar" é uma palavra forte o suficiente.
— Isso não responde à sua pergunta? Por que você iria querer ficar longe dela e triste quando pode estar com ela e feliz?
Ela entrelaça os dedos nos meus, apertando-os.
— Aposto que, se pedir outra chance, ela vai te dar.
— Você acha?
— Você merece uma segunda chance, Garrett.

O TEATRO ESTÁ ESCURO E a atmosfera está agitada, com o público vibrando animadamente.

Verifico meu ingresso pela décima sétima vez, o que é desnecessário, já que o memorizei.

— Com licença — sussurro, indicando o assento vazio no meio do caminho. Desço a fileira antes de começar a me aproximar devagar. — Desculpe-me. Com licença.

Desabotoando o paletó, eu me sento com um suspiro, e Adam, Jaxon e Kara arqueiam uma sobrancelha.

Carter se inclina, exalando pesadamente.

— Ah, obrigado. Eu estava preocupado que você não viesse. Jennie teria te chutado no meio do saco.

Acho que ela vai fazer isso de qualquer jeito, mas, em vez de dizer isso, rio. Soa muito mais estridente e em pânico do que eu gostaria.

Adam limpa a garganta, olhos no palco vazio.

— Tudo bem?

— Com meu pai? Sim. Ele vai começar as sessões de aconselhamento de novo, e minha mãe o estava ajudando com seu currículo antes de eu vir embora.

— Que bom. Fico feliz. E com ela? — Ele não diz o nome. Não precisa. — Ela me ligou esta manhã. Perguntou se eu sabia onde você estava, porque vocês brigaram e ela foi até seu apartamento para conversar, mas você não estava lá. Não era meu lugar contar a ela, Garrett, então não contei, mas você precisa falar. Ou ela é parte da sua vida ou não é. Você não pode pedir para ela te deixar entrar e depois não fazer o mesmo por ela, ainda mais quando isso afeta seu relacionamento. Você tem todo o direito de ficar chateado com o que aconteceu com o seu pai, com o que ela disse, mesmo que eu duvide que ela quisesse dizer isso... mas não pode a excluir. Você é melhor do que isso. — Ele me olha. — Você está aqui, então presumo que isso signifique que vai ser honesto.

— Sim, pai — resmungo.

Sua boca se curva.

— Deixe-me orgulhoso, filho.

O teatro fica em silêncio, com um único holofote brilhando no palco. Carter se inclina para a frente, olhando feio para todos na fileira.

— *Shhh!*

— Ninguém disse nad... — Jaxon fecha a boca com força, como se a abotoasse, com os olhos arregalados diante da expressão feroz que Carter exibe.

Meus olhos caem sobre o objeto alto plantado no chão entre ele e Olivia, e enterro meu rosto na minha mão.

— Ele está com uma porra de um tripé e uma filmadora? Ele não sabe que celulares gravam vídeo?

Adam ri.

— Ele é um irmão cheio de orgulho.

E é mesmo. Passa o espetáculo inteiro batendo palmas fracas ao final de cada apresentação antes de examinar o programa e anunciar quantas faltam até a de Jennie. É a última apresentação, então, quando chegamos lá e Carter se inclina para a frente e abre sua boca grande, toda a nossa fileira e a que está atrás de nós zumbe em uníssono: "*É a vez de Jennie*".

Mas não o culpo por estar orgulhoso. Quando as cortinas se abrem, Jennie se torna logo a pessoa mais magnífica que subiu ao palco esta noite.

Envolta em fitas de seda e chiffon vermelho, cada centímetro dela brilha.

Ela levanta a cabeça, revelando o tom profundo do batom que combina com seu vestido e a tristeza gravada em seus olhos ao olhar para a plateia.

Aqueles olhos azul-claros vistoriam a multidão, passando pelas fileiras, como se estivessem catalogando cada participante.

Ou procurando alguém.

Porque, quando param em mim, tudo muda. As linhas de seu rosto relaxam-se, seus ombros caem e ela fica um pouco mais ereta. A tristeza em seus olhos desaparece quando a música começa, os acordes familiares de sua canção favorita me fazendo sorrir. Um sorriso surge no canto de sua boca, e um começo lento que dá lugar a terremoto, incendiando seu rosto com a mais devastadora felicidade, fazendo-a brilhar.

*Ela sempre brilha.*

Jennie é como uma obra-prima ganhando vida, deixando a música carregá-la pelo palco. Simon desaparece no fundo quando comparado a ela, e ele não é digno de ser parte de seu todo. O espetáculo é dela e, neste momento, o mundo também. Se ela quiser ser uma estrela, não há nada que a impeça. Se quiser ter o próprio estúdio de dança, pode ter um. Não há nada que essa mulher não possa fazer, tenho certeza.

Estou tão encantado que mal percebo que Carter está agora em pé no corredor, com a câmera de vídeo gravando toda a performance, a cabeça balançando junto. Estou tão impressionado que não poupo um segundo pensando sobre o modo como o braço de Simon envolve sua cintura antes de mergulhá-la, sua mão correndo lentamente a lateral de seu corpo conforme a música acaba.

Estou tão obcecado por ela que quase perco o olhar de Simon quando ele a puxa contra seu peito, a maneira como sua mão desliza ao longo de sua mandíbula à medida que a música para, a forma como pega o queixo dela entre os dedos e puxa seu rosto para cima.

Quase perco o beijo que ele dá nela no *grand finale*.

Mas não perco.

## 33
## ENTÃO É ASSIM QUE FUNCIONA?

JENNIE

O RUGIDO DA MULTIDÃO RESSOA em meus ouvidos, mas é minha raiva que está trovejante.

Perigosa. Explosiva. *Letal.*

Meu coração bate forte, palpitando contra meu peito como se pudesse estourá-la conforme espero as cortinas fecharem.

— Jennie — Simon começa quando estamos envoltos na escuridão, ao som de aplausos ansiosos e animados. Ele enfim me solta. — Isso foi tão...

Giro tão rápido que não sinto mais o chão sob meus pés descalços. O som da minha palma batendo em sua cara ecoa pelo palco, deixando a equipe em silêncio, restando apenas os aplausos da plateia.

Simon cobre a marca vermelha da mão no rosto. Sua expressão estupefata só me estimula.

— Como você ousa! — exclamo. — Como você *ousa*, porra!

— Deslumbrante! Isso. Foi. *Deslumbrante!* — Mikhail corre em nossa direção, mas para de repente, o sorriso desaparecendo. — Jennie? Está tudo bem?

— Não. Não está tudo bem. — Sigo em direção a Simon, cada centímetro do meu corpo quente, até as pontas das minhas orelhas. — *Não.* — Enfio meu dedo no peito dele. — Eu. Disse. Não. Você sabe o que "não" significa?

Suas mãos se levantam em sinal de rendição ou defesa.

— Que engraçado. Porque eu já disse uma vez. — Outro golpe no peito. — Falei duas vezes. — Outro. — Perdi a conta de quantas vezes falei essa palavra de três letras para você, mas, ainda assim... Você. Não. Entende. — Outro, para reforçar o recado. — Quão falho é meu julgamento, se nunca vi você de fato pelo que você é? Eu lhe dei uma chance atrás da outra, acreditando que havia algo de decente em você.

— Foi um acidente — ele implora em um sussurro, com os olhos arregalados. — Fale baixo.

Minhas sobrancelhas sobem na minha testa.

— Um acidente? Você *acidentalmente* me beijou sem o meu consentimento? Pela segunda vez?

Aí está o suspiro que eu estava esperando. Mikhail se manifesta, enfim:

— *Simon*.

— Eu-eu... eu me deixei levar. Parecia tão certo. Agindo como se estivéssemos apaixonados pelo espetáculo e tudo mais... Só parecia certo, Jennie.

A risada que sai dos meus lábios é nada menos que ameaçadora.

— Não preciso fingir que há algo mais acontecendo entre nós pelo bem do espetáculo. Sou uma dançarina muito esforçada, e a minha dança fala por si, e tem sido assim minha vida inteira.

Passo furiosamente pelo elenco de dança, que assiste à cena, em direção ao meu armário, para pegar minha mochila e minha roupa para o jantar. Quanto mais rápido sair daqui, melhor.

Paro na saída, encontrando o olhar preocupado de Simon.

— Essa foi a última vez em que dançamos juntos. Estou farta de dançar em dupla e estou farta de você. — Olho para Mikhail. — Entendido?

Ele me dá um breve aceno e uma saudação.

— Sim, senhora.

Mantenho a cabeça erguida ao cortar a multidão, saindo do auditório, indo em direção ao local onde Carter estaria esperando.

Ele está lá. Todos estão. Exceto um.

Tento não notar, mas, da mesma forma que sua presença mudou todo o clima, trazendo-me à vida no palco, a ausência repentina de Garrett deixa meu corpo dolorido, cansado, e me lembro de que acolher aquele homem em minha vida me trouxe uma felicidade que eu nem sabia que existia.

*É tudo tão assustadoramente silencioso e cinza sem ele, e odeio isso.*

A fúria que Carter está sentindo é tão palpável quanto a minha quando marcho em sua direção. Ele abre a boca, e enfio meu dedo em seu rosto.

— Nem comece. Não quero ouvir a porra do nome dele. Não hoje nem amanhã, e, se você trouxer isso à tona, a sua será a próxima cara a levar um tapa, entendido?

Os lábios de Carter se apertam, os olhos arregalados.

— Entendido. Vou pegar o carro.

Sou envolta em abraço atrás de abraço, da família e dos amigos, que elogiam meu desempenho. Quando dou um passo para tomar um pouco de ar, uma mão envolve meu cotovelo, puxando-me para um canto.

Garrett segura meu rosto com suas mãos fortes, os polegares me acariciando, enquanto seu olhar toca cada centímetro de mim. Seus olhos estão duros, brilhando com uma fúria tão profunda que me faz tremer. Mas há algo mais ali. Algo tangível. Forte, profundo e genuíno, que me deixa perplexa, porque eu acreditava que via tudo isso, mas passei a noite anterior me convencendo de que nada disso nunca esteve lá.

— Você está bem, Jennie?

— Eu estou...

Não. Eu não estou bem. Simon pegou algo que não lhe pertencia. Kevin pegou algo que não lhe pertencia. A única pessoa a quem me dei de bom grado e com entusiasmo é este homem aqui. Fiz isso devagar, com cuidado, muitas vezes encarando o meu medo. Ousei provar a mim mesma que estava errada sobre Garrett. Toda vez que lhe dava outro pedaço de mim, ele o pegava cuidadosamente em suas mãos, como se cada peça fosse delicada, admirável.

Mas, e agora? Onde estamos? Eu me mostrei inteira para alguém que não me quer mais? Perdi o único que me aceitou por inteira?

— Não — sussurro, enfim. — Não estou bem.

A dureza em seus olhos desaparece, dando lugar à ternura que conheci, a ternura que amo.

Antes que ele possa dizer qualquer coisa, Adam aparece.

— Desculpe interromper. Carter acabou de parar na frente, Jennie. Ele está chamando por você.

Quero que Garrett diga não. Quero que ele me leve para casa e volte atrás no que disse ontem. Quero que tudo volte a ser como era.

Mas ele acena, e Adam me conduz para longe.

Algo captura meu mindinho e olho para trás, observando Garrett apertá-lo antes de escapar, e, em algum lugar bem no fundo de mim, meu coração se reinicia.

É UMA IDA SILENCIOSA ATÉ o restaurante, com mamãe, Olivia e Hank dizendo como eu estava bonita no palco. Carter continua sem questionar nada, o que provavelmente é o melhor. De qualquer maneira, noventa e nove por cento das palavras que saem de sua boca são bobagens.

Quando todos descem do carro, troco de vestido bem aqui no banco da frente, enquanto Carter entrega as chaves para o manobrista.

Ele pega minha mão, ajudando-me e puxando-me para um abraço.

— Você está linda, Jennie. — Ele beija minha têmpora. — E arrebentou no palco. Estou orgulhoso de você.

Uma menina atrevida de oito anos se agarra ao meu torso quando a atendente nos leva até nossa mesa.

— Você arrasou tanto, tia Jenny. — Alannah não é minha sobrinha; é sobrinha de Carter e Olivia. Mas amo ser a tia Jenny e acho que ela é a criança mais legal que existe. — Se já não fosse uma jogadora de hóquei incrível, eu seria dançarina.

— Você poderia fazer as duas coisas — sugiro sem firmeza. — Talvez possa ser a primeira dançarina quando eu abrir meu estúdio.

O nariz dela enruga.

— O tio Carter disse que você vai se mudar para Toronto para ser dançarina.

— Não sei se vou...

Minha linha de pensamento descarrila quando espio o gigante loiro já sentado à nossa mesa, tamborilando ansiosamente os dedos na toalha de mesa branca, e tropeço sobre meus próprios pés, trombando com o pequeno corpo de Olivia.

O olhar de Olivia se move entre mim e Garrett conforme nos encaramos. Ela não diz uma palavra, mas seu rosto suaviza-se antes de ela puxar a cadeira ao lado dele, gesticulando para eu me sentar.

— Ah, eu... eu deveria...

Kara agarra meu ombro, empurrando-me para baixo.

— Você deveria se sentar.

— Espere. — Jaxon me puxa de volta. — Você não tirou seu casaco. — Ele desliza sobre meus ombros, as pontas dos dedos percorrendo meus braços ao tirar meu casaco. Ele olha diretamente para Garrett, sorrindo ao fazer isso. — Impressionante, hein — ele murmura com um assobio. — Certo, Andersen?

O rosto de Carter aparece entre nós.

— Você acabou de assobiar para a minha irmã?

O rosto de Jaxon perde a cor. Ele enfia meu casaco no peito de Carter.

— Não.

— Ótimo.

Carter senta-se ao meu lado, e agora estou presa entre meu irmão e o homem que eu... eu... Eu não sei como terminar essa frase.

Bem, isso é mentira. Sei como terminar. Apenas me recuso a fazer isso, agora que eu... Nós... Agora que nós...

— Parece que você vai chorar.

— Hã? — Minha cabeça gira, encontrando Carter me examinando. — Não. — Ah, merda. Vou chorar, sim. — Não estou me sentindo muito bem.

— Isso acontece comigo às vezes quando me esforço demais no gelo, tia Jenny — Alannah fala. — Mas, em geral, passa quando como ou com um longo cochilo.

Eu me esforço para retribuir o sorriso do outro lado da mesa, sentindo o peso do olhar de Garrett sobre mim, ou melhor, sobre a minha mão, que repousa no meu colo, com a palma para cima. Está vermelha e ainda ardendo de dor pela força do tapa. Pressiono cada dedo, cada qual ligeiramente inchado. Enquanto Alannah continua a tagarelar, considero por um momento mergulhar minha mão inteira no balde de gelo onde estão as garrafas de champanhe e água com gás.

— Talvez o tio Carter também precise de muita comida e de um cochilo. Ele parecia bem bravo quando aquele cara te beijou, e ele sempre fica mais feliz depois de comer e tirar uma soneca com a tia Ollie. Ele me deu vinte dólares depois que terminou de gravar o vídeo, de tantos palavrões que falou.

Jeremy, pai de Alannah e irmão de Olivia, dá uma risada.

— Tenho certeza de que o tio Carter esmagou a filmadora.

— Não a esmaguei de fato — argumenta Carter, sem força.

— Ah, minhas desculpas. Você gritou um monte de palavrões e terminou com "Puta merda, quebrei a câmera".

— Vou editar esse último trecho, ora. Grande coisa.

— Você sabe alguma coisa sobre edição de vídeos, Carter? — Adam pergunta.

Ele apoia o rosto no punho e franze a testa.

— Vou pagar alguém. Talvez consiga apagar S-T-E-V-E inteiro.

— Não sou idiota, Carter — enfim interrompo. — Você não pode mudar o nome dele e esperar que eu não saiba de quem está falando. Não me trate como se eu fosse um cachorro.

Carter murmura algo sobre Dublin ser mais agradável do que eu e, quando todos começam a conversar, eu me desligo, concentrando-me, em vez disso, na solidão que invade a minha vida.

Pensei que estivesse sozinha antes, mas foi Garrett quem me mostrou que não, que estava cercada por pessoas que me amavam, que queriam dividir um espaço comigo.

Mas, quando olho ao redor da mesa, tudo o que vejo é um espaço ao qual não pertenço. Um mundo de casais apaixonados. Amigos com outras conexões. Onde me encaixo aqui? Pensei que este era o único lugar ao qual pertencia de verdade, aqui com estas pessoas, mas agora já não tenho certeza.

Meu coração me implora para discutir com meu cérebro, mas não tenho energia. Não hoje, não mais, e cada centímetro do meu corpo dói conforme me fecho em mim mesma, implorando por solidão, o que é irônico; não quero mais ficar sozinha. Mas não quero me perder.

Um som metálico chama minha atenção, e observo com curiosidade quando Garrett pega o gelo do copo que não foi usado e o envolve no guardanapo de pano do seu colo. Olhos turquesa encontram os meus, e ele pega a minha mão na dele por baixo da mesa, pressionando o gelo coberto contra ela, enrolando meus dedos em volta dos dele.

Minha pele dolorida é instantaneamente aliviada e, por um momento, Garrett aperta um pouco mais forte, sua palma quente nas costas da minha mão antes de me soltar. Ele pega uma garrafa de água com gás, enchendo meu copo e o dele antes de passá-la pela mesa.

Eu o observo levar o copo aos lábios carnudos antes de colocar as mãos de volta no colo, e, Deus, quero tocá-lo. Tanto. Quero suas mãos em mim. Quero aquela sensação plena e segura que vem com meus dedos entrelaçados aos seus.

Não estou pronta para desistir; não me importo se isso me torne ingênua. O que temos não é algo que você simplesmente larga. Não tenho muita experiência com relacionamentos, mas este parece um daqueles que acontecem uma vez na vida.

Quantas vezes posso dizer a mim mesma que estou cansada de ter medo? Que tudo o que quero fazer é fechar os olhos e me jogar? Só que não preciso fechar meus olhos com Garrett. Sempre tive certeza de quem ele é, do que significa para mim.

Minha mão se move por conta própria, avançando em direção à dele embaixo da toalha de mesa. Ele abre os dedos um pouco mais, como se seu mindinho estivesse alcançando o meu, e sei que, aconteça o que acontecer, podemos trabalhar juntos.

— Com licença. Garrett, certo?

Meus olhos se erguem para a bela moça de cabelos pretos pairando na borda da mesa, sorrindo para Garrett. Puxo minha mão para trás quando a mesa fica em silêncio, todas as cabeças se virando em sua direção.

A mulher coloca a mão na base do pescoço.

— Susie. Eu estava...

— Ah! — Carter estala os dedos. — Você é a fotógrafa! Da sessão de fotos com os ternos. As bundas de hóquei! — Ele abre um sorriso presunçoso. — Meu nome é Carter Beckett, e eu tenho uma bunda de hóquei.

Susie ri.

— Sim, sou eu. Vocês foram os mais divertidos com quem já trabalhei. — Seus olhos se movem sobre mim e se arregalam. — E, ah, caramba! Você é aquela dançarina! Acabei de fotografar seu espetáculo! Você foi incrível! Consegui várias fotos ótimas, e aquele beijo no final? — Ela coloca as mãos sobre o coração. — Que arraso. Pude sentir o amor entre vocês dois. — Com um sorriso tímido, ela se vira para Garrett, e meu estômago embrulha, deixando-me enjoada. — Fiquei meio chateada por não ter tido notícias suas.

— Ah, eu...

As bochechas de Garrett queimam, os olhos saltando ao redor da mesa. O único rosto que ele evita é o meu.

— Ele está saindo com alguém — Carter interrompe. — Ou não está mais? — Ele coça a cabeça, franzindo a testa. — Você não a menciona há algum tempo.

— Eu estava... — Garrett responde devagar, e minha garganta se fecha.

— Sinto muito que não tenha dado certo — diz Susie. — Talvez pudéssemos sair uma noite?

Parece que todo o meu sangue sobe para a cabeça enquanto espero a resposta dele, mas não é ele quem fala em seguida.

— Vamos, Gare. É Dia dos Namorados. Tem de pular de cabeça em qualquer chance de amor.

Acho que há uma primeira vez para tudo. Como eu, agora mesmo, estar chateada com Hank.

Garrett hesita antes de se levantar. Com um toque delicado no ombro de Susie, ele gesticula em direção ao saguão.

— Por que não vamos a algum lugar para conversar?

Meu guardanapo escorrega, caindo no chão abaixo da cadeira de Garrett, espalhando o gelo.

— Ai, merda. — Eu me abaixo para pegá-lo, escorregando para a frente, aterrissando no chão entre a cadeira de Garrett e a minha. Eu rio, ansiosa. Buscando debaixo do assento, pego os cubos de gelo meio derretidos e bato a cabeça na borda da cadeira no meu caminho de volta. — Puta que pariu. — Agarro minha cabeça com uma mão, segurando o gelo com a outra, e sorrio, trêmula. — Pronto.

Vou vomitar. E chorar. E desmaiar. Bem aqui na mesa. Estou prestes a ter uma crise, e a única pessoa que quero para me segurar é a que está levando outra mulher para fora do restaurante.

— Jennie — Kara chama, os olhos demonstrando o remorso de alguém que acabou de assistir a uma cena patética. — Preciso usar o banheiro. Você vem comigo?

— Sim. Não. — Minhas mãos tremem e minha garganta aperta. Tudo dói. É assim que acontece? Por que parece que todo o meu corpo está quebrando? Meu rosto está quente, e não sei como recuperar ar suficiente em meus pulmões. — Não estou me sentindo bem. — Coloco uma mão na minha face. Está úmida e quente. — Acho que vou passar mal.

Olivia pega sua bolsa.

— Eu te levo para casa.

— O quê? — Carter olha de mim para ela. — Você não pode dirigir. Eu a levo.

— É seu aniversário. Você fica. O apartamento dela é na rua de baixo. Estarei de volta antes que os aperitivos cheguem.

— Vou ficar bem. Sério. — Eu me levanto rapidamente, derrubando a água de Garrett. Pego o copo e limpo o suor da testa. — Só preciso tomar um ar. Já volto.

Atravesso o restaurante antes que alguém possa discutir e entro no ar gelado da noite, com o vento batendo na minha pele úmida. Uma mão pousa na parte inferior das minhas costas conforme observo Garrett e Susie conversando no estacionamento.

— Vamos — diz Olivia, com minha bolsa e meu casaco debaixo do braço. — Vamos te levar para casa.

Mas, quando o manobrista traz o carro e entro, observando através da neve Garrett abraçando Susie, tudo o que quero é ser aquela em seus braços.

Cinco minutos. Cinco minutos de carro para casa e não consigo tirar isso da mente.

Digo a mim mesma que estou bem, que estou inteira, que eu estava bem sozinha antes de Garrett e que ficarei bem depois dele.

Mas estávamos a trinta segundos do restaurante quando a primeira lágrima rola pelo meu rosto enquanto olho pela janela. E, com a primeira, vem uma segunda, depois a terceira e a quarta.

Olivia não diz uma única palavra, vamos em silêncio, e devo ser uma idiota por pensar que ela vai me deixar sair deste carro assim que chegamos em casa.

A mão dela envolve meu cotovelo, impedindo-me de alcançar a maçaneta da porta. Seus grandes olhos castanhos suavizam-se quando ela me vira para encará-la, pegando minhas mãos nas suas.

— Pelo bem do meu casamento, Jennie, não vamos usar nomes agora. Quando seu irmão inevitavelmente descobrir, preciso poder dizer que não sabia com *quem* você estava saindo.

As lágrimas escorrem mais rápido pelo meu rosto, e nunca me senti tão fraca antes. Odeio isso.

— Você faria isso por mim?

— Eu faria qualquer coisa por você, Jennie. Eu te amo.

— Estava tudo bem — choro baixinho. — Estava tudo bem até ontem, quando ele chegou em casa. Ele me pegou na faculdade e nós brigamos, mas nem sei por quê. Acho que o magoei, mas não queria ter feito isso. Ele é... Ele é meu... — Fungo, enxugo os olhos, as pontas dos meus dedos manchados de preto. — Ele é meu melhor amigo e eu... Ele significa muito para mim. Eu não queria tê-lo magoado.

O olhar de Olivia contém toda a compaixão de uma mulher que será a mãe mais incrível, e sou muito grata por meu irmão tê-la encontrado.

— Parece que houve uma grande falha de comunicação em algum lugar ao longo do caminho. Às vezes, fazemos coisas bobas quando estamos com ciúmes e medo, quando estamos sofrendo ou quando alguém que amamos está sofrendo. Vocês dois precisam ser honestos um com o outro, expor tudo. Vocês, Beckett, são bons nisso. Não tenha medo de mostrar a ele como você se sente. — Ela tira meu cabelo do rosto úmido, colocando-o atrás da minha orelha. — Seu irmão uma vez me disse que perdemos as melhores coisas na vida quando estamos com medo. Fiquei com medo por um longo tempo e, quando enfim me joguei, eu nem conseguia lembrar por que estava tão assustada antes.

— É porque Carter é obcecado por você — digo, com a voz sufocada.

— Tudo que vi esta noite foi um homem que não tirava os olhos de você, alguém que é tão obcecado quanto meu marido. Se você se jogar, Jennie, acho que ele estará lá para te pegar.

Quero tanto que ela esteja certa.

Pelo menos uma vez na vida, só quero ser amada. Amada por quem sou, pelo que tenho para dar. Quero que alguém veja tudo o que tenho a oferecer e queira muito ficar comigo.

Passei muitos anos inventando desculpas, diminuindo-me para pessoas que não sabiam como lidar com tudo o que eu era. Nunca tive que me esconder com Garrett. Houve momentos em que me movi mais devagar, testei a água antes de mergulhar, mas Garrett sempre esteve lá, esperando de braços abertos.

Ele aceita cada pedaço de mim: a dificuldade de ter confiança, a dor profunda e sem fim, minha parte ousada e altiva, e também a discreta e a silenciosa. Quando sou confiante ou tímida… Ele abre espaço para tudo, para todos esses pedacinhos, em seu grande coração, e não pede mais nada.

É assim que é o amor? É assim que é ser amada por alguém sem obrigação de ser outra coisa senão eu mesma?

Quente e fofo, como se aconchegar no sofá em um dia frio, com a neve caindo lá fora, no meu moletom favorito e com uma caneca de chocolate quente depois de um longo dia. Como minha pessoa favorita sorrindo para mim, pressionando seus lábios nos meus antes de levantar os cobertores e deslizar ao meu lado, puxando-me para o seu calor, a rede de segurança que ele lança ao meu redor toda vez que está por perto.

Porque, com ele, estou segura. Segura para ser eu mesma, segura para sentir, para querer, para *ser*.

Se isso é amor, estou dentro.

Se isso é amor, nunca quero largar.

LÁ EM CIMA, OLHO PARA cada presente de Dia dos Namorados cuidadosamente embrulhado, lindos pacotes finalizados com fitas de seda vermelha.

Tirei o vestido no segundo em que entrei, sentada aqui agora em seu moletom e com um short de dormir. Meu rosto está lavado e limpo, e, apesar do cansaço avassalador, a adrenalina me mantém em movimento enquanto olho para o relógio.

Não sei como esta noite vai terminar, mas não posso esperar mais. Reprimir essas emoções está causando estragos no meu cérebro; preciso deixá-las livres.

Então calço meus chinelos, vou até a porta e abro-a.

— Garrett — suspiro, ganhando vida ao olhar para o único amor que sempre desejei.

A sacola de presente que ele está segurando cai aos meus pés, seu olhar ardente e atento ao entrar no meu apartamento, trancando a porta atrás dele.

— Estou tão cansado de fingir.

— Fingir o quê?

A pergunta sai em um sussurro ofegante quando o vejo caminhar em minha direção, acompanhando cada um dos meus passos.

Suas mãos fortes seguram meu rosto, e um olhar penetrante fixa-se no meu conforme ele paira sobre mim. Meu coração bate forte no peito quando seu polegar acaricia meu lábio inferior, e seus olhos observam minha boca antes de voltarem para os meus.

— Estou tão cansado de fingir que não estou apaixonado por você.

# 34
## COMO AS ESTRELAS

JENNIE

Algo está em curto-circuito, e acho que é meu cérebro.

— Acho que você disse... Não, porque você... Garrett, acho que sem querer você acabou de dizer...

— Que estou apaixonado por você — ele termina para mim, o que é ótimo.

É claro que estamos prestes a fazer aquela coisa em que trocamos de lugar, quando ele se torna o confiante e eu, a perdida e irracional.

Não sei como é possível que meu coração bata tão rápido, mas lá vai ele, galopando. Minha garganta continua apertada, e não sei como me expressar em palavras.

— Você tem... Você tem certeza?

— Nunca tive tanta certeza de nada. — Suas palavras são ternas, como os dedos que ele pressiona no meu queixo, impedindo-me de desviar o olhar. — Eu te amo, Jennie.

Ninguém nunca me amou antes, não assim. E ser amada pela única pessoa que quero que me ame... Não consigo me conter.

— Talvez você pudesse, tipo... — Fungo, esfregando furiosamente o olho ao segurar o antebraço de Garrett para que eu não faça nada ridículo, como cair de bunda no chão. — Dizer de novo.

Aí está aquele sorriso de tirar o fôlego, bobão, com a medida certa de arrogância. Com meu rosto em suas mãos, ele enxuga as lágrimas, baixa os olhos e sussurra:

— Eu te amo.

Não. Não. *Agora não é hora para sons estranhos e sufocantes, Jennie. Fique tranquila.*

— De novo?

— Eu te amo. — Ele dá um beijo na minha bochecha. — Eu te amo.

— Na outra. — Te amo pra caralho.

— Não estou chorando — choramingo. — Só para o caso de você estar se perguntando. — Eu sufoco um soluço patético. — É a temporada de alergias.

— É fevereiro.

— Cale a boca.

Garrett ri, puxando-me para um abraço. Ele é quente e firme, e não consigo entender o quão ferozmente senti sua falta, embora ele não tenha passado tanto tempo assim fora.

— Mas e Susie?

Ele se move para trás, encarando-me.

— Levei Susie para fora, disse a ela que estava apaixonado pela morena que caiu da cadeira e bateu a cabeça, mas que eu não tinha me declarado ainda porque sou um idiota. — Seus longos dedos acariciam o meu rosto, afastando fios de cabelo. — E ninguém mais, Jennie. Nunca houve e nunca haverá mais ninguém.

— Mas por quê?

Ele franze a testa.

— Por que eu te amo?

Faço que sim. O que ele vê que ninguém mais viu? O que ama que todos os outros achavam muito complicado, muito demorado?

— Humm. — Ele me pega no colo e me carrega para a ilha da cozinha, colocando-me em cima dela. Posiciona-se entre minhas pernas, segurando meu corpo com as mãos na bancada. — A resposta curta é: por que não? Não há nada que eu não ame em você. Mas acho que você precisa saber de todos os motivos, e vim preparado. — Ele pisca, batendo na têmpora. — Tenho guardados aqui no meu Banco da Jennie.

— Banco da Jennie?

— Sim, onde guardo tudo relacionado a Jennie.

Rindo, limpo o restante das lágrimas nas minhas bochechas antes de jogar meus braços sobre seus ombros.

— Ok, vamos lá.

— Amo seus brinquedos.

Eu o empurro para longe.

— Não é um bom começo, seu bobo.

Rindo, ele recupera seu lugar entre minhas pernas, puxando meus braços ao redor dele novamente.

— Você não me deixou terminar. Tão impaciente. Amo que você se satisfaça com as próprias mãos. Significa que criou limites para si mesma e explorou tudo dentro desses limites. Acho sexy, não pelo que tem na sua gaveta, mas porque você não tem medo de ser a pessoa que a faz se sentir bem.

— Boa defesa, grandão.

— Voltando à sua impaciência... Também adoro isso. Não é egoísta nem cansativa, mas o oposto. Você está tão entusiasmada com relação a tantas coisas. Isso me faz querer experimentar tudo com você. Sua felicidade é viciante.

Meu rosto esquenta, dentes mordendo meu lábio inferior.

— Continue.

— Há tanto tempo eu queria que você me deixasse entrar. — Ele segura meu rosto quando o abaixo ao som de suas palavras. — Porque eu queria saber de tudo, Jennie. Por que você às vezes se fecha para mim, por que não queria transar e não tinha muitos amigos? Mas agora percebo que não era isso que eu realmente queria. Você me fez praticar a paciência e, com isso, aprendi a confiar em você, a confiar em mim mesmo um pouco mais. Suas barreiras estavam erguidas por uma razão, e você não me permitiu derrubá-las sem respeitar o seu ritmo. — Ele sorri. — Gostei que suas paredes estivessem lá. Você se comprometeu a se conhecer melhor do que ninguém antes de deixar alguém entrar no seu mundo, e admiro isso. Muitas pessoas têm pensamentos superficiais e vazios sobre relacionamentos porque elas não se conhecem. Mas só te conheço tão bem porque você *se* conhece, porque é capaz de ser quem é sem pedir desculpas.

Enganchando minhas pernas em volta de seus quadris, aproximo-o de mim.

— Você acha que me conhece?

— Ahã. Você grita quando está brava e chora quando está triste. Mas também *chora* quando está *brava* e *grita* quando está *triste*. Fica envergonhada quando chora porque acha que te torna fraca, mas acho que mostrar seu lado frágil é, na verdade, forte e corajoso, e gostaria que mais pessoas fizessem isso, inclusive eu. Você fica quieta quando está se sentindo emotiva demais e segura minha mão também. Você é honesta e vivaz, e é sua maior fã quando se trata da dança, mas eu gostaria que você fosse a sua maior fã com relação às outras coisas também. Sua maneira favorita de se aconchegar é com sua bochecha no meu peito e sua perna enfiada entre as minhas, e acho que compartilhar Dunkaroos com você no sofá ou levar uma surra no

*Just Dance* é minha coisa favorita no mundo. Você me faz rir mais do que qualquer um e fala os insultos mais estranhos do mundo, e você...

— Garrett? — Coloco minha mão em seu rosto, guiando seu olhar de volta para mim.

— Sim?

— Quantos outros motivos você tem?

Ele coça a cabeça.

— Humm, não sei. Eu estava revisando todos no voo de hoje. Durou seis horas, e fiquei sem tempo.

Eu rio, porque acredito nisso. Garrett é muito honesto, por isso é o pior mentiroso do mundo. Ele não tem nenhuma tendência à mentira.

— Por que estava em um avião hoje? Onde você estava?

Ele me coloca de pé e pega minha mão, levando-me até o sofá, onde nos sentamos juntos. Ele passa os dedos pelos cabelos, parecendo perdido, sua expressão dolorida, pesada, exausta.

Pouso minha mão em sua coxa.

— Está tudo bem?

— Sim, agora está. Pelo menos, creio que sim. Acho que começou ontem de manhã, no voo de volta do Colorado. Você surgiu na conversa, e Carter disse que você não estava pronta para namorar. Em geral, ignoro tudo o que ele diz, mas contou que você é quem tinha dito que estava feliz sozinha, que preferiria que nada mudasse, que não queria ficar presa. E você tem permissão para dizer e sentir isso, claro. Nós não tínhamos falado sobre ser outra coisa, mas acho que, com o encontro que deveríamos ter hoje à noite, só pensei que talvez... talvez você estivesse pronta. Então perdi o Wi-Fi no avião e não consegui enviar mensagens para você. Quando pousamos, eu tinha um monte de chamadas perdidas das minhas irmãs. Meus pais estavam brigando e meu pai saiu com uma garrafa de bebida na mão. Minhas irmãs ficaram assustadas e queriam que eu voltasse para casa, e a única pessoa com quem eu queria falar era você. — Ele me olha sob seus cílios. — Eu precisava de você, e você não estava lá.

Meu peito aperta com a mágoa em sua voz.

— Sinto muito, Garrett.

Ele balança a cabeça rapidamente.

— Por favor, não se desculpe. Não é culpa sua, e eu sabia que você estava ocupada. Mas deixei meus medos tomarem conta de mim. Fiquei pensando que o que tínhamos significava mais para mim do que para você.

— Isso não é verdade. — Coloco minha mão em seu rosto, virando-o de volta para o meu. — Não é verdade — repito. — O que temos significa tudo para mim. Sinto muito por não ter estado lá quando você precisou de mim. Estou aqui agora.

— Quando vi Simon com as mãos em você, quando te ouvi repetindo tudo o que eu temia, que não éramos nada mais do que amigos, que nosso relacionamento era apenas conveniente... cheguei ao limite. Parecia que eu mal conseguia me segurar com relação à minha família, e então...

— E então você disse que precisava de espaço.

Faz sentido, mas não impede que a dor volte rugindo, e agarro meu peito, bem onde dói.

Garrett coloca a mão em cima da minha, pressionando minha palma contra o meu coração.

— Sinto muito, Jennie. Eu estava sofrendo e sobrecarregado, e, quanto mais eu ficava ali sentado sozinho, mais questionava tudo. E eu só... não sei. Minha cabeça estava uma bagunça, e te afastei porque não conseguia organizar meus pensamentos.

Reflito sobre suas palavras por um momento antes de entrelaçar meus dedos nos dele.

— Eu te perdoo.

— Perdoa?

— É isso que os amigos fazem quando se amam, quando cometem erros e pedem desculpas. Você me perdoou por ficar com raiva e fugir de você na noite em que vimos Kevin.

O olhar de Garrett desce furtivamente para nossas mãos entrelaçadas antes de levantá-las de volta para mim.

— Você é minha melhor amiga, Jennie, mas não quero que sejamos apenas amigos. Não quero amizade colorida, quero outra coisa. Quero você inteira.

— Eu já sou sua, Garrett, por causa da amizade que construímos.

— Gosto disso.

Ele dá um beijo nos meus dedos e me conta sobre sua curta viagem para casa. Conta sobre como foi encontrar seu pai no restaurante, como ficou bravo por apenas um momento, até que viu quão arrasado seu pai estava. Por que ele estava à beira de uma recaída e a maneira como conversaram sobre isso, como ele trouxe para casa, para sua mãe, e como se aninhou com as irmãs.

— Há anos que peço que se mudem para cá. Parece a oportunidade perfeita para um recomeço. Ele disse que vai considerar a ideia, mas quem sabe. — Garrett dá de ombros. — Não quero que minhas irmãs tenham de me ligar quando precisarem de mim. Quero estar lá o tempo todo para elas, e não quero vê-las crescer pelo FaceTime.

— Você é um bom irmão mais velho.

Ele sorri de leve antes de desviar o olhar e engolir em seco.

— Garrett? O que mais?

Ele hesita, umedecendo os lábios.

— Meu pai cometeu muitos erros, mais do que eu poderia contar. Mas o que importa para mim é que ele tentou superar. Ele sempre tenta ser melhor. Estou feliz que tenha sido capaz de dar às minhas irmãs a vida que não poderia me dar, e eu o amo por isso. Mas... você o odeia?

Eu me viro, surpresa.

— Odiá-lo? Por que eu o odiaria?

— Porque... poderia facilmente ter sido ele ao volante. — Ele não precisa explicar a referência à morte do meu pai. — Alguém como o meu pai tirou seu pai de você. Não sei como pedir que você o apoie.

Meu nariz formiga, e me esforço para evitar a dor crescendo em meu peito. Ela consegue escapar do jeito que em geral acontece, e uma única lágrima escorre pelo meu rosto. Quando pego o medalhão que ficava pendurado no meu pescoço, não encontrando nada além de pele, uma segunda e uma terceira lágrima também caem.

— Ninguém pode tirá-lo de mim. Sempre o terei comigo. E você não precisa me pedir para apoiar seu pai. Apoio você e qualquer pessoa que você ame, qualquer pessoa que tente ser melhor do que era. Não é a vida? Não estamos todos tentando ser melhores do que a versão de nós mesmos que éramos ontem?

— Obrigado. — Ele me abraça com força. — Sinto muito por não ter me comunicado melhor com você sobre como eu estava me sentindo e para onde eu queria que as coisas fossem no nosso relacionamento. Às vezes, não sei como colocar meus sentimentos em palavras. Sempre fui melhor com ações, então meio que... — Ele gesticula para a sacola de presentes que deixou perto da porta. — Eu tinha esse plano para mostrar o quanto você significa para mim.

Minhas mãos se fecham no peito e um grito de animação escapa.

Adoro presentes, fazer o quê?

— Você ainda pode me mostrar. — Corro até a porta. — E comprei uma coisa para você também.

Ele geme e reviro os olhos, colocando os presentes na mesinha.

— É uma coisa boba. Nada especial. — Enfio a primeira caixa em suas mãos. — Este é comestível.

— É melhor ser calcinha comestível — ele resmunga, então sorri e desliza a fita, erguendo a tampa da caixa personalizada de biscoitos. Doze corações, doze pênis e um monte de "Eu amo seu pau" escrito em todos eles. Ele pega um biscoito de pênis minúsculo, examinando-o. — Não é inspirado na realidade, pelo que vejo.

— Não, esse era o menor cortador de biscoitos que eles tinham.

Garrett solta uma risada.

Coloquei o próximo pacote em seu peito, batendo palmas ansiosamente.

— Próximo!

Ele tira uma cueca de dentro, movendo os lábios ao ler, e logo cai para a frente com uma gargalhada.

Aponto para as palavras amarelo-fluorescentes na virilha: CUIDADO: RISCO DE ASFIXIA.

— É você, grandão!

— Você é inacreditável.

Ele beija minha bochecha e então estende a mão para a última caixa.

Dou-lhe uma cotovelada para tirá-lo do caminho, pego a caixa e a abraço contra o peito.

— Você não precisa abrir este. Na verdade, é… é… Não é para você. É para Dublin.

— Você deu um presente de Dia dos Namorados para o cachorro?

Eu aperto meus lábios.

— Ahã.

— Não acredito em você.

Ele arranca o presente de mim.

— Garrett!

Avanço contra ele, que segura a palma da mão contra a minha clavícula, mantendo-me afastada. Então ele se vira, esmagando-me nas almofadas do sofá com as costas, quase se deitando em cima de mim ao abrir a caixinha. Minhas orelhas queimam quando ele puxa o chaveiro, o pequeno pingente de prata preso, um ursinho de metal de pé sobre as patas traseiras, segurando uma florzinha.

— É bobo — murmuro. — Só, tipo… — Gesticulo com a mão enquanto ele olha por cima do ombro para mim. — Nem sei por que comprei isso.

Ele sai de cima de mim e me puxa para o seu colo.

— Eu adorei.

Ele me puxa, mas faz uma pausa, a boca pairando acima da minha.

— Me beije — sussurro. — Por favor.

Quando seus lábios tocam os meus, meu céu explode, fogos de artifício clareiam a noite. Afundo sob seu toque, os lábios se abrindo com um suspiro, e sua língua desliza para dentro, hesitante, terna. Ele me puxa, beijando-me uma vez, duas vezes, então encostando a testa na minha, sorrindo.

— Minha vez. — Tirando-me do seu colo, ele me entrega o presente da sacola rosa, salpicada de corações de papel-alumínio dourado e papel de seda combinando. Ele ri, ansioso, com seu jeito típico de Garrett ao coçar o queixo. — Espero que goste.

Retiro a primeira coisa que meus dedos encontram abaixo do tecido, uma caixa longa e fina de veludo rosa. A caixa range quando a abro, e vejo um girassol dourado fixado em uma delicada corrente.

— Que lindo, Garrett.

— Abra — ele pede gentilmente.

Tiro o colar da caixa, virando a pequena flor entre meus dedos até encontrar a costura e forçá-la a se abrir. *Você é minha flor* está gravado de um lado, fazendo-me sorrir, mas é o outro lado que me faz suspirar, meu coração saltando para a garganta. Porque o rosto do meu pai e o meu sorriem para mim.

— Sei que não é o mesmo medalhão que seu pai te deu. Tentei encontrá-lo. Entrei em contato com a empresa, mas não fazem mais daquele modelo. Então decidi te dar esse porque você é a flor que ilumina os meus dias, e acho que também era a do seu pai.

Jogo-me em seu colo, derrubando-o de costas conforme as lágrimas borram a minha visão.

— Muito obrigada, Garrett. Muito mesmo. Este é o melhor presente do mundo.

Ele ri.

— Bem, tem mais um, e você pode adorar ainda mais.

— Duvido. — Enfio a mão no papel de seda, sentindo a maciez do objeto lá dentro. É macio, mas um pouco áspero ao mesmo tempo, meio aveludado, como algo que foi muito amado. — Não acho que alguma coisa possa superar o...

Minhas palavras falham, morrendo em minha garganta quando tiro o bichinho de pelúcia da sacola. Seu pelo rosa, uma vez tão brilhante, está pálido e opaco, exatamente como me lembro, a mancha branca no peito um pouco acinzentada pelos anos em que foi arrastada por todo lugar, o botão preto do olho esquerdo pendurado.

Aperto minha coelhinha favorita contra o peito, inalando o cheiro, a familiaridade, acolhendo as memórias que inundam minha mente, e lágrimas escorrem pelo meu rosto.

— Princesa Jujuba — choro. — Você a encontrou!

— Achei que ela talvez tivesse caído do caminhão de mudança. Liguei para a empresa, e me deixaram vasculhar a caixa de achados e perdidos, mas não estava lá. Passei pela casa um dia e olhei em todos os lugares. Subindo e descendo a rua, no jardim... Eu a encontrei nos arbustos da entrada, meio enterrada em uma pilha de neve. Ela estava toda enlameada, então a lavei para você, e espero...

Esmago minha boca na dele, afundando meus dedos em seu cabelo, amassando meu bichinho de pelúcia entre nós. Quando me afasto, suas bochechas brilham com minhas lágrimas, lábios vermelhos, cabelo bagunçado.

— Esta é a coisa mais gentil e atenciosa que alguém já fez por mim.

— Sim, bem... — Ele esfrega a nuca. — Eu faria qualquer coisa por você, Jennie.

— Porque sou sua flor?

Ele assente.

— A mais brilhante do jardim.

— E você me ama?

— Eu amo. Louco, né?

Não respondo. Não com palavras, pelo menos. Em vez disso, fico de pé, dou um beijo na cabeça da Princesa Jujuba antes de colocá-la na minha estante, bem ao lado de uma foto minha e do papai. Então pego a mão de Garrett na minha e o arrasto pelo corredor.

A palma da mão dele fica úmida, os dedos apertando os meus com força, um sinal revelador do nervosismo que cresce a cada passo em direção ao quarto.

— Não temos que fazer nada, Jennie. Não é... Não sou, tipo... Não temos que fazer nada. — A maneira como ele se atrapalha com as palavras quando está ansioso é uma das minhas características favoritas dele. — Podemos

apenas ficar juntos. Além disso… — Ele ri, passando os dedos pelo cabelo quando o puxo pela porta. — Não tenho um preservativo.
— Tudo bem.
— Tudo bem.
Ele dá um suspiro e afunda na beirada da cama.
— *Bagana*. — Ele balança a cabeça, encolhendo-se. — Porra, *bacana*.
— Estou tomando pílula há um mês e meio.
*Ah, ele fica tão fofo quando parece que vai vomitar.*

# 35
## COMO VOCÊ GOSTA DOS SEUS OVOS?

JENNIE

— Você quer... Mas eu... — O rosto de Garrett empalidece, o queixo caído. Ele fecha a boca e balança a cabeça. — Não.

— Não? Você não me quer?

— Não, eu... — Ele arrasta as mãos pelo rosto, gemendo. — Não falei que te amo para que você faça sexo comigo. Se quiser esperar mais, podemos esperar mais.

Ele é tão doce, tão gentil, que às vezes chega a doer meu coração.

Garrett nunca quis cruzar nenhuma linha, mas acho que essa parte de mim sempre lhe foi destinada. Eu me coloco entre suas pernas, envolvendo meus braços em volta de seu pescoço. Suas mãos sobem pela parte de trás das minhas coxas, apertando minha bunda antes de me levantar em seu colo. Ele me abraça, enterrando o rosto no meu pescoço.

— Adoro quando você usa o meu moletom — ele murmura. — Fica com o seu cheiro, como se você fosse minha.

— Eu sou sua.

Beijo a ponta de sua mandíbula, descendo pelo pescoço enquanto puxo sua gravata para soltá-la. A seda escorrega por entre meus dedos e cai no chão. Guiando-o, eu abro os botões de sua camisa. Minhas mãos deslizam sobre seu peito largo conforme a arranco e, quando ela cai no chão, admiro o corpo espetacular diante de mim.

Garrett é firme e quente, e tem a pele dourada mesmo no inverno. A leve mancha de cabelo em seu peito é macia quando corro meus dedos por ela, e os músculos esculpidos em seu torso imploram para serem provados. Antes que eu possa fazer isso, suas mãos deslizam por baixo do moletom, percorrendo a curva das minhas costas, fazendo-as arquear sob seu toque.

Quando levanto meus braços, ele tira o moletom, que também cai no chão.

— Mais uma coisa que amo em você. — A ponta do polegar dele raspa meu mamilo, endurecendo-o. — Você nunca usa a porra de um sutiã em casa.

— Não é bom manter esses dois presos. — Um gemido treme em minha garganta quando sua língua quente passa sobre o mamilo. — Tenho de deixá-los respirar.

Garrett agarra meus quadris, esfregando-me suavemente sobre ele. Um gemido sai dos meus lábios à medida que meu ventre se contrai de desejo. Colocando uma mão entre nós, desço do seu colo. Pego em seu cinto, e ele coloca a mão sobre a minha.

— Estou falando sério, Jennie. Não precisamos fazer nada que você não esteja pronta para fazer.

— Eu sei o que quero, Garrett, e conheço meus limites. Certo?

Seus olhos procuram os meus por um momento antes de ele concordar, depois tiro a calça e a cueca, sua ereção saltando livre. Quando seguro meu short de dormir, ele me para, girando-me para que minhas costas pressionem seu peito. Sua mão se move sobre o meu torso, as pontas dos dedos dançando até o meu pescoço. Ele me segura com carinho, sua respiração pesada em meu ouvido ao deslizar a mão livre dentro do meu short. Seu peito ressoa ao me encontrar quente e molhada, e, quando roça meu clitóris, estremeço. Meu short cai até meus tornozelos, e ele afasta minhas pernas com o joelho.

— Quer saber de uma coisa? — ele pergunta, acariciando o ponto cheio de nervos na fenda das minhas coxas. Seus dedos mergulham, deslizando pela minha umidade, e, quando enfia um dedo, suspiro. — Você é um sonho que se tornou realidade.

Dedos gentis pressionam meu pescoço, segurando-me contra ele conforme me levanta, excitando-me até eu me aproximar do pico. Seu pau endurece ao som do seu nome ofegante, em meio a um gemido, e ele continua enfiando. Quando adiciona um segundo dedo e seu polegar encontra meu clitóris, grito de novo.

— Sonhei com meu nome em seus lábios por tanto tempo antes que você enfim o dissesse. Sonhei com a maneira como você se sentiria embaixo de mim, com o seu sabor... mas eu nunca poderia imaginar que se tornaria a minha melhor amiga. Que, ao te encontrar, eu encontraria mais de mim mesmo.

Ele segura meu olhar por cima do meu ombro enquanto me faz trabalhar mais rápido e, quando seus dedos se dobram, meus joelhos cambaleiam. O canto de sua boca se ergue conforme me observa desmoronar, e, assim que soluço seu nome, ele me engole com um beijo.

— Eu te amo, Jennie. E estou feliz pra caralho de ter te pegado se masturbando para mim naquela noite.

Solto uma risada sibilante e ele me guia até a cama, subindo por cima de mim.

— O que você quer, Jennie? Diga-me, por favor.

— Tudo, desde que seja com você.

— Toda minha? — ele pergunta em um sussurro.

— Toda sua.

Sua testa cai em meu ombro e ele respira fundo.

Com minha mão em seu queixo, atraio seu olhar de volta para o meu.

— Está nervosa? — Ele cora e engole em seco. — Você está?

— Não — respondo com honestidade. — Não tenho razão para estar. Você sempre me deu tudo de que preciso e sempre me senti segura com você. E isso não é diferente. Sua paciência comigo me deu todo o tempo de que eu precisava para saber que isso é algo que quero compartilhar somente com você, confiar em você, me apaixonar por você. Nunca estive tão certa e estou muito feliz de fazer isso com você.

Seus lábios cobrem a base do meu pescoço com beijos.

— Você está certa… Vai ser… — Ele ergue a cabeça bruscamente. — Não, mas você-você não disse…

— Eu também te amo, Garrett.

Seus olhos ganham vida, brilhantes e elétricos.

— Você ama? Sério?

— Amo, de verdade.

Ele abre um grande sorriso. Depois, ri ansiosamente ao me esmagar contra si, caindo de costas, arrastando-me para cima dele.

— Obrigado. Quero dizer, era óbvio. Quem consegue resistir a tudo isso? Já era hora de você admitir.

— Garrett?

— Sim?

— Cale a boca.

— Sim, senhora. — Ele afunda os dedos no meu pescoço conforme sua boca toma a minha. Enrolando um braço em volta da minha cintura, ele me deita, enganchando minhas pernas em volta de seus quadris. — Para ser justo, você me ensinou a ser confiante e orgulhoso, a pensar no que quero. É em você que penso, e você é tudo o que quero. Então, talvez eu não queira ficar calado sobre isso.

Minha cabeça cai para trás com um gritinho suave enquanto ele balança sobre mim, e, quando me endireito de novo, ele esfrega a ponta do nariz no meu.

— Posso te perguntar uma coisa, Jennie? Como você imaginou sua primeira vez? Queria música? Velas? Talvez possa ser seu recomeço.

Sinceramente, nunca dei muita importância à estética da minha primeira vez. Sempre quis que fosse especial, mas especial não significava coisas extravagantes nem um espetáculo. Significava sentir-me amada, aceita, desejada. Significava sentir-me segura para me compartilhar por inteira com outra pessoa, sem dúvidas sobre ser o suficiente ou não, sabendo que eu ainda seria o suficiente depois. Especial significava sem pressa, apreciando um ao outro por quem éramos e como nos tornamos melhores.

Não tive essa experiência e sempre me senti roubada. Mas, agora? Garrett está me dando a experiência que sempre desejei, aquela que eu merecia.

— Isto — enfim respondo. — Bem aqui com você, é como imaginei. Estar com alguém que amo, alguém que me lembra que sou o suficiente.

— Você é o suficiente, Jennie. Eu tinha medo do quão suficiente você era, quase inatingível. Eu não tinha certeza se conseguiria. Mas agora sei. Tudo que me faltava era algo que você trouxe, me equilibrando. Percebi que nunca fui insuficiente; eu estava apenas esperando por você para que pudéssemos ser completos juntos.

Suas palavras tocam uma parte profunda de mim, marcando meu coração. Porque só com Garrett eu abraço todo o meu ser. Acaricio a lateral do seu rosto com a mão.

— Olhe para você, colocando seus sentimentos em palavras. Estou orgulhosa.

— Viu o que você faz comigo? Estou tão apaixonado por você que não consigo nem pensar direito.

— Para ser justa, você nunca foi capaz de pensar direito.

Ele solta uma risada, balançando os quadris contra os meus.

— Não tenho medo de te calar com meu pau na sua garganta.

— Você não faria isso.

— Em um piscar de olhos. Mas não esta noite. Esta noite, minha flor, meu amor por você será doce e lento.

Respiro fundo.

— Estou pronta.

Ele dá um beijo carinhoso em meus lábios.

— Obrigado por confiar em mim, Jennie.

Segurando seu pau, ele o desliza pela minha fenda. Nossos olhos se encontram e, lentamente, *muito lentamente*, ele empurra para dentro.

— *Caralho* — ele geme. — Porra...

Minhas costas arqueiam para fora da cama enquanto suspiro, sentindo a maneira como me estico para acomodá-lo, moldando-me ao seu redor. É pesado e grosso, e ocupa cada pedacinho de espaço, fazendo com que eu me sinta mais completa do que nunca.

Com a mão segurando meu queixo, ele mantém nossos olhares presos um ao outro.

— Você está bem?

— Só estou... preenchida. Muito preenchida.

— Tome isso, Indiana Bones — ele murmura, arrancando uma risadinha de mim. Seu polegar roça abaixo do meu olho, trazendo meu olhar de volta para ele. — Ei, fique comigo. Vamos fazer isso no seu ritmo, ok?

Minhas palmas deslizam sobre suas costas à medida que me acostumo com seu tamanho.

— Amo quando você divaga.

Sua boca se curva.

— O quê?

— Você fica adorável quando divaga. E acha que não consegue se expressar com sinceridade, mas, falando sério, isso diz mais sobre como você se sente do que a maioria das pessoas consegue comunicar com palavras. — Seguro seus ombros e ergo meus quadris, trazendo-o um pouco mais fundo, provocando outro suspiro nos meus lábios ao encontrar atrito. — Você é tão gentil, e acho que nem percebe isso na maior parte das vezes. Faz coisas para os outros sem pensar, como me trazer café depois da faculdade, ou dançar comigo na sua cozinha para me animar, viajar para casa para ajudar seu pai mesmo estando com raiva dele e para estar com suas irmãs. Você não tem medo de ser gentil, e amo essa sua ternura. Acho que todo mundo merece um Garrett em suas vidas, mas, como sou egoísta, estou feliz por ser aquela que o ganhou. Sou muito sortuda.

Trago sua boca até a minha, e nossos quadris balançam lentamente enquanto nossas línguas se encontram. Abraçando-nos mais, começamos a nos mover juntos. Ele relaxa antes de afundar de novo, cada impulso lento arrancando outro gemido, meu corpo voltando à vida, querendo mais, precisando de mais.

Vejo isso em seus olhos conforme ele me observa. A hesitação, a compaixão. Ele está se esforçando tanto, segurando-se só por mim, esperando a minha deixa. Quero tudo, tudo o que ele vai me dar, mas, especialmente, eu o quero.

Minhas unhas cravam em seus ombros à medida que ele mergulha um pouco mais fundo, um pouco mais forte. Quando seu pau atinge aquele ponto difícil de encontrar, meus olhos reviram e minha cabeça cai nos travesseiros.

— Ah, caralho — grito, passando minhas unhas em seus bíceps.

— Porra, Jennie. — Ele se impulsiona para a frente. — Você está me matando.

Meus calcanhares cravam em sua bunda quando ele levanta meus quadris da cama, e meus dedos passam por seus cabelos, segurando-se com força conforme ele me faz flutuar mais alto do que já estive.

Garrett distribui beijos quentes e molhados pelos meus seios, respirando entre os dentes de forma irregular. Seus lábios varrem meu pescoço, e ele afunda os dedos no meu cabelo, olhando para mim conforme sua pele bate contra a minha.

— Inacreditável. Linda pra caralho, é até inacreditável.

— *Garrett.*

Seu nome escapa sufocado e distorcido, um som quase irreconhecível, à medida que minha espinha estremece, uma faísca na minha barriga, ele se movendo mais rápido, empurrando mais fundo. Seus quadris movimentam-se contra os meus, dando-me o atrito de que eu não sabia que precisava, e todo o meu mundo começa a ruir.

— *Caralho*, Garrett, *por favor.*

As pontas dos dedos pressionam meu maxilar, mantendo-me cativa.

— Não acredito o quanto estou apaixonado por você. É surreal.

Não consigo pensar direito quando ele me olha assim, como se estivesse vendo em cores pela primeira vez. Minha mente está uma desordem maravilhosa; tudo que sei é que cada parte de mim se ilumina com seu toque, mostrando-me que aqui, com ele, é exatamente onde eu sempre estive destinada a estar.

Meus olhos ardem com lágrimas de alívio. Nunca me senti mais eu do que com ele, e não consigo explicar o quão libertador é não ter de me esconder. Depois de todo esse tempo, toda essa dor de cabeça, enfim encontrei minha pessoa, meu lugar neste mundo. Todo manto de dor cai até que não seja nada mais além de uma lasca que moldou quem sou, trazendo-me a este ponto do qual eu não mudaria nada.

Com uma mão cheia de seu cabelo, aproximo sua testa da minha enquanto ele nos aproxima daquela linha de chegada. Tudo formiga e se intensifica, envolvendo-o mais profundamente, como se eu não quisesse que isso terminasse. Mas não sei se consigo segurar por muito mais tempo.

Os olhos de Garrett se movem entre os meus, lendo os meus pensamentos.

— Eu também, amor — ele promete.

Sua boca toca a minha enquanto ele me penetra, engolindo o grito que rasgava minha garganta. Quando nos juntamos, tudo o que vejo são as estrelas, aquelas que ele pendurou sem esforço no meu céu.

Braços fortes me puxam para um peito largo, e Garrett nos rola para os nossos lados, sussurrando o quanto me ama ao me abraçar.

Por muito tempo, eu me convenci de que era melhor ficar sozinha. Estava tão acostumada com a minha independência, dizendo a mim mesma que precisava dela para ser forte, que não tinha percebido o quão sozinha eu me sentia, na verdade.

Então Garrett se tornou meu melhor amigo, um parceiro para ficar ao meu lado e segurar minha mão. E o mundo parece muito menos assustador quando nós o enfrentamos juntos em vez de separadamente. Nunca mais quero ficar sem esse sentimento.

Os lábios de Garrett pontilham meu ombro, marcando um caminho no meu pescoço com uma promessa sussurrada.

— Não vou a lugar nenhum.

E ele não vai. Acordo de manhã na cama amarrotada e vazia, mas o ouço cantarolando baixinho na cozinha, seus pés andando lentamente, panelas tilintando.

Visto sua camisa, enrolando as mangas até meus punhos, abotoando apenas o suficiente, e sigo pelo corredor. Eu o encontro cozinhando só de cueca, mergulhado na luz do sol que entra pelas janelas, como se aqui fosse o seu lugar.

Ele sorri para mim por cima do ombro, uma visão de tirar o fôlego.

— Bom dia, minha flor do dia. — Puxando-me para perto, beija meus lábios, traçando a borda do meu maxilar, as colunas da minha garganta.

Ele termina com um beijo estalado na minha bochecha e uma palmada na minha bunda. — Como você gosta dos seus ovos?

Quero fazer uma piadinha, mas me controlo, limpo a garganta, coloco o cabelo atrás da orelha e pergunto a verdadeira questão:

— Em um *bolo* é uma opção?

# 36
## NÃO QUEBRE A CARA DELE

GARRETT

Não acredito que Jennie cresceu com isso.

Subestimei sua força, sua resiliência. Que vida extenuante ela levou. É tão triste quanto admirável.

— Hora de ouvirmos outro clássico, "Don't Go Break My Heart", de Elton John e Kiki Dee. — Carter se vira, erguendo uma sobrancelha ridícula ao encarar sua plateia de seis pessoas, com o microfone na boca. — Com um toque único de Carter Beckett que, sem dúvida, é melhor que o original. — A música ruge do sistema de som, as letras começando a rolar na TV, e Carter aponta para Olivia. — *Esta é para você, pequena Ollie!*

— Jesus — murmuro por trás da palmeira onde enterrei meu rosto enquanto Carter exibe-se em seu número de música e dança. Bom, não é bem uma dança... mas um rodopio? Não sei, mas parece que Olivia está prestes a chorar. Dou uma sacudida no joelho dela. — Você está bem?

— É claro que ela não está bem — Emmett retruca. — Ela está prestes a trazer um bebê para este mundo que será uma cópia do marido.

Adam corre até ela, entregando-lhe uma caneca de cerveja gelada.

— Aqui. É não alcoólica. — Olivia faz uma cara nada impressionada, e Adam oferece a ela um sorriso motivador de compaixão. — Eu sei. Sinto muito.

— A pior parte é que deveria ser um dueto — murmura Kara, observando Carter girando —, mas ele está cantando as duas partes.

— *Oooh, oooh!* — Ele continua com seus rodopios, parando na frente da esposa, que parece estranhamente imperturbável, e aponta para ela, cantando de forma apaixonada.

— Sou tão apaixonada por ele que é inacreditável. — É o que penso que Olivia murmura ao meu lado.

— O quê?

— Ah, nada. — Ela sorri como se tivesse esquecido que eu estava aqui, então dá um tapinha na minha coxa. — Então, Garrett. Como está... tudo?

— Tudo? B-bom. Muito bom. — *Por que ela está sorrindo assim, toda maliciosa?* Mulheres baixinhas e grávidas não deveriam ter permissão para serem maliciosas. Já são assustadoras o suficiente. — Sim, tudo está... muito bom.

— Não te vejo desde o restaurante no Dia dos Namorados. Você foi embora às pressas.

— Bem, nós estávamos viajando nos últimos três dias — eu a lembro.

— Ahã, e você ficou trancado em casa durante os cinco dias inteiros anteriores.

— É, eu... — Passo a mão pelo cabelo. — Estava ocupado.

Ela inclina a cabeça.

— Ocupado?

— Isso é um chupão? — É Carter desta vez, sem fôlego enquanto ele desmaia entre nós, cutucando minha clavícula. — É, né?

Dou um tapa na mão dele.

— Não, não é.

*É claro que é.* Falei para Jennie não fazer isso, mas ela me escuta? Não, claro que não. Ela é tão difícil de controlar, e nem quero controlá-la, na verdade.

Carter arqueia as sobrancelhas.

— As coisas estão indo bem com Susie, hein?

Kara bufa. Adam prontamente se levanta, indo em direção à cozinha. Olivia se vira e Jaxon se ocupa com seu telefone.

Carter e Emmett estão... alheios.

É Emmett quem mais me surpreende. Kara prometeu não contar, mas acho que não esperava que ela fosse tão leal a nós. Creio que esteja sendo leal a Jennie.

E Olivia? Ela é apenas perceptiva, acho. Além disso, quando voltou após ter levado Jennie para casa no Dia dos Namorados, "acidentalmente" me deu uma cotovelada muito forte no ombro ao se sentar, então tive certeza de que ela sabia antes mesmo de Jennie me dizer que ela sabia.

Kara se levanta.

— Preciso ir. Tenho que me encontrar com alguns clientes sobre um evento beneficente.

Pego o celular para me distrair da batalha feroz de amígdalas que ela e Emmett costumam começar bem aqui na sala de estar.

— Jennie vai vir? — pergunta Olivia.

— Não — respondo no piloto automático, percorrendo as atualizações de esportes no celular. Meus dedos param por apenas um segundo antes que eu os force a continuarem se movendo, enquanto digo a mim mesmo para agir com calma. — Porque ela tem aulas, certo? Ei, Jaxon, Nashville tem uma vitória e quatro derrotas nos últimos cinco jogos. Parece que precisam de você lá de volta, ajudando o goleiro deles.

A tática é desviar o assunto, e Jaxon embarca muito bem nela, envolvendo-me em uma conversa sem sentido sobre estatísticas de hóquei, mas Carter não nos dá atenção, de qualquer maneira.

Não, ele está com o rosto pressionado na barriga de Olivia, com as mãos em concha ao redor da boca ao fazer ruídos estranhos, profundos e estáticos de respiração.

— Que porra é essa que você está fazendo, cara? — Jaxon enfim pergunta.

— Luke — Carter fala para a barriga de Olivia. Mais dois sons roucos, e depois: — Eu sou seu pai.

— Puta merda. — Esfrego meus olhos cansados. — Não Darth Vader.

Olivia empurra Carter do colo e se levanta.

— Garrett, lido com isso todos os dias... — Tomando o rosto carrancudo de Carter em suas mãos, ela o beija. — Eu não poderia amá-lo mais. — Ela começa a mancar para longe, com uma mão na parte inferior das costas. — Mas, já que Jennie não vem, mamãe vai tomar banho. — Seus passos soam na escada antes de ela gritar: — Carter! Você pode confirmar se farão o frango *kung pao* bem picante?

— Sim, chuchu!

— Pensei que íamos pedir do Amy's Wok? — Adam pergunta, tomando o lugar de Olivia no sofá. Junto com seu chá, ele está devorando um pacote inteiro de Oreo. — O Amy's Wok não tem frango *kung pao*.

— Eu sei. Tenho que pedir separadamente do Golden Village.

— Por que você só não diz a Ollie que eles não têm esse prato, em vez de pedir de dois lugares?

Carter faz uma careta enquanto configura seu Xbox.

— Você conhece Olivia? Ela está assustadora pra caramba agora.

— Ela tem um metro e meio de altura!

Carter cutuca seu ombro.

— Pouco mais de um metro e meio.

Eu rio, jogando um biscoito na minha boca.

— *Bombordo*. Ollie está pequena e assustadora *agoga*. — Pego o controle que me foi passado e engulo. — Eu não mexeria com ela, não.

— Ela tem esses desejos malucos, e nada nunca é exatamente o que ela quer. Terei prazer em pedir de dois lugares diferentes se isso significar que ela ficará feliz.

Nós alternamos entre *Call of Duty* e NHL no videogame por uma hora, e reprimo um gemido quando percebo que ainda tenho mais noventa minutos antes de pegar Jennie na faculdade. Não a vejo há três dias, o que não é muito e definitivamente não é o período mais longo que já enfrentamos, mas, depois de passar cinco dias juntos como dois animais selvagens, três parecem uma eternidade.

Não estou surpreso que Jennie tenha seus desejos ousados, dada a variedade de sua coleção de brinquedos, mas fiquei um pouco surpreso que ela estivesse pronta para praticá-los já no dia seguinte. Culpe minha aparência incrível e minhas divagações adoráveis. Jennie diz que sou cativante.

Além disso, toda vez que transamos como loucos, seguimos depois com uma rodada fofa de fazer amor. Acho que deve ser a minha favorita. Embora adore puxar o cabelo dela e lhe dar tapas na bunda, prefiro mesmo olhar em seus olhos e dizer o quanto a amo, beijando-a enquanto gozamos juntos. Abraçá-la é a minha segunda coisa favorita, depois de amá-la.

Olho para Carter antes de pegar o celular para enviar uma mensagem para Jennie, mas já tem uma me esperando.

> **Minha flor:** Mal posso esperar pra ver vc, grandão *emoji de língua* *emoji de berinjela* *emoji de gotas*

A segunda chega antes que eu possa reconhecer o quanto os irmãos Beckett são parecidos. Melhor assim.

> **Minha flor:** Senti sua falta *emoji de coração*

— *Carterrr* — a voz de Olivia chama do andar de cima.

— Sim, amor? — ele grita de volta.

— Estou com fome!

Ele pega o celular e toca freneticamente na tela.

— Pedindo agora mesmo!

— Quero algo doce! Peça um sorvete!

— Sundae? — Carter olha para cima, piscando. Ele corre para o pé da escada e me inclino sobre o encosto do sofá, observando-o. — Com sorvete de Oreo?

— E brownies, por favor!

— Brownies — ele murmura, com as mãos na cintura. — Que tipo de brownie, pequena Ollie?

— Aquele que você faz com Oreo e massa de biscoito!

— Aaaah. — Esfrego minha barriga. — Eu poderia foder com uma coisa dessas.

Carter olha para mim, franzindo a testa.

— Nós não... Não temos nada disso. Posso ir buscar os ingredientes.

— Vai demorar demais — Olivia lamenta. — Quero agora!

Ele passa a mão agitada pelo cabelo.

— Querida, não temos esses brownies! Vou ao mercado!

— Não!

— *Ruh-roh* — murmuro no meu melhor estilo Scooby-Doo, rindo baixinho e pegando outro biscoito.

Adam o arranca da minha mão.

— Não coma todos os biscoitos de Ollie. Estou assustado.

— Temos Oreo normal e Oreo de bolo de aniversário — avisa Carter. — Posso fazer um sundae para você!

— Não é a mesma coisa — grita Olivia.

Carter esfrega a mão no rosto.

— Não sei o que fazer! O que você quer que eu faça? — Seus braços se agitam acima da cabeça, gesticulando escada acima. — *Diga o que você quer que eu faça!*

— Só esqueça! Vou morrer de *fome*!

O rosto de Emmett empalidece.

— Ah, merda. Se Olivia é tão assustadora, como é que Kara vai ficar quando estiver grávida? — Ele enxuga o suor da testa. — Não sei se consigo lidar com isso.

Jaxon balança a cabeça.

— Vou ficar nove meses passando longe de Kara. Aquela mulher já me aterroriza de um jeito que nunca pensei ser possível.

Rio ao tirar o celular telefone vibrando do bolso. É Jennie e, quando estou com Carter, ela só liga se algo estiver errado. Por exemplo, às vezes acidentalmente bate em placas de "pare". Então, corro até o banheiro e a cumprimento com um barulho ofegante.

— Você pode me pegar mais cedo, por favor?

— Claro, minha flor. Está tudo bem?

Aí está a hesitação que eu procurava, aquela que me diz não, na verdade não, sem admitir.

— Estou indo embora agora — digo a ela. — Mas não se esqueça: você arrasa. Não deixe ninguém pisar em você.

Dois minutos depois, saio pela porta sem nenhuma palavra de Carter. Ele estava ocupado demais destruindo a despensa e tendo um colapso sobre sundaes e brownies para se importar.

Quando paro na frente da faculdade de dança, Jennie sai voando e Simon está logo atrás dela, gritando. Ela abre a porta e entra no carro, e quero beijá-la, mas também quero permanecer inteiro.

— Ei. — Pouso a mão em sua coxa, atraindo seu olhar para o meu, então a puxo para mim, pressionando um beijo em sua testa. — Espere um segundo, ok, minha flor?

— Aonde você vai?

— Já volto — prometo, fechando a porta atrás de mim.

Está frio pra caramba e mal posso esperar para o inverno acabar. Tenho uma visão de futuro do meu verão em uma piscina onde Jennie está escassamente vestida o tempo todo.

— Ooohhh, ooohhh... — Assobio para mim mesmo ao caminhar em direção a Simon, com aquela porcaria da música do Elton John na minha cabeça.

Seus olhos se fixam em mim, zangados, confusos, antes de um sorriso exasperante se espalhar por seu rosto.

— Ela te mandou mesmo aqui para gritar comigo? Patético. Não estou com medo de você. Jennie é tão dramática. Se ela não flertasse comigo o tempo todo, eu não a teria beijado.

Quando paro à sua frente, ele recua, antes de se recuperar rapidamente. Rindo baixinho, ele me olha.

— Fodendo a irmã do companheiro de equipe. Clássico! Jennie é tão chata na cama quanto é o restante do tempo? Faz um amorzinho sem graça para combinar com sua personalidade sem gra...?

O som do meu punho batendo em seu rosto o interrompe e, *porra*, isso foi bom.

Simon leva uma mão trêmula ao rosto chocado.

— Você...

Meu punho acerta seu nariz dessa vez, espirrando sangue nos nós dos meus dedos. Agarro a gola de seu casaco e o puxo para mim.

— Diga o nome dela mais uma vez... — sussurro — e te quebro.

Sangue escorre do nariz dele, acumulando-se no lábio superior. Seus braços se erguem em sinal de rendição.

— Falei para você não tocar em Jennie de novo sem o consentimento dela. "Não" não significa nada para você, Simon?

Seus lábios se abrem, mas tudo o que sai é um coaxar.

— O que significa "não"? — insisto.

— Não — ele gagueja. — "Não" significa não.

— É isso mesmo, Simon. "Não" significa não. — Eu o solto e limpo meus dedos no moletom. Gostava deste e gostava especialmente de ver Jennie vagando pelo meu apartamento usando nada além disso e sua calcinha. Agora tenho de substituí-lo. — Provoque Jennie de novo e vai acabar no chão.

Estou estranhamente calmo ao voltar para o carro, com as mãos nos bolsos. Talvez eu devesse formular um pedido de desculpas a Jennie por ter dado um soco em Simon nas dependências da faculdade ou algo assim.

— Ei, então, sobre isso... — Encontro seu olhar ao me sentar. Ela está apenas me encarando, boquiaberta, olhos azuis nebulosos atordoados. Deslizo meus dedos por baixo do gorro, coçando a cabeça. — Você está brava comigo? Porque eu...

— Eu não achava que me sentia atraída pelo homem das cavernas — ela murmura —, mas, sim. Tenho tesão pelo homem das cavernas.

Percebo o jeito como ela se aproxima de mim, o lábio inferior deslizando entre os dentes, e o Tenente Johnson reage dentro da calça, avisando-me que está pronto para o serviço.

— Você quer que eu te leve para casa e finja ser um homem das cavernas com você?

— Sim, quero que me leve para casa e exerça toda a força possível.

— Humm... — Minha mão desliza ao longo de sua mandíbula, inclinando seu rosto em direção ao meu. — Mostrar o quanto sou mais forte que você?

Seus dedos deslizam pelos meus antebraços, agarrando meus bíceps.

— Bem forte.

Meus lábios roçam os dela.

— Você quer que eu te amarre?

— Quero que você me desnude, me imobilize e me foda com tanta força, até eu não conseguir andar e o formato do seu pau ficar impresso dentro de mim.

Eu a encaro, sem piscar, por uns bons vinte segundos, antes de enfim murmurar:

— Puta que pariu.

Ela sorri, dá uma risadinha, então me dá um beijo na boca.

— Eu te amo. Ah, um segundo.

Jenny aperta o botão da janela, deixando o ar frio entrar enquanto se inclina para fora.

— Foda-se, Steve — ela grita, mostrando-lhe o dedo do meio.

Ela se vira de volta, afundando em seu assento com um suspiro feliz.

— Estou tão pronta para ser fodida daqui até o céu. Vamos para casa, Garrett.

# 37
# TENENTE JOHNSON X DISNEYLÂNDIA: SOBREVIVÊNCIA DO MAIS FORTE

### GARRETT

—Jennie...

— Não, mudei de ideia. — Ela joga a trança sobre o ombro.

Está amarrada com uma fita de veludo cor de esmeralda hoje, fofa pra caralho. Ela vai embora e observo sua bunda ao segui-la até o elevador.

— Não mudou, não.

— Bem, acredite, amigo. — Ela cruza os braços. — Você está no banco de penalidade hoje à noite.

Jennie é tão engraçada e atrevida, não sei o que fazer com ela às vezes. Ela gosta de jogar esse jogo, fingir que está brava comigo, arrastar-nos até que um de nós esteja implorando. E gosta dos dois resultados, e eu também.

Por que ela está fingindo estar brava comigo agora? Nós passamos pelo *drive-thru* da Starbucks, mas estavam sem biscoito de gengibre com melaço. Ofereceram um de aveia com passas, e fiquei com medo de ela pular para fora da janela sobre a atendente.

Não é minha culpa, mas, para me irritar, ela está fingindo que é.

— Você está sendo uma pirralha.

— Não *estou sendo*, Garrett. Eu *sou*.

— Sim, me conte mais sobre isso. — As portas se abrem e a pego antes de ela entrar. — Pirralha maior do que todas as minhas três irmãs juntas.

Jennie suspira, a mão pressionada no pescoço. Vou apertar aquele pescoço depois.

— Mantenha a boca aberta assim e enfio meu pau aí dentro, minha flor.

Há aquele brilho, bem ali naqueles olhos azul-violeta elétricos.

— Você não faria isso.

Avanço em sua direção, a excitação aumenta enquanto ela recua para dentro do apartamento e se coloca contra a parede.

— Ah, eu faria.

Ela lambe os lábios, observando-me puxar meu moletom manchado de sangue sobre a cabeça.

— Não — murmura, passando os braços em volta do meu pescoço, dedos rastejando em meu cabelo ao beijar meu queixo. — Você é apenas meu ursinho carinhoso gigante, doce e gentil. É por isso que todos o chamam de Ursinho Garrett.

Com um rosnado, afundo minha mão na base de sua trança, fechando o punho com firmeza. Pressiono o peito dela contra a parede e sua bunda se projeta, esfregando-se contra meu pau. Mergulhando sob seu top, meus dedos dançam sobre sua barriga, sentindo seus músculos saltarem. Abro minha boca em seu pescoço e sua cabeça cai sobre meu ombro com um gemido.

Deslizo o cós de suas leggings.

— Quer que eu te toque? — Meus lábios deslizam sobre sua pele. — Que eu te prove? — Arrasto a ponta de um dedo na costura das pernas dela. — Que eu te foda?

— Caralho, *sim*.

— Implore por isso.

— Garrett — ela choraminga, tremendo.

— Assim — murmuro. — Já é um bom começo.

Ela se vira com as mãos no meu peito ao me empurrar contra a parede. Tira os sapatos, arranca a camisa pela cabeça e puxa a legging para baixo. Eu sigo o exemplo, até que não ficamos com nada além da roupa íntima.

Jennie me segura na parede com a palma da mão na minha clavícula, a mão livre deslizando pelo meu torso. Esgueirando-se abaixo do cós da minha cueca, ela envolve a mão no meu pau. Tremulo com a onda de prazer, e um sorriso triunfante surge em seu rosto.

— Não vou implorar — Jennie sussurra contra meus lábios. — Você vai implorar.

Ela solta meu pau, dá um tapinha na minha barriga e… vai embora. Com certeza não me importo com a vista, a renda preta sobre seu corpo dourado. Deixo-a chegar à metade do corredor antes de tirar a cueca, correr até ela e pressioná-la contra a parede, meu peito contra as costas.

— Hoje não, minha flor. Hoje quero você de joelhos.

Mergulho minha mão em sua calcinha e enterro meu gemido em seu pescoço.

— Porra, Jennie. Você está encharcada pra caralho.

— Pensando em montar o Indiana Bones — ela se engasga, ofegante conforme afundo um dedo dentro dela. — Ele sempre me fode tão bem.

Afundo meu dedo em um ritmo que sei que a deixa louca, esperando até ela se arquear contra a minha palma, contorcendo-se sob mim.

— Retire o que disse.

— Tão grande — ela diz, balançando os quadris. — Tão bom.

Aquela fitinha cor de esmeralda está me provocando com sua inocência fingida, então enrolo uma ponta em volta do meu dedo médio e puxo. O cabelo se solta da trança, caindo em cascata pelas costas, e o aroma de baunilha e canela me envolve, sufocando-me da melhor maneira.

Suas ondas espessas deslizam por entre meus dedos.

— Linda pra caralho.

Ela me dirige um sorriso atrevido por cima do ombro, com as covinhas para dentro.

— Eu sei.

*Ela acha que venceu.*

Lentamente, retiro meu dedo, sentindo grande prazer em ver seu sorriso apagar, olhos furiosos ao me girar no lugar.

— Que merda você está fazendo?

— Degustação.

Seu olhar se inflama enquanto ela observa meu dedo desaparecer dentro da minha boca. Dá um pequeno passo à frente, estendendo a mão para mim. Seguro seus punhos, parando-a. Seu corpo vibra de antecipação quando enrolo a fita em volta dos punhos dela, finalizando com um laço. Pegando seu queixo entre meu polegar e meu indicador, trago seu olhar para o meu. A ânsia que vejo ali, a confiança, o amor… Tudo me destrói. Eu a amo tanto, mas isso não me impede de dizer as próximas palavras.

— Fique de joelhos.

Os olhos dela brilham enquanto ela lambe os lábios.

— Me obrigue.

Dou um passo à frente, olhando-a. Ela segura meu olhar e caminha comigo, até que estejamos ao lado da cama. Olhos azuis e arregalados me observam, esperando por instruções, porém prontos para lutar contra elas também. Mas Jennie não vai lutar contra essas.

— Fique de joelhos, porra — repito baixinho, e ela cai sem outro protesto. — Boa menina.

Essa mistura cativante de confiança atrevida e despreocupada, doce inocência e seu desejo por elogios, é o que torna as coisas tão explosivas entre nós, a maneira como podemos assumir o controle e usá-lo como bem quisermos, sempre dando e recebendo aquilo de que precisamos. Isso e ela apenas tornam tudo melhor.

Eu era inteiro sem ela, mas desequilibrado, como se as coisas estivessem um pouco deslocadas, um pouco fora do centro. Com ela, tudo fica mais claro e brilhante, alimentando a paixão que vibra tão intensamente entre nós.

Passo meu polegar sobre seu lábio inferior.

— Essa sua boca te mete em problemas, hein?

— Você chama isso de problema; eu chamo de diversão.

— A melhor diversão… Agora abra a boca, minha flor.

Meus dedos deslizam por seus cabelos ao afundar dentro de sua boca quente e molhada. Ela me toma ansiosamente, gemendo muito ao meu redor.

— Caralho. — Segurando-a no lugar, eu afasto e então empurro para a frente. Seus punhos amarrados se levantam e ela segura minhas bolas, massageando-as com gentileza. Meu pau bate no fundo de sua garganta, repetidamente, e Jennie começa a se contorcer, balançar, buscando fricção. Suas mãos caem e um gemido satisfeito vibra ao meu redor enquanto ela mergulha em sua calcinha e trabalha aquele broto rosa na fenda de suas coxas. Seus olhos reviram-se para o teto, e sua garganta se abre conforme ela vai mais fundo, como se estivesse tentando me engolir.

— Caralho, Jennie… *Porra*. Assim mesmo.

Vou gozar, e posso dizer pelo desespero em seus olhos, pela maneira como esfrega a mão e pelos sons distorcidos abafados, que ela também.

Mas deveria estar implorando.

Arranco as mãos dela, segurando a fita verde, e ela grita, parecendo quase à beira das lágrimas quando empurro mais uma vez, derramando em sua garganta.

— Você é um…

— Na cama — ordeno, passando um braço em volta dela e jogando-a exatamente ali. Seu peito arfa, lábios inchados se separam quando aperto meu pau. — Abra suas pernas.

Ela não hesita, pés apoiados no colchão, mostrando-me sua calcinha encharcada, a umidade cobrindo a parte interna das coxas. Eu me meto entre suas pernas e ela estremece quando minha boca segue a sensação escorregadia de suas coxas, degustando, saboreando.

— Garrett — ela implora, contorcendo-se quando toco a renda, mordiscando, lambendo. — Tire.

— Por quê?

— Me lambe — ela implora. — *Por favor*.

— Posso te lamber muito bem com ela. — Minha língua passa de forma lânguida pelo centro de sua calcinha, fazendo seu corpo inteiro tremer. — Você quer sentir minha língua?

— Porra, *sim*.

Deslizo a ponta do meu dedo por sua boceta, passando lentamente sobre seu clitóris.

— Peça com jeitinho.

Seus olhos brilham com relutância, então aceno minha língua sobre aquele clitóris carente e coberto de renda, e observo o quão rápido ela desiste.

— Ai, merda. Por favor, Garrett. Por favor...

Enfiando um dedo na lateral da calcinha, eu me aproximo devagar. Ela cheira a paraíso, uma mistura inebriante terrosa e doce. Se esta fosse minha última noite na terra, eu a passaria feliz enterrado entre suas coxas, devorando cada pedacinho de Jennie. Ela seria minha última refeição, e eu morreria um homem feliz.

— Por favor o quê?

Ela joga a cabeça para trás com um rosnado.

— Pelo amor de Deus, Garrett, enfie seu rosto entre minhas malditas pernas e me faça gritar seu nome antes que eu chore, por favor.

Abafo minha risada contra sua coxa.

— Você não está sendo muito boazinha... — Ergo seus punhos e engancho a fita na grade da cama de ferro. — Quietinha aqui. — Ela arqueia-se sob mim e puxo um mamilo tenso entre meus dentes. — Entendido, minha flor? — Ela choraminga conforme tiro sua calcinha, segurando sua boceta em minha mão. — Use palavras, Jennie. Você não parecia ter problemas com isso trinta segundos atrás.

— Sim.

A única sílaba sai confusa, cheia de frustração, desejo.

Minha boca desliza sobre a curva de seus seios, amando cada mamilo rosado antes de continuar meu caminho para baixo, observando como sua barriga se flexiona.

Paro, olhando para o anel que me espia do umbigo dela. É novo, prateado, com uma pequena pedra turquesa no topo, uma maior embaixo. Não sei como não percebi antes, mas meu melhor palpite é que eu estava ocupado demais com outras coisas para notar, como no momento em que seus olhos se fixam nos meus quando ela enche sua boca com meu pau.

— Você trocou o piercing no umbigo. Gostei.

Jennie sorri, cílios tremulando.

— Pensei que você gostaria. É da cor dos seus olhos.

Gemo, cobrindo seu corpo com o peso do meu antes de beijá-la.

— Você é a melhor do caralho.

Estendo a mão e bato na mesa de cabeceira até encontrar a maçaneta na gaveta. Lá dentro, tiro a primeira coisa que encontro. É pequeno e preto, e poderoso pra caralho. Nunca usamos isso juntos, mas ela já o sacudiu para mim no FaceTime. Se ela colocar na velocidade dez, goza em dois minutos.

Eu o coloco ao lado dela e começo meu caminho de volta em seu corpo, puxando aquele piercing na barriga entre meus dentes, chupando seu quadril, mordiscando a parte interna de sua coxa até ela choramingar, implorar, quase sem respirar.

— Garrett — Jennie grita quando lambo devagar seu inchaço, sua fenda brilhante. Ela luta contra a grade da cama, os pés pressionando o colchão ao se arquear, empurrando-se para mais perto. Quando chupo seu clitóris, sua cabeça cai para trás com um suspiro agudo. — Amo essa boceta pra caralho. — Enganchando meus braços em volta das coxas dela, eu a puxo para mais perto. — Tem gosto de êxtase.

Ela já está perto, tremendo, os dedos dos pés se curvando, e, quando mergulho dois dedos dentro dela, Jennie grita. Estou obcecado por ela, pelo jeito que é viciada em me ver gozando com ela, como se a visão em si fosse o suficiente para levá-la até lá. Só observá-la enquanto lentamente se desenrola é o suficiente para me levar ao clímax. Conforme bombeio meus dedos, a língua estalando sobre seu clitóris, eu me deleito com a maneira como ela goza, apertando-me e chamando meu nome.

Sem perder o ritmo, pego o pequeno brinquedo e o ligo em cinquenta por cento, para sugar seu clitóris, com os dedos ainda empurrando.

— *Ca-ralho...* — Suas palavras se dissolvem, uma inspiração irregular perfurando o ar quando aumento a potência para dez. — Ai, meu Deus. Sim! Puta merda! — Sua cabeça rola, assim como seus olhos, fixos no teto enquanto seus dedos se fecham em volta da grade da cama. — *Mmmeeerrrda*. Eu-eu... — Sua cabeça pende para a frente, olhos arregalados pousando em mim ao dizer: — Eu vou... Eu vou...

— Goze. — Enrolo meus dedos, e um calor vermelho ardente sobe por seu corpo e pescoço, corando suas bochechas quando trabalho naquele lugar que ela ama. Seus quadris se arqueiam quando ela goza pela segunda vez, deixando minha mão encharcada. Eu a desengancho da grade, coloco seus punhos amarrados em torno do meu pescoço e, de imediato, deixo meu pau duro como pedra cair antes que ele entre em combustão. — Porra — rosno quando ela enterra seu grito em meu ombro.

Agarro sua cintura, levantando-a até mim antes de soltá-la de novo, enterrando-me, minhas unhas cravando-se em sua pele ao passar as dela nas minhas costas. Ela puxa o cabelo da minha nuca, arqueando-se para longe de mim, seios perfeitos saltando em meu rosto, e me inclino para a frente, sugando-a para dentro da minha boca.

Quero ir mais fundo. Quero memorizar a sensação dela perto de mim, como se tivéssemos sido feitos para nos encaixar, as duas últimas peças de um quebra-cabeça. Desamarro a fita. Ela não perde tempo, segurando meu rosto com as mãos, colando sua boca na minha.

Quando se afasta, eu a viro de quatro, rapidamente dando uma palmada em sua bunda em formato de coração.

— Minha — digo a ela, pressionando meus lábios na marca vermelha brilhante.

Jennie queria um homem das cavernas; homem das cavernas é exatamente o que está ganhando. Ela aperta os lençóis à medida que afundo nela de novo.

— Sua.

— Porra, Jennie. — Agarro seus quadris e avanço. — Às vezes, só quero te foder... te destruir. Te foder até você sentir menos peso, como se estivesse flutuando e não conseguisse sentir mais nada. Te foder tão forte que você sinta mesmo quando não estiver mais aqui. — Eu a puxo para mim, costas pressionadas contra meu peito ao segurar seu pescoço. — Você é perfeita, impecável, e tudo o que quero fazer é marcá-la com lembretes de que você é minha e eu sou seu, que pertencemos um ao outro.

Jennie se aperta em volta de mim, a respiração rouca e quebrada ao estender a mão para trás, segurando o lado do meu pescoço enquanto cavalgamos juntos.

Soltando seu pescoço, arrasto sua mão entre suas pernas. Pressionando os dedos dela em seu clitóris, movo nossas mãos juntas em um círculo, fazendo-a se esfregar enquanto meu orgasmo começa a descer por minha espinha. Minhas bolas apertam-se e, quando Jennie choraminga meu nome uma vez, depois duas, agarro seus quadris e empurro para a frente o mais forte que posso, repetidamente, até cairmos da beira do penhasco juntos, em queda livre, em direção ao céu.

Sem fôlego, desabo de costas, jogando Jennie por cima de mim, desfalecida, ofegante. Bato uma mão em sua bunda e beijo seus lábios.

— Eu te amo — dizemos ao mesmo tempo, seguido de uma risada.

— Jesus, estou cansado. — Passo a mão pelo meu cabelo úmido. — Você estava elétrica.

— Eu?

— Sim, você, minha flor. Você me deixou todo irritado de propósito.

— A Starbucks não tinha meu biscoito de gengibre e melaço. E ainda me ofereceu aveia com passas, Garrett.

Meu estômago ronca, lembrando-me de que pulei o jantar para que pudesse pegar Jennie mais cedo.

— Comida chinesa — murmuro tão sedutoramente quanto consigo, lábios roçando seu maxilar.

Jennie ri.

— Vou tomar uma ducha e pegar o cardápio.

Eu a sigo até o banheiro, onde decidimos tomar um banho rápido, e passo noventa e nove por cento do tempo beijando-a por baixo do fluxo constante de água.

Enquanto ela pega o cardápio na cozinha, limpo o brinquedo e o guardo de volta no lugar.

Algo brilhante chama a minha atenção e retiro do pequeno recipiente um plugue de vidro rosa. Quando Jennie volta para o quarto, dirijo a ela um olhar questionador, sobrancelhas levantadas. Ela gosta de aventura, e gosto de ser aventureiro com ela.

— De jeito nenhum, Garrett.

Inclino a cabeça e faço beicinho.

Ela revira os olhos e suspira.

— Tudo bem, talvez um dia.

— É um talvez, senhoras e senhores! — Bato a gaveta, mergulho na cama, abraçando-a enquanto ela ri, e me aconchego para lermos o cardápio juntos.

Comemos na cama quando a comida chega e depois transamos em mais uma rodada, dessa vez suave e doce, antes que ela se envolva em mim como um coala, preparando-se para dormir.

Sem minha permissão, minha mente vagueia para Carter. Além de ser meu capitão, ele é um dos meus melhores amigos. Eu me lembro do momento em que desci daquele avião há tantos anos, quando não tinha ninguém. Ele me convidou para sua casa, sua vida além do hóquei, e fez isso sem pensar duas vezes.

No começo foi divertido, o segredo, o disfarce, quando o plano era que isso fosse temporário. Mas, agora, ao observar o rosto dela, noto como cada pequena linha de sua face se relaxa em seu sono, e sei que não estou disposto a viver sem Jennie.

Quanto mais escondermos isso de Carter, pior será o resultado. As mentiras estão ficando mais difíceis de engolir, fazendo meu estômago agitar e doer enquanto meus sentimentos por Jennie só se aprofundam.

Além disso, estou cansado de não poder falar dela, de não poder dizer que ela é a coisa mais brilhante do meu mundo. Estou cansado dos momentos de curta duração, dos olhares demorados em meio à multidão e da distância forçada.

Passar tempo com Jennie é como um domingo que você não quer que acabe. Cada momento é perfeito, mas o fim de semana passa rápido demais. O domingo chega mais cedo do que você gostaria, e você se apega a cada momento fugaz, a cada minuto, não está pronto para largar, para dizer adeus. Você acha que, se não fechar os olhos, não precisará fazer isso.

Mas então a noite chega, o adeus é inevitável, e você acorda na segunda-feira de manhã sozinho, pronto para começar outra semana tediosa. E guarda seu fim de semana na memória, fingindo que está conseguindo sobreviver sem a pessoa que mais importa, aquela que torna tudo mais fácil, só esperando o fim de semana de novo, quando, enfim, podem ficar juntos.

Não quero mais esperar e estou cansado de me esconder.

## 38
## NA BOLHA

### JENNIE

Amo essa bolha.

Ela é quentinha e brilhante. Como se eu estivesse em um eterno banho de sol, envolta por braços fortes, contra um peito sólido, um fluxo constante de "eu te amos" sussurrados em meu ouvido.

A preocupação não mora aqui. Não há lugar para medos ou inseguranças. Tais coisas só existem fora da bolha, onde somos forçados a fingir que não existe um "nós", que não somos duas metades de um todo incrível.

Este é o meu lugar favorito para estar, bem ao lado deste homem, rodeada pelo seu amor, pelo seu apoio, pela forma como ele constantemente me levanta.

Passo a palma da mão sobre seu peito nu, sentindo o calor de sua pele, a batida suave de seu coração. Pergunto-me se ele sabe que irradio felicidade porque ele me deu espaço para brilhar.

Meus lábios tocam sua clavícula, e o corpo abaixo de mim cantarola e ganha vida, abraçando-me contra seu peito com um braço musculoso enquanto o outro sobe por cima de sua cabeça, alongando-se e ocupando muito espaço.

— Você é uma devoradora de cama — Garrett resmunga, pouco antes de me colocar de costas, esmagada pelo peso de seu corpo sobre o meu.

Suas pálpebras tremem, seus olhos turquesa sonolentos me fitando. O canto de sua boca se levanta quando ele se move, montando em meus quadris, os dedos circulando meus punhos ao prendê-los um de cada lado da minha cabeça.

— Minha cama — ele murmura, beijando meu ombro. — Minha Jennie. — Seus lábios sobem pelo meu pescoço, meu queixo, até pairarem acima de mim, com o cabelo dourado desgrenhado pendendo de sua cabeça. Um sorriso surge em seu rosto, tão caloroso e convidativo, inebriante. — Minha flor. — Sua boca cobre a minha, a língua varrendo-a por dentro ao liberar meus punhos para entrelaçar nossos dedos, para acender um fogo de desejo dentro de mim conforme desliza para o meu lado.

Garrett agarra minha cintura conforme se aproxima de mim. Enrolo minhas pernas em volta dele e gemo, levantando os quadris, implorando em silêncio, e engulo seu suspiro enquanto ele se afunda dentro de mim.

— Quantas vezes é demais?

Suspiro quando ele levanta minha perna, mergulhando mais fundo.

— Para fazer sexo?

— Para dizer que te amo.

— Gosto de ouvir. Ninguém nunca me amou do jeito que você me ama, e nunca amei ninguém do jeito que amo você.

Ele sorri para mim antes de apoiar sua testa na minha. À medida que avançamos juntos, ambos recebendo e dando, quando gozo com ele dentro de mim e ele goza a seguir, não sei onde termino e ele começa. Somos apenas um; um corpo, um amor, um coração.

— Está animada para esta noite? — ele pergunta conforme visto uma calcinha e meu macacão de dormir, aquele que ele me deu de Natal com a palavra "anjo" desenhada na bunda, terminando com um par de meias grossas de lã.

Rastejo de volta para a cama, sentando-me de pernas cruzadas.

— Sim e não. Odeio ter que fingir que somos apenas amigos.

Já faz duas semanas que estamos assim, intermitentemente, duas semanas que estou em um relacionamento em um momento e solteira no outro, tendo que me esconder toda vez que estamos perto de nossos amigos. Os olhares das pessoas que sabem tornam tudo mais difícil, mas é a pessoa que não sabe que torna tudo mais aterrorizante. Esta noite não será diferente, mas, ainda assim, estou feliz por ter amigos com quem passar meu tempo, por poder curtir uma noite com eles. Embora eu desejasse poder dançar com meu namorado.

Garrett pega minha mão. Traça todas as linhas, o comprimento dos meus dedos, e engole em seco.

— Quero contar a Carter.

Não posso dizer que não previ isso. Ele tem ficado angustiado perto de Carter nos últimos tempos. Isso o está afetando, embora Garrett não tenha admitido abertamente, a não ser dizendo que gostaria de poder ficar com as mãos em mim o tempo todo. Na maioria das vezes, ele encontra um jeito, seja tocando na parte inferior das minhas costas quando passa por mim, seja com o dedo mindinho colado ao meu, se tivermos sorte o suficiente de nos sentarmos um ao lado do outro em um sofá ou à mesa. Se tivermos muita, muita sorte, consigo agarrar a bunda dele com a mão inteira.

Mas o que começou como uma mentira divertida e simples se transformou em um relacionamento secreto pelas costas do meu irmão, um dos melhores amigos de Garrett. Carter pode ser egocêntrico, mas sua família e seus amigos são o seu mundo, e mentir para ele por tanto tempo parece a pior das traições. Ele será meu melhor amigo para sempre, meu protetor, o ombro acolhedor que sempre esteve ao meu lado quando precisei. O fato de eu ter mentido para ele por tanto tempo pode partir seu coração, e tenho vergonha de ser a razão por trás disso.

— Não gosto mais de mentir para ele, Jennie. Não quando não vejo um fim à vista para nós.

Meu coração bate forte.

— Você não vê?

— Não, minha flor.

— Que bom. — Meu corpo cede de alívio. — Nem eu, mas não sei como essas coisas acontecem.

— Você gostaria de contar a ele amanhã de manhã? Juntos? Talvez, se pedirmos a ele e Olivia para virem tomar o café da manhã... Ou você o convida, para que ele não tenha um ataque cardíaco antes mesmo de chegar aqui.

Sua risada é forçada e ansiosa, e ele esfrega o peito com uma careta.

Aperto sua mão.

— Você está nervoso.

Em seu olhar ansioso, vejo a apreensão que sente, todo o seu lado sensível e gentil que faz dele quem ele é, o homem que amo.

— Estou preocupado de ele achar que não sou bom o bastante para você.

— Você é muito bom para mim, Garrett. Mas, mais do que isso, somos bons um para o outro. Em alguns meses, você me ajudou a superar coisas que não consigo superar há vários anos. Penso que, no fim das contas, é o que importará para Carter.

Garrett morde o lábio.

— Talvez eu sirva Oreo como uma oferta de paz. Estou guardando uma edição especial para a ocasião.

— Você está brincando. Por quanto tempo?

— Desde a última vez que a mãe de Adam me enviou uma caixa. Desde o Natal...

— Mas...

— Mas, nada. Foi quando percebi que tinha sentimentos por você e que um dia teria de subornar Carter para namorar a irmã dele.

— Talvez eu não estivesse interessada — respondo com um sorriso atrevido.

Ele rasteja sobre mim, empurrando-me de volta para o colchão.

— Uma ova que não estava. Você é obcecada por mim.

O alarme em seu telefone toca, e ele deixa cair a testa no meu peito com um gemido.

Afasto seu cabelo do rosto.

— Você tem que se preparar. Algumas crianças estão animadas para conhecer seu herói.

— Não acredito que eu seja o herói de alguém.

— Eu acredito.

Ele tem sido o meu, mesmo que eu sempre tenha querido ser a única a me salvar. Mas, às vezes, é preciso deixar outra pessoa nos salvar.

Como Adam passa muito tempo no orfanato, ele já construiu conexões incríveis com as crianças de lá e as transformou em fãs de hóquei. No último jogo em casa, no início da tarde, ele comprou ingressos para todo mundo, providenciou os lanches e organizou um tour pela arena antes da partida. Hoje, o time todo fará uma visita.

— Você vai dirigir até a casa de Carter e Ollie esta manhã ou quer que eu te deixe no caminho para a casa de Adam? — Garrett pergunta do banheiro, ligando o chuveiro.

É apenas o primeiro dia de março, mas a primavera está dando as caras aqui na costa oeste. Não vou reclamar; odeio ter de escolher entre meu casaco bonito e meu casaco quente.

Com a ausência de neve, voltei a pegar a estrada com o carro de Carter. Não bati em nenhum sinal de "pare" e, aliás, freio a uns três metros de distância. Garrett diz que isso também não é bom, mas que se foda.

— Pode me dar uma carona?

Tenho falado para Carter que Garrett me dá carona para a faculdade a caminho de buscar seu café da manhã. Deveria funcionar a nosso favor, porque mostra a Carter que nossa amizade está crescendo e que tivemos tempo de nos conhecer.

Ou talvez eu esteja delirando e esperando por um milagre.

— Ah, isso me lembra de uma coisa — grito por cima do barulho do chuveiro. — Tive que encher os pneus ontem. Consegui um ótimo negócio!

Nada além do som da água.

E, então:

— Um bom negócio? Para encher os pneus?

— Sim, levei naquela loja na Renfrew, e fizeram uma promoção por quatrocentos dólares!

A água para, o silêncio paira pesado no ar enquanto o vapor enche o banheiro. Como um deus grego, Garrett aparece na porta nu, encharcado, sem nem se preocupar em cobrir o corpo GG.

— Como?

— Cem dólares por pneu! Para um calibramento premium! Você acredita?

— Calibra… premium?

— Disseram que em geral cobram o dobro!

— Ai, Deus. — Suas mãos se levantam, a cabeça se movendo rapidamente entre elas, como se ele não tivesse certeza do que fazer, antes de enfim arrastá-las pelo rosto. — Jesus! Jennie, que porra é essa? Co-como-como… Você foi enganada!

— Como assim?

— Jennie, custa tipo um dólar calibrar os pneus!

— O quê?

Seus braços voam ao redor de sua cabeça.

— Você faz isso no posto de gasolina! Naquelas bombinhas com mangueira! Jesus Cristo! — Ele esfrega o rosto, e acho hilário que esteja, de alguma forma, conseguindo manter uma ereção agora. — Vamos ter que pular o café da manhã. Vamos parar na loja no caminho. Vou pegar seu dinheiro de volta.

Meu peito ronca. Mordo o lábio, tentando impedir, mas, quando o olhar confuso de Garrett encontra o meu, não consigo evitar. Uma risada bufante sai do meu nariz e me inclino para a frente enquanto o resto da risada escapa dos meus pulmões.

— É uma brincadeira do TikTok — gargalho, rolando na cama. — Não posso acreditar que caiu nessa. Você é tão ingênuo!

Ele pega um par de meias enroladas e joga na minha cabeça.

— Vou te foder até dizer chega mais tarde só por causa disso.

— *Ah, não* — zombo. — *Tudo, menos isso.* — Pulo da cama e vou para o banheiro, deslizando meus braços em volta de sua cintura e abraçando-o por trás. — Eu te amo.

— Vocês, Beckett, e seus malditos TokToks.

— *Tik*Toks. — Dou-lhe outro aperto e faço um carinho no Tenente Johnson. — Vou preparar o café da manhã para nós.

— Jennie? — ele chama. — Também te amo.

Eu sei que sim, é por isso que faço para ele uma pilha de quatro panquecas, cobertas com pasta de amendoim e bananas fatiadas, polvilhadas com açúcar de confeiteiro e regadas com xarope de bordo de verdade, com um acompanhamento de queijo e bacon canadense. Acabei de terminar quando ele dá palmadas firmes na minha bunda, fazendo-me ofegar.

— Sua bunda parecia solitária sem minhas mãos nela. — Ele beija minha bochecha e inala. — A aparência e o cheiro estão incríveis.

— Obrigada. Nasci assim.

Ele aperta minha bunda.

— Eu estava falando sobre café da manhã, sua tonta.

Ele me gira e o empurro um passo para trás, olhando para o seu corpo. Garrett é tão lindo que até dói.

— O que é isso? — pergunto, tocando a gola de sua jaqueta.

Ele olha para si mesmo.

— Uma jaqueta jeans.

— Humm. Gostei.

Ele sorri e puxa as lapelas do jeans.

— Sim?

— Sim — murmuro, deslizando os botões enquanto meus dentes pressionam meu lábio inferior. Agarrando a gola, eu o puxo para mim. — Acho que estou a fim de você.

Garrett ri com vontade, um riso estrondoso, as mãos na minha bunda, apertando. A ponta do seu nariz toca o meu ao roçar suavemente um beijo em meus lábios.

— Mal posso esperar até poder amá-la sem nos esconder.

— Estou pronta — digo com sinceridade.

— Eu também.

— Esta é a coisa mais incrível do mundo.

— Não é? — Os olhos castanhos de Olivia brilham ao sorrir para a sua barriga. — Eu gostaria que você pudesse sentir isso por dentro.

Minha palma desliza sobre sua barriga redonda e firme, procurando minha sobrinha ou meu sobrinho. Olivia pega minha mão e a coloca à direita, perto da parte inferior de suas costelas. Ela pressiona minha mão em sua pele e, um instante depois, algo empurra de volta.

Suspiro, observando maravilhada enquanto sua barriga dá um pulo.

— Tia Jenny já te ama muito — sussurro para o bebê, passando a mão pela casa que o mantém seguro. — Mal posso esperar para te conhecer.

A porta da frente se abre e Dublin sai voando do sofá.

— Oi, Dubs — Carter murmura. — Quem é meu bonitão? Sentiu saudade do papai? Papai sentiu saudade de você. Sentiu, sim, bonitão! — Ele entra na sala de estar, carregando o cachorro de trinta quilos nos braços antes de colocá-lo no chão. — Dizendo oi para o seu sobrinho?

— Ou sobrinha — retruco, então suspiro quando ele praticamente me empurra no chão para que possa pressionar as mãos na barriga de Olivia. Bato meu punho em seu braço. — Seu idiota.

— Oi, bebê — ele fala para a barriga. — Como está meu homenzinho?

— Carter, pelo amor de Deus, ajude sua irmã e pare de presumir o sexo do nosso bebê.

— Ok, mandona. — Ele me leva de volta para o sofá, depois beija Olivia nos lábios. — Mas você vai se sentir muito boba quando esse bebê nascer, cara.

— Você é quem não queria descobrir — eu o lembro.

— Porque apenas sei. — Ele bate na têmpora e pisca. — É uma conexão pai-filho.

— Ou burrice — murmura Olivia, depois sorri quando Carter coloca um prato cheio de guloseimas na mesa de centro. — Mmm, venha para mamãe.

— Você não estava dando um tempo em junk food? — pergunto enquanto eles atacam.

— Aprendi que é melhor não ter objetivos nem expectativas quando se está grávida. Senão fico chateada comigo mesma, passo pelo *drive-thru* do Taco Bell, peço três tacos, uma porção de chili grande e batatas fritas grandes com chili e queijo, e depois devoro todos em dez minutos.

— Devemos descobrir? — Carter pergunta de repente. — O sexo? Ainda temos um mês. Poderíamos descobrir. Você quer saber? — Ele levanta a mão. — Não, não responda. Não quero.

Ele se joga em uma poltrona, tamborilando os dedos. Seu olho está tremendo? A mandíbula está. Ele estende a mão e questiona de novo, apoiando o queixo no punho.

— E se for uma menina? Não será, certo? Não, porque minha mãe me teve primeiro, e sua mãe teve Jeremy primeiro, então significa que teremos um menino primeiro. É, tipo, ciência.

Abro a boca para explicar que não é assim que funciona, mas Olivia toca minha mão e dá uma leve sacudida na cabeça. Carter está alternando entre olhar para o espaço e puxar o cabelo, falando sobre genética e DNA, sem qualificação nenhuma para falar nem de um, nem de outro.

De repente, ele se levanta de modo abrupto, os olhos selvagens ao colocar a mão no peito.

— Se for uma menina, Olivia, vou morrer. Eu. Vou. *Morrer.*

Ele sai pelo corredor, passando os dedos pelos cabelos e murmurando para si mesmo. Passos pesados sobem as escadas.

— Que raio foi aquilo? E ele acabou de chamá-la de Olivia?

A única vez em que ouvi isso foi quando eles disseram seus votos no casamento. É sempre Ollie, Ol, Liv, princesa, chuchu, amor ou sra. Beckett, mas nunca *Olivia*, a menos que ele esteja cantando aquela música de que gosta.

Olivia balança uma mão desdenhosa no ar.

— Ele acabou de se dar conta de que pode ser pai de menina e agora deve estar obcecado com a ideia de que alguém, um dia, pode tirá-la dele. Carter de fato fica perturbado. Precisa de um tempo para se acalmar. — Ela engancha os dedos dos pés embaixo da mesa de centro, arrastando-a para mais perto, e pega outro biscoito do prato. — Acontece uma vez por semana. Você só tem quinze minutos para surtar, Carter! Preciso tomar banho, me vestir e estar pronta para partir em meia hora!

— *Não estou surtando!* — Carter grita de volta. — *Você está surtando!*

Ela abre o biscoito.

— Mais de um metro e noventa, bem mais de noventa quilos, esmaga homens no rinque como forma de ganhar a vida, e a ideia de uma menina de três quilos o aterroriza.

— Espero que seja uma menina.

— Eu também, Jennie. Eu também.

— Carter, se você fizer a voz de Darth Vader mais uma vez, eu vou embora.

Olivia diz e estou cem por cento de acordo com sua decisão. Nós três saímos para jantar antes de nos encontrarmos com os outros no bar, e Carter atraiu atenção demais conversando com a barriga de Olivia.

— Tudo bem, mas, quando o bebê sair daí, não serei impedido.

Ele toma um gole de cerveja, os olhos se voltando para os três homens na mesa ao lado. Eles estão gritando para a TV, com jarras de cerveja vazias e copos espalhados pela mesa, e nos olham de volta.

— De qualquer forma, foi divertido hoje, com todas as crianças. Estavam tão empolgadas por termos ido lá. Adam falou sobre organizar algumas arrecadações de fundos extras este ano para que eles possam reformar a casa e ver se conseguimos reunir essas crianças com algumas famílias, esse tipo de coisa. Kara vai ajudar a planejar.

— Adam é o ser humano mais doce deste planeta — Olivia afirma. — Espero que ele encontre a pessoa especial que procura. — Ela sorri com malícia para mim. — Ei, Jennie, talvez...

— Não. — Carter dá um tapinha na cabeça dela. — Não, chuchu.

Dou uma risada enquanto meu celular vibra. Se a ideia de eu namorar Adam Lockwood, o menino de ouro, servir de indicação, contar a ele sobre Garrett será caótico.

> **Ursinho:** Vc vai mostrar iniciativa hj à noite?
> **Eu:** Eu já mostro, grandão.
> **Ursinho:** Perfeito. Tô com vontade de puxar seu cabelo e foder sua garganta.

O ponto entre minhas pernas formiga de antecipação e me remexo na cadeira.

— A amiga de Garrett também estava lá — diz Carter. — Emma? Sua vizinha.

— Emily — corrijo.

— Ela faz trabalho voluntário lá de vez em quando, com as crianças. Algumas têm dificuldades. — Ele ri. — Garrett pensou que ela era líder de torcida.

> **Ursinho:** PS: Vc sabia que Emily é psicóloga infantil??? Ela tava no abrigo hj.

Uma vaga lembrança passa pela minha mente, de ela me contando sobre como seu trabalho era chato e sem importância, dispensando-me quando perguntei meia hora depois de ela dar um soco na cara de Kevin. Pego o contato dela e digito uma mensagem.

> **Eu:** Trabalho chato e sem importância, hein?
> **Emily:** Cala a boca.
> **Eu:** Que fofinha.
> **Emily:** Não estrague minha imagem de vadia má, Jenny.

— Tenho certeza de que ela e Garrett ainda estão transando. Porque ele diz que não está namorando a fotógrafa, mas no vestiário vimos que ele estava com arranhões nas costas na semana passada, e ele e Emily estavam conversando em um canto hoje.

> **Ursinho:** Ela me puxou de lado e perguntou se eu achava que Jaxon e Adam topariam um a três com ela.
> **Emily:** Vc pode convencer seu namorado a me deixar sair com aqueles amigos gostosos? Ele não achou que eu tava falando sério, mas, se é pra ser atacada por dois caras ao mesmo tempo, que eu fique destruída, sabe? Eles pareciam capazes disso.
> **Eu:** Não acho que Adam seja do tipo que faria um ménage, Emmy. Desculpa.
> **Emily:** *suspiro* Sim, tbm acho. Eu ia acabar com ele. Ei, quer combinar uma noite de garotas no próximo fds?
> **Eu:** Uma noite de garotas?
> **Emily:** Sim: delivery, filmes, vinho sem álcool...

Algo floresce em meu peito enquanto Carter tagarela sobre ter filhos suficientes para construir o próprio time de hóquei, e, mesmo que Olivia esteja sentada bem na minha frente, ela manda uma mensagem em nosso grupo com Kara perguntando se queremos uma festa do pijama quando os meninos estiverem viajando. Emily, por sua vez, começa a listar outras coisas que podemos fazer se eu não quiser ficar em casa, como ir jantar ou dançar. Garrett me manda uma foto do pequeno pingente no chaveiro que comprei para ele no Dia dos Namorados, com o ursinho e a flor, na palma da mão, com uma mensagem dizendo que me ama e que já elaborou um plano com Adam e Jaxon para nos sentarmos juntos no bar, e me sinto tão feliz que quase dói.

De onde veio todo esse amor? Essa família incrível, as amizades com as quais fui abençoada? Eles sempre estiveram aqui, e eu é que era dura demais comigo mesma para acreditar que gostavam mesmo de mim?

Enquanto Carter paga a conta, os homens próximos a nós solicitam outra rodada.

— Sinto muito — diz a garçonete. — Não posso mais servi-los.

— Como assim? — um deles pergunta, ficando em pé de maneira instável. — Estamos assistindo ao jogo e queremos outra rodada.

Ela balança a cabeça.

— Vocês já beberam demais, meninos. Posso chamar um táxi depois que pagarem a conta.

— Não precisamos da porra de um táxi — ele cospe, arrancando a conta da mão dela.

Um nó de desconforto se instala em meu estômago, e Carter toma a mão de Olivia na dele, colocando a outra nas minhas costas conforme nos guia em direção à porta. Olho por cima do ombro, observando os homens agarrarem os casacos, jogando as notas de dinheiro sobre a mesa. Por algum motivo, meu coração bate um pouco mais forte e meu peito começa a apertar.

Quando entramos na noite fria, respiro fundo, exalando devagar. O nó no meu estômago se desenrola lentamente, e relaxo quando entro no carro.

A porta do restaurante se abre e os três homens saem.

— Vadia do caralho — xinga um deles.

— Para onde vamos agora? — o outro pergunta.

O terceiro tira do bolso um conjunto de chaves do carro.

— Conheço um lugar.

Não. *Não*. Agarro o braço do meu irmão.

— É melhor você guardar isso — Carter rosna, apontando para as chaves. — Se der um passo em direção a um carro nesse seu estado, eu o derrubo no chão.

O homem que segura as chaves vacila, os olhos vidrados encarando Carter. Então ele ri e dá um passo à frente.

— Saia do meu caminho, estrelinha.

Carter coloca a mão no peito, pairando sobre o homem.

— Mais um passo e eu acabo com você, porra.

— Na frente da esposa grávida? Não, acho que não. Há três de nós e um de você. Quem você acha que vai acabar fodido?

— Carter — Olivia implora baixinho, estendendo a mão para ele. — Estou assustada.

— Ouviu isso? Sua esposa está com medo. Entre no seu carro e leve-a para casa.

Carter aperta a mão dela e a guia até mim.

— Jennie, entre no carro e chame a polícia.

Meu peito sobe bruscamente, os olhos percorrendo os homens conforme se aproximam de Carter. Olivia agarra meu braço, a outra mão sobre sua barriga.

— Jennie — ela choraminga. — Não estou me sentindo bem.

— Entre no carro — repete Carter. — Agora.

Estou tentando, mas meus pés não se movem. *Por que meus pés não estão se movendo? Por que aqueles homens estão caminhando em direção a Carter assim? Por que ele não vem conosco?* Tento chamá-lo, mas algo dentro de mim está congelado de medo. Quando fecho os olhos, tudo o que vejo é o carro irreconhecível do meu pai. Tudo o que sinto é o cheiro de cerveja velha. Tudo o que sinto é... terror.

Um dos homens olha para Olivia, depois para mim e sorri.

— Vocês não vão gostar de ver isso...

A respiração de Olivia falha quando seus olhos se arregalam de pânico, e puxo meu celular, teclando três números.

— Emergência. Você precisa de bombeiros, ambulância ou polícia?

Minha resposta se perde na garganta quando os três homens descem do carro e partem para cima de Carter de uma vez, como uma massa amorfa de corpos, antes de despencar no chão.

O grito arrepiante de Olivia abafa todo o resto, exceto minha própria voz, quando sufoco:

— Acho que estou tendo um ataque de pânico.

# 39
## ESTOURANDO A BOLHA

JENNIE

— Mãe, pare. Estou bem, prometo.

Ela enxuga as lágrimas sob seus olhos injetados, aquelas que ela insiste que não estão lá. Cruza as mãos trêmulas no colo e as cubro com as minhas.

— Eu estava com tanto medo — ela sussurra.

Meu coração afunda. Puxo minha mãe em meus braços, abraçando-a com força. Uma vez é vezes demais para receber uma chamada telefônica envolvendo um motorista bêbado.

— Estou em segurança. Olivia e o bebê estão seguros, e Carter está seguro. Estamos todos seguros.

Todos, exceto Randall Duncan, que está com o nariz quebrado. A boca dele também está bem machucada.

Os outros dois passam bem, pois decidiram que preferiam não receber o punho de Carter depois de verem o dano que ele estava causando a Randall. Ambos fugiram, mas não foram muito longe.

O teste de bafômetro de Randall mostrou um nível de álcool três vezes acima do limite legal. Fiquei aqui sentada pela última hora, pensando no que poderia ter acontecido se ele estivesse ao volante, que vida poderia ter sido perdida.

Mamãe beija minha testa.

— Vou comprar algo na máquina.

— Ok. — Pego a agulha nas costas da minha mão, onde meu soro está preso. — Essa coisa coça pra caralho. Posso tirar isso?

— Jennifer Beckett, não toque nisso. Espere a enfermeira voltar. Você desmaiou, pelo amor de Deus.

— Tive um ataque de pânico. — Reviro os olhos para fazer com que pareça algo diferente do grande problema que era, enquanto tento esquecer que, naquele momento, tudo em que eu conseguia pensar era um motorista bêbado tirando a vida de outra pessoa que amo. — Vou ver Olivia.

Minha mãe me empurra de volta para a cama quando me levanto.

— Você vai esperar aqui até eu voltar.

Fico de pé assim que a porta se fecha atrás dela. Puxo o soro comigo e encontro o quarto de Olivia em trinta segundos; posso ouvir Carter discutindo com o pessoal do hospital.

— Ah, ela não pode comer isso. Veremos o cardápio especial, por favor.

— Só temos um cardápio, sr. Beckett.

Observo da porta quando Carter segura um queijo quente em formato de triângulo entre o polegar e o indicador, mantendo-o à distância como se pudesse pegar uma doença.

— Isto está muito gorduroso. Que tipo de queijo é esse? Ollie gosta de queijo quente com pão de centeio e gouda defumado envelhecido. Se tiver bacon, melhor ainda.

— Certo, bem, nós não, humm... — A pobre mulher coça o pescoço, com o rosto vermelho. — Não temos gouda defumado.

Carter suspira, jogando o sanduíche de volta na bandeja.

— Tudo bem. — Olivia sorri para a mulher. — Está perfeito. Muito obrigada. — Seu olhar encontra o meu na porta, quando a mulher sai. — Jennie! Como está se sentindo?

Carter salta da cadeira e voa pelo quarto, ajudando-me a atravessá-lo pelo cotovelo, no ritmo de uma lesma.

— Calma — ele murmura.

— Carter. — Eu me livro dele, mas, para ser honesta, é bom receber sua atenção, mesmo que seja egoísta da minha parte. Olivia e o bebê são mais importantes e são a vida dele. Precisam dele agora. — Posso andar sozinha.

— "Posso andar sozinha" — ele imita, levando-me até sua cadeira. Ele me puxa, dando um beijo no meu cabelo. Quando se senta do outro lado da cama de Olivia, noto seus nós dos dedos inchados e cortados, além de bem vermelhos. — Não sei como sou confrontado por duas morenas sarcásticas.

As chances de que esteja prestes a ser confrontado por uma terceira daqui a algumas semanas são bem altas, mas ele parece estar mesmo tenso no momento. Não vou provocá-lo.

Olivia pega minha mão e me aproximo, aconchegando-me junto a ela.

— Sinto muito — murmuro em seu cabelo antes de me afastar.

— Como assim? Por quê?

— Você estava com medo e passando mal, e precisava de mim, e eu...

— De jeito nenhum. Nada disso é culpa sua. — Ela se vira, apontando o dedo para Carter. — Nem sua, mas nem *pense* em seguir por esse caminho de novo.

O queixo de Carter bate em seu punho ao franzir a testa.

— Então, está tudo bem?

Acaricio a barriga de Olivia.

— O bebê está bem. Nós o vimos se mexendo no ultrassom e... — Ela levanta a mão, silenciando Carter quando ele abre a boca. — Aquilo era um braço, Carter, não me faça explicar de novo. — Ele faz uma careta e engulo uma risada. — A frequência cardíaca estava boa. Tudo parece bem.

— E você? Como está a mamãe?

— Estou bem — ela responde, mas suas palavras são cuidadosas. — A coisa toda foi simplesmente assustadora.

— O médico disse que ela está sob muito estresse — resmunga Carter. — As crianças na escola, e depois isso...

*Sim, as crianças na escola...*

— Desenvolvi hipertensão gestacional, ou seja, minha pressão está elevada — esclarece Olivia. — Está tudo bem, mas precisaremos fazer algum monitoramento. Pode levar a coisas mais graves, como pré-eclâmpsia.

Nunca vi Carter parecer mais assustado do que agora, ao levar a mão da esposa à boca, dando um beijo nos nós dos dedos dela, a outra mão movendo-se lentamente sobre a barriga.

— Vou cuidar de você — ele promete. — Banhos e massagens nos pés e todas as refeições entregues diretamente para você, e a carregarei escada abaixo e...

— Acho que não poderei fazer nada por mim mesma até que esse bebê decida sair.

Eu rio baixinho.

— Ajudarei no que você precisar.

O sorriso de Olivia é de gratidão.

— Obrigada, Jennie.

— Eu estava tentando descobrir se havia uma maneira de esconder isso de Garrett — Carter começa —, mas tenho certeza de que Kara já deu com a língua nos dentes.

Eu franzo a testa.

— Por que você iria querer esconder isso dele?

— Porque sei como ele é. Não dirá nada, mas colocará na cabeça a ideia de que poderia ter sido a merda do pai dele. Ele vai se perguntar se isso nos lembra do papai, depois vai se convencer a acreditar de que significa menos para nós só porque ama alguém que já fez a mesma coisa que matou nosso pai, que colocou todos nós em perigo hoje.

— Garrett tem um grande coração — Olivia diz com delicadeza, olhando em minha direção. — Não me surpreende que ele assuma a culpa dos outros. Mas vamos nos certificar de que ele saiba como é importante para nós.

Não quero que ele duvide, como fez quando seu pai quase teve uma recaída. Não quero que carregue o peso das decisões de outra pessoa. Quero lhe mostrar o quanto ele é amado, não só por mim, mas por todos.

— É melhor voltar para o meu quarto antes que mamãe não me encontre lá. Venho visitá-la amanhã.

Levanto e Carter passa o braço pelo meu, levando-me para o corredor.

— Como você está? Está bem, certo? Tudo certo?

Seus vibrantes olhos verdes saltam entre os meus, a preocupação pesada e sombria, como se fosse a única coisa que ele é capaz de sentir agora.

Então, como posso lhe dizer que a resposta é não? Que, mesmo estando fisicamente bem, sinto como se estivesse andando na corda bamba, sem rumo? Que, quando ele colidiu com aqueles três homens bêbados, quando caíram juntos no chão, quando Olivia gritou, senti como se meus pulmões estivessem sendo esmagados e como se eu fosse morrer?

Entendo; é extremo. Mas é assim que a vida funciona depois que você perde alguém em uma tragédia. Não importa quão bem as coisas estejam indo, você sempre espera que outra tragédia chegue, que algo horrível e transformador aconteça, que sua felicidade seja arrancada de suas mãos, não importa o quão firmemente você se agarre a ela.

Mas Carter não tem tempo para se preocupar comigo. Não posso colocar isso em sua cabeça.

Então esboço um sorriso e prometo:

— Estou bem, Carter.

Ele murcha visivelmente antes de me puxar para um de seus abraços sufocantes.

Nós dois ficamos tensos quando ouvimos a voz fraca de Olivia chamar seu nome, seguida pelo som de vômito. Ele beija minha têmpora e desaparece, e me enfio de volta no meu quarto.

— Onde você estava? Eu estava muito preocupada.

Com um olhar aguçado para minha mãe, sento-me na beirada da cama. Ela está comendo um Snickers.

— Você parece mesmo.

Suspirando, começo a mexer no esparadrapo em minha mão. Quero dar o fora daqui. Estou ficando mais impaciente a cada minuto. Só meia hora depois, o enfermeiro Matt entra, todo sorridente.

— Tudo bem, srta. Jennie. Você está pronta para ir. Mantenha-se hidratada e faça uma boa refeição. Talvez relaxe com um filme esta noite? — Ele pega minha mão, desconectando o soro e removendo a agulha. Ele cobre a pequena alfinetada com um curativo da Mulher-Maravilha e pisca para mim. — Este é especial para você.

Eu rio, pegando meu casaco.

— Obrigada, Matt.

Matt olha ao redor e depois para trás.

— Então, não é um bom momento para pedir isso, e sei que sua mãe está aqui, mas eu, humm... Bem, te achei divertida e gostaria de saber se você gostaria, talvez... — Ele limpa a garganta sobre o punho fechado. — De me dar o seu número.

Eu gostaria que fosse minha imaginação, mas minha mãe dá um gritinho e empina os dois polegares, em sinal de aprovação.

— Obrigada por pedir, Matt, e te acho divertido também. Mas não estou disponível.

— O quê? — Os olhos arregalados da mamãe encontram os meus. — Espere. Jura?

— É um relacionamento novo, mas estou confiante sobre como está indo. — Sorrio para Matt. — Muito obrigada pela sua ajuda esta noite.

Mamãe ataca assim que saímos, indo para a sala de espera onde nossos conhecidos se encontram.

— Você está saindo com alguém? Desde quando? Quem é ele? Por que não o conheci? Você vai trazê-lo para jantar?

Esfrego minha têmpora como se pudesse eliminar a dor. Tudo está doendo e meu cérebro parece muito confuso. Quero rastejar para a cama e esquecer tudo o que aconteceu.

— Podemos conversar sobre isso depois? — pergunto quando Kara se levanta. — Estou cansada e quero... *Garrett*.

As portas da sala de espera se abrem, revelando o único homem que quero ver agora, seu olhar desesperado vasculhando o ambiente. Seus olhos selvagens pousam em mim, e não sei por que meus joelhos começam a tremer, por que todo o peso sobre meus ombros de repente derrete e meus olhos se enchem de lágrimas, mas, no segundo em que ele murmura meu nome e começa a se mover pela sala, também me movo.

Jogo meus braços em volta de seu pescoço e minhas pernas circundam sua cintura quando ele me levanta. Quando seus lábios encontram os meus, um suspiro coletivo percorre a sala.

Minha mãe está gritando de novo.

Garrett apoia a testa na minha.

— Você está bem?

Com a mão em seu rosto, faço que sim, e aquelas malditas lágrimas saem dos meus olhos e rolam pela minha face. Eu enterro o rosto em seu pescoço enquanto ele me segura com força.

— Eu estava com tanto medo — ele sussurra. — Tão assustado, Jennie.

— Eu não sabia — Kara fala para Emmett, com os braços no ar. — Ok, vai, eu sabia, tipo, um pouquinho. — Ela aponta para Adam e Jaxon, que vieram com Garrett. — Mas eles também sabiam!

Emmett faz um gesto de frustração.

— Ah, então todo mundo sabia, menos eu?

— Isso não é verdade — argumenta Kara.

Adam esfrega a mão no rosto.

— Sim, Carter também não sabe.

— Eu não sabia! — minha mãe exclama, com as mãos cruzadas sob o queixo. — Mas estou tão feliz!

— O quê? — Hank pergunta, balançando a cabeça para a frente e para trás. — O que não estou entendendo? O que está acontecendo?

Kara se inclina, sussurrando em seu ouvido, e um sorriso surge em seu rosto.

— Ah, garoto. Carter não vai gostar disso, vai? Adam, o bonzinho, poderia ter sido uma aposta mais segura, Jennie, mas, se você quiser ir em frente, vá até o fim, é o que sempre digo.

Garrett suspira.

— Desculpe. Agi sem pensar. Eu a vi e... Não sei, Jennie. Fiquei apavorado.

Pressiono minhas palavras sussurradas em seus lábios:

— Eu te amo.

— Ai, droga. Droga! — O corpo da minha mãe colide com o nosso. Ela dá um tapa no meu braço, tentando colocar as mãos entre nós, depois me puxa pelo ombro. — Desça. Desça!

— Carter! — Kara exclama, depois sai correndo pelo corredor, desaparecendo de vista.

Deslizo pelo corpo de Garrett, ele leva minha mão aos lábios e me dá um sorriso triste antes de se afastar. Cinco segundos depois, Kara e Carter aparecem, seguidos por uma médica.

— Está tudo bem. Olivia está bem e o bebê também. — Sem Olivia ao seu lado, ele parece anos mais velho, totalmente exausto. A pele em seu rosto está acinzentada, os olhos sem a expressão brincalhona habitual. Ele parece... arrasado. — Vão nos manter aqui esta noite.

— Bem... — A médica empurra os óculos no nariz. — Nós tecnicamente só precisamos manter a sra. Bec... — Seus dentes batem quando ela encontra a expressão ameaçadora de Carter. — Bem, vocês dois. Definitivamente, precisamos manter vocês dois sob observação.

— Vão fazer alguns exames antes de mandá-la para casa pela manhã. Ela tem que parar de trabalhar até o bebê nascer, pegar leve e relaxar no sofá. — Carter abaixa a cabeça. — Não quero que ela fique sozinha.

— Ela não vai ficar — diz Jeremy, irmão de Olivia. Ele puxa Carter em seus braços, batendo uma mão em suas costas. — Vamos tomar conta dela quando você estiver fora.

O flash da câmera dispara e Kara puxa o celular de volta, fungando.

— Olivia nunca vai acreditar que vocês dois se abraçaram se eu não tiver imagens para provar. — Ela dá um tapinha abaixo dos olhos e joga a bolsa no ombro. — Ok, vou comprar para ela um pacote de vinte nuggets picantes e um Oreo McFlurry grande. Ela não pode comer esse lixo de comida de hospital. — Ela me abraça com força. — Que bom que você está bem, Jennie. Passarei por aqui de manhã com um café da manhã para você.

Quando ela se afasta, encontro o olhar de Carter sobre mim. Ele está desligado, acho. Quase não o reconheço assim e não sei o que mudou tão rápido, ou se ele só não aguenta mais. Ele olha para mim e para Garrett.

— Já que está aqui, Gare, você se importa em levar Jennie para casa? Assim posso ficar.

Garrett assente, com a mão na parte inferior das minhas costas ao me guiar gentilmente para a porta da frente, e, assim que saímos, ele entrelaça os dedos nos meus e me diz o quanto me ama.

Há algo a ser dito sobre um homem que dirige com apenas uma mão no volante. Algo tão inerentemente sexy em como ele encontra uma maneira de manter a mão na minha coxa o tempo todo, apertando, como se precisasse me sentir para saber que estou ali, que estou segura.

Ele não me solta até chegarmos ao meu apartamento, onde me obriga a ir até a ilha da cozinha para comer antes de desaparecer pelo corredor.

Quando termino, encontro Garrett no banheiro principal, com as mangas arregaçadas até os cotovelos e ajoelhado em frente à banheira. Ele passa o punho no rosto e, quando se levanta e se vira para mim, sua testa direita está coberta de bolhas. Eu rio, limpando-as.

— O que está fazendo?

— Preparei um banho de espuma para você. Para relaxar.

— Obrigada. Isso é gentil da sua parte. — Fico parada enquanto ele me despe. — Você vai entrar comigo? É uma banheira grande.

— Quer que eu entre?

Concordo com a cabeça, alcançando a barra de sua camisa, e ele me deixa tirá-la.

Ele liga a música e me ajuda a entrar, depois fica atrás de mim, afundando nas bolhas. Com os dedos envolvendo meus quadris, ele me guia entre suas pernas. Quando afundo com um suspiro, passa os braços em volta de mim e enterra o rosto no meu pescoço.

— Garrett? — Coloco minha mão na dele ao deslizar sobre minha barriga. — Eu te amo e estou orgulhosa de você.

— Orgulhosa de mim? Por quê?

— Por dar ao seu pai a chance de mudar. Por apoiá-lo sempre, mesmo que às vezes a jornada tenha parecido longa e desafiadora. — Viro a cabeça quando sinto seu rosto em meu ombro, e ele olha para mim. — Estou orgulhosa de seu pai por ter escolhido a si mesmo e sua família, porque não consigo imaginar o quão difícil seja lutar contra esse vício todos os dias. Ele é forte e espero conhecê-lo um dia.

Garrett cobre minha boca com a sua.

— Obrigado, Jennie. Sei que hoje não devíamos falar de mim, mas acho que eu precisava mesmo ouvir isso.

— O que vamos fazer amanhã? Não quero que Olivia se estresse com tudo isso, mas estou cansada de me esconder.

— Não sei. Talvez possamos pedir conselhos a ela, ver o que ela pensa.

Parece uma boa ideia, mas, para ser honesta, há mais em minha mente do que apenas contar ao meu irmão sobre nós sem lhe causar um ataque cardíaco ou fazer Olivia entrar em trabalho de parto prematuramente.

— Garrett?

— Sim?

— Você disse que não via nenhum fim à vista, mas... sobre a minha entrevista? Talvez eu devesse simplesmente cancelar.

— Você tem de ir — ele insiste calmamente. — Sei que não tem mais certeza se é o que você quer, mas deve a si mesma a chance de dar uma olhada, dar uma oportunidade. Vá para Toronto e veja como se sente lá.

— Mas e se eu me sentir vazia sem você?

— Não acho que isso seja possível. Você não precisa de mim para se sentir completa. Você já é o suficiente. Não há problema em não querer se separar, mas não quero que tome nenhuma decisão por minha causa.

— Não quero perder o que temos.

*Ele*. É ele que não quero perder.

— Não vamos perder. Se quiser manter o que temos, mesmo que queira ir embora, nós daremos um jeito. Prometo.

Um gemido suave sai dos meus lábios quando ele passa os dedos pela parte interna da minha coxa na água quente, acariciando meu seio.

— Fica difícil me concentrar com você fazendo isso.

— Aí é que está o ponto — ele murmura contra o meu pescoço. — Quero que você esqueça, apenas por alguns minutos. Esqueça o hoje, esqueça o amanhã, esqueça o trabalho. — Ele arrasta um dedo pela minha fenda, fazendo-me estremecer. — Deixe-me cuidar de você. Deixe-me fazer alguma coisa.

— Você já faz tudo. — Minha cabeça cai em seu ombro quando ele empurra o dedo dentro de mim. — Você *é* tudo.

— Você é *meu* tudo.

Nunca fui nada para ninguém, mas Garrett me faz sentir como se não tivesse perdido nada, como se todo esse tempo eu estivesse apenas à sua espera para que ele pudesse me mostrar o que significa ser amada tão completamente, para encontrar o melhor amigo, parceiro, a alma gêmea, tudo em um só. Para encontrar a pessoa que sabe exatamente como você funciona, que ajuda quando você é orgulhosa demais para pedir, que é paciente e deixa você caminhar no seu ritmo, que promete estar lá e esperar. A pessoa que combina, a que se encaixa perfeitamente em você.

Não sei como colocar tudo isso em palavras nem explicar com precisão o que ele significa para mim, então, à medida que seus dedos se movem dentro de mim, cada impulso proposital e profundo, enquanto seu polegar circula do modo certo, estendo a mão para trás, afundando os dedos nas mechas do seu cabelo, segurando-o perto. E, conforme ele me olha, com tanto amor desenfreado brilhando em seus olhos, e me eleva ao som da música que flutua ao nosso redor, envolvendo-nos nesta bolha perfeita de felicidade, pressiono minha boca na sua.

— Só uma xícara pequena — Garrett me diz com severidade, observando-me vestir sua camisa de botão por cima da calcinha enquanto ele esvazia a banheira. — Muito chocolate quente vai deixá-la desperta demais.

Ele veste a cueca boxer e dá uma palmada na minha bunda ao sairmos no corredor, e pede ao Google que desligue a música.

— E se eu não estiver cansada? — Eu o pressiono contra a parede. — E se quiser levá-lo para a Safadolândia?

Ele ri, as mãos deslizando pela parte de trás das minhas coxas, apertando minha bunda.

— Se alguém for levar alguém para a Safadolândia, serei eu.

— Talvez você possa me levar primeiro, e eu o levo depois.

— Amanhã, minha flor. — O olhar divertido, mas firme, em seus olhos me diz que ele não vai ceder e, quando suspiro, ele segura meu queixo e me dá um beijo. — Não seja birrenta.

— Parece um desafio para mim, grandão.

Pegando sua mão, eu o puxo em direção à cozinha.

O brilho da luz acima do fogão lança sombras sobre o corredor escuro, e meu peito aperta quando uma daquelas sombras sai do hall e se aproxima da luz.

— Carter — expiro, o corpo de Garrett colidindo com o meu quando escorrego até parar no lugar.

— Merda. — Garrett envolve as mãos em volta da minha cintura, mantendo-me em pé.

O ar quente das aberturas de ventilação atinge minhas pernas nuas, como o calor do peito nu de Garrett ao me segurar contra ele.

— Eu bati — Carter sussurra, o olhar entre nós, que estamos pouco vestidos e ainda molhados. A cada momento que passa, seu peito arfa mais rápido, cada respiração mais superficial que a anterior. — Mas você não... Eu estava preocupado... Eu...

— Ei, cara, ouça. — Garrett dá um passo à frente e estende a mão, como se estivesse se aproximando de um animal preso.

Os olhos de Carter brilham com raiva, traição, e seus punhos se fecham ao me encarar. Ele dá um passo para trás.

Balanço a cabeça, estendendo a mão para ele.

— Não, não é... Não é...

Meu coração salta para a garganta quando ele dá outro passo para trás, depois outro.

— Carter.

Não sei o que esperava, mas não era isso, o silêncio. Com a fúria, eu poderia lidar. Gritaria. Mas não isso, não meu irmão, que sempre tem algo a dizer, parado ali, olhando para nós, para *mim*, como se nunca tivesse se sentido tão enganado.

Quero que ele brigue comigo. Quero que me diga que está com raiva por termos mentido. Quero lhe dizer que, pela primeira vez na vida, estou apaixonada por um homem que me trata como o sonho que ele sempre quis.

Em vez disso, ele agarra a maçaneta da porta e se afasta.

— Carter, por favor — imploro. — Não vá.

O peso do dia retorna de uma só vez, esmagando meu peito. Coloco a mão sobre ele, apertando-o enquanto luto para respirar. Lágrimas vêm sem aviso, escorrendo pelo meu rosto, e, quando Carter hesita, de cabeça baixa, eu sussurro:

— Desculpe.

Ele olha para o teto, engole em seco.

— Não — ele enfim diz, a palavra quase inaudível. Abre a porta, mas, antes que ela bata, ele fala mais uma coisa, e a bolha na qual eu estava tão contente se estilhaça ao nosso redor, como um vidro espatifando. — Vão se foder.

# 40
## PORRA DE CONFUSÃO

GARRETT

Carter não atende o celular há seis dias.

*Seis malditos dias.*

No quarto dia, Jennie desistiu. Ela chorou e ficou com raiva. Sentou-se sozinha no sofá e disse que queria ficar só, depois se aninhou ao meu lado e me pediu para não a soltar.

Toda vez que Jennie fechava os olhos e adormecia, eu ligava para ele.

Mas, se Carter Beckett não atende às ligações de sua irmã, com certeza não atende às ligações do cara que está transando com ela.

Porque isso é tudo que Carter pensa que é. Acha que vejo Jennie como uma oportunidade, um acesso fácil quatro andares abaixo do meu. Acha que eu mentiria e jogaria fora anos de amizade por causa de sexo.

Ele não vê o compromisso, o amor, a amizade maravilhosa que construímos, na qual nos dedicamos para construir confiança, para superar todos os obstáculos, para ajudar um ao outro a sermos melhores por conta própria, para que possamos ser melhores juntos. Ele não percebe que não consigo imaginar minha vida com outra pessoa além de Jennie.

Se ele apenas atendesse o maldito telefone e escutasse, saberia. Continuo dizendo a Jennie que seu irmão só precisa de tempo, mas não sei quanto mais dessa distância ela aguenta. Quanto mais tempo ele ficar em silêncio, mais Jennie pensará que ele nunca mais voltará.

Tínhamos um plano, mas, se a vida me ensinou alguma coisa, é que nada acontece como planejado. Quase tudo vai para o espaço!

Bem, acho que isso não é bem verdade. Porque a vida me deu Jennie, e Jennie me deu a vida.

Mas estou ficando sem ideias. Não sei como fazer Carter ouvir ou nos dar uma maldita chance de explicar que nunca tivemos a intenção de fazer as coisas acontecerem assim. Com certeza não imaginei que ela entraria na minha vida e se tornaria minha melhor amiga e minha pessoa favorita em tão pouco tempo. Mas ela entrou. Ela é minha e sou dela. Acho que é assim que sempre deveria ser.

Não vou mais deixar que Jennie seja apenas minha noite de domingo. Quero que seja minha manhã de segunda com sono, meu "sextou!", meu sábado para ficar na cama o dia inteiro e todos os outros dias também. Não vou me forçar a viver sem o ponto mais brilhante do meu mundo.

Estaciono na minha vaga na arena e suspiro ao ver meu celular, a mensagem de Olivia perguntando se Jennie está mesmo doente ou se ela não quer vê-la agora. Quando respondo que ela não está doente, Olivia diz que vai mandar Kara arrastar Jennie pelos cabelos.

Aprecio a tenacidade daquelas duas, que não permitem que Jennie se esconda, não que ela tente com frequência. Ambas são pacientes e, ao mesmo tempo, entendem quando Jennie precisa de um empurrãozinho.

Ela tem permissão para ficar chateada. É uma prova do quanto ama seus amigos. Mas preciso lembrá-la de que não é seu irmão que preenche sua vida com pessoas que a amam. É ela.

Os corredores estão relativamente silenciosos para um pré-jogo, mas cheguei cedo. Carter não jogou a semana toda; ficou cuidando de Olivia após o incidente. Ele pode evitar meus telefonemas, mas não pode me evitar aqui, agora que voltou.

Deixo minhas coisas no vestiário e saio em busca de Carter. Eu o encontro no escritório do nosso treinador, sentado em uma das cadeiras em frente à mesa, comendo uma maçã. Quando ele se levanta, o olhar do treinador se volta para mim, e algo nele faz minha pele se arrepiar de incerteza.

Sempre fui um bom jogador. Não sou encrenqueiro, não sofro penalidades estúpidas e sou legal com todos. Faço o que me mandam, porque não vejo razão para não fazer, e deixo qualquer merda pessoal no vestiário antes de dar tudo de mim todas as noites no gelo.

Enfio as mãos nos bolsos quando Carter abre a porta, sua expressão imperturbável.

— Ei — começo com cautela. — Achei que pudéssemos...

— Ah, que bom. Você está aqui. Precisamos conversar.

— Sim, conversar seria ótimo. Isso é o que eu esperava.

Aceno com a cabeça para o vestiário, mas Carter permanece na porta. Ele aponta para dentro, também com uma inclinação de cabeça.

— Ah. Ok. — Entro, engolindo em seco sob o olhar inquieto do treinador, que parece conter compaixão. Isso deixa minhas mãos úmidas, e as limpo na calça antes de me sentar. — O que está acontecendo?

O treinador bate a caneta na mesa.

— Vamos experimentá-lo na segunda linha esta noite.

— Segunda linha? — Viro-me para Carter, seus olhos frios e distantes. — Mas... eu sempre jogo com você e Emme. Na primeira linha.

— Achamos que seria o melhor — Carter diz, simplesmente.

A irritação aperta meus pulmões.

— Nós ou você?

— Você não está jogando o seu melhor.

*Mentira.*

— Estamos tentando evitar qualquer tensão que possa afetar o resto do time e o jogo — explica o treinador. — Vamos reavaliar para o próximo jogo, Andersen.

A raiva queima meu corpo inteiro. Dirijo a ele um aceno curto de cabeça conforme sigo para a porta.

— Sim, *capitão*.

Dou tudo de mim no jogo. Sou titular por uma razão e conquistei meu lugar no time. Carter, Emmett e eu jogamos juntos há anos. Somos sincronizados no gelo, fluidos, como se pudéssemos ouvir os pensamentos um do outro. Sou rápido demais para a segunda linha. Penso muito à frente deles. Não jogo com eles como jogo com Carter e Emmett, e, quando a campainha toca no final do terceiro período, apesar de termos vencido, estou com três pontos negativos, meu pior jogo da temporada.

— Jogo difícil — Carter diz quando passa de patins, tirando o capacete. — Talvez seja necessário mantê-lo afastado por um tempo.

Já passa das dez da noite quando entro no carro e deixo cair o rosto em minhas mãos, sentindo um calor de raiva explodir, aquecendo o espaço confinado.

Que porra de confusão. Não sei quem vai ficar mais chateado com Carter me derrubando assim: eu ou Jennie. Ou Olivia. Para uma mulher pequena e grávida, ela pode ser assustadora pra caralho, quase tão assustadora quanto Kara. E Jennie.

Caramba, estou cercado por tantas mulheres assustadoras e poderosas.

Quando sincronizo o celular com o carro, uma mensagem do meu pai aparece, pedindo-me para ligar. Um mês atrás, isso teria sido incomum. Acho que meu pai lidou bem com a distância quando deixei a Nova Escócia. Talvez tenha se libertado de parte da culpa que carregava porque eu não estava lá como um lembrete constante de seus erros. Mas a distância física fez crescer a distância emocional, e eu tinha sorte quando recebia uma mensagem com *bom jogo*.

É verdade que só se passaram três semanas, mas ele está diferente desde a quase recaída. Posso ver o esforço que está fazendo, não só comigo, mas consigo mesmo. Há uma felicidade irradiando dele ultimamente. Talvez, de certa forma, perder o emprego tenha sido a melhor coisa para ele.

— Ei, Gare — ele me cumprimenta alegremente, embora já passe das duas da manhã na costa leste. — Jogo difícil esta noite, amigão. Imagino que Beckett ainda não esteja entusiasmado com seu namoro com a irmã dele?

— Imaginou certo. — Passo a mão pelo cabelo úmido antes de colocar o gorro de volta na cabeça. — E por aí? Você não deveria estar dormindo?

— Talvez. Acho que estou um pouco animado.

— Por quê?

— Ouvi dizer que há um ótimo programa de apoio aí pela sua região. Um dos melhores do país.

— Sério?

— E há uma grande fábrica de aço perto de Fraser River, que está à procura de um operador de guindaste.

Meu batimento cardíaco acelera.

— O que está dizendo?

Há um momento de hesitação, mas, quando meu pai explica em seguida, tudo que ouço é o entusiasmo, a felicidade.

— Estou dizendo que consegui um emprego, Garrett. Começo no final de abril.

— Vocês vão se mudar para Vancouver?

— Sim, Garrett, vamos nos mudar para Vancouver.

Meu apartamento está quente quando entro, mal iluminado pela luz acima do fogão.

Jennie faz isso. Ela ajusta o aquecedor alguns graus acima antes de ir para a cama quando sabe que vou chegar tarde, para que o chão fique quente sob meus pés quando eu voltar do frio e tirar os sapatos. Dessa forma, fico quentinho quando subo na cama e abraço o corpo dela.

A luz acesa acima do fogão também é coisa dela. Ela não quer que eu chegue na escuridão, o que me lembra da minha mãe, a maneira como começou a deixar a mesma luz acesa quando passei a sair da cama no meio da noite para pegar um copo d'água e, depois, na adolescência, quando eu chegava aos tropeções bem depois do horário combinado.

Há um bilhete no balcão da cozinha rabiscado com caneta rosa em um *post-it* de cachorrinho, avisando-me que há jantar no micro-ondas, e o engulo mais rápido do que jamais comi, desesperado para estar com ela.

Ela está encolhida no meu lado da cama, uma mão entre o rosto e meu travesseiro, a outra sob o queixo, ondas cor de chocolate espalhadas sobre os ombros. Ela é tão linda que dói olhar, o ângulo acentuado de suas maçãs do rosto salientes, o inchaço suave de seus lábios em formato de coração, o de baixo um pouco mais cheio que o de cima. Seus cílios escuros descansam contra a pele corada e, se você tiver sorte de chegar tão perto dela quanto eu, será capaz de contar as sardas que salpicam seu nariz.

Meu polegar traça a borda de sua mandíbula, subindo pelo queixo, seguindo a curva de sua boca. Quando ele desce por sua bochecha, seus cílios tremulam, olhos azuis sonolentos piscando para mim.

— Oi, minha flor — sussurro e meu coração bate forte ao ver as covinhas do sorriso que ela me dá.

Jennie ergue as cobertas, e acho que nunca vou me cansar dela na minha cama, vestindo apenas minha camiseta. Seus braços passam em volta do meu pescoço, as pernas ao redor da minha cintura, e a pego antes de rolar para o lugar recém-vago e colocá-la em cima de mim.

Ela pressiona a palma da mão no meu coração.

— Lamento que o jogo não tenha corrido como você queria.

Cubro a mão dela com a minha.

— Está tudo bem. Você pelo menos se divertiu assistindo com Ollie e Kara?

Ela não responde, e sei que ela não foi. Não vou pressioná-la.

Depois de um momento, ela pergunta:

— Carter mudou você para lá? Para a segunda linha?

— Sim.

Ela fica tensa.

— Sinto muito.

— Ei. — Enganchando um dedo sob seu queixo, puxo seu rosto para cima. — Não é sua culpa. É como ele está lidando com isso agora, mas não será para sempre. Não se desculpe pelas decisões de outra pessoa.

Está ali, consumindo-a, a vontade de discutir comigo, de dizer que ela é a razão não apenas dessa decisão, mas de todas as decisões dele ao longo da semana. Em vez disso, ela se aconchega mais perto.

Enrolo seu cabelo em meus dedos.

— Posso te contar uma coisa boa?

Ela abre um sorriso brilhante.

— Adoro coisas boas.

— Meu pai ligou depois do jogo. Ele conseguiu um emprego.

— Garrett! Isso é incrível!

— Uhum. Mas isso não é tudo. — Traço o comprimento do seu nariz com as pontas do seu cabelo. — O emprego é aqui.

— Ai, meu Deus! — Ela arranca os cobertores e fica de joelhos, quase me acertando nas partes baixas. — Eles irão se mudar para Vancouver? Vou conhecer seus pais? Suas irmãzinhas? Ai, meu Deus! Elas vão aterrorizá-lo diariamente, e vou ajudar!

Rindo, estendo a mão e dou um tapa rápido em sua bunda.

— Tente só, que eu a amarro na cabeceira da cama.

Ela rola de volta sobre mim, os braços em volta da minha cintura.

— Lembrete para mim mesma: ajude as irmãs de Garrett a aterrorizá-lo. — Seu rosto acaricia meu peito quando desligo o abajur, a noite escura se instalando ao nosso redor. — Estou tão feliz por você, Garrett. Você vai ter sua família por perto.

Jennie adormece em meus braços, e sei que já tenho minha família aqui.

Mas a sensação dura pouco, porque, quando acordo, meus braços estão assustadoramente vazios.

Ainda não são sete da manhã, o amanhecer está apenas começando a despontar no céu, e, sem Jennie agarrada ao meu corpo, estou com frio. Visto um moletom e uma camiseta, ando pelo corredor e paro quando a encontro sentada sob a janela da sala de estar, agarrada à Princesa Jujuba, os ombros tremendo ao som de soluços baixos.

Jennie é muitas coisas. Ela é ousada e barulhenta, confiante e corajosa, quieta e delicada. É forte e resiliente, além de persistente. E tem um coração grande e sensível que sente tudo. Mas não é frágil. Ela luta por tudo. Ela se esforça para vencer o obstáculo, sempre, mesmo que demore.

Esta versão dela, tão derrubada e perdida, faz com que cada centímetro de mim sofra por ela. Não sei como melhorar a situação e odeio a minha incompetência.

Vou até ela, puxando-a para o meu colo, e ela se enrola em mim, ainda trêmula.

— Odeio isso — ela chora em meu peito. — Odeio tanto isso.

— Eu sei, minha flor.

— Sinto falta do meu irmão. Sinto falta... — Sua boca se abre em um suspiro que rouba o ar dos meus pulmões. Ela aperta o peito como se as palavras doessem. — Sinto falta do meu pai. Sinto muita falta dele, Garrett. Tudo parece tão pesado e escuro.

— Seu irmão e seu pai a amam, Jennie. Carter sempre estará aqui para ajudá-la. — Cubro seu coração com minha mão. — E seu pai sempre estará *aqui*. Você nunca estará sozinha.

— Ele está tão bravo comigo. E se nunca me perdoar?

— Ei, olhe para mim. — Segurando seu rosto em minhas mãos, enxugo as lágrimas que continuam caindo. — Ele vai nos perdoar. Verá o quanto nos amamos e entenderá.

— E se não for suficiente? E se ele continuar com isso por muito tempo? E se eu perder Olivia? Kara? — Seus olhos azuis voam entre os meus, mergulhados em agonia. — E se eu perder minha sobrinha ou meu sobrinho?

— Isso não vai acontecer, Jennie. Prometo.

Ela balança a cabeça, ficando de pé.

— Vo-você não tem como prometer isso. Não tem como, Garrett.

— Tenho, sim — afirmo com certeza, seguindo-a. — Tenho, Jennie, porque Olivia e Kara a amam.

Ela se afasta, uma mão na testa, a outra no quadril, e seu coelhinho rosa cai no carpete.

— Elas me amam por causa de Carter. Porque é conveniente. É o que sou, Garrett. Uma conveniência. — Ela aponta em direção à porta. — Quatro andares abaixo de você, mais conveniente, impossível.

A escuridão se instala dentro de mim.

— Não diga isso, porra! Te amo por quem você é, não por causa do seu irmão, e com certeza não porque você mora quatro andares abaixo de mim. Você pode aceitar o emprego em Toronto e, ainda assim, vou te amar e continuaria te amando pelo resto da minha vida. Porque te amo, Jennie.

— Você ao menos sabe quem eu sou? Você ama o meu lado confiante. As respostas sarcásticas e a garota ousada que diz tudo o que vem à mente. Mas e se esta for eu também? E se esta versão despedaçada for real?

— Você tem permissão para sentir coisas, Jennie. Tem permissão para sofrer. Pode ser insegura em vez de confiante. Isso não a torna despedaçada; essas partes compõem quem você *é*.

— Nenhum de vocês jamais teria me conhecido se não fosse por Carter.

Meu coração aperta-se por ela, pela maneira como está se convencendo de que está perdendo mais do que apenas Carter. De que, sem ele, ela não tem nada a oferecer. Como alguém tão autoconfiante como Jennie pode, às vezes, ficar tão insegura? É angustiante. Gostaria que, por cinco minutos, ela pudesse se ver pelos olhos de todos, ver que, mesmo nos dias mais sombrios, ela sempre será suficiente, não apenas para nós, mas para si mesma.

Jennie sempre foi como o sol nascendo depois de uma noite escura, sem estrelas, passada dirigindo sozinho. Você está um pouco perdido, um pouco fora do caminho, mas continua em busca daquela luz e, quando a encontra, ela brilha tanto, guiando-o para casa. Mas, quando ela deixa de brilhar, tudo fica sombrio e cinzento, opaco, como uma neblina espessa. Não consigo mais encontrar o caminho de casa. Não sem ela.

— E daí? — digo, enfim. — Talvez tenhamos a conhecido por causa de Carter. Não significa que ele é a razão pela qual a amamos.

Seu olhar permanece no meu por um momento de silêncio, como se estivesse avaliando a verdade por trás das minhas palavras. Quando paro à sua frente, sua boca se abre, como se ela não tivesse certeza se deveria falar a próxima frase.

— Talvez eu pertença a Toronto.

O pânico dá um nó no meu estômago com a ideia de perdê-la, mas, antes que eu possa dizer qualquer coisa, ela continua, arrasada.

— Talvez eu tenha vivido à sombra de Carter.

— Você brilha demais para ficar à sombra de alguém, Jennie.

Ela pisca uma vez, devagar, e lágrimas caem em cascata pelo seu lindo rosto de coração partido.

— Posso começar do zero. Talvez eu vá… Talvez aprenda a me virar sozinha. E você… Você recuperará seus amigos, seu time. Ocupará a posição que conquistou, aquela que merece, porque eu já não estarei aqui, e sua família virá também, e… — Ela funga, passando a parte de trás do punho no nariz. — E tudo ficará melhor.

A fúria escala meu peito como uma videira, e me aproximo de Jennie, agarrando sua mandíbula, mantendo seu olhar fixo no meu.

— Se você ficar em Toronto, faça isso pelas razões certas. Fique porque gostou, porque o trabalho é o seu sonho, mais do que ter seu próprio estúdio, do que ensinar as crianças a amar a dança do mesmo jeito que você. Fique porque se sente em casa lá, porque se apaixonou pela cidade, porque parece errado estar em qualquer outro lugar. Não fique porque está à sombra de alguém, porque precisa ficar sozinha. Não fique porque seus amigos vieram por meio do seu irmão. Esses amigos são a família que te escolheu, que continua te escolhendo, dia após dia. E você com certeza não deve ficar para aprender a se virar, porque já se sai bem sem a ajuda de ninguém. — Minha pulsação tamborila em meus ouvidos enquanto ela treme, seus dedos circulando meus punhos onde eu a seguro. A profundidade em seus olhos implora por compreensão, por clemência, por *ajuda*. — O que você está fazendo aqui, tentando se convencer de que não pertence às pessoas que a amam, parece a merda de um adeus, Jennie, e odeio isso. *Não vou* me despedir de você.

Seus lábios se abrem em um gemido quando minha boca cai sobre a dela, que afunda contra meu peito ao puxá-la, aproximando-a de mim.

Mas seu cérebro está confuso e seu coração está cansado, da mesma forma que o meu estava quando me afastei dela há três semanas, quando eu não sabia para onde ir.

É por isso que, meia hora depois, ao encostar sua boca na minha, ela promete que vai voltar, que não é um adeus.

No entanto, *adeus* é a última palavra que sai de seus lábios quando ela desaparece com a mochila no ombro, deixando meu coração aos pedaços.

# 41
## UM FRIO DO CARALHO

JENNIE

Está mais frio aqui. Gélido e cortante, com um vento cruel que estapeia cada centímetro da pele exposta até me deixar entorpecida. É uma sensação espinhosa e desconfortável, e, com um lamento de desgosto, levo o celular ao rosto e pego minha lista *Prós & Contras de Toronto*, adicionando esse *frio do caralho* ao lado negativo.

Esse lado da lista está assustadoramente longo para alguém que só está na cidade há uma hora.

*Sem Garrett.*
*Sem minha mãe, Carter, Olivia, Hank, Kara.*
*Sem beijos de bebê.*
*Sem Dublin.*
*Sem estúdio de dança.*
*Trabalhar para uma empresa e seguir regras, argh.*
*Sem karaokê com Carter.*
*Sem chocolate quente com Garrett.*
*Sem batalha de dança com Garrett.*
*Sem dança lenta na cozinha com Garrett.*
*Sem cócegas nas costas feitas por Garrett.*
*Sem abraços de Garrett.*
*Frio do caralho.*

Não há muitos motivos para eu fazer outra coisa senão ficar em Vancouver.

Meus olhos se voltam para os prós.

*Ninguém me conhece aqui.*

Este seria um motivo atraente para me mudar, mesmo que um pouco assustador.

Um nó cresce no fundo da minha garganta só de pensar em não poder dirigir até a casa da minha mãe, aconchegar-me com ela no sofá e assistir a um filme sempre que quiser.

Meu celular vibra, e meu coração bate como se esperasse que fosse Garrett, embora eu tenha pedido espaço.

**Emily:** Vinho sem álcool tinto ou branco? Já tenho um pouco de espumante.
**Eu:** Quê?
**Emily:** Noite de garotas?
**Eu:** Ah, merda. Sinto muito. Esqueci. Tô em Toronto pra uma entrevista.
**Emily:** Eca.
**Emily:** Quer dizer, legal, siga seu coração e tudo mais. Mas Toronto tem coração?

Uma foto aparece, e o nariz torcido, os lábios dobrados e os olhos vesgos de Emily preenchem minha tela.

**Eu:** Tá usando uma roupa de líder de torcida?
**Emily:** Sim, prestes a ter companhia/ser fodida *emoji piscando*

Rindo, navego de volta para minha lista.
*Sem Emily.*
...
*Sem Garrett. Sem Garrett. Sem Garrett.*

Uma dolorosa explosão de ar sai dos meus lábios quando aperto o celular contra o peito, o peso do que eu poderia perder me fazendo afundar ainda mais nas almofadas do sofá em que estou deitada.

Espio pela janela do quarto de hotel, como se a resposta estivesse escrita em todos os arranha-céus, nas ruas movimentadas da cidade. Ela é frenética e cativante, como assistir a uma dança acelerada onde todos se movem em sincronia, apesar da forma rápida com que se movem, nesse jogo de trocas incessantes.

Exceto que não há resposta, nenhuma placa me dizendo qual caminho escolher. Apenas o caos, que reflete exatamente o estado atual do meu cérebro: *caótico*.

Sempre gostei da cidade, das luzes brilhantes, da forma como tudo ganha vida à noite. Mas há algo de especial em uma manhã tranquila com vista para as montanhas, o mar de pinheiros pintando o horizonte, a forma como dançam na ondulação da água que emolduram.

Aqui em Toronto é tão barulhento que você mal consegue pensar. No extremo norte de Vancouver, sua mente é só sua. Só não tenho certeza do que é pior. Quando você é alguém que oscila entre analisar demais e precisar de uma fuga dos pensamentos, ambos os lugares têm suas vantagens.

Com um suspiro, levanto-me para me preparar para a entrevista. Passei três horas experimentando roupas para Garrett, só para ele dizer que todas eram inadequadas e que deviam ser eliminadas de imediato. *Por isso* passei três horas escolhendo... No fim, ele escolheu a primeira que eu tinha experimentado — aquele tonto —, então coloco a calça soltinha de cintura alta e a camisa branca, que coloco por dentro da calça, completando o visual com meu par preferido de botas pretas. Solto a trança do cabelo e passo os dedos para que as mechas se soltem, finalizando com um pouco de máscara nos cílios e batom. Garrett me ajudou a escolher a cor também.

Ao menos, acho que ajudou. Testei cada cor dando um beijo de batom em seu abdômen. Todas as suas respostas soaram meio distorcidas, mas ele se engasgou mais quando dei esse beijo em particular em sua pele aquecida, então eu sabia que era a escolha certa.

Não teve nada a ver com o posicionamento ser tão baixo em seu torso, logo acima do cós da cueca, e *definitivamente* nada a ver com os lábios em seu pênis dez segundos depois.

Eu gostaria de tê-lo ouvido sobre meu casaco também, porque, quando saio, eu me pego me xingando por ter ignorado seu aviso. Ele insistiu que eu deveria levar meu casaco mais quente, só para garantir, mas aqui estou com meu lindo sobretudo lilás, feito para as primaveras da costa oeste.

— Eu sou uma besta — murmuro enquanto entro no Uber, que está esperando.

Deveríamos levar apenas dez minutos para chegar, mas demoramos trinta. Felizmente, previ isso; o trânsito de Toronto é um horror.

— Muito obrigada, Manny — digo ao motorista ao descer.

— Boa sorte na sua entrevista, Jennie! — ele grita pela janela aberta.

O prédio diante de mim não é tão alto, mas, quando o observo, parece enorme, como se a decisão estivesse pesando sobre mim, puxando meu futuro em todas as direções, como se fosse uma boneca de pano. A indecisão gira em meu estômago, fazendo-o doer, e meu olhar percorre o espaço em busca de um lugar para me sentar, para recuperar o fôlego.

— Não sei o que estou fazendo — divago, andando pela passarela que leva à entrada.

A apreensão aperta meu peito e meu batimento cardíaco acelera. Pressiono minha mão ali, como se ainda pudesse conter a corrida frenética.

— Não posso fazer isso. O que estou fazendo aqui?

Meu celular vibra uma vez, depois duas, e o mundo para quando um ursinho ilumina minha tela.

> **Ursinho:** Sei q vc precisa de tempo pra tomar a decisão por conta própria, mas eu não poderia te deixar entrar lá sem dizer nada primeiro.
>
> **Ursinho:** Vc dá conta. Vc merece e essa vaga é sua! Se quiser, tudo o q tem a fazer é estender a mão e pegar. Tô orgulhoso de vc, Jennie, e, não importa o que aconteça, vc sempre será minha melhor amiga, e sempre serei um porto seguro pra vc.

Uma lágrima furtiva vaza do meu canal lacrimal, traçando um caminho não tão furtivo pela minha bochecha. Rapidamente a enxugo, fungando ao reler a mensagem uma, duas e depois uma terceira vez, só para garantir.

Inspirando, guardo o celular e marcho pelos degraus da frente, até abrir as portas.

— Jennifer?

— Sim? — Meu olhar procura a pessoa que falou meu nome. Monica, amiga de Leah, dá-me um sorriso gentil e olha para a direita, onde Annalise está me observando. — Desculpe. Ajustando-me à mudança de fuso horário. — Além disso, ela continua me chamando de Jennifer, embora já tenha solicitado várias vezes que me chame Jennie.

— É de se imaginar que você teria mais energia, já que estamos, o quê? Quatro horas à frente aqui?

— Três.

São dezoito e trinta aqui, o que significa que são quinze e trinta em casa. Garrett me pegaria na faculdade e iríamos para casa tirar uma soneca rápida. A hora da soneca é um dos meus momentos favoritos.

Annalise sorri. Há um toque de tensão por trás do sorriso, notada na maneira firme como ela pressiona os lábios; não vi seus dentes nenhuma vez durante toda a tarde. Ela está na casa dos sessenta anos, e alguma coisa me diz que ela não transa há pelo menos vinte.

— No entanto, estávamos apenas dizendo que achamos que você se encaixaria bem aqui conosco.

Não tenho certeza disso. Hoje cedo vi metade deles gritando ordens para as bailarinas, que pareciam prestes a desmaiar ou a chorar, e foi bem por isso que larguei o balé clássico. Ainda assim, o fato de quererem a *mim* é emocionante, e meus ombros caem para trás quando me sento mais ereta e sorrio.

— Mesmo?

— Claro. Estamos te observando há anos. Você é uma bela dançarina.

— E Leah sempre tem as coisas mais maravilhosas a dizer sobre você — acrescenta Monica.

Gosto de Monica. Assim como Leah, ela é mais jovem e, não sei... Cheia de vida? Ainda não derrotada pelos ditadores do mundo profissional da dança? Um ser humano legal? Ela é simpática e acessível, e passou a maior parte do tour sussurrando em meu ouvido sobre Annalise toda vez que a mulher virava de costas. Em determinado ponto, tive de fingir que estava tossindo para esconder a risada.

Antes que eu possa responder, um jovem para perto da nossa mesa.

— Preparadas para pedir?

Annalise gesticula para mim.

— Por que você não inicia?

— Humm... — Meus olhos varrem o cardápio. Lombo *teriyaki*. Vendido! Meu estômago canta de alegria e toco na opção. — Quero o lombo com a batata assada recheada...

— Ah, Jennifer, querida. — O olhar de Annalise se eleva acima de seus óculos. — Você não preferiria algo mais leve?

— Humm...

*Não?!*

— É um programa muito rigoroso, por isso, é claro, esperamos que os nossos instrutores sejam tão dedicados quanto nossos alunos quando se trata do treinamento. Isso inclui a nutrição.

— Claro. — Coloco um sorriso no rosto, deslizando uma mão protetora sobre minha barriga embaixo da mesa, afugentando os pensamentos envergonhados que tentam entrar em meu cérebro, lembrando-me de que não estou tão magra quanto era há apenas alguns meses. — Vou querer frango grelhado com salada caprese, por favor.

— Uma excelente escolha, senhora — responde o garçom, mas a diversão dançando em seus olhos me diz que ele sabe tão bem quanto eu que é uma merda.

Ao meu olhar estreitado, ele abaixa a cabeça para esconder seu sorriso enquanto pega o cardápio.

— E para beber?

— Ela vai querer uma vodca com água com gás e limão. — Annalise pisca. — Sem açúcar.

— Na verdade, não bebo. Só um refrigerante de gengibre seria ótimo.

Pergunto-me se o horror e a descrença em sua expressão se devem à minha sobriedade autoinfligida ou ao refrigerante carregado de açúcar. Antes que ela possa me criticar, explico:

— Meu pai faleceu quando eu tinha dezesseis anos; um motorista bêbado provocou o acidente. Eu não bebia refrigerante de gengibre havia muito tempo, porque era a bebida favorita dele. Adorávamos aquela que vinha em garrafas de vidro marrom, a Dad's Old Fashioned Root Beer. — Eu rio. — Meu pai voltava do trabalho todas as sextas-feiras com um engradado de seis, e todos bebíamos, comíamos pizza em família e íamos ao cinema.

— Isto é... Bem...

— Quero um refrigerante de gengibre também, por favor — interrompe Monica. — Não tomo desde que eu era criança. — Ela olha para Annalise. — Você estava elogiando a dança de Jennie?

Ela hesita antes de concordar.

— Sim, como eu estava dizendo, você seria uma ótima adição à nossa companhia. — Ela estende as mãos e as segura abaixo do queixo, e enfim recebo um sorriso cheio de dentes. Estranhamente, lembra o famoso sorriso da foto de noivado de Chandler Bing em *Friends*. — Então, o que acha? É um sim?

Minhas sobrancelhas sobem na minha testa.

— Se é um sim? Está me oferecendo o emprego?

— Sim!

— Ah. Ah, meu Deus... Uau. Eu... Jura?

— Juro, claro! Você é a nossa primeira escolha, então colocamos todas as outras opções em compasso de espera.

Um estranho aperto se estende por meus ombros, e sinto um frio na barriga, mas não do tipo bom.

— Tenho de tomar uma decisão agora? Eu não estava esperando por isso. Achei que teria algum tempo. — Seu sorriso vacila, e logo recuo. — Minha família está em Vancouver. Sou muito grata por esta oportunidade, de verdade. É um sonho tornado realidade. Só não tenho certeza se estou pronta para...

— Viver sozinha? Ter sua própria vida?

Debaixo da mesa, meus dedos cravam nas minhas coxas. Viver sozinha? Ter minha própria vida? Preciso mesmo me mudar para o outro lado do país e deixar minha família para trás para conseguir essa independência?

— Não tenho certeza se estou pronta para ficar tão longe deles — termino calmamente e, quando o restante da mesa concorda que é uma grande decisão, que posso decidir antes de voltar para casa, passo o resto do jantar pensando sobre uma vida sem eles.

— Maldito... inverno... do... leste canadense!

Arranco minhas botas de couro, e a neve que caiu esta noite e as cobriu voa para o alto, cai no tapete e logo se derrete.

Quero ir para casa, onde a primavera já começou a despontar.

Troco minhas roupas e coloco minha calça de pijama mais quente e o moletom com capuz de Garrett, aconchegando-me em seu cheiro, como se estivesse envolvida em um de seus abraços.

Quando estou pronta para dormir, enfio-me debaixo das cobertas e olho pela janela. Não há uma única estrela brilhando no céu. A cidade está bem desperta lá embaixo, e o horizonte tem um tom desconfortável de azul acinzentado, repleto da poluição que todas as luzes trazem à tona.

Quanto mais tempo fico aqui, à espera de uma revelação, mais confuso meu cérebro fica. Tudo dói. É a tensão que não consigo explicar, apertando meu estômago com tanta força, subindo pelas minhas costas. Um grande vazio com gosto de veneno, um silêncio estrondoso. É como algo pesado e sombrio, assustador e doloroso, e só o que quero fazer é largar tudo.

Mas não sei como e quando minhas pálpebras se fecham, como se eu pudesse acabar com os meus medos, as lágrimas escorrem pelos cantos, infiltrando-se pelas minhas têmporas. Enrolo-me de lado, segurando a Princesa Jujuba enquanto meu mundo me implora para ajudá-lo a se endireitar.

Meu celular toca, e é Hank em videochamada, na hora certa, como sempre. Não me pergunte por que ele insiste em fazer videochamadas quando não consegue enxergar. Nós o deixamos fazer o que quiser. Ele é persistente.

— Você está linda — diz ele, com um amplo feixe de luz cobrindo seu rosto.

Eu rio, sentando-me e puxando os joelhos contra o peito, grata por ele não poder ver as lágrimas que estou enxugando.

— Gostou da minha roupa?

— Ah, sim. Deslumbrante. Você a usou na sua entrevista?

— Não, não tenho certeza se teriam gostado que eu aparecesse de pijama.

Hank ri, a pele ao redor dos olhos enrugada.

— Ainda bem que estão atrás do seu talento, não do seu senso de moda. Então, você quer falar primeiro sobre sua entrevista ou sobre o motivo pelo qual está chorando? Ou os dois estão relacionados?

Um gorgolejo gutural de risada borbulha em mim. Passo a parte de trás do punho pelo nariz, fungando.

— Odeio o quão perspicaz você é. — Suspiro. — A entrevista foi boa. Correu tudo bem. Bom... não sei. Não tenho certeza se é onde quero estar.

— Por quê?

— Eu estaria deixando muita coisa para trás. Pessoas que amo.

— Humm. Então, por que você *quer* o emprego?

Nem preciso refletir muito.

— Pela primeira vez na vida, estou confiante de que não fui escolhida por causa do meu irmão, mas graças ao meu talento.

— E é motivo suficiente para aceitar esse trabalho?

A verdade é que não sei. Até uma semana atrás, eu não tinha intenção de aceitar. Estava animada para ver como as coisas com Garrett se desenrolariam. Estava feliz por me tornar tia e ansiosa, embora um pouco assustada, para contar ao meu irmão que tinha me apaixonado.

— Acho que só... não sei a que lugar pertenço.

— Você pertence ao lugar que quiser, Jennie.

— É fácil dizer, mas Carter foi a única pessoa em quem pude confiar durante toda a minha vida. Ele sempre esteve ao meu lado e agora não está mais, e não sei o que fazer com isso ou como ficar sem ele aqui. Muito de mim está ligado a ele.

Hank fica quieto por um momento enquanto pensa sobre as minhas palavras.

— Bem, pode ser verdade que vocês dois estão ligados, mas não é verdade que você não sabe quem ser sem ele. Você é você mesma, Jennie. Sempre foi.

— Então por que ele é o catalisador que traz todas as pessoas de quem gosto até mim? Como posso saber se essas pessoas de fato gostam de mim pelo que sou ou se sou apenas uma conveniência porque estou sempre lá?

As perguntas escapam antes que eu possa engoli-las de volta.

— Algumas das pessoas mais importantes da sua vida a encontraram por meio do seu irmão? Sim. Mas, e daí? Acredito que a vida nos coloca no caminho das pessoas de que precisamos, que vamos tropeçar uns nos outros de uma forma ou de outra. Não vamos pensar em como isso acontece e apenas sermos gratos por isso acontecer, porque nossas vidas estão repletas do amor das pessoas que nos trazem felicidade e conforto, daquelas que nos fazem rir, que podem mudar o nosso dia com um sorriso ou um abraço.

Caramba. Lá se vão aqueles canais lacrimais furtivos vazando novamente.

— Você está chorando de novo?

— Não — choro, secando meu rosto com a gola do moletom de Garrett. — Nunca choro. Nunca.

— Certo. Vocês, Beckett, são pessoas muito duras e sem emoções. É o que os torna todos tão frios e desapegados. — Hank hesita. — Deixe-me perguntar uma coisa, Jennie. Como você e Garrett se apaixonaram? Com certeza não foi amor à primeira vista; você o conhece há anos.

Sorrio ao pensar nos últimos meses. Os inúmeros encontros constrangedores, o flerte descarado, o primeiro beijo que nunca esperei. As noites tranquilas passadas no sofá, abraçados um ao outro. O chocolate quente, a dança, os enfeites feitos à mão. As conversas de tarde da noite debaixo das cobertas, o ciúme que nunca senti antes, o desejo de tornar algo meu. As lutas internas e as lágrimas, misturadas com todas as risadas e os sorrisos. Cruzando limites e ultrapassando limites, um passo de cada vez. Dois estranhos que se tornaram melhores amigos e muito mais.

Lentamente, mas, de repente, lá estava ele.

Um dia, Garrett era um estranho, um homem que corava sempre que eu falava com ele, que não conseguia juntar um punhado de palavras para formular uma resposta. E, então, de repente, ele passou a estar em todo lugar, em tudo, abrindo-se para mim, mostrando-me o homem por trás do exterior tímido, o amigo incrível, o irmão e filho compassivo. Ele me atraiu e, a cada pedacinho que me deu, mostrou-me um lugar onde eu também poderia guardar partes de mim.

Então explico exatamente isso a Hank.

— Parece que Garrett estar em sua vida tem tudo a ver com todas as partes de você que o fizeram querer ficar, Jennie. Não tem a ver com a pessoa que o trouxe até você.

Hank está certo. Garrett não se apaixonou por mim por causa de Carter. Ele não me escolheu por conveniência. Carter o colocou na minha vida, e Garrett que se interessou por mim.

— Você é digna de tudo o que deseja, Jennie — ele continua. — Nunca desista do seu sonho, seja qual for esse ele.

Meu sonho? Não acho que seja isso nem aqui.

Meu sonho está em casa. É o de me deixar ser amada pelas pessoas que querem me amar, aquelas que fazem eu me sentir tão plena e espetacular que parece que vou explodir.

Certa vez, li que existem diferentes tipos de amor. Aqueles com os quais se aprende, cresce, percebe do que precisa. Você se apaixonará repetidas vezes, até que enfim chega ao seu destino. Encontra aquele que estava procurando, e tudo mais apenas... encaixa-se.

Mas não consigo imaginar um amor melhor do que o de Garrett. Juntos, já fizemos tanto. Aprendemos, crescemos, percebemos nossas necessidades e as expressamos. Ele me dá tudo de que eu poderia imaginar precisar, e acho que faço o mesmo por ele.

Uma combinação ainda melhor? Como eu poderia encontrar alguém cujos contornos se fundissem tão perfeitamente aos meus, pegando todos os nossos pequenos pedaços quebrados e nos tornando um só?

Passei grande parte da minha vida procurando meu lugar neste mundo, mas, quanto mais vejo, mais percebo que tudo esteve bem debaixo do meu nariz esse tempo todo.

Por que continuaria procurando? Tudo o que eu faria seria me afastar cada vez mais das pessoas, do lugar que me enche de felicidade.

Dei muito de mim para me sentir presa. Presa entre a vontade de satisfazer meu desejo de aceitação, de conexão genuína, e a vontade de me esconder. Agarrar-me a todas as minhas partes mais especiais, com medo de que, se eu as entregasse às pessoas erradas, elas as esmagariam com tanta facilidade que eu ficaria com uma casca de quem sou, insignificante e irreconhecível. Mas ainda serei eu quando as demonstrar.

E agora estou aqui fazendo a única pergunta que deveria ter me feito: *Por que amar a mim mesma é menos importante do que a ideia de que outras pessoas me amem?*

Uma vez, Garrett me disse que não fui feita para me encaixar, que não era possível me esconder nas sombras. Então, por que estive sempre tentando? Por que me tornei uma impostora em minha própria vida? Nunca duvidei dos meus talentos. Eu tinha toda a confiança do mundo quando se tratava de dançar, minha habilidade de impressionar. E, no entanto, muitas vezes estive pronta para me dobrar ao meio para me adequar à ideia de outra pessoa sobre quem eu deveria ser, para ser uma mulher que todos considerassem digna.

Apenas para ser alguém que *eu* considerasse digna. Digna de amor, de aceitação.

Vivi muito da minha vida sob pressão. Mas, talvez, toda a pressão viesse de... mim. As pessoas que importavam nunca me pediram mais ou para ser diferente. Elas me viram por inteiro, abriram os braços e abraçaram todas as minhas facetas, as histórias, os medos, as nuances que me fazem ser quem eu sou.

Talvez eu tenha me acostumado a ser sozinha. A pensar que não era adequada para ninguém, para qualquer relacionamento, amizade ou de outro tipo. Talvez eu tenha me convencido de que estava bem assim. A solidão se tornou um alívio para mim. Era o meu lugar tranquilo para descansar, tirar todas as máscaras e me deixar viver sem medo de rejeição.

Mas, e se apaixonar-se significar que, quando se está com aquela pessoa é melhor do que não estar? E se o amor for quando abraçamos o caos das nossas mentes juntos e as tornamos melhores do que imaginávamos que poderiam ser?

Porque, no meio da minha tempestade, no centro de todo o meu caos, Garrett espera de braços abertos, pronto para me dar um amor tão incondicional que eu nem sabia que existia antes dele.

E, de repente, entendo.

Posso ficar sozinha, mas não preciso. Posso ser parte de um todo.

*Posso escolher o amor.*

# 42
## SAFADOLÂNDIA

GARRETT

— Devo ligar para ela? Eu deveria ligar para ela, certo? Sim, vou ligar. — Pego o celular, o polegar pairando sobre o contato dela. — Não — gemo, jogando o aparelho na minha cama. — Eu não deveria ligar.

— Estou com medo — Jaxon sussurra da porta.

— Eu também — Adam sussurra de volta. — Eu nunca o vi falar sozinho antes.

— Não estou falando sozinho, suas antas. — Coloco o conjunto de moletom dentro da bolsa de mão. — Estou falando com vocês dois, seus asnos.

— É um bicho ou outro, Andersen — diz Jaxon, com um sorriso irritante no rosto enquanto me observa fazer as malas para o nosso voo mais tarde hoje à noite. — Antas ou asnos. Não podemos ser os dois.

— Você será o que eu disser para você ser.

Os olhos de Adam brilham com diversão.

— Ursinho Garrett está um ursinho espinhoso esta manhã.

— Obrigado — resmungo, pegando a barra de granola que ele me entrega ao passar por mim.

— Pelo amor de Deus, Garrett, basta ligar para ela.

— Não posso. Ela precisava de espaço para tomar a decisão sozinha. — Abrindo a geladeira, tiro o suco de laranja e bebo direto da jarra. — Não quero incomodá-la.

— Não acho que dar um oi a incomodaria. Seria uma forma de mostrar que está pensando nela.

Não consigo *parar* de pensar nela. Minha mente não desligou desde que Jennie saiu daqui há vinte e quatro horas. O problema é que não é um pensamento coerente. Tudo está confuso, um monte de "e se", um medo que leva a outro, até que fico vagando por uma estrada escura, imaginando como seria a vida com ela em Toronto. Não consigo enxergar muita coisa, a não ser um futuro frio e sombrio que não desejo.

— E se ela for embora? — deixo escapar. — E se ela aceitar o emprego e se mudar para Toronto?

Adam e Jaxon me observam com atenção.

— E se ela fizer isso? — Adam enfim retruca. — Você não pode ir com ela. Não agora, pelo menos. E sua família vai se mudar para cá.

Minha garganta aperta.

— Não quero ficar longe dela.

— Relacionamento de longa distância é difícil — diz Jaxon. — É difícil para qualquer pessoa normal, e o seu não seria normal. Você é jogador profissional de hóquei. Quando não estiver viajando, terá de ficar em Vancouver. Você a visitaria fora da temporada. É o que você quer?

O que eu quero é Jennie, da maneira que puder tê-la. Se eu tiver que gozar no carpete do quarto de hotel para ela pelo FaceTime por oito a dez meses por ano, é o que farei.

— Talvez você possa pedir a ela para ficar — acrescenta Jaxon.

— Não posso.

Eu quero. Quero ser egoísta. Mas não posso. Jennie merece essa oportunidade. Mais do que querer que ela fique, quero que siga seus sonhos. E eu nunca pediria a ela que me escolhesse no lugar de seus sonhos.

— Você está preocupado de não ser motivo suficiente para ela ficar?

Não estou preocupado em não ser o suficiente para Jennie. Nunca aquela mulher me pediu para ser outra coisa senão eu mesmo. Tudo o que tive para dar sempre foi o certo, exatamente aquilo de que ela precisava. O mesmo pode ser dito sobre o que ela me dá. Não sei quantas maneiras existem de explicar como duas pessoas se encaixam tão perfeitamente, mas estou disposto a passar o resto da minha vida tentando formular essa explicação, se for necessário para fazê-la acreditar que o que temos é suficiente. Que ela é mais que *suficiente*.

— Acho que o amor é uma razão boa o suficiente para fazer a maioria das coisas, mas não preciso que ela fique em Vancouver para que eu a ame. Vou amá-la onde quer que ela esteja e vou garantir que ela sinta isso também.

Porque esta, creio eu, é a maior luta interna de Jennie: não entender que não precisa sacrificar uma única parte de si mesma para ter todo o amor que ela merece.

O amor verdadeiro não é condicional. É enxergar uma pessoa por inteiro, tudo que ela é, e aceitá-la assim. É saber que vocês são amigos primeiro e depois amantes, entender que as discussões são oportunidades para se conhecerem melhor. É o jantar à sua espera no micro-ondas, as luzes acesas para te receber em casa em segurança. É tomar banho juntos para que vocês possam se beijar mais um pouco. São os segredos revelados às duas da manhã, quando estão abraçados; é dançar na cozinha, ver filmes da Disney no sofá enquanto choram. É apoiar os sonhos um do outro, crescer juntos e também separadamente. Porque, quando você consegue ser forte sozinho, você pode ser forte quando está com alguém.

Se eu tiver de amar Jennie do outro lado do país, é o que farei. E, se a distância não irá me impedir de fazer isso, nem Carter Beckett terá esse poder.

Ele não vai me impedir, mas com certeza está tentando, e estou ficando irritando com isso.

— Andersen, você está muito bem na segunda linha. — Ele me circula em seus patins, com o taco apoiado nos quadris.

— Então eu deveria voltar para a primeira. Já que, sabe, aquele é o meu lugar.

— Mas, então, onde Kyle jogaria?

— No lugar dele — respondo com os dentes cerrados. — Na segunda linha.

— Concordo — o treinador interrompe. — Precisamos de Andersen de volta na primeira, com você e Emmett. Os três são as nossas estrelas por um motivo. — Ele corta Carter de novo assim que ele abre a boca. — Beckett, olhe nos meus olhos e me diga onde Andersen deve ficar neste time.

A mandíbula de Carter se contrai.

— Na primeira linha.

— E por quê?

Seu olhar se volta para mim e, além de toda a raiva, vejo outra coisa. Algo vulnerável e terno. Por um momento, apesar de sua atitude de merda da semana passada, sinto dó dele.

— Porque ele é um jogador valioso e um líder insubstituível.

— Exatamente. Então resolva suas coisas e vamos jogar hóquei de verdade esta noite. Andersen, você volta para a primeira.

— Aí, garoto! — Emmett bate a mão enluvada na minha bunda. — Bem-vindo de volta, bonitão. Sentimos sua falta.

— Fale por você — Carter resmunga, e aquela empatia que eu estava sentindo logo se dispersa.

O rosto cheio de lágrimas de Jennie flutua em minha mente, e algo dentro de mim estala.

— Cresça, Beckett.

Carter se aproxima.

— Está com algum problema, Andersen?

— Sim, estou com a porra de um problema. — Patino para a frente até meu peito tocar o dele. — Meu problema é que você tem vinte e nove anos, mas está agindo como uma criancinha birrenta que não conseguiu apagar as velas do bolo de aniversário.

Não sei qual de nós deixa cair o taco e joga as luvas no gelo primeiro. Carter agarra meu uniforme, errando meu rosto e acertando no meu ombro.

— Você está transando com a minha irmã!

— Não, não estou! — Eu o puxo até mim, arrancando seu capacete. — É mais...

— Você disse que iria levá-la para a Safadolândia!

Nossas pernas se enroscam quando ele passa um braço em volta da minha cabeça e meu capacete se solta quando caímos no gelo.

— Ela disse isso primeiro!

— Bem, agora é você que vai *pagar pela viagem*, e não de uma forma divertida!

— É uma pena que você já esteja no destino — resmungo, rolando em cima dele, prendendo seu corpo agitado no gelo. Meu punho mal atinge sua boca enquanto sua mão cobre meu rosto. — Porque eu... só queria... levar você!

— Porra! — alguém exclama.

— Que constrangedor — acrescenta outra voz.

— Deixe-os resolverem isso. Os dois precisarão jogar juntos hoje.

— Aposto cem no Beckett. Ele está nisso por motivos familiares. O Andersen fodeu a irmã dele.

— Aceito a aposta. Você tem que ser bem fodido para testar Beckett desse jeito. Acho que Andersen foi bem ousado.

Os olhos de Carter escurecem, seu grito de guerra ecoa pelo gelo enquanto ele rola em cima de mim.

— Você está transando com a minha irmã!

— Estou apaixonado por ela, porra!

Sua boca se abre quando seu aperto no meu uniforme afrouxa.

— O quê?

Agarro seus punhos, engolindo o ar.

— Falei que estou apaixonado, ok?

Ele se senta, mas não sai de cima de mim.

— Mas pensei...

— Porque você não escuta! — Pego uma luva e jogo na cara dele. — Não tem nada a ver com você, Carter! Tem a ver só com ela e comigo!

— Mas ela é minha *irmã*. Você não pode...

— Por que não? Você não acha que sou bom o suficiente para ela?

— O quê? Não, eu... — Seus olhos brilham de culpa. Ele balança a cabeça. — Eu não disse isso.

— Então, o que é? Porque tudo o que você queria era que Olivia lhe desse uma chance, e agora não está me dando nenhuma.

— Você pode... Você pode... — Seu peito sobe e desce rapidamente, uma mancha de sangue se acumulando no centro do lábio inferior. — Você pode magoá-la!

Outra luvada na cara.

— É você quem a está magoando agora, Carter! Jennie não aguenta que você a trate assim. E por que ela deveria aguentar? Você é o irmão dela. Jennie já não teve perdas suficientes na vida? — Vejo Carter engolir em seco, e a culpa começa a afogar seus olhos. — Ela passou a vida se sentindo ofuscada por você, pensando que tudo o que tinha a oferecer era ser a irmã caçula de Carter Beckett. Enfim, ela estava percebendo que havia pessoas em sua vida que queriam estar ao lado dela, e não por sua causa. Jennie encontrou o amor, depois de tudo pelo que passou, depois de todos os problemas, caralho, e o que você faz? Você a abandona. Diz que ela não pode aceitar o amor.

Ele abana a cabeça.

— Não, eu... nunca diria isso.

— Mas é assim que seu silêncio soa. Não entende? Você pode ficar bravo, mas está agindo como uma criança. Jennie não precisa de você para protegê-la. Precisa que fique ao seu lado e seja amigo e irmão, e observe-a levar a própria vida, porque ela se vira muito bem sozinha. Você deveria querer que ela fosse feliz, não importa com quem encontre essa felicidade.

— Quero que ela seja feliz — ele sussurra, finalmente saindo de cima de mim, esparramando-se no gelo ao meu lado. — Jennie merece tudo de melhor.

— E quero dar isso a ela.

Sua cabeça cai para que ele possa olhar para mim.

— Ollie falou que eu não estava sendo justo. Me fez dormir no sofá.

— Você tem, tipo, três quartos extras.

— Quatro. Ela disse que eu não merecia uma cama.

Suspiro, passando a mão pelo meu cabelo encharcado.

— Não falo com a minha melhor amiga há quase dois dias.

Carter me observa com atenção.

— Melhor amiga?

— Jennie é minha melhor amiga, Carter.

— E se ela aceitar o emprego em Toronto?

— Aí vamos tentar administrar de alguma forma. Mas, para ser sincero, acho que ela nem quer esse emprego. Acho que a única razão pela qual está pensando em aceitá-lo é por achar que você não a quer mais aqui e que, sem você, ela perderá todos os outros que a amam.

— Merda. Estraguei tudo.

— No mínimo, sim.

— *Beckett* — o treinador chama do outro lado do rinque. — Saia do gelo! Você está fora!

Carter se levanta e se senta.

— O quê? Não, estávamos apenas...

— Treinador, está tudo bem. Nós não vamos...

Ele para na nossa frente, borrifando gelo em Carter e sorrindo.

— Você foi chamado no hospital.

A coluna de Carter se endireita.

— O quê?

— Está prestes a ser papai.

— Puta merda! — Carter rola, jogando-se em cima de mim em um tipo de abraço antes de atirar os braços para o alto e gritar: — *Vou ser papai!*

Adam me levanta enquanto Carter voa pelo gelo.

— *Olivia! Estou indo, amor!*

— Este é o seu primeiro?

A recepcionista observa Carter com um sorriso. É uma piadinha, talvez porque ele está andando pelo corredor de um lado para o outro, esfregando o rosto. Kara está gravando para mostrar a Olivia mais tarde. Agora não é hora de lhe mostrar que seu marido está desmoronando.

— Não. — Ele coloca a mão no peito. — Sou pai de cachorro.

Holly estreita os olhos.

— Carter.

— O quê? — Ele a encara. — Ah, bebê humano? Sim, é o nosso primeiro bebê humano. E último. — Ele ri ansiosamente. — Estou brincando. Teremos três, talvez. Talvez cinco. — Outra risada estridente. — Cinco bebês humanos. — Ele passa a mão trêmula sobre a boca, a pele excepcionalmente pálida. — Ei, você tem um balde por aqui?

As sobrancelhas da recepcionista se contraem.

— Balde?

Carter aponta para uma lata de lixo do outro lado da sala, caminhando em direção a ela.

— Ah, isso serve. — Ele agarra a borda e esvazia todo o conteúdo do estômago na lixeira.

Alannah, sobrinha de Carter e Olivia, me cutuca.

— Demorou, hein? Pensei que o tio Carter ia vomitar há uma hora. Ele é tão dramático e fica com a barriga fraca quando está com medo.

— Não estou com medo! — Carter grita e depois vomita no lixo mais uma vez. — É o mingau de aveia que comi no café da manhã! — Outra reviravolta em seu estômago. — Devia estar azedo!

Alannah arqueia as sobrancelhas, como que dizendo "não falei?".

— Muito medo...

Carter está no hospital há quatro horas e nós, há duas. Ele entrou e saiu do quarto treze vezes e, a cada vez, seu tom subiu uma oitava inteira. Seu rosto está vermelho, a testa encharcada de suor e seus cabelos apontam em mil direções diferentes.

O homem não está com medo; está apavorado.

— Eu sabia que isso iria acontecer — murmura Holly, vasculhando a bolsa. Ela pega uma escova de dentes embalada e um pequeno tubo de pasta de dente, enfiando-os no peito de Carter. — Aqui. Vá escovar os dentes e não saia mais do lado de sua esposa.

— Talvez eu deva entrar lá — sugere Kara, levantando-se. — Confiamos mesmo em Carter? Além disso, quando os dois estão irritados, alimentam-se da energia um do outro. Vocês já viram aqueles dois brigando? *Não* é bonito.

Emmett a puxa de volta.

— Carter vai se endireitar e ser forte pela esposa.

Carter concorda, acho, balançando a cabeça em silêncio antes de enfim sair andando pelo corredor, com a escova e a pasta apertadas nas mãos.

Afundo no assento, tamborilando os dedos nas coxas.

— Alguém ligou, humm... para Jennie? Para que ela saiba...

Holly sorri para mim.

— O voo dela partiu esta manhã. Ela deve chegar logo.

Ajusto-me no assento.

— O voo dela? Mas pensei que ficaria mais um dia. Ela deveria voltar para casa amanhã.

Holly apenas pisca. Não entendo. Se o voo saiu esta manhã, ela ainda não sabia que Olivia estava em trabalho de parto. Então, por que está voltando para casa mais cedo?

— O que ela... Por que ela... — Enterro o rosto nas mãos e coloco os cotovelos nos joelhos. — Esqueça.

A próxima uma hora e meia é gasta vagando entre a máquina de venda automática e os donuts do Tim Hortons lá embaixo, no refeitório. Comi um pacote inteiro de vinte minidonuts e, quando Adam enfia a mão na caixa vazia, ele faz uma careta.

— *Desculba* — murmuro, engolindo um minidonut sabor bolo de aniversário. — Como quando estou nervoso.

Uma porta bate em algum lugar, seguida por passos rápidos e fortes. Carter chega, vestido com um uniforme hospitalar azul e uma daquelas toucas na cabeça.

— *É uma menina* — ele soluça, engasgando-se com as lágrimas escorrendo pelo seu rosto. — *Estou apavorado pra cacete!*

Ele desaparece tão rápido quanto chegou e explodimos em aplausos, abraçando-nos, e eu queria que Jennie estivesse aqui.

— Eu disse! — digo, estendendo a palma da mão. Com uma exclamação coletiva, Emmett, Adam, Jaxon e o irmão de Olivia, Jeremy, colocam, todos, uma nota na minha mão. Guardo meus ganhos no bolso. — Hank, você sabia também, né, amigo?

— Sabia que seria uma menina quando Carter disse que seria um menino. Minha doce Ireland sempre quis uma menina, e eu gostaria de ter dado uma a ela. Sonhei com ela também. Uma versão em miniatura da mulher mais gentil que já conheci, com o mesmo grande coração. — Ele sorri para o teto, os olhos vidrados. — Aposto que ela está aqui agora, garantindo que essa menininha chegue sã e salva para sua família.

Holly dá um tapinha na mão dele.

— Acho que você está certo, Hank. A sua Ireland sempre esteve conosco.

Uma hora depois, a parteira de Olivia nos cumprimenta com um sorriso.

— Mamãe e papai adorariam que vocês conhecessem a filhinha.

Fico para trás quando todos ficam de pé.

— Gare? — Adam olha para mim. — Você vem?

— Ah. — Aceno com a mão. — Não. Não devo ir.

— Carter disse todos — esclarece a parteira.

— Ah, ok... — Esfrego as palmas das mãos úmidas pelas coxas e me levanto. — Legal.

O quarto é enorme, mesmo com todos nós aqui, fazendo fila para cumprimentar a corajosa mamãe.

Envolvo um braço em volta de Olivia e beijo sua bochecha. Por mais exausta que esteja, ainda assim ela é linda.

— Oi, mamãe. Você arrasou e é muito corajosa por deixar todos nós entrarmos aqui de uma vez.

Ela ri, abraçando-me com mais força.

— Tínhamos que ter nossa família aqui.

Seus olhos percorrem a sala e ela franze a testa quando vê que uma pessoa está faltando.

— Como você está se sentindo?

— Vocês acreditariam em mim se eu dissesse que a dor foi esquecida assim que a ouvi chorar?

— Minha mãe disse a mesma coisa quando Alexa nasceu. — Dou um aperto na mão dela. — Você conseguiu, Ol.

— Ela vai ser a garotinha mais sortuda com um tio como você. Eu até vou te perdoar por ter dado uma bronca em Carter logo hoje, só porque ele mereceu.

Eu rio, mas me calo na mesma hora que ouço uma voz gritando no corredor.

— *Estou aqui!* Estou aqui. Puta que pariu, cheguei!

Jennie entra, sem fôlego, com o cabelo preso em um coque no topo da cabeça, afogando-se dentro do meu moletom. Seu olhar encontra o meu do outro lado da sala e, quando ela sorri, acho que morri e fui para o céu.

— Tia Jenny, um dólar pelo palavrão.

Jeremy tapa a boca de Alannah com a mão.

— Hoje não, mocinha.

Carter contorna devagar a cama de Olivia com a filha nos braços, envolta em uma manta verde-claro.

— Hank, queremos que você a segure primeiro.

As sobrancelhas brancas de Hank saltam.

— Eu? Jura?

— Juro.

Suas mãos sobem de cada lado da cabeça, tremendo de nervoso.

— Bem, ok, então. Alguém me arranje uma cadeira. Já faz muito tempo que não seguro um bebê, e este é muito precioso.

Adam ajuda Hank a se sentar, e Carter coloca a filha recém-nascida em seus braços, com três quilos e meio de perfeição.

Nada além de orgulho e amor brilham nos olhos de Carter quando ele acaricia seu rosto e murmura:

— Conheça seu vovô-postiço, doce Ireland.

A cabeça de Hank se levanta, Holly engasga-se com um soluço e Jennie passa a mão pelo rosto.

Lágrimas brotam dos olhos azuis de Hank quando ele sussurra:

— Ireland?

— Ollie e eu não poderíamos imaginar um nome mais perfeito para a nossa filha.

A mão de Hank treme quando ele examina a bebê. A ponta do dedo indicador em seu queixo minúsculo, sua bochecha redonda em sua mão envelhecida. Seu queixo treme e uma lágrima escorre de seus cílios, caindo na manta dela.

— Você, doce Ireland, será a garotinha mais forte, mais corajosa e mais amada.

Ele passa a palma da mão por ela e a mão dela se levanta, os dedinhos agarrando um dedo dele. Outra lágrima cai, depois outra, e Hank levanta o dedo capturado, colocando a pequena palma da mão em sua bochecha e fechando os olhos.

Fico hipnotizado quando Jennie segura a sobrinha, como se ela fosse a coisa mais preciosa do mundo. Acho que ela deve ser mesmo, com suas bochechas rosadas, uma cabeça coberta por cabelos escuros e cílios combinando, uma boquinha em forma de coração. Carter a beija a cada dois minutos. Não consigo desviar o olhar e não quero.

— Odeio dizer isso — Emmett começa —, mas temos de ir. Precisamos ir para a arena. — Ele pousa a mão sobre Ireland. — Vou pegá-la daqui a dois dias, quando chegar em casa.

Adam e Jaxon se despedem, mas meus pés não se movem ao observar Jennie.

— Temos que ir, Gare.

— Sim, mas eu...

— Garrett.

— Ok, só quero...

— *Agora.*

Um som de frustração borbulha na minha garganta; jogo a cabeça para trás, cerro os punhos e definitivamente bato o pé. Adam ergue uma sobrancelha, caçoando.

— Você bateu mesmo o pé?

— Não — resmungo e, com um último olhar na direção de Jennie, sigo Adam, Emmett e Jaxon pelo corredor.

— Pare de ser rabugento. — Jaxon dá um tapinha na minha têmpora. — Ela está aqui, um dia inteiro mais cedo do que deveria, e estava sorrindo para você.

— Só queria abraçá-la — murmuro.

— O quê?

— *Eu disse que só queria abraçá-la.* Ela estava ali, e tudo o que eu queria fazer era...

*Ai!*

Um corpo colide com o meu por trás, e faíscas de calor se espalham por mim quando dois braços envolvem minha cintura, segurando-me com força.

Jennie passa à minha frente, cobrindo meu coração com uma mão e segurando meu rosto com a outra.

— Eu queria te abraçar também. — Ela fica na ponta dos pés e toca os lábios na minha bochecha. — Estava com saudade — sussurra contra a minha pele e, quando tenta se afastar, eu a aperto contra o meu peito, enterrando meu rosto em seu cabelo. Ela está com o mesmo cheiro, de açúcar com baunilha quente, canela e café, e nunca quero soltar.

— Parem com isso, pombinhos — Emmett grita. — Precisamos estar na arena em quinze minutos e estamos a vinte minutos de distância.

Jennie sorri.

— Boa sorte, grandão.

Quando ela beija minha bochecha mais uma vez, *com certeza* sei que morri e fui para o céu.

Vencemos o jogo em casa por dois gols, um deles meu, e, quando embarcamos no avião para San Jose, já são quase onze da noite. Depois de uma hora, o avião está silencioso e escuro, exceto pelo brilho de alguns tablets e celulares. A maior parte da equipe está dormindo, mas, apesar de toda a minha exaustão, estou bem acordado.

Jennie chegou em casa mais cedo, e eu queria estar em casa com ela. Queria lhe perguntar sobre a entrevista. Queria saber tudo o que está se passando em sua cabeça. Queria lhe dizer que a amo e a apoio, que irei continuar fazendo isso, não importa o que ela escolha.

Tenho que saber. Meus polegares digitam a pergunta, apenas para excluí-la em seguida. Não quero pressioná-la e não sei de quanto espaço Jennie ainda precisa, mesmo que tenha me abraçado como se tivesse perdido uma parte de si enquanto estava longe. Parte de mim ficou perdida, de toda forma.

Uma luz brilha no meu colo, desviando minha atenção da janela, e meu coração bate forte.

**Minha flor:** Quer jogar um jogo?
**Eu:** Que jogo?
**Minha flor:** Toronto x Vancouver

Chega um anexo.

Toronto:
Sex shop interessante na rua Cumberland, gastei $$$.
Três sorveterias Sweet Jesus maravilhosas. Por que a nossa foi fechada?

Vancouver:
Garrett faz o melhor chocolate quente.
Garrett faz cócegas nas minhas costas na cama e quando vemos filmes no sofá.
Batalhas de dança com Garrett.

Dança lenta na cozinha com Garrett.
Garrett faz artesanato comigo.
Garrett me traz lanchinhos na cama.
Conchinha com Garrett.
Banhos inteiros apenas beijando Garrett.
Abraços de ursinho de Garrett.
Garrett me levou no nosso primeiro encontro e prometeu outros.
Garrett sabe como consertar para-choques amassados (muito engenhoso).
Garrett vê meus brinquedos como amigos, não competidores.
Ninguém me faz rir como Garrett.
Garrett é paciente e gentil, e me aceita por inteira.
Garrett olha para mim como se eu fosse a melhor coisa do mundo dele. Ele é a melhor coisa do meu mundo.
Garrett.
Garrett.
Garrett.

**Minha flor:** Vamos, Garrett. Brinque comigo.

# 43
# ALEGRIA & CAOS

## JENNIE

Você já viu um homem musculoso, de um metro e noventa de altura, embalando a filhinha recém-nascida enquanto canta "You Are My Sunshine"?

— Poxa — murmuro. — Que fofos.

— Estou usando uma fralda de adulto e rasguei lugares que nenhuma mulher deveria rasgar, tudo porque ele não tem autocontrole e não conseguiu se controlar uma única vez, mas estou tão apaixonada por esses dois, é inacreditável... — Olivia olha para a dança lenta de Carter e Ireland. Juro que vejo sinais de lágrimas antes que ela torça o nariz e as afaste. — Ele está longe de ser perfeito, Jennie, mas tem muito amor no coração. Ele te ama muito.

— Carter tem um jeito engraçado de mostrar isso às vezes. Foi ele quem me ensinou a me comunicar, como era importante falar o que penso, mas, quando faço isso, ele me larga.

— Você tem todo o direito de estar chateada. Carter cometeu alguns erros e agora precisa corrigi-los. — Ela esfrega os olhos e suspira. — Na noite da sua entrevista, Kara e Emme estavam aqui, cantando no karaokê. Ele cantou a sua música, a que vocês dois sempre cantam juntos. — Sorrio, pensando em como combinamos tão perfeitamente em nossa música favorita de *Frozen*, "Vejo uma porta abrir". — Carter não deixava ninguém cantar junto, mas também não cantava suas falas. Ele parecia triste, deixando o microfone pendurado ao seu lado. — Olivia balança a cabeça. — Não sei por que infernos ele apenas... não escolheu outra música. — Ela se inclina para mim, colocando a cabeça no meu ombro. — Posso ser honesta com você, Jennie?

— Sempre.

— Estou feliz por você ter decidido não ir para Toronto. Se decidisse que sim, eu ficaria feliz por você, mas... triste por nós. Te amo demais, mas queria muito continuar te amando aqui de pertinho mesmo. Sei que é egoísta da minha parte, mas...

Eu a abraço, com o coração apertado.

— Obrigada.

— Sou muito grata pela sua presença, Jennie. — Ela enxuga discretamente os olhos. — Pronto, Carter. É hora de deixar a tia Jenny carregar um pouco a bebê.

— O quê? Mas ainda não terminei! Ela só está... — Ele abraça Ireland contra o peito e franze a testa, virando-se para o outro lado quando Olivia tenta tirar a filha dos seus braços. — Você não vai pegar a bebê!

— Carter, me dê a bebê.

— Não.

— *Carter*.

Suas sobrancelhas se unem com força, franzindo toda sua testa. Com um bufo, ele se vira para mim.

— Tenha cuidado.

— Eu já a carreguei — lembro a ele.

— Bem, não esqueça.

— Não vou esquecer.

— Sente-se no sofá. Não quero que tente se sentar quando ela já estiver no seu colo.

Luto para não revirar os olhos e me sento, estendendo as mãos.

— Ah-ah... — ele faz. — Vou colocá-la em seus braços. — Ele se curva e depois recua. — Dobre a gola da camisa para que ela não tente comer.

Enfio a gola da camisa para dentro, para o caso de minha sobrinha de dois dias tentar comê-la.

Ele se inclina e depois recua de novo.

— E não se esqueça de apoiar a cabeça dela.

— Vou apoiar a cabeça dela.

— E não...

— Pelo amor de Deus, Carter, sei como segurar um bebê!

— Nossa, calma — ele murmura, gentilmente colocando Ireland em meus braços. — Alguém está irritadinha.

— Juro por Deus que vou arrancar suas bolas e você nunca mais terá outro filho. Agora cale a boca, sente-se ou saia da minha frente.

Ele afunda ao meu lado sem dizer mais nada, encolhendo-se diante do meu olhar, como um garotinho assustado.

O pacotinho quente em meus braços se mexe e murmura, e olho para o rosto mais perfeito de todo o universo. Olhos grandes, nebulosos, azul-acinzentados, olham para mim, emoldurados por cílios escuros, e, escondidas na íris, quase imperceptíveis, há pequenas manchas verdes. Ela vai ter os olhos do pai.

Traço o contorno de sua boquinha rosada, o formato de seu nariz minúsculo, antes de colocar minha mão em sua bochecha redonda e corada.

— Ela é perfeita.

O queixo de Carter bate no meu ombro.

— Não é?

— Você puxou a mamãe. Não é, menininha?

Carter bufa.

— Até parece. Veja isto. — Ele passa o dedo pela lateral do rosto dela. O canto de sua boca se levanta, formando uma covinha profunda em sua bochecha. Eu suspiro. — Você tem as covinhas da sua tia.

— *Nossas* covinhas.

— Sim, você fica tão fofa com as covinhas da sua tia, não é, linda Ireland?

Ela pisca para mim, de forma lenta e insegura, e, quando seus dedinhos envolvem um dos meus, eu me derreto. Eu a embalo contra mim e fecho os olhos, respirando sua inocência.

— Te amo muito, minha menina. Você sempre poderá contar comigo, prometo.

Carter me observa por um momento antes de colocar timidamente a mão em cima da minha nas costas de Ireland, e meu mundo se endireita um pouco mais.

Um alarme soa e Olivia começa a tirar a camisa.

— Hora do almoço! Você consegue tirar a roupa da mamãe mais rápido do que eu, chuchuzinho — Carter murmura, batendo no nariz dela. — Isso é impressionante pra caralho, meu amor.

Olivia olha entre nós.

— Sabem o quê? Acho que vamos subir para a amamentação. Vocês dois podem passar um tempo sozinhos.

Ela pega Ireland, deixando-nos sozinhos pela primeira vez em mais de uma semana.

Não estou com fome, mas vou para a cozinha, onde encontro Oreo de bolo de aniversário. Abro três biscoitos, junto os recheios até conseguir um Oreo monstruoso e quebro-o entre os dentes. Encaro Carter discretamente ao abrir o armário embaixo da pia, piso no pedal do lixo e jogo os pedaços restantes de biscoito dentro.

Nunca o vi trabalhar tanto para controlar a contração em seu corpo. Há uma veia em seu pescoço que parece que vai estourar ao menor toque.

Ele limpa a garganta, enfia as mãos nos bolsos e caminha até mim.

— Então... — ele diz por entre os lábios franzidos, a cabeça balançando. — Estou pensando em mudar meu nome no TikTok.

— Ah, é? — Olho para as minhas unhas. — Para qual?

— *PapaiMaisGostosoDoMundo*.

— Mas você já é tão icônico com o seu *EsposoTroféu*.

Ele suspira.

— É uma escolha difícil.

— O que Ollie acha?

Ele revira os olhos.

— Ela acha que eu deveria mudar para o meu nome verdadeiro.

— Ai, credo. Tão pouco original.

— Não é? Ela não foi feita para o mundo TikTok. — Ele para na beira da bancada, desenhando com o dedo sobre o mármore. — Senti a sua falta.

Cruzo os braços.

— Você não precisava sentir a minha falta. Eu estava bem aqui.

— Estava chateado com você. Com vocês dois.

— Tudo bem, mas me ignorar por uma semana não foi legal. Não é assim que resolvemos os problemas nesta família, Carter. Não entre mim e você. Nós nos comunicamos.

Ele abaixa a cabeça.

— Eu sei.

— Sabe mesmo? Porque sempre tivemos um ao outro e, de repente, você não estava mais lá, e isso fez eu me sentir muito sozinha. Você sempre foi meu maior apoiador, mas nos excluiu, a mim e a Garrett, e senti como se tivesse perdido você. E sabe qual foi a pior parte? Por um segundo, eu não sabia quem eu era sem você ao meu lado. Não sabia quem seria se não fosse sua irmã caçula. Disse a mim mesma que ninguém iria me querer se não fôssemos mais uma dupla. Quase me mudei para Toronto porque me convenci de que estava vivendo à sua sombra. Percebi, porém, que nunca foi assim de fato. Você é meu irmão, mas não sou apenas sua irmã. A única coisa que me mantém à sua sombra... sou eu.

O olhar de Carter contém todo o remorso de alguém que teve muito tempo para pensar no que errou.

— Me desculpe por tê-la excluído. Me desculpe por tê-la feito sentir sozinha. Sinto muito se não lhe dei espaço suficiente para brilhar. Você sempre brilha aos meus olhos.

— Você me deixa brilhar. E Garrett também. Ele é tão paciente e tão gentil comigo. Ele me faz sentir que posso ser quem eu quiser. Eu me sinto segura com ele, Carter.

— Sinto que falhei muito com você. Não consegui manter seu coração seguro quando papai morreu. Não consegui protegê-la no ensino médio. Fico sempre... Fico sempre preocupado, Jennie, com a possibilidade de alguém machucá-la. Desta vez, porque deixei meu ego atrapalhar, eu que a magoei. — Ele pega a minha mão. — Eu deveria protegê-la. Deveria ser aquele a quem você procura, aquele com quem você conta.

— E você é. Isso não vai mudar. Mas tenho de ser capaz de cuidar de mim mesma. Garrett me ajudou a aprender como fazer isso.

— Mas... — Ele morde o lábio inferior. — Pensei que eu era o seu melhor amigo.

— Ah, Carter. — Aperto sua mão com força, aproximando-me. — Você é e sempre será. Mas Garrett é como Olivia é para você. Quando conheci Garrett, quando *de fato* o conheci... me senti tão sortuda, como se enfim tivesse encontrado o que você e Olivia tinham, algo que pensei que nunca tinha sido feito para mim. Você não acha que mereço ser amada do jeito que você ama Ollie?

— Você merece tudo de melhor, Jennie.

— Eu me sinto assim com Garrett.

Ele me encara por um longo momento.

— Ele diz que a ama.

— Ele ama.

— Você o ama também?

— Muito. — Sorrio. — Ele deu um soco em Simon por mim.

Seus olhos brilham.

— Ele deu?

— Dois socos.

Seu peito incha.

— Eu teria dado três.

— Não é uma competição — lembro com gentileza.

Ele desvia o olhar, murmurando as próximas palavras.

— Temo que você não precise mais de mim.

Meus olhos ardem e pisco rápido, tentando conter as lágrimas antes que elas comecem a rolar. Não adianta. Droga. Lágrimas estúpidas.

Os olhos de Carter se arregalam, as mãos subindo na frente de seu rosto ao girar no lugar, como se não tivesse ideia do que fazer.

— Ah, não. Não, eu não queria… Não. *Olivia!* Eu a fiz chorar!

— Pelo amor de Deus — ela grita de volta. — Seja homem e conserte isso, Carter! Uma humaninha está roendo meu mamilo! Não tenho tempo para os seus dramas!

Jogo meus braços em volta do pescoço de Carter, que me abraça enquanto choro.

— Sempre precisarei de você. Isso nunca, jamais mudará.

— Promete? — ele pergunta em um sussurro.

— Prometo.

## GARRETT

Sou atingido por uma estranha sensação de *déjà-vu* ao hesitar do lado de fora da porta de Jennie, com minha bolsa de hóquei pendurada no ombro, tacos na mão, como na primeira vez que estive aqui para ver como ela estava, com sua caixa de vibradores esperando para explodir na minha cara.

Não é que eu tenha medo de bater, é que estou…

Estou com um pouco de medo. Jennie é tão forte e confiante. Ela tem certeza sobre muitas coisas na vida, e a única coisa sobre a qual já tive certeza, bem… é ela.

Estou morrendo de vontade de abraçá-la, beijá-la, mas não sei como conseguir o que quero agora. Precisamos de tempo? Precisamos voltar aos poucos? Nunca senti que precisássemos ir tão aos poucos em nosso relacionamento. Claro, algumas coisas vêm com o tempo. Mas, na maior parte delas, Jennie abriu seu coração de imediato e pediu o que queria, e lhe dei sem hesitação: amizade. Eu precisava ter tudo dela, até mesmo as partes que não sabia que queria. Agora que as tenho, não sei como desacelerar. Tudo o que quero é avançar, mas não quero pressioná-la.

Limpando a garganta, bato. Ouço música lá dentro e, depois de mais algumas batidas, tento a maçaneta, feliz por descobrir que a porta está destrancada. A música que vem do quarto é tão alta que não é de se admirar que ela não consiga ouvir nada. Deixo meu equipamento perto da porta, tiro os sapatos e sigo pelo corredor.

— Jennie? — chamo baixinho, enfiando a cabeça no quarto dela. A mesinha de cabeceira está aberta, os cobertores espalhados na cama, e caminho devagar em direção ao banheiro, onde a ouço cantarolando, chamando meu nome.

Não tenho certeza do que esperava, mas com certeza não era uma variedade reluzente de vibradores cobrindo quase cada centímetro do balcão de quartzo branco.

Eu também não esperava encontrar Jennie nua e encostada na parede, olhos fechados enquanto geme, uma mão se movendo entre as pernas, a outra firme no Indiana Bones, como se precisasse de algo para se segurar.

— Puta merda.

Os olhos de Jennie se abrem e ela salta no ar, um de seus gritinhos assustadores saindo da boca. Fazia algum tempo que eu não ouvia um desses. Esqueci o quanto eles aumentam minha pressão arterial.

Ela se vira em todas as direções, como se estivesse procurando um lugar para se esconder, e, quando não encontra um, acidentalmente derruba todos os brinquedos do balcão, até que estejam zumbindo e pulando a seus pés. Indiana Bones se solta de suas mãos e um grito rasga minha garganta quando aquele filho da puta carnudo sai voando pelo ar, vindo me acertar bem no rosto em câmera lenta.

— Ai! — grito, batendo com a mão no lado direito do meu rosto enquanto ele me estapeia. — *Meu olho!*

— *Garrett!* — Jennie grita, com as mãos no meu peito, empurrando-me para fora do banheiro. — *Fora! Saia!*

A porta bate na minha cara antes que eu tenha tempo de compreender o que está acontecendo e, quando ela se abre de novo, oito segundos depois, Jennie está com uma das minhas camisetas, o rosto vermelho, a música reduzida a um zumbido baixo. Ela não parece menos irritada, e também não tive tempo de processar, ainda estou nervoso.

— Que merda você está fazendo aqui? — ela grita comigo.

Meus braços se levantam, balançando descontroladamente no ar. Talvez, se eu me fizer maior, ela ficará menos assustadora.

— Sua porta estava destrancada! Eu... eu... eu... ouvi meu nome!

— Deixo minha porta destrancada e digo seu nome o tempo todo!

— Por que você deixaria a porta destrancada, se estava com todos os seus brinquedinhos?

— Eu faço o que eu bem quiser!

— Por que está se masturbando com a porta destrancada?

— Eu faço o que bem quiser! — É tudo o que ela grita. — Você não deveria chegar em casa antes da meia-noite, seu idiota!

— Voei para casa mais cedo para ficar com você, sua tonta!

Ela pisca para mim, a subida e descida de seu peito diminuindo.

— Ah. Isso é... — Ela coça o nariz torcido. — Fofo.

Nós nos encaramos por um longo momento e, quando ela se lança contra o meu peito, eu a aperto com força.

— Senti tanto a sua falta — sussurro. Ela é tão quente, tão macia, esse corpo perfeito que envolve o meu e faz tudo parecer incrivelmente *certo*.

Com o queixo no meu peito, ela me dirige um sorriso bobo e com covinhas dizendo-me:

— Eu te amo tanto.

Cubro sua boca com a minha. Os dedos de Jennie afundam em meu cabelo, aproximando-me dela, enquanto sua língua se sobrepõe à minha. Minhas mãos deslizam por baixo de sua blusa, passando pelo arco de suas costas, segurando-a contra mim enquanto a ergo na beirada do balcão.

— Você vai mesmo ficar?

— Aqui é o meu lugar, Garrett.

— Juntos?

— Nenhum outro lugar.

— E o seu sonho?

— Quero meu próprio estúdio. Quero ensinar dança de uma forma que não encoraje tendências obsessivo-compulsivas. Quero ensinar as crianças a amar algo e, ainda assim, traçar limites saudáveis em torno disso, em vez de deixar que isso as consuma. Meu sonho é ter todo o amor que quero, o amor de que preciso e o amor que mereço. E é aqui, Garrett, que tenho isso.

— Estou orgulhoso de você por reconhecer do que precisa e merece. E meu lado egoísta fica feliz que você fique.

— Estava preocupada que, se ficasse, seria porque não sabia como me virar sozinha — ela admite. — Eu não queria ir pelas razões erradas, mas também não queria ficar por razões erradas.

— Saber se virar não significa sem amor, Jennie. Não significa que tenha de fazer tudo sozinha, que você não crescerá a menos que saiba dar conta de tudo sem ajuda. Porque você já consegue se cuidar. Você é corajosa e independente. Mas o mais importante é saber do que precisa.

— Não há problema em ser uma parte de um todo — ela acrescenta com delicadeza, como uma nova compreensão, as peças finais se juntando, passando de uma fantasia a uma verdade. Seus doces olhos azuis erguem-se para os meus, e a gratidão brilhando ali, o amor, é o suficiente para tirar o fôlego dos meus pulmões. — E acho que você é a maior parte, Garrett.

Meus lábios tocam os dela e, de repente, não somos nada além de mãos roçando, línguas deslizando, beijos lentos e molhados, como se tivéssemos todo o tempo do mundo para ficarmos juntos. Acho que temos.

Quando nos separamos, Jennie encosta a testa na minha.

— Já passou pela sua cabeça que talvez nunca fizéssemos sentido juntos? Que éramos diferentes demais para o relacionamento funcionar?

— Às vezes, os opostos se atraem. Mas não acho que sejamos assim tão diferentes, e nunca houve uma parte de mim que pensasse que não poderíamos ser exatamente aquilo de que o outro precisava. — Seguro seu rosto em minhas mãos, estudando os olhos azul-violeta que guardam tudo de que gosto: o humor, a provocação implacável, a confiança, a incerteza, a compaixão, *o amor*. — Cada pedaço de você cabe em cada pedaço de mim, e é assim que sei. Trazemos à tona as partes um do outro que passamos tanto tempo de nossas vidas com muito medo de mostrar. Você é minha melhor amiga, e nos deparamos com tudo de que precisávamos quando nos encontramos. Apaixonar-me por você foi como dar baixa na última coisa da minha lista de desejos.

Ela se aconchega em mim, com a cabeça no meu ombro.

— Sabe, não tenho certeza se realmente nos apaixonamos. Acho que construímos esta relação do zero. Fizemos um do outro uma prioridade, transformamos nossa amizade em um lugar seguro para estarmos juntos e aprendermos juntos. Queríamos honestidade e confiança, e trabalhamos todos os dias para consegui-las. Plantamos as sementes e elas floresceram porque você pegou minha mão e fez com que tudo em mim tivesse espaço para brilhar, até mesmo as partes que eu me contentava em deixar nas sombras.

Às vezes, não consigo acreditar que ela é real, como se ela fosse uma invenção da minha imaginação, algo que meu cérebro sonhou e disse: *aqui está tudo o que você poderia querer, tudo reunido em uma única pessoa.* Não sei como a convenci a ser minha, mas sei que nunca vou largá-la.

— Quero ficar com você para sempre. Por favor, não vá embora.

Passamos a próxima hora abraçados, meus dedos subindo e descendo por suas costas conforme ela me conta tudo sobre Toronto. Ela ainda está traumatizada com o jantar de salada, então vou levá-la no nosso segundo encontro e vamos comer carne.

— Deixe-me terminar de guardar minhas coisas e depois vou me vestir — diz Jennie.

Sigo-a até o banheiro, ajudando-a a coletar seus brinquedos.

— O que estava fazendo com tudo isso?

— Estava fazendo uma limpeza completa neles e fiquei com um pouco de tesão esperando você chegar em casa. — Ela bate Indiana Bones no meu ombro. — Pode processar uma mulher por se tocar enquanto ela pensa no namorado.

— Bata com isso em mim mais uma vez e vou usar esse seu brinquedinho em você hoje à noite. — Rolo um plug de vidro rosa entre meus dedos. — Enquanto você está amarrada com isso... — Roço a ponta da minha gravata. — E enquanto meto este aqui... — Balanço a cabeça de Indiana Bones e me inclino para a frente, espalhando beijinhos por uma trilha até a orelha de Jennie. — E você estará de joelhos, com meu pau na sua garganta.

O calor inunda seu rosto, seu lábio inferior desliza entre os dentes. A diabinha estende seu brinquedo e me bate com ele mais uma vez.

Com um grunhido, dou uma palmada em sua bunda.

— Mexa-se, ou então ficaremos aqui e você não vai comer carne hoje.

Ela assente e depois mostra a caixa etiquetada de onde vieram aqueles brinquedos maravilhosos meses atrás, no dia em que Indiana Bones e eu nos conhecemos.

— Achei que eles poderiam encontrar um novo lar na sua casa.

— Na minha casa? Você vai se mudar para lá?

— Não. — Ela ri. — Seria uma loucura. Certo?

— Muita loucura — concordo.

— Estamos namorando oficialmente há apenas quatro semanas.

— Eu te amei por muito mais de quatro semanas, minha flor.

Ela exala beleza, brilho e doçura, assim como seu apelido.

— Jura? Eu também.

Entrelaçando meus dedos aos dela, eu a puxo para mim e começamos a balançar ao som da música que ainda flui baixinho pelo som. Meus lábios tocam seu ombro, percorrendo seu pescoço, parando em sua orelha.
— Posso te contar uma coisa?
— Claro.
— Gosto de loucura.

# 44
## CONFETES DE PIPIS

JENNIE

— Você acha que vocês vão se casar? E ter bebês? Isso nos tornaria tias, certo? Ah, e podemos ser damas de honra no casamento? Quero usar um...

Alexa se vira no assento, tentando dar um tapa nas costas de Gabby.

— *Gabby!* Cale a boca! Jennie não a quer como dama de honra. — Ela se vira. — Desculpe-a por isso. *Desconfiômetro* não está no dicionário dela.

Um grito agudo ecoa pelo carro quando Gabby belisca Alexa, e enfio meu braço entre elas, separando-as.

— Tudo bem, já chega! Caramba, e eu que pensei que Carter e eu brigássemos muito. — Expiro alto e encontro o olhar de Stephie no retrovisor. Ela dá de ombros. — Vocês tiveram sorte de o carro já estar estacionado. Tenho um terrível histórico com placas de "pare".

— Mas, como? — Alexa pergunta. — As placas não se mexem.

— Sim, Alexa. Eu sei. Seu irmão gosta de me lembrar disso toda semana. — Saindo do carro, olho para as irmãs de Garrett. — Ok, senhoritas. Vamos.

Gabby é a mais rápida a escapar, logo entrelaçando seu braço no meu, Stephie em seguida. Alexa caminha ao nosso lado, observando nossos braços dados como se estivesse se sentindo um pouco excluída, mesmo que não diga isso. Ela está naquela fase pré-adolescente mal-humorada, em que a frieza e o distanciamento são a única maneira de agir. Em especial porque não quer ter de pedir a atenção que tanto deseja. Ela finge estar irritada toda vez que Garrett a puxa para o lado dele no sofá na noite de cinema, mas, na verdade, é tão carinhosa quanto ele. É por isso que fica ali, ao lado do irmão, até os créditos finais rolarem.

— Ei, Lex — chamo. — Você vai se sentar ao meu lado na hora do almoço, mais tarde?

— Jura? — Seus olhos castanhos brilham antes que ela mude sua expressão e levante um ombro. — Se você quiser.

Dou-lhe uma piscadela, fazendo-a corar. Ela é muito parecida com o irmão.

Acho que não tinha percebido o peso e a profundidade do meu amor por Garrett até o ver com as suas irmãs. Observá-lo embalando Ireland enquanto balbucia com ela também mudou meu sentimento.

Garrett e eu não estamos *tecnicamente* morando juntos, mas a família dele se mudou para cá no início de abril. O pai de Garrett só começa a trabalhar no final do mês, daqui a duas semanas, mas esse tempo permitiu que se estabelecessem em sua nova cidade. Eles estão hospedados no meu apartamento, e estou no de Garrett.

Hoje, seus pais estão assinando os papéis da nova casa, para a qual se mudarão em quatro semanas. Não sei como dizer a Garrett que eu... não quero ir embora.

Adormecer envolta no calor de seu corpo, acordar com seus lábios na minha pele, suas palavras murmuradas em meu ouvido... é a minha coisa favorita no mundo. Mesmo quando ele está fora, há algo de reconfortante em estar em seu espaço, algo que faz eu me sentir em casa.

— Uau — Stephie murmura, arrancando-me dos meus pensamentos quando atravessamos as portas da frente da faculdade. Seus olhos ficam arregalados de admiração quando ela olha ao redor no amplo hall de entrada. — É tão diferente durante o dia, sem todas as pessoas aqui.

— As noites de apresentação ficam lotadas — concordo. Esgotamos os ingressos em dois fins de semana seguidos, e tenho orgulho de dizer que uma fileira inteira foi preenchida por meus amigos e familiares. Senti como se estivesse dançando só para eles. — Mas o semestre acabou agora. Estamos em época de provas, então a faculdade está mais tranquila.

Levo as meninas para o estúdio de dança. Elas exclamam "ohs" e "ahs" ao rodopiarem pelo espaço e depois me seguem até o fundo, onde fica meu armário.

Por obra do destino, Simon também escolheu o dia de hoje para esvaziar seu armário.

— Jennie. — Ele deixa cair um livro aos pés. — Eu não sabia que você viria hoje. — Ele olha para as meninas. — Quem são elas?

— Irmãs de Garrett — respondo com desinteresse, arrumando minhas coisas na mochila.

— Certo. Então vocês dois estão...?

— Namorando.

— Ah.

— Sim, isso mesmo — a voz de Gabby soa atrás de mim. Olho por cima do ombro para encontrá-la fazendo uma careta para Simon, com os braços cruzados e o quadril arrebitado. — Meu irmão mais velho é o namorado dela. E quem é você, seu trouxa?

Simon atrapalha-se para encontrar uma resposta antes de desistir e pairar atrás do meu ombro.

— Ah, ei, Jennie. — Ele limpa a garganta com o punho fechado. — Poderíamos talvez... conversar?

— Não vejo qual seria o sentido disso. — Fecho o zíper da mochila. — Você não sabe ouvir, não é, Simon?

— Pois é, *Simon*. — Gabby estala os dedos no ar. — Fique na sua, *amigão*.

Há um anjinho em meu ombro me dizendo que eu deveria controlá-la, mas o diabinho no outro ombro me incentiva a deixá-la falar o que bem entender.

O anjo vence. *Droga*.

— Tudo bem, minha pequena guarda-costas. Controle-se.

Afasto-me de Simon, gesticulando para as meninas irem na minha frente.

— Você vai mesmo embora? — Simon grita. — Depois de cinco anos de amizade? Não acha que está sendo um pouco exagerada? Quantas vezes tenho de pedir desculpas?

Meus tênis rangem quando derrapo e paro, e a raiva sobe até os meus ouvidos, em sintonia com as batidas do meu coração.

Sua expressão me diz tudo que preciso saber: ele não está arrependido. Não estava antes e com certeza não está agora. O que ele quer é o perdão que não merece. Quer ir embora sem a culpa do que fez.

— Às vezes, um pedido de desculpas não é suficiente. — Quando ele abre a boca, repito: — Às vezes, não é suficiente. Pessoas como você lançam desculpas pelo ar como se fossem saudações, vazias e sem sentido, algo que se sentem obrigadas a dizer. E pessoas como eu, que gostam de acreditar que há algo de bom em todos, que merecemos, todos, uma segunda chance porque todos cometemos erros... Pessoas como eu perdoam pessoas como você. Perdoamos uma vez, depois duas. E de novo e de novo, até que alguém entra em nossas vidas e nos mostra que não é difícil cumprir promessas. Pedir desculpas com sinceridade. Comprometer-se a ser melhor. Até que alguém nos mostra que não há espaço em nossas vidas para pessoas que não se importam com cruzar limites. Pessoas como *você*, Simon.

Alexa desliza a mão na minha, apertando de leve antes de incentivar suas irmãs mais novas, e seguimos em direção à saída, juntas.

Estou no meio da porta quando me lembro de um item no fundo da minha mochila. Guardei lá no início do ano. Era para ser para Krissy, quando ela estivesse desavisada, mas não seria desperdiçado em Simon.

Tiro o item pesado lá de dentro, volto até Simon e coloco-o na mão dele.

— Aqui. Comprei isso para você antes de tudo o que aconteceu. Pode ficar com ele.

O sorriso bajulador que surge em seu rosto me permite saber que, apesar de literalmente tudo o que acabei de dizer, ele acha que isso significa que ainda me importo com ele. Então fico o esperando abrir o cilindro preto.

Simon faz um barulho triunfante quando a mola do objeto se abre, e meu sorriso cresce quando o dele morre.

Confetes brilhantes em formato de pênis caem em uma cascata cor-de-rosa ao redor dele, cobrindo seu cabelo, grudando em suas bochechas, em suas roupas. Caem dentro de sua mochila aberta, e um pedaço particularmente grande pega seu lábio superior, agarrando-se ali enquanto seus olhos brilham.

Não consigo fazer meu sorriso parar de crescer.

— Vamos, meninas.

— Hmm — Stephie começa com cautela. — Aqueles eram... *pipis?*

— Sim. Não conte para sua mãe.

— Podemos contar ao papai?

— Não. Esperem. Sim.

Aquele homem me ama. A mãe de Garrett também, mas ela consegue fazer alguém se sentir culpado apenas com o olhar. Tento evitar ser alvo desse olhar, mas, infelizmente, sou uma Beckett, então acontece.

Quando estamos no carro, viro-me para as meninas.

— Nunca deixem ninguém pisar em vocês, senhoritas. Saibam seu valor, estabeleçam limites e não permitam que ninguém as desrespeite. Se acontecer, metam uma joelhada no saco e atirem uma bomba de confetes de pipis no rosto dele. Entendido?

— Sim, Jennie — elas respondem em uníssono.

— Quero ser forte como você quando crescer — diz Alexa, baixinho.

— Você já é forte. Mas não há problema em ter dias em que não se sinta forte.

— Quero ser dançarina e líder de torcida quando crescer — Gabby acrescenta. — Que nem você e Emily.

— Ah, querida. Emily não é uma líder de torcida de verdade.

— Então por que ela estava vestindo uma roupa de líder de torcida quando se despediu do amigo ontem? Stephie e eu estávamos andando de patinete no corredor e a vimos.

— Sabe o quê? Essa é uma ótima pergunta. Você deveria perguntar a ela na hora do almoço.

Ligo a ignição, conecto meu celular ao carro com o adaptador e, em seguida, puxo rapidamente o cabo de volta quando uma mensagem ilumina a tela.

> **Ursinho:** Sonhei em foder sua boceta encharcada a noite toda até sua garganta ficar em carne viva de tanto gritar meu nome.
>
> **Ursinho:** Ops, correção automática. Devia ter sido: bom dia, minha flor.

— É Garrett? — Gabby pergunta, inclinando-se no assento para espiar meu celular.

Eu o puxo contra o meu peito.

— Não.

Alexa semicerra os olhos para mim.

— Você está mentindo.

— Tenho que admitir, Jennie, você parece culpada. — Stephie cutuca minha bochecha. — Seu rosto ficou supervermelho quando você leu a mensagem.

— Meu rosto *não* ficou supervermelho. — *Seu irmão incendiou minhas entranhas com uma simples mensagem de texto.* — Ele estava apenas sendo gentil. Superfofo. — *Vou deixá-lo me amarrar esta noite.*

— O que ele disse que foi tão gentil assim? — Stephie franze a testa.

— Disse que quer trançar seu cabelo? Porque na semana passada o peguei com uma daquelas fitas que você usa no cabelo. Quando perguntei o que ele estava fazendo, ele disse que iria trançar seu cabelo para você. O rosto dele também ficou muito vermelho, e ele estava meio que gritando. — Ela dá de ombros. — Acho que ele gosta muito quando você usa essas fitas.

— Sim — falo devagar. — É por isso que ele estava com a minha fita.

— Talvez um dia eu tenha um namorado que queira amarrar meu cabelo com uma fita também — afirma Gabby alegremente.

*Garrett vai me matar.*

Foi uma longa semana sem Garrett.

Tudo bem, só se passaram quatro dias.

*Foram quatro longos dias sem Garrett.* Os jogadores viajaram muito nas últimas semanas, à medida que a temporada regular terminava. Conquistaram o segundo lugar em sua divisão e terão um dia de folga amanhã, antes de passarem para a rodada de desempate em casa.

A faculdade acabou, o que significa que tenho tempo livre ilimitado até conseguir um emprego ou abrir meu próprio estúdio. Quero muito um estúdio meu, por isso estou pensando em fazer um curso de administração para me ajudar. Enquanto isso, tenho passado todo o meu tempo livre com as meninas — Olivia, Ireland, Kara, Emily e as irmãs de Garrett.

Ver minha sobrinha crescer é a coisa mais incrível. Ela mudou muito em apenas cinco semanas, e Kara e eu dormimos lá na maioria das noites quando os meninos estão fora. Carter fica no FaceTime com Olivia sempre que não está jogando, porque não quer perder nada de Ireland.

Tenho estado ocupada, mas isso não me impede de sentir falta de Garrett quando ele viaja. Com o fim do campeonato, não posso deixar de pensar no que vem a seguir: meses com ele só para mim.

O luar prateado atravessa as frestas das persianas do quarto de Garrett, refletindo no espelho enorme que está pendurado na parede. Ele o pendurou só para mim quando me mudei temporariamente, porque reclamei de não ter um lugar para conferir minha bunda e o visual como um todo.

Tiro a roupa e acendo a luminária, parada no reflexo do brilho laranja, admirando o corpo que carrega meus sonhos de dançarina.

Eu o preenchi durante a minha relação com Garrett, resultado de infinitas canecas de chocolate quente com marshmallows extras, edições especiais de Pop-Tarts, jantares fartos, festivais de mastigação no sofá assistindo a filmes, dormindo até tarde no lugar dos treinos matinais, e somente... apreciando cada centímetro de mim, deixando alguém apreciar também. Áreas que passei anos minuciosamente examinando, procurando maneiras de torná-las menores, agora se arredondaram da maneira mais bonita. Estou mais confiante e apaixonada pelo meu corpo do que nunca.

Mas minhas partes favoritas são as pequenas marcas na minha pele, tons desbotados de roxo e rosa, onde Garrett passou seu tempo amando cada centímetro de mim com a boca. Meus dedos flutuam sobre cada mancha, acendendo uma faísca no fundo da minha barriga, como se eu pudesse sentir a boca dele em mim.

Sorrio quando toco a marca na base do meu pescoço, aquela que Garrett deixou de propósito para Carter ver. Ele chamou de vingança por meu irmão ter sido um idiota, mas depois gritou a plenos pulmões conforme Carter o perseguia por toda a casa.

Meu coração dispara ao som da fechadura deslizando e, quando a porta abre e fecha, borboletas explodem em minha barriga. Um baque pesado é ouvido quando uma bolsa cai no chão, então o ritmo rápido de passos ecoa em meus ouvidos, martelando junto com meu pulso. Garrett aparece no reflexo do espelho, parando na porta, e um sorriso surge em meu rosto.

Seus olhos examinam o meu corpo e ele atravessa o cômodo devagar, puxando a gravata, abrindo os primeiros botões da camisa.

Dedos largos deslizam pela minha cintura, as palmas sobre a minha barriga, chamuscando minha pele. O queixo de Garrett bate no meu ombro quando ele me abraça.

— Minha — ele murmura, logo antes de roçar meu queixo e forçar meu rosto até o dele.

Sua boca cobre a minha, que abro sem hesitação, um suspiro suave escapando dos meus lábios.

Estendo a mão para trás, os dedos percorrendo suas ondas loiras à medida que ele deposita beijos molhados em meu pescoço. Nossos olhares se fixam no espelho e sua mão desliza pelo meu torso. Minha barriga se contrai quando vejo seus dedos se aproximarem e minhas costas se arquearem, incitando-o a ir mais rápido. Ele sorri contra o meu pescoço e, quando mergulha dois dedos entre minhas pernas, tocando minha umidade, o desejo explode, disparando através de mim como um incêndio.

Ele trabalha devagar no feixe de nervos entre as minhas coxas, extraindo cada gemido, minhas unhas arranhando os braços que me seguram. Ele afunda os dois dedos dentro de mim, com o olhar pesado e inebriante ao me observar subir cada vez mais alto. Contorço-me, ofegante, e, quando seus dedos se dobram, eu me engasgo, e ele sussurra:

— Minha.

Sua palma pousa entre minhas omoplatas quando me empurra para a frente, guiando minhas mãos para a moldura do grande espelho. Observo com muita atenção assim que sua gravata desliza do pescoço, a camisa branca caindo no chão atrás dele, o resto de suas roupas em seguida.

Garrett afasta minhas pernas, seu pau pressionando minhas costas conforme as mãos percorrem meu corpo, as pontas dos dedos dançando sobre a minha barriga, as palmas apertando meus seios, os polegares raspando meus mamilos tensos. Um sorriso torto floresce em seu rosto antes que seus lábios toquem abaixo da minha orelha.

— Eu te amo — ele murmura. Quando afunda dentro de mim com um impulso profundo e sem pressa, agarra meu pescoço e rosna suavemente: — Minha.

Seus olhos me observam com cuidado, estreitos e ardentes, queimando cada lugar que tocam ao se mover dentro de mim. Seus quadris batem na minha bunda, as mãos agarrando meus quadris conforme ele move mais rápido, estimulado por cada respiração irregular, pelos gemidos, pelos gritinhos.

Não quero ir embora. Quero ficar aqui, aqui mesmo com ele.

— Seus pais assinaram tudo para a casa hoje — digo, saltando para a frente com o peso de seu mergulho.

— Humm.

— Eles se mudam em quatro semanas.

— Sim.

— Isso significa que posso voltar para casa em breve.

— Você já está em casa.

— O quê?

— Esta é a sua casa. — As palavras lambem a pele do meu pescoço, quentes e doces. — Vou ficar com você para mim.

— Está me pedindo para morar com você?

— Estou lhe *dizendo* que você não vai a lugar nenhum.

— Humm. Parece um tanto mandão da sua parte.

— Acho que você está me contagiando, minha flor.

Minha cabeça pende para a frente com um gritinho suave quando ele roça meu clitóris.

— Só vai piorar se eu... se eu... ficar.

— Eu sei. Estou lidando com isso. Estamos todos lidando com isso. Avisei a todos para esperarem um Garrett novo e crescido.

— Mas gosto do velho e gentil Garrett.

Seu ritmo diminui para uma velocidade torturante, os dedos saindo dos meus quadris, saindo de onde eles cavaram a minha pele.

— Garrett — choramingo, batendo minha bunda para trás. — Mais forte.

— Você disse que prefere mais gentil.

— Há momento e lugar para a gentileza, e agora não é este momento. Me foda com vontade!

Sua língua desliza pelo meu pescoço.

— Diga por favor.

— Me foda, por favor.

— Vamos, minha flor. Você consegue fazer melhor do que isso.

Um arrepio percorre minha espinha quando ele se retira por completo, depois afunda de volta para dentro de forma dolorosamente lenta.

— *Por favor* — gemo conforme seu polegar circunda meu clitóris. — Me foda, Garrett. Não quero conseguir ficar de pé depois de você me foder.

Seus quadris ficam imóveis enquanto ele me preenche por completo. Ele sorri contra o meu pescoço antes de sair e avançar com um único golpe que me faz gritar, segurando-me contra o espelho. Ele enrosca os dedos no meu cabelo, puxando minha cabeça, mantendo meu olhar no seu ao me penetrar com uma ferocidade que reserva apenas para mim, apenas para o quarto.

Ele me puxa de cima dele e me gira, levantando-me, enrolando minhas pernas em volta de sua cintura e me jogando de volta no chão. Minhas unhas arranham seus ombros quando ele me pressiona contra o espelho e me fode, e cada centímetro de mim treme, a pressão aumentando na minha barriga.

Minhas paredes se apertam ao seu redor, puxando-o mais fundo enquanto suas estocadas aceleram. Seus olhos turquesa me encaram, brilhando com tanto amor, tanta admiração, e pego sua boca, forçando-o a engolir seu próprio nome quando gozo, encharcando seu pau.

— Minha — Garrett sussurra.

Ele afunda no chão, puxando-me entre as suas pernas, segurando-me contra ele enquanto observo o reflexo de seus lábios pontilhar meu queixo, meu pescoço, meu ombro.

— Minha — ele murmura a cada beijo.

— Sua, o quê?

Seu sorriso é tão terno quando ele me olha no espelho, lindo e especial, como se fosse tudo para mim. Seu nariz cutuca meu queixo até que viro meu rosto para o dele e ele pressiona seus lábios nos meus.

— Minha melhor amiga, minha flor, a dona do meu coração.

Fogos de artifício explodem, e meu coração voa quando me acomodo no amor que sempre quis, no amor pelo qual eu ansiava. Eu nunca poderia imaginar que seria assim, tão inteiro, tão completo que faz meus ombros relaxarem, fazendo eu me sentir quase flutuando.

Posso ter parecido confiante antes, ousada e autoconsciente, mas, quanto mais olho para trás, mais parece que não passava de uma atuação. Ninguém se dava ao trabalho de me conhecer, então ergui muros para manter todo mundo do lado de fora, para evitar a dor de cabeça.

No fim, tudo que fiz foi renunciar a pedaços de mim mesma. Coloquei-me em uma caixa e escondi minhas partes mais vulneráveis, as peças que eu tinha medo de revelar, aquelas que me tornavam exatamente quem sou, porque tinha medo de que as pessoas não me amariam pelo que eu era.

Mas, talvez, o que eu temia, na verdade, era que alguém me amasse pelo que, de fato, eu sou. Alguém que me visse por inteira, com todas as bordas afiadas, irregulares e desgastadas, e ainda assim me escolhesse.

E é o que Garrett faz.

Ele me vê por inteiro e me escolhe, dia após dia.

Diz que sou a flor que alegra seu dia, mas acho que ele é quem alegra o meu.

Brilho muito mais com esse homem iluminando meu céu.

# EPÍLOGO
## OOOPS

GARRETT

**Julho**

— DE QUEM FOI ESSA ideia de merda?

Meu olhar desliza para a minha namorada. Ela está usando shorts vermelhos minúsculos e justos, exibindo suas pernas longas e douradas. Um top esportivo combinando cobre os seios perfeitos, que saltam a cada passo que ela dá ao meu lado, mantendo meu ritmo. As curvas suaves em seu torso flexionam-se conforme ela se move, brilhando de suor, e catalogo mentalmente tudo que nos rodeia, tentando localizar algum beco.

Tenho vontade de tirar seus shorts e entrar nela pressionando-a contra uma parede de tijolos, cobrir sua boca com a palma da mão para que ninguém a ouça gritar meu nome.

Mas é sexta-feira de manhã no centro de Vancouver. As calçadas estão transbordando de pessoas saboreando o café da manhã no início de julho ensolarado. Turistas de bicicleta vêm aqui para ver tudo o que a cidade tem a oferecer. Um casal com tesão transando em um beco provavelmente não é o que querem ver.

— Foi ideia sua — lembro a Jennie. — "Vamos dar uma última corrida pela nossa vizinhança". — Eu a imito, depois grito quando ela dá um soco no meu ombro. — Ei! Mãos agressivas ficam amarradas.

— Estou bem ciente, Garrett. — Ela se vira em minha direção e faz beicinho, e sei o que está por vir. — Um último café gelado na Starbucks do bairro?

Ela tem feito isso nas últimas duas semanas, como uma desculpa para conseguir tudo o que quer. *Uma última casquinha de sorvete, uma última viagem ao Udupi Palace, um último passeio pelo Stanley Park.* Ela faz bico, virando o lábio inferior para fora, os punhos cerrados sob o queixo, e cinco minutos depois estamos descendo para irmos aonde ela quiser.

Diminuo a velocidade e puxo Jennie para mim, para que eu possa roubar seu fôlego direto de sua boca.

— Você sabe que moraremos a apenas vinte minutos daqui, em North Vancouver. Não vamos mudar de país, certo?

Sua língua desliza contra a minha, um movimento lento enquanto ela afunda em mim, as mãos enterradas no cabelo da minha nuca.

— Um último frappuccino de caramelo — ela sussurra contra os meus lábios.

Dou palmadinhas na bunda dela, sem me importar nem um pouco de estarmos em público. Ouvimos meu nome sussurrado pelo menos três vezes nos últimos cinco minutos, e o de Jennie também. Todo mundo pirou na primeira vez em que fui até Jennie depois de sair do vestiário e a beijei na frente de uma horda de repórteres e de seu irmão.

Para ser justo, havíamos acabado de vencer a primeira rodada da série. Eu merecia beijá-la. Foi a mesma coisa quando perdemos na terceira rodada, quando tudo que eu queria era encostar a cabeça no ombro dela e abraçá-la.

Para ser honesto, porém, fiquei feliz por começar meu verão com Jennie. Carter está feliz em casa com a esposa e a filha.

Jennie e eu andamos pela rua com nossas bebidas geladas, os dedos entrelaçados, e sorrio conforme ela cantarola toda feliz bebendo de seu canudo. Estou tão contente que sua caixa de vibradores tenha explodido na minha cara. Se não fosse por toda a tensão sexual que aquilo gerou, meu apelido para ela ainda poderia ser nada além de irônico, em vez de totalmente genuíno.

Se Jennie fosse uma cor, ela seria o tom mais vibrante de amarelo. Ela é praticamente um girassol em formato humano. Não me importo se já disse isso mil vezes; vou dizer pelo resto da minha vida.

Seguro sua mão quando ela tenta ir para a direita, puxando-a para o outro lado.

— Por aqui.

— Mas o prédio...

— Quero te mostrar uma coisa.

Pressiono meus lábios nos dela no segundo em que ela abre a boca para discutir comigo, para me dizer que precisamos estar em nossa nova casa com o caminhão de mudança em uma hora e meia.

— Seremos rápidos — prometo. A expressão incrédula dela me lembra de que nunca sou rápido, e rio. — Por favor, Jennie. Confie em mim.

Com um suspiro cauteloso, ela coloca a mão de volta na minha.

Seu olhar desconfiado me encara doze vezes ao longo dos quatro minutos restantes de nossa caminhada e, quando paramos em frente a uma pequena loja com janelas amplas, o nariz dela se contorce, confuso.

— Que lugar é este? — ela pergunta quando destranco a porta de vidro. — E por que você tem a chave?

Eu a conduzo para dentro, passo pela recepção e entro no espaço aberto, observando-a rodopiar pela sala.

— Era um estúdio de ioga — explico.

Sigo Jennie quando ela para na frente da parede espelhada do chão ao teto. Seus olhos encontram os meus por reflexo, a língua deslizando lentamente pelo lábio inferior antes de ela engolir em seco, como se já soubesse a resposta para a pergunta que está prestes a fazer.

— E agora?

— Agora é um estúdio de dança.

— Garrett — ela suspira. — Você não fez isso!

— Fiz. — Meu queixo bate em seu ombro enquanto a abraço. — Eu te amo, Jenny. Você trabalhou duro a vida toda e agora está fazendo aulas de administração. Está determinada a realizar o seu sonho. Você merece isso, e eu ficaria honrado em fazer parte desse próximo passo na sua vida.

Seu nariz enruga quando ela luta contra as lágrimas que eu sabia que viriam. Amo seu lado meigo e vulnerável tanto quanto sua ousadia e seu atrevimento.

— Você fez isso por mim?

— Eu faria qualquer coisa por você, minha flor.

Uma lágrima solitária escapa, traçando um caminho por sua face, e pressiono meus lábios sobre ela.

— Obrigada por realizar meu segundo sonho mais importante.

— Qual foi o seu primeiro?

Ela se vira e segura meu rosto entre as mãos, os olhos brilhando com ternura. Ela dá um beijo suave em meus lábios.

— Você.

— A minha é maior.

— Não, não é.

— Sim, é.

— Não, não é.

— *Sim*, é.

— *Puta merda*. — Adam coloca uma grande caixa entre mim e Carter. — Estamos comparando casas ou rolas? Ninguém liga. As duas são mini-mansões.

Carter engasga-se.

— *Mini*? Minha casa? — Ele estende os braços, gesticulando para minha nova casa com Jennie. — *Esta* aqui é mini. A minha mansão é *enorme*. Enorme como o meu...

— Ego — termino por ele.

Olivia entra e me dá um soco no braço.

— A casa é linda. Até Carter disse isso na semana passada, depois de fazer o tour com vocês. — Ela desamarra o *sling* que está usando e tira Ireland de cima dela. — Quer ir para o colo do seu tio Garrett?

— Sim, ela quer — murmuro, pegando o pacotinho mais lindo em meus braços. Seus grandes olhos verdes me encaram enquanto ela ri, depois prontamente enfia o punho inteiro na boca, com a baba escorrendo pelo queixo. Beijo seus cachos escuros e fofos. — Como está a minha princesa?

Ela está com uma presilha rosa no cabelo, com um sol cintilante na ponta, e seu macacão diz: "Eu sou fofa, a mamãe é gostosa, o papai tem sorte". Tenho certeza de que foi Carter quem comprou. Noventa e nove por cento das roupas dela têm a palavra "pai". E ele mesmo reveza entre camisetas com dizeres como "Papai Gostoso" e "Pai de Menina".

— Seu pai está te irritando? — Saio do alcance de Carter enquanto passamos para a cozinha. — Quer passar a noite com a tia Jenny e o tio Gare para ficar longe dele?

Carter zomba.

— Por favor. Ela é obcecada por mim. — Ele se aproxima de nós. — Deixe-me pegá-la.

— Não. Ela gosta de mim. — A bebê agarra um punhado de cabelo na minha nuca, antes de colocar a bochecha no meu ombro, ainda mastigando os dedos. Sorrio triunfantemente. — Viu? Ela não quer você.

Carter franze a testa.

— Mas sou o pai dela.

— É mesmo? Como posso ter certeza? Você não está usando nenhuma das suas camisetas de pai.

Jennie ri, passando com uma caixa etiquetada como "cozinha". Ela a larga e dá um beijo na bochecha de Ireland e outro em meus lábios.

— Ai, credo. — Piadinhas de Carter. — Vocês têm de fazer isso bem na minha frente?

Jennie diz que sim por cima do ombro ao se afastar, e Carter estreita os olhos para mim, tirando a poeira inexistente de cima da bancada.

— Sabe, Andersen, moro a apenas cinco minutos daqui. Isso significa que estou a apenas cinco minutos de distância se você precisar de uma surra.

— Sim, e estou a apenas cinco minutos de distância se você precisar de um chute bem dado.

— Eu falei primeiro!

— E eu falei em segundo!

— Criancinhas — Emmett murmura. Ele rouba Ireland, beijando seu nariz. — Oi, menininha.

— Era a minha vez — Adam lamenta. — Não a vejo há dois dias.

— Já são nove dias para mim — Jaxon murmura, os olhos escondidos atrás dos óculos escuros quando entra com uma caixa.

— É porque você foi para o México com uma garota que conheceu na academia — lembro a ele.

Ele sorri, flexionando os bíceps.

— Sim, e o bronzeado está lindo, hein? — Ele dá um beijo na testa de Ireland, e ela ri. — Olá, princesa.

Adam tenta pegar Ireland e Emmett se afasta. Ele franze a testa.

— Vamos lá. Eu, agora.

— Não acabei.

— Eu não ligo. Venha aqui, bebê. Você quer o tio Adam?

Ele faz cócegas na barriga dela, que explode em gargalhadas, debatendo-se nos braços de Emmett. Ela se aproxima de Adam, colocando a mãozinha rechonchuda em sua bochecha, e, de alguma forma, todos acabamos amontoados em torno de Ireland e Emmett, torcendo e competindo pela atenção dela.

Holly passa pela porta e arranca os óculos escuros, com os braços abertos.

— A vovó chegou!

— Essa é a nossa deixa. — Emmett deposita Ireland nos braços da avó. — De volta ao trabalho, rapazes.

Nós cinco descarregamos o resto do caminhão de mudança na próxima hora, enquanto as meninas trabalham desempacotando as caixas na cozinha e na sala de estar.

— Esta é a última. — Coloco duas caixas em cima de uma pilha no hall de entrada, passando o antebraço na testa úmida. — Porra, estou cansado. Pausa para o lanche?

— Vamos levar todas as caixas para os cômodos certos primeiro — Adam sugere, indo em direção à pilha. Ele lê a etiqueta e meu coração para. — Brinquedos?

Ele mexe na etiqueta como se estivesse prestes a verificar o conteúdo da caixa, e meu cérebro entra em curto-circuito.

— Não. Não. — Eu o empurro para fora do caminho, jogando-me em cima da caixa, balançando a cabeça. — Não, não, não.

Ele dá um passo para trás, com as mãos levantadas em sinal de rendição e a expressão ao mesmo tempo de suspeita e susto.

Carter caminha pelo corredor, assobiando.

— Alguém disse lanche? — Seu olhar se ilumina quando cai sobre a caixa em cima da qual estou meio deitado. — Ah, brinquedos. Que tipo de brinquedos?

— *Nenhum tipo!* — grito, afastando a caixa. Meus ombros se contraem quando a aperto contra o meu peito. Abro bem os dedos, tentando cobrir a palavra, mesmo que ele já a tenha visto. — *Nenhum!*

Carter olha para a caixa e depois para mim. De volta à caixa, depois de volta para mim.

Após tudo pelo que passamos, pensei que ele estivesse se sentindo seguro agora.

De fato, pensei que conseguiria manter meu saco no lugar. Mas, quanto mais ele me observa sem piscar, com menos certeza disso fico.

Teria sido bom ter filhos com Jennie um dia, mas acho que foi apenas um sonho.

Carter enfim pisca, apenas uma vez, devagar.

— O que está na caixa, Garrett?

— Nada. — Uma gota de suor escorre pela minha têmpora. O olhar de Carter vai até a gota, observando-a rolar. Quando nossos olhos se encontram novamente, repito baixinho: — Nada.

Ele me encara por cinco segundos, depois dez. Passam-se vinte segundos antes que sua próxima palavra venha, com uma respiração aterrorizada.

— *Não.*

— Sinto muito — sussurro.

Ele dá um passo para trás, balançando a cabeça.

— Não.

— Bem... Não é o que você... Nós não... *Ela já os tinha antes!* — grito atrás de Carter quando ele sai correndo pela porta. — Eu não os comprei!

Adam aperta meu ombro.

— Você não sabe quando fechar a matraca, né?

Abaixo minha cabeça, em sinal de derrota.

— Não.

A única coisa boa que isso me trouxe é Jennie, mas acho que ela supera todas as coisas ruins. Com um suspiro, começo a subir as escadas.

— Vou levar isso para o nosso quarto.

O quarto é amplo e iluminado, com piso de tábuas cinza, uma lareira de pedra e uma parede de janelas com vista para os pinheiros que forram as montanhas atrás de nós. Jennie passou cinco minutos parada aqui, com as mãos pressionadas no vidro ao olhar em silêncio para a vista. Foi assim que eu soube que esta casa era perfeita para nós. Guardo a caixa no armário antes de ir até a minha cômoda. Escolhemos juntos os móveis novos para o quarto, que foram entregues ontem à tarde, depois de pegarmos nossas chaves e nos tornarmos oficialmente proprietários desta nova casa. Passamos a noite guardando nossas roupas e comendo comida tailandesa no chão da cozinha antes de voltarmos para o nosso prédio para uma última noite.

Ah, desculpe. Mais uma coisa. Enquanto esperávamos a comida chegar, Jennie me disse que queria batizar nossa nova casa. Eu já estava tirando a calça antes que ela pudesse terminar o pedido.

Mas foi quando ela tirou o pequeno plugue de vidro rosa da bolsa que eu, de fato, comecei a entrar em curto-circuito. Fiquei ali com só um pé enfiado na calça, o queixo caído conforme ela se despia lentamente, subia na bancada da cozinha, abria as pernas e me mostrava como estava molhada. Depois do seu primeiro orgasmo, ela estendeu para mim o plugue de vidro e me pediu para transar com ela.

E foi o que fiz. Curvada sobre o balcão, de joelhos na escada, encostada na janela do quarto e, por fim, no chuveiro.

Nem preciso dizer que somos grandes fãs do plugue de vidro.

Ouço com atenção, verificando se estou sozinho. Quando tudo que encontro é o som de conversas e risadas lá embaixo, abro cautelosamente a gaveta de cima da minha cômoda. Enfio a mão lá dentro, procurando embaixo das pilhas de roupas íntimas, e envolvo meus dedos em torno de um pequeno objeto.

Meu coração bate forte quando abro a caixa de veludo e vejo a safira oval, mais azul-petróleo do que azul, no antigo anel de ouro em que está incrustada, com os três pequenos diamantes emoldurando cada lado da pedra, como pétalas de flores.

Estou com esse anel há três semanas. Pedi a Carter e Holly que me ajudassem a escolher alguns designs de que Jennie poderia gostar em um dia em que ela saiu com as meninas. Carter ficou lá sentado com uma expressão estupefata, sua mãe gritava de emoção.

*Você não acha que é um pouco cedo?*, ele perguntou. Holly o empurrou com tanta força que ele caiu da cadeira.

Nem precisamos ir a nenhuma loja. Holly pegou o próprio anel de noivado, olhou para ele com lágrimas nos olhos e depois o colocou na palma da minha mão.

Lembro-me de encontrar as letras H+T dentro do arco, as iniciais dos pais de Jennie gravadas bem ao lado de um coração. Sabia que o amor deles era do tipo eterno, que não acaba apesar da distância. Agora, do outro lado do coração, há um J+G.

Mal posso esperar para amar Jennie para sempre.

— Garrett, vou comprar uma pizza e... — Jennie para na porta e fica boquiaberta quando me observa enfiar a caixa de volta na gaveta e batê-la tão rápido que prendo meu dedo.

— *Filha da puta* — xingo, segurando meu dedo latejante antes de deixar cair o cotovelo sobre a cômoda, o queixo no punho, engolindo a dor. — Jennie. Ei. E aí? — Suas sobrancelhas sobem. — E aí?

— Humm. E aí.

A cada passo lento e calculado que Jennie dá em minha direção, meu pulso acelera. Resisto à vontade de pegar a cômoda, levá-la para o outro lado da sala e jogá-la pela maldita janela.

— O que é aquilo? — ela pergunta.

— Humm? O que foi o quê?

Ela aponta para a gaveta.

— Aquilo.

— Aquilo, o quê? — Olho para a gaveta. — Ah, aquilo? É a minha gaveta de cueca... Só estava vendo se está tudo em ordem... — Meus olhos se estreitam e tento não me encolher.

— Humm. E a caixinha que você jogou lá dentro?

— A... a *caixinha*? Sim, a caixinha, por que você não disse isso antes? Por que a sobrancelha dela está arqueada tão alto na testa? Por que ela não me deixa mentir apenas uma vez? O que há de tão difícil nisso? Não pode ser legal comigo pelo menos uma vez na porra da minha vida?

— Você acreditaria em mim se eu dissesse que é um brinquedo novo para a gente brincar?

Ela cruza os braços sobre o peito e levanta o quadril.

— Não.

Jogo meus braços para cima, em sinal de rendição.

— Está bem. Tentei. — Eu a carrego para fora do quarto. — Vamos. Toneladas de coisas para fazer. Não podemos ficar papeando aqui.

Ela esperneia no ar, contorcendo-se até que sou forçado a colocá-la no chão.

— O que está fazendo? — pergunto, bufando.

— O que *você* está fazendo?

— Perguntei a você primeiro.

Ela gira, correndo de volta para o quarto. Eu a pego pela cintura e a empurro contra a parede.

— Nada disso — murmuro.

— Mas eu...

— Esqueça isso — sussurro, arrastando minha boca por seu pescoço.

Ela suspira.

— Tudo bem. Por quanto tempo devo esquecer?

— Por quanto tempo você quer esquecer?

Aparece em sua face aquele rubor característico dos Beckett. Ela ergue um ombro.

— Não por muito tempo.

— Não?

Ela balança a cabeça devagar, com os dentes pressionados no lábio inferior enquanto sorri timidamente.

— Bem, você ainda é jovem. Não tem pressa.

— Certo, certo, certo — ela murmura, assentindo. Depois, ergue os ombros de novo. — Bem, vou fazer vinte e cinco daqui a alguns meses. Não sou *tão* jovem.

— Um quarto de século — confirmo.

— Metade de cinquenta — ela olha para mim, inclinando a cabeça de lado. — E você também está envelhecendo, amigão.

— É, tem isso — concordo.

— Além disso, você já sabe que quer ficar comigo para sempre.

— Humm, é verdade. Quero.

— Então não tem sentido esperar tanto... — Jennie abre um sorriso travesso enquanto seus dedos sobem pelo meu peito. Ela os enfia em meu cabelo e puxa minha boca para a sua. — A menos que você esteja com medo. Está com medo, Ursinho Garrett?

— Muito medo. E se você recusar? Pior, e se você aceitar? Uma vida inteira te ouvindo roncar? Chorando com filmes da Disney e dançando pela casa? Ter de preparar chocolate quente com marshmallows e fazer cócegas nas suas costas quando estivermos deitados de conchinha? Argh. — Dou de ombros. — A pior vida possível.

— Você errou sem querer a palavra. Era para dizer a *melhor*. Essa parece ser a *melhor* vida. Mas é natural ter medo do que é maravilhoso... Se acha que não conseguirá lidar comigo...

Ela se cala quando a apoio contra a parede com o meu quadril, seus pulsos nas minhas mãos dos dois lados de sua cabeça.

— Eu me caso com você agora mesmo. Não me teste, bebê Beckett.

Ela se retorce um pouco, erguendo o quadril.

— Eu não sou um bebê.

— Não, você não é. — Solto um dos punhos e agarro a bunda dela, trazendo-a até mim, e suas longas pernas envolvem a minha cintura. Baixo os meus lábios até os dela. — Você é a flor que ilumina a minha vida e, um dia, será minha esposa.

— Certo... — ela diz com um suspiro leve com sua boca tracejando minha mandíbula. — Parece uma boa ideia.

— Mal posso esperar para transar com você pelo resto da minha vida.

— Ei, Jennie, vamos pedir aquela pizza ou...

As palavras de Carter terminam com um grunhido, quando ele para no alto da escada e nos avista na posição íntima. Imagino que ele tenha ouvido o que eu disse também.

*Jogando Comigo*

Carter dá meia-volta e afasta-se de nós.
— *Ollie! Preciso de ajuda!*
— Faça seus exercícios de respiração, amor! — ela grita de volta.
Os passos de Carter são tão rápidos escada abaixo que é de se surpreender que ele não tropece.
— *Não lembro como!*
Olho de volta para a minha flor, vendo o sorriso petulante em seu lindo rosto. Seus dedos percorrem meu cabelo, e ela ergue um dos ombros de modo inocente.
— *Ooops.*

# PLAYLIST DE
## *Jogando comigo*

1. "Someday" — OneRepublic
2. "Photograph" — Ed Sheeran
3. "Carry Me Away" — John Mayer
4. "Late Night Talking" — Harry Styles
5. "Butterflies" — Abe Parker
6. "The One You Need" — Brett Eldredge
7. "Collide" — Ed Sheeran
8. "Side By Side" — Jon Foreman & Madison Cunningham
9. "Dress" — Taylor Swift
10. "Cinema" (Acoustic) — Gary Go
11. "Recovery" — James Arthur
12. "Fall Into Me" (Acoustic) — Forest Blakk
13. "You Should Probably Leave" — Chris Stapleton
14. "Feels Like" — Gracie Abrams
15. "Gone Too Soon" — Andrew Jannakos
16. "Treacherous" (Taylor's Version) — Taylor Swift
17. "Falling Like The Stars" — James Arthur
18. "I Guess I'm In Love" — Clinton Kane
19. "Missing Piece" — Vance Joy
20. "Leave You Alone" — Kane Brown
21. "Biblical" — Calum Scott
22. "Clarity" — Vance Joy
23. "Didn't See It Coming" — My Brothers and I
24. "My Person" (Wedding Version) — Spencer Crandall

# AGRADECIMENTOS

Ao meu marido, por me incentivar a ir atrás dos meus sonhos.

Às minhas meninas — Erin, Hannah e Ki —, obrigada por me manterem jovem, embora eu seja mais velha que todas vocês. Sou muito grata por tê-las.

A Zahra, obrigada por amar Jennie e Garrett e por ser uma luz tão positiva no meu mundo literário.

A Alana, por dar vida a todas as minhas ideias de adesivos de hóquei. Você é incrível.

A Paisley, porque este livro não seria o que é sem você.

A srta. Bizzarro, sempre, por ser o tipo de professora impossível de esquecer.

A Louise, por me aturar e trabalhar tanto.

A Anthea e Sarah, sou grata por fazer isso com vocês.

Aos leitores, por embarcarem nessas jornadas comigo, por amarem meus personagens — por mais ridículos que sejam —, por lidarem com todo o drama antes do "felizes para sempre".

E ao meu irmão mais velho, por estar ao meu lado, mesmo que eu não consiga vê-lo.

Do fundo do meu coração, obrigada.